DE GRANDES AMBITIONS

ANTOINE RAULT

DE GRANDES AMBITIONS

roman

ALBIN MICHEL

À Macha

Tous les personnages de ce roman sont inspirés de personnes réelles. Mais tous sont imaginaires. Je les fais vivre, penser, ressentir, aimer, désirer, trouver ou perdre et vieillir à ma guise.

Première partie

I

Sonia

Elle n'a jamais pris l'avion. Elle en rêve. Elle aurait peur. Elle serait follement excitée. Le pilote dans son uniforme avec ses épaulettes dorées, sa voix grave : « Bienvenue à bord ! » Elle serait fière. « Merci. » L'hôtesse de l'air dans ses escarpins bleu foncé, sa jupe serrée, son grand sourire : « Que puis-je vous offrir, madame ? » Elle a vu un reportage sur le Concorde à la télé. Elle serait assise au premier rang. « Un jus d'orange. » Peut-être du Tropicana. Le plus cher. Oui, sûrement. Et l'avion décollerait. Tout vibrerait. Elle fermerait les yeux. Et soudain… Soudain, ça glisse doucement dans l'air, on monte, ça siffle, ses oreilles se bouchent. Il est très tôt. C'est l'aurore. Oui, c'est l'aurore. Elle aime ce mot : l'aurore. Elle colle son nez contre le hublot froid. Le jour gris comme de la cendre sort de terre et noie lentement les lumières de la nuit. Les avions se posent et décollent à la file sur le tapis des feux de piste encore allumés, bleus, blancs, rouges, verts, en poussant de furieux rugissements. Au loin, on devine la ville qui tremble et clignote, les vaisseaux sanguins de la ville, ses veines argentées, sa peau sombre couverte de tatouages scintillants – et le long cou de fer de la tour Eiffel, noir, crevant un nuage. Puis, le soleil. Orange. Et le ciel… À l'arrivée, un taxi jaune l'attendrait, le chauffeur lui prendrait sa valise et lui tiendrait la portière. Le taxi filerait sur le pont de Brooklyn ou de… je ne sais plus… mais de l'autre côté, il y aurait tous ces gratte-ciel gigantesques pleins de lumières. Elle arriverait la nuit, c'est plus beau.

Elle ne connaît que Paris et le Rif, enfin le bled familial dans le Rif près d'Imzouren. Ils sont toujours allés en voiture au Maroc pour les vacances d'été. Elle n'aime pas ça. Ils s'entassent à six dans le break Peugeot. Ils meurent de chaud. Deux jours et deux nuits. Ils s'arrêtent sur des aires d'autoroute. Et sur les routes qui tournent en Espagne et dans le Rif, ses frères, sa sœur et elle ont mal au cœur et vomissent. Étant l'aînée, elle a appris à lire la première et elle est devenue la guide attitrée de son père qui est analphabète. Plus tard, son frère Mohammed, d'un an son cadet, a voulu la remplacer, mais son père a tenu à ce qu'elle conserve ce privilège. Il disait pour lui faire plaisir qu'elle était plus fiable. En réalité, l'idée de dépendre de son fils, c'est-à-dire, à ses yeux, de lui être inférieur, lui était insupportable. Avec sa fille, cela ne risquait pas d'arriver puisque, précisément, elle était sa fille, donc, par nature, son inférieure. C'était d'une telle évidence qu'il n'y pensait même pas, pourtant elle a toujours été bien plus douée que son frère à l'école et de loin la plus brillante de ses enfants, mais les études, pour lui qui n'en avait jamais fait, n'évoquaient rien de concret, c'était vague, obscur, un espace aveugle et étranger, tandis que « tourne à droite, à gauche » pour arriver jusqu'au Maroc, ça, c'était un savoir.

Sonia a toujours aimé le sourire de son père, sa voix grave, le parfum du tabac dans sa moustache et ses bras durs, qui la soulevaient quand elle était petite. Il rentrait du travail. Elle guettait le bruit de sa clef dans la porte. Elle se précipitait. Il l'attrapait sous les aisselles et la projetait très haut. Elle riait. Aujourd'hui, c'est sa petite sœur qui y a droit mais pas aussi souvent. Il vieillit. Il rentre toujours fatigué. Ses cheveux sont presque tous gris, les poils de sa moustache aussi, et elle a remarqué qu'il a tendance à se voûter. Elle n'a que seize ans. Comment a-t-il pu vieillir si vite ? Et pourquoi ne s'en est-elle pas aperçue plus tôt ? Est-ce son regard à elle qui a changé ?

En terminant son petit déjeuner, elle regarde sa mère qui est prête, maquillée, coiffée de son beau foulard en soie d'où s'échappent deux mèches brunes. Maman se teint mais elle est grosse et ça la vieillit. Elle aussi, elle a l'air d'une vieille. Quand elle marche, on dirait qu'elle roule ses cuisses l'une autour de l'autre. Pourquoi les Arabes deviennent-elles grosses en vieillissant ? Parce qu'elles font beaucoup d'enfants ? Moi, je n'aurai pas d'enfants. Ou alors un, pas plus. Et je ne serai jamais grosse !

Ils sont partis tous les trois, sa mère, son père et elle. Ils ont descendu en silence le petit escalier étroit de leur immeuble. Dans la rue, les commerçants s'affairent, finissent de disposer viandes, poissons, fruits et légumes, épices ou vêtements sur leurs étals.

– Salam alaykum ! Où vous allez tout beaux comme ça ? s'écrie le boucher Farid qui est en train d'aligner ses poulets.

Sonia lui sourit. Elle a l'habitude de sourire automatiquement pour se gagner la sympathie des autres.

– Alaykum assalam, répond le père. Au lycée de Sonia.

– Hé, hé ! Chez les bonnes sœurs ! Pour t'annoncer qu'elle s'est convertie ? Ha, ha !

– Mais non ! dit le père qui ne trouve pas ça drôle.

– C'est pour ça que tu t'es mis sur ton trente et un ?
– Sur mon trente et un ?
– Tu connais pas ? Ça veut dire : tu t'es fait beau.
– Ibrahim, viens, on va être en retard, dit la mère en pressant le bras du père.

D'habitude, Sonia faisait le trajet toute seule de Barbès à Nation. D'habitude, quand elle se réveillait, ses parents étaient partis depuis longtemps au travail. Elle préparait le petit déjeuner de sa sœur Mounia, elle houspillait son frère Abdel pour le tirer du lit. Seul Mohammed se débrouillait. Depuis un an, il était en apprentissage de mécanique auto. Il était transformé, presque toujours de bonne humeur, motivé, déterminé. Il vivait sa passion : les voitures, les motos. Jusqu'en troisième, il avait été lui aussi scolarisé à Notre-Dame-des-Anges. Seuls les deux aînés avaient eu cette chance. Ils le devaient à leur mère. Sonia ne l'oubliait jamais. Il y avait une compréhension secrète entre elles deux. Quand maman vient me parler, c'est qu'elle a quelque chose d'important à dire. Quand sa mère est venue lui annoncer qu'elle ferait peut-être son entrée en sixième à Notre-Dame-des-Anges, Sonia prenait son bain. Elle se souvenait du moindre détail, sa mère penchée sur elle, les yeux brillants de fierté, et, mot à mot, ce qu'elle avait dit : « Je leur ai montré tes notes, ton carnet scolaire. Je leur ai dit, tu es la meilleure de la classe. Je leur ai dit, tu as appris à lire toute seule à cinq ans. Si tu peux aller là-bas, c'est un très bon collège, tu comprends ? »

Sonia comprenait. Elle comprenait tout. Et, d'abord, que sa mère se battait pour elle, rêvait pour elle d'une autre vie que la sienne. Sa mère était femme de ménage à Notre-Dame-des-Anges. Elle se levait à cinq heures tous les matins pour aller nettoyer les salles de classe, les couloirs, les sanitaires puis, à l'heure du déjeuner, elle servait à la cantine. Elle finissait son service vers quatorze heures par le nettoyage du réfectoire. Elle rentrait aussitôt s'occuper de la maison, des courses, du dîner, courait chercher les enfants à l'école, ramenait aussi ceux de la voisine qu'elle gardait jusqu'au soir (et, en échange, la voisine emmenait Mounia et Abdel à l'école chaque matin).

Combien de fois par la suite Sonia avait-elle éprouvé de la gêne en croisant sa mère en train de lessiver les toilettes ou de faire la plonge à la cantine ? Elle s'en voulait. Elle aurait dû être fière, au contraire. Mais il lui était arrivé de surprendre des réflexions blessantes, des rictus, des regards méprisants de certains élèves, et elle préférait éviter de rencontrer sa mère au collège. Elle se contentait d'échanger un petit salut à la cantine. Sa mère se tenait elle aussi discrètement à distance. Est-ce qu'elle devinait les sentiments de sa fille ?

Les sœurs avaient demandé à voir Sonia avant de se décider à la prendre en sixième. La petite fille avait déployé tous ses charmes pour leur plaire, son irrésistible sourire et ses yeux étincelants tels deux diamants noirs, en même temps qu'une façon de pencher la tête d'un air modeste et respectueux et d'abaisser par moments ses long cils comme pour atténuer le feu de son regard. Mère Marie-Catherine, la directrice, et sœur Marie-Geneviève, l'intendante, avaient été instantanément séduites. Mère Marie-Catherine croyait faire ainsi œuvre d'ouverture et de charité pour une enfant méritante. Elle comprenait bien que Malika El Hatimi n'avait pas les moyens de payer les frais de scolarité de sa fille. Sonia fut donc accueillie gracieusement à Notre-Dame-des-Anges. « Il faudra seulement qu'elle assiste comme tout le monde à la messe hebdomadaire et au cours d'éveil religieux, mais naturellement, Malika, soyez sans crainte, nous respecterons, comme le Saint-Père nous le recommande, la religion de votre fille. Elle aura la chance de connaître deux monothéismes. »

Malika ignorait ce que c'était, le monothéisme, et n'osa pas poser de questions. De retour à la maison, elle se garda d'évoquer cette histoire de religion avec Ibrahim. Pour autant, son mari réagit mal. Pourquoi sa fille et pas son fils Mohammed ?

– Mais parce que Sonia est très bonne à l'école. Elle a des capacités.

– Et pourquoi Mohammed, il en aurait pas, des capacités ? Justement s'il va dans une bonne école !

Malika comprit qu'elle devait convaincre les sœurs de prendre aussi leur fils et elle y parvint. Sœur Marie-Geneviève s'était attachée à elle, la trouvait bonne et courageuse et voulait aider des enfants pauvres. Mère Marie-Catherine fut d'accord avec sœur Marie-Geneviève. Plus tard, dans un article de *La Croix* sur l'attractivité toujours plus grande des écoles privées, à l'heure du débat sur l'école « libre », leur établissement fut cité en exemple. « Même les musulmans y mettent leurs enfants. »

Ce matin-là, Sonia était inquiète. Pourquoi les convoquer soudain ensemble, ses parents et elle ? Elle était toujours parmi les quatre ou cinq meilleurs de la classe, sauf en français, où elle se situait seulement dans la moyenne. Ce n'était tout de même pas pour cette raison… Elle s'inquiétait aussi parce qu'elle avait été réveillée une nuit, quelque temps auparavant, par une dispute entre ses parents. Les filles dormaient dans une chambre, les garçons dans une autre et les parents dans le salon.

– Non, non, je ne veux pas !

– C'est pas toi qui décides. Moi, je veux.

Sonia se redressa en sursaut dans son lit, le cœur battant. Elle tendit l'oreille, mais ses parents s'étaient remis à parler à voix basse. Elle entendait sa sœur respirer profondément à côté d'elle. Elle se leva, s'approcha sur la pointe des pieds de la porte du salon et y colla son oreille :

– Brahim ?
– Quoi ?
– On en reparle demain ?
– On verra. Dormons.

Sonia avait mis longtemps à se rendormir. Elle avait eu l'intuition que ses parents s'étaient disputés à son sujet et elle croyait avoir deviné pourquoi : papa veut me marier ! – Jamais ! Jamais ! Je m'enfuirai ! – Pourtant, sa mère ne lui en avait rien dit et elle lui en aurait sûrement parlé si c'était décidé. Elle lui disait toujours les choses importantes. Peut-être… qu'elle avait convaincu son père de renoncer à son projet ?

Mais ce matin, ils ont la mine si grave. Pourquoi ? Est-ce qu'ils sont impressionnés d'aller voir les sœurs ? Ou c'est parce qu'il y a trop de monde dans le métro ?… C'est sûr que le matin, à cinq ou six heures, quand ils partent, il doit y avoir moins de monde…

Ils se tenaient tous les trois debout tassés contre une vitre du wagon bondé et cahotant, dans les effluves de tabac froid, de parfums, de crasse, de pets et d'haleines encore chargées de macérations nocturnes. La rame couinait, gémissait entre les arches du métro aérien. Les arbres, encore nus et noirs, tendaient de longs doigts de sorcière au bout desquels pointaient des bourgeons comme des ongles vernis. À la croisée de deux branches, des corbeaux s'étaient fait un nid de brindilles gros comme un panier à provisions. Après la station Jaurès, la ligne 2 redevient souterraine jusqu'à Nation. Sonia considérait les visages fermés, les regards vagues ou concentrés, soucieux ou rêveurs, doux ou durs, et se faisait par éclairs une impression de chacun.

– À quoi tu penses, papa ?
– À rien.

Il rajustait le nœud de sa cravate de laine marron. Sa mère, comme par mimétisme, vérifiait le nœud de son foulard. Sonia n'en portait pas. Ses cheveux noirs ramenés en arrière pour former une lourde tresse lui dégageaient les oreilles mais des boucles irréductibles s'échappaient sur son front. Ils suivirent le troupeau des gens pressés. À Nation, ça grouille. Sur les quais, dans les couloirs, les escaliers, entre les murs couverts d'affiches publicitaires, s'écoule la foule épaisse en deux flots contraires qui s'embrouillent, s'emmêlent sans jamais se détourner de leur destination. D'habitude, Sonia se faufile là-dedans comme une anguille mais là, avec ses parents, elle allait plus lentement. Sa mère soufflait dans les escaliers. Ils sortirent côté cours de Vincennes, prirent le boulevard de Picpus et remontèrent la rue du Rendez-Vous. Son lycée se trouvait à deux cents mètres environ. Ça ne lui avait jamais paru loin mais avec ses parents, putain !... Maman qui avance comme une tortue...

– Maman, on va être en retard.

– Mais non, ça va. Il est vingt-cinq.

– C'est à et demie.

– Ça va.

Les religieuses les attendaient dans le hall d'entrée du lycée, là où chaque matin elles surveillaient l'arrivée des élèves de la première heure. La cloche finissait juste de sonner. Ouf ! Malika avait pressé le pas. Elle était essoufflée. Le professeur principal de Sonia, qui était aussi le professeur de français, était présent. Mère Marie-Catherine les fit tous entrer dans son bureau. Un bureau à son image : austère, impeccable et froid. Un petit crucifix sur un mur blanc, en face, un poster de montagnes enneigées, une longue table de bois clair sur laquelle se trouvaient des dossiers rigoureusement empilés et un gros téléphone gris tout ce qu'il y avait de moderne avec deux rangées de touches pour appeler directement dans d'autres salles.

– Asseyez-vous, je vous en prie.

Sonia vit ses parents s'asseoir, mal à l'aise, sur les chaises d'école en bois blanc à armature de métal. Sa mère se tenait les mains serrées sur son imperméable beige, entrecroisant ses doigts rougis qu'elle crémait pourtant plusieurs fois par jour. Son père se grattait la cuisse. Sœur Marie-Geneviève malaxait son chapelet dans la poche de son habit blanc. Monsieur Leteux, le prof de français, s'asticotait une narine de l'index pour tenter d'en extraire une crotte de nez récalcitrante. Il sourit à Sonia qui, aussitôt, en retour lui adressa un sourire humble et soumis. Elle crut à cet instant qu'il allait être question de ses notes moyennes en français. Elle n'avait été prise à Notre-Dame-des-Anges que pour ses bonnes notes. Elle était la seule élève dispensée des frais de scolarité. Elle devait être excellente en tout, et surtout en français cette année puisqu'elle allait le passer au bac.

Mère Marie-Catherine tenait son dossier scolaire ouvert bien visible sur son bureau. Elle se pencha en avant, appuyée sur ses coudes. Elle les fixait tous les trois de ses petits yeux pâles derrière les verres épais de ses lunettes cerclées de métal. Elle eut un sourire.

– Nous avons souhaité vous voir pour parler de l'avenir de Sonia.

Ibrahim tourna la tête vers sa fille. Elle le sentit et évita son regard.

– Sonia a d'excellents résultats. C'est une élève brillante. L'une des meilleures, des toutes meilleures de cet établissement.

Sonia entendit son père remuer sur sa chaise et frotter l'une de ses chaussures contre l'autre. D'un regard furtif, elle entrevit sa mère qui gardait les yeux baissés sur ses mains, n'osant fixer personne.

– Nous sommes convaincus – monsieur Leteux ? (Le

professeur hocha la tête) – que Sonia peut aller loin, obtenir des diplômes, réussir des concours. Tu as déjà une idée de ce que tu voudrais faire, Sonia ?

Sonia ne s'attendait pas à ce que la mère supérieure s'adressât à elle. Elle répondit en s'efforçant de masquer son trouble :

– Oui, ma mère.

Ibrahim la regarda comme si elle venait de dire une énormité.

– Je voudrais être avocat ou juge. Ou médecin.

– Et tu as toutes les chances de réussir. N'est-ce pas, monsieur Leteux ?

– Certainement. Vous avez une fille très intelligente et capable, monsieur... madame..., dit le professeur en s'adressant tour à tour aux parents.

Ibrahim inclina la tête en signe d'approbation.

– Merci, monsieur.

Malika eut du mal à prononcer d'une voix audible :

– Merci.

Mère Marie-Catherine fixa Ibrahim droit dans les yeux. Cette femme aux cheveux tirés sous son voile, dans son costume blanc et noir, lui évoquait les vieilles de son pays.

– Votre femme travaille avec nous depuis des années maintenant. Nous nous connaissons bien. Votre femme et Sonia – et n'oublions pas le petit Mohammed : votre famille compte pour nous.

– Merci.

Cette fois Sonia avait compris pourquoi ils étaient là. En voyant sa mère se tasser sur son siège parce qu'elle redoutait déjà l'orage, elle avait compris. Elle avait deviné ce que la mère supérieure allait dire avant même qu'elle ne poursuive. Et elle avait peur.

– Je sais qu'il est de tradition dans certaines familles musulmanes de marier les filles de bonne heure. Sonia a seize ans.

Alors, nous avons préféré vous en parler. Vous n'avez pas le projet de la marier ?

Ibrahim s'était raidi. Malika, pétrifiée, les mains nouées sur son ventre, n'osait regarder personne. Sonia ne respirait plus.

– Qui vous a parlé de ça ? dit Ibrahim, en tournant brusquement la tête vers sa femme.

– Personne, dit la religieuse. Vous avez pensé à la marier ?

– Ça ne vous regarde pas. (Ibrahim s'agitait sur sa chaise.) C'est pas tes oignons, madame ! Vous vous occupez de ma fille ici pour son instruction. Mais la famille, c'est moi.

Mère Marie-Catherine estima judicieux de passer la parole à un homme et fit signe à monsieur Leteux de s'exprimer.

– Précisément, monsieur El Hatimi, nous nous préoccupons des études de votre fille. Si elle se mariait maintenant ou à dix-sept ans, elle ne pourrait plus suivre des études, elle aurait à s'occuper de son mari, de son foyer, elle aurait des enfants. Et ce serait dommage, ce serait... très, très triste, monsieur El Hatimi, parce que Sonia peut faire de très belles études, avoir un très beau métier. Je suis sûr que vous voulez le meilleur pour votre fille, qu'elle réussisse...

La mâchoire contractée, les doigts crispés comme des griffes sur ses cuisses, Ibrahim répliqua :

– Je veux d'abord qu'elle est une bonne musulmane.

Sœur Marie-Geneviève prit à son tour la parole :

– Nous sommes attachées, nous aussi, aux valeurs de la religion. Regardez-nous, ajouta-t-elle en souriant.

– Vous n'êtes pas musulmanes.

– Non, mais nous aimons Dieu, nous lui consacrons notre vie et dans la religion catholique aussi le mariage est sacré, et la famille c'est ce qu'il y a de plus important. Mais nulle part dans le Coran il n'est dit qu'une fille doit se marier tôt.

– Tu connais pas le Coran, madame.

– Je l'ai lu et même étudié. J'ai vécu en Égypte.

– En Égypte ?

– Oui. C'est très important qu'une fille se marie mais elle peut le faire plus tard, il n'y a pas d'âge.

– Ce que nous vous demandons, monsieur, dit mère Marie-Catherine, c'est pour votre fille. Laissez-lui faire ses études. Tu veux faire des études, Sonia ?

Sonia hésita une seconde, puis, rassemblant son courage, se tourna vers son père pour répondre :

– Oui.

Monsieur Leteux insista :

– Vous voulez le bonheur de votre fille, monsieur El Hatimi. Nous savons que ce que vous voulez avant tout, c'est le bonheur de votre fille. Et vous serez fier d'elle.

Ibrahim ne bougeait plus. Ses yeux brûlaient d'un feu noir. La mère supérieure rompit le silence :

– Je suis sûre qu'à présent vous comprenez que pour votre fille, pour son bien, pour son avenir… Et après, elle pourra faire un encore plus beau mariage…

Ibrahim se taisait toujours.

– Bon. Sonia, je pense que tu dois rejoindre tes camarades en cours, maintenant.

– Oui, ma mère.

La jeune fille se leva et dit, la voix nouée, à l'intention de ses parents :

– À ce soir.

Elle n'obtint pas de réponse et s'éclipsa à pas pressés.

Le soir, elle retrouva sa mère. Son père était sorti, on ne savait pas où. Sa mère avait un bleu sous l'œil droit et elle avait pleuré. Elle avait déjà répondu à ses autres enfants qu'elle s'était cognée contre une fenêtre ouverte.

– Maman, murmura Sonia d'une voix bouleversée.

Elle voulut la prendre dans ses bras.

– Chut, fit sa mère en repoussant sa tendresse.

– Qu'est-ce qu'il s'est passé ?

– Ton père s'est mis en colère.

– C'est toi qui as parlé aux sœurs pour le mariage ?

Sa mère acquiesça d'un hochement de tête.

– Oh ! Maman !

Cette fois Sonia réussit à déposer un baiser sur sa joue. Sa mère se leva et s'écarta aussitôt pour cacher son émotion.

Marc

Sur le carrelage un boîtier de fer noir sans couvercle dévoilait un fouillis de fils de plastique de différentes couleurs aboutés à des diodes bleu clair, des barrettes noires et des broches à pattes argentées, le tout soudé sur la plaque verte d'un circuit imprimé. Un grand garçon de près d'un mètre quatre-vingt-dix au large front pâle, aux yeux enfoncés sous d'épais sourcils, se tenait agenouillé, presque en prière, devant cet objet auquel il avait consacré des heures de travail dans sa chambre d'adolescent avec ses pincettes et son fer à souder. D'un geste lent et solennel, il raccorda son œuvre par un câble à la grosse télévision verte qui grésillait en diffusant une image floue, on disait déjà cryptée. C'était l'heure de vérité.

Deux autres ados, dans le canapé du salon, avaient les yeux rivés sur l'écran en même temps qu'ils se fourraient machinalement dans la bouche des Picorette qu'ils piochaient dans un sachet placé entre eux. Soudain, miracle ! Le son et l'image sont nets.

– Putain ! Ça marche !

– T'es un génie, Marc !

– Qu'est-ce que tu crois, mon pote !

– Ouais, c'est tip top.

– Il y a quand même un trait rose en haut de l'écran et ça saute un peu.

– Ouais mais ça va. Ça chie quand même.

– Ouais, ça déchire. Non, mais comment t'as fait ça ?

– J'ai le plan de montage publié dans *Radio Plans*. Canal+ a fait interdire la diffusion du magazine mais il y a des copies qui ont circulé.

– Comment t'en as eu une ?

– Ha ! Ha ! Mystère ! Non, c'est Hamid. Tu vois, Hamid ?

– Ouais.

– 'Voulez un Coca ?

– Je veux, mon neveu.

– Aboule, ma poule !

– Sauf si t'as une bière…

– Je peux pas piquer de bières, dit Marc, mon père les compte, il me ferait une crise.

– T'es sûr que tes parents ne vont pas se pointer ?

– Ils sont à un mariage près de Compiègne. Ils m'ont dit qu'ils ne rentreraient pas avant deux heures du mat'.

– Et ta sœur ?

– J'ai vérifié, elle dort.

– Vaut mieux qu'on mette pas fort. Baisse un peu le son.

Marc a tiré précautionneusement les rideaux pour que les voisins du pavillon d'en face ne puissent pas les voir dans le salon et n'a gardé qu'une seule lumière allumée.

– C'est quand ?

– Dans… dans deux minutes, normalement.

Les trois adolescents se tiennent enfoncés dans les coussins marron du canapé, leurs verres de Coca à leurs pieds, sages et silencieux, on dirait des communiants devant l'autel. L'éclat de la télévision danse comme la flamme d'un feu sur leurs visages. Marc se penche en avant, accoudé à sa cuisse, son menton dans sa large main, avec une moue insatisfaite.

– Faudra quand même que j'arrive à enlever cette ligne rose en haut.

– Pas maintenant !

Benjamin, petit rondouillard moucheté de taches de rousseur, sort un paquet de Treets d'une des poches boursouflées de son pantalon de treillis américain vert kaki.

– Z'en voulez ?

– Non, merci, dit Marc.

– Et toi, Steph ?

– Merci, répond Stéphane en prenant un Treets.

Il s'est calé, le dos droit, au fond du canapé, ses jambes maigres serrées et ses deux pieds posés l'un sur l'autre.

Le jingle de Canal+ déploie son tintement cristallin. Puis, sur une musique sucrée apparaît en plan aérien un lagon d'un bleu transparent bordé de cocotiers, derrière lesquels se dresse un bungalow colonial couleur caramel. Deux petits points bougent dans le lagon. Marc avale déjà sa salive. La caméra zoome sur la plage. Deux filles nues, de l'eau à mi-cuisses, se rapprochent, s'embrassent et se touchent. Sous un cocotier, un jeune homme musclé et bronzé contemple les deux filles en se caressant le sexe par-dessus son minuscule slip de bain moulant. Stéphane se sent brutalement gagné par un flux brûlant qui jaillit de son ventre et l'envahit jusqu'aux joues. Il rajuste ses lunettes. Gros plan à présent sur les parties génitales des filles qui s'asticotent furieusement, puis l'une s'agenouille pour lécher l'autre sous la lumière éblouissante du soleil au zénith. Stéphane pense à de la viande. Il se revoit tenant la main de sa mère et son visage arrive juste à la hauteur du mou de veau et des abats. La scène de cunnilingus n'en finit pas. Il jette des regards de côté. Il surprend la bosse qui tend le treillis de Benjamin et le jean de Marc. Il éprouve à nouveau cet embrasement au creux du ventre en même temps qu'un trouble honteux. Il se force à fixer l'écran et se répète intérieurement que les filles sont belles avec leurs seins pointus, leurs fesses bronzées, leurs dents blanches dans leurs bouches rouges, charnues, luisantes… Mais voilà qu'à présent le jeune athlète a sorti son sexe et le brandit fièrement sous le cocotier. Les filles se précipitent, en roulant des fesses, vers ce totem de chair. Une main aux ongles vernis, une bouche rouge s'en emparent, et c'est le jeu mécanique du cylindre et du piston d'un moteur à essence. Les trois ados n'osent plus bouger ni se regarder. C'est donc ça, c'est donc comme ça… Benjamin a l'air d'un poisson collé à la vitre d'un aquarium, un Treets entre ses lèvres retroussées. La séquence suivante les transporte sans transition sur la terrasse caramel du bungalow où le fringant jeune homme va et vient entre les cuisses d'une fille adossée à la balustrade, les hanches caressées par des feuilles de bananier, tandis que l'autre fille appuyée à une table où sont servis des cocktails décorés de fleurs exotiques offre sa croupe et tous les détails anatomiques de son postérieur à la pénétration d'un membre appartenant à un second homme bronzé, mais plus âgé, dont le bas des fesses palpite comme de la gelée. Puis deux filles encore, dans une chambre sur un immense lit rond et blanc, rafraîchies par les palmes d'un ventilateur colonial, se pâment, ahanent et gémissent, entortillées l'une dans l'autre et couvertes par un troisième homme en sueur, au cou et aux oreilles violacés, qui s'évertue à les satisfaire toutes les deux en soufflant comme un cycliste non dopé dans l'ascension d'un col de montagne. Marc, tout en se sentant au bord de l'explosion, pense qu'il faut de l'argent, beaucoup d'argent pour avoir « tout ça » : la villa sur une île paradisiaque, le lit rond, les cocktails, les filles sublimes… Il voit aussi le yacht, la voiture de sport décapotable, la montre d'aviateur et l'hydravion qu'il piloterait lui-même…

Depuis quelques minutes, Laure, la petite sœur de Marc, écarquille des yeux stupéfaits dans l'entrebâillement de la porte de la cuisine. Elle est pieds nus sur le carrelage, sa chemise de nuit flotte sur son corps maigre, sa poitrine tout juste naissante, ses mollets frêles. Elle éternue soudain. Les trois ados sursautent et tournent la tête dans sa direction. D'un bond, Marc éteint la télévision puis se précipite sur sa sœur qui porte la main devant son visage pour se protéger. Il l'agrippe violemment par le bras.

– Qu'est-ce que tu fais là ?

– Lâche-moi, tu me fais mal.

– Qu'est-ce que tu fais là ? Tu dois dormir, t'as vu l'heure ?

– Et toi ?

– Moi, j'ai le droit.

– Je le dirai. Je le dirai à papa et maman.

– Alors là, ma vieille, si tu fais ça !…

– Tu me fais mal. Lâche-moi tout de suite ou bien je dis tout… (Il la lâche aussitôt.) Je le dirai quand même.

– Alors là, je te préviens…

– Quoi ?

– Tu le paieras. Tu le paieras très cher.

– Ah oui ? Et qu'est-ce que tu feras ?

– Je sais pas, je sais pas, mais… Bon, écoute, Laure, si tu dis rien, si tu me promets que tu dis rien…

– Oui, quoi ?

– Moi aussi, je te promets si une fois t'invites des copines et tu fais un truc…

– Moi, je fais rien, moi. Je fais pas (Elle indique la télévision.)… ça.

Ses grands yeux noisette levés vers son frère qui a presque deux têtes de plus qu'elle, elle le regarde à présent d'un air insolent, consciente d'avoir pris le dessus.

– Bon, dit Marc. Qu'est-ce que tu veux ?

– Ton Walkman. Et tu me prêtes aussi toutes les cassettes que je veux.

– Dacodac. Mais tu me jures sur ta tête… (Laure acquiesce.) Jure-le.

– Je te jure.

– Sur ta tête.

– Sur ma tête.

– Tape.

Laure tape le plat de sa petite main dans celle, géante et pataude, de son frère.

– Maintenant, tu remontes te coucher.

– Vous allez encore regarder ?

– Au lit ! Barre-toi ! Allez ! Zou !

Laure disparaît. Marc s'assure qu'elle remonte l'escalier et regagne sa chambre.

– Et ferme ta porte !

– Écoute, Marc, dit Stéphane, nous, on va y aller. Il est tard. Je devrais déjà être rentré normalement. Si ma mère m'entend, je vais me faire engueuler.

– Moi aussi, dit Benjamin.

– Oui, bon, de toute façon, ça vaut mieux. S'ils rentraient plus tôt, les miens… Avec le bol que j'ai ce soir…

– En tout cas, t'es un génie, mon pote.

– Ah oui, ça… top moumoute.

– Merci. Bon, ben… bonne nuit.

– Lundi, on part ensemble au bahut ? dit Stéphane.

– D'ac. Comme d'hab.
– Allez, salut.
– Salut.
– Salut.

Marc reste un instant sur le seuil de la maison à regarder Stéphane et Benjamin s'éloigner à pas rapides sous le ruissellement blanc des réverbères dans la rue déserte bordée de pavillons de banlieue. On entend au loin ronfler les moteurs des voitures sur l'avenue de Paris.

Après avoir récupéré son boîtier dans le salon, Marc va le cacher dans le fouillis de sa petite chambre mansardée. Il se couche puis se relève tout à coup pour aller voir sa sœur. Il ouvre la porte de sa chambre.

– Tu dors ?

Laure ne lui répond pas. Il s'avance sur la pointe des pieds jusqu'au bord du lit et touche doucement l'épaule de sa sœur.

– Laure ? Tu dors ?
– Tu me réveilles.
– Pardon. Je croyais que tu ne dormais pas encore.
– Qu'est-ce que tu veux ?
– Je voudrais pas que tu croies des choses.
– Quoi ?
– Ce film… On savait pas.
– C'est ça !
– Non, on savait pas qu'il passait. Je voulais seulement essayer mon décodeur Canal+, voir si ça marchait.
– Menteur !
– Je te jure.
– Bon, je m'en fous, je veux dormir.
– Je te jure que c'est vrai.
– T'as pas intérêt à oublier mon Walkman.
– Je te le donne demain.

– Maintenant.

– Bon.

Il va le chercher dans sa chambre et revient le lui donner.

– Pour le décodeur, tu diras rien à papa et maman ?

– Pour le film porno, je dirai rien.

– Pour le décodeur aussi – la boîte que j'ai fabriquée pour avoir Canal+ –, c'est interdit normalement.

– Alors, pourquoi tu l'as fait ?

– Pour voir si j'y arrivais. Mais tu le dis pas, d'accord ?

– Qu'est-ce que tu me donnes en échange ?

– Oh ! Laure ! T'as déjà mon Walkman.

– Oui, pour le porno. Deux Mars et deux Bounty. Ça va ? Tu me les achètes lundi en rentrant de l'école.

– OK.

– Bonne nuit.

Laure se redresse sur son coude et embrasse son frère sur la joue.

Le lendemain, quand Marc descend pour le déjeuner dominical, sa mère l'accueille par ces mots :

– Je ne te félicite pas. On ne peut vraiment pas te faire confiance.

Marc s'agrippe à la rampe de l'escalier. Son visage se crispe. *La salope… elle a cafté.*

– T'aurais quand même pu ranger après le départ de tes amis. Vos assiettes sales traînaient dans l'évier, vos verres et le Coca par terre dans le salon… et le canapé était plein de papiers de bonbons !

Marc, soulagé, sourit joyeusement à sa mère.

– Ça te fait rire ? Tu t'en fous ?

– Mais non, maman, pas du tout. Je suis désolé, j'ai oublié. Si tu veux, je passerai l'aspirateur.

À table, il épie tout de même sa sœur qui s'amuse à le faire marcher.

– Avec Marc on a fait un pari.

– Ah bon ? Quoi ?

– C'est un secret, je vous dis pas. Mais il a perdu. Alors, il me doit des Bounty et des Mars avec son argent de poche. De toute façon, c'est normal qu'il me gâte un peu, il a les moyens, il a plus que moi. D'ailleurs, c'est pas juste, pourquoi il a plus que moi ?

– Parce qu'il est plus grand.

– Oui, mais moi, je suis une fille. J'ai plus de besoins.

Ce jour-là, les parents ne surent rien. Mais quelque temps plus tard, une nuit – il était plus de deux heures du matin –, le père, Maurice, en se levant pour aller prendre un verre d'eau, aperçut de la lumière sous la porte de la chambre de son fils. Il le surprit, courbé sur son bureau, en train de terminer l'assemblage d'un boîtier.

– Tu ne dors pas ? Qu'est-ce que tu fais ?

– Rien, je... J'ai trouvé un plan de montage d'un boîtier électronique. J'essaye de voir si je suis capable d'en faire un moi-même.

Marc se sentait pris en faute et rougissait. Son bureau était couvert de fils électriques et de composants électroniques minuscules, saupoudrés de coquilles de Pipas qu'il mâchouillait en travaillant. Il avait déposé son ordinateur Apple sur le lit, une grosse machine à écrire blanche surmontée d'une console beige. Par terre, un carton contenait une dizaine de boîtiers noirs.

– À cette heure-ci ? dit Maurice en remarquant le carton rempli et en venant se pencher par-dessus l'épaule de son fils. Tu as vu l'heure ?

– Non.

– Il est deux heures vingt. Tu as cours demain.

– Je m'étais pas rendu compte…

– Qu'est-ce que c'est que ce truc ?

– C'est…

Marc fuyait le regard de son père. Il restait assis, son large dos voûté sur son petit bureau.

– Normalement, si ça marche, c'est un décodeur.

– Je suppose que ça doit marcher vu le nombre que t'en as déjà fabriqué. Qu'est-ce que tu comptes en faire ?

– C'est pour en donner à mes potes.

– C'est le décodeur Canal+ ?

Marc hésita un instant puis il avoua :

– Oui…

– Tu sais que c'est interdit.

– Oui, mais c'est cher, Canal+, et il y a tous les films récents.

– C'est encore plus cher si tu te fais prendre.

– C'est juste pour mes potes… et nous.

– Quoi ?

– Tu veux pas avoir Canal+ ? Le plan de montage circule, c'est pas de ma faute. C'est un magazine qui l'a publié. Moi, c'est un pote qui m'a filé une copie du plan. Et puis, regarde, il y en a même pas dix, là.

– Montre-moi le plan.

Maurice semblait le trouver assez compliqué.

– Tu es capable de faire ça ?

Le visage de Marc s'éclaira soudain d'une fierté enfantine.

– C'est pas très difficile, en fait.

– Ça fait longtemps que tu y travailles ?

– Oh ! Non, pas trop. Trois semaines à peu près pour tous les décodeurs.

Maurice était partagé entre un sentiment d'admiration et la

conscience de son rôle de père qui devait se montrer sévère. Marc le sentait et reprenait confiance. Son père, fasciné comme lui par les ordinateurs et les jeux vidéo, l'avait toujours encouragé et lui avait même offert cet ordinateur Apple avec lequel il apprenait à programmer.

– Quand même, dix décodeurs, c'est beaucoup. Ils te payent, tes copains ?

– Ben oui, faut pas déconner, il y a le prix du matériel.

– Ça t'a coûté combien ? Enfin, plus exactement, ça *m'a* coûté combien ?

– Dans les cent cinquante francs.

– T'avais autant ?

– Oui, avec l'argent de Mamie. Et puis, mes potes me remboursent avec un bénéfice. C'est normal, c'est moi qui les fabrique.

Marc savait mentir avec un air de parfaite sincérité. Il fallait juste que son père n'eût pas la mauvaise idée de regarder sous son lit où il cachait un deuxième carton prêt à être remis gare du Nord à son vendeur indien qui avait déjà été très satisfait de la première livraison et l'avait gratifié en échange d'une euphorisante liasse de billets bruns.

– Bon, dit Maurice, je vais réfléchir, mais tu me jures que t'en fais pas d'autres ?

Marc fit oui de la tête, puis non.

– Euh, non. Bien sûr que non ! Je te jure !

– Pas de ?... Pas de trafic, hein ?

– Mais non, papa !

– Et puis, surtout... Surtout, Marc, tu dois dormir. Ça ne va pas, ça, tu comprends. Regarde-toi, tu es tout pâle, tu as des cernes, tu es fatigué et tu as le bac dans trois mois, tu dois bosser ton bac. On te paye cette école pour que tu sois avec les meilleurs mais c'est cher, Notre-Dame-des-Anges. C'est une chance qu'on te donne.

– Je sais, papa.

– Et l'année prochaine, je veux que tu sois dans la prépa des écoles d'ingénieurs. Tu es intelligent, tu peux, si tu veux.

– Oui, papa.

Son père lui paraissait petit à présent, et vieux avec son crâne dégarni, ses épaisses lunettes à monture noire, son menton gras et tombant et les grosses veines bleues et grises saillantes sur ses mains.

– Tu comprends, Marc… Tu te rends peut-être pas encore bien compte… mais la vie, ça se joue maintenant, à ton âge. Ta mère et moi, on n'a pas eu la chance de pouvoir faire de belles études. Moi, surtout. On était d'un milieu où on pouvait même pas imaginer… Pour mon père mineur, que son fils devienne technicien à l'EDF c'était déjà extraordinaire. Mais on était à Lens, c'était une autre histoire, une autre époque. Nous, maintenant, on est ici aux portes de Paris – je ne te dis pas qu'on est malheureux, je ne crois pas que vous êtes malheureux…

– Bien sûr que non.

– Mais vous – ta sœur et toi –, vous pouvez faire beaucoup mieux que nous. C'est ce qu'on veut pour vous deux. On fait tout pour ça, maman et moi. On vous a mis dans cette école. Alors, voilà ce que je voulais te dire : gâche pas tes chances. Moi, je veux être fier de toi. Et plus tard, tu verras, tu me remercieras de t'avoir un peu emmerdé. Je te fais pas la leçon pour t'emmerder mais parce que ton avenir, c'est maintenant. Il faut que tu te disciplines, que tu bosses, que tu dormes pour être en forme. L'année prochaine en prépa, ça sera encore plus dur mais tu verras quand tu auras réussi le concours ! Et alors là, je te jure, pour te récompenser, je t'offrirai le plus bel ordinateur du monde !

– Oui, papa. Merci, papa.

– De rien. Mais t'as compris, alors ?
– Oui, papa.
– Alors, au lit ! Vite ! Allez, bonne nuit.
Et son père se pencha pour l'embrasser. Un baiser sur le front, rapide et pudique.

Thomas

« *Momma loves her baby*
And Daddy loves you too… »

Le son du petit magnétophone noir posé au pied de la table de nuit était au maximum. Allongé sur son lit, la tête enfoncée dans son oreiller qui sentait la séborrhée, les yeux grands ouverts, perdus dans le ciel blanc du plafond que remplissaient petit à petit les ombres de la nuit montante, Thomas écoutait *The Wall*. Il l'écoutait tous les jours sans se lasser, transporté par l'atmosphère dramatique de l'album qui lui semblait l'expression parfaite de ses émotions les plus profondes.

« *If you should go skating*
On the thin ice of modern life
Dragging behind you the silent reproach
Of a million tear-stained eyes,
Don't be surprised when a crack in the ice
Appears under your feet… »

Il était allé avec son père voir le film tout juste tiré de l'œuvre de Pink Floyd. Jamais un film ne l'avait autant marqué, ce mélange saisissant d'images réelles et de dessins animés, ces visions hallucinées des violences du monde, du fanatisme, de la solitude… Il avait demandé à sa prof d'anglais d'y emmener la classe. Elle s'était laissé convaincre et leur avait même par la suite fait étudier deux chansons. Thomas, lui, les connaissait toutes presque par cœur, ce qui lui faisait faire des progrès en anglais.

« *We don't need no education,*
We don't need no thought control… »

Sa chambre à présent était plongée dans l'obscurité et il était seul, infiniment seul : sentiment désespéré et ensorcelant. Deux larmes chaudes roulèrent sur ses tempes, dans ses cheveux.

« *Mother, do you think they'll drop the bomb ?*
Mother, do you think they'll like this song ? »

Pink petit garçon avait la fièvre. Sa maman faisait venir le docteur. Son père mourait dans une tranchée, le visage tordu d'épouvante, baignant dans la boue et dans le sang…

« *Mother, do you think they'll try to break my balls ?*
Ooh-ah, mother, should I build the wall ? »

… et le lamento planant de la guitare électrique se mêlait au vacarme des cris et des explosions. Puis, soudain, c'était le souffle lent des trompettes évoquant une sonnerie aux morts, le roulement d'un tambour et la voix plaintive de Roger Waters. Pink a perdu son père et sera élevé par sa mère. La cassette arriva au bout de la face A. Son magnétophone n'avait pas l'autoreverse. Thomas étira le bras sous la table de nuit pour retourner la cassette et lancer la lecture de la face B. Par la porte de sa chambre, il voyait les lumières de la rue, des réverbères et des vitrines des magasins, qui venaient lécher les vitres du salon. Il alla se chercher un verre de Banga à la cuisine. Le frigidaire est plein. Papa a fait les courses. Le salon sentait le tabac froid. Les livres de papa serrés sur les étagères. Et empilés par terre. Et sur la table basse. Thomas buvait à petites gorgées le liquide sucré qui laissait dans la bouche une amertume acidulée. « Oh ! Maman ! Tu m'as acheté du Banga ! – Bien sûr, mon chéri ! » Son verre à la main, il arpentait l'appartement éclairé seulement par les lumières de la rue. Une file de voitures coincées derrière une camionnette de livraison n'en finissait pas de klaxonner rageusement.

« *I've got a little black book with my poems in.* »

Dans la chambre de son père, le lit double était défait, les draps froissés, un oreiller tout tassé et l'autre à côté bien gonflé.

« *When I'm a good dog, they sometimes throw me a bone in.* »

La photo de ses parents cheveux au vent sur une plage des Landes trônait sur la commode parmi des livres et des vêtements en vrac. « Enfin, Jean-Claude, ne laisse pas tout traîner ! – Pardon, Martine. »

Il n'aimait pas ce petit appartement, il ne l'aimerait jamais, il était triste, les peintures défraîchies, le parquet minable avec des taches (rien à voir avec le beau parquet miel des chambres de leur maison d'Agen qui sentait si bon) et la cuisine minuscule, et la salle de bain avec ses joints moisis et son néon glauque qui faisait ressortir les boutons d'acné (Papa a dit qu'il allait la faire refaire)… Par la fenêtre de sa chambre, il avait vue (c'est-à-dire pas de vue) sur une petite cour sinistre aux murs noirs d'humidité, ou de pollution, ou les deux probablement, et jonchée de plumes et de fientes de pigeon. « On a de la chance, tu sais, d'habiter dans un quartier chic, à deux pas du Champ-de-Mars, à vingt minutes de Victor-Duruy. – J'étais à cinq minutes de Jasmin. – Oui mais, tu sais, il faut être réaliste : être ici, dans un grand lycée parisien, t'offre bien plus de chances, bien plus de débouchés, que d'être à Agen au lycée Jasmin. C'est comme ça, c'est un fait. – C'est toi qui as voulu venir à Paris. – On m'a offert un poste. – Tu l'as demandé. – À mon âge, un poste prestigieux comme ça… – C'est prestigieux d'être à Duruy ? – Oui ! »

Thomas savait très bien que son père avait voulu s'éloigner d'Agen, quitter leur maison, leur si jolie maison pleine de soleil et de souvenirs… Ici, c'est bruyant. Les bruits de la rue, les bruits des voisins, on entend tout d'un appart' à l'autre, et les canalisations, les radiateurs qui craquent…

Il alluma dans sa chambre, prit *L'Idiot* de Dostoïevski qu'il lisait avec passion et s'assit en tailleur sur son couvre-lit bleu pétrole, le dos bien calé dans son oreiller.

« *All alone or in twos*
The ones who really love you
Walk up and down outside the wall. »

Face à lui sur le mur, le poster de Gérard Philipe. Il adorait *Fanfan la Tulipe*. S'il ne devenait pas une star de la chanson, il serait acteur. Il aurait voulu avoir la chevelure de Gérard Philipe avec des boucles rebelles sur les tempes mais, hélas, il avait les cheveux raides et plats qui retombaient toujours bêtement sur son front et lui donnaient, selon lui, l'air d'un enfant de chœur. Tout sauf ça ! Alors, avec force gel, il se les plaquait en arrière puis les soufflait, les gonflait, les ébouriffait avec le sèche-cheveux de sa mère pour tenter d'obtenir un look romantique, quelque chose de sauvage et d'indiscipliné.

« *The bleeding hearts of the artists make their stand.* »

Ce soir, il n'arrivait pas à rentrer dans son roman. Même après que la cassette se fut arrêtée, les mots imprimés défilaient vides de sens (« Le prince éprouvait moins de pitié pour Keller que de honte à entendre ses confidences… »), tandis que des images sans aucun rapport avec les mots se bousculaient dans sa tête. Maman écoutait Bach à fond. *Jesus, bleibet meine Freude.* Elle avait horreur de la musique pop. Il se rêvait sur scène comme Pink Floyd dans le film, comme Roger Hodgson, le leader de Supertramp qu'il avait vu cette année en concert chantant debout, hypnotique, devant la foule pâmée, les milliers de briquets allumés au bout des mains, étoiles d'une éphémère Voie lactée. Giovanna l'Italienne trop canon. C'était comme ça qu'il s'imaginait Lolita. Lo, Lo, feu de mes reins… Son jean moulant, ses grands yeux noirs, sa moue boudeuse. Il l'embrassait dans le parc de Duruy contre le tronc de l'arbre centenaire. Il prenait ses seins dans ses mains. Ses seins, putain, ses seins ! « Tu chantes faux, Thomas. » Giovanna riait avec ses copines devant les salles des sciences près des toilettes et ne le voyait même pas. Il avait beau s'exercer… Ses parents lui avaient fait faire vers cinq ou six ans – ou sept ? – une demi-année de flûte et des bribes de solfège mais il paraît que ça ne lui avait pas plu. Il avait aussi suivi une année de danse classique. Avec son collant et son tee-shirt moulant, on dirait une fille sur la photo. Maman m'aurait rêvé Noureev. On avait regardé *Le Lac des cygnes* à la télé. « Ah ! Noureev ! Regarde, regarde ! C'est extraordinaire. » Mais ils quittèrent Bordeaux pour Agen et le judo remplaça la danse puis le tennis le judo. Et les ateliers de poterie, de dessin, le mime, le tir à l'arc, le funambulisme, dans quel ordre ? Quelles années ? Il ne s'en souvenait pas mais il eut droit à tout ce qui se présentait. Tout sauf la musique, va savoir pourquoi. « On ne peut pas tout faire. Tu as été très gâté, Thomas, tu sais ? – Je sais. »

Il paraît qu'il y a quatre ans, dans les toilettes des salles des sciences, un garçon s'est tiré une balle dans la bouche avec le pistolet de son père parce que sa petite amie ne voulait plus sortir avec lui. « Tu dis qu'on ne meurt pas d'amour, papa ? – Oui, et je pense que ce garçon avait certainement d'autres problèmes, plus graves, plus profonds. » C'est sûr que papa n'était pas mort d'amour, lui, certainement pas ! Il a dû la retrouver ce soir, sa Caroline. Il me l'a présentée l'autre fois sans insister. Elle était passée le chercher, ils avaient pris l'apéro au salon avant de sortir dîner. « Thomas, Caroline. » Elle était assez discrète et bien élevée mais elle avait un parfum vulgaire. Comment papa pouvait aimer l'odeur après le délicieux parfum léger de maman ? Thomas avait gardé le flacon presque vide de sa mère, à présent éventé. Il le respirait de temps en temps. Ça fait deux ans que maman est morte. Il n'a pas attendu longtemps, papa. Un jour, il va vouloir vivre avec Caroline, qu'elle vive ici, ça va être l'horreur.

À Paris, Thomas avait découvert l'ivresse du théâtre : jouer un rôle, répéter, dire les mots d'un autre, entrer sur scène, s'exprimer face au public… le trac, l'excitation, l'adrénaline. Il avait joué une pièce l'année dernière avec sa classe de français. La prof lui avait attribué le rôle principal de *L'Apollon de Bellac* de Giraudoux. Elle avait un faible pour lui, il l'avait senti, les autres élèves aussi, et certains jaloux disaient qu'elle le favorisait parce que son père était comme elle prof de français au lycée. Thomas jouait Monsieur de Bellac, un homme entre deux âges, qui enseignait à une jeune ingénue comment faire carrière : dire aux hommes qu'ils sont beaux. « À tous, même aux laids ? – Surtout aux laids. » Mais tout sage et désabusé qu'il fût, Monsieur de Bellac tombait, comme les autres, amoureux de la jeune fille. « Imaginez que je suis… l'apollon de Bellac. – Je ferme les yeux pour vous voir, n'est-ce pas ? – Vous comprenez tout. Hélas, oui. » À la fin, ils échangeaient un baiser. Il fallait réussir un baiser de théâtre au coin des lèvres donnant l'illusion d'un vrai. Sa partenaire, Natacha, avait une tête de plus que lui. Il avait la bouche à la hauteur de sa poitrine. Elle devait se pencher pour l'embrasser. La scène qui aurait dû être émouvante avait fait rire le public, c'est-à-dire les élèves du collège, les profs et les parents. Thomas s'était senti devenir tout rouge. La honte ! Je les déteste ! Depuis un an, il avait beaucoup grandi (il commençait tardivement sa croissance) mais il restait l'un des plus petits parmi les garçons et en souffrait. Par ailleurs, il n'avait embrassé sur la bouche, avec la langue, que trois filles, en sixième, puis en quatrième, quand d'autres se vantaient d'avoir déjà couché. Giovanna, feu de mes reins…

« Tout à coup, Lisavéta Prokofievna surgit seule sur la terrasse, se dirigeant vers lui… »

Le téléphone sonna dans le salon, réveillant en son cœur (à chaque fois) une indéfinissable espérance. La sonnerie rompait sa solitude, il se précipitait toujours pour répondre.

– Allô ?

– Thomas ?

– Oui.

– C'est moi.

– Salut, Jérôme.

– T'es prêt ?

Il avait oublié la boum de Sarah Bernstein. La fête, pardon ! À Paris, en seconde, on dit une fête. C'est les petits, les sixième, les cinquième, qui vont à des boums. À Agen, pourtant, on disait une boum aussi chez les seconde et même les terminale… Ils sont snobs ici, ils s'imaginent… Le flot de ses pensées l'avait emporté loin. Ou peut-être inconsciemment sa mémoire avait-elle remis à plus tard, le plus tard possible, la confrontation avec cette réalité qu'il désirait autant qu'il la redoutait ? Sarah invitait trois classes de seconde dans son hôtel particulier, dont le jardin donnait directement sur le parc de Victor-Duruy. Les plus jolies filles y seraient : Giovanna, Maud, Diane, Natacha, Laurence… Mais comment avoir l'air cool, classe, comme les Thibault, Bertrand, Pierre, Raphaël qui mesuraient déjà un mètre quatre-vingts, possédaient des collections de vêtements et de gadgets à la dernière mode, n'avaient presque aucun bouton d'acné et frimaient en prenant des airs de vieux cow-boys blasés ? C'est des cons, je les déteste !

– On se retrouve devant Le Villars ?

– OK.

– Tu te magnes, hein ? Que je poireaute pas trois plombes.

Jérôme l'attendait à Saint-François-Xavier, devant l'entrée du café Le Villars d'où s'échappaient un nuage de tabac bleu-gris, de la variété française et des effluves de bière et de pastis. C'était un long garçon maigre qui, en général, écoutait et parlait peu. Il était timide comme Thomas mais calme et réservé quand Thomas était émotif, impulsif et capable d'impertinence pour masquer sa timidité.

Devant la majestueuse porte cochère de l'hôtel particulier des Bernstein, rue Barbet-de-Jouy régnait l'agitation d'une ruche. Des jeunes arrivant à pied, d'autres déposés en voiture par leurs parents se présentaient au gardien qui vérifiait leurs noms sur une liste avant de les laisser pénétrer dans la cour pavée du XVIIIe siècle. Toutes les fenêtres de la façade à deux étages étaient chaudement éclairées. Sur le rebord des fenêtres du rez-de-chaussée des guirlandes de bougies palpitaient. Dans le hall d'accueil dallé de marbre noir et blanc d'où s'élevait un escalier princier, une dame en tablier blanc tenait le vestiaire. La sono faisait trembler les vitres. Le grand salon qui donnait sur le jardin était noyé dans un feu d'artifice d'éclairs colorés synchronisés avec la musique. Même les enfants des familles les plus riches étaient impressionnés. Thomas n'avait vu un tel luxe que dans des films et il se sentait mal à l'aise, vêtu comme un pauvre, bien qu'il ait mis ce qu'il avait, à ses yeux, de plus « in » : son jean Levi's (il avait supplié son père de lui en acheter un car on n'était rien sans Levi's à Duruy), ses Stan Smith et sa parka militaire kaki à épaulettes, couverte de poches bouffantes et resserrée aux hanches par un cordon élastique (elle aussi obtenue de son père en usant du même argument). La dame du vestiaire l'avait prié de lui laisser sa parka. Il portait en dessous un pull à col roulé irlandais en laine torsadée qui lui tombait sur les fesses, ce qui lui donnait, s'était-il dit jusque-là, une originalité d'artiste. Seulement voilà que les autres l'écrasaient encore de leur garde-robe : blousons d'aviateur en cuir, chemises hawaïennes, pulls ou sweat-shirts californiens à motifs, vestes sur jeans ou futes rouges ou blancs avec de grosses ceintures à boucles brillantes et des chaussures anglaises, italiennes, « bateau »... « T'as vu mes Church's ?... mes Sebago ? » Certes, tous les garçons n'en imposaient pas autant, Jérôme n'était pas très différent de lui avec son pull col V vert moutarde et d'autres aussi lui ressemblaient mais, dans ce palais flamboyant, Thomas éprouvait l'épouvante d'une Cendrillon après minuit. Depuis qu'il vivait à Paris, il n'avait été invité qu'à trois soirées : deux en troisième, une en seconde (il n'était pas très populaire en classe, beaucoup l'ignoraient). Il avait déjà pu comparer les grands appartements du 7e de ses camarades avec leur petit trois-pièces de la rue du Commerce.

À Agen, jamais il n'avait songé ni même imaginé toutes ces différences. On faisait des boums dans le salon de trente mètres carrés qu'on trouvait parfaitement assez grand et aussi dans le jardin devant la maison pour ceux qui en avaient un. On buvait du Tang, de l'Oasis ou du Coca, on mangeait des Nuts, des Mars, des Raider et le gâteau au chocolat d'anniversaire préparé par maman… et pour la première fois avec Karine, dans la salle de bain au premier étage, ils s'étaient roulé une pelle, les joues en feu, frissonnant du désir de franchir la frontière inconnue qui séparait leurs corps. Elle avait une toute petite bouche mais chaude…

Ils étaient chez Sarah depuis une demi-heure et Thomas avait déjà bu deux grands verres de sangria. Quel meilleur moyen pour se mettre à l'aise ? Au fur et à mesure qu'ils arrivaient, tous les adolescents s'étaient spontanément dirigés vers les grandes jarres où flottaient des morceaux d'orange pour se servir eux-mêmes ou se faire servir par le maître d'hôtel en costume noir et, petit à petit, les voix montaient à travers la musique, les conversations s'animaient, les groupes se formaient (à peu près les mêmes qu'au lycée) et des filles et des garçons dansaient seuls, côte à côte, face à face, se tortillaient avec un sens très variable du rythme, certains imitant assez bien John Travolta ou Michael Jackson, d'autres semblant agrippés à des marteaux-piqueurs. Jérôme entraîna Thomas ; ils se fondirent dans le grouillement général. « *Cinq heures du mat' j'ai des fris-sons-je-cla-que-des-dents-et-je-mon-te-le-son* », chantait le groupe Chagrin d'amour et les corps bourgeonnants, trop courts, trop longs, trop maigres ou trop gros, embarrassés comme dans des costumes mal taillés, s'agitaient avec une énergie furieuse sous les jets des lumières bariolées que voilait la fumée des cigarettes. Ça sentait fort le tabac et l'eucalyptus et, plus tard, par les portes-fenêtres ouvertes sur le jardin, parvint l'odeur âcre du hasch. Thomas fumait pour faire comme les autres. Tous fumaient pour faire comme les autres. « *Chacun fait-fait-fait c'qui lui plaît-plaît-plaît…* »

Certaines filles portaient des jupes ou des robes courtes et des collants mais la plupart étaient en jean ou en pantalon. Giovanna dansait. Ses grands yeux bruns chaviraient. Ses lèvres charnues peintes en rouge vif éclataient gaiement sur son visage comme une corolle de fleur et ses seins… ses seins… ronds, gonflés sous son pull noir qui devaient être doux mais doux ! Thomas se trémoussait en balançant la tête, ses cheveux longs volaient de droite et de gauche, des mèches se collaient sur son front moite, il les attrapait dans le peigne de ses doigts et les ramenait derrière ses oreilles. L'alcool roulait dans son sang, ronflait comme une forge dans son ventre, sous ses joues, ses paupières, ses tempes. Il avait repris un verre ou deux. Il était à présent sûr de lui. Presque sûr. Il osait sourire, adresser un clin d'œil à une fille qui comme lui se dandinait et secouait la tête, sa chevelure blonde balayant ses épaules. Elle s'appelait Diane. Diane Keller. Elle lui cria dans l'oreille :

– Et toi ?

– Thomas. Thomas Fournier.

– T'es dans la classe de Sarah ?

– Oui. Et toi ?

– En première A1.

– Ah oui ? (Elle était donc plus âgée que lui.)

– C'est ma cousine.

– Ah, d'accord.

Ils dansaient. Diane était petite, menue. Des petits seins. Comme ceux de Karine. Ils avaient échangé quelques mots. Bon. Déjà ça. Bon début. Qu'est-ce que je lui dis maintenant ? On verra. Dansons. Autour d'eux les autres braillaient sur la musique : C1… C2… tennis… clope… *Alien*, t'as vu ?…

Ouais, putain… super… mon père… ça craint… Ce qui la rendait jolie, Diane, attirante et sensuelle, c'était son visage mutin, sa moue boudeuse qu'éclairaient deux yeux bleu azur frangés de longs cils – une biche aux yeux bleus – et aussi son rire et sa voix curieusement grave et adulte qui surprenait chez une adolescente à la physionomie si juvénile. Thomas dansait à côté d'elle. Ils s'effleuraient, se touchaient, se bousculaient de temps en temps ; et elle riait en rejetant la tête en arrière. Toutes les têtes tournoyaient, les regards sautaient des visages aux mains, des mains aux pieds, des pieds aux détails intimes de l'anatomie du voisin ou de la voisine puis se perdaient dans le vague, aveuglés sous l'averse de gouttes roses, vertes, jaunes, blanches que déversait la boule à facettes accrochée au plafond. L'immense salon d'apparat tanguait, le beau parquet criait grâce sous les coups incessants des dizaines de pieds déchaînés quand tout à coup une nouvelle chanson fit chavirer la foule des danseurs jusqu'à ce qui semblait s'apparenter à une transe collective. Le poing rageusement levé, la jambe fracassant les plinthes, presque tous hurlaient en chœur les paroles de Trust :

« *Antisocial tu perds ton sang-froid…*
Tu bosses toute ta vie pour payer ta pierre tombale,
Tu masques ton visage en lisant ton journal,
Tu marches tel un robot dans les couloirs du métro…
Impossible d'avancer sans ton gilet pare-balles…
Impossible de violer cette femme pleine de vices.
Antisocial, antisocial, antisocial !… »

Diane ne s'emballa pas pour cette chanson protestataire. Elle aimait mieux les rythmes dansants de Kool and the Gang ou de Diana Ross. Thomas pensa : putain, ils ont conscience de ce qu'ils chantent ? Heureusement que le ridicule ne tue plus ! Les fils et les filles des bourges les plus friqués de Paris, dans l'hôtel particulier d'un milliardaire ! Pour lui, cela ne faisait aucun doute, le père de Sarah était milliardaire.

Sans transition, il y eut un slow, « *Everybody's Got to Learn Sometimes* », des Korgis.

– Tu danses ?

Diane lui passa les bras autour du cou. Thomas la prit gauchement par la taille. Ils évoluaient au milieu des autres couples sous la lumière noire qui rendait phosphorescents tous les tissus blancs ou très clairs. Diane avait un chemisier blanc et Thomas son pull irlandais. Ils tournaient sur eux-mêmes comme deux fantômes pataudss et insensiblement se rapprochaient jusqu'à ce que, soudain, leurs poitrines se touchent. Thomas, électrisé, bougeait plus lentement encore, le nez dans les cheveux de Diane qui sentaient la pêche. Ses yeux se posèrent sur un couple qui avait déjà sauté le pas et s'embrassait goulûment. Il reconnut Raphaël, le tombeur d'un mètre quatre-vingt-cinq que les filles trouvaient tellement beau avec sa mèche blonde. Il se dit qu'il devait tenter sa chance. Diane se pendait doucement à lui. Il s'enhardit. C'est le moment ! Ses mains se joignirent dans le bas du dos de la jeune fille. Il plongea la tête dans son cou et resta là un moment à humer son parfum sucré. Tout va bien. Le cœur battant, dans un tourbillon d'excitation brûlante, il posa les lèvres sur sa peau et forma un baiser. Diane s'écarta :

– Ah, non.

Son adorable visage prit une expression vaguement méprisante et moqueuse qui semblait dire : « Mais qu'est-ce qui t'a pris ? » Et elle s'en alla tranquillement rejoindre une fille trop grosse oubliée sur un canapé contre le mur et qui, pour se donner une contenance, croquait sans discontinuer des sucreries.

Thomas, rouge d'humiliation et craignant que les autres aient surpris ce qui s'était passé, partit dans la direction opposée. Il se cognait aux danseurs qui l'ignoraient sauf Jérôme qui tenait délicatement Sarah par la taille et lui fit un clin d'œil quand il passa. Quelques ados par petits groupes fumaient sur les côtés de la salle. La fumée s'entortillait autour d'eux comme un serpentin, s'accrochait à leurs têtes puis se détachait pour s'en aller se perdre dans la nuit violacée des lumières noires. Le maître d'hôtel veillait avec circonspection et servait au premier signe, la plupart du temps de la sangria. Thomas reprit un verre qu'il vida en trois gorgées. Il fit glisser dans sa bouche le quartier d'orange qui restait au fond du verre. Il avait du mal à fixer son regard. Le sol, les murs tanguaient un peu. Les coups rythmés des basses lui portaient sur le cœur. Il avait envie de faire pipi. Il se dirigea d'un pas incertain à la recherche des toilettes. Sans trop savoir pourquoi, il lui parut devoir aller les chercher au premier étage et il monta l'escalier de marbre en s'agrippant à la rampe en fer forgé. Les slows s'enchaînaient, la musique remplissait toute la maison. Thomas poussa une porte. Entre une baignoire et un bidet, Thibault, un autre play-boy, de la seconde C2, et Giovanna, à moitié dénudés, s'embrassaient en se caressant. Thomas resta un instant à les fixer avec des yeux ronds de poisson.

– Tu comptes mater comme ça longtemps ? Barre-toi, quoi !

– Pardon…

– Et ferme la porte !

Thomas se sentait à présent en proie à un vertige, à la fois triste et honteux, et victime d'une terrible injustice. Un matin, il était entré sans prévenir dans la chambre de ses parents et les avait surpris emmêlés sous leur drap. Son père avait crié : « Qu'est-ce que c'est que ça ! Va-t'en ! On dort ! » Il était pourtant clair qu'ils ne dormaient pas. Plus tard, son père lui avait encore fait la leçon : « Plus jamais tu n'entres dans notre chambre comme ça quand la porte est fermée, c'est bien compris ? Chez nous c'est chez nous. »

Thomas frappa à la porte suivante. Pas de réponse. Quand soudain une dame, qui ressemblait de façon frappante à Sarah, apparut au fond du couloir.

– Bonsoir, tu cherches quelque chose ?

– Bonsoir, madame. Euh… oui, les toilettes.

– La porte ici. Mais normalement il y en a en bas.

– Merci, madame.

– Tu es dans la classe de Sarah ?

– Oui, madame.

– Tu t'appelles comment ?

– Thomas Fournier.

– Ben, vas-y, vas-y.

– Merci, madame.

Elle le regardait en comprenant qu'il avait trop bu de sangria, la seule boisson alcoolisée qu'elle avait finalement autorisée après avoir été longtemps suppliée par sa fille. « Enfin, maman ! On est en seconde quand même ! » Thomas entra dans les toilettes d'une démarche presque coupable. Il trouva le moyen de se cogner contre le mur en refermant la porte.

– Ça va ?

– Oui, oui.

Quand il sortit, la mère de Sarah n'était plus là. Il la vit dans le hall en train de discuter avec la bonne en charge du vestiaire. Dans le grand salon, les couples se frottaient plus étroitement encore.

« *How deep is your love ?* »

Là-bas, sous le miroir devant la cheminée, Diane dansait avec un type qu'il ne connaissait pas, qui portait un blazer sombre à boutons dorés d'où dépassaient, phosphorescents sous la lumière noire, les manches et le col d'une chemise blanche. Et voilà que… putain ! Non, mais qu'est-ce qu'il a de mieux que moi, ce connard, bordel ! Thomas but à nouveau un verre puis un autre, qu'il se servit tout seul avec la louche en argent, le maître d'hôtel s'étant absenté. Il sortit dans le jardin, son verre à la main. Les longues silhouettes tourmentées des vieux arbres du parc de Victor-Duruy se devinaient sous le ciel de Paris baigné d'une pâle lueur mauve. Au fond du jardin, derrière un buisson, assis dans l'herbe humide, deux filles et deux garçons fumaient un joint. Thomas s'approcha d'un pas lourd et chancelant.

– Salut.

– Tu veux quoi ? dit une fille, méfiante.

– C'est Thomas, je le connais, dit l'un des garçons, Bertrand.

– C'est quoi ?

– Tu déconnes !

Thomas rit soudain.

– Je peux ?

– T'en veux ?

– Ouais, vas-y, passe.

– Assieds-toi.

Thomas s'affala sur l'herbe et renversa le reste de son verre.

– Toi, mon pote, t'as forcé sur la sangria.

– Vas-y, passe.

– T'as déjà fumé ?

Thomas mentit :

– Ouais, vas-y, passe.

Il tira une bouffée, s'étrangla, toussa.

– Hé ! Moins fort !

Il reprit le joint et inspira lentement mais toussa encore. La fumée lui râpait le palais et la gorge. Il eut un relent acide de sangria. Il rendit le joint à Bertrand.

– Merci.

Il se releva. Il titubait franchement. Ses joues brûlaient et il lui semblait que l'air était chargé d'une vapeur cotonneuse.

– Hey ! Si on… si on escaladait le mur pour aller dans Duruy ?

– C'est ça ! T'as vu la hauteur ?

– Je m'en fous. Je suis cap'.

Il grimpait déjà dans un troène dont les branches touchaient le mur. Il réussit à se hisser sur l'arête de tuiles, d'abord à califourchon, puis il se mit debout. « *One Step Beyond* » de Madness avait succédé aux slows. L'hôtel particulier tremblait et flambait comme un brasier de l'enfer dans lequel sautaient tels des forcenés des diables aux pieds fourchus. À l'étage, dans une chambre, un couple s'étreignait. Au grand bal du diable ! au grand bal du diable ! *Le Maître et Marguerite* de Boulgakov traversait l'esprit vacillant de l'adolescent ivre.

– T'es con ! Déconne pas ! Descends.

– Je vole ! Je suis un oiseau. Je vole.

– Putain ! Il va se casser la gueule.

Thomas riait d'un rire forcé et stupide. Tous ceux qui se trouvaient sur le perron et dans le jardin le regardaient.

– Descends.

– Vous êtes tout petits d'ici. Tout petits…

– Arrête, Thomas.

– C'est qui ?

– C'est qui ?

– Thomas.

– C'est qui, Thomas ?

– Il est bourré.

À présent, un attroupement s'était formé. Bertrand, grimpé dans l'arbre, tentait de convaincre Thomas de lui attraper la main pour l'aider à redescendre. D'autres jeunes, intrigués, sortirent sur le perron. Parmi eux, Jérôme. Puis, le maître d'hôtel vint voir à son tour.

– Thomas, qu'est-ce que tu fous ? Fais gaffe. Tu vas tomber.

– Jérôme...

– Oui, Thomas.

– Attrape ma main, criait en même temps Bertrand qui s'agitait dans le troène.

– Jérôme... je t'aime.

– C'est bon, allez, descends. Bertrand va t'aider.

– Je veux te parler.

– Descends, on va parler.

– Pourquoi personne ne m'aime ?

– Tout le monde t'aime.

– Je sais même pas pourquoi je vis. On est tous comme des cons. Non mais regarde, regarde ! (Thomas montrait du doigt la salle de danse.) Tous comme des cons !... Moi aussi, je peux faire ça ! C'est pas dur... *One step beyond ! One step beyond ! One step beyond !...*

Il se balança lourdement comme un ours en levant ses pieds, perdit bien entendu l'équilibre et tomba dans les buissons en se râpant le dos contre le mur. Le maître d'hôtel, Jérôme, un autre garçon et deux filles se précipitèrent auprès de lui.

– Ça va, Thomas ?

– Où je suis ?

– T'es chez Sarah. À la soirée de Sarah.

Il était le cul dans un tapis de feuilles mortes et regardait d'un air hagard ceux qui l'entouraient.

– T'as mal ?

– Vous avez mal ? demanda le maître d'hôtel.

– J'ai chaud.

– Vous pouvez vous mettre debout ?

Le maître d'hôtel et Jérôme l'agrippèrent sous les aisselles et le relevèrent.

– Ça va ?

– Ça me pique dans le dos.

– Vous vous êtes râpé. C'est rien.

– Je saigne ?

– Je vais chercher la trousse à pharmacie, venez, je vais vous nettoyer.

– Je saigne ! Je vais mourir.

– Mais non.

– Je me sens mal.

– Ça va.

Il devint soudainement tout vert et vomit en geyser dans l'herbe devant lui tandis que les autres s'écartaient, dégoûtés, craignant d'être arrosés. Après s'être vidé jusqu'à ne plus avoir dans le ventre que de la bile, il tremblait sur ses jambes. Son visage d'enfant reprenait une coloration plus habituelle mais restait très pâle.

Sarah et sa mère arrivèrent ensemble.

– Qu'est-ce qu'il s'est passé ?

– Rien. Rien de grave, dit le maître d'hôtel. Un peu trop de sangria. Et une égratignure.

– Où ça ?

– Dans le dos.

– Viens, mon garçon. Je m'en occupe, Maurice. Retournez plutôt au salon. Et enlevez la sangria, hein ?

– Oui, madame.

Plus personne ne dansait. Les ados se pressaient aux portes, s'agglutinaient sur le perron.

– Allons, les enfants, retournez danser, tout va bien. Et laissez-nous passer, merci.

Thomas avançait poussé par la mère de Sarah. Il vit Diane

qui le regardait en pouffant avec le garçon qui tout à l'heure l'embrassait. Il détourna aussitôt la tête. La mère de Sarah l'installa dans la salle de bain du premier étage où il avait surpris Giovanna et Thibault. Elle lui tamponna doucement le dos avec une compresse d'eau tiède en même temps qu'elle tançait sa fille.

– Je regrette de t'avoir cédé, Sarah. J'étais sûre qu'il ne fallait pas d'alcool. Heureusement que ton père n'est pas là !

– Je suis désolé, madame, balbutia Thomas.

Mais Sarah répliquait en même temps à sa mère :

– Parce que dans tes soirées il y a jamais personne de bourré.

– Si tu le prends sur ce ton, je te préviens, c'est la dernière fois.

– Toi, bravo ! dit Sarah à Thomas.

– Va plutôt voir s'il n'y en a pas d'autres. À votre âge, vous ne tenez pas l'alcool. Je n'aurais jamais dû t'écouter.

Sarah partit en claquant la porte.

– Alors, ça, ma vieille ! lui cria sa mère, furieuse, à travers la porte.

Elle finissait de désinfecter les griffures au Dakin quand Thomas se mit à sangloter.

– Allons, allons… T'avais pas l'habitude. Tu feras attention la prochaine fois.

– J'ai honte, dit Thomas.

Son père vint le chercher à minuit et demi comme c'était prévu, dans la vieille R18 qui, autrefois, lui paraissait chic et à présent bien modeste. Thomas s'attendait à se faire sérieusement engueuler. Il avait l'impression de puer le vomi à plein nez. Mais son père lui dit seulement :

– Ta première cuite ! Moi, figure-toi, j'avais douze ans. C'était à un mariage. J'étais garçon d'honneur. Avec les cousins, on s'était sifflé tous les fonds de bouteilles. Je te dis pas. On tenait plus debout.

Thomas prit une douche, se brossa les dents et se coucha. Il avait la tête lourde et, allongé sur le dos, la nuque bien calée dans ce que sa mère appelait son sac à rêves, il sentait tourner sa chambre autour de lui comme un manège. La mère de Sarah avait les mains fraîches et douces. Les mains d'une mère. Il voulait retrouver le visage, le sourire de sa mère, lui murmurer « je t'aime, maman », mais plus il se concentrait pour la voir et entendre sa voix, plus elle lui échappait, devenait une image dont les contours s'estompaient. Maman, maman… Maman, maman… C'était si difficile de bien se rappeler. Pourtant, le soir, tous les soirs, elle se penchait pour l'embrasser, et elle avait toujours les mains fraîches, ça, il s'en souvenait.

Jeanne

– C'est la fille du facho.

– Non ?… La fille de cette ordure ? De ce gros raciste ?

Un jour, Jeanne avait surpris deux profs qui parlaient d'elle à l'angle d'un couloir. Ils ne l'avaient pas vue arriver. Ils s'étaient tus brusquement en la découvrant et elle avait eu la certitude qu'ils parlaient bien d'elle. Elle avait alors éprouvé tout à la fois de la honte et de la colère. Elle avait failli les apostropher. « C'est de moi que vous parlez ? Et qu'est-ce que vous savez de mon père ? Qu'est-ce qui vous permet de dire ça ? » Elle s'était retenue et elle était passée en rougissant jusqu'aux oreilles. Depuis, chaque fois qu'elle surprenait des profs ou des élèves ou des gens dans la rue qui la fixaient en bavardant, elle s'imaginait qu'ils échangeaient le même genre de propos. Elle prenait une inspiration et passait dignement, mâchoires serrées, front plissé, poings fermés, et sous sa petite poitrine son cœur battait à coups sourds. Parfois, elle se mettait à courir comme si elle avait quelque chose de très urgent à faire. Parfois, elle rêvait de changer de nom, elle détestait son nom, puis, plus tard, elle regrettait d'avoir pu le souhaiter. Comment peux-tu être si lâche ? Regarde papa. Est-ce qu'il a jamais eu peur de qui que ce soit ? Papa a horreur qu'on pleurniche. Il dit toujours : « De quoi tu te plains ? Relativise. Tu pourrais être nue dans la neige en temps de guerre. »

Roger, le chauffeur de sa mère, l'attendait en général, comme elle l'exigeait, à cent cinquante mètres de son lycée, devant la bouche de métro. Elle s'engouffrait dans la longue voiture noire. Quand il ne venait pas la chercher, elle rentrait à pied – une quinzaine de minutes de marche. Le gardien dans la guérite, derrière la noble grille d'entrée de la villa Montmorency, la résidence privée la plus chic du 16e arrondissement, la saluait à son passage et Jeanne le gratifiait d'un grand sourire qui rendait aussitôt à son visage une gaieté enfantine. Dès qu'elle pénétrait à l'intérieur de cette enceinte, elle ne risquait plus de regard ni de réflexion désagréables. Elle aimait bien le gardien, un vieux Marocain moustachu qui ressemblait à un fox-terrier. Il lui offrait de temps en temps un verre de son délicieux thé à la menthe bien sucré. Dans les ruelles de « la Villa » (dans sa famille et au sein du parti de son père, tout le monde disait « la Villa »), Jeanne ne croisait pas grand monde. Les riches habitants des demeures noyées dans la verdure de ce village privé étagé sur la butte d'Auteuil – un prince arabe, un producteur de cinéma, une star de la chanson, une vieille comtesse, un homme d'affaires, un boucher ayant fait fortune avec une chaîne de restaurants de viande, etc. – ne se déplaçaient pratiquement qu'en voiture. Ici, Jeanne était à l'abri… mais en cage. Il lui arrivait d'avoir cette pensée qu'elle vivait dans un zoo, nourrie, soignée mais…

Ce soir-là, elle rentrait tard, après son cours de tennis. Comme c'était le cas plusieurs fois par semaine, parfois même tous les soirs, la maison familiale s'apprêtait à recevoir les nombreux invités de son père. Le traiteur habituel, profitant du beau temps, avait dressé une table pour un apéritif dans le jardin devant la véranda. Le haut de la grosse bâtisse de briques roses flamboyait sous les rayons du soleil couchant.

Jeanne fut comme toujours accueillie d'abord par Roland, leur vieux chien, un bouvier des Pyrénées, qui se pressa à sa rencontre en frottant ses pattes aux griffes trop longues sur le dallage de l'entrée. Il la salua d'un jappement joyeux.

– Bon chien, ça. Bon Roland. Bon Roland.

Sa langue pendante lui couvrait le menton de bave tandis qu'elle lui grattait le cou et l'arrière des oreilles. Puis, elle vit Nana qui s'activait dans la cuisine. Nana était leur bonne et leur nounou. C'était une Mauricienne toute ronde à la voix suave et musicale, qui les élevait, sa sœur et elle, depuis leur naissance.

– Bonsoir, ma poulette. Comment ça va ?

– Ça va. Et toi, Nana ?

– Oh ! moi, ça va. Encore du monde ce soir.

– Combien ?

– Vingt personnes, je crois.

Une petite télévision ronde comme un casque de scaphandrier était allumée sur une étagère. Nana la laissait allumée presque toute la journée. Le visage grave, le présentateur du journal annonçait : « Accident dans une centrale nucléaire près de Kiev en Union soviétique. Il y aurait de nombreuses victimes. Un nuage radioactif dérive des pays scandinaves vers la Tchécoslovaquie… »

– Tu m'apporteras mon dîner dans ma chambre.

– Comme tu veux, ma poulette.

– Je veux des crêpes.

– Des crêpes. Mais j'en ai pas fait ce soir.

– Eh bien, tu en fais. C'est pas long. Je veux une complète et une Nutella.

– Bon.

– Il y a du cidre ?

– Je sais pas. Je vais regarder.

– Je veux du cidre. Tu dis à Roger d'aller en chercher s'il y en a pas.

– Roger est parti chercher ta mère chez le coiffeur.

– Quand il revient, tu lui dis que je veux du cidre.

– Je vais voir. Il y en a peut-être à la cave.

– Tu sais où sont Dodo et Fantaisie ?

– Fantaisie, je l'ai vue passer sur le mur du jardin tout à l'heure. Et Dodo doit dormir quelque part là-haut.

En gravissant l'escalier couvert d'un tapis rouge usé que fixaient aux marches des baguettes de cuivre, Jeanne passa devant les dizaines de photos de son père qui couvraient le mur : Georges Dolman à la tribune de meetings, les bras levés en V de la victoire, Georges Dolman à la télévision, Georges Dolman en lieutenant pendant la guerre d'Algérie, Georges Dolman à l'Assemblée nationale, Georges Dolman à la barre d'un voilier, le regard virilement fixé sur l'horizon… ou encore là, tout rayonnant de plaisir, un collier de fleurs de frangipanier autour du cou, au milieu d'affriolantes Tahitiennes en costumes traditionnels.

Sur le palier, l'adolescente appela de sa voix étrangement grave pour une fille de quinze ans :

– Dodo ! Dodo ! Fantaisie !

Elle poussa d'un coup de coude la porte de sa chambre en

espérant trouver ses chats mais ils n'étaient pas là. Elle abandonna sur le tapis ses affaires de lycée et le sweat-shirt de coton qu'elle portait sur les épaules.

– Dodo ! Fantaisie !

Elle alla voir dans la chambre de sa sœur, dans celle de ses parents et, enfin, dans le bureau de son père, mais, avant d'en ouvrir la porte, elle toqua plusieurs fois. N'obtenant pas de réponse, elle entra et découvrit ses deux chats en position de chasse plantés au pied de la haute armoire d'acajou sur laquelle s'était réfugié un pigeon terrifié. Elle attrapa aussitôt les chats et courut les enfermer dans sa chambre puis revint dans le bureau. Le pigeon n'avait pas bougé. Il semblait posé sur le ventre. Jeanne essaya de le faire s'envoler par la fenêtre ouverte mais elle eut beau sauter en agitant les bras devant l'armoire, le pauvre oiseau ne bougea pas. Elle grimpa alors sur une chaise et le prit entre ses mains. Le pigeon ne broncha pas mais son cœur battait fort. Elle sentit dans sa paume quelque chose de poisseux. Il était blessé sous l'aile. Il ne pouvait pas voler et ne survivrait pas si elle le relâchait. Elle se demandait ce qu'elle pouvait bien faire. Évidemment, ne le montrer à personne. Elle savait d'avance ce qu'on lui dirait. Un pigeon crasseux plein de germes et de maladies sans doute, pouah ! Débarrasse-nous de ça tout de suite ! Elle eut une idée. Elle passa par la salle de bain de ses parents, prit des compresses, du mercurochrome et le brumisateur d'eau d'Évian de sa mère, emmaillota l'oiseau dans une serviette et monta au deuxième étage où se trouvaient deux chambres mansardées, dont celle de Nana, et un vaste grenier où il était théoriquement interdit d'aller. Dans cette longue pièce basse, l'odeur de renfermé vous prenait à la gorge, il faisait chaud comme dans un four et l'on respirait mal. À travers des lucarnes, deux bras de soleil traversaient la poussière et les vieilles toiles d'araignée grises dans lesquelles tremblaient des miettes de plâtre et des restes de mouches. Jeanne s'enferma dans le grenier pour ne pas y être surprise, puis elle ouvrit une lucarne pour faire entrer de l'air frais et, espérait-elle, permettre au pigeon, quand il irait mieux, de retrouver sa liberté. Elle l'installa au centre de la serviette. Il se laissait faire en fixant sur elle les deux perles noires de ses yeux ronds. Elle souleva doucement son aile blessée. Il s'agita faiblement. Elle vaporisa sous l'aile avec le brumisateur. Il s'agita encore, entrouvrant son aile valide qui claqua sur le sol. Puis, il se calma. Il paraissait apprécier. Elle décida de le laisser tranquille un moment. Elle en profita pour fureter parmi les malles et le bric-à-brac accumulé au fil des ans. Dehors, la voix de sa mère :

– Tout est prêt, Nana ?

– Oui, madame.

– Georges est là ?

– Monsieur n'est pas encore arrivé, madame.

Jeanne ouvrit une malle pleine à ras bord de vieux papiers, de lettres, de cartes postales, de photos. Elle y trouva aussi un revolver – son père adorait les armes –, une épuisette, un ours en crin avec deux boutons de veste pour les yeux, un loup de velours bleu nuit et un martinet à lanières de cuir. Elle se souvenait d'avoir déjà vu un fouet au fond d'un tiroir de la commode de ses parents. Elle devait avoir sept ou huit ans. Elle avait eu peur. Elle pensait que son père l'avait acheté pour les fouetter si elles n'étaient pas sages.

Il y avait tout un classeur de partitions de musique : des chansons populaires françaises, des chants militaires, des chansons grivoises. « Papa, chante encore, s'il te plaît, papa chéri ! » Son père se tient debout. Elles sont dans le canapé, de chaque côté de leur mère, blotties contre elle, leurs têtes blondes levées comme celles d'oisillons dans un nid, remplies d'amour et d'admiration pour cet homme massif aux yeux clairs qui se fait un peu prier par coquetterie puis se remet à chanter :

« *Aux marches du palais,*
Aux marches du palais
Y a une tant belle fille lon la,
Y a une tant belle fille. »

Elle n'a pas de meilleurs souvenirs d'enfance. Ces soirées, rares, où ils étaient tous les quatre, où son père semblait leur appartenir.

Dans une boîte à chaussures au fond de la malle, elle découvrit des lettres de femmes. Elle en lut deux piochées au hasard, qui la troublèrent. Des déclarations d'amour. Brigitte. Chantal. Des admiratrices ? Papa est beau, bien sûr qu'il plaît aux femmes, et c'est un homme public célèbre. Mais pourquoi a-t-il gardé ces lettres ? Peut-être parce que c'est flatteur pour lui... Elle chercha la date sur les enveloppes. Le tampon de la poste indiquait pour l'une l'année 1960. Papa n'était pas marié. L'autre, celle de Chantal, datait de 1965. Je n'étais pas née, mais Marie-Astrid avait un an. Elle relut la lettre. Cette femme vouvoie papa. Une admiratrice. Bon.

Jeanne sélectionna dans le tas de lettres les plus récentes. Elle en trouva une de 1978 : « Cher monsieur le député, je me permets de solliciter... » Elle en trouva une autre écrite plus tard la même année par la même Emma. « Oh ! Georges ! Cette nuit au bord de la rivière au fond du parc ! Les autres dansaient dans l'hôtel. C'était tellement fou, mon Dieu ! Quel homme tu es ! Je t'attends, je t'aime, mon grand chéri ! »

Jeanne en resta tout chose, en partie incrédule mais en même temps bouleversée. Les mots se brouillaient devant ses yeux. Papa aime maman. Ils ne se quittent pratiquement jamais. Ils voyagent toujours ensemble. Ils ne nous emmènent jamais avec eux.

Elle tenta de réfléchir posément. Si papa a gardé ces lettres, c'est parce qu'il n'a rien à cacher, parce qu'il n'a pas peur qu'on les trouve. Maman pourrait les trouver aussi. Il y a des femmes qui s'inventent des histoires qui n'existent pas. Maman m'a déjà dit : tu n'imagines pas comme un homme politique est dragué. Il y a peut-être des femmes jalouses qui écrivent des mots exprès pour faire du mal. Comme dans *Dallas*. (Nana, sa sœur et elle suivaient la série américaine.)

Tandis qu'elle se rassurait avec ces arguments, elle entendit son père qui arrivait en lançant de sa voix de stentor : « Bonsoir, ma chérie ! »

Bien sûr que non ! Papa n'a pas trompé maman avec cette salope ! Elle remit les lettres dans la boîte à chaussures et referma la malle.

Le pigeon ne bougeait pas. Le soleil rougissait à travers les lucarnes et Jeanne voyait grossir les ombres dans le grenier encombré. Très délicatement, elle tamponna l'aile blessée avec une compresse de mercurochrome. Le pigeon poussa un étrange gémissement de douleur, presque humain.

– Ça va aller, mon petit oiseau, lui chuchota-t-elle d'un ton maternel. Dis, comment je vais t'appeler ? Faut que tu aies un nom, qu'est-ce que tu en dis ?

Elle pensa soudain au pigeon voyageur dans *Les Fous du volant*, un de ses dessins animés préférés quand elle était petite.

– Zéphyrin, je vais t'appeler Zéphyrin. Ça te va, Zéphyrin ? Bon, alors, d'accord. Je vais revenir, Zéphyrin. Tu te reposes et je reviens tout à l'heure. Courage, Zéphyrin. Ça va aller.

Elle laissa son oiseau, sortit en refermant doucement la porte du grenier et descendit l'escalier sur la pointe des pieds. Par la porte restée entrouverte de la salle de bain, elle aperçut sa mère en sous-vêtements devant sa psyché en train d'hésiter entre deux robes. Catherine était grande, comme sa fille, mais plus féminine, avec des hanches plus larges, des épaules rondes. Elle étudiait avec attention dans le miroir son visage mat à l'ovale régulier que remplissaient deux yeux de biche bruns bordés de longs cils trop soigneusement faits qui, lorsqu'elle s'animait dans une conversation, battaient comme des éventails et lui donnaient un air nunuche. Elle s'appliquait de la poudre sur les joues et le front, tentant mais en vain d'effacer les rides.

– Maman…

Catherine sursauta.

– On frappe avant d'entrer.

– La porte était ouverte.

– Qu'est-ce que tu veux ?

– Rien… Parler un peu avec toi.

– J'ai pas beaucoup de temps. Les invités arrivent dans un quart d'heure.

– Tu vas bien, maman ?

– Ça va. Et toi ? Laquelle tu préfères ?

– La bleue, avec tes yeux.

– Ah oui.

Catherine posa l'autre robe sur une chaise et enfila celle que lui conseillait sa fille.

– Dans un mois, c'est les grandes vacances. Tu es très belle dans cette robe, maman.

– Ah, merci. Tu trouves, vraiment, ça va ?

– On ira à La Baule ?

– Oui.

– Tous ensemble ?

– Oui, enfin, on vous rejoindra. Jusqu'au 14 juillet, papa a toujours beaucoup de choses.

– Et le 14, vous viendrez ?

– Je ne sais pas ce que papa a prévu.
– Vous ne viendrez pas ?
– Si, je pense.
– L'année dernière vous n'êtes pas venus.
– Mais si !
– Non. Vous êtes passés le 15 août.
– Donc, on est passés.
– Oui mais pas beaucoup.
– C'est un reproche ?
– Les autres, ils ont leurs parents.
– Les autres, leurs parents ne sont pas président du Parti national.
– Tu n'es pas présidente, toi.
– J'accompagne ton père. Il a besoin de moi.
– Tout le temps ?
– Bon, Jeanne, ça va, là ! Qu'est-ce que c'est que cette revendication subite ? Ma fille est une syndicaliste, maintenant ?
– C'est juste que… ça me ferait plaisir… et à Marie-Astrid aussi…
– Oh ! Marie-Astrid, à mon avis, moins elle nous voit, mieux elle se porte.
– C'est faux.
– Tu le connais, son Sébastien ?
– Cédric. Oui, un peu.
– Bon, ma chérie, laisse-moi maintenant.
– Je ne t'empêche pas de te préparer.
– Oui mais si ça ne te dérange pas, je voudrais faire pipi.
– Ah, pardon.

Jeanne entendit sa mère tourner la clef dans la serrure. Elle resta un moment immobile dans le couloir, les poings serrés, déçue et triste. Je te déteste, pensa-t-elle. La porte du bureau de son père était fermée également. Elle frappa trois coups, n'obtint pas de réponse, ouvrit mais demeura sur le seuil car son père était au téléphone. Il portait son blazer bleu marine à boutons dorés et fumait son cigare. Il la salua de la main puis l'ignora, concentré sur sa conversation. Elle referma la porte. La clochette du portail retentit. Les premiers invités. Elle rentra dans sa chambre. Dodo dormait sur son lit. Fantaisie était repartie se promener par la fenêtre ouverte. Du jardin montaient la grosse voix d'un homme et la joie forcée d'une femme.

– Oh ! Ces roses ! Regarde, Henri !

– Comment il s'appelle déjà, ce chien ?

– Rodolphe.

– Mais non, un truc à cause des Arabes, il m'avait dit, il trouvait ça marrant. Attends… Charles Martel.

– Charles Martel ! Un nom composé pour un chien ?

Jeanne attrapa un Walkman, mit le casque sur ses oreilles, le son à fond pour ne plus entendre le monde extérieur, et se jeta dans son pouf poire en cuir rouge.

« *Gimme all your lovin'*
All your hugs and kisses too
Gimme all your lovin… »

La tête renversée en arrière, les yeux mi-clos, elle se noyait dans la musique qui déferlait en elle avec des échos métalliques. « Appeler Delphine demain. Lui proposer d'aller faire un flipper au Voltaire. Le patron sert des Panach' sans vous demander votre âge. »

Nana apporta sur un plateau les deux crêpes et le cidre que Jeanne lui avait demandés.

– Merci, Nana.

– De rien, ma minette.

Nana déposa le plateau sur le bureau de la jeune fille.

– Nana, dit Jeanne en ôtant son casque, tu peux m'apporter aussi des biscottes ?

– Des biscottes avec les crêpes ?

– Oui, j'ai envie.

– Bon, d'accord, je vais voir.

– S'il y en a plus, du pain.

– D'accord. Ça va, ma minette ?

– Oui, pourquoi ?

– T'avais l'air triste.

– Pas spécialement. J'écoute de la musique.

– De la musique triste ?

– Pas spécialement.

– Ah bon. Alors, ça va, dit Nana en lui souriant.

Elle avait toujours un bon sourire affectueux. Elle revint quelques minutes plus tard avec les biscottes. Jeanne eut un élan d'affection envers sa vieille nounou toute ronde et toute petite. La bouche pleine, elle l'embrassa sur la joue. Elle aimait le parfum de brioche vanillée qu'exhalait sa peau. Nana passa une main tendre dans ses cheveux blonds et lui gratta la nuque. Dehors, on entendait les éclats de voix des invités.

Quand Nana fut sortie, Jeanne se réinstalla dans son pouf. Dodo sauta du lit et vint la rejoindre. Il se coucha sur son ventre en ronronnant et elle savoura le réconfort de cette petite boule chaude. Comme d'habitude, son père s'adressait à ses invités comme s'il était à la tribune d'un meeting. Elle l'entendait marteler en articulant aussi bien qu'un acteur :

– Le phénomène majeur du XXe siècle, c'est l'explosion démographique. C'est la bombe sous nos pieds, au Sud, qui va exploser. La Tunisie, l'Algérie… tout le Maghreb va exploser. Des dizaines de millions de types pauvres vivent là-bas, des centaines si on compte le Sahel, l'Afrique noire… et tous ces gens ont vingt ans ou moins et le désespoir et la rage au ventre.

Alors, ils viendront et on va vers la guerre. Ils viendront, ils traverseront la Méditerranée. Ceux qu'on a, c'est déjà trop mais c'est rien. On n'a encore rien vu. Le monde de demain va devoir faire face à des violences extrêmes et il faut être clair : ce sera eux ou nous. C'est-à-dire que, soit nous subirons ces violences et nous disparaîtrons, soit nous les contrôlerons, nous dissuaderons tous ces types de venir chez nous et nous sauverons la France. L'avenir, moi, je vous le dis, ce sera ça. Faudra choisir. Moi, j'ai choisi. Et vous ?

– Nous aussi ! Mais nous aussi, naturellement, Georges ! fusèrent les voix des invités.

– C'est la guerre des guerres ! cria un homme que le champagne et la harangue du chef avaient rendu vibrant d'enthousiasme.

Et le chef le gratifia d'un « Ah ! Joli ! Bravo ! Tu m'autorises à m'en resservir ? ».

Jeanne, qui entendait le même discours presque tous les jours, remit son casque et reprit en musique ses rêveries d'adolescente. Puis, elle se souvint de son pigeon et monta au grenier. Il y régnait une obscurité lourde depuis que la nuit était tombée et un silence surprenant, presque inquiétant, car tous les invités étaient rentrés dans la salle à manger d'où ne parvenait que le bruit étouffé de leurs conversations. Jeanne tâtonna à la recherche d'un interrupteur qu'elle finit par trouver. Une ampoule poussiéreuse pendue à une poutre projeta une lumière blafarde. Le pigeon n'avait pas bougé.

– C'est moi, Zéphyrin. Regarde. Je t'ai apporté de l'eau et des biscottes.

Elle déposa devant lui sur la serviette un petit bol d'eau et deux biscottes émiettées dans une assiette. L'oiseau ne manifesta pas le moindre désir d'y toucher.

– Pourtant, tu dois avoir soif. Je te fais peur peut-être ?

Jeanne se recula jusqu'à l'entrée et attendit. Le pigeon restait immobile.

– Bon. Tu fais comme tu veux.

Elle éteignit la lumière mais ne sortit pas tout de suite. Une fois habituée à l'obscurité, elle put distinguer l'oiseau. Elle vit qu'il tendait le cou. Il buvait. Elle veilla cette fois encore à bien refermer la porte et redescendit, contente de ce qu'elle avait fait. Elle alla prendre une douche dans la salle de bain qu'elle partageait avec sa sœur. Elle avait des boutons d'acné dans le dos qui la préoccupaient. Une dermatologue lui avait prescrit une lotion qu'elle appliquait après s'être lavée. Elle n'aimait pas ses fesses. Elle les trouvait trop plates.

En sortant de la salle de bain en pyjama, elle croisa sa sœur et son petit ami Cédric qui venaient de rentrer à mobylette.

– Salut.

– Salut.

– Bonsoir, Jeanne.

– Bonsoir.

Marie-Astrid disparut dans sa chambre avec Cédric. Jeanne pensa qu'ils allaient faire l'amour. Marie-Astrid avait obtenu un grand lit. Moi aussi, j'en voudrais un. À La Baule, l'été dernier, elle était sortie avec un garçon. Elle avait failli… Ils s'étaient touchés. Il avait mouillé son maillot de bain. Elle avait senti le liquide gluant. Mais elle n'avait pas osé aller plus loin. Marie-Astrid prenait la pilule, pas elle, et Marie-Astrid lui avait dit qu'elle était trop petite. « T'es folle ! Moi, à ton âge, j'y pensais même pas ! » C'est vrai qu'on a quatre ans d'écart. Quatre ans, c'est beaucoup à notre âge. Mais, bon, si Marie-Astrid a pu coucher à dix-huit ans, moi, je coucherai à dix-sept. Voilà. Encore… encore même pas deux ans !

Dodo n'était plus dans sa chambre. Sans doute parti rejoindre Fantaisie dans le jardin par la fenêtre, par la corniche juste au-dessus de la cuisine. De là, ils sautent. Et pour rentrer, ils grimpent dans la glycine. Ils rentreront au petit matin. Il y a trop de choses intéressantes au printemps. Roland doit déjà dormir en bas dans son panier. Pauvre chien, il vieillit. Il dort beaucoup.

Jeanne entendait bourdonner la salle à manger comme si elle était dans une chambre d'hôtel au-dessus de la salle du restaurant. Sa sœur, que cela dérangeait autant qu'elle, avait osé dire une fois d'un ton grinçant : « Ici, c'est l'hôtel du Parti. Réception ouverte vingt-quatre heures sur vingt-quatre. » Son père avait aussitôt répliqué brutalement : « Si ça ne te convient pas, c'est le même prix. Oui, cette maison, c'est aussi celle du Parti. Oui. C'est comme ça. »

Jeanne se coucha et, malgré les éclats de rire qui traversaient le plancher de sa chambre, s'endormit vite. Elle se réveilla en nage après un cauchemar. Elle tient Dodo dans ses bras au bord d'une route rapide. Il lui échappe soudain et, paniqué, se précipite sous les roues d'une voiture. Elle cherche désespérément à le retrouver mais elle est, en fait, sur la bande d'arrêt d'urgence d'une autoroute où les voitures se suivent à une vitesse folle.

Assise, les jambes sous le drap, le haut de son pyjama trempé de sueur collé à son ventre et à ses petits seins, elle fixait la nuit claire par la fenêtre, elle écoutait, les yeux écarquillés, comme une bête aux aguets, à l'affût du moindre bruit. Où étaient les chats ? Dehors. Mais son rêve… S'il était arrivé quelque chose…

Elle alluma sa lampe de chevet et se leva. Elle descendit à la cuisine se chercher quelque chose à grignoter. En revenant, elle entendit soudain son père crier :

– Tu fais chier, Cathie !

Elle s'approcha de la chambre de ses parents. Sa mère pleurait.

– Arrête, Cathie, c'est ridicule.

– Tu me jures ?

– J'ai rien à te jurer. J'ai pas à me justifier.

Pieds nus sur le marbre frais derrière la porte, elle ne bougeait plus.

– Je te préviens, Georges, si tu m'as fait ça, tu me le paieras.

– C'est ça…

– Si tu m'as fait ça, moi aussi…

– Ta gueule, maintenant, merde !

Un coup retentissant fit trembler la porte. Jeanne s'enfuit dans sa chambre sur la pointe des pieds. Elle se recoucha mais ne put retrouver le sommeil avant le retour de ses chats. Elle n'avait pas cours le samedi matin. Elle se réveilla tard, à onze heures passées. Nana l'attendait pour lui servir son petit déjeuner.

– Papa et maman sont déjà levés ?

– Tu penses ! Depuis longtemps. Ils avaient leur avion à neuf heures.

– Ils sont partis en voyage !

– Ils te l'ont pas dit ?

– Mais non. Où ?

– Je ne sais pas. Mais ils reviennent dans cinq jours.

Un soleil radieux baignait la grande cuisine ouverte de deux côtés sur le jardin. Sur Europe 1 que Nana écoutait le matin, Daniel Balavoine chantait :

« *Si tu crois que ta vie est là*
Ce n'est pas un problème pour moi
L'Aziza… l'Aziza… »

Jeanne mangeait sans plaisir sa tartine de Nutella. Quand elle eut fini, elle appela sa copine Delphine. Elles se retrouveraient après le déjeuner.

Elle caressa un peu le chien qui somnolait au pied de l'escalier puis, soudain, se souvint de son pigeon. Elle monta au grenier. Il n'y était plus. Elle pensa qu'il allait mieux et qu'il s'était envolé par la lucarne qu'elle avait laissée ouverte. Plus tard, elle sortit prendre le soleil dans le jardin. Elle découvrit ses deux chats tournant sans y toucher autour de l'oiseau mort juste sous la lucarne.

Elle se précipita dans la maison et éclata en sanglots. Nana, ignorant tout du pigeon, crut qu'elle pleurait l'absence de ses parents. Elle la prit dans ses bras et la berça contre sa poitrine en lui caressant tendrement la tête comme elle le faisait toujours, depuis qu'elle était toute petite, pour la consoler.

Frédéric

Après une averse brutale et tiède, le beau temps revient. Sur le pont Alexandre-III, l'asphalte luit comme la surface d'un lac. Le ciel fumant, encore lourd et trouble, s'allège doucement sous la poussée du soleil. Paris s'égoutte. Les marronniers du cours la Reine font des bruits de ruisseau. Des Parisiens, des touristes, beaucoup de parents avec leurs enfants marchent vers l'avenue des Champs-Élysées.

– Papa, c'est quoi, ce château ?

– Le Petit Palais et l'autre, en face, le Grand Palais.

– Il y a des gens qui habitent dedans ?

– Non, mon chéri. Ce sont des musées.

– Il y a quoi dedans ?

– Des peintures, des sculptures, des expositions. C'est comme le musée des peintures de Rouen.

– On pourra y aller ?

– Oui, on ira une fois. Mais pas aujourd'hui.

– Non, aujourd'hui on va voir les soldats.

Il tient la main de papa. Maman a l'œil sur son grand frère Mathieu qui marche fièrement devant. L'aînée, leur sœur, Sylvie, âgée de treize ans, n'a pas voulu venir. Elle est restée à Rouen.

– Dépêchez-vous. On n'aura pas de place.

La foule grossit à mesure qu'ils approchent et il y a déjà effectivement un cordon de deux mètres d'épaisseur de corps serrés contre les barrières de sécurité le long de l'avenue.

– Papa ?

– Oui, Frédéric.

– Raconte qu'est-ce que c'est le 14 Juillet ?

– Le 14 Juillet, c'est la fête nationale, je te l'ai dit.

– Oui, mais c'est quoi ? Pourquoi c'est la fête ?

– C'est le jour où le peuple de Paris a pris la Bastille, une prison.

– Une prison ?

– C'est devenu le symbole de la liberté.

– Pourquoi ?

– Parce que… c'est un peu compliqué encore pour ton âge.

– Mais non. J'ai six ans. Je vais à la grande école.

– En gros, les gens voulaient plus de liberté. Ils se sont révoltés. Ça a été le début de la Révolution française.

– Qu'est-ce que c'est, la révolution ?

– C'est… c'est quand on veut tout changer. Les gens ne voulaient plus de l'Ancien Régime.

– De l'Ancien Régime ?

– Oui, enfin, ils voulaient plus de liberté et d'égalité, moins de différences de richesses entre les pauvres et les riches.

– Ils voulaient être plus riches.

– Voilà, si tu veux.

– Avoir plus d'argent.

– Voilà. Et aussi la fête nationale, c'est parce que, à ce moment-là, la France a changé de symbole. Avant, il y avait le drapeau blanc, c'était le drapeau du roi. Après le 14 Juillet, on a choisi la cocarde tricolore, bleu, blanc, rouge. Le bleu représente la liberté, le rouge l'égalité…

– Et le blanc le roi.

– Oui, enfin, au début. C'est compliqué. Tu apprendras l'histoire.

– Je veux apprendre l'histoire.

– Tu apprendras. Pour l'instant, rappelle-toi qu'on a un symbole, notre drapeau, et des valeurs, les valeurs de la République. La liberté, l'égalité et la fraternité.

– Qu'est-ce que c'est, la fraternité ?

– C'est comme l'amitié. C'est aimer l'autre. S'aimer les uns les autres. Comme deux frères par exemple.

– Mathieu m'aime pas.

– Bien sûr que si.

– Non. L'autre fois il a dit qu'il me déteste.

– Tu as dit ça, Mathieu ?

– On s'était disputés.

– Tu aimes ton frère ?

– Oui.

– Tu vois, Frédéric.

La foule s'agite soudain comme un troupeau qui a senti quelque chose. Les têtes se tendent.

– Je vois rien.

– Essayez de vous rapprocher en vous faufilant. Mathieu, tiens la main de ton frère. Pardon, monsieur, est-ce que vous voulez bien laisser les enfants passer ? Ils sont trop petits, ils ne voient pas.

– *Sorry ?… Ah, OK.*

Serrant la main de son frère, Frédéric traverse la forêt de jambes. Une dame avec deux dents en or qui brillent au soleil rouspète :

– Hé ! qu'est-ce que c'est ? Ah ! c'est vous, les enfants. Venez. Venez là. Vous verrez. (Elle dit à l'oreille de son mari en gloussant :) J'ai cru que c'était un type qui me pelotait. C'était le nez du petit dans mes fesses.

Une autre femme dit :

– Il est beau, cet enfant.

Et Frédéric, déjà habitué à entendre cette réflexion, comprend qu'il s'agit de lui.

Debout, raide et droit comme un i, dans un command-car, un homme en noir passe avec un regard d'aigle.

– Qui c'est ?

– J' sais pas.

Un monsieur se penche.

– C'est le président de la République, François Mitterrand.

Agrippé à la barrière métallique, Frédéric le regarde passer. Il parvient à suivre la voiture jusqu'à la place de la Concorde. Il entend la fanfare de la Garde républicaine jouer *La Marseillaise* tandis que l'homme en noir descend de la voiture. Il frémit d'un bouillonnement intérieur.

– C'est le chef ?

– C'est ça, dit le monsieur derrière lui. Et maintenant qu'il est arrivé, le défilé va commencer.

Les avions de la Patrouille de France passent juste au-dessus de leurs têtes en peignant sur le ciel trois bandes de fumée aux couleurs bleu, blanc, rouge. Le drapeau, pense le petit garçon. Il est fasciné, en oublie presque de respirer. Le ciel s'est rempli d'avions. Il y a même un vieux Boeing à hélices de la Seconde

Guerre mondiale. Un bruit assourdissant. L'air et le sol vibrent. Frédéric se bouche les oreilles.

Puis, les soldats descendent l'avenue au son de leurs musiques. Tambours, cymbales, trompettes, cors, flûtes... Ils sont bleus, verts, gris, noirs, rouges, blancs, tous couverts de gros boutons brillants, tous chaussés de bottes ou de chaussures qui scintillent au soleil dans un parfait élan de pas cadencés. Et surtout, ils ont ces fusils, ces épées, ces casques, ces chapeaux ! Celui-là, j'en ai un comme ça dans mes soldats en plastique.

Quand les blindés et les chars apparaissent après plus d'une heure de défilé, faisant autant trembler le sol que les avions, Frédéric a mal aux jambes et se sent fatigué. Trop de musiques, de couleurs, de sensations nouvelles. Il a envie de s'asseoir mais se force à tenir, ses petits poings agrippés aux barreaux. Les derniers à passer sont les pompiers sur leurs beaux camions rouges. Depuis quelques minutes le ciel s'est à nouveau assombri. Une averse s'abat juste à la fin du défilé. La foule se disperse vite. Frédéric tient cette fois la main de maman jusqu'à la voiture garée de l'autre côté du pont qui a ces grandes statues perchées, tout en or, de chevaux avec des ailes. Le ciel se rouvre là-bas comme deux pans de rideau gris derrière la tour Eiffel et la Seine, frappée soudain par un rayon de soleil, devient argentée. Que c'est beau ! Que c'est grand !

II

Marc

La 205 GTI rouge décapotable pila à l'angle de la place Dauphine et du boulevard Flandrin. Le chauffeur klaxonna à grands coups en écrasant son volant de sa large main, baissa la vitre et héla l'étudiant maigre à lunettes qui venait de traverser devant lui sans regarder.

– Steph ! Hé ! Steph !

Stéphane se retourna et son visage exprima une joyeuse surprise.

– Marc ! Ça alors !

– Ça fait un bail.

– Tu parles. Plus d'un an !

– T'as deux minutes ?

– Bien sûr.

Derrière Marc, les autres conducteurs s'exaspéraient et klaxonnaient à leur tour.

– Eh ! Les mecs ! On vous dérange pas trop, non ?
– Tu montes ? Faut que je bouge.
– Alors ? On se magne ? Putain !
– Ça va, ça va.
– Avance, connard.

Marc passa son grand buste par la fenêtre comme un diable sort d'une boîte et cria d'une voix menaçante :

– Quoi ?
– Avancez, merde.
– Tu m'as traité de connard ?
– Avancez, c'est tout.
– Ouais, c'est ça.

Une fois Stéphane assis à côté de lui, Marc démarra.

– Il a tort de me faire chier, ce vieux con. Je vais redémarrer exprès tout doucement.

Il roula en première, déchaînant à nouveau le concert de klaxons accompagné en plus d'appels de phares. Des types furieux le doublèrent avec des têtes ulcérées auxquelles Marc répondait par un sourire impertinent.

– T'as le temps pour un verre ?
– Avec plaisir.
– Dis donc, qu'est-ce que tu fais sérieux maintenant !
– J'ai toujours fait sérieux.
– C'est vrai, s'esclaffe Marc. Ça te dit chez Carette au Troca ?
– Je connais pas.
– Tu vas voir, c'est classe, ça va te plaire. Ça ira très bien avec ta veste. (Il rit encore.) Pardon, je t'ai pas vexé ?
– Mais non.
– Elle est bien, ta veste.
– C'est à ton père, cette voiture ?
– Tu rigoles ! À moi !
– Tu t'es acheté une voiture ?

– Ben ouais, mon pote.
– Tu l'as depuis longtemps ?
– Depuis que j'ai mon permis. Six mois.
– Elle est chic. C'est une voiture de sport ?
– Je veux ! Et décapotable !
– Ça coûte cher.
– Soixante mille.
– Soixante mille francs !

Marc se gara sans hésiter entre deux grosses berlines juste devant le café Carette place du Trocadéro et sortit plein d'assurance en claquant sa portière sans même la fermer à clef. Stéphane le suivit timidement. Le café clinquant avec son décor des années 1920, ses colonnes, ses pilastres, ses miroirs, ses chromes et ses alignements de pâtisseries colorées sous des vitrines, était rempli de dames apprêtées sortant de chez le coiffeur, de jeunes filles aux bras nus riant bêtement devant des hommes plus âgés à l'air contents d'eux qui les mangeaient des yeux, et de quelques touristes étrangers qui hésitaient entre deux gâteaux. Les parfums forts faisaient jeu égal avec les odeurs de café et de chocolat chaud. À l'entrée, la serveuse en tablier blanc reconnut Marc.

– Ici, ça vous ira ?
– Parfait, merci.
– Tu viens souvent ?
– De temps en temps.
– Alors, raconte : qu'est-ce que tu fais ? C'est incroyable.
– Qu'est-ce qui est incroyable ?
– Ça… ce que tu deviens. Tu gagnes de l'argent…
– J'en gagnais déjà au lycée.
– Oui mais là…
– Attends, raconte-moi toi d'abord. Tu fais quoi ?
– Je suis en deuxième année d'éco à Dauphine.

– Ça te plaît ?

– Oui.

– T'étudies quoi exactement ?

– Éco appliquée, droit privé, gestion, sciences sociales.

– Waouh ! Remarque, ça ne m'étonne pas. Tu as toujours été un intello. Tu lis toujours autant ?

– Je lis.

– Toujours chez ta mère ?

– Oui. Et toi ? Chez tes parents ?

– Officiellement, oui.

– Et pratiquement ?

– Pratiquement, j'ai un appart' avec mon associé aux Batignolles.

– Ton associé ? Tu as arrêté les études ?

– Officiellement, non. Mais attends, attention : si tu croises mes parents, ils ne sont pas au courant.

Stéphane le regardait, de plus en plus intéressé.

– Ils ne sont pas au courant que tu n'habites pas chez eux ?

Ils éclatèrent de rire ensemble.

– Non, ça, forcément ! Quand je ne dors pas là, je leur dis que je dors chez un copain. Ils ne sont pas au courant de ce que je fais vraiment.

– Et quoi, alors ? Raconte.

Marc lui fit signe de se rapprocher par-dessus la table et lui dit en baissant la voix, après avoir vérifié que personne ne les écoutait :

– Tu te souviens des décodeurs Canal+ ?

– Tu parles !

– Je me suis fait un peu de fric avec un revendeur près de la gare du Nord. J'ai investi ce que j'avais gagné dans le Minitel. J'ai racheté à un type son numéro de commission paritaire, c'est-à-dire un numéro qui te permet d'avoir ton propre service Minitel. Il en voulait cinq mille, je l'ai eu pour deux.

– Deux quoi ?

– Deux mille. En même temps, j'ai été pris à mi-temps comme programmeur dans la boîte d'un autre type qui m'avait repéré sur un forum. Ça m'a permis de connaître le marché. Et sur le Minitel, il y a un truc qui marche, un truc où tu peux te faire du fric…

Marc avait un sourire de chat et, voyant que Stéphane ne devinait pas ce qu'il allait dire, savourait les quelques secondes du suspense qu'il maintenait encore :

– Le Minitel rose.

– Ah… oui.

– 3615 Lola, tu connais ?

– Euh… non.

– T'as jamais vu les affiches ? Eh bien, c'est moi. Avec un associé. Alors, tu comprends, pour l'instant, j'ose pas encore le dire à mes parents. C'est pour ça que je reste inscrit en Maths sup. À la prépa, ils n'arrêtent pas d'écrire pour signaler mes absences mais ils n'ont pas l'adresse de mes parents, je leur ai filé la mienne aux Batignolles. Ça ne pourra pas durer, évidemment, je vais leur dire mais j'attends encore un peu. Je compte offrir une nouvelle bagnole à papa pour que ça passe mieux.

– Alors, tu es riche ? Tu es déjà riche ?

– Pas encore. C'est le début.

– En tout cas, bravo ! Tu es incroyable. Je suis très admiratif.

– Oh ! N'exagérons rien. Qu'est-ce que tu fais ce soir ?

– Je retrouve une copine.

Marc dit d'un air grivois :

– Ah oui ?

– Pas la peine de prendre cet air. C'est juste une copine.

– Elle aime les catacombes, ta copine ?

– Les catacombes ? Pourquoi ?

– Parce que ce soir, avec Paul, mon associé, on fait une petite fête dans les catacombes.

– Dans les catacombes ! Tu y vas souvent ?

– De plus en plus souvent. C'est Paul qui m'a fait découvrir. C'est génial. Tu oublies tout là-dessous. C'est plus le même monde. Tu veux venir ?

– C'est gentil de me proposer mais ce soir je vais à un concert avec Elysabeth.

– Elysabeth. Vous allez voir quoi ?

– Deux concertos de Beethoven.

– De la musique classique ! Putain, Dauphine, c'est un autre monde. Bon, alors, une autre fois, mon pote. Tu verras, les catacombes, c'est autre chose que la salle Pleyel.

– Ce n'est pas à la salle Pleyel, c'est à la Maison de la Radio. D'ailleurs, il faut que j'y aille.

– Tu veux que je te dépose ?

– Non, non, merci, c'est à côté, j'y serai dans dix minutes.

Ils promirent de se revoir tout en s'étonnant qu'une seule année ait suffi à les rendre si différents, si étrangers l'un à l'autre. Ils venaient pourtant du même quartier, de la même banlieue, du même lycée. Marc pensait avec orgueil qu'il avait épaté son copain. Il lui tendit sa carte de visite sur laquelle était écrit Marc Talion, président, MP Teletel. Il paya d'un geste princier (« Non, laisse, c'est bon ») et rangea la facture dans un portefeuille bleu gonflé de billets. Ils se serrèrent la main et Stéphane s'en alla d'un pas rapide, sa sacoche d'étudiant en bandoulière sur sa veste à carreaux. Une silhouette souple, un peu penchée de côté, un peu gauche encore. Une apparence sérieuse et sage en tout point semblable à celle des fils de bourgeois du 16e, pensait Marc en le regardant s'éloigner. « Un concerto de

Beethoven… C'est sûr que dans cette tenue t'allais pas voir ACDC. » Au moment où il ouvrait la portière de sa voiture, une main se posa sur son épaule.

– Marc Talion ?

Il se retourna, surpris, et découvrit un homme de taille moyenne mais très baraqué, carrure de nageur, tête chauve où brillaient deux yeux noirs.

– Police nationale, dit l'homme en présentant sa carte professionnelle.

– Qu'est-ce que j'ai fait ? dit Marc qui se sentait malgré lui perdre de sa superbe et redevenir l'ado mal assuré de la rue Pasteur à Villejuif.

Le policier le tenait par le bras d'une poigne de fer.

– Suis-moi, nous allons marcher. Il y a trop de monde ici.

Il l'entraîna avenue Georges-Mandel le long des palissades en fer noir qui abritaient des regards les jardins bordant l'avenue. Les feuilles brunies et cuites des marronniers se détachaient et voletaient comme des papillons dans la lumière rougeoyante du soir.

– J'ai rien fait. Et puis… et puis, qu'est-ce qui me dit ?…

– Du calme. Et n'essaye pas de me fausser compagnie, j'ai un collègue juste derrière.

Marc tourna la tête et vit effectivement un jeune type en costume bleu qui les suivait. Qu'est-ce que j'ai pu faire ? Pourquoi on m'arrête ? Le Minitel rose ? Les catacombes ? Le piratage du serveur de notre concurrent, Hugues Rezon ? Oui, ça doit être ça ! Marc avait réussi à lui siphonner des clients.

– Bon. Tu m'écoutes ?

– Oui.

– Oui, monsieur.

– Oui, monsieur.

Le policier lui serrait toujours le bras. Marc faisait une tête de plus que lui mais avançait le front penché, fixant le bout de ses pieds, comme s'il s'avouait déjà coupable. Ses bras trop longs, terminés par des mains qui ressemblaient à des pattes palmées, pendaient au bout de ses épaules larges et creuses. Il avait des cheveux bruns courts, ébouriffés, et des sourcils broussailleux. Charles Delamare, le policier, qui était à ses heures perdues un ornithologue passionné, lui trouvait un air d'aigrette ardoisée.

– Les affaires vont bien.

Ce n'était pas formulé comme une question. Marc choisit de rester silencieux. Charles se dit : ... ou plutôt de grand cormoran.

– Tu sais que Canal+ a porté plainte ?

Les décodeurs ! Marc n'y avait pas pensé. C'était il y a... un an... une éternité. Il répondit cette fois sans esquive :

– J'en fais plus. C'est fini depuis longtemps.

– Malheureusement, le temps de la justice est plus long.

– Vous m'arrêtez pour ça ?

Charles le considérait, un mince sourire aux lèvres.

– Non.

– Mais on va me juger ?

– Peut-être pas...

Ils atteignaient le métro Rue de la Pompe d'où sortaient, pressés, des cadres en costumes.

– Tu es très doué en informatique. Toi et ton ami Paul et plusieurs de tes camarades de réseau.

– Oh ! Non, pas très doué. Je m'amuse, je bidouille, c'est tout. C'est à la portée de n'importe qui, en fait, avec un peu d'entraînement.

– N'importe qui peut pirater les téléphones de voiture pour entendre les conversations ou appeler des numéros qui sont sur liste rouge ?

Marc et Paul venaient de se lancer ce nouveau défi : percer

le système de codage de Radiocom 2000, la transmission téléphonique par ondes radio présentée comme la plus avancée à ce jour. Comment avaient-ils été repérés ? Il brûlait de poser la question.

– Écoute, Marc, tu as vingt ans. Tu es un adulte intelligent et responsable, qui sait ce qu'il fait.

– C'était juste un exercice pour voir si on était capables. On n'avait pas d'autres intentions. On ne comptait pas l'exploiter.

– Un exercice passible d'une peine de prison. Peut-être même de prison ferme. Surtout si le procès vient après celui des décodeurs. Et comment vont réagir tes parents ? Je me mets à leur place, je pourrais presque être ton père. Comment ils vont réagir quand ils apprendront que tu sèches tous les cours de la prépa privée qui leur coûte les yeux de la tête pour te faire du fric avec une messagerie cochonne en même temps que tu trafiques et que tu pirates jour et nuit tout ce qui est à la portée de tes talents de… comment tu dis : bidouilleur ?

La nuit tombait. Sur l'avenue Georges-Mandel, les lumières s'allumaient : réverbères, fenêtres, voitures, bouche de métro, kiosque à journaux. Lumières froides, chaudes, pâles ou éblouissantes, plus nombreuses que les ombres qu'elles chassaient, repoussaient dans les coins. Charles observait Marc dont le visage à présent défait lui paraissait celui d'un gosse puni.

– Il y a peut-être une solution pour éviter ça, reprit-il doucement. Mais cela supposerait qu'on puisse avoir confiance en toi. Une confiance totale.

– Mais… oui… bien sûr. Je ne suis pas un voleur, monsieur, je ne suis pas un truand.

– Un pirate.

– C'était seulement la passion du chercheur… du joueur…

Il est marrant, le gamin. Il a l'air sincère. Il l'est, certainement.

Charles sortit de sa veste un bloc-notes et écrivit quelque chose, puis arracha la feuille et la tendit à Marc qui y lut une adresse : 7, rue Nélaton, Paris 15e.

– Je t'attends demain matin à huit heures.

Charles le quitta aussitôt, sans un mot de plus, sans le saluer, pour aller rejoindre son collègue en costume bleu qui se tenait une dizaine de mètres derrière eux.

– Pardon, monsieur, s'exclama soudain Marc en se précipitant derrière le policier, mais je demande qui ?

Charles se retourna. Son visage trahissait un léger agacement. Il n'aimait pas être interpellé en pleine rue.

– Je serai à l'entrée.

– Et si je ne viens pas ?

Charles répliqua sèchement :

– Tu sais ce qui t'attend.

À huit heures moins dix, Marc était garé boulevard de Grenelle au pied de grands bâtiments gris. Il n'avait pas dormi de la nuit. Il était ressorti des catacombes à l'aube et s'en félicitait car il n'aurait sans doute pas dormi davantage s'il avait passé la nuit dans son lit à gamberger, tenter de deviner ce que lui voulait exactement ce flic et ce qui allait lui arriver. À vrai dire, il était maintenant plus impatient qu'inquiet, comme un enfant qui, pour la première fois, va monter sur un manège. Tout ce qui était nouveau, inconnu, inattendu, surprenant, un peu risqué ou dangereux, l'attirait et l'excitait.

Il sortit de sa voiture sous la pluie serrée qui tombait depuis une heure. Il n'avait pas de parapluie. Il allait être trempé. Tant pis. Le métro aérien au-dessus de lui passait avec un sifflement mouillé en faisant trembler les arches de fer du viaduc. Les voitures laissaient, comme des bateaux sur un lac, leur sillage sur l'asphalte. Un camion projeta une vague sur le trottoir que Marc évita d'un saut de cabri.

La rue Nélaton est perpendiculaire au boulevard. Le jeune homme découvrit, derrière une haie de platanes aux troncs noircis par la pluie, la façade d'un immeuble de bureaux aux fenêtres carrées, un parking rempli de voitures et un pavillon d'accueil en faux marbre noir qui ressemblait à une énorme pierre tombale et sur lequel était inscrit, en lettres d'or, comme sur une pierre tombale : Ministère de l'Intérieur.

Charles l'attendait comme il l'avait dit dans le grand hall d'entrée. Il le conduisit directement dans son bureau au deuxième étage. Un bureau vide, sans un dossier, sans un papier, sans un livre qui traîne. Juste un gros téléphone, une machine à écrire (une antiquité, pensa Marc), une petite taupe en céramique (tiens, pourquoi ? peut-être un presse-papiers ?), un coffre-fort par terre et un thermos de café sur une desserte près de la fenêtre. Le bureau sentait le café fumant mais aussi le tabac froid, la Javel et la vieille serpillière. Au mur, la photo d'un grand bâtiment qui n'avait pas l'air français. Peut-être américain ? Russe ?

– Assieds-toi. Du café ?

– Merci.

– Merci oui ?

– Merci oui.

Charles prit le thermos et versa le café dans des gobelets en plastique.

Pour la première fois assis face à lui, Marc pouvait et devait le regarder. Un crâne lisse et poli comme un œuf. Sa calvitie ne laissait au policier qu'une tonsure de cheveux châtains autour de la nuque. Un moine.

– Sais-tu où tu es, ici ?

– À la police.

– Tu es à la DST. La Direction de la surveillance du territoire.

– Les services secrets !

– Disons un service discret mais rien à voir avec James Bond.

L'homme lui sourit cette fois encore comme à un enfant, ce qui l'agaça.

– Bon, tu n'es pas là pour que je te fasse un cours sur le service mais pour que je te dise ce qu'on attend de toi. En échange, comme je te l'ai dit hier, tu éviteras des ennuis mais… à condition que non seulement tu fasses ce qu'on te demande ici mais, en plus, que personne – tu m'entends – personne ne sache que tu le fais. Pas un mot à ton associé, à tes parents, à tes amis. Si tu es là, c'est parce qu'on t'a repéré, donc qu'on te surveille et qu'on sait tout ce que tu fais, c'est clair ?

– Oui, monsieur.

– Bien. On a besoin de jeunes comme toi. De petits génies en informatique. Si, si. Pas de modestie. Tu n'es pas le seul qu'on emploie, tu verras. On veut – mais à partir d'un ordinateur qu'on va te fournir ici – que tu continues à pirater les téléphones de voiture mais pas n'importe lesquels : ceux des ministres et du président.

Marc était stupéfait.

– Le président de la République !

– Oui.

– Mais pourquoi ?

– Pour faire comprendre au plus haut niveau de l'État qu'il faut renforcer la sécurité des téléphones.

– Donc, c'est ça que vous voulez que je fasse ?

– Voilà.

Marc réfléchissait. Et si c'était un piège ? Ce policier à tête de moine lui tendait-il un piège ? Ils burent tous les deux une gorgée de café en s'observant. La pluie crépitait sur les vitres.

– Si je fais ça… et si vous me coincez après parce que je l'ai fait – parce que vous aurez la preuve que je l'ai fait…

– On a déjà la preuve. On t'a déjà coincé pour ça.

– Oui mais là, vous voulez que je pirate le président de la République !

– Tu vas travailler ici. Sur une machine à nous. Sous mon autorité. Tu n'as rien à craindre.

Marc n'en semblait pas si sûr.

– Je ne sais même pas qui vous êtes. Votre nom…

– C'est une mesure de sécurité. Ici, on protège le plus possible nos véritables identités. C'est indispensable. Mais tu peux m'appeler monsieur Claude.

– Monsieur Claude… c'est votre prénom ?

– Mon nom.

– Si je demande monsieur Claude à l'accueil, on saura qui vous êtes ?

– Je vais te donner un numéro où tu pourras m'appeler directement. Si tu es prêt à nous rendre le service que je t'ai demandé.

Bon, se disait Marc, je suis dans un bureau du ministère de l'Intérieur, à la DST. C'est un flic. Il est dans son rôle. Il veut prouver que le système Radiocom a des failles pour que l'État et France Télécom en renforcent la sécurité. Qui plus est, il veut me faire travailler ici, sur un ordi à eux.

– Je suis d'accord.

– Parfait. Je vais te montrer où tu vas travailler. Tu penses qu'il te faudra combien de temps ?

– Je ne sais pas. Mais comme on a déjà réussi à pirater deux lignes…

– Ce qu'on veut, c'est que tu nous montres les failles du réseau. Par où tu passes.

– J'ai compris.

Charles l'entraîna à travers les couloirs. Ils ne croisèrent que des hommes, tous en civil, certains en costume-cravate, d'autres en jean-baskets. Ah ! si, une femme quand même. Une jeune femme en tailleur rouge, dont le parfum fruité restait longtemps dans les narines. C'est fou ce que je suis sensible aux odeurs. Un bonbon en papillote rouge. Sa peau doit être sucrée sous la langue. Marc eut une seconde la vision de son corps nu, rond, dodu – et sucré.

Ils prirent l'ascenseur pour descendre au sous-sol. Charles avait un passe pour y accéder. Marc découvrit une vaste salle sans jour, éclairée au néon, où ronflait bruyamment une soufflerie. Le long des murs, des armoires électriques et informatiques datant d'une dizaine d'années cliquetaient et vibraient. Sur trois rangées de tables en formica tout usées s'alignaient des postes de travail avec de gros téléphones gris, des consoles Minitel et des ordinateurs de différentes marques. Seuls deux postes étaient occupés par deux jeunes de l'âge de Marc penchés sur leurs claviers, concentrés au point qu'ils semblaient aveugles et sourds à tout ce qui se passait autour d'eux. Un type plus âgé – trente ans, aurait dit Marc – supervisait leur travail, allant et venant de l'un à l'autre et se penchant de temps en temps par-dessus leur épaule.

– Je te présente Toni, notre chef informaticien. Toni, voici Marc.

Marc passa sa première journée dans les sous-sols de la DST à taper les bases de son programme sous la surveillance de Toni. À onze heures trente-neuf il eut droit à une pause déjeuner. Un policier en uniforme apporta des jambon-beurre. Marc et Toni bavardèrent en mangeant leurs sandwichs. Toni était simple et chaleureux. Il parlait beaucoup avec les mains tout en secouant sa tête bouclée qui lui donnait l'air d'un mouton. Contrairement à Charles, il semblait ne rien savoir de la vie de Marc, hormis ses talents de pirate informatique. Marc lui raconta sa passion dès sa plus tendre adolescence pour les jeux vidéo et le codage. Toni s'était initié plus tardivement à la programmation, à son entrée dans la police, à vingt-deux ans, après son service militaire. Marc, mis en confiance, lui parla de sa société MP Teletel. Il craignait que Paul s'inquiète de son absence. Toni le laissa partir à seize heures en lui demandant d'être là le lendemain à huit heures et lui proposa de travailler seulement le matin afin de lui laisser le temps de s'occuper de sa société l'après-midi. De toutes les manières, il ne lui faudrait pas bien longtemps pour percer les failles du système Radiocom 2000.

Marc se retrouva à l'air libre rue Nélaton. Le beau temps était revenu avec un petit vent froid d'automne. Il se sentait gai et léger. Nom de Dieu, j'ai de la chance. Putain ! J'ai de la chance. La DST avait besoin de lui, il leur était utile, et dans son esprit confiant et optimiste, cela signifiait qu'il ne risquait désormais plus rien à partir du moment où il jouait le jeu, gardait le secret et collaborait loyalement avec eux. Et puis, c'était grisant ! Être un espion, pirater le président de la République, waouh ! Il marchait à grands pas dégingandés tel monsieur Hulot, la tête au vent, respirant fort. Un sourire éclairait son visage. Le PV humide sur le pare-brise de sa voiture n'entama pas sa bonne humeur. Il le jeta négligemment sur le siège passager et démarra avec l'enthousiasme d'un conquistador.

Stéphane

Après le concert à la Maison de la Radio, Elysabeth lui proposa d'aller dîner dans un quartier plus jeune et plus gai. Ils trouvèrent une pizzeria rue des Écoles. Ils descendirent une bouteille de mauvais vin piquant. Bien échauffés et détendus, ils zigzaguaient dans les rues pentues de la montagne Sainte-Geneviève. Elysabeth s'abandonnait en marchant, douce et souple contre lui. Il s'enhardit et passa le bras autour de sa taille, sentit sa hanche contre la sienne. Ils évoquèrent avec enthousiasme leurs désirs de voyage – au Pérou pour Elysabeth, à Rome pour Stéphane – en suggérant implicitement qu'ils pourraient y aller ensemble. Ils marchaient sans se regarder mais bien serrés l'un contre l'autre. Il pensait : elle est intelligente, sérieuse, chic, bien élevée, son père est ambassadeur, merveilleusement cultivé, il a l'air de m'apprécier, ils ont un appartement génial, raffiné. Cette vue par les grandes baies vitrées ! Il s'imaginait voyageant avec elle, un plan ou un guide à la main, prenant des photos et bavardant à une terrasse ensoleillée devant une colline couronnée de pins parasols. Donc, Rome : son choix. Elysabeth a l'air d'accord. Elle est toujours d'accord avec lui. Toujours simple et gentille. Droite, rigoureuse, sérieuse. Elle plaira à maman. Elle dit que je suis passionnant.

Avant de l'embrasser, il pensa : je n'ai aucune expérience ; et si elle refuse ? Son cœur battait la chamade, son sang bouillonnait. Il se lança devant l'église Saint-Étienne-du-Mont, se tourna brusquement vers elle et sut aussitôt que c'était ce qu'elle attendait, ce qu'elle espérait. Il n'aurait pu dire a posteriori qui d'elle ou de lui alla à la bouche de l'autre. Leurs dents s'entrechoquèrent. Il sentit leurs salives se mêler et la langue ardente, enfiévrée, d'une exacerbation pour ainsi dire masculine, d'Elysabeth attrapait la sienne, l'entortillait, dansait entre ses lèvres. La fureur soudaine de son corps contre le sien, la dureté de ses fesses contractées, de ses cuisses tendues le faisaient bander. Plus tard, chez elle, dans sa chambre où ils se glissèrent discrètement, il apprécia qu'elle lui prît le sexe et le serrât fortement dans sa main. Il n'aurait jamais songé à la ramener chez lui, c'était trop petit, et puis, sa mère… tout l'aurait mis mal à l'aise. Dans ce HLM des années 1960, on entendait tout d'une pièce à l'autre et la vieille voisine toujours à sa fenêtre les aurait vus passer et le lendemain, elle aurait fait un commentaire à sa mère, à la gardienne, au vieux sourd du troisième étage !… Tandis que chez Elysabeth, dans cet appartement de deux cent cinquante mètres carrés… Elle ferma tout de même sa chambre à clef. Ils se déshabillèrent maladroitement et s'allongèrent sur son lit de jeune fille au couvre-lit en piqué blanc. Elle le guida en elle et c'est alors qu'il remarqua que son visage était tendu, grave et concentré. Un petit visage un peu écrasé, nez et menton courts. Elle s'appliquait à *ça* comme à tout ce qu'elle faisait avec la détermination de la bonne élève. Lui était déjà sur le point de jouir. Il jouit alors qu'il n'était qu'à moitié en elle puis s'enfonça plus loin et s'écrasa sur elle de tout son poids. Après la tension et, sans doute, la douleur, le visage d'Elysabeth prit une expression heureuse. Elle lui caressa tendrement les cheveux.

En se rhabillant il vit le sang. Il vit qu'elle avait les seins petits et que tout son corps était musclé. Elle était très sportive, nageait beaucoup. Elle avait des bras de nageur, des épaules carrées, des fesses prononcées.

Il rentra à Villejuif, sous la pluie, sur le vieux vélo de son père qui grinçait insupportablement. (Le graisser, penses-y.) Sa mère dormait. Il suspendit ses vêtements trempés, se doucha, se savonna, se frictionna le corps avec la serviette et, tout bourdonnant d'émotion, sauta dans son lit. Il ferma les yeux. Dormir. Une odeur furtive le dérangeait. Une odeur piquante comme celle d'un poisson pas frais. C'était sous les ongles de sa main droite. L'odeur d'Elysabeth. Il s'était pourtant savonné. Il se nettoya soigneusement les doigts avec un Kleenex, puis sombra dans le sommeil. Une heure plus tard il se réveilla. Il avait trop chaud dans son pyjama en coton. Il l'ôta. Il entendait à l'étage au-dessus la radio du vieux sourd qui écoutait toutes les nuits *Allô Macha*, l'émission de Macha Béranger qui recueillait les confessions intimes des auditeurs. À demi redressé sur son oreiller, il observait son corps nu dans la pénombre. Il n'aimait pas son sexe. Il le trouvait trop petit. Il ne voulait pas se montrer nu dans les vestiaires de la piscine quand certains de ses camarades s'exhibaient fièrement sous la douche. Le zizi grec, pourtant, celui des sculptures d'athlètes grecs ou romains au Louvre. Son père, à l'époque où il n'avait pas encore sombré dans l'alcoolisme, l'emmenait visiter le musée. C'était un bon souvenir qu'il se gardait d'évoquer devant sa mère. Toute mention de son mari la mettait de mauvaise humeur, même si elle allait fidèlement fleurir sa tombe. Son devoir de chrétienne. Mais on pouvait se demander s'il ne s'y mêlait pas une secrète vengeance : fleurir la tombe d'un communiste bouffeur de curés… Il faut dire qu'il lui en avait fait voir. Et comme c'était humiliant, dans le regard des autres, cette déchéance, ces scènes en public, ces délires éthyliques ! Sa mort même les avait humiliés. Un clochard l'avait trouvé, baignant dans son vomi, sous un pont du canal Saint-Denis à Aubervilliers, où il était parti habiter quand sa présence était devenue vraiment intolérable. Pourtant, Stéphane n'en voulait pas trop à son père. Il s'était trouvé une raison de l'excuser, de le plaindre et, donc, de pouvoir l'aimer : son père avait été victime du communisme et des cégétistes, tous alcooliques, qui avaient entraîné dans l'abîme son âme sensible et idéaliste. Stéphane détestait les communistes, comme sa mère ; Stéphane vénérait le général de Gaulle, comme sa mère. Se battre. Résister. Enfant, les chevaliers le fascinaient : Bayard, Lancelot du Lac. Adolescent, ce furent les super-héros américains : l'homme-araignée, l'homme de glace, l'homme de feu…

Être digne d'elle. Être à sa hauteur. Mériter son admiration.

Elle ne lui passe rien. Même maintenant à l'université, elle contrôle ses devoirs et ses notes. Elle veut qu'il devienne directeur. Directeur de quoi ? Peu importe : Directeur. Celui qui décide, celui qui donne des ordres, pas celui qui en reçoit. Celui qu'on admire et qu'on respecte. Elle est là, dans la pièce à côté, elle ronfle, il l'entend.

C'est sûr, c'est sûr, Elysabeth lui plaira. Elle a tout pour lui plaire. Élève au lycée catholique des Oiseaux à Auteuil. Entre eux, les élèves disaient : j'étais aux Oiseaux. Aux Oiseaux ! Tous les amis d'Elysabeth savaient de quoi il s'agissait. Quand on lui avait demandé : et toi ? – et qu'il avait répondu : aux Anges, certains avaient ri, d'autres s'étaient dit qu'il se foutait de leur gueule, pas un ne connaissait Notre-Dame-des-Anges dans le 12e, aux antipodes pour ainsi dire de leur petit pays natal. Dire que pour sa mère, ou pour les parents de Marc, c'était déjà un grand pas vers l'ascension sociale d'avoir pu mettre leur enfant dans ce lycée privé à Nation. Mais à Dauphine, ils venaient presque tous du 6e, du 7e, du 16e ou de Neuilly, au pire du 15e ou de Boulogne. Voilà pourquoi sa mère lui parlait des barrières invisibles : tous ces petits codes secrets et ce carnet d'adresses que tu acquiers dès l'enfance sans même y penser. On se distingue socialement les uns des autres à l'aide d'infimes signaux de reconnaissance qui déclenchent en nous des automatismes de robot : Bonjour, je suis des vôtres. – Bonjour, tu n'en es pas. Un peu comme des chiens se distinguant à l'allure, à l'odeur… Elysabeth, fille d'ambassadeur, fille riche, bonne famille du 16e, catholique, d'ascendance noble : Elysabeth des Aulnayes. Bravo, mon fils, tu t'ouvres une porte, plus grande encore que tes futurs diplômes. Il était sûr qu'elle le penserait. Une porte, oui, bien sûr, il l'avait bien compris lui-même. « Tu vas à Ré cet été ? (Surtout, ne pas dire à l'île de Ré.) – Non, au Cap Ferret. » Mais Elysabeth était une porte douce, intelligente, gentille et sérieuse. Et qui l'aimait. Et qui serrait bien fort son sexe. Ça l'avait étonné qu'elle ait voulu coucher avec lui… avant le mariage. Mais bon, on n'était plus à l'époque de sa mère, on n'était plus en 1960. Peut-être était-ce le signe qu'elle l'aimait vraiment beaucoup, qu'elle se voyait vivre avec lui. Vivre avec elle ? Il se représentait toujours agréablement l'idée d'une vie tranquille et confortable, alternant voyages luxueux et romantiques et soirées à Paris, dîners entre amis ou en famille (sa mère dînant avec eux, radieuse) dans leur appartement aussi raffiné que celui des parents d'Elysabeth – un haussmannien : parquet, moulures, cheminée –, blanc, lumineux, au-dessus des arbres d'un jardin, dans un des beaux quartiers, avec des tissus coordonnés, des canapés confortables, des objets d'art rapportés de leurs voyages, plein de livres, une grande bibliothèque. Ça sentirait le propre, la cire, les fleurs fraîches ; et de la cuisine s'échapperaient les odeurs beurrées et chaudes des plats mitonnés par la bonne – ou peut-être un cuisinier, un véritable cuisinier –, et leurs enfants gaiement leur sauteraient dans les bras, et un gros chat aux yeux dorés serait lové dans un fauteuil – et de la musique douce, Beethov', le Concerto numéro cinq… Le chef d'orchestre avait un nez d'oiseau, des yeux clairs enfoncés sous un front bombé, de longues mèches brunes qu'il ramenait derrière ses petites oreilles de femme de ses doigts blancs, fins comme ceux d'une femme, et il se tenait cambré à son pupitre… Stéphane sentait remonter dans son corps la vague chaude du désir. La vision de son sexe rose qui s'allongeait, s'épanouissait comme une fleur l'excitait. Il le prit dans sa main. Il avait un goût salé de salive dans la bouche. Vertige. Ça venait, ça l'emportait, c'était là. Vertige. Sa main serrée autour de son sexe le secouait. L'autre main sur ses couilles. Vertige. Les fesses du danseur à l'Opéra dans *Coppélia* le soir où il y est allé avec Elysabeth – fesses dures et bombées (mais pas comme celles d'Elysabeth), fesses étroites, comme pour faire saillir son sexe entre ses hanches, ce sexe qu'il devinait tendre et frémissant sous le collant chair et prêt à se déployer lui aussi comme une fleur… Sa semence chaude gicla sur son ventre. Il s'essuya. Il se rendormit. Le réveil sonna. Il se réveilla pâteux, mécontent, pressé de se laver, de se débarrasser de cette nuit poisseuse. Il se força à penser à des choses concrètes : sa journée, ce qui l'attendait. Il échangea quelques mots avec sa mère en petit-déjeunant. Cours dans une heure, foncer. Le téléphone sonna.

– C'est pour toi, dit sa mère.

C'était Elysabeth : « On se retrouve à la sortie du métro ? – OK. »

– C'était qui ?

– Une fille de mon cours.

Sa mère ne posa pas de questions. Il fila. Elysabeth l'attendait à Dauphine, en haut des marches. Baiser fugace. Mais elle eut un grand sourire, quasi maternel, et un geste tendre de la main pour caresser la sienne.

Au second semestre débutaient de nouveaux cours dont celui des mathématiques appliquées à l'économie et à la gestion, intitulé « Mathématiques de la décision », qui était donné par Bernard Raymond. Stéphane l'avait peut-être déjà croisé dans les couloirs sans savoir que c'était lui. Il s'attendait à un vieux prof emmerdant comme celui qu'il avait eu en première année pour le cours d'introduction aux mathématiques de l'économie. Or, dans l'amphithéâtre, un homme svelte à l'allure souple, vêtu de noir (pantalon, col roulé), sauta sur l'estrade, s'assit les jambes croisées sur le bureau et se mit à balayer lentement du regard, l'une après l'autre, du haut vers le bas, les rangées d'étudiants, comme s'il voulait apprendre tout de suite à les reconnaître. Tout le temps que dura cette observation, un léger sourire éclairait son visage mat. Il avait des cheveux bruns courts lissés en arrière d'un grand front barré de trois rides profondes, des oreilles pointues, des lèvres assez charnues, un nez rond, des joues rondes et un regard perçant. C'était le regard qui frappait d'abord, intense, vif, lumineux. De quelle couleur étaient ses yeux ? De là où il était, Stéphane n'arrivait pas à le voir. Noirs ou peut-être bleu foncé, vert foncé ? Combien de temps allait-il les fixer comme ça ? Il y avait quelque chose d'étrange dans son visage. Quoi ? Une curieuse géométrie : les ronds du menton, du nez, des joues, l'ovale de la bouche, les triangles des oreilles et le rectangle du front. Et tout cela lui donnait, par la grâce du regard et du sourire, un charme troublant, une beauté, oui, il était beau. Quel âge pouvait-il avoir ? Plus de trente ans, moins de quarante. Sa silhouette était jeune.

Enfin, il parla.

– Je sais ce que vous vous dites : mais pourquoi est-ce qu'il commence par nous regarder sans nous parler ? On ne le connaît pas, il ne nous connaît pas. Bon : je m'appelle Bernard Raymond et vous connaissez l'intitulé du cours. Mais si je m'étais mis tout de suite à vous parler, à vous débiter mon cours, vous vous seriez précipités sur vos classeurs ou vos cahiers, vos stylos, et vous auriez pris des notes, la tête penchée, sans me voir – et moi, j'aurais vu vos têtes penchées ou bien lu mes feuilles. Mon cours, vous pouvez vous le procurer polycopié. Il ne sera pas bien différent sur le fond de celui de l'année dernière. Si vous voulez l'apprendre par cœur, pas la peine de venir m'écouter. C'est comme ça d'ailleurs que font beaucoup d'étudiants et parfois avec de bons résultats. Mais ce n'est pas très intéressant. Moi, ce que je voudrais, c'est essayer de penser avec vous, de me poser des questions avec vous : vos questions, les miennes. Pour cela, il faut que nous entrions en contact afin que s'établisse une certaine confiance entre nous indispensable au dialogue constructif. Et pour commencer, le mieux, me semble-t-il, c'est de se taire et de s'observer sans que des mots influencent notre regard. Le silence permet la rencontre. Vous me regardez, je vous regarde. Qui est-il ? Qui est-elle ? Avouez que vous avez beaucoup mieux vu à quoi je ressemble, ce qu'exprime mon visage, que si je vous avais d'emblée présenté mon cours.

Plus il parlait, plus son corps semblait s'offrir à la salle. Ses épaules, ses bras, ses mains s'ouvraient. Ses mains, ses doigts dessinaient dans l'air ce qu'il disait comme pour rendre ses mots plus clairs. Il avait quitté le bureau pour arpenter l'estrade. Il avait quelque chose d'un Monsieur Loyal introduisant des numéros de cirque invisibles. Il introduisait sa pensée. Stéphane à présent était fasciné par sa voix suave et caressante qui semblait tout le temps sur le point de vous confier un secret. Il l'écoutait intensément et ne pouvait plus détacher son regard de cet homme ensorcelant, au point qu'il en oubliait ses camarades autour de lui, qu'il en oubliait Elysabeth assise à côté de lui, comme s'il était seul avec le professeur, directement relié à sa parole, à sa pensée.

– Certains d'entre vous – une toute petite minorité, n'est-ce pas ? – aiment les maths parce qu'ils aiment les jeux de déduction. Si, si, une minorité. Je gagerais qu'une majorité est venue en se disant : ça fait partie du cursus mais qu'est-ce que ça va être chiant ! Les maths, c'est abstrait, théorique, faut apprendre par cœur. Je vais vous dire : même pour ceux qui connaissent et comprennent, les maths, parfois c'est bizarre et déroutant. Prenons, par exemple, les nombres premiers gigantesques. Ils sont composés d'au moins dix mille chiffres en base 10, c'est-à-dire dans notre système décimal. Ils s'écrivent donc avec au moins cinq chiffres et pourtant ils n'ont aucun diviseur. C'est vrai, on peut démontrer pourquoi et, en même temps, c'est quand même bizarre, non ? Mais ce qui est encore plus bizarre et qui rend les maths passionnantes et même qui rend les mathématiciens joyeux et passionnés, c'est que leurs calculs bizarres qui s'expriment par des espèces de hiéroglyphes embrouillés sur des feuilles de papier ou qui remplissent des tableaux noirs d'un langage secret d'adeptes de secte constituent en fait des représentations de vérités utiles à l'homme. Car ces sigles et ces chiffres ne comportent pas d'erreur et mènent de façon rigoureuse à éliminer des incertitudes au point d'aboutir soit à un résultat simple, unique – ce qui est toujours très plaisant, très utile (par exemple, si on le peut, on va toujours choisir le plus facile et le moins fatigant pour satisfaire un désir) –, soit à une décision, c'est-à-dire un choix entre deux solutions plus ou moins équivalentes en complexité, cela pour décider d'une action et obtenir un résultat. Est-ce que vous me suivez toujours ? De toute façon, on va y revenir. Tout l'objet de mon cours, c'est de vous apprendre comment, en analysant, en croisant, en combinant des faits, des données (par exemple, dans une entreprise le personnel, le temps de travail, les résultats de production, le chiffre d'affaires, etc.), on arrive à créer un modèle mathématique qui permet de calculer des probabilités – d'obtenir ci ou ça – et d'aider ainsi les dirigeants à prendre une décision. Et vous verrez, vous verrez, que ce qui a l'air obscur au départ est en fait lumineux et passionnant. Et peut-être que certains d'entre vous s'amuseront à créer des modèles. On n'en a pas encore créé beaucoup, on n'est qu'au début. Ces modèles s'appellent des algorithmes : le mot est dérivé du nom d'un mathématicien perse du IXe siècle. Une fois qu'on les installe dans des programmes d'ordinateur, ils permettent de résoudre en quelques secondes des problèmes qu'un homme mettrait des semaines à résoudre.

Bernard Raymond s'enflammait de plus en plus. Il faisait beaucoup de digressions, en prenant des exemples, des images, parfois des paradoxes amusants. Avant tout, il cherchait à éveiller la curiosité de son auditoire. Il y parvenait pour la plupart de ses étudiants. À la fin, il se rassit sur le bureau et les fixa comme au début en silence. Sa bouche était entrouverte sur des dents blanches. Sa lèvre inférieure tremblait légèrement. Il respirait profondément. Il avait quelque chose d'un sportif après une course. Stéphane eut l'impression que son regard était posé sur lui, qu'il le regardait lui seul. Puis, après un temps qui lui parut encore plus long que tout à l'heure, le prof leur sourit, les salua :

– À la prochaine pour ceux qui ont supporté cette première fois. Et d'ici là, portez-vous bien !

Et il sortit de son pas souple aussi vite qu'il était arrivé.

– Comment vous le trouvez ?

– Bizarre, dirent certains.

– Maniéré, jugea Elysabeth.

– Prétentieux, dit une autre fille.

– Je ne suis pas d'accord, osa Stéphane qui, d'ordinaire, prenait garde de ne pas exprimer ses opinions trop rapidement. Il est original, c'est différent.

– C'est ça, dit un garçon. Moderne.

Il s'avéra qu'une majorité des étudiants avaient été surpris, soit décontenancés, soit séduits. Tous reconnurent qu'ils l'avaient écouté sans décrocher un instant, ce qui était assez rare pour être souligné. Bernard Raymond les surprit encore en les convoquant un par un pour, expliquait-il, les connaître un peu, tenir compte dans son cours de leurs différentes personnalités et essayer de les impliquer.

Stéphane eut son entretien un soir de la fin janvier. Le prof les recevait dans une petite salle de cours aux tables en plastique blanc. Il venait les chercher l'un après l'autre dans le couloir. Il avait pour chacun un bon sourire et les accueillait d'un air paternel, tout à la fois indulgent et protecteur, amusé de les voir pour beaucoup embarrassés d'une timidité adolescente, plus amusé encore par ceux qui arboraient la fausse assurance de jeunes diplômés à un entretien d'embauche. Il fit entrer Stéphane en le prenant par l'épaule et le jeune homme se sentit frémir inexplicablement sous la pression légère de sa main. Il ne se souvenait pas des premiers mots qu'il lui avait dits. Sans doute « asseyez-vous ». Bernard s'était assis à côté de lui et l'avait examiné doucement, avec une lenteur gênante, inquisitrice. Stéphane avait rougi jusqu'aux oreilles et baissé la tête, se maudissant d'éprouver un tel trouble et redoutant que son prof le vît. Il l'avait vu, certainement ! Comment ne l'aurait-il pas vu sous la lumière chirurgicale des barres de néon pendues au plafond ? C'est pourquoi, jusqu'à la fin de leur premier tête-à-tête (plus tard ils en rirent), il n'osa pas une seule fois le regarder en face et répondit à ses questions les yeux en l'air ou de côté.

– Pourquoi avez-vous choisi ce cursus ?

Il chercha à donner la réponse que son prof devait attendre et non la simple vérité : Dauphine est cotée et offre de bons débouchés. Il dit :

– Parce que je veux comprendre le monde dans lequel nous vivons et cela suppose d'étudier les mécanismes économiques et les questions sociales.

Bernard ne paraissait pas dupe. Stéphane devinait son sourire indulgent, gentiment ironique.

– C'est très bien. Moi, je n'avais pas d'ambitions intellectuelles si élevées à votre âge. Je n'avais pas le niveau pour être pianiste professionnel mais j'écrivais des chansons et je rêvais d'être Paul McCartney ou John Lennon tout en sachant très bien déjà que je ne le serais jamais. Mes parents étaient sérieux à ma place et voulaient absolument que je fasse des études qui me permettent de gagner ma vie. J'étais bon en maths et j'avoue que j'y ai pris du plaisir. Petit à petit, ça m'a passionné autant que la musique. Et le plus important dans la vie, c'est de faire les choses par désir et même par passion, non ?

– Si...

– Bien sûr que si. Tout accomplissement véritable, toute réussite – même la réussite d'une pensée ou d'une idée – vient de la passion qui la fait naître. Ce qui est seul capable de tout inventer, de tout changer, de bousculer le cours des choses, c'est la passion. C'est le feu qui crée tout. Vous êtes passionné ?

– Je ne sais pas...

– Je suis sûr que vous l'êtes. Je suis sûr qu'on a tous une passion qui couve, qu'on a tous en nous de quoi se passionner. Et c'est pour ça que j'aime enseigner. Parce que vous êtes à l'âge où les grandes passions se forment. J'aime ça, j'aime voir ça. À mon âge, tout est déjà joué. On avance sur un certain chemin. À votre âge, tout est possible.

Stéphane se sentait enveloppé et transporté par cette voix chaude et caressante, plus par cette voix que par les mots qu'elle prononçait. Ou plutôt, cet homme l'ouvrait au monde. Il sentait en lui un désir nouveau, un enthousiasme, l'envie de tout comprendre, tout découvrir. Cela surgissait comme une révélation, mystérieusement, avec la force d'une évidence qu'il était incapable d'expliquer (plus tard, Bernard lui dit que c'était exactement ainsi que Pascal ou Einstein avaient fait leurs plus grandes découvertes). Pour la première fois, un homme apparaissait dans sa vie tel un enchanteur et faisait jaillir en lui ce feu passionné dont il parlait. Son visage mat au regard insoutenable l'avait bouleversé par sa beauté ; et son intelligence vive et chaleureuse vibrait dans chaque intonation de sa voix.

Bernard, après son cours, prenait volontiers le temps de bavarder avec ses étudiants. Stéphane faisait toujours partie des cinq ou six qui l'entouraient et, malgré lui, était jaloux lorsque Bernard paraissait s'intéresser davantage à un autre qu'à lui, sans voir que son professeur se tournait plus souvent vers lui que vers quiconque. (C'est Elysabeth qui le lui dit des années plus tard en évoquant les souvenirs de leur jeunesse.)

Le lundi 31 mars 1986 – la date était restée gravée dans sa mémoire –, il croisa par hasard (enfin, était-ce par hasard ?) Bernard sur le parvis de l'université à l'heure du déjeuner. Il n'avait pas cours avec lui ce jour-là. Il faisait beau. Un ciel d'un bleu pur parsemé de nuages blancs. Bernard lui proposa d'aller manger un sandwich au bois de Boulogne. Ils étaient à cinq minutes à pied du grand lac. Ils bavardèrent gaiement en marchant, surprirent un écureuil qui s'enfuit au sommet d'un chêne. Des chiens se poursuivaient, pissant de tronc en tronc, reniflant le tronc sur lequel le chien précédent venait de pisser et pissant aussitôt par-dessus. Cela les fit rire comme deux gosses. Stéphane n'en revenait pas que Bernard pût rire d'une scène aussi dérisoire. Il y avait autour d'eux dans le sous-bois un tapis de fleurs jaunes et bleues et une foule d'oiseaux chantaient. Le soleil ruisselait jusqu'au sol à travers le feuillage vert tendre du printemps.

Ils s'assirent sur un banc au bord du lac, en face de l'île, là où les longues branches encore nues d'un vieil érable effleuraient la statue d'un couple d'amoureux. Des canards et des cygnes s'approchèrent dans l'espoir de glaner quelques miettes. Bernard l'interrogea sur son enfance et Stéphane se surprit à lui raconter comme à un ami intime le chagrin que lui avait causé son père, comment l'alcool l'avait détruit, sa mort misérable. Il ne s'était encore confié à personne avec une telle sincérité. Il avait dit à Elysabeth que son père était mort d'une crise cardiaque.

Bernard l'écoutait et le regardait d'un air profondément compréhensif. Puis, il posa la main sur son bras et lui dit des mots qui devaient signifier grosso modo que cette épreuve douloureuse l'aura fait grandir. Stéphane avait oublié les termes exacts. Il ne se souvenait que du contact de la main de Bernard sur son bras, de son parfum épicé, de la toison de poils noirs qui dépassait de sa chemise blanche et du sourire plein de bonté qui illuminait son visage, tandis que les nuages blancs naviguaient au-dessus d'eux, telles de gigantesques fleurs de coton emportées par le vent.

Clara

Un quart d'heure pour moi, quel bonheur !

Elle est debout, nue, devant la glace de la salle de bain. Sa peau est d'une blancheur laiteuse. Quelques taches de rousseur. Elle s'observe avec cet air sérieux, studieux, qui la caractérise, le front plissé, semblant concentrée sur une question à résoudre. Elle ne se trouve pas belle, elle ne s'est jamais trouvée belle, mais elle ne se trouve pas laide non plus et elle sait qu'elle plaît, dans l'ensemble, aux garçons : elle sent souvent les regards des hommes dans la rue, dans le métro, ce qui, si elle est sincère avec elle-même, lui renvoie une image plutôt flatteuse et lui procure un sentiment plutôt agréable. Toutefois, ce n'était pas par fausse modestie qu'elle affirmait l'année dernière à son premier amour ne s'être jamais crue belle. Elle avait grandi persuadée de ne pas l'être. Ses parents ont toujours vanté son intelligence de première de la classe, pas sa beauté, contrairement à sa sœur qui, elle, avait droit à tous les compliments sur son physique et son visage enjôleur. Diane est si jolie, Diane est si gracieuse. Les amis de ses parents ne manquaient jamais de le relever. Elle va faire des ravages ! Avec ses traits fins, ses grands yeux bleus, ses cheveux blonds, Diane, pense Clara, a une beauté évidente, une beauté immédiate… une beauté qui saute aux yeux, tandis que moi… Déjà, si j'avais eu les cheveux blonds comme ma sœur… À l'école maternelle, des enfants lui disaient : « T'as les cheveux rouges », comme si c'était bizarre, une maladie. En primaire, parfois, on se moquait d'elle : « Hou ! La sorcière ! » Quoi ? Pourquoi ? Maman, pourquoi les sorcières ont les cheveux rouges ? – C'est n'importe quoi. Ne les écoute pas. Et tu n'as pas les cheveux rouges mais roux et c'est une magnifique couleur, surtout avec tes yeux bleu-vert. Sa mère ne lui disait pas qu'elle était jolie mais que ses cheveux et ses yeux l'étaient. Clara se demandait s'il fallait en déduire que de beaux détails ne faisaient pas nécessairement un bel ensemble. Petit à petit, à l'adolescence, à force d'observer la métamorphose de son corps dans le miroir et dans les regards des garçons, autre miroir, Clara comprit que de vilains détails n'empêchaient pas non plus une belle apparence. Par exemple, elle a vu ses seins gonfler, encore, encore. Elle les trouve trop gros, encombrants, inesthétiques ; mais elle aime bien ses fesses, ses jambes longues, son dos droit et l'image de sa silhouette lorsqu'elle est bien habillée. Enfant et jusqu'en troisième, elle voulait par-dessus tout être comme tout le monde, se fondre dans le groupe, suivre les modes. Elle n'a commencé à s'accepter telle qu'elle est qu'à partir du lycée. Aujourd'hui, elle tire une certaine fierté de ses cheveux roux. Et même ses seins… Elle plaît, elle le constate et c'est un peu comme une revanche, une victoire. Il est loin le temps où les crétins ricanaient dans la cour de récréation en lui criant que les rousses puaient. Autrefois, elle pensait que pour être une fille bien, il fallait ressembler aux autres. À présent, elle se dit qu'elle s'en fout et que ce qui vous rend intéressant et attirant, c'est votre singularité. Pour être honnête, elle n'en est pas encore absolument sûre mais c'est ce qu'elle a décidé. Pas question de chercher à avoir l'air d'un modèle de magazine, pas question de se transformer pour plaire à un homme. Elle est qui elle est.

Sa garde commence à vingt et une heures, elle n'a plus beaucoup de temps ; elle s'est lavée, crémée, elle doit s'habiller mais elle s'attarde à examiner son sexe en repensant au cours de cet après-midi consacré à l'anatomie et la physiologie des organes sexuels. Elle a de jolies lèvres rose foncé, finement ourlées, elle se masturbe de temps en temps et en obtient du plaisir, elle peut atteindre l'orgasme seule ou en faisant l'amour (du moins ce qu'elle croit être l'orgasme ; peut-être y a-t-il encore mieux ?) mais que sait-elle sérieusement, scientifiquement, de la physiologie sexuelle ? D'après leur prof, une gynécologue de cinquante ans, très peu d'études ont été conduites sur le sexe féminin et la sexualité des femmes, alors qu'on étudie depuis l'Antiquité ce qu'Aristote appelait l'érection du pénis et qui était produite, selon lui, par de l'air sous pression – précision qui provoqua l'éclat de rire des étudiants dans l'amphithéâtre de la faculté de médecine. Une étude datant de 1968 (Clara avait oublié les noms de leurs auteurs mais avait retenu l'année) affirmait que la réponse sexuelle féminine comprenait, comme celle de l'homme, quatre phases successives : excitation, plateau, orgasme et résolution mais que la caractéristique de la réponse de la femme était sa circularité. En gros, la femme peut partir d'un désir sexuel initial ou bien déclencher son désir après des stimuli sexuels extérieurs (caresses) et intérieurs (fantasmes), tout comme l'homme, mais elle devrait, en même temps, éprouver le besoin de se rapprocher émotionnellement de son partenaire et valoriser son bien-être et sa propre image en se sentant belle, désirée et aimée à chaque seconde de l'acte. Toute perturbation de l'un de ces facteurs peut *paralyser la machine* (expression de la prof) et, par ailleurs, la femme n'aurait pas de point de non-retour conduisant à l'orgasme, contrairement à l'homme. Donc, en cas d'arrêt soudain des stimulations ou de mauvaises stimulations ou d'une pensée perturbatrice, elle pourrait se retrouver en une fraction de seconde *abandonnée en rase campagne* (expression de la prof), privée de la jouissance tant attendue et qu'elle croyait si proche. En enfilant ses vêtements, Clara se demande pourquoi la femme est systématiquement et même fonctionnellement pénalisée par rapport à l'homme. Une injustice de plus ! Toutefois, la prof a parlé des orgasmes multiples dont l'homme est incapable. Au moins ça ! Mais, j'y pense, moi… est-ce que j'en ai déjà eu des orgasmes multiples ? Bizarrement, la réponse n'est pas évidente, du moins avec son expérience encore jeune de fille de vingt ans. On en revient à la question de la ou des sensations qu'on doit ressentir pendant l'orgasme et, donc, à la question de la définition de l'orgasme. Pour l'homme, encore et toujours, c'est tellement plus simple ! Clara se fixe pour objectif, la prochaine fois qu'elle fera l'amour, de bien mémoriser ses sensations et de se les décrire avec des mots précis. Être médecin, c'est être capable d'analyser les autres. Cela suppose d'être capable de s'analyser soi-même d'abord objectivement, le plus objectivement, le plus lucidement possible. Analyser les symptômes, c'est-à-dire les manifestations physiques et les sensations ressenties. Le plaisir est un ressenti, exactement comme la douleur, variable selon chacun mais graduelle pour chacun sur une échelle. Par conséquent, excellent exercice.

À peine revenue de son cours elle s'est dépêchée de préparer un gâteau au chocolat pour une infirmière dont on fêtera l'anniversaire cette nuit pendant la garde. Elle s'est aussi fait un sandwich et prend deux barres aux céréales pour se redonner un peu d'énergie vers trois-quatre heures du matin. Ce soir, sa mère lui a proposé de la déposer en voiture à l'hôpital pour, a-t-elle dit, lui éviter la fatigue du métro mais, en réalité, pour lui parler d'elle-même, se plaindre et s'inquiéter de tout.

– Tu ne trouves pas que papa ne va pas bien ces derniers temps ?

– Non.

– Il est de plus en plus difficile à vivre. Il râle tout le temps.

– Il a toujours râlé.

– Il se plaint. Rien n'est jamais bien. Et puis, maintenant, il se gratte, il fait des allergies.

– Ah bon ? Il faut qu'il voie un dermato.

– Il me dit qu'il en a vu un.

– Qu'est-ce qu'il lui a dit ?

– Que c'est psychologique. Le stress. C'est pour ça que je te dis : il est stressé.

– Je vois qu'il n'est pas très épanoui dans son travail.

– Ça, c'est sûr. Tu as vu ce soir la tête qu'il faisait quand il est rentré ?

– Il avait la migraine.

– Il a toujours mal quelque part. Il faut reconnaître qu'à son âge, s'il se fait virer…

– Il a cinquante ans.

– Justement.

Agacée de l'entendre se lamenter, Clara tente de changer de sujet.

– Et toi, ton travail ?

Sa mère, Dorothee, est allemande, interprète à l'UNESCO.

– Ça va. Rien de passionnant, en ce moment. Mais au moins, moi, je ne risque pas de me retrouver au chômage.

Naturellement, cette comparaison la ramène aussitôt à ses préoccupations.

– Papa, à mon avis, se fait aussi du souci pour Diane.

Clara voit le profil tendu de sa mère, les rides amères qui frisent comme des moustaches de chat au coin de ses lèvres. Elle pense qu'elle aurait dû refuser sa proposition et prendre le métro. Ne pas vieillir comme ça, mon Dieu ! Est-ce qu'ils font encore l'amour ? Quarante-sept ans, c'est vraiment vieux pour une femme.

La nuit tombe. Les lumières des voitures dansent sur le boulevard Montparnasse. Sur les larges trottoirs, les colonnes d'une fourmilière humaine désordonnée s'emmêlent, entrant et sortant continuellement des cinémas et des cafés.

– Tu as vu ta sœur récemment ?

– Mais non, maman, comment veux-tu ? J'ai eu des gardes les deux derniers week-ends.

– Tu ne l'as pas eue au téléphone ?

– Non. Et toi ?

– Si mais presque pas. Elle dit que tout va bien, qu'elle a plein de projets, des films, une pièce, mais elle dit toujours ça et, concrètement…

– Elle a fait un film il y a six mois.

– Oui mais pas encore sorti et je crois que c'est un tout petit rôle.

– C'est le début. C'est normal. Moi, je crois qu'elle a du talent. Je me souviens, le spectacle de fin d'année à son cours, elle était vraiment l'une des meilleures.

– Oui mais elle n'a pas été prise au Conservatoire et ton père a peur que ce soit un milieu trop dur pour elle, qu'elle soit trop tendre, qu'elle tombe sur des mecs pas bien et qu'elle galère.

Clara se retient mais cette conversation l'énerve. Ils se sont toujours fait tellement de souci pour leur Diane chérie, tellement plus que pour elle, alors que Diane est l'aînée ! Elle se sent un peu jalouse parce qu'elle est persuadée que ses parents, surtout son père, ont toujours eu une préférence pour sa sœur. En même temps, Clara comprend qu'en se préoccupant sans cesse de sa sœur, en craignant toujours pour sa réussite ou son avenir, ils ne lui font pas confiance, la traitent en enfant irresponsable, l'étouffent, l'écrasent de leur amour inquiet.

Elle laisse sa mère dévider le fil de ses sempiternels soucis. Elle ne lui répond que par quelques mots brefs qui n'ont pour effet que d'encourager le lamento. Elle pense : « Mon père se plaint. Ma mère se plaint. C'est insupportable. Ne jamais se plaindre. Ça ne sert à rien. Ça ne résout rien. On s'en sort par soi-même. » Elle est bien résolue à ne jamais leur ressembler. Elle regarde au-dehors, pressée d'être arrivée et de quitter sa mère. Enfin, elles y sont. Trois ambulances stationnent devant la porte des urgences. Le gros bâtiment blanc a l'air d'un paquebot à quai, prêt à appareiller pour une traversée nocturne : des rangées de lumières sur sa façade et, au sommet, ce qui ressemble à une timonerie flanquée d'une grande antenne.

– Avec tout ça, lui dit Dorothee en l'embrassant, je t'ai pas demandé. Ça va ? Ça te plaît toujours, ce stage ?

– Ça va, merci, maman. Merci de m'avoir accompagnée. Bonne nuit.

– Bonne nuit, ma chérie. Tu finis à quelle heure ?

– À dix heures.

– C'est long. Bon courage.

Clara claque la portière et file, son sac à dos sur l'épaule, de son pas long et déterminé. Sur le parvis, des blouses blanches et bleues fument en papotant. « J'étais à Honfleur pour fêter nos cinq ans de mariage. On a mangé des moules. Devine ! – Non ! – Si. Je te dis pas la nuit romantique ! » Clara salue une infirmière qu'elle croit reconnaître et qui, de son côté, semble se demander quelle est cette inconnue qui lui sourit.

Elle s'engouffre dans le labyrinthe blanc de couloirs, de sas, de portes, d'escaliers et d'ascenseurs où, depuis peu, elle ne se perd plus. Pour gagner du temps, elle passe par les urgences peu encombrées ce soir. Derrière la vitre de la salle d'attente, la silhouette d'un homme tristement courbé, les coudes sur les genoux. Soudain, il entend un bruit – un brancard qui pousse une porte. Il lève la tête, Clara surprend son regard apeuré d'enfant. Elle pense : ils ont peur, souvent. Les rassurer. Mais précision, fermeté. Elle pense au PUPH[1] qui leur a fait la leçon lors de la grande visite il y a deux jours : la juste distance à trouver avec le malade, entre empathie et autorité. En sortant des urgences, elle rencontre un étudiant de sa classe qui, comme elle, fait son stage de sémiologie au service de neurologie. Un garçon dodu et jovial avec de curieuses mains délicates et féminines au bout de bras ronds. Il s'approche pour lui faire la bise.

– Bonsoir, Clara.

– Bonsoir, Simon.

– Tu es de garde aussi ce soir ?

– Oui.

Elle lui présente un visage distant. Il parvient à peine à effleurer ses joues du bout des lèvres.

– J'espère que ça va pas être l'enfer. Je veux être en forme demain soir.

Clara ne lui demande pas pourquoi. Elle entre dans le ves-

1. PUPH : professeur des universités-praticien hospitalier.

tiaire réservé au personnel féminin. Simon reste sur le pas de la porte.

– Tu viens à la soirée de Laurence ?

– Je ne sais pas encore. Peut-être.

– Il paraît que ses parents ont une super maison à Chatou.

Clara ferme la porte. Plutôt sympa, Simon. Bon gros nounours souriant. Mais pourquoi il s'imagine qu'il faut avoir l'air tellement content, tellement enthousiaste quand il parle ? Elle passe sa blouse, la boutonne soigneusement par-dessus son tee-shirt et son pantalon de coton, se regarde un instant dans le miroir au-dessus d'un lavabo, tire ses cheveux et les attache avec deux barrettes derrière ses oreilles puis se remet du rouge à lèvres. Se donner l'apparence la plus stricte possible pour se vieillir un peu. Faire médecin.

Elle n'a pas toujours voulu être médecin. Quand elle était petite, elle rêvait de devenir vétérinaire parce qu'elle adorait le feuilleton *Daktari*, les aventures du Dr Tracy et de sa fille Paula et de leurs animaux, le lion Clarence, qui était paresseux et qui louchait, et la guenon Judy, impertinente et moqueuse. Vers douze, treize ans, plongeant dans Agatha Christie et les séries policières, elle se rêva commissaire ou détective privé. Mais, en première, elle vit un reportage sur Médecins sans frontières qui changea tout et la décida à s'inscrire en faculté de médecine. Elle savait enfin ce qu'elle voulait faire : sauver des vies.

Sans se l'avouer, elle rêvait avant tout d'être reconnue et admirée et, à ses yeux, le travail du médecin avait quelque chose d'héroïque et de fondamentalement valorisant. Toutefois, elle avait vite compris, dès son premier stage consacré aux soins infirmiers, que l'exercice quotidien du métier était bien plus humble et d'autant plus ingrat qu'on était au bas de l'échelle professionnelle. Il fallait travailler plus que les autres pour être la meilleure et obtenir un jour la seule place enviable, celle de professeur chef de service. Il n'y avait en France pratiquement pas de femmes à ces postes. Eh bien, cela changerait, et elle en serait d'autant plus fière. Depuis toute petite, elle avait l'esprit de compétition et elle avait horreur de perdre. Elle boudait quand elle perdait à un jeu, quel qu'il fût.

La nuit, l'hôpital aux longs couloirs vides prend des airs d'église silencieuse et solennelle que les quelques bruits de pas sur le carrelage, de voix étouffées, quelquefois une plainte, un appel, des pleurs ou une sonnerie dans un poste de soins, rendent plus solennelle encore. Une nuit, au cours de son stage précédent, Clara était restée longtemps à écouter dans un couloir. Il était deux heures du matin. Le silence profond – pas un bruit, à part celui de la tension électrique dans le plafonnier au néon – l'avait impressionnée, presque angoissée. Et soudain, elle avait entendu par la porte d'une chambre restée entrouverte la voix frêle d'une vieille dame qui psalmodiait : « Mon Dieu, mon Dieu, je vous en prie, mon Dieu. » Elle avait poussé la porte, était entrée et avait découvert que la vieille dame parlait dans son sommeil. Son visage exprimait une souffrance poignante et Clara eut la sensation que la mort était là, toute proche, en même temps qu'elle pensait : combien en ce moment souffrent comme elle, éveillés ou dans leur sommeil ?

Après coup, elle se dit qu'elle s'était laissé emporter par son imagination et qu'elle avait eu tort. Un médecin est là pour soigner, il peut soulager la souffrance, il ne doit pas – en aucun cas – la fantasmer. La mort derrière son lit, qu'est-ce que c'est que cette histoire ? C'est de la sensiblerie. On se foutrait de toi si tu racontais ça.

Désormais, pour ses gardes de nuit, elle s'est fixé une règle : ne jamais rester à ne rien faire. Dès que c'est possible, tu dors. Sinon, tu t'actives. Et éventuellement, tu prends part à une conversation. À vrai dire, elle n'aime pas bavarder de tout et de rien comme ça se fait beaucoup à l'hôpital pour décompresser. Certains ont une fâcheuse tendance à raconter leur vie. Clara se méfie des confidences et des familiarités. Ne jamais mélanger vie personnelle et vie professionnelle : autre principe. Mais elle fait des efforts. Il est important de s'entendre avec les infirmières et les aides-soignantes, qui en savent cent fois plus que toi. C'est dans cette intention justement qu'elle a préparé un gâteau au chocolat pour Yveline qui fête ses quarante-cinq ans. Sonia, une aide-soignante, a aussi apporté un gâteau et même prévu les bougies. Vers onze heures, quand le service est calme, l'équipe de nuit (huit personnes avec le chef de clinique qui offre une bouteille de champagne bien que l'alcool soit officiellement interdit) se retrouve pour fêter l'anniversaire. À peine les bougies soufflées, une sonnerie retentit, une lumière rouge clignote. Monsieur Mougin, le patient de la chambre 9, appelle. Jean-Loup Turcoin, le chef de clinique, qui est en train de servir le champagne dans des gobelets en plastique, lance à Clara d'un ton rigolard :

– Tiens, ma beauté, va voir ce qu'il a !

– Je ne suis pas votre beauté. Mon nom est Clara Keller.

– Holà ! Faut pas te vexer comme ça, ma… Clara. Bon, qu'est-ce que tu as à me regarder ? Tu veux pas y aller ?

Tous les regards se sont tournés vers elle. Clara se sent dans la peau de l'accusée, ce qui lui paraît invraisemblable et même odieux, car elle s'estime victime d'une réflexion déplacée. Elle n'a surtout pas supporté le regard qui l'accompagnait. Le regard insistant du vieux dragueur (le vieux dragueur en question étant âgé de trente-huit ans, ce qui en fait un vieux à ses yeux). Du haut de ses vingt ans, elle a déjà développé une forte conscience féministe et il lui semble qu'elle doit d'emblée, dès le premier dérapage, remettre en place un macho. Elle sort sans rien dire de la salle des infirmières.

La porte de la chambre 9 est fermée à clef, la clef sur la porte. Clara se demande pourquoi. (Il ne serait pas Alzheimer ?) Elle ouvre et entre. La chambre est dans l'obscurité, éclairée seulement par la lumière du couloir. Le patient n'est pas dans son lit. Elle le découvre par terre, au pied du lit, dans son pyjama bleu d'hôpital, assis sur son derrière, les mains appuyées à plat sur le sol comme s'il voulait se relever. Il la regarde avec des yeux tout à la fois angoissés et indignés. Elle lui donne environ soixante ans.

– Vous êtes tombé ?

– Non.

Elle se penche pour l'aider à se relever. Il s'agite.

– Laissez-moi !

– Vous n'allez pas rester par terre.

Elle se demande ce qu'il a, croit se souvenir qu'il s'agit d'une sclérose en plaques. Elle aurait dû poser la question ou prendre son dossier. Elle a laissé ce salopard de petit chef lui mettre la pression. Elle lui a obéi trop vite. Si le patient est Alzheimer… Tant pis. Agir. Il est conscient mais agité. Le calmer. Le recoucher.

Elle s'accroupit, l'attrape sous les aisselles. Il se débat, la repousse. Elle essaye de l'immobiliser tout en lui parlant doucement.

– Tout va bien, monsieur Mougin. Je veux seulement vous aider à vous relever, vous n'allez pas rester par terre.

– Laissez-moi tranquille, je peux me lever tout seul.

Il attrape l'un des barreaux de métal gris qui entourent son lit et se redresse.

– Je veux rentrer chez moi. Donnez-moi mes vêtements.

– Allons, monsieur. Il est presque minuit. Il faut dormir. Demain…

Le petit homme adossé au lit se tient droit, le plus dignement qu'il peut, le torse bombé, sur des jambes maigres. Il est gris, pâle, son menton tremble. Il dit d'une voix oppressée :

– Je n'ai pas le temps, vous comprenez. J'ai du travail, beaucoup de travail.

Clara entend les rires de l'équipe au bout du couloir.

– Je ne peux pas attendre plusieurs jours ici. De toute façon, on ne guérit pas d'une sclérose en plaques.

Bonne mémoire, Clara. Maintenant, vas-y, parle-lui calmement, posément mais fermement.

– Il y a des traitements. Je suis étudiante en médecine mais le médecin qui vous suit vous expliquera en détail…

– J'ai beaucoup de travail, énormément de travail, et je dois m'occuper de l'enterrement de mon père qui vient de mourir.

– Ah. Votre père…

– Deux mois après ma mère… Alors, ma maladie peut attendre. Je peux encore marcher. Si je dois être paralysé et perdre la vue…

– Si vous êtes ici, monsieur, c'est justement pour qu'on vous soigne. Si vous voulez, je vais chercher un médecin qui…

– Non ! Restez avec moi !

Il lui attrape la main, la serre fort.

– Vous êtes gentille, vous.

Clara se répète : calmer le patient, chercher le médecin ou l'infirmière.

L'homme se met à pleurer. De grosses larmes remplissent ses yeux aux paupières gonflées.

– Allongez-vous. Vous serez mieux.

Il se laisse faire. Elle l'installe sur le lit. Il pleure. Des hoquets aigus sortent de sa gorge.

– Je dois tout faire… tout seul. Je suis… seul… J'ai peur…

Clara borde le drap sur ses jambes. Il cherche sa main. Elle la lui donne. Par petites phrases hachées par les sanglots, il lui livre sa vie et sa détresse. Apparemment, sa femme l'a quitté pour un autre, il ne voit presque pas ses enfants, n'a qu'un seul ami qui habite Toulouse et maintenant que ses parents sont morts…

– Parfois, je me demande si ça vaut le coup que je me batte. Parfois, j'ai envie…

Clara se dit qu'il faut que la psychologue du service passe le voir. Peut-être l'a-t-elle déjà fait ?

– Vous avez vu une psychologue ?

– Je ne suis pas fou, ma petite.

– Bien sûr que non. C'est juste quelqu'un qui pourrait vous aider si…

– Je ne suis pas fou !

À ce moment-là, Yveline, l'infirmière, entre dans la chambre.

– Alors, monsieur Mougin, ça va ?

– Il était sorti de son lit.

– Encore !

Clara repense soudain à la porte fermée à clef. Elle aurait dû comprendre tout de suite que le patient avait déjà tenté de partir. Elle aurait dû revenir et demander pourquoi celui-là était enfermé à clef. Mais en même temps, on lui a demandé de voir d'abord ce qu'il avait.

– Je vais vous donner un tranquillisant, monsieur Mougin.

– Pour quoi faire ?

– Pour vous aider à dormir.

Depuis le couloir, le docteur Turcoin appelle Clara :

– Mademoiselle Keller !

Il y a une pointe d'ironie dans son ton. Elle le rejoint. Il lui sourit. Mais elle croit discerner dans son sourire une intention hostile.

– Alors : cas pratique. Résumé. Diagnostic. Je t'écoute.

Elle s'efforce de lui répondre de façon froide et professionnelle en soutenant le regard insistant qu'il pose sur elle :

– Il était assis par terre quand je suis arrivée. Il voulait rentrer chez lui. Crise d'angoisse. Qui se comprend car, outre sa sclérose en plaques, il vient de perdre son père deux mois après sa mère et veut s'occuper de l'enterrement, et il est assez seul, divorcé…

Le médecin fait une grimace moqueuse.

– Sa mère lui a rendu visite cet après-midi, j'étais là. Elle est venue avec sa femme.

– Il n'est pas divorcé ?

– Ni orphelin. Il passe au bloc demain pour une tumeur au cerveau qui lui crée des troubles spatio-temporels, affecte la mémoire et le raisonnement mais pas la motricité ni le langage. Normalement, c'est opérable.

– Il n'a pas de sclérose en plaques ?

– Si. Et une tumeur.

Turcoin la fixe soudain d'un œil froid de serpent.

– Alors… mademoiselle… Clara, qui joue l'offensée pour un rien, tu as tout faux. Tu pars sans nous demander ce qu'a le patient. Et une fois sur place, au lieu de le remettre dans son lit et de venir nous chercher, ce que tout étudiant un peu modeste aurait fait, tu l'écoutes te raconter ses délires. Tu crois que tu sais. Tu te crois médecin. Mais médecin, mon poussin, c'est pas nounou ni SOS Amitié. Tu n'as pas aimé que je t'appelle ma beauté. Mais jc me demande ce que tu as, à part ça, comme qualités.

Clara se sent humiliée et malheureuse. Le type va dire à tout le monde qu'elle est nulle. Elle aura une mauvaise note de fin de stage. Elle ne digère pas son erreur : avoir manqué à ce point de discernement, s'être laissé piéger… Quel échec ! Quelle honte ! Je suis sûre qu'il va aller le raconter à tout le monde.

Yveline, après avoir administré son tranquillisant à monsieur Mougin, revient la voir sans lui faire la moindre observation et sans lui poser aucune question, contrairement à Turcoin, mais peut-être qu'elle n'en pense pas moins ou qu'elle ne veut pas l'accabler à cause de son gâteau d'anniversaire. Elle la remercie d'ailleurs chaleureusement. Les deux gâteaux ont été engloutis en quelques minutes. Elle lui conseille d'aller dormir.

– On viendra vous chercher s'il y a besoin.

Mais la pauvre Clara ne peut pas fermer l'œil et reste assise sur son lit de garde à ressorts, la tête dans les genoux, à ruminer et à attendre qu'on ait besoin d'elle. Et comme personne ne vient, elle se demande si tout simplement on la trouve à présent trop nulle pour faire appel à ses services, on l'ignore, on l'oublie. Rongée par cette inquiétude, elle se lève au moindre bruit suspect pour aller voir et constater chaque fois qu'il ne se passe rien dans le service. L'infirmière fait des mots croisés et l'aide-soignante de la broderie. Il y a des nuits de garde comme ça, calmes et vides.

À onze heures du matin, elle est de retour chez elle, dans sa chambre qui porte les traces de son adolescence : le papier peint à frise d'oiseaux roses qu'elle s'était choisi elle-même à douze ans et qu'elle trouve maintenant ridicule, le petit bureau de bois de pin avec des tiroirs marron et le poster de Madonna.

Elle se déshabille, se couche et, cette fois, s'endort. Elle dort d'un sommeil lourd et ne garde aucun souvenir de ses rêves au réveil. La nuit tombe. Sa chambre est déjà remplie d'ombres. Elle entend ses parents aller et venir dans l'appartement, des bruits de portes et de vaisselle, la télévision allumée comme chaque soir au salon.

Elle se sent reposée, de bonne humeur et l'incident de la nuit dernière ne lui paraît plus si grave. Elle n'a pas d'expérience. Il est normal en troisième année de médecine, en passant sans arrêt d'un service à l'autre, de ne pas avoir d'expérience. Elle n'a pas commis de faute. Elle a remis le patient dans son lit. Elle n'a mis ni sa vie ni la sienne en danger et naturellement elle allait rendre compte, elle en avait l'intention. Elle a écouté et, finalement, réussi à calmer cet homme. Les qualités d'un médecin, n'est-ce pas d'abord d'écouter, de rassurer (tout en restant professionnel, bien sûr) ? Sa seule erreur, c'est de n'avoir pas pris le dossier. Le chef de clinique a cherché à la mettre en tort et à l'humilier parce qu'il n'a pas supporté d'être repris devant tout le monde. Elle se jure de ne plus jamais se laisser envahir par ses émotions, de ne plus jamais douter d'elle-même. Et surtout, de ne jamais laisser un homme la maltraiter. Ce type avait une idée en tête. Une seule. Salaud ! Elle l'avait vu à la lueur salace de ses yeux. Elle repense soudain, elle ne sait pourquoi, à son chagrin d'amour l'année dernière qui a failli lui faire manquer son année. Aucun rapport ? Mais si, au fond. Gauthier ne la considérait pas en tant que femme intelligente, en tant que futur médecin, en tant que personne d'égale valeur à la sienne. Gauthier ne pensait qu'à lui, qu'à sa carrière de pianiste, qu'à sa réussite au Conservatoire, et elle n'était pour lui qu'un plaisir, une distraction qu'il s'octroyait de temps en temps et, éventuellement, une douce petite source de réconfort, d'encouragement et d'admiration qui devait être là pour lui quand il en avait envie, à la demande – Clac ! Viens là que je te saute ! Clac ! Viens là que je te raconte ma journée ! Mais moi, celle que j'étais, il s'en foutait complètement. Comment ai-je pu l'aimer, l'idéaliser, ne pas voir si longtemps qui il était ? Comment ai-je pu souffrir à cause de ce connard égoïste ? Ne plus jamais me laisser prendre à ce jeu à la con. Ne plus jamais être victime de mes sentiments. Donc, ne pas m'attacher à un homme. Ne jamais en dépendre. Regarde les parents. Est-ce qu'ils sont heureux ?

Ce soir-là, Clara se rend à la soirée de Laurence à Chatou. Elle a envie de s'amuser, de danser, d'être légère. Elle boit, elle danse, elle couche avec un garçon qu'elle ne reverra jamais, elle couche avec Laurence, avec laquelle elle ne couchera plus jamais, et un autre garçon les rejoint dont elle oubliera le nom, le visage et le reste, à tout jamais.

Diane

C'était un véritable sauna sous les projecteurs. La dizaine de spectateurs, sur la soixantaine que pouvait accueillir la petite salle au plafond bas, applaudit mollement tandis que les quatre comédiens, dont Diane, trempés, ruisselants de sueur et de maquillage, saluaient en souriant.

Il n'y avait qu'une loge minuscule derrière le plateau, une cave voûtée, humide, où ils se changeaient toujours le plus vite possible tant on y manquait d'air. Ils s'essuyaient, se débarbouillaient, pressés d'en sortir.

– Combien ce soir ?

– Dix.

– Même pas : neuf.

– Bordel… Ça nous rembourse même pas la loc…

– Et toi qui croyais que ça ferait un bon spectacle d'été…

– T'y croyais pas, toi ? Alors, pourquoi t'as voulu jouer ?

– Si, j'y croyais, j'y croyais…

– Bon, c'est le métier.

– On n'a pas de moyens. Pas de promo…

– On débute… De toute façon, dans cinq jours, on arrête. On boit un verre pour se remettre ?

Ils étaient tous passés par le même cours de théâtre, avaient tous échoué au concours d'entrée du Conservatoire et galéraient tous, courant les castings et les auditions, cherchant le bon agent ou, plus exactement, un agent qui veuille bien d'eux, se payant à prix d'or des photos d'agence pour leur « book » et s'accrochant vaillamment au rêve étoilé de leur adolescence.

Diane répondit au garçon à la tête d'ange qui avait proposé de prendre un verre :

– Moi, désolée, je ne peux pas. Je n'ai pas le temps ce soir.

– On peut savoir son nom ? dit le garçon avec un sous-entendu appuyé.

– Non mais tu rêves, là !

– Au moins un qui a de la chance.

Diane rit légèrement.

– Allez, salut ! À demain !

Elle sortit de cette cave qu'un exploiteur (c'est ce qu'elle pensait) appelait scandaleusement théâtre et louait bien trop cher à des pauvres comédiens en mal d'existence. Elle était lucide. Elle avait toujours été lucide, croyait-elle, c'était une de ses qualités.

Paris cuisait dans la nuit d'août sous un ciel privé d'étoiles, abîmé par les lumières de la ville. Diane transpirait dans sa robe d'été pourtant courte et légère. Elle se frayait un chemin dans les rues joyeusement encombrées du Quartier latin, où les terrasses des cafés retentissaient de bruits de verres et de vaisselle, de musique, de voix et de rires.

Elle devait se rendre à Bastille. Elle choisit d'y aller à pied. En une demi-heure elle y serait. Elle marchait vite dans ses sandales en liège à talons épais qui lui donnaient la sensation de rebondir sur les carreaux des trottoirs. Sur le pont Saint-Michel, deux jeunes hommes, dont un en bermuda clair avec de gros mollets et des bras velus, sifflèrent à son passage ; elle fit mine de les ignorer mais devinait leurs yeux aimantés dans son dos, sur ses fesses, sur ses cuisses, et s'efforçait de marcher en contrôlant son déhanchement naturel. Deux porcs encore !

Ils me trouvent belle. Pouvoir de sa beauté. Elle le savait. Elle était lucide. Elle avait vingt-quatre ans et elle pensait être déjà très avancée dans la vie. Mais en même temps, dégoût. Deux porcs. Comme tous ces porcs que je vais retrouver cette nuit…

Depuis des années, elle refoulait le souvenir de l'après-midi où elle avait connu tout à la fois le plaisir et la honte. Plaisir coupable, impardonnable. Mais si ! Mais non ! Plaisir immonde. Plaisir malgré moi. Elle avait dix-sept ans, elle avait mal au dos. Sa mère l'avait envoyée chez un kiné qui était aussi un de ses amis allemands. L'homme avait la voix grave, un sourire bienveillant et de grandes mains douces et puissantes qui faisaient du bien. Un jour (elle venait déjà depuis deux mois), il faisait très chaud, il lui offrit à son arrivée un verre de Coca. Il avait dû y mettre quelque chose, une sorte de drogue (c'est ce qu'elle se dit en y repensant). Elle s'allongea pour le massage et se sentit bizarre, les murs de la pièce se mirent à tourner autour d'elle. Elle éprouvait un vertige mais un vertige confortable, douillet. Les grandes mains douces sur sa peau. Les grandes mains douces sur sa nuque, ses épaules, dans son dos. Les grandes mains douces entre ses cuisses. Les grandes mains douces… Comme dans un rêve mais les yeux ouverts elle avait senti les caresses, puis une douleur, puis, après la douleur, le plaisir, le plaisir qui venait, montait, remplissait son ventre, brûlait son corps, sans qu'elle pût rien faire, sans qu'elle pût bouger ni se débattre, aussi molle et inerte qu'une poupée de chiffon. Exactement comme dans un rêve dont vous êtes à la fois l'acteur et le témoin, dont l'histoire vous emporte malgré vous. Elle était intelligente, elle avait tout analysé, après. Elle s'analysait très bien. Ce n'était pas sa faute, elle n'avait rien fait de mal, elle n'y était pour rien. Elle le savait. Elle y voyait clair. Elle était lucide. Mais elle avait eu honte, tellement honte à cause de ce plaisir. Dans le bus en rentrant, elle regardait autour d'elle : est-ce que ça se voyait sur son visage ? Elle n'avait rien dit à ses parents. À sa sœur. À personne. Elle avait seulement dit à sa mère qu'elle n'avait plus mal au dos et qu'elle n'irait donc plus chez son ami kiné. Elle avait tout fait pour chasser ce souvenir. Plus tard, bien plus tard à l'échelle de sa vie, à vingt ans, elle rencontra à son cours de théâtre un garçon beau et inexpérimenté avec lequel elle n'éprouva pas vraiment de plaisir, rien de comparable à ce qu'elle avait ressenti, rien de désagréable non plus, et elle fut rassurée de pouvoir vivre normalement. Tu es parfaitement normale. Tu n'as rien fait de mal. Il t'avait droguée. Tu n'y pouvais rien. Tu as été victime, même si… Il t'a… Il a abusé d'une… Il a… Un salaud. Oublie ça.

Elle connut d'autres garçons, eut même une relation amoureuse de plusieurs mois. Elle prit mieux conscience de son corps et de ce qui lui donnait du plaisir. Ton corps est fait pour réagir au plaisir comme à la douleur. C'est normal d'aimer avoir du plaisir. Tu es normale.

Mais ce job – le plus dégoûtant de ma vie. Je sais, faut en rire, on en rit avec les autres, avec Minos, pauvre humanité !… Je sais, c'est correctement payé et je ne veux plus demander de l'argent à papa et je veux leur prouver que j'y arrive, que je m'en sors… et je vais m'en sortir ! – mais ce job réveillait la honte, le souvenir enfoui, la colère. La colère jamais encore exprimée. Des porcs.

Place de la Bastille, une voiture ralentit brusquement à sa hauteur. Le conducteur échauffé lui cria par la fenêtre ouverte :

– Hé, poulette ! Tu sais que t'es belle !

Elle redressa le menton, accéléra le pas. Des porcs. Et je vais me les taper pendant quatre heures pour quelques centaines de francs. Elle n'assimilait pas ce qu'elle faisait à de la prostitution. Bien sûr que non. Ce n'était pas de la prostitution. Elle parlait au téléphone à des pauvres types seuls et misérables et frustrés.

Oui, frustrés, OK, peut-être, mais des porcs, des porcs. Pas tous les hommes mais beaucoup. Elle était lucide. La plupart des hommes étaient des porcs. Minos lui disait : « Mieux vaut en rire, c'est sûr, mais quand je les vois dans la rue, dans le métro, jeunes, vieux, sales ou chic, je me dis, si ça se trouve, il y en a un ou deux qui vient de m'écrire "grosse salope, suce-moi la bite sur 3615 Lola. Parfois, je me dis aussi, moi qui suis un mec de vingt ans sans beaucoup d'expérience, que c'est à vous dégoûter d'être une femme. »

Minos travaillait comme elle entre onze heures et trois heures du matin. Quand elle arriva, il était là, attablé derrière ses consoles de Minitel dans l'ancienne salle à manger de l'appartement aux murs couverts de vieilles boiseries foncées et au parquet grinçant, qui abritait les bureaux du 3615 Lola boulevard Beaumarchais. Il pouvait y avoir jusqu'à six ou sept personnes en même temps dans cette pièce pour traiter les appels. Minos s'exclamait souvent en rigolant quand une nouvelle recrue arrivait : « Bienvenue chez les travelos ! » parce que c'était pour l'essentiel des hommes qui répondaient à des hommes sur la messagerie en se dissimulant derrière des pseudos féminins : jfbi21 (pour jeune femme bi 21 ans) ou Corinne69 (pour suggérer autre chose) ou d'autres du même goût que leur proposait le « manuel animateur » qu'ils avaient tous sur leur table et qui leur donnait aussi des phrases toutes faites.

Diane passa lui faire la bise. *Travaillant* plusieurs clients en même temps, selon l'expression consacrée dans le métier, Minos tapait des messages à la chaîne pour, comme on disait, « faire durer le plaisir et rentrer des sous dans la boutique » : « Je suis chaude… J'ai envie de toi… Je suis toute mouillée… Je sens que je viens… Encore, encore !… »

– Salut, Diane !

– Bonsoir, Minos. Ça va, ce soir ?

– Tu parles ! J'ai un succès fou. Regarde.

– Ah oui ! Tu plais. Bon, j'y vais moi aussi. À tout à l'heure.

– À tout à l'heure, ma puce ! Tiens, d'ailleurs, faudra que je te parle d'un truc.

– Quoi ?

– Je te dirai.

Diane était installée un peu plus loin dans ce qui fut autrefois le salon de réception, avec un ciel peint au plafond. Au contraire de la pièce précédente, il n'y avait ici que des femmes, des « *animatrices* ». (Animatrice téléphonique : c'était l'intitulé de l'annonce à laquelle Diane avait répondu sans savoir de quoi il s'agissait.) Chacune avait son box, une espèce de cabine téléphonique, afin d'isoler leurs conversations et de donner l'illusion aux clients qui les appelaient qu'ils étaient bien seuls avec une femme sans tabou au bout du fil. Entendre derrière la voix de velours à laquelle ils se livraient d'autres voix prononcer les mêmes cochonneries, pousser les mêmes soupirs et les mêmes gémissements, pourrait leur créer la désagréable impression d'être surpris à poil dans les rayons d'un supermarché du sexe. On pensait à tout chez 3615 Lola.

Diane prit place dans son box où, durant quatre heures, elle recevait les appels, qui pouvaient durer de deux à quarante minutes selon que les hommes se montraient orduriers (auquel cas, conformément aux consignes de la direction, elle raccrochait) ou imaginatifs et lents. En général, ils tenaient dix à quinze minutes, préliminaires inclus. D'une voix suave, elle se décrivait physiquement, c'est-à-dire lisait l'une ou l'autre des descriptions physiques contenues dans le manuel animateur. Le client avait préalablement fait un choix – blonde, brune, gros ou petits seins, etc. – sur le serveur vocal informatisé qui lui avait déjà coûté une bonne dizaine de minutes et, donc, de francs, pour arriver jusqu'à la mise en contact avec une voix humaine véritablement présente. Souvent l'homme, après avoir attendu si longtemps, n'avait pas la patience de l'écouter lui vanter les charmes de son anatomie. Il entrait dans le vif du sujet et Diane se contentait de l'accompagner en lui susurrant les quelques mots habituels les plus banals, en même temps qu'elle examinait ou limait ses ongles, buvait un verre d'eau ou feuilletait un magazine féminin. Mais parfois elle devait s'impliquer davantage, soit parce qu'elle avait affaire à un timide maladif qui ne parlait pas, soit parce qu'elle recevait soudain les confidences d'un désespéré – le manuel prévoyait tous les cas – qu'il fallait essayer de ramener vers le sujet sexuel mais sans forcément trop insister ; on pouvait l'écouter en lui disant simplement : « Je comprends, je vois. » Cela rapportait toujours un franc par minute et c'était un cas assez rare.

À trois heures du matin, Diane retrouva Minos. Il était grec mais avait toujours vécu en France. Il était long et mince avec un visage fin au nez très droit, de grands yeux bruns, et il arborait fièrement une longue chevelure noire.

– J'en peux plus, lui dit Diane quand ils furent sortis de l'immeuble. J'ai envie d'arrêter. Si je n'avais pas tellement besoin de fric…

– Moi aussi. Bon, dis-toi que tu gagnes du temps dans ta connaissance de l'humanité. Ça nous débarrasse de quelques illusions.

– C'est pas toute l'humanité quand même.

– Non, non, il reste nous ! dit Minos en riant.

– T'es con !

Dans la nuit étouffante même à cette heure, le boulevard exhalait une odeur d'ordure fermentée, écœurante et sucrée. Les poubelles alignées devant le caniveau n'avaient pas encore été ramassées. Deux rats festoyaient sur un sac crevé. Des jeunes, bourrés, braillaient. Quand Minos et Diane passèrent à leur hauteur, l'un d'eux shoota dans une canette de bière.

– Je te raccompagne jusqu'à chez toi.

– Je peux rentrer toute seule, j'ai l'habitude.

– Un Grec n'abandonne jamais une femme dans la nuit.

– Il ne m'est jamais rien arrivé.

– Raison de plus, c'est toujours comme ça que ça arrive.

Elle rit. Il la faisait souvent rire. Il avait une façon toujours amusante de dire les choses en plissant un peu sa bouche en cul de poule. Il parlait aussi avec des gestes efféminés et elle pensait qu'il était homosexuel.

Elle habitait près de la gare de Lyon, un studio au quatrième étage sans ascenseur d'un vieil immeuble assez miteux. Au pied de chez elle, juste avant de la quitter, Minos lui demanda :

– Au fait, tu poserais pour moi ?

Il était photographe, elle le savait, mais aussi, prenait-il soin de préciser, plasticien et créateur. L'imprécision du mot « créateur » avait l'avantage de couvrir tout le champ de ses « expériences » artistiques qui mêlaient photo, peinture, collage et ce qu'il appelait des « installations ».

– C'est ça dont tu voulais me parler ?

– Oui. Je cherche des modèles pour mon prochain projet photo.

– Quel genre de photos ?

– En fait, j'en ai deux. Un commercial, d'abord, et si ça marche tu seras payée aussi, naturellement, en tant que mannequin.

– Je suis beaucoup trop petite pour être mannequin.

– Pas si c'est pour la tête ou les mains ou du prêt-à-porter. En l'occurrence, je suis en négo avec une agence pour des photos de bijoux. Il me faut juste de jolies mains, un joli cou, un beau visage. Tu as tout ça.

– Merci.
– Tu accepterais ? Si ça marche, ça peut bien rapporter.
– Oui. Et l'autre projet ?
– Ah ! Là, c'est un projet perso et beaucoup plus artistique. Mais si je suis pris dans une galerie et que ça se vend, je te propose qu'on signe un contrat qui t'accorde un pourcentage de mes droits pour ton image.
– Et qu'est-ce que tu veux photographier cette fois ? Mes pieds ?
Elle rit tandis qu'il lui répondait vite :
– Ton corps. Toutes les parties de ton corps. Des pieds à la tête.
– Tu veux que je pose nue ?
– Oui mais...
Elle découvrait soudain Minos timide.
– Je ne voudrais pas que tu sois choquée.
– Pourquoi je le serais ? Tu veux faire quoi comme photos ?
– Justement, que des belles photos, des choses très élégantes, raffinées, un érotisme pur, juste évocateur, avec de l'ironie et de la douceur. Mais j'avais peur que tu te dises, à cause de ce qu'on fait chez Lola... et puis, parce qu'on ne se connaît pas encore très bien... (En parlant, il caressait l'air de ses bras fins comme un magicien avec sa baguette)... que je serais moi aussi une espèce de pervers.
– T'es bête !... T'es adorable !
Elle l'embrassa sur la joue. Il s'écria, ravi :
– Alors, t'es d'accord ?
– Je suis d'accord.
– Super. Quand est-ce que tu pourrais venir à mon studio ?
– Je ne sais pas. Samedi. Il nous faut combien de temps ?
– Pour les bijoux, une heure, une heure et demie. C'est juste

pour leur donner une idée de mon travail. Après, pour mon projet, pareil : une heure, une heure et demie max.

Le studio de Minos était un atelier à la verrière crasseuse au fond d'une cour dans une ruelle derrière le cimetière du Père-Lachaise. Minos y vivait et y travaillait dans un désordre baroque de vêtements, de vaisselle et d'ustensiles de peinture et de photo répandus partout. Diane trouvait l'ensemble touchant, à l'image de Minos, pas conventionnel du tout, exubérant. Il avait tendu une toile noire qui lui servait de fond et disposé un projecteur et un parapluie réfléchissant. Pour la séance de nu, il fit poser Diane sur une série de feuilles composant tout le dégradé de couleurs d'un arc-en-ciel. Minos la maquilla et la coiffa. Il souligna le contour de ses yeux, de ses lèvres et raidit le plus possible avec de la laque ses cheveux bouclés pour qu'ils paraissent posés sur ses épaules. Il voulait que son visage ait quelque chose de dessiné et de figé comme celui d'une petite infante de Vélasquez. Diane s'offrait pour la première fois dans toute son intimité au regard d'un photographe. Elle se sentit mal à l'aise au moment de se déshabiller mais Minos fit exprès de ne pas la regarder et de s'affairer à la préparation de son matériel. Quand elle fut prête, allongée sur la première feuille de couleur, il lui demanda simplement : « C'est bon, on y va ? » et se mit à la mitrailler, à voler autour d'elle comme une libellule avec son appareil qui cliquetait sans arrêt. Après quelques minutes, elle n'éprouvait plus de gêne. Il lui disait : penche la tête, tends la jambe, pose ta main sur ta hanche, garde le regard fixe, le moins d'expression possible – du mystère, comme le sphinx, comme un masque, OK ? Elle se prêtait au jeu, obéissait. Elle avait la certitude et la satisfaction d'être dirigée par un véritable artiste, de participer à une création. Elle pensait : si ça se trouve… si ça se trouve… Elle espérait. Elle rêvait.

Quand il eut terminé, il lui promit qu'elle serait la première à voir les photos. Il était honnête, sensible, délicat. Sympa. Elle s'était sentie bien, belle et respectée. Un véritable artiste. Si loin des porcs. Ses photos marcheraient. La chance allait leur sourire, à lui comme à elle. Elle était une artiste comme lui et la chance allait lui sourire aussi. Enfin ! Son heure venait. Elle le savait. Elle en était sûre.

Quelques jours plus tard, elle rencontra pour la première fois l'un des patrons du 3615 Lola venu inspecter ses employés. Il s'appelait André Colin, il avait au moins soixante ans. Un gros homme adipeux aux larges oreilles poilues, au nez gonflé, à la peau rouge cuivré. Il dévisagea Diane de ses yeux clairs, vifs et insistants, enfouis dans la graisse de son visage. Il exhalait une odeur de cigare et de parfum musqué. Sous l'œil guère étonné du chef qui supervisait les animatrices téléphoniques, il lui posa très aimablement des questions, non sur son travail mais sur ce qu'elle faisait « de beau dans la vie ».

– Actrice ! Mais c'est merveilleux, ça ! On a besoin de jeunes actrices, de nouvelles vedettes. Surtout des ravissantes comme vous. Vous faites du cinéma ?

– Oui, dit Diane sur la réserve.

– J'ai un ami producteur, il faudrait que je vous le présente. Tiens, mais j'y pense : il sera là demain soir à une fête que je donne avec mes associés, vous voudriez passer ?

– Mais… je… oui… Pourquoi pas ?

André Colin fouilla dans sa grosse sacoche en cuir noir à fermoir doré et en sortit un carton d'invitation qu'il tendit à Diane, puis, sans se gêner, il la prit par l'épaule et, tournant tranquillement le dos au chef du service, l'entraîna à l'écart devant une fenêtre. Ses doigts épais lui pétrissaient l'épaule.

– Ça va vous amuser, vous verrez, mais alors, discrétion. C'est un endroit spécial, secret. En principe, c'est interdit, mais bon, nous, on peut, c'est particulier, on y va souvent. Vous connaissez les catacombes ? (Elle hocha la tête.) Vous y êtes déjà allée ?

– Non.

– Vous ne serez pas déçue. Mais vous avez compris… (Il posa un doigt sur ses lèvres.) Chut ! Hein ?… Ah ! (Il l'attrapa cette fois par le bras et lui souffla dans l'oreille.) Et très important. C'est précisé sur le carton. Il fait douze degrés là-dedans. Habillez-vous bien. Et des bottes si vous avez.

Ses petits yeux clairs lui léchaient le front, le nez, la bouche, le menton, le cou, la poitrine… Ses petits yeux clairs de gros porc se glissaient sous ses vêtements.

Le lendemain, elle hésita mais décida finalement, deux heures avant, qu'elle irait. Il ne lui faisait pas peur. Elle ne craignait personne. Plus personne. Elle savait se défendre. Elle était forte. Elle avait besoin de relations. Elle se servirait de lui et d'autant plus tranquillement qu'elle devinait qui il était. S'il se permettait un geste déplacé, elle le remettrait gentiment à sa place, plaisanterait, se moquerait de lui. S'il insistait, elle se fâcherait. S'il osait… elle le menacerait de porter plainte, elle s'enfuirait, elle crierait, elle irait à la police. Mais non, t'inquiète, ma cocotte, pas de panique ! C'est surtout un vieux qui veut se flatter en s'entourant de jolies filles, qui veut frimer, qui veut croire… À son âge, il y a toutes les chances qu'il ne puisse même plus rien faire. En plus, gros comme il est. J'imagine même pas à poil ! Elle rit toute seule. Pour elle, la soixantaine, c'était vraiment très vieux.

Elle étala des vêtements sur son lit, hésita longuement. Douze degrés. Un pantalon ? Un jean ? Une jupe ? Une robe ? C'était la canicule. Elle allait mourir de chaud. Oui mais dans les catacombes… Elle opta pour un pantalon et un chemisier d'été pardessus lequel elle enfilerait sa veste de tailleur noire en laine lorsqu'elle descendrait sous terre. Elle n'avait que des bottines. S'il fallait des bottes en plastique… Je suppose que s'ils invitent des gens chic, ils ont prévu un coin sec.

Elle prit le bus gare de Lyon. Le 91. Sur le pont d'Austerlitz, le crépuscule rougissait la Seine. À contre-jour, Notre-Dame avait l'air d'un monstre à quatre pattes avec une longue queue noire fièrement dressée sur son dos et deux grandes oreilles carrées, et tout autour tremblaient sous la chaleur de lentes vagues orangées, jaunes, vert pistache qui se diluaient petit à petit dans l'encre violacée du ciel. En face, de l'autre côté du pont, la grande verrière du Muséum d'histoire naturelle du Jardin des Plantes flambait sous les derniers rayons du soleil. Le bus était une véritable fournaise, et Diane suait à grosses gouttes et cherchait avidement un peu de vent par la fenêtre ouverte.

Elle descendit boulevard de Port-Royal à la hauteur de l'hôpital Cochin. Le lieu du rendez-vous était fixé devant la porte cochère d'un immeuble. Il fallait sonner. Diane n'arrivait pas seule. Une douzaine de personnes se présentaient en même temps qu'elle, toutes déposées en voiture ou en taxi et toutes comme elle en tenue d'été, une veste, un pull ou un manteau sous le bras. Deux hommes jeunes (trente ans, selon elle) et une femme un peu plus âgée portaient aussi des sacs à dos. Un grand Noir en costume leur ouvrit la porte tandis que d'autres invités continuaient d'arriver. Un second vigile, un Blanc hâlé au crâne rasé, aux mâchoires proéminentes, qui avait tout d'un boxeur, leur fit traverser une cour pavée pour les conduire à l'entrée d'une cave. Certains des invités gloussaient :

– Ça a l'air marrant.

– Ambiance…

– Je sais pas si je vais aimer comme ça sous terre.

– Il y a peut-être des rats.

– Arrête ! J'y vais pas, sinon.

– T'as peur ?

– Des rats.

– Il paraît qu'il y en a qui se perdent, qui ne remontent jamais à la surface.

– C'est éclairé, j'espère.

Au fond de la cave, une vieille porte en bois vermoulu donnait sur un couloir qui faisait un coude. On découvrait alors une grille en fer forgé puis, juste derrière, un escalier qui s'enfonçait vertigineusement, mais à partir de là, tout était joliment éclairé par des bougies et des photophores disposés tous les mètres qui jouaient avec les ombres sur les parois de pierre ocre. Cent vingt marches, précisa le vigile. Marche après marche, l'humidité fraîche des catacombes montait comme une eau bienfaisante après l'étuve du dehors. Diane enfila prudemment sa veste. C'est comme ça qu'on prend froid. En bas, les bougies vous guidaient à travers un labyrinthe de couloirs étroits où les hommes les plus grands devaient marcher courbés. Les petites flammes tremblaient, dansaient, si nombreuses qu'elles semblaient multipliées par des miroirs. L'atmosphère était envoûtante. Un flot de musique jaillissait de l'endroit mystérieux où ils allaient à la queue leu leu comme des soldats dans les tranchées, et tout le souterrain retentissait de notes musicales aériennes qui bondissaient de paroi en paroi en se distordant et s'éparpillaient en échos sourds.

« *It's been seven hours and fifteen days*
Since you took your love away… »

Par endroits, Diane était prise à la gorge par l'odeur de moisi et de champignons mais comme elle l'avait espéré, heureusement, le chemin qu'ils suivaient n'était pas mouillé ni boueux. À plusieurs reprises, elle vit, dans des niches, des tas d'ossements au milieu desquels émergeaient des crânes. La musique était de plus en plus forte.

« *Cause nothing compares,*
Nothing compares to you… »

Enfin, accueillis par une espèce de majordome avec une belle moustache en brosse épaisse, ils découvrirent une longue salle voûtée au fond de laquelle, éclairé par un chandelier, trônait un château miniature en pierre. Sculptés dans les murs, des gargouilles ricanantes ainsi qu'une tête de dieu grec barbu.

Diane aperçut soudain, débouchant par une autre entrée, André Colin qui s'approchait en lui souriant. Il lui saisit les mains et l'embrassa sur les deux joues. Le contact de ses lèvres humides et curieusement plus encore de ses paumes potelées qui se collaient aux siennes comme des ventouses la dégoûtait. Il l'entraîna dans la salle voisine, éclairée par des photophores bleus, où avait été dressé un somptueux buffet. La nappe blanche semblait être un tapis volant dans la pénombre bleutée.

– Un peu de champagne, ma chérie, ou tu préfères un mojito ? Au fait, rappelle-moi ton nom.

– Diane Keller.

– Ah oui. C'est vrai.

La musique était tellement forte qu'il lui parlait en lui léchant presque l'oreille et pressait son gros corps contre le sien en lui caressant le bras, le dos, la hanche. Elle s'écartait sans cesse ostensiblement, tentait de le tenir un minimum à distance. Il faisait mine de ne rien voir, la collait de plus belle et lui braillait dans l'oreille :

– Tu vois lui, avec les lunettes ? C'est Roger Borderie, l'un des plus gros propriétaires de chevaux de course de France. J'adore les courses. Je joue tout le temps. Tu es déjà allée aux courses ?… Tu vois cette fille blonde qui jette sa tête en arrière ? C'est Jeanne Dolman, la fille du chef du Parti national.

Il lui fit comme ça la réclame de ses prestigieux invités au fur et à mesure qu'il les apercevait. Il les saluait d'un ton rieur et familier en les appelant par leurs prénoms. Quelquefois, avec un sourire ou un clin d'œil, il présentait Diane à des hommes en écorchant son nom :

– Diane Ketter, une jeune comédienne pleine d'avenir.

Elle surprenait leurs regards d'oiseaux de nuit qui ne se contentaient pas d'observer son visage. Elle leur souriait poliment. Il y avait un chanteur, aux cheveux bouclés comme une laine de mouton, auteur d'un tube que tout le monde avait fredonné deux ou trois ans plus tôt – ou peut-être cinq ou six ans plus tôt. Elle s'en souvenait. Elle aurait bien bavardé avec lui mais il était accompagné de deux jolies filles encore plus jeunes qu'elle et il ne lui prêta aucune attention.

André Colin l'abandonna soudain pour foncer vers un type à collier de barbe grise, très corpulent lui aussi, qui se mouvait avec des gestes lents et lourds, la tête fièrement dressée tel un empereur romain. Ils disparurent dans une galerie. Diane resta seule à observer les invités. Les regards des hommes se posaient sur elle comme des abeilles sur une fleur et la butinaient mais des femmes aussi la regardaient, la jaugeaient… puis détournaient la tête et faisaient mine de l'ignorer. Le DJ installé à côté du château miniature passait maintenant des airs dansants. Le brouhaha des voix qui criaient était écrasé par la musique. Diane avait la tête bourdonnante, saturée à en éclater, et craignait d'être d'ici peu gagnée par une migraine. Elle y était sujette comme son père et ne sortait jamais sans une boîte d'aspirine. Elle en avala un comprimé avec un verre d'eau pétillante qu'elle se servit elle-même. Elle sentait fondre sa belle motivation, le courage qui l'avait poussée jusque-là. À qui parler ? Et à quoi bon dans cet horrible tohu-bohu ? Elle décida de faire le tour des deux grandes salles de la fête et de guetter André Colin pour qu'il lui présente enfin son producteur. Je suis venue pour ça. Elle vit dans un coin le chanteur, un bras passé autour du cou de chacune des deux filles, en train de leur caresser les seins en poussant des ricanements hystériques et en les embrassant gloutonnement tour à tour. Devant le DJ, une foule assez serrée dansait, certains un verre ou une bouteille à la main. Elle surprit un couple qui sniffait une ligne de coke. Un instant, elle se rappela les boums de son adolescence et elle eut soudain l'impression d'un temps très lointain, la nostalgie du bon vieux temps, comme si elle avait déjà vécu les plus belles années de sa vie. Cette angoisse la frappa avec la fulgurance d'un éclair.

André réapparut, en pleine conversation cette fois avec un type jeune qui se tenait voûté parce qu'il était très grand. Mon âge à peu près, pensa Diane. Il avait une tête large, des cheveux ébouriffés comme des plumes de cacatoès sur un front bombé, démesuré, et il ouvrait de grandes mains puissantes quand il parlait. Il la vit lui aussi, la fixa, elle se sentit fouillée jusqu'au fond d'elle-même, mais pas de façon déplaisante comme par les autres. Elle ne pouvait dire pourquoi. Ils se regardaient avec curiosité, presque avec surprise, sans pouvoir ni vouloir détourner les yeux. André fit les présentations :

– Diane Ketter.

– Keller.

– Keller, pardon. Mon associé…

– Bonsoir, dit Diane.

– Bonjour. Marc.

Marc lui tendit la main. Elle y glissa la sienne. Il ne la serra pas, l'enveloppa plutôt, très délicatement, comme s'il avait craint de lui faire mal en la serrant.

– Diane, donc, dit-elle.

– On danse ?

– Oui.

Ils se faufilèrent parmi les danseurs. Tout s'était passé très vite et André ne put que voir sa proie se noyer gaiement dans la vague des corps sautillants au bras de son jeune associé.

Sonia

Dans son imperméable noir, Jeanne titubait sur le trottoir luisant. Sonia la soutenait du mieux qu'elle pouvait, un bras autour de son épaule. L'équipage chancelant qu'elles formaient sous la pluie semblait sur le point de chavirer. Il était trois heures du matin. Elles descendaient la rue pentue vers les Champs-Élysées. L'eau dans le caniveau grelottait comme un ruisseau. Sonia craignait de se casser un talon de ses beaux escarpins, les seuls qu'elle possédait, cadeau d'un petit ami juif dont le père était fabricant de chaussures. Elle assurait chaque pas et son petit corps ferme et tendu retenait Jeanne.

– Ça va ? Ça va aller ?

– Je sais pas.

– Tu ne peux pas conduire dans cet état.

– T'auras qu'à conduire, toi.

– Je n'ai pas mon permis.

– Ah bon ? Pourquoi ? dit Jeanne d'une voix brouillée.

Sonia hésita puis répondit :

– Parce que je n'ai pas gagné assez d'argent pour me le payer.

– Je peux te donner de l'argent, moi.

– Non.

– Sonia… (Jeanne appuyait sa tête contre celle de Sonia et s'agrippait à son manteau.) T'es mon amie…

– Bien sûr.

– T'es vraiment mon amie ? Moi, je m'en fous de ce qu'on dit…

– Qu'est-ce qu'on dit ?

Sonia supportait difficilement l'haleine brûlante d'alcool de Jeanne sur son visage mais elle s'efforçait de rester imperturbable.

– Moi, je m'en fous… Tu sais ce qu'il m'a fait, l'autre ?

– Quel autre ?

– Le chanteur.

– Nico ?

– Il m'a traitée de pute et de salope parce que j'ai pas voulu l'embrasser.

– Il était bourré.

– Il est vieux et il puait. Il m'a dit : t'es une salope. La fille du salaud. Une grosse salope. Tous les nazis sont des salauds.

– Comment il savait qui tu es ?

– Il m'a demandé mon nom quand on dansait. Au début, il était gentil. Il était drôle. T'as vu, il est drôle ?

– Oui.

– Il a dit : c'est pas grave, c'est pas ta faute. Et après, parce que je lui ai dit non…

Les Champs-Élysées déserts clapotaient sous la pluie. La lumière froide et brouillée des réverbères et des quelques vitrines restées allumées se répandait comme de la vapeur dans la nuit visqueuse. Jeanne et Sonia avaient les cheveux trempés.

– Tu vas prendre un taxi. Tu reviendras chercher ta voiture demain. Je crois qu'il y a une station plus bas.

– Tu viens avec moi. Tu viens dormir chez moi.

– Non, moi, je vais dormir chez moi.

– C'est où chez toi, déjà ?

– À Nation.

– Ah oui. Viens chez moi ! Je veux pas dormir toute seule. Y a personne chez moi.

– Il n'y a personne ?

– Personne.

Tout à coup, Jeanne se mit à rire en tirant de plus belle sur le manteau de Sonia. Elle riait exagérément et Sonia la regardait, regardait ses grandes dents blanches dans sa mâchoire forte, ses yeux bleus rendus vitreux par l'alcool et ses mèches blondes collées sur ses joues. Elle n'éprouvait rien pour elle : ni sympathie ni antipathie. Elle l'observait et se demandait comment on pouvait être si riche et si malheureux. Elle pouvait avoir tout ce qu'elle voulait. Faire tout ce qu'elle voulait. Elle n'avait qu'à vouloir. À sa place, moi…

– Tu te souviens quand on s'est rencontrées…

– Oui.

– Assises à côté dans l'amphi. Tout le monde prenait des notes et tu m'as dit : t'as vu le prof…

– Oui, dit Sonia en la tirant vers le taxi qu'elle apercevait cinquante mètres plus bas.

– … il a la braguette ouverte et on voit sa bite qui sort par moments de son caleçon.

– J'ai pas dit sa bite.

– T'as dit son truc, son sexe, je sais plus. Personne avait remarqué sauf toi. Et on riait dans nos coudes sur la table.

– Après, il s'en est rendu compte et il a refermé sa braguette.

– Oui ! s'exclama Jeanne en hoquetant de rire.

Et presque simultanément sa figure devint livide et elle vomit. Sonia s'écarta.

– Ça va ?

Quand Jeanne eut fini, Sonia lui tendit un mouchoir en papier. Elle en avait un paquet dans son sac à main en cuir noir verni, autre cadeau du même petit ami, subtilisé dans son entrepôt du Sentier, une nuit où ils s'y étaient cachés pour faire l'amour.

– Ça va mieux ?

– Oui. Oh ! j'ai trop bu ce soir.

Sonia toqua à la vitre du taxi.

– Vous êtes libre ?

– Vous allez où ? grogna une voix parigote et ensommeillée.

– Tu habites où ?

– Villa Montmorency.

– OK, dit le chauffeur.

– Tu viens avec moi. S'il te plaît. Je veux pas dormir toute seule.

Dans le taxi, Jeanne se laissa aller contre Sonia qui gardait la tête tournée vers l'extérieur et s'efforçait de retenir sa respiration le plus possible pour éviter l'odeur répugnante de vomi. Jeanne en avait sur son imperméable. Le chauffeur, lui aussi indisposé, ouvrit grande sa fenêtre malgré la pluie. Le taxi faisait un bruit d'hydroglisseur. Sonia, à son tour, baissa sa vitre.

– Je pue ?

– Un peu. C'est normal.

– Je suis désolée, Sonia.

– Ça peut arriver.

– Toi, tu ne bois jamais. C'est ta religion, c'est ça ?

– C'est ça.

– Pourquoi tu es gentille avec moi, toi ?

La tête dans le vent, Sonia fit comme si elle n'avait pas

entendu. Les immeubles et les hôtels particuliers grand luxe de l'avenue Foch défilaient derrière un rideau d'arbres. Et soudain elle revit le visage de son père souriant dans sa moustache, les yeux pétillants devant la table du dîner d'une nuit de ramadan. Son père qui avait fini par accepter qu'elle fît des études avant de se marier et qui était mort d'une crise cardiaque il y a deux ans. Un jour, de là-haut, il verrait… Ça l'aiderait à se consoler de Mohammed. Ce crétin tournait mal. Il avait déjà fait trois mois de prison. Elle ne voulait plus entendre parler de lui. Qu'est-ce qu'on dirait si on savait qu'elle avait un frère qui… ? Un jour, sa mère vivrait ailleurs, un jour, de son vivant, elle, au moins, connaîtrait autre chose que ce pauvre appartement de la rue de Clignancourt. Elle connaîtrait autre chose que Barbès. Chaque fois qu'elle allait la voir, Sonia se le promettait.

Le gardien de nuit de la villa Montmorency, reconnaissant Jeanne Dolman, leur ouvrit la grille et le taxi les déposa devant la grosse maison en brique du président du Parti national.

– Tu es sûre que tes parents ne sont pas là ?

Jeanne, encore pâle, ricana :

– Mes parents ? Ça fait quatre ans qu'ils ne sont plus là.

– Comment ça ?

– Ils sont divorcés. La maison est à papa mais il dort presque tout le temps chez sa nouvelle femme. Il ne vient ici que pour travailler dans la journée.

Dès qu'elle poussa le portillon du jardin, un chien aboya à l'intérieur de la maison.

– Chut, Odin ! Tais-toi. C'est moi.

L'animal continua à aboyer jusqu'à ce que Jeanne ait ouvert la porte d'entrée. Sonia découvrit ce qui lui parut être un chien-loup. Il sautillait joyeusement autour de Jeanne en lui léchant les mains tandis qu'elle le flattait et le caressait. Sonia attendait prudemment dehors.

– Viens, entre, lui dit Jeanne.

– J'ai peur des chiens.

– Il est très gentil. Viens. Mais viens ! On l'a depuis trois ans. Il n'a jamais mordu personne. Hein, Odin, t'es un gentil chien, gentil…

Pour la rassurer, Jeanne tenait le chien par son collier. Sonia entra d'un air circonspect. Odin la renifla. Elle sentit le bout de sa truffe fraîche lui effleurer les doigts.

– Voilà. Tu la connais. Maintenant, panier, Odin, panier.

Le chien obéit et partit se coucher dans son panier au pied de l'escalier. Au même instant, Sonia vit apparaître en haut des marches une vieille rondouillarde à la peau caramel et aux cheveux frisés gris-blanc.

– On t'a réveillée, Nana ?

– C'est le chien. Mais je suis jamais tranquille quand tu n'es pas rentrée.

– J'ai plus dix ans, Nana.

– Je sais. T'es avec une amie ?

– Sonia.

– Vous voulez que je vous prépare quelque chose ? Une tisane ?

– Non, on va se coucher.

Jeanne entraîna Sonia dans l'escalier. Elle trébucha sur une marche. Nana faisait une mine affligée en la regardant monter. Elle grommela :

– Tu t'es encore saoulée… Donne-moi ton manteau.

– Ça va, Nana, laisse-nous, dit Jeanne, agacée.

– Tu sais pas t'arrêter. C'est pour ça que je te dis : commence pas, prends du jus…

– Fous-moi la paix ! Va te recoucher.

– Tu peux me parler gentiment. Moi, je dis ça pour toi. Donne-moi ton manteau.

– Ça va, rouspéta Jeanne, tout en laissant Nana lui retirer son imperméable.

Sonia regardait Jeanne et la détestait. Nana aurait pu être sa mère ou sa grand-mère, ou bien elle-même si elle n'avait pas eu la chance de faire des études : une pauvre bonne, une pauvre femme de ménage. Comment elle lui parlait ! Comment certains traitaient sa mère à la cantine du lycée… Grouille-toi, Malika ! T'as pas encore fini ?

– Je vous mets une serviette dans la salle de bain, mademoiselle.

– Merci, madame.

– Tu veux te doucher ?

Sonia voulait être seule.

– Oui.

– Vas-y, j'irai après. Attends, viens.

Jeanne la fit entrer dans sa chambre. Elle avait maintenant un lit double. Sonia remarqua le chat lové dans un oreiller. Il fixa sur elle des yeux jaunes.

– C'est Dodo. J'en avais deux mais l'autre est mort et lui est vieux et malade. C'est triste, les chats, ils ne vivent pas longtemps. Il est beau, hein ?

– Oui.

Jeanne ouvrit sa penderie qui était pleine à craquer de vêtements, de chaussures…

– Tu veux quoi ? Pyjama, chemise de nuit ? Un tee-shirt ? Tiens, un tee-shirt. Je suis plus grande que toi. Ça te fera une chemise de nuit.

Elle lui plaqua sur la poitrine un tee-shirt rose « Fruit of the Loom » et se mit à rire bêtement :

– Tu vas être superbe là-dedans.

– Merci.

Dans la salle de bain blanche et chromée, une guirlande

d'ampoules rondes scintillait autour de la double vasque de lavabos. Comme dans une loge de cinéma, pensa Sonia. Elle se déshabilla devant un grand miroir en pied en comptant le nombre impressionnant de produits de marque sur les étagères, le rebord de la baignoire, les tablettes de la douche. Elle ne résista pas à la tentation d'en voler quelques-uns. Elle en remplit les poches de son manteau. Un de plus ou de moins, pour eux… Elle contemplait avec plaisir ses petits seins bien ronds. Elle aimait aussi la forme de ses hanches.

Quand elle revint dans la chambre, ses vêtements soigneusement pliés sous le bras, Jeanne était allongée tout habillée sur le lit, le chat contre elle, et semblait dormir. Sous la lumière, son visage très blanc faisait ressortir ses lèvres roses. Sonia hésita une minute puis décida de se rhabiller et de partir mais au moment où elle allait le faire, Jeanne ouvrit un œil de crocodile et l'appela d'une voix pâteuse :

– Ça y est ? Tu es prête ? Viens te coucher.

Sonia s'assit sur le bord du lit.

– Tu vas te doucher ?

– J'ai la flemme.

Jeanne se déshabilla à genoux sur son lit.

– Ça tourne encore. Je suis vraiment conne.

Elle se glissa, en culotte, sous sa couette. Elle avait les seins bas, les épaules carrées.

– Viens. Mets-toi sous la couette.

Sonia s'étendit à côté d'elle mais à bonne distance à cause de son souffle macéré. Le chat incommodé par ces mouvements sur le lit était parti s'installer ailleurs.

– Éteins la lampe sur la table près de toi, tu vois ? On est mieux. J'avais mal aux yeux. J'adore le bruit de la pluie sur les feuilles, pas toi ? Je me souviens quand on a déménagé ici.

J'avais neuf ans. Avant, on habitait boulevard Pasteur dans le 15ᵉ. J'entendais le métro aérien, ça ne me faisait rien. Et ici, au début, les oiseaux me réveillaient, je trouvais qu'ils faisaient un boucan d'enfer. (Elle rit.) Les oiseaux ! C'est con !… Le métro – huin-hin-hin-hin ! Je dormais comme une masse. Et là, les oiseaux – cui-cui-cui !… Enfin, au début… Ça doit te choquer, non ?

– Pourquoi ?

– Parce que tu n'as pas grandi dans une maison avec un jardin.

– Non. À Barbès.

– Je sais.

– Il y avait les bruits de voitures, les livreurs, les cris dans la rue, la musique… et je dormais très bien.

– Et le muezzin ?

– Le muezzin ?

– Il n'y avait pas l'appel du muezzin ?

– À Barbès ? Non.

– Ah bon.

Jeanne se tut. La pluie crépitait dehors sur les feuilles. Sonia entendait le battement de son sang dans ses tempes, le battement de son cœur dans sa poitrine, sa tête fatiguée bourdonnait. Tu dors dans la chambre, dans le lit de la fille du leader de l'extrême droite, d'un type qui dit que « deux millions de chômeurs c'est deux millions d'immigrés en trop ». Soudain, l'idée la fit sourire. Qu'est-ce qu'il penserait, Georges Dolman, s'il la trouvait dans le lit de sa fille ? Ma fille ! Ma fille couche avec une Arabe !

– À quoi tu penses ?

– À rien.

Depuis qu'elles se connaissaient, Jeanne s'était toujours montrée amicale, chaleureuse envers elle. Pourquoi ne l'aimait-elle pas ? Parce qu'elle était née riche ? Parce que son père détestait les Arabes ? Elle n'y est pour rien, la pauvre. Je n'ai rien à lui reprocher. Et pourtant… Sonia ne supportait pas cette façon qu'elle avait d'être généreuse avec les autres, comme pour les acheter. Elle m'a offert une robe, elle a insisté. Elle a voulu que je vienne faire du shopping avec elle. Elle savait que moi, je ne pouvais rien m'acheter. J'en avais envie. Bien sûr. Je l'ai remerciée. Elle s'imagine que ça lui donne des droits, que je dois lui tenir compagnie, l'accompagner quand elle veut, où elle veut. Je ne suis pas son chien ! Ah oui ? Et où tu es là, maintenant ? Elle voulait que tu dormes avec elle…

– J'ai l'impression que tu penses toujours à quelque chose mais j'arrive jamais à savoir quoi. J'ai l'impression, tiens, que même quand tu danses, tu penses à quelque chose d'autre.

Comme Sonia ne répondait rien, Jeanne lui toucha le bras.

– Tu dors ?

– Non.

– Tu m'en veux ?

– Non.

– Parce que j'ai trop bu ?

– Non.

– Toi, tu ne bois pas à cause de ta religion ?

– Je ne t'en veux pas.

– Tu penses que j'ai eu trop de chance dans la vie ?

– Pourquoi tu dis ça ?

– Parce que je crois que c'est ce que tu penses.

– Non.

– Si. Mais toi, tu as des parents qui s'occupaient de toi et qui t'aimaient, non ?

– Et toi ?

– Moi, j'ai eu des gens que j'appelais papa et maman et qui

passaient par instants dans la maison où on vivait, ma sœur et moi.

– Même ta mère ?

Jeanne émit un étrange ricanement étouffé dans son oreiller où elle avait enfoui la moitié de sa tête.

– Ma mère ? Elle ne mérite même pas que j'en parle. Ma mère ? Elle n'a jamais pensé qu'à son cul. C'est Nana qui m'a élevée.

Après être restée silencieuse une minute, elle ajouta :

– En plus, mon père que je ne vois jamais me vaut d'être regardée de travers dès qu'on apprend que je suis sa fille. Le racisme, je sais ce que c'est.

– On ne t'a jamais traitée de sale Arabe.

– Non, mais de facho.

Jeanne lui parla encore. Jeanne avait besoin de parler. Jeanne lui posa des questions auxquelles elle répondit un moment, laconiquement, comme à son habitude. Jeanne continua de lui parler. Jeanne n'aimait pas la nuit. Jeanne était heureuse de ne pas être seule cette nuit. Et Sonia s'endormit au son de sa voix grave et pâteuse.

Le jour – et les oiseaux – la réveilla. Jeanne dormait profondément sur le dos. Elle avait la peau blanche, si blanche, le bout des seins rose clair. Avec ses mèches blondes encadrant l'ovale de son visage redevenu rose, elle était l'image modèle de la Blanche. Sonia pensa : la race blanche, la race rose. Si j'avais cette peau, si j'avais les cheveux blonds et des taches de rousseur et le bout des seins rose pâle, si je m'appelais Martin ou Richard, si j'avais grandi en mangeant des sandwichs au saucisson… (Elle ne savait pas pourquoi cette image lui venait.) Elle sourit. Elle serra le poing et le secoua silencieusement comme pour s'encourager. N'importe ! Un jour, j'y serai. Un jour, j'y serai !

Il était six heures du matin. Elle s'habilla sans faire de bruit et sortit, ses chaussures à la main. Elle craignait de croiser quelqu'un. Elle se rappela soudain l'existence du chien. Merde… Elle s'avança en haut de l'escalier et vit Odin qui la regardait au pied des marches en remuant la queue. Elle descendit marche après marche en lui parlant à voix basse :

– Gentil chien ! Gentil… Odin ! Gentil Odin !

Il lui fit fête, lui lécha les mains. Elle le caressa derrière les oreilles comme elle avait vu faire Jeanne. Puis elle sortit de la maison et referma doucement la porte derrière elle. Il faisait humide et frais. Elle admira le ciel mauve de l'aube, le ciel très pur après la pluie où brillait encore un croissant de lune. Elle prit le métro jusqu'à Nation, monta à pied les sept étages jusqu'à la chambre de bonne que lui avait trouvée pour pas cher sœur Marie-Geneviève, qui avait toujours eu de l'affection pour elle et pour sa mère. Elle dormit jusqu'à midi. L'après-midi, et quatre soirs par semaine, elle était serveuse dans un bar de Belleville.

Thomas

Il se disait : mais qu'est-ce que je fais là ? Il se disait : c'est surréaliste.

Il se disait : encore cent cinquante-neuf jours…

J'en ai fait plus de la moitié. Oui mais encore cinq mois, même plus. Il comptait et recomptait les jours, chaque jour, comme un prisonnier avec le sentiment désespérant d'avoir pris perpet'. À son âge, un an, c'était une éternité.

Il se disait : encore cent cinquante-huit jours…

Lever six heures, gardes de nuit, ordres et contrordres, obéir, saluer à tout bout de champ, corps arqué, comme frappé par la foudre, jambes, talons, bras, mains qui claquent, tac ! Faut que ça pète, comme ils disent, garde-à-vous, fixe, repos, mes respects, mon… Saluer ses supérieurs, être salué, répondre au salut, ce qui donne à l'intérieur de la caserne un ridicule ballet de danse moderne au cours duquel les danseurs ne cessent en se croisant de se figer brutalement, droits comme des i, puis de porter la main à leur tempe et de la rabattre sur la cuisse et de reprendre leur marche. Des automates ! On est des automates. Obéir. Pas penser. On devient con. Je deviens con.

Il se disait (parfois) : allons, Thomas, sois positif. Qu'est-ce que dirait maman si elle t'entendait te plaindre sans arrêt ? C'est pas si dur. C'est chiant, c'est tout. Et il y a de bons côtés. Des gars sympas. Cet adjudant qui t'a dit, après que tu l'as aidé à écrire sa dissertation sur « l'honneur de servir la Nation » (une épreuve pour passer officier), que tu lui élevais l'esprit. Oui, toi, à vingt-quatre ans, tu élèves l'esprit d'un type de quarante ans ! Ils ne peuvent pas tous en dire autant à Normale sup, non ? Planqués !

Il se disait : encore cent cinquante-six jours…

Il se disait : je suis dans le monde absurde et terrifiant d'Alice au pays des merveilles mais le Lapin blanc, le Lièvre de Mars, le Chapelier fou, la Reine de cœur sont tous devenus vert kaki et moi, à la différence d'Alice, j'y suis entré non par ennui et curiosité mais contraint et forcé.

Encore cent cinquante-cinq jours…

Et c'est l'endroit au monde où le temps s'écoule le plus lentement ! Mais où les lapins verts hurlent sur d'autres lapins verts : « En retard, toujours en retard ! », ou plus exactement, en langage militaire : « On se sort les doigts du cul, putain ! » Surtout quand on joue à la guerre – pas du tout, c'est sérieux ! – et, de l'homme du rang au général, tout le monde doit sembler y croire sinon gare ! Ça te fait rire, tête de bite ? Tu veux que je te colle au trou ? Alors, vite, vite ! Ça crie. Vite ! On arrête de se branler la chatte sur le cul de son Famas. L'ennemi attaque. Vite ! Charger les camions, Nationale 5, traverser ville, zone commerciale, centre Leclerc, route de campagne, bocage, douce France, ambiance de troupe dans les camions, on chante sur l'air de « Gloria in excelsis Deo » : « *Ah ! Crème Nivea, si tu étais là, finies les gerçures au cul, et les en-ge-lu-u-res !* » Puis barbelés, terrain militaire aspect goulag, on y est, décharger les camions. Allez ! Allez ! Action, réaction ! Dresser le bivouac, se camoufler, creuser les feuillées, faire le feu, plumer le poulet et le griller, prendre des forces, la nuit sera courte.

Cent cinquante-quatre jours.

Trois heures du matin. Commando de nuit. Plus vite, bordel ! On n'est pas des tapettes, les gars ! Allez, Bebel, tu te mets sur tes pattes arrière. Marcher, courir, avancer. Une chouette hulule. Plonger dans la boue, s'enfouir dans la boue, ramper dans la boue. Deuxième section : tous des lions ! Les militaires adorent la boue, ça fait guerre comme à la grande époque. Prendre d'assaut la ferme abandonnée, qui est prise d'assaut toutes les semaines, à chaque guerre, sur le camp de Mailly, en Champagne pouilleuse dans un décor qui a tous les charmes de l'Est, normal, l'ennemi est à l'Est, si, monsieur !, et que tous les connards de pacifistes et les journalistes parisiens arrêtent de nous bassiner avec la Glasnost et la Perestroïka ! Ils verront quand on sera attaqués à l'arme chimique ou nucléaire. Attention ! Les gaz ! Les gaz ! Vite ! Tenue NBC (pour nucléaire, bactériologique et chimique). En moins de vingt secondes, enfiler la combinaison blanche, passer le masque à gaz, remettre le casque par-dessus puis mourir de chaud jusqu'à la fin de l'exercice de survie. On fait moins les malins, hein ?

Il se disait : au moins, je suis en bonne forme physique, d'autres souffrent plus que moi, je suis plus résistant que je ne croyais. Il en éprouvait une certaine satisfaction, lui qui était maigre et faisait un complexe devant des jeunes plus baraqués. Il considérait même avec orgueil ses biceps, persuadé qu'ils étaient à présent plus saillants. Rambo…

Il se disait : cent cinquante-trois jours. On est là à faire les marioles, déguisés en arbres, des feuilles sur le casque et le visage enduit de cirage. On patauge, on barbote, on se gratte, on court, on transpire, on pue, on ne sent pas qu'on pue. On passe en lisière de bois avec notre barda bringuebalant, nos pistolets et nos fusils, nos gourdes qui battent contre nos couteaux de combat et sonnent comme des clarines sous l'œil étonné des vaches du pré voisin qui se demandent quel genre de troupeau de vaches on peut bien être. On est là à deux cent cinquante kilomètres de Paris. Des clowns verts. Dire qu'à la fin des EOR[1], j'ai cru me rapprocher de Paris en choisissant pour affectation en tant qu'aspirant la 2e DB à Versailles. Résultat : je me suis retrouvé, certes dans un régiment basé à Versailles (sur le plateau de Satory), mais dans un régiment de manœuvre qui passait neuf mois de l'année à crapahuter dans les coins les plus déprimants de France ! Oui mais, Thomas, un régiment d'élite, de la 2e DB, la glorieuse division du général Leclerc !

Il se disait : il n'y a pas qu'à moi que ça arrive.

Il se disait : pourquoi moi ? Pourquoi moi, alors que tous ceux que je connais…

Il se disait : tu pourras en être fier plus tard. Tu auras fait la guerre. Très drôle !

Il se disait : au moins, en cas de guerre, toi, tu seras prêt. Tu sais tirer. C'est ça ! La première fois au champ de tir, il avait eu

1. EOR : élèves officiers de réserve.

peur à cause du bruit et du recul de l'arme. Le fusil lui avait cogné l'épaule, il avait poussé un cri de douleur, le sergent-chef qui surveillait s'était précipité en gueulant :

– J'avais dit de bien bloquer, bordel !

– Pardon, monsieur.

Ulcéré, le sergent-chef avait gueulé plus fort encore :

– Monsieur ? On dit mon sergent-chef ! Et on arrête de psychoter, le bitard. T'es pas une fiotte. Recommence. Tire !

Il se disait que c'était peut-être son destin d'arriver là où il pensait ne jamais aller. Toutes choses ont lieu selon le destin, d'après Diogène. Allons, mon vieux, sois stoïque ! Il avait essayé, comme tout le monde, de se faire pistonner. Normalien, historien : on devait bien pouvoir le caser au ministère de la Défense boulevard Saint-Germain ou à Vincennes au Service historique des armées. Il avait cru que ce serait facile. Sa petite amie, Anne-Sophie, qu'il connaissait depuis la khâgne, était la fille du gouverneur militaire de Paris. Quoi de mieux ? Mais ce général avait refusé. Pas question. Contraire à ses principes.

– Je suis désolée, Thomas, lui avait dit Anne-Sophie, j'ai vraiment essayé mais papa est un homme extrêmement intègre.

– Je suis écœuré. Tout le monde se fait pistonner sauf moi.

– Tu n'as pas quelqu'un d'autre dans tes relations ?

– Non.

Pour le consoler, le jour où elle lui apprit la mauvaise nouvelle, Anne-Sophie coucha – enfin – avec lui. Jusqu'ici, il n'avait eu droit qu'à des attouchements frustrants. Elle n'était pourtant pas vierge. Elle lui expliqua qu'elle n'avait pas voulu se donner à lui avant d'être sûre d'avoir surmonté l'échec sentimental qui l'avait beaucoup marquée. À présent, elle était prête. Et elle avait tout prévu : elle lui enfila un préservatif. À cause du SIDA. Il n'en avait encore jamais utilisé. Elle lui dit que plus tard ils iraient faire un test mais que, pour le moment, il fallait en mettre. Il s'était dit qu'elle avait raison, qu'elle était sage, plus mûre et prudente que lui. Il avait très peu d'expérience. Sa timidité, son rêve romantique du grand amour (dont ses parents étaient le modèle), ses déclarations enflammées sous forme de poèmes dès le premier baiser n'avaient pas favorisé ses aventures avec les filles. Il avait beaucoup écrit sur la solitude, la peur de ne jamais rencontrer l'âme sœur. Jusqu'à Anne-Sophie, qui aimait ses poèmes et ses déclarations, et qui lui répondait oui quand il parlait de s'installer ensemble. Il se disait qu'elle avait certainement fait le maximum pour convaincre son père de le pistonner. Le général Beyer ne s'était pas contenté de refuser. Il avait voulu connaître le… *fiancé* de sa fille. Il invita Thomas à déjeuner, avec Anne-Sophie, dans sa salle à manger privée de l'hôtel des Invalides et lui vanta l'expérience humaine irremplaçable que lui apporterait le service militaire. Irremplaçable… irremplaçable…

Il se disait que le général était pince-sans-rire, et probablement sadique, jouissant d'imaginer ce petit intello à longues mèches en bataille tondu comme un mouton, numéroté comme un mouton. Matricule 03/128. « C'est par moi qu'on arrive à l'infernal séjour. Laissez toute espérance en entrant dans l'Enfer ! » Il se disait que Boris Vian avait bien raison.

Mais son père lui aussi, comme le général, lui avait dit, avait *osé* lui dire, que ce serait enrichissant de rencontrer des jeunes d'autres milieux sociaux, de découvrir la France, la vraie.

– C'est toi, prof à Victor-Duruy, dans le 7e arrondissement, qui oses me dire ça !

– Mais moi aussi, mon vieux, j'ai fait mon service militaire à l'époque. Et à une époque où c'était plus dur, juste à la fin de la guerre d'Algérie.

– Oui mais tu étais à l'état-major, tu écrivais des articles pour la revue des armées.

Le général lui recommanda, « pour que ce soit plus profitable encore », de s'inscrire à la préparation EOR qu'il obtiendrait facilement compte tenu de son niveau d'études.

– Vous serez avec des jeunes de bon niveau comme vous et après vos quatre mois de formation, en fonction de votre classement, vous pourrez choisir une affectation à Paris ou proche de Paris.

Il avait suivi son conseil… Et il se disait que si, toute sa vie, il continuait d'avoir autant de chance, il allait connaître des tas d'expériences aussi enrichissantes que celle-là…

Cent cinquante-deux jours. Fin de la guerre. À 15 h 30 précises. Conformément aux ordres du chef de corps qui avait prévu de partir le soir même en congé de la Toussaint. Il était passé en coup de vent – occupé, débordé, très grosses responsabilités, chef de corps – pour féliciter ses troupes crottées, ses guerriers valeureux alignés dans un champ de betteraves fraîchement récoltées. Ce jour-là, c'était une belle journée d'automne. Sous un ciel de traîne bleu et jaune zébré de blanc, il arriva au volant d'une Jeep P4 (il aimait conduire lui-même) qui faisait un bruit de vieux tracteur en projetant des gerbes d'eau noire sur le chemin de terre défoncé. Il était très long avec un cou de girafe. Il était lieutenant-colonel, cinq galons d'or et d'argent alternés sur ses épaulettes. Il s'extirpa le plus dignement possible de son véhicule, rajusta son treillis aux plis impeccables et s'avança vers la compagnie en regardant où il posait ses rangers militaires dans la glaise brune. Le capitaine poussa un cri de loup :

– 'Vouuuuuuuus ! (On ne disait jamais garde-à-vous. Trop long.)

Le chef de corps fit son discours. Trois minutes. Et repartit. Et tout le monde rentra au camp de base à Satory après avoir si bien défendu la mère patrie.

Toujours cent cinquante-deux jours.

Il se disait qu'il avait vécu tout ce qu'un PAM (un putain d'appelé de merde, c'est-à-dire un conscrit en langage militaire) peut vivre au cours de son année sous les drapeaux. Il se trompait. Il se disait qu'il allait passer un week-end avec Anne-Sophie, retrouver les cafés de Saint-Germain, les quais de la Seine, les bouquinistes, la civilisation, la vie normale, comme il le faisait à chaque permission avant de retourner chez les hommes verts, de saluer les couleurs à sept heures du matin et de compter les jours. Repos. Il était sur le point de se remettre en civil dans sa petite chambre personnelle dans le bâtiment des officiers quand l'adjudant-chef Desordre (si, si, c'était son nom, ça ne s'invente pas : Dominique Desordre) vint lui rappeler le dîner des cadres pour fêter l'anniversaire du capitaine. Quoi ? Quel dîner ? Il ne s'en souvenait pas.

– Mais si, mon lieutenant, on est tous invités : officiers, sous-officiers et les deux aspi de la compagnie, Debord et vous.

– Je suis désolé mais je ne peux pas, ce soir…

– Si, vous pouvez.

– Comment ça ? C'est une invitation ou un ordre ?

– On va dire que c'est les deux. Le capitaine le prendrait très mal que vous seriez pas là.

– Si vous n'étiez…

– Quoi ?

– Rien.

Il était vert de rage. Adieu pizza rue des Écoles, adieu baise dans la chambre d'étudiant d'Anne-Sophie. Je suis de la baise, je suis de la baise. Mon Dieu, ça y est, je parle comme eux, je pense comme eux…

– Il ne le fête pas en famille, son anniversaire ?

Il pensa avant même d'avoir fini de poser la question : il va me répondre que c'est l'armée, sa famille. Mais non. Desordre dit :

– Si, sans doute. Mais ce soir, c'est avec nous. Vous venez, mon lieutenant ? Vous allez voir : on va bien se marrer.

Il se disait : ma vie m'échappe encore. En temps de paix, à l'armée, on est de la chair à cons. Des hommes disposent de mon corps, de mon temps, de ma vie ! Putain, putain, putain !

Il appela Anne-Sophie pour lui annoncer qu'il ne pouvait pas rentrer ce soir. Elle lui dit gentiment : « Ne t'en fais pas, mon chéri, ce n'est pas grave, on se voit demain. » Ça le rendit encore plus furieux. Il aurait voulu l'entendre lui dire qu'elle était tellement déçue de ne pas le retrouver dès ce soir, qu'il lui manquait tellement…

Le dîner se tenait dans la salle des fêtes, un hangar de ciment au toit de tôle situé au bout du camp de Satory en bordure d'autoroute. Il s'y dirigea avec l'enthousiasme du condamné à mort. Il détestait ce camp. Il les détestait tous ! Le long des allées, tous les vingt mètres, des bulles de lumière blafarde pendaient aux becs des réverbères comme des bulles de savon. Quand il entra dans la salle, une sono jouait « Les Lacs du Connemara » de Michel Sardou. Le capitaine Blomme avait invité, en plus des cadres de sa compagnie, les lieutenants et capitaines des autres compagnies. Au total, ils étaient une quarantaine autour d'une table de banquet disposée en U couverte de nappes en papier blanc. Le repas avait été préparé par deux bidasses qui, dans le civil, avaient une formation de cuisinier et qui avaient donc la chance de pouvoir se perfectionner pendant leur service.

Dès l'apéritif – du champagne offert par les lieutenants –, ils burent tous comme des trous. Tous sauf Thomas, qui s'était juré, depuis sa cuite d'ado, de ne plus jamais être saoul. Il trouvait répugnantes les beuveries militaires. Celle-ci dépassa tout ce qu'il avait vu. Le plus jeune, un maréchal des logis de vingt ans, fut désigné popotier. Il monta sur la table pour lire le menu et réciter la traditionnelle harangue :

– Bon appétit, mon capitaine ! Bon appétit, nobles convives. Que la première bouchée vous régale ! Que la dernière vous étouffe. Et ce dans l'ordre hiérarchique inverse afin de faciliter par là le jeu normal de l'avancement dans l'armée française.

Tous les autres s'écrièrent en tapant du poing sur la table :

– Mort à ce cochon de popotier ! Et qu'il en crève !

Puis, le capitaine ordonna :

– La main au godet ! Envoyez !

Et ils vidèrent leurs verres d'un trait. Tous sauf Thomas.

– Fournier ! cria le capitaine Blomme, pas assez ivre pour que ça lui échappe, qu'est-ce que c'est que ça ? On n'obéit pas aux ordres ? Envoyez !

Il entendit d'autres voix crier :

– Allez, mon lieutenant ! Allez, Thomas !

Il vida son verre. Il avait peur d'être saoulé malgré lui. Pas question. Jamais !

Il dut pourtant, sous le regard vigilant du capitaine, boire encore deux pleins verres de mauvais rouge qui, après les courtes nuits qu'il venait de passer en manœuvre, lui donnèrent un léger vertige et mal à la tête. Heureusement, ensuite, le capitaine et tous les autres atteignirent un stade trop avancé pour s'apercevoir qu'il faisait semblant de boire avec eux et vidait son verre par terre. Ils buvaient, riaient, braillaient, chantaient les chansons habituelles :

« Boire un petit coup c'est agréable
Boire un petit coup c'est doux… »
« Chevaliers de la Table ronde
Goûtons voir si le vin est bon… »

Puis, les paillardes de plus en plus paillardes :

« *La digue du cul je bande mon arbalète*
Et lui fous droit dans le cul. »

Puis ils jouèrent au jeu de l'avion. Un pilote, un copilote. Deux chaises. Décollage. On se lève. Virage. On se penche. Atterrissage. On se rassoit sur le verre de vin placé sur la chaise dans le dos du joueur. Le copilote s'entaille le derrière et gémit :

– Je saigne ! Je saigne !

– Mais non, c'est le vin.

Puis, le jeu de la bouteille. On dit que c'est le corps d'une femme. Chacun doit en embrasser une partie en la nommant : pied, bouche, sein, sexe… et ensuite embrasser son voisin à l'endroit désigné et, bien sûr, sur la peau nue.

Puis, le jeu de la grenade à plâtre qui explose par surprise sous la table, le jeu de l'extincteur d'incendie dont on s'asperge, le jeu de la rangers – on pisse dedans, on mélange avec de la bière ou du vin et on boit debout sur la table –, le jeu du jaune d'œuf cru qu'il faut faire passer de bouche en bouche sans le crever, le jeu du travesti – on se fait une jupette avec une nappe, on fait un strip-tease, on présente son cul –, le jeu de la bite – on se branle – et tous ensemble, presque à poil, on se tient par la taille les uns derrière les autres en hurlant plus fort que la musique :

« *Pose les deux pieds en canard*
C'est la chenille qui se prépare
En voitur' les voyageurs
La chenill' part toujours à l'heure… »

L'adjudant-chef Desordre l'entraîna dans la danse.

« Si tu crois qu'j't'ai pas vue
Faire la p'tite ingénue… »

Thomas se dandina quelques minutes, puis s'éclipsa sans se faire remarquer, ce qui n'était pas difficile à cette heure de la nuit. Minuit. Minuit passé.

Cent cinquante et un jours.

Il se disait que plus tard il raconterait tout cela dans un roman. Un roman comique. Un roman féroce.

Il se disait : plus tard, je ne défendrai jamais le service militaire. Ça, tu peux en être sûr !

Il se disait… et il marchait dans le camp désert sous un ciel d'un bleu indigo synthétique où quelques étoiles tremblaient.

III

Thomas

– Cette fois, je crois que ça y est, dit la sage-femme au sourire doux.

L'infirmière fixe les étriers au lit d'accouchement. La lampe chirurgicale est braquée sur le ventre rond couvert de capteurs.

– Le col est bien ouvert. Neuf centimètres. Tout se présente bien. Il est engagé. Il a bien envie de nous dire bonjour, ce petit bébé !

La blouse de gaze bleu clair est remontée jusqu'à la poitrine d'Anne-Sophie. On dirait un bavoir.

– On vous installe. Ça va comme ça ? Vos pieds sont bien dans les étriers ?

– Oui, souffle-t-elle, le visage contracté.

– Tout va bien se passer. Vous savez déjà si c'est une fille ou un garçon ?

Thomas répond :

– Oui. C'est une fille.

Il est assis sur une chaise en métal entre le lit et la fenêtre, la main posée sur l'épaule de sa femme. Il porte lui aussi une blouse de gaze bleue, des chaussons et une charlotte.

L'infirmière et la sage-femme sortent se préparer. Dans une salle voisine, une femme pousse des cris furieux comme dans un film d'horreur. Thomas fixe l'écran du monitoring qui émet des bips irréguliers. Anne-Sophie se crispe et serre les poings sous la violence d'une contraction. Elle respire fort en fermant les yeux.

– Ça va ?

Elle ne répond pas.

– Tu as mal malgré la péridurale ?

– Je n'imagine même pas ce que ça doit être sans.

– Ça va aller.

Elle penche la tête vers lui pour lui sourire. Il se lève et vient déposer un baiser sur son front. Il la trouve chaude. Il se demande si elle a de la fièvre. Il entend de l'autre côté de la cloison les vagissements d'un nouveau-né. Des va-et-vient dans le couloir. Le grincement d'une table roulante. La sage-femme et l'infirmière reviennent équipées de leurs gants et masques chirurgicaux.

– À nous ! Tout va bien ?

La sage-femme observe le vagin.

– C'est parfait. Monsieur, vous souhaitez rester pendant l'accouchement ?

– Oui, dit Thomas.

– Tu ne vas pas te sentir mal ?

– Non…

Il redoutait de tomber dans le pommes, lui qui tourne de l'œil à chaque prise de sang, mais cette fois pas question, c'est trop important, il veut être avec elle, elle a besoin de lui, il veut assister à la naissance de sa fille.

– Vous voulez rester sur la chaise ou venir devant avec nous ?

– Reste là, je crois, dit Anne-Sophie.

– Bon, vous vous rappelez, madame ? Il faut pousser pendant la contraction. Vous vous rappelez les exercices de respiration ?

– Oui.

– On y va à la prochaine contraction. Oui, là, ça vient, allez : poussez, poussez, poussez, encore, encore, oui, encore !… Soufflez !

Thomas ne voit que le visage rouge de sa femme où perlent des gouttes de sueur, ses seins gonflés sous la gaze, son nombril renflé comme un œillet et son ventre blanc tendu, strié de veines bleues et vertes et divisé en deux par la ligne de grossesse brune qui va jusqu'au sternum. Il respire lui aussi profondément, inspire et souffle en même temps qu'Anne-Sophie, ce dont il n'a pas conscience. La sage-femme le lui dira plus tard parce qu'elle aura trouvé touchant de le voir au diapason de sa femme. « Par moments, on aurait dit que vous accouchiez aussi. »

Tout le temps que dure l'accouchement, il reste sans bouger, comme pétrifié, sur la petite chaise, le nez contre le bord du lit, la main sur le bras d'Anne-Sophie qu'il sent se raidir à chaque contraction. Il est presque en état d'hypnose, tout à la fois présent et absent, conscient et inconscient, dans un corps qui n'est plus vraiment le sien, dans un corps qu'il oublie, dans un corps qui se dissout dans cette petite salle blanche. Des pensées le traversent et disparaissent comme des volées d'éclairs. Les voix de la sage-femme et de l'infirmière flottent par instants. « Poussez… poussez… On voit la tête. Il a des cheveux. Encore. Vous pouvez encore ? La tempé ? 38,1. Encore. Une dernière fois. Hi hi hi hi hi hi… hou… hi hi hi hi hi hi… hou… Comme ça, c'est bien. Soufflez. »

Il y a le matelas de plastique gris, la gaze bleue, le bras légèrement hâlé de sa femme, son poing serré, si serré que ses ongles sont devenus moitié blancs, moitié roses. Il y a ses lèvres serrées si fort aussi, ses joues brûlantes, ses yeux qui s'ouvrent et qui se ferment au fil des contractions. Il y a le néon blanc du plafond et le faisceau de la lampe chirurgicale ; et la sage-femme et l'infirmière plongent leurs têtes bleues entre les cuisses écartées. Il y a des ombres et des lumières, des couleurs et des mouvements.

– Vous êtes fatiguée. C'est le premier, c'est normal. On va vous aider.

Il y a des bruits, des voix, les bips de la machine.

– Ça y est… ça y est !…

Il y a le premier cri d'une créature gluante gris et rouge aux yeux vitreux d'extraterrestre dans une tête disproportionnée par rapport au corps, que la sage-femme dépose comme une offrande sur la poitrine de la maman épuisée.

– Mon bébé…

– Vous avez choisi le prénom ?

– Cécile.

– Je l'écris tout de suite sur sa fiche et son bracelet de naissance. Cécile. Née à six heures du matin.

Silencieusement, Thomas s'assoit sur le sol puis s'allonge le long de la fenêtre. Il ne s'est pas évanoui. Il a tout vécu avec Anne-Sophie.

– Ça va, monsieur ?

– Oui, oui. Je reprends juste un peu de forces. Une nuit blanche…

– Et beaucoup d'émotions.

– Ça va, mon chéri ?

– Oui. Et toi ?

– Oui. Elle est belle...

– Magnifique.

– Quand vous vous sentirez mieux, si vous voulez, vous pourrez venir pour la toilette.

– J'arrive.

– Prenez votre temps.

Il reste étendu sur le carrelage. Il est surpris par la prégnance des odeurs d'alcool, de Betadine, de désinfectant. Il ne les a pas senties pendant l'accouchement. Ou plus probablement, il les a oubliées. Il a tout oublié au cours de ces minutes. Combien de minutes ? Combien de temps ? Elle est née à six heures. Avec le jour.

– Monsieur, ça va mieux ?

Une petite femme aux cheveux gris courts, qu'il n'a pas encore vue, se tient debout devant lui.

– Oui.

– Je vais vous demander de sortir pendant les soins de votre femme.

– Quels soins ?

– Le placenta s'est déchiré pendant l'accouchement. Rien de grave. Ça arrive. Il faut que je procède à une révision utérine.

– Une révision utérine ?

– Vérifier qu'il ne reste pas de placenta.

– Et c'est grave ?

– Mais non. Je viens de vous le dire. Pendant ce temps, allez voir votre bébé et vous pourrez le laver.

Dans la salle de soins, Cécile chouine entre les mains d'une pédiatre qui l'ausculte sur une table à langer. Elle remue lentement ses membres comme un scarabée renversé sur le dos. Une aide-soignante a préparé le premier bain dans un bac.

– Vous êtes le papa ? Vous voulez la baigner avec moi ?

– Je veux bien.

– C'est votre premier, je crois ?

– C'est ça. Elle va bien ?

– Elle va très bien. Trois kilos cent, c'est très bien pour une fille. Beau bébé. Et elle est très vive. Félicitations.

– Merci.

La pédiatre, une brune à lunettes aux gestes rapides et précis, passe le bébé à l'aide-soignante qui le plonge aussitôt dans l'eau. En quelques secondes, Cécile cesse de geindre.

– Regardez comme elle est contente maintenant. Vous voulez la tenir ? Comme ça, la main bien sous la nuque. Bien lui tenir la tête et avec l'autre main, vous la frictionnez avec l'éponge.

– Elle glisse.

L'aide-soignante rit.

– Ne vous en faites pas. Vous allez y arriver. Tout le monde y arrive.

Elle la reprend, la sèche.

– Comme ça, vous voyez. Bien sécher les petits plis.

Et tandis qu'elle l'habille, Thomas, penché sur sa fille, lui fait des risettes en lui susurrant gauchement, comme un jeune amoureux qui, pour la première fois, dit « je t'aime, mon amour » :

– C'est papa, ma chérie, Cécile, c'est ton papa…

– Et maintenant le petit bracelet. Cécile Fournier. C'est bien ça ?

– Vous ne lui mettez le bracelet que maintenant ?

– Après les premiers soins.

– Vous ne risquez pas de la confondre ?

– Mais non ! On fait attention. Ne craignez rien. C'est dans les films, ça. D'ailleurs, regardez : elle vous reconnaît.

– Elle me reconnaît ?

– Elle ouvre et elle ferme les yeux quand vous parlez.

– Et ça veut dire qu'elle me reconnaît ?

– Elle reconnaît votre voix, c'est sûr. Et maintenant on va faire un bon dodo à côté de maman. Je pense qu'on a déjà transféré votre femme en chambre. Venez avec moi.

L'aide-soignante pousse le petit chariot à roulettes sur lequel est posé le berceau de plastique transparent où le bébé se tortille silencieusement, ébloui par les lumières agressives des couloirs de l'hôpital. Ils prennent l'ascenseur pour accéder aux chambres. Anne-Sophie semblait les attendre en s'inquiétant. Dès qu'elle les voit à la porte de sa chambre, elle s'écrie avec soulagement :

– C'est toi ? C'est vous ?

Elle est assise dans son lit. Elle a l'air d'une malade, ses cheveux châtains aplatis, collés autour de son visage très pâle.

– Je vous la mets là, près de vous, dit l'aide-soignante en roulant le berceau le long du lit.

Puis elle les laisse et sort. Ils sont seuls, tous les trois, pour la première fois, et soudain tout est calme, mystérieusement calme. Cécile s'est endormie, calée contre un coussin, toute rose à présent, presque diaphane, et ne paraît pas gênée par le rayon de soleil qui tombe sur son visage, mais Anne-Sophie dit à Thomas :

– Tire le store.

Dans la pénombre, Thomas contemple à nouveau sa fille.

– Elle a les paupières violettes.

– Oui, c'est normal.

– Tu as vu comme elle respire. Sa poitrine se soulève.

– Heureusement qu'elle se soulève !

Ils rient.

– Elle est belle.

– Magnifique.

Il la regarde encore comme on regarde un feu. Tout le fascine en elle : un doigt qui bouge, ses ongles minuscules, ses boucles de cheveux si fins qu'ils paraissent translucides. Un ange. Je suis papa.

Il vient embrasser Anne-Sophie.

– Je crois que je vais dormir, lui dit-elle. Toi aussi, il faut que tu te reposes. Rentre à la maison. Tu reviendras ce soir. Tu peux prévenir maman ?

– Évidemment.

– Et ton père. À tout à l'heure, mon chéri.

Quand il est dans la cour de l'hôpital, il cherche des yeux la fenêtre de la chambre en pensant qu'il est le plus heureux des hommes et que le monde est merveilleux. D'une cabine téléphonique, il annonce la nouvelle à sa belle-mère qui s'écrie, comme si elle apprenait que sa fille avait survécu à un accident d'avion : « Oh ! je suis tellement soulagée, c'est merveilleux ! », et à son père à qui il lance joyeusement :

– Ça y est, tu es grand-père !

– Oh ! là, là ! Tu me portes un coup.

Son père ajoute sur un ton plus ému :

– Maman serait tellement heureuse.

– Mamie ?

– Mais non, mamie est vivante. Appelle-la d'ailleurs, ça lui fera plaisir. Je pensais à ta mère. Elle aurait été tellement heureuse de te voir papa.

Son père ne parlait plus très souvent de sa mère depuis qu'il s'était remarié.

En raccrochant, Thomas a les yeux pleins de larmes.

Il rentre à pied. Besoin de marcher. Neuf heures du matin, déjà ! La ville grouille, gronde, klaxonne sous un ciel bleu pâteux et brouillé par la pollution. Deux jolies filles rieuses passent en jupes courtes. Un monsieur enfoncé dans son pardessus, sa cravate rouge trop nouée, déjà congestionné, déjà stressé. Des ailes de pigeons claquent sous l'épais feuillage d'un tilleul. Il fait encore frais mais on sent que la journée va être chaude et moite. L'été vient tôt cette année.

Elle est née le 6 juin : le jour du débarquement, fallait le faire !

Il s'arrête devant un café, s'assied en terrasse. Un serveur bougon. « Qu'est-ce que je vous sers ? » D'habitude, ça l'aurait agacé. Aujourd'hui, ça l'amuse. Il sourit. « Un crème et un croissant. » Il a oublié de dire à son père que Cécile s'appelle Cécile, Martine, Geneviève. Martine comme sa mère, Geneviève comme sa belle-mère, Anne-Sophie y tenait. Il avale en un éclair le café et le croissant. Il voit passer des gens pressés. Leur dire. Leur dire sa joie. Prévenir tous les collègues à la Sorbonne. Je suis papa ! Cécile. Un ange.

Ne plus jamais te plaindre, Thomas. Tu es le plus heureux des hommes. Il se le répète. Encore. Encore. Il embrasse d'un seul coup l'avenir, le monde, l'humanité et sa propre vie. Pas une minute à perdre. Il doit foncer. Il se sent débordant d'optimisme et fort comme un Turc, prêt à tout entreprendre, tout réussir – Maman serait tellement heureuse. Il va finir son étude sur les conséquences de la Première Guerre mondiale et finir son roman et en écrire un autre – et vite il doit noter, tout noter, tout écrire, plus question d'être paresseux, plus question de procrastiner, à table, au travail ! Que ta fille, que ta femme, que ta mère et ton père soient fiers de toi ! Il prend dans son sac à dos qui ne le quitte jamais un cahier et son stylo et il commence à écrire, pour se souvenir :

« Cette fois, je crois que ça y est, dit la sage-femme. »

Stéphane

Le métro aérien se balançait de droite et de gauche sur ses amortisseurs fatigués. Derrière la vitre crasseuse, les bourgeons des arbres s'ouvraient, des nuages blancs pommelés glissaient dans le ciel bleu, comme le jour où ils étaient allés pique-niquer au bois de Boulogne, et Stéphane se sentait coupable, ingrat, de ne pas s'être inquiété plus tôt.

On ne leur avait pas donné d'explications. On leur avait simplement dit que Bernard Raymond serait absent jusqu'à la fin du semestre et serait remplacé pour les trois dernières semaines. Il avait déjà été absent un mois au début de l'année. Stéphane savait qu'il voyageait, qu'il donnait des cours en Angleterre. Il ne s'était pas inquiété. Il avait bien remarqué que Bernard paraissait fatigué et qu'il se couvrait plus qu'auparavant – il semblait avoir tout le temps froid alors qu'il faisait chaud en classe – mais c'était l'hiver. À vrai dire, il ne s'était pas attardé à y penser. Tout dans sa vie s'accélérait, cette année, il avait tout à faire. C'est bien Bernard qui leur disait : pensez à vous, d'abord. Votre avenir, c'est maintenant. Il ne leur disait pas que cela. Il leur disait de s'ouvrir aux autres, d'être curieux de tout, de voyager, d'aller vers « l'étrange et l'étranger », tout ce qui les aiderait à se poser des questions, à penser par eux-mêmes (« et surtout contre vous-mêmes »), à élargir leur horizon. Stéphane était toujours attiré et, quand il était en sa présence, fasciné par son professeur, mais en même temps il redoutait de se trouver seul avec lui car il se sentait alors troublé, désirant ce qui était évidemment impossible et qui l'effrayait tellement qu'il n'osait pas le qualifier.

Il lui vint toutefois, une nuit d'insomnie, une explication qui le rassura parce qu'elle lui permettait d'écarter ce dont il avait peur et honte. Bernard Raymond représentait le père qu'il n'avait pas eu, celui qu'il aurait rêvé d'avoir : un père tendre, aimant et fier de lui, qui lui aurait donné confiance par sa présence, par ses encouragements, par ses mots et aussi en le serrant dans ses bras. Mais bien sûr ! C'est ça ! Et s'il avait des fantasmes, qu'il appelait ses délires, qui n'en avait pas ? C'est normal d'en avoir. On n'est pas obligé de les réaliser.

Ça ne m'empêchera pas d'être heureux avec Elysabeth, de l'aimer. Ils avaient décidé qu'ils auraient au moins trois enfants. Une grande famille. Il avait de la chance. Entre elle et lui, tout se passait au mieux. Elle était affectueuse, fiable, toujours à l'heure, n'oubliant jamais rien. « Tu as une mémoire d'éléphant ! – J'espère que je n'en ai que la mémoire ! » Elle avait de l'humour, était positive, pragmatique et organisée et, ce qui l'étonnait et le touchait, semblait même apprécier qu'il fût issu d'un milieu plus simple que le sien, comme si cette différence donnait, à ses yeux, plus de vérité et de sincérité à leur amour. Peut-être même un doux parfum de transgression, et pour une fois l'occasion d'affirmer sa petite originalité dans un océan de conformisme…

Ils venaient de se fiancer, ce pourquoi aussi Stéphane n'avait pas eu un instant pour s'interroger sur l'absence de Bernard. Les parents d'Elysabeth, Son Excellence et Madame Louis des Aulnayes, donnèrent une petite réception chez eux, boulevard Murat, trois mètres cinquante sous plafond, vue sur le bois de Boulogne. Petite, c'est-à-dire une soixantaine de personnes : la famille des Aulnayes, quelques amis proches de l'ambassadeur, quelques amis d'Elysabeth, quelques-uns aussi de Stéphane, dont Marc, et, fière petite souris dans ce monde inconnu dont elle rêvait depuis toujours pour son fils, Claudine Baron, la mère de Stéphane.

La réception mais peut-être plus encore la préparation des fiançailles lui firent mesurer toute la distance qui séparait leurs deux mondes. L'argent, d'abord, bien sûr. Avec le peu qu'il avait pu mettre de côté grâce à ses cours et au télémarketing, Stéphane n'avait pas de quoi acheter une bague de fiançailles à la hauteur de ce qu'il fallait. Il n'osait pas le dire à Elysabeth mais elle le devina, en parla à sa mère qui leur offrit immédiatement un splendide saphir hérité de sa famille. Il voulut refuser, cela l'humiliait. Elle insista. « Mais si ! ça me fera très plaisir. J'ai donné une pierre à Édouard (son fils aîné) quand il s'est fiancé et j'en ai prévu une autre pour Paul-Éric (le cadet) quand il se mariera. Je ne vais pas garder tous ces cailloux pour moi, voyons ! » Elysabeth lui rapporta un peu après : « Maman te trouve adorable. Elle dit que c'est tellement mignon que tu aies voulu me l'offrir toi-même. » Stéphane vit que sa mère à lui, en revanche, était chagrinée de n'avoir pas pu offrir la bague. Elle ne possédait que celle que Roger, le père de Stéphane, lui avait donnée : un petit brillant ridicule comparé au gros saphir.

Mais ce dont il souffrit encore plus, ce fut de la suffisance des amis et relations des Aulnayes. Il en avait déjà fait l'expérience à Dauphine mais tous les étudiants ne venaient quand même pas d'un milieu aussi huppé. Il n'oublierait jamais les regards posés sur sa mère, les demi-sourires condescendants qu'il surprit pendant la réception. Tout le monde avait appris, parce que Louis et Suzanne des Aulnayes le présentaient comme l'expression de la grande ouverture d'esprit qui régnait dans leur famille, que leur fille allait épouser « un garçon remarquable, un bel exemple de méritocratie républicaine. Et heureusement qu'il y en a, c'est l'honneur du système français. Il vient d'une famille très modeste, vous savez. Il a grandi à Villejuif. – Ah ! Oui ! Villejuif... ». Et ces femmes guindées, ces hommes impeccables, ces gens si respectables et bien élevés considéraient sa mère comme une curiosité, comme un animal exotique ! Ils la repéraient avant même qu'elle leur fût présentée parce qu'en voulant tellement paraître élégante, elle avait forcé sur le maquillage, parce qu'en voulant tellement se tenir dignement et faire croire qu'elle se sentait à l'aise, elle trahissait sa gêne et sa nervosité, parce qu'elle ne buvait pas le champagne aussi négligemment qu'eux. (Ils en avaient tellement l'habitude qu'ils semblaient oublier qu'ils tenaient une coupe entre leurs doigts.) Plus tard, Stéphane saurait que son indignation de jeune homme de vingt-deux ans était touchante de naïveté. À cet âge, on n'est pas encore cynique et on n'a pas de recul. Il pensait : mais qu'ont-ils fait, tous ces culs pincés, pour se croire si importants ? Les jeunes surtout, les cousins, les amis les plus proches d'Elysabeth, qui se connaissaient depuis les Oiseaux et le catéchisme, qu'ont-ils fait à part naître et recevoir, sans faire aucun effort pour ça, toutes ces petites manières d'être, ces petites habitudes de vivre, de marcher, de manger, de boire, de penser qui les unissaient et les distinguaient ?

Sa mère prétendait qu'elle avait été enchantée par ces fiançailles et que les Aulnayes étaient « vraiment simples et charmants ». Stéphane voulait la rendre heureuse. Elle le méritait tant après la vie qu'elle avait eue. Il parlait souvent avec Elysabeth de leurs différences. Elle semblait tout comprendre et lui assurait que cela n'avait aucune importance. Il avait pourtant remarqué qu'elle n'était pas parfaitement à l'aise, elle non plus, quand elle venait déjeuner à Villejuif et s'extasiait sur le repas trop copieux que sa mère avait passé des heures à préparer et qu'elle servait de l'air le plus faussement naturel qu'il lui connût en s'exclamant : « Désolée, je crois que mon rôti a trop cuit » suivi d'un petit rire trop aigu, ridicule.

S'il vécut un peu difficilement l'entrée dans sa nouvelle

famille, Stéphane en découvrit vite les avantages. Beau-papa voulait aider le jeune couple à s'installer. Il leur loua un studio dans le 7e arrondissement, à deux pas de Sciences-Po où Elysabeth suivait à présent la Prep' ENA. Il recommanda aussi son futur gendre à la Banque générale. Stéphane fut reçu dix jours plus tard par le DRH et sa candidature semblait en bonne voie.

Bernard lui avait dit :

– Vous irez loin, vous êtes doué, je crois en vous.

– Vous dites ça à tous vos étudiants.

– Non, pas à tous. Pour vous, j'en suis sûr.

Stéphane avait rougi et bredouillé :

– Merci…

Et c'est cet homme bon et généreux que tu oublies ! – Non, je ne l'oublie pas. – Sous prétexte que tu t'es fiancé, que tu t'es installé… Il s'en voulait d'avoir attendu plusieurs semaines avant de s'inquiéter de son absence auprès de son remplaçant, qui était lui-même un des anciens élèves de Bernard et très attaché à lui. Il s'en voulait d'autant plus depuis qu'il avait appris que son prof était malade.

Gare d'Austerlitz, ligne 5, deux heures de l'après-midi. Le soleil dansait sur la verrière de la station. Stéphane sortit boulevard de l'Hôpital. Il marchait vite en se demandant ce que pouvait bien avoir Bernard. (Le remplaçant ne le savait pas ou n'avait pas voulu le lui dire.) Il était hospitalisé au service des maladies infectieuses et tropicales, pavillon Laveran, tout au fond de l'hôpital. Aurait-il attrapé une saloperie durant un voyage ?

– Monsieur Bernard Raymond ? demanda-t-il à une femme occupée devant l'écran d'un ordinateur.

Il attendit sans la lâcher des yeux jusqu'à ce qu'elle se tourne vers lui.

– Vous êtes de la famille ?

– Non. Un de ses élèves. Et un ami.

– Il est prévenu de votre visite ?

Stéphane sentit qu'il devait mentir.

– Oui, bien sûr.

– Il est très fatigué.

– Oui, je… je sais.

– Ne restez pas trop longtemps.

– Bien sûr.

– Chambre 115. Premier étage.

– Merci, madame.

Il prit l'ascenseur avec une dame âgée aux yeux marron clair écarquillés derrière ses lunettes à monture dorée. Il se sentait oppressé. La femme à l'accueil ne lui avait pas dit grand-chose mais assez pour qu'il appréhende encore plus ce qu'il allait découvrir. Il n'avait aucune expérience de l'hôpital. Il n'aimait pas ces murs blancs, salis, griffés, les néons grésillant au plafond, les chariots de métal couverts de flacons, de compresses, de cuvettes en inox. Il était impressionné par ces hommes et ces femmes en blanc qui passaient d'un air absorbé d'une chambre à l'autre.

– La chambre 115 ?

– Sur votre droite au bout du couloir.

Par une porte ouverte, il vit ce qui lui parut être un vieillard mourant qui se tenait curieusement assis sur son lit, les jambes dans le vide, dans un pyjama beaucoup trop large pour lui. L'homme le fixait d'un air implorant et son regard était le dernier signe de vie dans un visage jaune et desséché. Il eut peur. Il passa.

Chambre 115. Le numéro sur la porte. Il pense à cet instant : peut-être que j'ai eu tort de venir. Peut-être qu'il ne veut pas être vu. J'aurais dû le prévenir. Il toque. Trois petits coups. Il attend. N'entendant rien à l'intérieur, il tourne la poignée, ouvre et aperçoit, émergeant d'une couverture beige, une tête plus terrifiante encore que celle du patient qu'il a surpris. Le crâne d'un squelette, un spectre, avec un bandage bombé sur l'œil gauche. De l'autre œil, Bernard le regarde entrer dans la chambre, le reconnaît, entrouvre la bouche de surprise et veut lui sourire. Il ne se forme sur son visage creusé qu'un rictus pitoyable. Il soulève une main décharnée et la tend vers lui pour l'inviter à s'approcher.

– Venez... plus près... comme c'est gentil !... dit-il d'une voix faible.

– C'est Jean-Philippe Bordet qui m'a dit que vous étiez ici.

– Comme c'est gentil...

Un liquide transparent s'écoule goutte à goutte d'une bonbonne suspendue derrière lui. Il a le bras gauche perfusé. Sur son cou, une tache brune d'environ quatre centimètres de diamètre, comme si une de ses veines avait éclaté. Stéphane ne peut pas lui cacher à quel point son état l'impressionne.

– Alors, ça se voit que j'ai fait un régime ?

Bernard veut sourire encore. Il aime plaisanter. En cours, il les faisait souvent rire.

– Je ne savais pas que vous étiez malade.

De toute sa vie, Stéphane ne s'est jamais senti aussi embarrassé. Et désemparé. Il n'ose pas fixer Bernard. N'ose pas lui poser de questions, lui demander ce qu'il a. C'est la mort qu'il voit, là, tout à coup. À la mort de son père, sa mère n'a pas voulu qu'il le voie à la morgue. Il n'a vu que son cercueil dans l'église, au cimetière. Ce qu'il a sous les yeux, à présent, c'est la mort véritable, l'image épouvantable de la mort. Bernard a quarante ans. Il en fait quatre-vingts. Non. Il n'a plus d'âge. Il n'a plus qu'une étincelle de vie en lui, une flammèche, qui va s'éteindre dans la nuit. Et cette vision est si choquante que Stéphane éprouve un vertige et redoute de se trouver mal et respire à petits coups et se répète qu'il doit tenir bon, rester digne, pour Bernard.

– Vous êtes bien soigné ici ?

– Ils font ce qu'ils peuvent, en l'état actuel de la science.

Stéphane voudrait trouver des mots réconfortants, il le voudrait coûte que coûte, et il a conscience, en les disant, que ni Bernard ni lui n'y croient.

– On espère tous en classe que vous allez bientôt guérir et revenir. Vous nous manquez.

Il est surpris par sa propre émotion. Des larmes jaillissent de ses yeux.

– Ça me fait tellement plaisir que vous soyez venu, Stéphane. Tout le monde n'a pas… cette générosité… ce courage. Vous savez, mon compagnon, quand il a su, il m'a quitté. Enfin, même pas. Il s'est absenté – pour un week-end – et il n'est jamais revenu. On croit connaître les gens…

Bernard ferme l'œil. Il est épuisé, ça se voit. Stéphane attend un peu sans bouger, sans rien dire, sur la chaise près de son lit. Ce corps fondu… Il était si beau avant. Il a parlé de son compagnon. Alors, il est… C'était le mot qu'il n'osait jamais prononcer, même dans sa tête. Ce que tu peux !… Cette fois, il se force à la franchise envers lui-même, à se brutaliser avec des mots. Ce qu'on enfouit sous le tapis est toujours sous le tapis. Ce que tu peux… être lâche ! Regarde cet homme… cet homme que tu… admirais… Arrête, il n'est pas encore… Dis – le mot, dis – les mots, Stéphane… Mort. Il n'est pas encore mort. Il est vivant. Il se met à penser à sa maladie. La maladie… dis-le !… des homosexuels. Service des maladies infectieuses et tropicales. Tu as vu le panneau à l'entrée du couloir. Tu as fait semblant de ne pas le voir. Unité VIH-SIDA.

Il croit que Bernard dort. Il ne veut pas partir comme un voleur. Il dit à voix basse :

– Je vais… je vais peut-être y aller. Vous êtes fatigué.

Aussitôt, Bernard rouvre l'œil :

– Non, restez encore, s'il vous plaît.

Et sa main dont chaque os, chaque veine saille, rampe comme une araignée sur la couverture dans sa direction. Stéphane la prend dans la sienne. Elle est froide, faible et incroyablement légère. Il pense : une feuille morte.

– Ça me fait du bien de parler avec vous.

Bernard tousse – une toux grasse, profonde –, il s'étrangle, semble s'étouffer. Stéphane, affolé, le redresse (et sent à quel point il est osseux et maigre), lui tapote le dos, lui propose un verre d'eau. Bernard réussit à se calmer en respirant lentement. Il humecte ses lèvres plus qu'il ne boit.

– Vous voulez que j'aille chercher quelqu'un ?

– Non, pas la peine. Vous êtes une formidable infirmière. José, mon compagnon, quand on a su, il n'a plus osé me toucher. Il faut dire que ça a commencé par le sarcome de Kaposi. Vous ne savez pas ce que c'est ? C'est une maladie de peau. Cette tache, là, vous voyez. (Il indique son cou.) Dégueu mais pas contagieux. Mais j'ai eu beau lui dire… On a beau le dire dans les journaux… Ils disent qu'ils trouveront un vaccin. Ils sont optimistes, ici. Ce qui est sûr, c'est que contre la connerie, il n'y aura jamais de traitement. Vous n'imaginez pas le nombre de gens… des amis… qui vous prennent pour un pestiféré dès que… Mais bon, parlez-moi de vous, plutôt. Racontez-moi ce que vous faites, vos projets.

Stéphane lui raconte. Bernard l'écoute avec toute la concentration dont il est encore capable. À la fin, il lui dit :

– Je suis très heureux pour vous. J'espère que vous aurez ce poste à la Banque générale. Ça sera passionnant.

Puis il paraît à nouveau s'endormir. Stéphane l'a redressé et calé dans son oreiller. Sa tête verse sur sa poitrine comme celle d'une poupée de chiffon. Stéphane attend encore de longues minutes puis il se lève et cette fois choisit de partir sans lui parler pour ne pas le réveiller. Il éprouve une immense tristesse. Il est persuadé qu'il ne le reverra pas. Il lui effleure, lui caresse un instant la main. Comme il s'éloigne, il entend la voix faible de Bernard :

– Stéphane… C'est la morphine qui me fait somnoler. J'en prends le moins possible.

– Vous souffrez ? Pardon, je suis stupide. Si on vous donne de la morphine, bien sûr…

– Mais non, vous n'êtes pas stupide. Venez, rapprochez-vous. J'ai du mal à parler fort. Ici, il y a des drogués, ils se sont tellement shootés, il leur faut des doses énormes de morphine. Ils ne font pas long feu, les pauvres.

Sa main araignée revient chercher celle de Stéphane.

– Je vais vous parler comme un vieux. Moi qui ai horreur des vieux ! Je n'aime que la jeunesse. C'est pour ça que j'ai voulu enseigner. Pour sentir toujours l'enthousiasme de la jeunesse. Ah ! j'aurais tellement voulu voir les nouvelles générations d'étudiants. Voir les étudiants de pays différents se rencontrer, se découvrir. De mon temps, il n'y avait pratiquement, dans nos universités, que des Français. Maintenant, ils viennent de toute l'Europe. Et avec la chute du Mur, la fin du communisme… ça va être passionnant. Et les nouvelles technologies, l'internet. Un nouveau monde est en train de naître et je ne le verrai pas.

– Mais… ils vont vous soigner.

Bernard serre fort ses doigts autour de la main de Stéphane et lui dit en cherchant son regard :

– Stéphane, vivez, profitez de chaque jour, de chaque instant. Ça paraît banal, ça paraît con de le dire comme ça. Le vieux con qui fait sa petite leçon de sagesse. Mais je vous le dis parce que je vous aime. Vous êtes ambitieux, c'est bien. Moi aussi, j'étais ambitieux. Mais le plus important : soyez vous-même. Soyez qui vous êtes. Faites ce qui compte vraiment pour vous, ce que vous sentez profondément. Ne vous préoccupez pas de ce que les autres peuvent penser ou dire de vous. Ne cherchez pas à être ce que vous croyez qu'on voudrait que vous soyez. Ne cherchez pas, pour faire plaisir à qui que ce soit, à vivre sans être en accord avec l'homme que vous êtes, vous. Osez toujours être vous et alors vous vivrez la vie que vous voulez, celle qui vous rendra heureux, et vous aimerez.

Il s'est tendu et redressé en parlant, toujours agrippé à la main de Stéphane, et son visage a un instant retrouvé sa vivacité, son intensité d'autrefois. Il lâche son étreinte et sa tête retombe sur sa poitrine.

Stéphane reste à côté de lui encore un moment. Il l'installe dans une position confortable, la tête reposant sur l'oreiller. Bernard frissonne. Il le borde comme un enfant.

Une infirmière entre en poussant un chariot.

– Monsieur Raymond ? Je viens pour votre tension.

Bernard rouvre son œil et, voyant Stéphane, dit :

– Ah ! Tu étais vraiment là ? J'ai cru que je rêvais. Avec la morphine, on ne sait plus toujours. Pars, maintenant. On va me faire des soins. C'est ça ?

– Oui, dit l'infirmière.

– Merci encore d'être venu, Stéphane.

– Je vous en prie, ça m'a fait plaisir. Reposez-vous. À bientôt.

Stéphane sort en pensant que ce qu'il vient de dire est stupide, dérisoire. Débile. Je vous en prie, ça m'a fait plaisir ! À un homme qui va mourir…

Clara

Sa sœur lui avait donné rendez-vous à l'hôtel Regina et Clara, en acceptant, n'avait pas réfléchi que ce n'était pas direct en métro depuis l'hôpital. Il était six heures passées, elle était bien entendu en retard alors qu'elle était censée finir à quatre heures cet après-midi. Par-dessus le marché, elle était descendue une station trop tôt : à Palais-Royal au lieu de Pyramides. Elle se frayait un chemin sous les arcades parmi les touristes parfumés et transpirants qui s'agglutinaient devant les boutiques de tee-shirts et de tours Eiffel. L'opération s'était terminée vers dix-sept heures. Le temps d'un rapide bilan et des consignes pour le suivi post-op du patient, un tour en réa, se changer et voilà : toujours obligée de courir. « Tu verras, c'est sympa, très british. » Je vais arriver en nage, les cheveux dans tous les sens, pas maquillée… Tant pis. Je m'en fous ! Le troupeau des voitures coincées les unes dans les autres fumait et grognait furieusement. Un voile sableux couleur de latérite tremblait au-dessus des Tuileries sous le lourd soleil de juillet.

En franchissant les portes de l'hôtel, Clara plongea dans un bain de fraîcheur. L'enfilade de salons climatisés, couverts de boiseries de chêne, abritait les conversations feutrées de riches clients en tenues d'été. Diane l'attendait en fumant dans un canapé de velours pourpre. Elle était comme toujours parfaitement apprêtée, dans une robe vaporeuse à motifs floraux verts et mauves dont l'échancrure s'ouvrait entre ses seins. Elle avait les joues fraîches et sentait « Poison » de Dior, son parfum depuis des années. Elle aimait les parfums forts et épicés.

– Désolée. Je devais finir à seize heures. Mais une opération compliquée…

– C'est pas grave. Regarde comme on est bien ici. C'est calme. J'y donne souvent rendez-vous.

– En plus, vous habitez à côté.

– Oui…

Diane souffla un rond de fumée en fermant à demi ses yeux aux cils soigneusement allongés, puis sourit à Clara de toutes ses dents bien blanches.

– Comment tu vas, ma petite sœur ?

– Ça va. Et toi ?

Le garçon au bar qui avait noté l'arrivée de Clara s'approcha pour la commande.

– Je vous écoute. Que puis-je vous servir ?

– Du champagne. Ça te dit ?

– Du champagne ? Il y a une occasion spéciale ?

– Ben oui. Pour une fois qu'on se voit.

– Alors, d'accord.

– Deux coupes ?

– Voilà.

Clara s'était assise à côté de sa sœur dans le canapé. Elle regrettait son pantalon de toile et son polo moulant qui collaient sous ses fesses et dans son dos. Elle s'épongea le front avec un Kleenex, puis s'alluma une cigarette. En six années de médecine, la cigarette aidant, elle avait maigri. Elle était longue, svelte, nerveuse et musclée. Elle savait qu'elle fumait trop et faisait du sport, pour « compenser ».

– Ça peut durer combien de temps, une opération ?

– Ça dépend. Celle-ci a duré cinq heures.

– Cinq heures !

– Il y en a qui durent bien plus.

– Et tu ne fatigues pas ?

– On n'a pas le temps.

– Tu imagines si tu fatigues ?

Clara rit.

– Non. Vaut mieux pas ! Mais on est une équipe. Moi en tant qu'interne, j'assiste, j'apprends les gestes, j'incise, je referme.

– Et si tu rates ?

Clara rit encore.

– C'est pour ça qu'on fait beaucoup d'années d'études.

– Il t'en reste combien ?

– Oh ! je ne sais pas. Vingt ?

Quand Clara riait, Diane retrouvait sa petite sœur qui avait des fous rires quand elles jouaient autrefois sur la plage du Lavandou pendant les grandes vacances.

Le garçon déposa les coupes, avec des bols d'olives et de biscuits apéritifs.

– Trinquons. À toi ! Tu veux toujours faire la même spécialité ? Chirurgienne… comment tu dis ? Du ventre ?

– Chirurgie viscérale. Entre nous, on dit : le mou.

– Le mou ! Ça fait rêver. En tout cas, Opa doit être fier de toi. Tu lui racontes ce que tu fais ?

– Quand on se téléphone. Il va fêter ses quatre-vingts ans. Maman voudrait qu'on aille tous à Munich en octobre.

– En octobre ? Normalement, j'ai un tournage en octobre.

– Super. Maman m'a dit que ça commence à bien marcher pour toi. Tu as un rôle dans une série ?

– Oui, dans *Flics de choc* sur TF1. Je te l'avais dit. Tu n'as pas regardé ?

– Pas pu, j'étais de garde. Tu pourras me passer une cassette ?

– Si tu veux. C'est un second rôle mais récurrent. Il y aura d'autres épisodes bientôt.

– Bravo.

– En janvier, je devrais aussi être au théâtre.

– Génial. Où ça ?

– Normalement à la Renaissance avec Marthe Mercadier.

– Je viendrai. À la première !

– T'avance pas trop !

– En tout cas, je viendrai. Promis.

– Je fais aussi des voix pour des jeux vidéo que produit Marc…

Diane parlait de tout avec un enthousiasme forcé. Elle avait des intonations de gaieté artificielle et une espèce de sourire qui prolongeait perpétuellement ses mots sur son visage. Clara se disait qu'elle devait s'exprimer de cette façon dans le milieu qu'elle fréquentait pour se vendre. Mais pourquoi ce soir avec elle qu'elle n'avait pas besoin de séduire ? C'était un réflexe chez elle. Diane était sa grande sœur, son aînée de cinq ans, mais à présent quand elle l'observait, maquillée, sophistiquée, avec ses poses de mannequin cherchant toujours à plaire, à paraître belle, épanouie et heureuse, elle ne l'enviait plus comme autrefois, non, elle la plaignait presque. Ce devait être infernal, ce milieu tout en représentation.

Leur conversation porta un moment, comme à chaque fois qu'elles se voyaient, sur leurs parents. Leur père était au chômage et dépressif. Diane trouvait que leur mère ne le soutenait pas assez et que, d'ailleurs, elle ne l'avait jamais compris. « Papa est très sensible et maman, c'est un char d'assaut. » Il avait travaillé dans les assurances mais aurait dû être artiste (il dessinait très bien).

– Et à cinquante-trois ans au chômage ! Quand tu te fais virer d'une grosse boîte à cet âge, c'est pratiquement impossible de retrouver.

– Marc ne pourrait pas l'aider ? demanda ingénument Clara.

Diane parut surprise. Elle n'y avait pas pensé. Pourtant, Marc était à présent à la tête de plusieurs sociétés, ses affaires marchaient fort. Ils habitaient un deux cents mètres carrés rue de Rivoli avec vue sur le jardin des Tuileries alors que Marc était parti de rien. Clara était persuadée qu'il était déjà millionnaire à trente ans. Peut-être même qu'il l'était depuis l'âge de vingt-quatre ou vingt-cinq ans. Elle ne l'aimait pas beaucoup, le trouvait prétentieux, beauf, trop fier de sa réussite, mais il l'impressionnait par son énergie, sa volonté, sa confiance en lui.

– Marc… Non… Ce qu'il fait n'a rien à voir avec les assurances. Le Minitel, les jeux vidéo : qu'est-ce que papa pourrait faire là-dedans ?

– Dans ses relations… Il connaît beaucoup de monde…

– Oui, peut-être…

Diane avait déjà vidé sa coupe. Elle se ralluma une cigarette.

– Celui qui aurait pu aider papa, dit Clara, c'est Jacques.

– Jacques ?

Diane ne voyait pas à qui sa sœur pensait.

– Jacques Bernstein.

– Ah… lui.

– Papa est son beau-frère quand même et Jacques est président de la Banque générale. S'il y a bien quelqu'un qui pourrait faire quelque chose…

– C'est peut-être compliqué pour Jacques d'embaucher son beau-frère.

– C'est ça ! On est en France et tu sais très bien qu'en France…

– C'est sûr, dit Diane en hochant la tête. En tout cas, dans le show-biz…

– Et puis, faut pas déconner, il pourrait au moins le mettre en contact avec des gens. Tu veux que je te dise pourquoi il ne le fait pas ? Ça va peut-être te choquer mais j'en suis quasi sûre : parce que maman est allemande, parce que maman a des parents allemands.

– Mais non.

– Je suis sûre que si.

– C'est idiot. Opa et Oma n'ont jamais été nazis.

– Alors pourquoi ?

– Je n'en sais rien. Moi, Jacques, en fait, je ne le connais pas. J'ai dû le voir en tout et pour tout cinq ou six fois à des réunions de famille. Je connais un peu mieux Sarah parce qu'on est cousines, qu'on a le même âge et qu'on était ensemble à Duruy.

– Tu pourrais peut-être lui en parler alors, à Sarah ? Si c'est Sarah, si c'est sa fille qui parle à Jacques de la situation de papa…

– Le problème, c'est que Sarah, je la vois jamais, moi. Ça doit faire…

– Moi non plus, je la vois jamais.

– Enfin, j'essaierai de l'appeler. Papa est tellement déprimé, ça m'inquiète.

Derrière elles, des verres tintaient, des rires fusaient, un couple s'agitait joyeusement dans les fauteuils rembourrés. Clara voulut évoquer leur adolescence à Victor-Duruy (elle était en cinquième quand sa sœur passait le bac) mais Diane ne l'écoutait pas. Elle fumait. Ses doigts tremblaient. Soudain, elle interrompit sa sœur pour lui demander d'une voix faussement détachée :

– Tu connaîtrais un bon chirurgien esthétique ?

Clara la regarda, surprise. Diane ajouta aussitôt :

– Pour une amie comédienne.

– De ton âge ?

– Euh… oui. Enfin, je ne sais pas exactement quel âge elle a. Elle voudrait, euh… se faire refaire les seins… plus gros.

– Elle ne sait pas ce que c'est d'avoir des gros seins. C'est encombrant. Moi, si j'avais eu le choix…

– Il y a des hommes qui aiment ça.

– C'est pas eux qui les portent !

– Et puis… elle voudrait aussi des lèvres plus sensuelles. À l'écran… c'est important… pour une actrice.

Clara la considéra un instant en silence.

– Diane…

– J'ai pensé que tu aurais peut-être un nom à m'indiquer.

– Diane… tu ne vas pas te faire refaire quoi que ce soit à vingt-neuf ans ?

Diane se troubla.

– Pourquoi tu dis ça ?

– Enfin, Diane, tu as vingt-neuf ans !

– Et alors ? C'est jeune qu'il faut faire ça. Quand on en profite le plus.

– Mais tu ne sais pas ce que c'est. Une fois qu'on a commencé, on n'en finit plus. Ça a une durée de vie.

– La beauté d'une femme aussi, ça a une durée de vie.

– Enfin, tes seins sont très bien. Je te dis : moi… Et ta bouche aussi, enfin, Diane…

– J'étais sûre que tu allais me juger.

– Mais non, je ne te juge pas du tout.

– C'est une question personnelle.

– Bien sûr. Mais pourquoi tout à coup ?…

– Ça fait longtemps que j'y pense.

– Mais pourquoi maintenant ?

Clara insistait car elle connaissait sa sœur et, même si elles ne se voyaient pas souvent, sentait qu'elle était contrariée par quelque chose d'autre. C'était pour ça qu'elle avait depuis le début ces manières exagérées. Je ne suis pas producteur de cinéma, elle n'a pas à me faire le grand jeu. Diane fuyait son regard, baissait la tête comme si elle cherchait une échappatoire. Puis, son visage se mit à trembler et elle dit, les yeux embués de larmes :

– Marc ne me voit plus.

Elle respirait de façon hachée. Les larmes glissaient sur ses joues. Elle s'enfonçait dans le canapé, les mains entre les cuisses, comme une petite fille malheureuse. Clara se souvenait qu'elle pouvait se mettre à pleurer d'un coup, qu'elle pleurait facilement. Elles avaient vraiment deux caractères opposés. Clara, quand elle était blessée, boudait en silence, pendant des heures. Diane pleurait, cinq minutes, pas longtemps. Elle n'était pas comédienne pour rien ! Cette fois aussi, elle renifla, sécha ses larmes, se moucha, s'essuya les yeux et les joues, s'alluma une nouvelle cigarette et déclara d'une voix grave et dramatique :

– Je crois qu'il me trompe. Il a changé de comportement depuis quelque temps. Il me parle durement. Il me fait comprendre que je l'agace à chaque fois que j'ai envie de faire quelque chose avec lui. Il n'est presque jamais à la maison, rentre de plus en plus tard et souvent travaille la moitié de la nuit.

Elle attrapa ses lunettes noires dans ses cheveux, en tripota un moment les branches et dit pensivement :

– Et il ne me touche presque plus.

– Et c'est pour ça que tu veux te faire retoucher.

– Merci ! fit Diane, vexée.

– Oh ! Pardon… je… je ne voulais pas faire un mauvais jeu de mots. Je ne m'en étais pas aperçue.

– C'est bon. C'est pas grave.

– Tu l'aimes encore ?

– Pourquoi tu me demandes ça ?

– Parce que moi quand j'ai appris que Gauthier me trompait – tu te souviens de Gauthier ?

– Oui.

– Après, je me suis aperçue que je ne l'aimais plus.

– Je crois que je l'aime. Mais moi, ce n'est pas pareil : en plus, on est ensemble depuis cinq ans. Qu'est-ce qui va se passer si… ? On n'a pas d'enfants. Il n'en voulait pas pour l'instant, moi non plus. Mais si on se sépare, qu'est-ce que j'aurai ? Je me retrouverai sans rien. Pour l'instant, je… Avec ce que je gagne, tu vois… Je pourrais me loger dans quoi ? Un petit studio ? Un deux-pièces en banlieue ? En plus, grâce à lui je rencontre des gens… Et puis, on voyage…

Clara ne put retenir un sourire moqueur.

– Oui, tu l'aimes, quoi.

– Oh ! ça va… Si… Oui… Je l'aime aussi. En plus…

Une femme coiffée d'un chapeau de paille à larges bords retombants, des lunettes de soleil lui mangeant la moitié du visage, passa en équilibre instable sur de hauts talons.

– T'as vu ? souffla Diane à voix basse à l'oreille de sa sœur.

– Non, quoi ?

– La femme qui vient de passer… c'est Adjani.

– Ce fantôme, là, avec un grand chapeau ?

– Je devrais peut-être… Je devrais peut-être essayer de lui parler.

– Ben oui, vas-y.

– J'ose pas.

– Mais si. Vas-y. Rattrape-la.

– Tu crois ?

– Mais oui.

Diane hésita une seconde puis se leva et marcha d'un pas résolu vers la sortie de l'hôtel. Clara regarda sa montre, la petite montre dorée que ses parents lui avaient offerte pour ses dix-huit ans. Sept heures et quart. Elle avait hâte de partir. Elle voulait repasser chez elle, se rafraîchir et se changer avant de retrouver Patrick, un interne amoureux d'elle, elle en était certaine, ce qui la chiffonnait un peu car elle le trouvait sympathique et coucherait bien avec lui mais il risquait de se faire des illusions. Il voulait se marier « dans pas trop longtemps », lui avait-il dit la fois précédente quand ils avaient dîné ensemble, façon de dire (sans oser le dire franchement) qu'il voulait – ou du moins que sa famille juive voulait – qu'il se marie le plus vite possible. Il était le genre d'homme qui l'attirait en ce moment, elle ne savait pas pourquoi. Un physique jovial, une bouche gourmande dans un visage rond, des bras ronds et bronzés et ce petit ventre qui tendait son tee-shirt qu'elle imaginait traversé par une ligne de poils bruns doux et soyeux qu'elle aimerait caresser. Bon, elle lui mettrait le marché en main : une relation légère, pas davantage. Faire l'amour, faire du sport, se détendre : hygiène nécessaire pour être en forme et donner le meilleur ensuite à l'hôpital. Elle admirait le professeur Brigitte Cogny-Bréval, une chirurgienne de Necker spécialiste des opérations sur les nouveau-nés, une blonde de cinquante ans d'une élégance, d'une classe incomparables, qui ne vivait que pour la médecine et n'avait jamais eu d'enfants. Une femme brillante et respectée. Tout ce qu'elle voudrait devenir. À la fois praticienne, chercheuse et professeur. Comment pouvait-on être une jeune femme aujourd'hui vivant pour se marier, avoir des enfants et s'occuper de sa maison ? S'il faut s'occuper de la maison, que les hommes le fassent un peu, pour changer ! Clara ne comprenait pas qu'il y ait toujours au début des années 1990 autant de filles de son âge qui acceptent ça – faire passer en premier ce qu'elles appellent leur vie personnelle –, qu'elles manquent à ce point d'ambition, qu'elles se satisfassent d'une situation dévalorisante de femme entretenue, dépendante de son mari. À l'aube du XXIe siècle ! Sa sœur était à moitié dans cette situation. Elle dépendait de Marc et s'y accrochait. Pour quoi ? Son fric, ses deux cents mètres carrés, sa belle voiture et ses vacances en Corse. Quelle pitié !

Diane revint dépitée.

– Elle était en train de monter dans une voiture. Je me suis quand même présentée. Je lui ai dit combien je l'admirais. Elle m'a juste dit merci, elle a claqué la portière et son chauffeur a démarré.

– Tu aurais voulu quoi d'autre ?

– Ben, qu'on se revoie, que je puisse la rencontrer.

– Au moins, tu as essayé.

– Oui…

Clara regarda à nouveau sa montre et, feignant la surprise, s'écria :

– Oh ! là ! Déjà sept heures vingt. Il faut que j'y aille. J'ai un dîner ce soir.

– Attends, tu ne m'as pas dit pour le chirurgien.

– Tu peux voir le docteur Didon – c'est une femme – à Saint-Louis.

– Tu la connais ?

– Non, mais je sais qu'elle a une bonne réputation. Tu peux prendre rendez-vous avec elle.

– Je peux lui dire que tu es ma sœur ?

Clara eut un petit rire.

– Tu peux mais ça ne changera rien.

– Comment ça ? fit Diane, inquiète.

– Elle ne te traitera pas mieux ou moins bien pour ça.

– En tout cas, merci.

– Je t'en prie.

Diane alla régler au bar. Elles se quittèrent à la sortie de l'hôtel devant la statue de Jeanne d'Arc. Clara traversa la rue de Rivoli dans la vapeur grise des gaz d'échappement et s'engouffra dans l'étroite bouche de métro le long des grilles noires du jardin des Tuileries. Elle pensait à cette réflexion de sa grand-mère, Oma, à propos de ses enfants : « C'est le même moule mais jamais le même gâteau. » Elle en souriait toute seule sur le quai. Dans le cas de Diane et moi, vraiment pas le même gâteau…

Frédéric

Mardi soir, dans la petite salle de cinéma du lycée, qui sert aussi de salle de spectacle ou de rencontres parents-professeurs, il la regarde fixement, tout bouillonnant de son désir de garçon de seize ans. Il la regarde avec l'audace insolente d'un homme sûr de plaire. Il la regarde, il l'aime, il la veut. Il l'adore. Ses cheveux blonds, légers comme des plumes, qui volent sur son front. Il l'adore. Ses yeux d'une eau cristalline, bleus, verts, il ne sait jamais, il confond les couleurs, mais si brillants qu'ils sont comme deux lumières toujours allumées dans son visage. Toi, les yeux du jour, moi, les yeux de la nuit, lui a-t-il dit parce qu'il a, lui, les yeux bleu foncé. Ça l'a fait rire. Elle rit toujours. Ses joues rient. Sa bouche rit. Sa bouche !… Et ses mains dansent tout le temps quand elle parle. Il ne la regarde pas. Il la dévore.

Elle va et vient autour de la petite estrade. Elle est plus animée, plus passionnée encore que d'ordinaire. Elle dirige ses élèves dans *Les Caprices de Marianne*. Il ne joue pas dans cette scène. Il s'est assis sur une chaise au deuxième rang, une jambe sous une fesse, les deux bras sur le dossier de la chaise devant lui, la tête posée sur les mains, comme la tête d'un jeune chien posée sur ses pattes, les yeux amoureusement fixés sur sa maîtresse. Un grand ado boutonneux récite avec un manque de naturel affligeant :

« Tu as raison, et ma femme est un trésor de pureté. Que te dirai-je de plus ? C'est une vertu solide. »

Elle intervient :

– Plus mondain, Laurent, et plus froid en même temps. Claudio n'aime pas sa femme mais elle lui appartient comme ses meubles ou ses chiens. Comme on traitait les femmes à cette époque. Musset dépeint un homme en apparence outré et ridicule mais en même temps, on va voir à la fin qu'il est dur, brutal. Il y a toujours chez Musset le masque et, en dessous, le vrai caractère. Un peu comme chez Marivaux…

Elle explique. Elle parle. Pour ne pas le regarder. Elle ne veut pas le regarder. Elle parle fort, en articulant bien, de sa voix chaude, avec l'enthousiasme communicatif qu'elle a toujours, mais ses cils battent plus que d'habitude, ses mains s'agitent plus, elle a chaud, et sur ses joues mates ses pommettes sont rouges et elle le sait. Elle paniquerait presque comme une petite fille. Elle éprouve – elle le pense, elle se le formule volontairement – le vertige de Phèdre. C'est ridicule, enfin, Frédérique ! Mais qu'est-ce que tu as fait ? Mais qu'est-ce qui t'a pris ? Ressaisis-toi ! Reprends-toi ! Elle ne comprend pas ce qui lui arrive. Elle ne le regarde pas mais elle le voit. Ça suffit, je t'en supplie ! C'est gênant, c'est indécent, tout le monde va le remarquer. Arrête de me regarder ! Non, pas comme ça, plus ferme, plus impératif. Frédéric ! Je vous prie de vous tenir. On ne s'affale pas comme un chien sur une chaise. Elle rit. Elle rit parce qu'elle aime rire, parce que ça lui fait du bien, parce qu'elle rit beaucoup et que ses élèves ont l'habitude de la voir rire. Elle rit parce qu'elle n'est pas seulement terrifiée par ce qu'elle vit mais parce qu'elle est heureuse. Seulement, elle rit au milieu de la scène des deux ados qui ne comprennent pas pourquoi et qui s'arrêtent de jouer.

– Pardon. Rien à voir avec vous. J'ai pensé à un truc. Continuez.

Mon Dieu, je m'enfonce, c'est pire. Ils vont se demander ce que j'ai. Du calme, Frédérique, du calme !

Il la regarde. Elle est belle. Elle est sublime ! Et tout autour de lui, dispersés dans la salle, ses camarades – une dizaine, filles et garçons (Saint-Jean-Baptiste-de-la-Salle est un lycée mixte) – le regardent regardant leur prof de français, lui qui ne regardait pas les filles au point qu'on se demandait s'il n'était pas pédé, lui qui était toujours à part, le bon élève, le fayot, dans ses livres et s'exprimant dans un langage, putain, d'une autre époque, pourquoi il était venu au club Théâtre, pourquoi il participait à une activité collective, avec nous, pour une fois ? – Mais, putain, c'est clair ! Regarde comme il la regarde ! Rien n'échappe aux ados quand il s'agit d'amour. Ils le regardent et ils en parlent. Ils chuchotent et ricanent et Frédérique Mignard leur fait : « Chut, moins fort, taisez-vous ! » Ils se taisent un instant.

Dix-neuf heures trente. À la fin de la répet', elle file en saluant à la cantonade. Son regard, cette fois, croise celui de Frédéric. Il est si sérieux, si intense. Elle lui sourit. Elle sourit à tout le monde et dit gaiement : « À jeudi ! » Ils ont français avec elle jeudi. Elle dévale l'escalier, sort dans la cour, vive comme l'éclair. Et Frédéric part presque aussitôt après elle, dévalant aussi l'escalier.

– Tu crois qu'il va la suivre ?

– Possible.

– C'est dingue !

– Tu crois qu'elle l'a remarqué ?

– Et pas seulement remarqué ! Vous avez vu comment elle est avec lui en classe ?

– Non.

– Mais si. Pas comme avec les autres.
– Tu délires.
– On parie ?
– Elle a quarante ans. Elle est mariée.
– Non, je crois qu'elle est divorcée.
– Elle est divorcée ? Elle a trois enfants.
– Et alors ?
– Sa fille est au lycée.
– Vous avez jamais entendu parler d'Héloïse et Abélard ?
– Mais Abélard, c'était un mec.
– Et alors ? dit une fille. Ça te choquerait si c'était l'inverse ?
– Ça me choquerait tout court si…
– Bon, arrêtez là, ça déconne. C'est seulement un mec qui fait une fixette sur sa prof. Ça arrive souvent. Pas la peine d'imaginer tout et n'importe quoi.

Frédéric, à grands pas, son sac à dos bleu sur l'épaule, remonte la rue Crevier. Il ne prête pas attention à la nuit qui vient, mauve dans le voile de brume flottant sur la ville là où coule la Seine. Il ne sent pas l'humidité encore froide et pénétrante de la fin mars. Il n'entend pas les moteurs des voitures qui ronflent dans la pente, ni les pleurs aigres du bébé dans sa poussette, ni la radio qui hurle un rap furieux dans une vieille camionnette, ni le couple qui passe en se disputant. Il échafaude son plan pour ce soir.

Ses parents habitent une petite maison de brique rouge couverte de glycine sur les coteaux de Rouen. De sa chambre il aperçoit la cathédrale. Il dîne comme tous les soirs avec ses parents et son frère. Sylvie, sa grande sœur, vit maintenant à Lyon avec son fiancé. Il mange sans dire un mot et sa mère se fait la réflexion qu'il a changé depuis quelque temps. Bien que silencieux, elle le trouve agité et fiévreux. Il cache un secret. Le week-end dernier, il s'est lancé dans un grand commentaire exalté de *Caligula* de Camus qu'il étudie avec madame Mignard pour le bac. Il parle de cette prof avec une admiration qu'elle ne lui a jamais vue pour personne. Elle leur fait répéter *Les Caprices de Marianne* pour un spectacle de fin d'année. Pourvu qu'elle n'ait pas une mauvaise influence sur lui ! Pourvu qu'elle ne lui mette pas une folie en tête !... comme de devenir comédien. Pas un métier sérieux, on ne gagne pas sa vie, sauf si on devient une vedette et c'est un milieu... dépravé. Ce n'est pas le mot qui lui vient mais l'image : un milieu où tout le monde couche avec tout le monde. Pour elle qui n'a connu qu'un homme, son mari, Richard Legrand, ingénieur maritime, le théâtre, le show-business, c'est un monde effrayant et... attirant... comme le jardin des délices. Un monde de partouzes et d'homosexuels. Pas mon fils ! Oh non !

Richard, lui, ne pense rien de particulier car, comme à son habitude, il raconte sa journée de travail, commente les actualités et demande à son aîné, Mathieu, qui avale ses pâtes à toute vitesse, où il en est dans ses révisions pour les concours d'entrée aux grandes écoles d'ingénieurs. Pour le moment, le destin de son cadet, en filière littéraire, ne l'intéresse guère. Gaby reproche parfois à son mari sa préférence trop marquée pour Mathieu. Il s'en défend mais, en son for intérieur, sait qu'elle a raison.

Une fois le dîner terminé, après avoir aidé sa mère à tout débarrasser à la cuisine, Frédéric lui dit qu'il doit passer chez Quentin, un copain du théâtre, pour répéter une scène de la pièce.

– Mais tu sors d'une répétition.

– Justement, on n'était pas du tout au point, on veut la refaire pendant qu'on se souvient de ce que nous a dit Fr... madame Mignard.

Gaby hésite. Elle croit deviner qu'il ment. Mais pourquoi ? Qu'a-t-il derrière la tête, bon sang ?

– Il est tard.

– Il est neuf heures.

– Tu rentreras à quelle heure ?

– Je sais pas. Quand on aura fini.

– Tu as cours demain.

– À dix heures et demie, ça va.

– Il habite où ?

– Derrière la préfecture.

– Tu ne traînes pas dans les rues.

– Bien sûr que non.

– Pas plus tard que minuit.

– Oui… Maman, j'ai presque dix-sept ans !

– D'accord. Je compte sur toi.

– Oui, maman. Bonne nuit, maman.

Il est tellement pressé qu'il oublie son blouson. Il sort avec un petit pull sur le dos alors que la nuit est déjà fraîche. Il fonce à flanc de coteau, par les rues transversales désertes, en direction de Bois-Guillaume, là où habite Frédérique.

C'était hier… et c'est déjà il y a longtemps, trop longtemps, tant sa vie, le monde, tout lui paraît changé. Le temps s'est densifié, chaque minute est une heure. Il ne s'est pas lavé ni déshabillé pour garder son odeur, son parfum sur sa joue, dans son cou, sur sa chemise. Il a dormi tout habillé sur son lit. Il n'a presque pas fermé l'œil. Il a pensé et repensé à ces instants étourdissants, à ce jour tant désiré, impossible et pourtant advenu, à cette soirée. À la fin des cours, ils sont allés boire un thé comme ils l'ont fait déjà plusieurs fois depuis le début de l'année, souvent avec d'autres élèves, parfois avec les enfants de Frédérique qui sont en terminale et en seconde, parfois même avec madame Henry, la prof d'anglais. Cette fois… hier… ils étaient en tête à tête et quelque chose était différent. Il y avait des silences entre eux, un trouble, une gêne. Leurs doigts se sont effleurés sur la table. Ils ont parlé de littérature, bien sûr ; ils ont parlé des grandes questions de la vie à travers les grandes œuvres de la littérature ; ils ont parlé d'amour à travers les histoires d'amour : Madame Bovary comparée à Anna Karénine, Tristan et Iseult, Andromaque, le Grand Meaulnes… Et la conversation a dérivé sur leurs vies personnelles. Ils se sont dévoilés à demi-mot. Frédérique a parlé de sa famille, de son éducation, des rapports homme-femme et parents-enfants à sa génération dans un milieu bourgeois. Elle a évoqué les souvenirs de ses premières amours à dix ans, à douze ans, à quinze ans. Frédéric a romancé son premier amour purement platonique. Il a dit ses rêves, son idéalisme juvénile. Il sera écrivain. Ils ont parlé longtemps. Combien de temps ? Après, ils sont sortis du café enfumé, ils ont marché dans la rue piétonne entre les parapluies qui cahotaient sous une petite pluie marine. Elle a ouvert son parapluie.

– Tiens-le. Tu es plus grand que moi.

Elle s'est accrochée à son bras. Il a senti son corps, sa hanche. Il avançait gravement, solennellement, comme un marié dans une église. Il frissonnait, vibrait, tout en lui s'embrasait.

– Tu as froid ?

– Non, non.

– Tu dois rentrer ?

– Non, ça va, j'ai le temps.

Et il a ajouté :

– Je peux vous raccompagner.

Ils ont monté lentement, quitté les lumières trop fortes des vitrines pour les ombres enveloppantes des petites rues pavées, noires sous la pluie. Ils ont débouché sur la place de la Rougemare, sa place préférée. La pluie s'est arrêtée. Sous un vieux tilleul bourgeonnant deux chiens guettaient un chat réfugié sur une branche. Ils se sont arrêtés un instant pour les observer. Ils ont ri. Ils ont repris leur marche en gardant le parapluie ouvert, accrochés l'un à l'autre, serrés l'un contre l'autre. Une vieille dame en imperméable gris, son parapluie plié à la main, les a dévisagés d'un air inquisiteur. Elle a levé la tête vers le ciel pour leur indiquer qu'il ne pleuvait plus. Elle a hésité à le leur dire. Ils sont passés. Ils ont croisé le flot trépidant des voyageurs sortant de la gare, pressés de rentrer chez eux.

Puis, ils sont arrivés dans cette ruelle de Saint-André, tout en haut de la rue, d'où l'on domine si merveilleusement Rouen… à l'endroit exact où il est maintenant, à dix minutes à pied de chez elle… Ils étaient essoufflés, pas seulement à cause de la pente. Ils se sont retournés face à la ville violette et verdâtre sous le ciel bouché. Et tout à coup, ils ont tourné la tête l'un vers l'autre. Tout à coup, leurs visages étaient l'un près de l'autre. Tout à coup, ses lèvres sur les siennes, ses mains autour de son cou…

– Il faut que j'y aille maintenant.

Elle s'est détachée et elle est partie presque en courant. Elle s'est retournée une fois et lui a fait un petit salut de la main.

Il n'est encore jamais allé chez elle.

En approchant, il a peur. Que va-t-il dire ? Comment va-t-elle réagir ? Il ne veut pas y penser. Il fonce. Il est sûr de lui. Il y a ce qu'il ressent, lui, et c'est tellement fort… qu'elle ressent sûrement la même chose.

Elle a une maison en meulière tout en hauteur avec un balcon. Elle lui a dit que depuis le balcon de sa chambre, elle voyait la ville et la vallée de la Seine jusqu'au port pétrolier. Il est neuf heures et demie. Des lumières sont allumées aux trois étages, éclairant les branches bleues du cèdre du Liban devant la maison. Il sonne et pense seulement après qu'il est tout à fait possible que ce soit un des enfants de Frédérique qui vienne ouvrir.

Mais c'est elle.

Elle est stupéfaite et affolée.

– Qu'est-ce que tu fais là ?

Il bredouille :

– Je voulais... Il ajoute, presque inaudible : vous voir.

– Mais... pas ici..., dit-elle, elle aussi très bas, très vite.

Il ne sait plus quoi dire, sent qu'il perd ses moyens et enrage. Dans la maison, le bruit de la télévision allumée. Elle porte un sweat-shirt et un pantalon de jogging bleu clair et des pantoufles rouges. Il la trouve plus belle et désirable que jamais.

– Voyons... mes enfants...

Ils ont l'immobilité de deux bêtes hypnotisées. Leurs yeux humides et brûlants plongés dans ceux de l'autre. Il voit sa poitrine qui se soulève sous le coton bleu. Elle respire fort, elle halète.

– Pas maintenant... Fred...

Ils s'embrassent comme hier, comme la première fois, sans savoir qui des deux en a pris l'initiative. Leurs bouches aimantées... et la terre qui chavire... les mots qu'il trouvera demain pour dire ce que les mots, en fait, ne peuvent jamais dire exactement.

Une voix de fille à l'étage :

– Maman... qui c'est ?

Frédérique repousse Frédéric.

– Vite... va-t'en.

Elle referme la porte.

– Rien. Le voisin qui cherche son chien.

– Oscar ?

– C'est ça.

Frédéric se cache sous le cèdre. L'arbre humide sent bon la

résine. Les phares blancs d'une voiture balayent les branches. Un petit animal fait du bruit sous un buisson. Un hérisson ? À onze heures, deux fenêtres s'éteignent. Celle de Frédérique reste allumée et les rideaux ouverts. Il la voit passer deux fois, toujours en jogging. Il se rapproche de la maison, étudie les aspérités du mur. Trois mètres. Il doit pouvoir le faire. Il se lance. Il n'a jamais fait d'escalade. Il n'est pas très sportif. Il calcule ses mouvements avec une rigueur de géomètre. La jambe droite ici, la main gauche là, en lézard. Il parvient à mi-hauteur mais il n'est pas assez plaqué au mur et perd l'équilibre. Il se râpe et s'entaille le mollet (son jean est déchiré) et il se fait mal au coccyx. Il se relève, se frotte le bas du dos, se tâte le mollet, crache dans sa main pour étaler de la salive sur sa plaie par la déchirure du jean, puis repart à l'assaut de son Everest amoureux. Il veut y arriver coûte que coûte, il y met toutes ses forces, son énergie, sa volonté. Ça y est ! Il tient un barreau de bois blanc de la balustrade, il se hisse sur le balcon… et voit sa Juliette en chemise de nuit en train de se brosser les dents face à la fenêtre. Elle est encore plus surprise que tout à l'heure mais, cette fois, c'est une surprise amusée et heureuse. Il fait peut-être une drôle de tête. Elle sourit, elle rit même, elle secoue la tête négativement en riant un peu. Elle vient lui ouvrir la fenêtre.

– Voilà ce qui se passe quand on fait trop lire les jeunes…

Ils s'embrassent, s'étreignent, se caressent, leurs corps se soudent. Il la touche maladroitement, passionnément. Elle le déshabille et découvre qu'il est blessé.

– Attends.

Elle le soigne.

Et puis ils sont sur le lit et plus rien désormais ne peut les séparer.

Guillaume

Cet enfant m'épuise, pensait la mère de Guillaume en se roulant en position fœtale dans son lit. En un week-end il m'épuise. À chaque week-end… Il a toujours été agité et compliqué. Dès la naissance… Il s'est présenté par le siège. Il m'a valu une césarienne. Maintenant, j'ai cette horrible cicatrice. Et il ne prenait pas bien ses biberons. Et il ne faisait pas ses nuits. Il n'a jamais bien dormi. Il se relève dix fois… pour de l'eau, pipi, vérifier qu'il n'a pas oublié quelque chose dans une autre pièce. Il lui faut trois veilleuses, la lumière du couloir allumée… Non, mais qu'est-ce qu'il a encore ? Nicolas dit qu'il faut que je le montre à un psychiatre. Pourquoi moi ? Lui, il n'a jamais eu le temps de rien pour son fils. Qu'est-ce qu'il fout encore à la cuisine ?

Emma redressa la tête vers les chiffres rouges de son radio-réveil. 00.32. Minuit et demi ! C'est insensé. Un gosse de huit ans.

Elle se leva, enfila ses pantoufles et sa robe de chambre et sortit de sa chambre. Guillaume avait allumé toutes les lumières dans toutes les pièces et il était debout tout nu dans le salon devant la fenêtre en train de regarder Dieu sait quoi.

– Guillaume ! Qu'est-ce que tu fais tout nu ?

– J'avais trop chaud.

– Il ne fait pas chaud. Regarde, tu as même froid. Tu as la chair de poule.

– Non.

– La vitre est froide. Il pleut. Et puis, tu as vu l'heure ? À cette heure, les enfants dorment. Va vite te recoucher.

Il courut vers sa chambre. Petit corps blanc et aérien, avec de jolies fesses potelées et sa chevelure brune bouclée d'angelot. Elle était fière qu'il fût si beau mais de le trouver nu dans le salon lui rappela que le week-end précédent (quinze jours avant car elle l'avait un week-end sur deux en alternance avec Nicolas), une petite fille dans l'aire de jeux du parc Monceau était venue se plaindre que Guillaume lui avait demandé de lui toucher son zizi. Bien sûr, elle avait grondé son fils, lui avait dit que ça ne se faisait pas, que c'était interdit, que c'était mal et Guillaume l'avait regardée du même air angoissé qu'il avait à présent à l'entrée de sa chambre. Il s'était arrêté et retourné pour voir si elle le suivait et il la fixait de ses grands yeux bruns toujours pleins de questions qui semblaient attendre, espérer quelque chose qu'elle ne lui donnait pas. C'est agaçant. Quoi ? Quoi ? Elle culpabilisait quand il était là. Elle se justifiait : je suis mannequin, je voyage souvent et pourquoi moi, j'aurais dû m'en occuper toute la journée, moi, et pas son père ? Ils étaient tombés d'accord pour le mettre en pension en semaine à l'école des Bosquets près de Poissy dans le Vexin et de s'en occuper le week-end à tour de rôle. C'était une excellente école, dans un cadre luxueux – tennis, piscine, équitation, trente-six hectares de parc à l'anglaise –, fréquentée par des enfants tous issus de l'élite, dont les parents (dirigeants, hommes politiques, artistes, etc.) n'avaient pas le temps de s'occuper. L'excellence avait un prix : cent trente mille francs par an. Elle n'en payait que le quart, conformément au jugement de divorce qui lui avait octroyé en plus une très généreuse pension, mais avec ce que Nicolas gagnait, c'était parfaitement justifié. Elle se répétait que Guillaume était mieux dans ce pensionnat, très bien entouré et encadré, que s'il avait été gardé chez elle par une nounou mais, si elle était honnête envers elle-même, elle savait bien qu'elle trouvait plus confortable de ne pas avoir chez elle au quotidien cet enfant insomniaque qui pouvait entrer dans sa chambre au milieu de la nuit. Sans lui, elle était libre en semaine de sortir autant qu'elle voulait ou même d'avoir un mec. Et le week-end, quand Guillaume revenait, elle s'en occupait bien. Oui, parfaitement ! Elle s'occupait très bien de son fils. Elle n'avait rien à se reprocher. Oui mais… elle n'était pas sûre qu'il était heureux là-bas, aux Bosquets. Il ne lui en parlait pas. Il n'avait jamais rien à lui raconter. Il était peut-être… sans doute… trop petit pour être en pension. Elle chassait cette pensée qui revenait toutes les fois, en particulier, qu'il la regardait avec ces yeux de chien quémandant une croûte de fromage.

– Mets-toi en pyjama et couche-toi. Je viens te faire un baiser.

Elle le rejoignit dans sa chambre et le trouva allongé comme une bûche les bras le long du corps, sa tête bouclée flottant sur l'oreiller. Il avait ouvert en grand ses rideaux bleus et la lumière jaunâtre du boulevard léchait la balustrade du balcon. Il avait, en plus, ses trois veilleuses orange branchées sous son petit bureau d'enfant.

– Tu ne peux pas dormir avec toute cette lumière.

Il marmonna d'une voix suppliante :

– Si, maman. Laisse.

Elle tira tout de même les rideaux.

– Déjà, ces veilleuses, c'est trop. Une seule veilleuse suffit largement. (Elle en débrancha deux.) On ne dort pas bien avec trop de lumière.

Elle savait qu'il les rebrancherait et qu'il rouvrirait les rideaux. Il le faisait chaque fois. Mais elle lui répétait elle aussi les mêmes choses. Éduquer, c'est répéter, disait sa grand-mère italienne.

– Dors bien, mon chéri.

Il jeta ses petites mains autour de son cou et s'accrocha à elle comme un noyé.

– Qu'est-ce qu'il y a ? Lâche-moi.

– J'ai peur.

– Je t'ai déjà dit que tu n'as aucune raison d'avoir peur. Tout va bien. Je dors à côté. C'est ta chambre que tu connais. Il ne peut rien t'arriver. Maintenant, dors bien.

– Ça existe, les zombies ?

– Où est-ce que tu as vu des zombies ? À la télé ? Dans un jeu vidéo ? Quelqu'un t'en a montré ?

– Ça existe ?

– Bien sûr que non. C'est seulement dans des films pour faire peur. Et des films qu'un garçon de ton âge ne doit pas regarder.

– Parce que ça existe ?

– Non. Parce que ça n'existe pas mais que ça te fait peur parce que tu crois après que ça existe. Il n'y a pas de zombies. Ça n'existe pas. Maintenant, dors, fais de beaux rêves. Et à demain matin. Bonne nuit, mon chéri.

– Laisse la lumière du couloir.

– Bon, d'accord.

La porte se referme et, aussitôt, les ombres bougent et se rapprochent de son lit. Guillaume se redresse. Sous la porte, une coulée de lumière blanche. Derrière les rideaux, un halo bleu. Sous son bureau, le gros œil de braise de la veilleuse. Et partout ailleurs, sous la chaise, derrière les étagères, dans le placard resté entrouvert, sous le lit, sur les murs… les ombres tendent leurs bras, soufflent, murmurent. Il entend les pas de sa mère, la chasse d'eau, les voitures qui passent, la vitre qui vibre, un craquement de parquet… un pas ? Il rallume sa lampe de chevet et il écoute. Des pas à l'étage au-dessus. Des talons de femme. Toc, toc, toc ! Des voix : un homme, une femme. Il sent sur sa joue le parfum de fleurs de maman. Le doux parfum rassurant de maman. Son odeur. Il s'installe à son bureau devant sa console de jeux vidéo. Il pilote une voiture de course.

Pendant quelques minutes, il ne voit plus que le décor de ville futuriste, les lignes colorées des routes, des rues, des trottoirs, des ponts qui défilent à toute vitesse. Aux Bosquets, les grands du collège ont des jeux plus difficiles : des matchs de foot, des batailles avec des monstres, des zombies. Et dans la salle d'ordinateurs, ils se connectent sur Internet. La machine fait des bruits électriques : turututututubribrubribruuu… et soudain, miraculeusement, apparaît un dessin et tu peux taper ce que tu veux. Les grands regardent des photos de cul quand ils sont seuls sans surveillant. Il les a surpris. Ils le mettent chaque fois dehors. Ils le menacent de lui faire « très, très mal » s'il dit quoi que ce soit à une grande personne. « Si tu parles, on te défonce. » Il est fasciné par l'ordinateur. Il en a déjà demandé un à son père. Il voit des femmes nues sur l'écran, les formes et les couleurs différentes de leurs seins, de leurs sexes, les positions bizarres de leurs corps et la taille extraordinaire des zizis des hommes qui rentrent dans leurs fesses. Il sent toutes les odeurs du sexe. Ces odeurs, il les sent, il les connaît, elles sont dans ses narines, elles y sont. Il se demande comment on fait venir des textes, des images dans un ordinateur à partir du fil du téléphone. Il voit des animaux d'Afrique, une belle montagne couverte de neige. Il voit des zombies. Il voudrait comprendre comment ça se fabrique. C'est bien mieux qu'une télévision. On ne peut que regarder un programme sur une télévision. Sur un ordinateur, on peut l'inventer. Les grands, ils ont informatique. Ils ont un prof d'informatique. Il veut avoir informatique lui aussi. Arnaud est le seul qui a bien voulu lui montrer tout ce qu'il sait faire. Il programme et il sait trouver plein de choses sur Internet. Arnaud lui parle gentiment, il le prend dans ses bras, il le caresse. Il lui dit que c'est leur secret.

La pluie tombe dehors sur le balcon, clip, clop, puis de plus en plus fort, ça crépite. Il ouvre les rideaux, la fenêtre. La balustrade noire luit, les gouttes argentées giclent sur les barreaux, la pierre blanche du balcon sent la craie mouillée, le boulevard gargouille comme une rivière. Il se penche. La masse sombre épaisse des arbres arrive presque à sa hauteur, presque au sixième étage. Si je sautais dedans ? Deux images dans son cerveau. La première : fastoche ! je suis dans l'arbre. La seconde : tout est noir et mouillé, je glisse, je suis sur le dos sur le trottoir et maman arrive en chemise de nuit.

Il rentre dans sa chambre, referme sa fenêtre, laisse les rideaux ouverts, rebranche les veilleuses, se couche. Dans sa chambre aux Bosquets, il n'est pas tout seul. Ils sont six. Et puis, la grande lumière du couloir reste allumée toute la nuit et la lumière verte du panneau *Sortie* au-dessus de la porte et le réverbère devant leur fenêtre. Il fait très clair dans leur chambre. Mais il n'aime pas ceux de son âge. Ils sont bêtes, ils ont des jeux de bébé. Il n'aime pas le foot. Arnaud est son seul ami. Il lui parle gentiment. Il lui apprend l'informatique. Il le prend dans ses bras et le caresse. Il lui donne des Mars et des Bounty et des Kinder.

Il éteint. Les ombres sont plus petites. La lumière par la fenêtre vient former sur le plafond un tapis pâle à motifs de feuilles ou de gouttes de pluie. Il entend le bruit qu'ils font au-dessus, la voix d'homme et la voix de femme, les gémissements qu'il connaît. Le grand zizi de l'homme dans les fesses de la femme. Il entend la voix d'Arnaud : « Sois gentil. Tu aimes ça. » Le zizi d'Arnaud chaud et dur dans sa main. Chaud et dur dans ses fesses.

L'odeur.

La pluie. La masse verte des arbres.

Il trouve son lapin sous la couette. Celui que maman lui a offert pour sa naissance, elle le lui a dit. Il ne dort jamais sans son lapin.

Le rai lumineux sous la porte.

Le couloir allumé. Le tapis au plafond.

Les feux orange sous le bureau.

Une voiture passe. Elle fait un bruit d'eau.

Le silence.

S'il ferme les yeux, les lumières s'en iront.

S'il ferme les yeux…

Il y a un zombie sous son lit. Un zombie sur le balcon. Un zombie dans le placard et un derrière la porte !

Il se réveille en criant.

Comme chaque dimanche soir, elle le reconduisait à l'école des Bosquets. Assis, bien attaché à l'arrière, il ne lui parlait pas. Elle voyait dans le rétroviseur son visage qui fixait la route, son expression grave et inquiète. Il sentit qu'elle le regardait et lui adressa un sourire maladroit. Elle pensait qu'il lui en voulait de l'avoir mis en pensionnat. Le proviseur et son maître disaient que Guillaume était un élève attachant mais qu'il avait des réactions surprenantes. Quelquefois, il refusait de répondre quand on l'interrogeait. D'autres fois, il se lançait dans des réponses trop élaborées, trop complexes pour les questions posées. Emma éprouvait des sentiments partagés : une certaine culpabilité, de la pitié pour son fils, la peur de ne pas avoir la force de l'assumer à plein temps à la maison s'il s'avérait que la scolarité en pension était trop dure pour lui. Les Bosquets, c'était tout de même… pas une pension ordinaire. Le top du top. Un encadrement de grande qualité, beaucoup d'attention aux élèves, un cadre… enchanteur. Elle tournait en boucle les mêmes arguments mais de plus en plus une idée désagréable s'insinuait en elle : Guillaume a un comportement bizarre, il a toujours été bizarre, et s'il n'était pas… normal ? Idée, pensée désagréable, dérangeante. Voir un psy ? Accepter de voir un psy ?

Elle s'arrêta dans une station-service pour prendre de l'essence. Guillaume lui dit qu'il voulait faire pipi. Il traversa la boutique vers les toilettes. À côté des toilettes, une porte donnait sur l'arrière de la station. Un caniche noir s'ébattait joyeusement sur un carré de pelouse et faisait des sauts de gymnaste pour arroser de quelques gouttes de maigres troncs de bouleaux argentés. Sa maîtresse, une grosse dame noire, le suivait en l'appelant d'une voix chantante : « Patou ! Patou ! Viens, maintenant ! On y va ! »

Guillaume sortit sur la pelouse piquetée de petites fleurs blanches et jaunes. Il contourna les bouleaux. La clôture entourant l'aire de la station-service était cisaillée en plusieurs endroits. Il se faufila par l'une des ouvertures et s'enfonça dans un champ de colza d'un jaune éblouissant. Il entendit la voix de sa mère qui le cherchait, l'appelait. Il se coucha à plat ventre dans le colza dont l'odeur sucrée très forte le suffoquait presque. La terre était sèche et grise. Il tourna la tête sur le côté. La joue contre le sol, il voyait une forêt infinie. Il leva les yeux vers le ciel et découvrit un fragile coquelicot qui tremblait dans la brise du soir sous un ciel rosissant. Des abeilles bourdonnaient. Il sentait son cœur battre. Au loin, le flot des voitures sifflait.

Jeanne

À côté d'elle sur la banquette arrière, le bébé se tordait dans son couffin avec une lenteur de ver de terre. Sa sœur conduisait. Elle voyait sa tête pointue, ses mains aux longs doigts maigres sur le volant de la voiture. La rue était embouteillée à cause d'un camion de livraison. Elle se laissait bercer par le métronome des essuie-glaces, la tête vide, le cœur lourd. Elle se sentait perdue, dépassée. Nulle. Sans but. Prisonnière. Triste. Non ! Tu n'es pas la plus malheureuse du monde. Tu n'es pas *nue sous la neige en temps de guerre*. Tu n'es pas une mauviette. Cependant, tout lui semblait sombre. Cette pluie de novembre. Ces rues sales. Ces gens sinistres. Elle allait retrouver son bureau d'avocat où le téléphone ne sonnait que pour des petits droit commun, un ou deux sans-papiers et des militants du parti de papa qui ont fait des conneries. Elle n'arrivait pas à se réjouir vraiment, sincèrement, de la naissance de son deuxième enfant, un fils après une fille. Yannick et Valérie. Elle serait une bonne mère. Coûte que coûte. Attentive, présente. Maternelle. Jamais elle ne vivrait comme ses parents. Si seulement Nana était encore là. Pauvre Nana ! Elle lui manquait tellement ! Déjà un an qu'elle était morte. Elle l'avait aimée comme une mère, comme une grand-mère. Plus que sa mère. Si seulement elle était là... Bien sûr, il y a Séverine, elle s'occupe très bien de Valérie, c'est une bonne nounou mais ça n'a rien à voir. Elle se souvenait de l'odeur de Nana. Sa peau sentait la pâtisserie et le patchouli. Elle se souvenait de sa voix chaude qui lui chantait des chansons pour l'endormir quand elle était toute petite. Elle se souvenait de cette tendresse sans laquelle elle n'aurait jamais pu traverser son enfance. Elle le pensait. Je suis seule maintenant, Nana. – Non, tu as ta sœur et tes enfants. Marie-Astrid est très gentille et je n'oublierai jamais qu'elle a été là pour mes deux accouchements. Là, à la place où les autres femmes ont leur mari, leur compagnon. Maman m'a dit au téléphone : « C'est toujours mieux quand ils ne sont pas là. Je déteste ces maris qui voient accoucher leur femme. Ils ne peuvent plus avoir envie d'elle, après. » Marie-Astrid a été formidable. Ma grande sœur... Ma grande sœur sur qui je peux compter. Ma grande sœur qui me ramène de la maternité... Elle la regardait conduire et ses pensées revenaient sans cesse à Nana. Pourquoi on comprend vraiment à quel point on tient à quelqu'un seulement quand il n'est plus là ? Des amis étaient passés la voir avec des cadeaux et s'étaient extasiés sur son beau bébé de trois kilos huit mais c'étaient presque tous des sympathisants du Parti national et, de plus en plus, elle croyait deviner que leur amitié était intéressée. Son père, son nom ou sa fortune. À part peut-être Sonia. Sonia semblait n'en avoir jamais tenu compte. Mais à part elle, à part peut-être aussi… franchement, Jeanne, ta vie, quel fatras ! (Elle s'étonna de ce mot qui lui venait.) Oui, quel fatras, c'est ça ! Un amas de choses en désordre. Des jouets renversés dans une chambre d'enfant. Trente ans : quel succès ! Tu as l'art de tomber toujours sur des nazes. Le pompon, c'est Tony. Faire deux gosses avec lui ! Elle revoyait son corps d'athlète, le tatouage bleu de tête de lion sur son bras, leurs virées en Harley Davidson avec ses potes. Aucun homme ne lui a jamais donné autant de plaisir. Entente sexuelle parfaite. Mais une brute, un plouc, un crétin, un incapable, un méchant. Un intéressé.

Jeanne caressait du bout des doigts le ventre de Yannick qui s'était endormi bercé par le moteur. Les bébés aiment le bruit. C'était bruyant dans mon ventre. Papa n'est pas venu.

Elle dit soudain à sa sœur :

– Papa n'est pas venu.

– Il n'a pas pu. Je sais qu'il était complètement débordé, il n'a pas arrêté. Mais il est très impatient de voir son petit-fils.

C'est ça ! Marie-Astrid l'excusait toujours. Elle était trop bonne, trop gentille et trouvait toujours des excuses à tout le monde – et n'osait jamais se plaindre ! Il ne faut pas se laisser piétiner dans la vie. Elle est beaucoup trop faible.

– Il t'a téléphoné ?

– Trente secondes.

– T'exagères.

– À peine. D'ailleurs, il n'est pas venu non plus à la naissance de Valérie. Trois jours chaque fois à la maternité et il n'a jamais pu trouver une minute. Il était venu pour toi ?

– Je ne sais plus.

– Pour aucun des deux ?

– Je ne sais plus. Si, je crois que pour Jules…

Le téléphone portable de Jeanne sonna. C'était Sonia. Elle pensait à tout.

– Bonne installation avec Yannick à la maison.

– Merci, Sonia. Et encore merci pour ton cadeau.

– J'espère que ça lui ira.

– Sûrement. Tu viendras le voir.

– Essaye de bien te reposer. Je t'embrasse.

– Moi aussi. À bientôt !

La voiture arrivait villa Montmorency. Marie-Astrid salua le gardien en passant. Elle se gara derrière la voiture de leur père dont le chauffeur fumait sous un parapluie noir. Le caniveau de la ruelle débordait. Le ciel était bas. Un rideau de brume s'accrochait aux toits. La grosse bâtisse de brique rose avait dans la lumière crépusculaire un air de maison hantée. Jeanne sortit de la voiture le bébé toujours endormi dans son couffin. Le chauffeur se précipita pour les abriter avec son parapluie. Marie-Astrid ouvrit la porte. À l'intérieur, un silence poussiéreux. Plus de Nana, bien sûr, ni de chien, depuis qu'Odin était mort. C'étaient les chiens de papa dont il ne s'est, d'ailleurs, jamais occupé… Rentrer dans cette maison, mon Dieu, que c'est lourd, que c'est triste ! Cette maison aux peintures défraîchies qui sent la vieille cire, le vieux tapis et tous les vieux meubles d'autrefois qui encombrent le salon, que ni sa sœur ni elle n'ont osé toucher, rentrer dans cette maison de vieux, de mort… Où est Valérie, où est Séverine ? Où sont les fils de

Marie-Astrid qui sont plutôt bruyants d'habitude ? Où est Mai-Lan ?

Mai-Lan, la nounou de sa sœur, fut la première à les accueillir. Je suis bête, pensa Jeanne, les garçons sont à l'école. En réalité, la personne qu'elle attendait, qu'elle espérait, qu'elle guettait, c'était son père. Elle ne pouvait s'en défendre et quand elle avait vu le chauffeur, son cœur s'était accéléré et elle était entrée sur le qui-vive. Il savait qu'elle revenait de la maternité aujourd'hui, Marie-Astrid le lui avait dit au téléphone. Il devait être dans son bureau. Il ne passait plus ici que pour travailler dans son bureau depuis qu'il vivait à Garches avec sa seconde femme.

Mai-Lan admira le bébé et complimenta Jeanne à sa manière asiatique, souriante, polie et réservée. Aussitôt Séverine apparut dans l'escalier en tenant par la main une petite fille à la démarche encore instable (leur grand-mère maternelle, Grand-Ma, disait « château branlant »). Valérie, dans son pantalon de velours vert gonflé par sa couche et son gros pull à motifs d'oursons, avait un air comique de petite tour ronde.

– Regarde, Valérie : ton petit frère, Yannick.

Jeanne lui présenta le bébé dans son couffin. Valérie tendit avec un peu d'hésitation sa petite main vers la poupée bleue parfaitement inerte.

– Pa… pa…

– Non, pas papa. Bébé. Bébé Yannick.

– Ah ga da… beu… beu…

– C'est ça. Il dort pour l'instant, on va le mettre dans la chambre.

– Oui, madame, dit Séverine.

– Je vais l'installer moi-même. Occupez-vous de Valérie. Tu vas faire ta sieste, ma chérie.

– J'allais la coucher. Je l'ai changée. Elle a bien mangé.

– Ah, c'est bien.

Elle embrassa sa fille.

– Tu vas faire un bon dodo. Un bon dodo.

Marie-Astrid ne disait rien. Elle était allée boire un verre d'eau dans la cuisine. Elle guettait elle aussi leur père avec appréhension. Elle n'avait pas dit à sa sœur qu'il l'avait engueulée parce qu'elle avait tenu à être à ses côtés pendant l'accouchement et ces trois jours à la maternité. Il considérait que Marie-Astrid, qu'il voulait faire élire dans le Nord et pousser au sein du Parti pour prendre un jour sa succession, devait ne vivre comme lui (et avec lui) que pour la politique. Une fois n'est pas coutume, elle lui avait tenu tête.

Elle suivit Jeanne au premier étage. Elles déposèrent le bébé dans un berceau blanc dans la chambre d'enfant de Marie-Astrid. Elles avaient toutes les deux changé de chambre. Jeanne occupait à présent une grande chambre qui servait autrefois de bureau à sa mère et Marie-Astrid avait pris celle de leurs parents. Jeanne n'avait jamais quitté la maison (elle n'en avait pas les moyens), elle y avait vécu avec Tony. Marie-Astrid y était revenue quand elle s'était retrouvée seule avec ses deux enfants, et sans ressources, pour y vivre provisoirement. Le provisoire durait depuis trois ans. Penchée sur le berceau, elle contemplait l'enfant, son visage de bouddha satisfait aux paupières rose tendre, à la bouche ourlée et gourmande. Elle voulut faire plaisir à sa sœur qu'elle devinait triste.

– Un ange.

– Tu trouves ? Ce matin, il a mis une heure à boire son biberon.

– Il ne devait pas avoir très faim.

Jeanne n'avait pas eu de montée de lait. La gynécologue lui avait dit que ça pouvait arriver.

Soudain, elles entendirent la voix forte de leur père :

– Marie-Astrid, tu es là ?

Elle répondit vite et nerveusement :

– On est là, papa. Viens voir.

– Ça fait plus d'une heure que je t'attends ! On part à Douai. Tu as oublié le meeting ? Je te rappelle que c'est pour toi que je l'ai organisé, pour te soutenir.

– Je n'ai pas oublié. On avait dit qu'on partait à quatorze heures.

Jeanne voyait la crispation sur le visage de sa sœur et son menton qui tremblotait.

La silhouette massive de Georges Dolman couronnée d'un casque de cheveux jaunes remplissait l'encadrement de la porte.

– Pas du tout. Tu es incapable d'être à l'heure.

– Mais papa !… Papa… regarde ! dit Marie-Astrid en se forçant à paraître enjouée et en lui indiquant le berceau d'un geste du bras.

– Ah, il est là ?

Il s'approcha comme à contrecœur. Jeanne l'observait, en proie à une terrible déception. Elle crispait ses mâchoires et ses yeux bleus étaient d'une impressionnante fixité. Son père pencha quelques secondes sur le berceau son épaisse face curieusement orangée dont les lèvres retroussées avaient conservé la même moue de contentement que celle du bébé.

– Ton troisième petit-fils, lui glissa Marie-Astrid.

Georges se retourna vers Jeanne.

– Félicitations.

– On voit que ça te fait plaisir, lui lâcha-t-elle entre ses mâchoires serrées.

– Qu'est-ce que c'est que ce ton ?

Il se balança sur ses deux jambes comme un ours sur ses pattes arrière. Il releva son menton, prêt au combat.

– C'est mon ton.

– Pas très aimable.

– C'est toi qui n'es pas très aimable. Je rentre de la maternité – où tu n'es pas venu, tu t'en fous.

– C'est ton deuxième. Mon quatrième petit-enfant. Qu'est-ce que ça change que je le voie là-bas ou ici ? Il ne va pas en souffrir, je pense.

– Et moi ?

– J'était débordé, pas eu le temps.

– Il n'y a que toi qui comptes. Les autres n'existent pas.

– Tu crois que les grands-pères se bousculent dans les maternités ?

– Maman est passée.

– Grand bien lui fasse. Elle n'a rien d'autre à foutre.

– J'ai pris ton parti contre elle dans votre divorce.

– Tu as vu ce qu'elle m'avait fait, le tort qu'elle m'avait causé ?

– Elle était partie avec un autre homme.

– Oui mais ce qu'elle a dit. Ce qu'elle a osé dire ! Pour me nuire. Que j'étais violent et raciste. (Il gronda, les mâchoires serrées comme sa fille :) Violent, moi !

– Tu ne penses qu'à toi. Tout le temps. Tu ne parles que de toi. Toi. Toi.

– Et toi, tu ne penses pas qu'à toi ? Tu te fous complètement de ce que je fais. Tu en vis. Tu en vis bien – grassement. Qui est-ce qui vit ici avec tout le confort aux frais de papa ? Mais la politique de papa, ah non, non ! Beurk ! Pas question !

– Je veux seulement réussir par moi-même et justement pour ne pas dépendre de toi.

– Et tu y réussis à merveille, hein ! ricana-t-il. Ça n'a pas l'air de trop bien marcher, tes affaires, je crois. Alors que même ça, même ce cabinet d'avocats, c'est par moi que tu y es, soit dit en passant. Et tu vas raconter – je le sais –, pour te justifier, que tu es la victime du nom que tu portes, ce serait pour ça qu'on ne te confie pas d'affaires. Mais ce n'est pas pour ça…

Marie-Astrid fit une faible et vaine tentative pour interrompre son père :

– Papa… arrête…

– C'est parce que tu n'as jamais travaillé avec assez d'acharnement, parce que tu as toujours préféré t'amuser et tes petits plaisirs et tes petites sauteries plutôt que travailler sérieusement, parce que tu es née avec une petite cuillère en argent dans la bouche, parce que je vous ai beaucoup trop gâtées, parce que vous ne savez pas ce que c'est que de partir de rien et de se bouger le cul et de se battre pour y arriver. La pauvre petite Jeanne victime d'être la fille du monstre ! Tu n'assumes rien. Moi, j'assume tout. C'est comme ça que j'ai réussi. C'est comme ça que j'ai fait vingt pour cent aux dernières élections. Le monstre ? Oui. J'assume. Je fais peur. Un peu. Il faut faire peur. Les gens aiment ça. Ceux qui m'aiment m'aiment parce que je dis ce qu'ils pensent et ceux qui ne m'aiment pas sont contents de se dire qu'ils savent pourquoi. Moi, ma fille, tu vois, je bosse, je me bats, à soixante-cinq ans, je ne me plains pas, je ne gémis pas parce que mon papa ou ma tata n'a pas fait assez risette à ma progéniture, je ne passe pas ma vie à reprocher aux autres…

Jeanne hurla :

– Tais-toi ! Tais-toi ! Tais-toi !

Le bébé se mit à pleurer. Elle le prit dans ses bras. Son visage était un masque de pierre. Ses yeux brûlants et secs. Pas une larme. Jamais. Jamais elle ne lui ferait ce cadeau.

Georges sortit, enivré par ses propres mots, d'un pas lourd et déterminé, en jetant à Marie-Astrid qui se tenait impuissante et désespérée près de sa sœur :

– Et toi, grouille-toi ! On y va.

Marie-Astrid resta un moment pétrifiée. Jeanne berçait machinalement son bébé qui pleurait toujours. Son regard se perdait dans le vide.

– Il faut que j'y aille, dit Marie-Astrid, embarrassée. Il y a ce meeting, c'est vrai. Je t'appelle tout à l'heure. Je rentre cette nuit.

Sa sœur ne la regardait pas. Elle lui toucha maladroitement l'épaule.

– Ne t'en fais pas, Jeanne. Il s'énerve. Il se calme après. Il ne pense pas ce qu'il dit.

Ne sachant plus que faire ni que dire et se sentant coupable de n'avoir pas su empêcher cette dispute, Marie-Astrid alla rejoindre leur père. Jeanne entendit claquer la porte. Docile, soumise, vaincue, minable, pensait-elle. Moi, jamais. Jamais !

Quand il se fut calmé, elle reposa Yannick dans le berceau mais il se mit à gigoter et bientôt pleura à nouveau. Elle appela Séverine :

– Je crois qu'il a faim. Vous pouvez lui donner un biberon ? Les quantités sont marquées dans le sac que Marie-Astrid a déposé dans l'entrée. Soixante grammes, je crois. Vous vérifiez.

– Oui, madame.

Jeanne trouva Crochet et Tortue dormant dans le salon. Crochet, chat de gouttière tout blanc avec une tache noire comme un bandeau de pirate sur l'œil droit. Tortue, chatte norvégienne couleur feu. Elle les caressa tour à tour. Leurs ronronnements l'apaisèrent un peu. Elle ne supportait plus les photos de son père dans leurs cadres sur la malle coloniale. Il en a mis partout. Partout ! Et son portrait à l'huile en chasseur de fauve au-dessus de la cheminée… d'une laideur ! Il y avait la photo du bonheur familial : papa, maman, les filles. Jeanne à cinq ans sur les genoux de papa. Le canapé était taché, les pieds des fauteuils écornés, leurs coussins enfoncés. Tout son passé la prenait à la gorge. Elle suffoquait.

Elle sortit dans le jardin à l'arrière de la maison. Une bignone aux feuilles brunies et flétries pas encore toutes tombées pétillait sous la pluie. Jeanne pataugea sur la pelouse détrempée jusqu'à la cabane de jardin où Pita, sa chatte bengale, avait eu une portée de cinq chatons. Elle s'assit en tailleur à distance respectueuse de la jeune mère et de ses petits. Un des chatons, marbré de noir et d'argent, encore incertain sur ses pattes, s'approcha d'elle et la renifla de son petit museau curieux.

– Comme ils sont beaux, tes bébés, Pita ! Comme ils sont beaux ! répéta Jeanne tendrement plusieurs fois.

Thomas

« La première édition de la Techno Parade a rassemblé deux cent mille personnes à Paris. Le ministre de la Culture, Jack Lang, se félicite de ce grand succès. »

Le feu passa au vert. Il enclencha la première. Il ne put s'empêcher de suivre des yeux la fille aux longues jambes, très court vêtue, qui traversait en courant sur ses talons blancs juste au moment où les voitures démarraient. Un conducteur la klaxonna. Et Thomas, troublé par les ciseaux des cuisses nues et bronzées, cala brutalement, ce qui provoqua de nouveaux coups de klaxon furieux.

– Qu'est-ce que tu fais ? s'écria Anne-Sophie.

– Pardon.

– Ça m'a fait mal au sein.

– Désolé.

Thomas redémarra. Anne-Sophie rajusta sa ceinture sur sa robe de soirée en soie bleue.

– Fais attention.

Elle abaissa le miroir de courtoisie pour vérifier son maquillage. Elle brillait comme une poupée de porcelaine. Puis elle tendit les mains et examina ses ongles vernis. Thomas la devinait à chaque fois qu'il jetait un coup d'œil dans le rétroviseur. Il passa la porte de la Muette.

« Comment éviter le grand bug informatique de l'an 2000 ? Le gouvernement lancera prochainement une campagne de sensibilisation pour préparer le passage à l'an 2000. »

Il éteignit la radio. Par les fenêtres ouvertes, les odeurs de feuilles et d'herbe du bois de Boulogne chassaient celles des gaz d'échappement. Les rayons du soleil de septembre s'éparpillaient comme des brins de paille dans le vent.

Dans l'allée qui menait au Pré Catelan, il se retrouva au milieu de grosses voitures de luxe et se sentit tout à coup pauvre au volant de sa modeste Clio rouge, avec une sensation de déjà-vu qu'il ne parvenait pas à préciser. Un jeune homme coiffé d'une casquette de voiturier trop large qui lui tombait sur les yeux lui indiqua une place à côté d'une Range Rover.

Deux gigantesques bouquets de roses, de glaïeuls et de dahlias trônaient de part et d'autre de l'entrée en rotonde du pavillon de réception. Les mariés et leurs parents, debout côte à côte dans le vestibule, accueillaient les invités qui faisaient la queue pour dire leur mot de félicitations, serrer les mains, baiser les joues ou, pour certains, faire le baise-main. Compte tenu du nombre des invités – cinq cents personnes –, ce défilé de salutations allait bien durer une heure. Sarah Bernstein se tenait très droite dans sa longue robe blanche et tendait la main ou la joue comme une automate sans jamais se départir de son grand sourire artificiel. Un voile de tulle flottait autour de sa lourde chevelure brune, qui était relevée et retenue par un diadème argenté. Comme Lady Di le jour de son mariage, pensa Thomas. Il détestait les mondanités, ces occasions d'étaler sa richesse… les bons bourgeois de Labiche !… bien qu'il se fût lui-même marié de la façon la plus traditionnelle, à l'église puis un cocktail et un dîner. Pour faire plaisir à Anne-Sophie et à ses parents. Oui, enfin, tu n'as pas protesté. Je pensais que ça aurait fait plaisir à maman aussi. Maman aimait les fêtes et elle n'a eu qu'un enfant. Donc, je l'ai fait aussi pour maman, voilà. C'est papa qui a un peu tiré la tronche. Ça coûte une fortune, un mariage. Surtout avec son salaire de prof. Avec le mien, de jeune prof, j'ai participé aux frais au prorata du nombre de nos amis. Anne-Sophie ne gagnait encore rien. Ça paraît déjà loin. On a fait toutes ces photos. Notre gros album. Sa belle robe blanche. Le seul jour où une femme peut jouer à la princesse. C'est drôle qu'elles y tiennent à ce point-là. Elle avait une couronne de fleurs et ce même voile blanc comme un cône de lumière autour de la tête. Lady Di. C'était plein d'officiers. Les relations du général Beyer ! Je crois que ce jour-là, papa a eu un retour de pulsions révolutionnaires…

Thomas embrassa Jérôme, le marié, son vieil ami. Dire que Sarah et lui se sont connus à quinze ans ! Ou seize ! Un amour de jeunesse, d'adolescence, le seul exemple qu'il connaisse. On peut se trouver à cet âge-là et vivre toute une vie ensemble ? Sarah, il ne la connaît pas. Mais Jérôme, ce grand garçon sérieux et calme qui voulait être pilote d'avion et qui est pilote d'avion, qui aimait Sarah et qui est maintenant son mari ! Il y en a qui savent où ils veulent aller et qui y vont. Ça y est, je me souviens ! Ma sensation de déjà-vu. La soirée de Sarah dans leur hôtel particulier rue Barbet-de-Jouy et papa qui était venu me chercher – la honte, j'étais bourré, la honte, on était pauvres – avec sa vieille R18 dans cette rue de Mercedes.

Il serra la main de monsieur et madame Bernstein. Il ne savait pas faire le baise-main et trouvait cela ridicule. Aujourd'hui, les femmes et les hommes sont égaux. Alors ? Il se souvenait de la mère de Sarah, Fabienne Bernstein, mais elle avait vieilli, beaucoup vieilli. Quelle tension sur son visage ! Et ce sourire forcé comme sa fille. Aucune joie sincère. Tout ce défilé, faut dire, tout ce tralala. Le roi, la reine dans la galerie des Glaces. Merci, très heureuse, bienvenue ! Tout à coup, il eut la vision de la scène de satire sociale qu'il écrirait dans son roman – quelque chose de proustien – et alors, ce mariage, auquel il s'était rendu en traînant les pieds, lui parut beaucoup plus attrayant. Il remarqua que les Revard, les parents de Jérôme, bien moins fortunés que les Bernstein, se tenaient serrés comme deux pigeons l'un contre l'autre, compassés, guindés. Il crut retrouver dans le regard flottant de Claude Revard la même expression qu'avait son père le jour de son mariage : celle d'un homme qui se demande ce qu'il fait là et rêve d'être ailleurs.

Les grands salons ouverts sur les jardins sentaient le champagne, le pain brioché et les parfums mélangés. Les invités s'entrecroisaient, se faufilaient les uns entre les autres comme des poissons colorés dans un aquarium et parlaient de plus en plus fort pour se faire entendre et s'entendaient de moins en moins et riaient et gloussaient pour donner l'illusion qu'ils se comprenaient et s'appréciaient.

– Elysabeth Baron.

– Oui ? Enchantée…

– Des Aulnayes de mon nom de jeune fille.

– Ah ! Mais oui, bien sûr ! Vous êtes la fille de Louis.

Comment va-t-il ? Je ne me souviens plus. Où est-il en poste actuellement ?

– À Tokyo. Il est ravi.

– C'est passionnant, le Japon. Mais ils sont fermés.

– Mon mari, Stéphane Baron.

– Enchantée.

Thomas reconnaissait et parfois croyait reconnaître des têtes connues : madame Chirac, Patrick Bruel, Dominique Strauss-Kahn et Anne Sinclair, Antoine Riboud, Serge Dassault… Beaucoup de grands patrons. Anne-Sophie était pigiste pour des journaux économiques. Thomas lui souffla à l'oreille :

– Tu es aux premières loges, ici. Tout le CAC 40.

Elle hocha la tête. Elle ouvrait de grands yeux de biche aux aguets et elle souriait. Elle souriait tout le temps, comme Sarah, comme sa mère, comme une bonne moitié de l'assistance.

Noter les sourires, les rires, les grimaces, insister là-dessus. Il sortit le petit carnet qu'il avait toujours dans une de ses poches, l'ouvrit dans la paume de sa main gauche et griffonna avec un petit crayon : « Des singes en costumes, criards et ricanants… visages de cire souriants. Musée Grévin du Tout-Paris. »

– Qu'est-ce que tu fais ? lui dit Anne-Sophie après s'être aperçue qu'il ne la suivait pas.

– Rien. Je notais une idée.

– On va se perdre comme ça.

– On a nos portables.

– Je crois que j'ai vu mes parents dans le salon d'à côté.

Bien sûr, Bernstein invite aussi des généraux. Tiens, il y a même un évêque. Ça ne serait pas Lustiger ?

Dans la foule compacte, les serveurs tenaient à bout de bras, comme des équilibristes, sans rien renverser, leurs plateaux chargés de flûtes et de verres en cristal. Thomas progressait lentement derrière sa femme qui serpentait plus habilement que lui entre les corps, les fesses, les coudes, les sacs à main. Il aperçut le profil de rat de l'écrivain Jean-Luc Waldorff entouré d'une petite foule d'admirateurs. Il tenait sa flûte le petit doigt en l'air et, fidèle à son image d'intellectuel pessimiste et féroce, ne souriait pas, lui. Il fixait de ses petits yeux ronds une jeune minette décolletée, blonde décolorée aux lèvres pulpeuses. Il était célèbre depuis le scandale de son deuxième roman pour lequel il avait obtenu le prix Renaudot. Thomas ne l'aurait jamais avoué mais il ne pouvait s'empêcher d'en être jaloux.

Anne-Sophie lui faisait signe de venir la rejoindre. Un petit geste de la main, nerveux et impérieux. Je suis pas ton chien ! Elle était avec un homme brun, hâlé, au regard vif et charmeur sous de longs cils de femme.

– Je sais que les diététiciens me reprochent les sucreries en tête de gondole devant les caisses. Ça nuirait à la santé des enfants, je serais un assassin. N'importe quoi ! Au contraire, moi, je suis un épicurien. Jamais on ne me fera m'attaquer au plaisir. Le bonheur, c'est bon pour la santé.

Tout en parlant, l'homme avait jaugé Thomas. Anne-Sophie fit les présentations :

– Mon mari. Thomas Fournier. Maxime Villain. Tu sais, j'ai fait une interview de Maxime pour le *Mag Éco* sur la guerre des prix dans la grande distribution.

– Ah oui. Les supermarchés Maxima ?

– C'est ça, dit Maxime Villain. Guerre des prix : c'est une expression des médias pour vendre le sujet. C'est très exagéré. Le bon mot, c'est concurrence.

– Je voulais vous présenter parce que Maxime est un grand patron passionné d'histoire, de philo et de littérature. Thomas est normalien, prof d'histoire contemporaine à la Sorbonne et il écrit un roman.

– Ah oui ? Sur quoi ?

Thomas hésita à répondre. Il avait souvent peur de se faire piquer son sujet. Mais il se dit que le P-DG de Maxima, qui développait des librairies dans ses supermarchés, pourrait peut-être lui être utile le jour où son roman sortirait.

– Sur un jeune prof de physique-chimie dans un collège de banlieue indigné par la tragédie sociale française.

– La tragédie sociale ?

– Oui, c'est-à-dire, selon lui, par une France redevenue insupportablement inégalitaire. Il décide d'éliminer un par un les hommes qui tiennent ou symbolisent les différents pouvoirs. C'est le parcours d'un idéaliste qui devient un tueur. Comme il connaît la chimie, il fabrique des poisons.

– Ça a l'air passionnant. C'est une fable, en somme. Comment au nom d'une idée de la justice on peut devenir un monstre !

– Exactement !

Ravi d'être si bien compris, Thomas allait se lancer dans une présentation plus détaillée mais Maxime Villain leur tourna grossièrement le dos d'un seul coup parce qu'il venait d'aviser derrière lui quelqu'un qui l'intéressait davantage.

– Salut, Patrick !

Anne-Sophie souriait toujours. Thomas était déçu et vexé. Elle le prit par la main. Les salles se remplissaient toujours. Les miroirs tapissant les murs multipliaient les têtes à l'infini. Une termitière. Voix. Tintements de verres.

– Au Cap-Ferret…

– Zidane est un génie…

– Quel fournisseur d'accès ?…

– Franchement, l'ENA à Strasbourg, c'était une idée d'énarque…

– Le grand problème de l'Europe, c'est qu'elle n'arrive pas à créer des Bill Gates. Il nous faudrait des dizaines, des centaines de Bill Gates.

– Ah bon ? Et vous pensez que ça va marcher, l'euro ?

– Je vous recommande le Haut-Brion 89.

– Vous avez lu *Gros temps sur la planète* ?

– Non.

– Je viens de le relire. C'était paru à la fin des années 1980. Visionnaire.

– Ah bon.

– L'écologie, c'est le grand enjeu du XXIe siècle.

– Vous croyez au réchauffement climatique ?

– Pas que.

– Eh bien, moi, voyez-vous, je suis sceptique…

Anne-Sophie, tenant toujours son mari par la main, retrouva ses parents en grande conversation avec un couple de leur âge. Derrière eux, Laurent Depiez, un député socialiste en vue, rapporteur d'un projet de loi sur la moralisation de la vie politique, semblait fasciner une jeune brune au teint mat, aux cheveux noirs coupés au carré juste au-dessus des épaules, qui faisait penser à Cléopâtre. Elle devait être arabe mais elle aurait pu être indienne, andalouse ou grecque… ou italienne ? Le député s'enflammait, flatté d'être écouté avec autant d'admiration : elle le caressait de ses grands yeux de biche et se pinçait la lèvre inférieure de ses larges incisives blanches. Elle avait l'air ingénu d'une jeune fille conquise.

Anne-Sophie se pencha à l'oreille de Thomas.

– Tiens, celle-là, tu la vois ? Un personnage pour ton roman. Partie de rien, née dans une famille maghrébine à la Goutte-d'Or, elle a trente ans, elle est déjà conseillère spéciale de Bernstein.

– Spéciale ?

– Très spéciale. Elle fait du lobbying auprès des élus. Elle suit les projets de loi qui concernent la banque, la finance, l'économie. Mais c'est pas pour ça qu'elle est spéciale. Je t'avoue que j'ai du mal à comprendre ce qu'ils lui trouvent mais il paraît qu'aucun homme de plus de quarante ans ne lui résiste.

– Elle est jolie.

– Assez vulgaire.

– Je trouve pas.

– C'est ça qui plaît visiblement.

– Elle a fait des études ?

– Du droit à Assas. Elle a le CAPA. Il paraît que sa première conquête, c'était son prof de droit public.

– Et sa dernière ?

– Tu devines pas ? Bernstein.

– Ah, d'accord. Tu en es sûre ? C'est encore un ragot de journaliste ?

– Merci. Apparemment, non.

– Comment elle s'appelle ?

– Sonia Al Alaoui, quelque chose comme ça. Je vais fumer dehors, tu viens ?

Sonia les regardait soudain. Dans le vacarme ambiant, elle ne pouvait avoir entendu ce qu'ils se disaient mais peut-être avait-elle deviné qu'ils parlaient d'elle parce qu'ils se parlaient à l'oreille et que Thomas l'observait. Il aurait juré qu'elle l'avait senti.

Dehors, d'autres buffets dressés sous des tentes blanches étaient moins pris d'assaut que ceux des salons car il soufflait un vent frais et l'air de cette soirée de mi-septembre était humide. Les pièces montées de petits-fours couleur de miel et de macarons multicolores trônaient devant un serveur en gants blancs. La nuit déroulait des ombres bleues et vertes dans les jardins du Pré Catelan. Au loin, le dôme lumineux de Paris saturait le ciel.

Thomas se tenait, sans lui parler, près d'Anne-Sophie qui

fumait et, pour la première fois, seule avec lui, ne souriait plus. Il n'était pas heureux. Ni malheureux. Il regardait sa montre. Il avait hâte de rentrer se coucher. Hâte de se réveiller le lendemain matin et de se mettre à écrire. Elle fumait. Ses lèvres fines pinçaient la cigarette et ses yeux se plissaient. Son tailleur était élégant. Elle était chic. Elle était jolie. Elle était intelligente. D'une intelligence qu'il n'aurait jamais. Elle était rigoureuse dans son travail. Elle était une excellente mère. Elle voulait un deuxième enfant. Elle aimait faire l'amour avec lui. Enfin, en tout cas, quand il en avait envie, elle était partante. Elle s'intéressait à ce qu'il faisait et elle l'écoutait. Alors, qu'est-ce qui n'allait pas ? Mais rien. Tout va très bien. T'es con ! Tu as une femme charmante et tu vas peut-être être papa pour la deuxième fois !

Il reconnut Diane à la seconde où il la vit, petite blonde lumineuse juchée sur de hauts talons dans une robe au-dessus du genou. Et Diane sut qu'il l'avait reconnue avant même de lui parler.

– Thomas ! Tu me reconnais ?

– Diane ! Évidemment que je te reconnais ! Comment aurais-je pu t'oublier ? On voit ton nom partout dans les journaux, sur des affiches. C'est toi qui aurais dû m'oublier.

– Tu vois ! Ça fait un temps ! On avait quoi ? quinze ans ?

– Seize ans.

– La vache ! Tu n'es pas venu me voir au théâtre. Tu n'as jamais cherché à me revoir. Vilain garçon !

– Tu n'as pas changé.

– Tu trouves ?

– Si, tu es encore plus belle.

– Flatteur !

Il se retourna pour faire signe à sa femme de s'approcher mais Anne-Sophie n'était plus à l'endroit où elle fumait, près d'une jarre débordant de géraniums. Il l'aperçut qui s'éloignait derrière un buffet.

– Qu'est-ce que tu deviens, toi ? lui demanda Diane.

– Eh bien, moi, je... je vieillis.

Elle éclata de rire.

– Déconne pas. On est jeunes.

– Oui mais ça fait quoi ? Quinze ans ? Près de la moitié de notre vie.

– Qu'est-ce que tu as fait pendant tout ce temps ?

– Normale Sup.

– Waouh !

– Je suis prof d'histoire à la Sorbonne. J'écris.

– Ah oui ? Quoi ?

– Roman.

– Super. Pas de théâtre ?

– Non.

– Tu devrais m'écrire un rôle.

– Pourquoi pas ? Tu tournes aussi pour le cinéma ?

– Ces derniers temps surtout pour la télé. *Les Pinceaux*, tu ne connais pas ?

– Je ne regarde presque pas la télé.

– C'est un succès de TF1. Deux sœurs flics qui enquêtent ensemble. Enfin, l'une des deux est devenue détective privée. Je joue la flic.

– Génial.

La voix de Jacques Bernstein retentit dans les haut-parleurs depuis les salons :

– Chers amis ! Merci à tous d'être là pour le mariage de nos enfants, Sarah et Jérôme. Je vous rassure tout de suite. Je ne vais pas vous faire un discours. Non, je suis bien conscient de toutes les inepties que peut dire un père ému en pareille occasion et de la gêne qu'il peut causer à sa fille en évoquant ses premiers pâtés, sa première étoile ou son premier flirt à l'âge de six ans avec un petit Valentin au Club des Dauphins sur la plage d'Arcachon. (Quelques rires dans l'assistance.) Alors, pour éviter tout ça mais pour exprimer tout de même tout mon amour et ma joie, je vais m'adresser à présent aux mariés et à vous dans la seule langue universelle et vous jouer au piano cette sonate de Mozart que Sarah aime depuis qu'elle est toute petite.

Diane et Thomas s'étaient rapprochés et se tenaient à l'entrée d'un salon. Ils ne pouvaient voir ni le piano installé dans le salon suivant ni Jacques Bernstein en train de jouer. C'était un excellent pianiste et les notes s'élevaient pures et cristallines par-dessus les centaines de têtes à peu près silencieuses. Thomas sentait le corps de Diane contre le sien dans la foule et son regard s'égarait par moments sur ses seins dressés comme des obus sous sa robe tendue. Ses cheveux exhalaient un parfum fruité. Il ne se souvenait pas qu'elle avait les lèvres aussi charnues. Il émanait d'elle une sensualité… allez, dis-le ! une vulgarité… Oui, c'est excitant !

Des applaudissements nourris et des bravos saluèrent la prestation de Jacques Bernstein. C'est alors que Diane vit sa sœur derrière elle.

– Tu es là !

– J'arrive à l'instant.

– Je parie que tu opérais.

– Oui.

– La question est : quand est-ce que tu n'opères pas ? Je te présente ma petite sœur, Clara, qui est déjà une grande chirurgienne.

Thomas serra la main ferme de cette grande rousse d'allure sportive qui faisait une tête de plus que Diane.

– Enchanté.

– Moi aussi.

– Quand je dis ma petite sœur, bien sûr, c'est parce que je suis l'aînée. (Diane rit encore de toutes ses belles dents blanches parfaitement alignées.) Thomas. On était ensemble en première et terminale.

– Ah oui ? Alors, je devais être en cinquième.

– C'est drôle de se retrouver là.

– Je ne me souviens plus : vous n'avez pas un lien de famille avec Sarah ?

– Si, c'est notre cousine.

– Ah, c'est ça. Moi, Jérôme, c'était mon meilleur ami au lycée.

Ils échangèrent encore quelques banalités. Thomas ne prêtait attention qu'à Diane. Elle restait un vieux fantasme d'adolescent et devenait plus sexuelle encore dans son esprit parce qu'il assimilait le fait qu'elle fût comédienne à l'érotisme des personnages de films. Elle lui donna son numéro de portable et lui dit de venir la voir jouer au théâtre de la Renaissance dans *Une fille trop bien pour moi*. « Très drôle, tu verras, on passe un bon moment. »

Au retour dans la voiture, Anne-Sophie lui glissa soudain d'un ton moqueur où pointait de la jalousie :

– Tu dragues les starlettes ?

– Hein ?

– Diane Keller.

– Ah ! Diane… Mais on était ensemble au lycée. C'est elle qui m'a reconnu. C'est la cousine de Sarah.

– Vulgaire.

– Elle aussi ! Tu trouves toutes les filles un peu sexy vulgaires.

– Merci, c'est gentil.

– Mais c'est toi qui dis qu'elle est vulgaire.

– Parce qu'elle est vulgaire. Et en plus, refaite !

– J'ai pas remarqué.
– Pourtant, ça se voit.
– Non.
– Elle joue dans une série de TF1 qui a du succès. Complètement débile mais apparemment il y a un public pour ça.
Thomas voyait une chatte toutes griffes dehors. Il avait plusieurs fois constaté qu'Anne-Sophie savait à coup sûr quand une fille lui faisait de l'effet.
– Tu l'as regardée ?
– Non mais ça a l'air débile.
– Elle joue aussi au théâtre. On ira la voir.
– J'ai vu les affiches. Tu as envie de voir du boulevard ?
– Pas spécialement mais j'aimerais bien faire plaisir à une vieille copine.
– Je crois qu'elle vient de se séparer.
– Dis donc, tu sais tout sur elle. Elle ne m'en a pas parlé.
– Je l'ai lu dans *Match* chez le coiffeur.
– Alors…
– Et figure-toi qu'elle vivait avec un type que je connais. Enfin, que je ne connais pas personnellement mais professionnellement parce que c'est le patron du Minitel rose, qui se développe maintenant aussi dans l'internet : Marc Talion.
– Ça me dit vaguement quelque chose.
– C'est pas ton univers mais c'est un type qui monte dans la bulle Internet.
Ils louaient un trois-pièces rue Froidevaux dans le 14e, au quatrième étage sans ascenseur. Ils trouvèrent la baby-sitter à moitié endormie devant la télé. Elle habitait dans la même rue et pouvait rentrer toute seule à pied. Cécile dormait comme une bienheureuse dans son lit à barreaux. Elle avait déjà deux ans.
Anne-Sophie se blottit contre Thomas sous la couette et

commença à l'embrasser. Elle n'aimait pas faire l'amour la lumière allumée. Thomas pensa à Diane avec un peu de culpabilité mais, dans le noir, il se sentait plus libre d'imaginer qu'il la déshabillait dans un bosquet du Pré Catelan…

Deuxième partie

I

Stéphane

Le soleil coupait en deux la rue de l'Annonciation. Une foule calme et satisfaite s'écoulait lentement de l'église Notre-Dame de Passy au son de l'orgue. Le curé de la paroisse se tenait comme toujours à la fin de la messe devant une colonne du portail et saluait ou répondait aux saluts et prenait le temps de bavarder avec ceux de ses paroissiens qui manifestaient le désir de lui parler. En cette époque où les églises se vidaient (et même pire, étaient souvent vides), il se réjouissait d'officier dans ce quartier du 16e où suffisamment de familles assistaient encore à la messe le dimanche. Beaucoup de personnes âgées bien sûr mais aussi de sympathiques jeunes couples et des familles nombreuses, les garçons plutôt en bleu marine ou gris clair, les filles en rouge ou en vert, et tous bien peignés, avec une raie bien droite, la mèche bien lissée sur le front pour les garçons, une barrette ou un serre-tête pour les filles. Il était né lui aussi dans une famille semblable. Cinq enfants. Ils allaient aux scouts. Papa disait le bénédicité avant le dîner. Ils assistaient à la messe à Saint-Augustin. À présent, c'était lui qui délivrait la bonne parole et cela lui procurait un sentiment… Non, il ne voulait pas le dire. Ce n'était pas très chrétien, le sentiment de puissance.

Stéphane sortait de l'église avec Elysabeth, leurs deux enfants, garçon et fille de quatre et six ans, et sa mère, Claudine, dont le visage frémissait de satisfaction, parce qu'elle venait de participer à la messe avec son fils chéri, qui plus est, dans une église si bien fréquentée. Stéphane exauçait ses plus chers désirs. Il faisait une brillante carrière à la Banque générale, il avait une femme merveilleuse, sortie dans la botte à l'ENA, inspecteur des Finances, et en même temps si simple ; et leurs enfants, ses petits-enfants : des amours ! Elle le répétait tout le temps. Elle était si fière, si heureuse pour son fils. Les dimanches où elle était invitée à les accompagner à la messe à Passy puis à déjeuner chez eux la réjouissaient des jours à l'avance. Elle arrivait chaque fois avec des petits cadeaux pour les enfants. « Claudine, vous les gâtez trop ! » Elle adorait sa belle-fille.

Stéphane et Elysabeth, leurs enfants et Claudine allèrent saluer le curé qui leur serra chaudement les mains et caressa la tête du petit dernier, Pierre-Alain.

– Et comment vont vos parents ? Toujours à Tokyo ?

– Jusqu'à la fin de l'année, répondit Elysabeth. Papa vient d'être nommé à Moscou.

– Merveilleux ! Je rêve de connaître ce pays.

– Vous pourrez y aller. Mes parents vous recevront volontiers à l'ambassade.

– Oh !… glousssa confusément le curé, je ne disais pas cela…

– J'ai beaucoup apprécié votre homélie, dit Stéphane.

– Merci.

– Ce que vous avez dit à propos d'Abraham : confiant dans la promesse, il écoute la voix de Dieu qui l'appelle sur des chemins inconnus. Est-ce que vous vouliez dire que chaque être a son propre chemin ou bien parliez-vous à un chemin pour tous ?

– Je l'ai dit : chacun a son chemin, bien sûr. Il n'y a pas une vérité. Il n'y a pas un juste, pas même un seul. Épître aux Romains. Mais ceux qui entendent la voix de Dieu, au bout du compte, vont dans la même direction : d'eux-mêmes vers les autres.

– Mais comme il n'y a pas une seule vérité, un seul juste, comment être sûr que c'est bien la voix de Dieu qui nous parle et non celle du diable ?

Un instant, surpris par ce questionnement assez sérieux pour une sortie de messe, le curé considéra Stéphane qui le fixait de ses yeux hypermétropes grossis derrière ses lunettes rondes, son crâne dégarni luisant au soleil.

– La voix de Dieu nous donne l'amour, l'espérance, la confiance et nous aide à chasser le mal en nous. Notre Saint-Père le répète, vous savez bien, son mot fameux : « N'ayez pas peur ! N'ayez pas peur, le Christ sait ce qu'il y a dans l'homme et lui seul le sait. »

Les enfants piétinaient en tirant la main de leurs parents, quelques personnes attendaient pour dire à leur tour un mot au curé.

Elysabeth poussa doucement son mari par le bras.

– Nous accaparons le père, mon chéri.

– Oh ! Oui, pardon.

– Toujours à votre disposition.

– Bon dimanche !

– Et n'ayons pas peur ! lança le curé, comme un médecin dit

à son patient à la porte de son cabinet : « Et surtout, prenez bien vos médicaments ! »

Après le déjeuner, Claudine gardait les enfants tandis que Stéphane et Elysabeth allaient faire leur sport et (pas du tout) accessoirement retrouvaient leurs amis, c'est-à-dire (pour la plupart) leurs relations, au Paris Country Club de Rueil-Malmaison, un domaine sportif de quatre-vingts hectares niché dans un parc à l'anglaise, accessible moyennant le paiement de trente mille francs annuels. Elysabeth s'était mise au golf – Stéphane préférait faire des longueurs dans la piscine de trente-trois mètres, chauffée toute l'année à vingt-huit degrés. Plus les années passaient, plus il consacrait de temps aux exercices physiques : non seulement plusieurs heures de natation par semaine mais aussi du jogging, de la musculation et, depuis un an, de la boxe thaïe grâce à un de ses collègues à la Banque qui lui avait proposé de venir suivre un cours à l'heure du déjeuner à dix minutes de leurs bureaux boulevard de Sébastopol. Ce qui le poussa à revenir après le premier cours, ce ne fut, au départ, pas le plaisir de la pratique mais le prof, Christian, un Franco-Thaïlandais au physique de danseur étoile, longiligne, musclé, à la peau mate et satinée, qui avait une voix d'une douceur extraordinaire. Christian se montrait réservé en dehors des cours, évitant tout ce qui pouvait concerner la vie personnelle de ses élèves ou la sienne, mais il n'était nullement timide et tout disposé à parler boxe, méditation ou philosophie bouddhiste, disciplines qui, à ses yeux, formaient un tout indissociable. Stéphane prit l'habitude d'arriver en avance à son cours dans l'espoir de bavarder avec lui. De même, il restait volontiers à la fin. Il était le plus assidu, le plus investi des élèves de Christian, celui qui manifestait le plus d'enthousiasme. Il s'était mis à faire chez lui de la méditation. Il s'asseyait en tailleur sur le parquet face à la fenêtre. Les différentes pratiques orientales répondaient à son besoin devenu obsessionnel de rigueur, de maîtrise de soi et de purification du corps et de l'esprit. Elysabeth trouvait que cela prenait des proportions démesurées. Il était devenu maniaque, ne supportait plus la moindre poussière, le moindre désordre et se montrait trop sévère à l'égard des enfants, ils étaient petits, on ne pouvait pas exiger d'eux que leur chambre soit impeccablement rangée chaque soir ou qu'ils ne tachent pas ou ne déchirent pas leurs vêtements en jouant ; mais comme elle l'aimait, elle l'excusait, relativisait, mettait ses réactions et ce qui pouvait sembler de la dureté sur le compte de son perfectionnisme. Elle n'imaginait pas la lutte intérieure à laquelle il se livrait car il prenait grand soin de la cacher à tous. Une lutte entre celui qu'il voulait être – qu'il *devait* être – et celui que quelque chose qui remuait en lui, grondait toujours en lui... malgré lui... le menaçait d'être. Parfois, il lui semblait qu'il devait résister de toutes ses forces comme un noyé dans la tempête agrippé à une planche de bois. C'était le combat de sa vie. Une lutte entre le bien et le mal. Il le pensait. La voix qui l'appelle sur des chemins inconnus. Quelle voix ? Celle si douce de Christian se confond avec la beauté de son corps cuivré...

Ce dimanche, il nagea plus d'une heure, sans s'arrêter, presque avec rage, jusqu'à l'épuisement. Il souffla longuement, appuyé au bord du bassin. Lutter. Résister. Il retourna au vestiaire tel un guerrier las mais vainqueur. Il avait à présent lui aussi un physique d'athlète. Dans le miroir au-dessus du lavabo, il admira son buste, ses épaules, ses bras musclés, il se recula pour voir son ventre, ses abdos : il se trouvait plus beau aujourd'hui, à trente-quatre ans, qu'à vingt ans à l'université. Un sexagénaire au poitrail de mouton bouclé entra en poussant de gros soupirs. Stéphane, comme surpris en flagrant délit, sursauta et s'empressa de se rhabiller.

En allant rejoindre sa femme au bar, il croisa un jeune homme brun et bronzé qui revenait du tennis le front ruisselant de sueur, les lèvres humides et brillantes, son tee-shirt collé à son torse au point qu'on distinguait ses tétons pointus. Le jeune homme lui sourit quand ils se croisèrent, comme s'il avait deviné que Stéphane l'admirait. Stéphane se sentit rougir. Il était troublé chaque fois qu'un homme lui plaisait.

Le bar offrait de confortables canapés et fauteuils clubs dans un écrin de boiseries anglaises. Les fenêtres ouvraient sur de vieux chênes, un cèdre bleu et un érable rouge. Visiblement, Elysabeth n'avait pas encore fini sa partie de golf. Devant la cheminée où ronronnait un feu, Stanislas Markovitch, le patron de l'INETOPS, l'Institut d'études des opinions politiques et sociales, buvait un verre.

Il vit entrer Stéphane et l'appela.

– Assieds-toi. Comment vas-tu ? Tu as l'air en forme.

Des phrases toutes faites, automatiques, sortaient de ses grosses lèvres. Il écoutait les réponses en souriant dans son cocktail de fruits pressés. Stéphane, lui, l'écoutait à peine, jusqu'à ce qu'il se mît à lui parler de sa dernière étude d'opinion, « Les peurs de l'an 2000 ».

– Il y a toujours la vache folle et, au-delà, la méfiance à l'égard des industriels de l'alimentation et de la grande distribution. Les maladies nosocomiales. La fin de notre modèle social. Plus on est bas dans l'échelle sociale, plus on croit – et ça, c'est la grande tendance – qu'on est victime d'une espèce de complot des puissants. Le scandale de la vache folle, c'est ça. Les gens pensent que l'État savait, que les dirigeants des multinationales savaient, alors qu'eux ne savaient pas, que les vaches étaient de plus en plus nourries avec de la viande, des déchets de viande.

Il y a l'idée d'un grand mensonge. Et ça, selon moi, c'est très inquiétant pour l'avenir parce que ça peut signifier qu'à chaque fois que le gouvernement ou les institutions internationales vont s'emparer d'un sujet, d'un enjeu important – l'environnement, par exemple –, il y aura la peur d'être manipulé, d'être trompé et donc une défiance. On voit par exemple un mouvement nouveau de défiance vis-à-vis des vaccins.

Stéphane n'oubliait pas d'où il venait : gamin d'une banlieue pauvre, et le contentement, la supériorité condescendante avec lesquels tous les Stanislas parisiens parlaient des « gens », comme on parle d'une peuplade ou d'une espèce animale, l'insupportaient. Certes, à présent, il en faisait partie, de ce monde, de leur monde, le gamin méritant de Villejuif, celui que sa belle-famille avait paru si fière d'adopter ; et eux, avec le temps, ils n'y pensaient plus, sans doute. Il était un banquier d'investissement apprécié, reconnu et, comme Stanislas, un bon connaisseur de ces « gens » (il étudiait surtout les attentes des consommateurs). Mais lui, pas un jour sans qu'il y pense ! Il pense à sa mère, à ses grands-parents, à ses camarades de classe. Il y pense avec attendrissement. Des images de son enfance défilent. Il a eu de la chance. L'amour de sa mère. La sévérité de sa mère. Elle l'a élevé, oui ! Ce n'est pas en passant tout à un enfant qu'on l'élève. C'est en lui demandant beaucoup. Il a gravi l'échelle sociale parce qu'il a eu sa mère et de bons profs et une certaine prédisposition aux études. D'autres réussissent parce qu'ils ont un caractère, une volonté, une audace – ou du génie comme Marc qu'il a revu dernièrement et qui est en passe de devenir un des premiers patrons de l'internet français. Regarder les autres de haut parce qu'on est en haut : jamais. N'oublie jamais, Stéphane. Les gens, c'est toi. Pas les autres.

Il dit à Stanislas Markovitch :

– Je crois qu'il y a derrière tout ça deux peurs que ton étude ne fait pas ressortir : la peur de l'accélération des changements dans tous les domaines et la peur de la disparition de notre civilisation à cause de l'explosion démographique et de la surpopulation.

– C'est vrai, reconnut Stanislas, il n'y avait pas de questions formulées de cette façon. Parce que c'était trop général.

– Selon moi, ce ne sont pas des peurs irrationnelles mais des… des intuitions justes que nous partageons tous plus ou moins consciemment. La première, c'est qu'on est pris dans une course folle, absurde et effrayante, une course à la production et à la consommation frénétiques. Tout change, les techniques, le travail, nos modes de vie, nos possibilités, et en même temps les dégradations fulgurantes de notre environnement, les pollutions, la mort accélérée d'espèces vivantes, de formes de vie sur terre.

– Stéphane ! Tu es gagné par le virus écolo ? dit Stanislas presque en riant. Il faut arrêter quand même avec tous ces catastrophistes qui voudraient nous faire croire que dans cent ans on sera morts et qu'il faudrait revenir à l'âge de pierre. On vit beaucoup mieux aujourd'hui qu'il y a trente ans. Et il y a toujours eu des peurs de l'apocalypse. C'était la guerre froide, la peur de l'apocalypse nucléaire…

– Ce n'est pas la peur de l'apocalypse. Je crois qu'on a tous le sentiment d'une absurdité. On court derrière des changements qui vont beaucoup plus vite que nous. C'est comme une machine qu'on aurait inventée et que plus personne ne pourrait arrêter, qui irait de plus en plus vite sans se soucier de nous alors qu'elle devrait être à notre service.

Stanislas se montra ironique.

– Rappelle-moi où tu travailles déjà ? Tu investis dans les nouvelles technologies, c'est ça ?

– Ça ne m'empêche pas de réfléchir, répliqua sèchement Stéphane. Je suppose que l'explosion démographique ne t'inquiète pas non plus ?

– Non, dit Stanislas en le fixant toujours d'un œil moqueur. Je crois qu'on peut parfaitement vivre sur cette terre à neuf ou dix milliards d'humains. C'est une question d'organisation. Et d'innovations. Je crois au progrès, au génie humain. Franchement.

Stéphane se dit que Stanislas était vraiment le prototype de la classe dirigeante incapable de remettre en question le modèle dans lequel il a toujours vécu parce qu'il a profité depuis sa naissance de ce que ce modèle offrait de meilleur. Un somnambule satisfait qui se croit parfaitement éveillé. Il ne voit pas qu'on va dans le mur. Il ne voit pas qu'on court à notre perte. Stéphane, lui, était convaincu que, comme le communisme, le capitalisme libéral avec sa croyance au progrès par la multiplication des échanges, avec ses bons sentiments inscrits dans les droits de l'homme, touchait à sa fin. Ce système laissait de plus en plus de monde sur le bord de la route, en France, en Europe, en Amérique. Ce système creusait les inégalités entre les riches et les pauvres. Ce système abrutissait la jeunesse qui perdait le sens de l'effort et du dépassement de soi… Stéphane avait cette intuition que de nouvelles guerres se préparaient entre riches et pauvres, entre ceux qui avaient et ceux qui n'avaient pas. Il ne savait pas encore comment cela se produirait, il ne savait pas encore quel nouveau monde en sortirait, mais il était certain qu'il fallait s'y préparer.

Elysabeth le rejoignit au bar avec un couple de golfeurs sexagénaires, un ancien de chez Dassault et sa femme, les Richard. Ils parlèrent golf un quart d'heure en savourant des boissons fraîches. Stéphane crut remarquer que Stanislas paraissait bien plus à son aise en leur compagnie. Il s'en voulait de s'être échauffé avec lui. Il avait dû le sentir.

Stéphane se reprochait toujours quelque chose.

Stéphane luttait toujours.

Il resta silencieux sur le trajet de retour. Elysabeth ne parut pas s'en apercevoir. Il était souvent silencieux.

– Il faudra qu'on invite à dîner les Richard. Très sympas.

Quand ils arrivèrent chez eux, Claudine lisait une histoire aux enfants qui se tenaient blottis contre elle dans le canapé jaune. La petite Marie suçait rêveusement son pouce. Il était plus de six heures. Claudine les embrassa tous et partit. Elle habitait toujours Villejuif. Ils firent dîner les enfants. Le dimanche, Géraldine, la nounou, ne travaillait pas. Ils dînèrent ensuite tous les deux, parlèrent de la semaine qui les attendait : un déplacement à Lyon pour Elysabeth, à Londres pour Stéphane, un dîner chez un couple d'amis énarques, un ballet à Garnier dans le cadre du gala de charité organisé par la Banque générale… Ils parlèrent aussi des enfants, bien sûr (Pierre-Alain lit de mieux en mieux tout seul). Depuis qu'Elysabeth avait fait une fausse couche, ils n'évoquaient plus directement leur désir d'un troisième enfant, par superstition. Il savait qu'elle y tenait et qu'elle y pensait. Qu'elle y pensait, en particulier, le dimanche soir. Il y pensait aussi mais avec une angoisse. Il voulait un troisième enfant, bien sûr. Une grande famille. Le rêve de sa mère. Mais il avait de plus en plus de mal à faire l'amour avec Elysabeth. Ils allaient se retrouver dans leur chambre après le dîner. Elle allait prendre sa douche et se préparer. Il appréhendait ce moment. Il avait constaté que l'alcool l'aidait, qu'il y arrivait plus facilement après. Elle aimait bien le rituel de la bonne bouteille de bordeaux qu'ils s'ouvraient en amoureux le dimanche soir. C'était pour elle un signe de leur entente, du plaisir qu'ils prenaient ensemble. « On s'ouvre une bouteille, mon chéri ? Je nous mets des bougies ? » Stéphane buvait bien plus qu'elle. Ensuite, sous la douche, qu'il prenait après elle, il se masturbait de façon à entrer déjà excité dans leur lit. En général, cela marchait. Mais ce soir-là, ce fut un échec. « Ce n'est pas grave. Tu es fatigué. Dormons. »

Il fit un cauchemar dans lequel son ancien prof, Bernard, auquel il ne pensait plus beaucoup, apparaissait beau comme il l'était avant la maladie, beau comme il l'était la première fois qu'il l'avait vu dans la salle de cours de Dauphine. Ça lui faisait peur, il le fuyait, courant d'un côté, puis d'un autre, et partout où il allait, Bernard lui apparaissait en lui souriant. Il était beau et souriant et ne lui disait rien, ne lui reprochait rien. Alors, pourquoi s'était-il réveillé en nage avec la sensation que l'apparition de cet homme qu'il avait aimé et admiré était horrible et terrifiante ?

Marc

Un carré de lumière pâle s'infiltrait à travers les barreaux. Par la fenêtre de sa cellule il ne voyait pas le ciel mais un mur foncé et humide. Au plafond, sous un globe de plastique gris, une ampoule brûlait jour et nuit pour permettre aux gardiens de contrôler en permanence ce que faisaient les prisonniers. Même quand on chie ils peuvent nous voir. Des odeurs de salpêtre, de bois moisi, d'urine, de serpillière sale et des vapeurs de cantine empestaient l'air.

Marc s'abrutissait tant qu'il pouvait devant sa télévision accrochée au-dessus de la porte. Il la regardait tantôt assis sur sa couchette, tantôt debout pour se dégourdir les jambes, mais ça ne suffisait pas à lui faire oublier qu'il était enfermé dans neuf mètres carrés à la prison de la Santé, à deux pas d'une de ses entrées préférées dans les catacombes. Il ruminait en soufflant parfois profondément comme un taureau furieux ou en se frappant la cuisse de son poing. À son arrivée, il avait eu droit à la fouille réglementaire – à l'humiliation réglementaire – comme n'importe quel voyou. À poil ! Pour vérifier qu'il ne cachait rien dans son slip. Puis la visite médicale. Rebelote. Ausculté, pesé. Quatre-vingt-quinze kilos. Il avait grossi. C'est ça ! Du bétail à l'abattoir…

Déjà dix jours qu'il était là et personne, même pas François, le gardien martiniquais, le seul sympa, n'était capable de lui dire quand il serait présenté au juge. Même son avocate l'ignorait. Assez vite, je pense, lui avait-elle dit lors de sa dernière visite. Assez vite ! Et toujours rien ! Lui qui était habitué à ce qu'on réponde immédiatement à toutes ses demandes ! Lui qui ne supportait pas d'attendre ! « Les juges d'instruction sont seuls maîtres de leur agenda. » Mais moi ! Moi, j'ai un groupe à piloter, moi ! Qui va le faire pendant ce temps-là ? Et au moment où on s'apprête à lancer la nouvelle formule d'abonnement ! Paul n'est que le numéro deux. Le groupe Talion, c'est moi, Marc Talion ! Je fais vivre des centaines de gens ! Et on me traite comme… un dealer ! un mac !

Assis, debout, couché sous l'œil blanc et dur de l'ampoule au plafond, il se repassait le film des événements depuis l'irruption de la police à son domicile, villa Molitor, à six heures du matin. Ils étaient venus l'arrêter comme un dangereux criminel. Ils avaient fouillé sa maison de fond en comble, avaient même soulevé son matelas, sous l'œil affolé d'Olga, sa compagne actuelle, une top model, qu'ils ne s'étaient pas privés de reluquer dans sa nuisette de soie rouge, les fils de pute ! Ils avaient confisqué ses ordinateurs et son téléphone portable. Ils lui avaient fait ouvrir son coffre et avaient saisi tout l'argent liquide et les papiers qui s'y trouvaient. Et comme il avait osé protester un peu fort, ils lui avaient passé les menottes et il était monté dans le fourgon encadré par deux flics devant le gardien de la villa, qui était venu voir ce qui se passait. Ils l'avaient humilié, exprès ! Ils l'avaient cuisiné pendant vingt-quatre heures. Il avait essayé de s'en sortir en appelant monsieur Claude (il se doutait bien que ce n'était pas son vrai nom), le commissaire de la DST, auquel il avait continué de rendre des services de temps à autre en lui fournissant des informations sur des inventeurs de virus informatiques et de logiciels espions. Il avait dit aux flics qu'il voulait joindre son avocat. Il n'en avait pas – pas encore – pour ce genre d'affaires. Les flics l'avaient cru et l'avaient laissé téléphoner. C'était son droit d'appeler un avocat. Il avait eu monsieur Claude qui lui avait répondu très froidement qu'il n'aurait pas dû l'appeler mais qu'il pouvait lui recommander une bonne avocate, maître Catherine Grisoni. Fausse blonde au nez pointu, aux petits yeux ronds perçants. Elle ressemblait à une musaraigne. Maître Grisoni était venue le retrouver à la préfecture de police. À son arrivée, ils le questionnaient déjà depuis trois heures. Les flics de la PJ ont des bureaux minables. Ils sont mieux à la DST. Un vieil ordi poussif, complètement dépassé. Il ne put s'empêcher de le leur dire. Ils le prirent mal. Ils l'accusèrent de proxénétisme. Les fils de pute ! Pour le fric au black, bon… Maître Grisoni lui conseilla de le reconnaître d'emblée car ils avaient visiblement des preuves, mais proxénète… Saloperie ! Et d'abord, qui l'accusait ? Quelle ordure avait pu ?… C'était forcément quelqu'un de son entourage, quelqu'un qui savait qu'il avait touché de l'argent liquide des sex-shops. Il pensa d'abord à son vieil associé, André Colin. Il y a trois ans, quand une histoire était sortie dans la presse de filles bulgares qui tapinaient dans un de leurs sex-shops rue de la Gaîté, il avait eu peur, il avait ordonné de fermer l'établissement quelque temps. Heureusement, l'histoire avait été vite oubliée. Il avait hésité à céder ses parts dans les sex-shops. Il aurait dû. Quel con ! Enfin, merde, ça n'est pas interdit. Oui, mais en termes d'image… Paul Wells, son premier associé, son bras droit, son ami, l'avait pourtant mis en garde : « André c'est un gros partouzeur, un obsédé sexuel. Tout le monde sait les parties qu'il organise avec des filles, ses soirées échangistes auxquelles participe même… le ministre le plus en vue du gouvernement. Tu imagines le scandale ! » Oui, il l'avait imaginé et il avait compris qu'il devait s'écarter d'André qui risquait un jour ou l'autre de lui causer des ennuis. Sur ce point, il avait suivi les conseils de Paul. Il avait racheté à André toutes ses parts dans le groupe Talion. André avait tout le temps besoin de cash, il dépensait énormément, il ne s'était pas fait prier pour vendre à un prix qui lui avait paru intéressant. En réalité, Marc lui avait racheté ses parts très en dessous de leur valeur réelle. Quelques mois après, au moment de l'introduction en Bourse de Talion, elles valaient quatre fois plus cher. André avait protesté. « Tu m'as couillonné ! – Jamais de la vie ! » Pour lui prouver sa bonne foi, Marc lui avait aussitôt versé un complément sous forme de rente mensuelle. Mais peut-être qu'André s'estimait encore lésé ? Peut-être que c'était lui qui l'avait balancé ?

Marc apprit plus tard, par l'inspecteur qui l'interrogeait, qu'André avait été interpellé pour les mêmes raisons que lui et écroué sur les mêmes soupçons. Par conséquent, ça ne devait pas être lui. C'était illogique. Alors qui ? L'un des deux responsables des sex-shops ? Ou un « ami » d'André ?

À la fin de sa garde à vue, l'inspecteur lui dit qu'il allait être incarcéré à la Santé au moins jusqu'à sa présentation devant le juge d'instruction qui déciderait de l'y maintenir ou de le remettre en liberté. Épuisé après vingt-quatre heures d'interrogatoire, Marc se sentit gagné par un vertige. Il avait vécu jusqu'ici persuadé que rien ne pouvait lui arriver, intimement persuadé d'être toujours le plus fort. Il n'y avait pas une situation dont il ne se fût sorti à son avantage. Cette fois, il n'en était plus si sûr. Il pressa maître Grisoni de prévenir ses associés et son ami Ludovic Chrétien, le ministre du Commerce, de rassurer Olga mais surtout de ne rien dire à ses parents pour ne pas les affoler (ils sont vieux) et de tout faire pour que rien ne filtre dans la presse. Là, c'est sûr, en termes d'image… Malheureusement, le soir même, il découvrit à la télévision, dans sa cellule, que son incarcération « au quartier VIP de la prison de la Santé pour des soupçons de proxénétisme » était mentionnée au journal de 20 heures. Les jours suivants, les mauvaises nouvelles et les surprises désagréables se succédèrent. Son avocate, qui avait le droit de lui rendre visite autant qu'elle le demandait, lui dit qu'Olga semblait être devenue injoignable.

– Peut-être qu'elle a essayé de me joindre sur mes portables ?

– Peut-être mais, pour l'instant, ils vous sont confisqués.

– Vous lui avez laissé plusieurs messages ?

– Évidemment.

– Et elle ne vous répond pas ?

Il n'y avait pas qu'Olga. Ludovic Chrétien était en déplacement. Florian de Baecker, son principal partenaire financier pour son grand projet dans la téléphonie, faisait savoir qu'il lui paraissait urgent de ne plus rien faire jusqu'à ce qu'il soit fixé sur son sort – donc, en gros, préférait pour l'instant se tenir à l'écart (salaud !). Son vieux copain Stéphane Baron, en revanche, ne le laissait pas tomber. Marc lui devait la prise de participation de trois pour cent de la Banque générale dans Talion. Stéphane prenait la peine de lui écrire via son avocate qu'il pensait à lui, le soutenait dans l'épreuve et l'entourait de sa fidèle amitié. Mais il espérait qu'il sortirait vite blanchi de toute accusation car la direction générale de la Banque risquait autrement de ne plus le suivre dans ses futurs projets de développement. Ce serait une catastrophe car la Banque générale était une caution de crédibilité sur les marchés. Pour achever de le déprimer, Marc avait reçu la visite de ses parents. Derrière la vitre de plexiglas rayée et crasseuse du parloir, ils se tenaient, assis sur deux chaises de fer, voûtés et pitoyables, comme s'ils étaient eux-mêmes coupables. Ils avaient l'air d'avoir vieilli d'un coup. Son père serrait les lèvres et le fixait derrière ses grosses lunettes rectangulaires. Sa mère s'agrippait à la tablette devant la vitre comme un oiseau se cramponne à une branche. Il avait essayé de leur sourire et, bien sûr, de les rassurer en leur disant qu'il n'avait évidemment rien fait de répréhensible, et en aucun cas quoi que ce fût en rapport quelconque avec le proxénétisme.

– Enfin, maman, papa, vous ne pouvez pas croire une chose pareille !

Son père secoua la tête.

– Je t'ai toujours dit qu'il n'aurait jamais fallu mettre un pied là-dedans. Le Minitel rose, maintenant les sex-shops. Tu ne nous avais pas dit pour les sex-shops.

– C'était juste un placement commercial.

– Enfin, bon, ce qui est fait est fait. On espère que tu vas t'en sortir. On t'aime. Tu es notre fils.

La voix de son père se brisa. Sa mère pleurait en silence, ses épaules se soulevaient, elle avait tout à fait l'air d'un petit oiseau.

Quand on le reconduisit dans sa cellule, il bouillait de colère. Il en voulait à ses parents de lui faire des reproches injustes – injustes, putain ! –, de croire ne serait-ce qu'un tout petit peu ce qu'ils lisaient dans les journaux. Et il ne supportait pas de voir sa mère pleurer. Je me battrai. Je me battrai ! Ils verront.

Il avait droit chaque jour, comme tous les prisonniers, à une heure de promenade. La promenade consistait à faire les cent pas à l'intérieur d'une cage à fauves : une courette triangulaire de dix mètres de long et cinq dans sa plus grande largeur, couverte d'un épais grillage et dominée par un mirador d'où le gardien surveillait les prisonniers (la couverture grillagée avait été ajoutée après l'évasion par hélicoptère du braqueur Michel Vaujour en 1986). Cette courette était la plus petite des cours de la prison mais la moins encombrée au mètre carré car réservée aux VIP : une dizaine de détenus – tous ne venaient pas à la promenade –, certains fuyaient les regards et préféraient les neuf mètres carrés de leur cellule. En général, Marc marchait avec trois ou quatre autres hommes. Un seul était bavard : Robert Stéphanini, un Corse d'une cinquantaine d'années, visage cuit, yeux injectés de sang, qu'on imaginerait volontiers pizzaïolo. Il savait qui était Marc, il l'avait lu dans *Le Parisien* : « Le roi du porno ». Marc, piqué au vif, s'empressa de rectifier.

– Je sais, mon ami, je sais, lui dit Stéphanini. On le sait tous ici.

Les autres le savaient sans doute mais marchaient sans rien dire, tête baissée, comptant leurs pas.

– La presse, c'est des chacals.

Marc était le plus jeune des VIP et Robert Stéphanini semblait prendre un plaisir particulier à le retrouver chaque jour à la promenade. Il ne mit pas longtemps à lui raconter pourquoi il purgeait trois ans « de cabane ».

– Je m'en fous maintenant, moi, je parle. Je veux qu'un jeune gars comme toi apprenne la vie plus vite que moi.

Il avait, affirmait-il, « travaillé pour le pouvoir ».

– La Françafrique, tu connais ?

– Un peu.

– Je facilitais les échanges entre les bons présidents africains et les gentils démocrates français. Les élections démocratiques, ça coûte cher.

Marc lui prêtait une oreille distraite. Il se fichait de comprendre dans quel marécage Robert avait pataugé. C'était un truand, ça se voyait. Rien à voir avec lui. Mais Robert était fin et intuitif, et semblait vouloir à tout prix instruire Marc, un peu comme si c'était son fils.

– Dis-moi, tes amis en ce moment, ils se manifestent beaucoup ? C'est ça. Je vais te dire un truc. Moi, tu vois, j'ai même eu la Légion d'honneur, remise par le Premier ministre. Tant que ça va pour toi, tu as des amis, plein d'amis. Mais dès que tu dérapes ou, comme ç'a été mon cas, dès qu'il faut sacrifier un exécutant et que ça tombe sur toi, alors là, pfuitt ! C'est courage, fuyons. Tes vrais amis, ceux qui ne te laissent pas tomber, tu les comptes sur les doigts d'une main. Ceux-là, faut pas les oublier. Reconnaissance éternelle.

Une après-midi, Robert profita d'un moment où ils étaient seuls tous les deux dans la courette pour lui dire qui étaient les autres. Il s'appuyait à son bras qu'il tenait dans sa main brune, épaisse, et il lui parlait du ton le plus naturel en levant de temps à autre la tête pour voir le gardien qui les observait depuis le mirador.

– Le grand chauve à gueule pincée, c'est un ancien général. Il avait vendu des secrets militaires à une puissance ennemie. Ça fait cinq ans qu'il est là. Le père tranquille avec ses petites lunettes qui a l'air de téter quand il marche – tu as remarqué son tic ? –, eh bien, c'était le directeur commercial de la Société des Eaux, condamné pour avoir versé des pots-de-vin à des maires – ce qui est toujours marrant pour un vendeur d'eau. Vin, eau… Dis donc, t'as pas le rire facile, hein ? Ici, l'humour, tu sais… Enfin, si tu y passes quelques années comme moi… ce que je ne te souhaite pas, tu remarqueras quelque chose. Ceux qui se font coffrer, en général, ce sont les exécutants. Les ministres, les grands patrons, tous ceux de l'establishment, au pire, ils prennent avec sursis. Tiens, un autre exemple, le blond moustachu…

Il s'interrompit brusquement à l'arrivée du blond en question. Marc s'en réjouit. Il n'avait aucune envie d'écouter Robert. Pourquoi ce type s'accrochait à lui ? Parce qu'il était nouveau ? Parce qu'il savait que les autres ne le supportaient plus ? Après seulement quelques jours, il lui faisait horreur. Sa bonhomie souriante l'effrayait comme un spectre, comme la vision prémonitoire de sa possible déchéance. Ici, des hommes tombaient, des hommes étaient tombés, des hommes tomberaient encore, mais pas lui, jamais ! Il n'allait pas croupir ici. Il allait en sortir. En sortir. En sortir !

Pendant ce temps-là, que se passait-il dehors ? Que faisait Paul ? Qu'est-ce qu'on disait dans l'entreprise ? Ça devait bavasser dans les couloirs. Ça devait spéculer à la machine à café. L'idée la plus insupportable était que tout pût marcher convenablement sans lui, autrement dit que sa présence à la tête de son groupe, du groupe qu'il avait créé et dirigeait, du groupe qu'il voyait comme le numéro un européen dans les prochaines années, ne fût pas indispensable. Les mots que lui faisait passer Paul depuis une semaine par son avocate pour le rassurer l'irritaient au plus haut point. Sans se l'avouer, il aurait préféré apprendre que tout s'était brusquement arrêté avec son arrestation – et que son groupe et que le temps et que la marche du monde étaient suspendus dans l'attente de son retour.

En sortir. En sortir.

Il fut présenté à un juge d'instruction au bout de douze interminables jours. Il en fut informé la veille. Il s'agissait d'une juge expérimentée, Aude du Terrail, qui avait déjà traité d'affaires autrement plus sensibles et complexes. Elle avait notamment à son palmarès deux grands patrons, plusieurs hommes politiques et une affaire de blanchiment d'argent d'envergure internationale.

Marc fut conduit au palais de justice menotté et encadré par deux agents pénitentiaires. Le fourgon cellulaire traversa Paris à toute vitesse, sans doute en descendant le boulevard de Port-Royal et le boulevard Saint-Michel. Il n'y avait qu'une seule ouverture, finement grillagée, sur la porte arrière et Marc ne pouvait qu'imaginer l'itinéraire emprunté à partir de ses furtives visions de coins de ciel, de branches d'arbres ou de pans d'immeubles. Il était midi, le soleil tapait fort, ça sentait le plastique et le métal chauffé. En plus des deux agents assis à côté de lui, il y avait un policier sur la banquette en face. Un policier armé qui le fixait d'un regard abruti. Ils ont vraiment peur que je m'enfuie.

Ils le poussèrent dans le dédale bruissant des couloirs du Palais à travers un flot de visages indifférents, de corps pressés, beaucoup de toges noires et d'uniformes de police. Marc retrouva son avocate devant le bureau de la juge qui les fit attendre plus d'une demi-heure. Quand enfin elle ouvrit sa porte, Marc découvrit une petite femme sans âge aux cheveux châtains courts, sèche et précise, qui les fit entrer en leur serrant brièvement la main.

– Bonjour, maître. Bonjour, monsieur.

Les agents pénitentiaires lui avaient ôté ses menottes. Ils l'attendaient dans le couloir. La juge avait un petit bureau sombre qui donnait sur une cour aux murs presque noirs. Les dossiers s'empilaient dans des chemises cartonnées de différentes couleurs. Aude du Terrail aimait le café mais aussi le thé et les tisanes. Une cafetière électrique, un thermos et un assortiment de sachets à infuser s'alignaient sur une table basse sous la fenêtre obstruée par d'épais barreaux. Ils ont vraiment peur qu'on s'enfuie ! Une greffière, derrière un écran d'ordinateur aussi vieillot que celui des flics, se tenait prête à taper tout ce que Marc allait dire. La juge lui précisa d'emblée qu'il devait s'engager sous serment à dire la vérité et que toute fausse déclaration pouvait être portée contre lui. Il ne la trouvait pas antipathique. Il aimait mieux les personnes directes, qui allaient droit au but, plutôt que celles qui vous noyaient dans des mots inutiles, qui vous parlaient avec des sourires et des contournements et mettaient un temps fou à en venir au sujet. Aude du Terrail chaussa ses lunettes, lui lut brièvement le rapport de police et lui demanda de lui résumer sa carrière.

– À seize ans, j'ai participé à la création de Minitels de rencontre.

– Des Minitels roses ?

– C'est ça. À dix-neuf ans, j'avais déjà plusieurs sociétés et je créais des services Minitel dans toutes sortes de domaines, pas seulement roses. Moi, ce que je sais faire, c'est innover dans l'informatique et créer de nouveaux services. C'est ma passion depuis que mon père m'a offert un ordi à l'âge de douze ans. À vingt ans, j'étais millionnaire.

La juge ne parut pas le moins du monde admirative – ni même impressionnée. Elle l'écoutait sans l'interrompre et son visage gardait une neutralité parfaite.

– À vingt-trois ans, j'ai rencontré André Colin qui m'a proposé d'investir avec lui dans des sex-shops. J'ai accepté et, d'un point de vue financier, j'ai bien fait car ça présentait un bon retour sur investissement, qui plus est non fiscalisé car reposant sur une comptabilité occulte, des recettes en espèces non déclarées.

À cet instant, Aude du Terrail sourit.

– C'est le mot qui vous semble approprié : comptabilité occulte ?

– Oui, madame la juge.

Marc vit la mine embarrassée de son avocate. La juge souriait encore.

– Vous notez, Françoise ?

– Oui, madame, répondit la greffière.

– Je veux dire, précisa Marc, qu'une grande part des achats se fait en liquide. Mais comme dans beaucoup de commerces.

– Ah bon ? dit Aude du Terrail, pince-sans-rire.

Marc voulait la convaincre qu'il était avant tout un passionné des nouvelles technologies et un innovateur visionnaire, à l'image de ses modèles américains, Bill Gates, Steve Jobs, David Filo…

– Assez vite, vers le milieu des années quatre-vingt-dix, l'activité Minitel rose a commencé à décliner mais moi j'ai été l'un des premiers en France à me tourner vers l'internet, j'ai tout de suite vu que c'était l'avenir. Vous savez peut-être que j'ai créé le premier fournisseur d'accès en France. Je suis allé voir ce qui se faisait aux États-Unis, dans la Silicon Valley. Très vite, c'est devenu une priorité. Toute mon ambition. Je me suis mis à y consacrer deux cents pour cent de mon temps. En particulier, je crois au couplage Internet-téléphonie mobile. On n'y est pas encore mais ça va venir vite avec la 3G.

La juge ne manifesta aucun intérêt pour cet aspect essentiel des activités de Marc. Elle le ramena sèchement dans le cadre de son enquête.

– Bien. Revenons-en aux activités que vous dites annexes et, à vous entendre, quasi dérisoires. Des centaines de milliers de francs quand même.

– À côté des activités centrales de mon groupe – Internet et les services Minitel –, c'est effectivement presque insignifiant, madame la juge.

– Insignifiant. Bon. Mais à partir de quelle date ?

Maître Catherine Grisoni couvait son client d'un œil inquiet. Marc sentait bien qu'à chaque instant elle redoutait qu'il dérape et ça l'agaçait. Il n'était pas un gosse.

– Comment ça ? dit-il.

– Les sex-shops vous ont bien rapporté et bien aidé, au début.

– Exact. C'est ce que j'ai dit. Un bon retour sur investissement.

– En cash.

– Oui, et je l'ai reconnu tout de suite, madame la juge, je l'ai dit à la police.

Il ne put s'empêcher de se tourner vers son avocate pour voir si elle approuvait, ce qui n'échappa pas à Aude du Terrail. Catherine Grisoni hocha rapidement la tête. Marc poursuivit :

– Je touchais de l'argent mais si vous voulez, pour moi, c'était un peu comme de l'argent de poche pour me payer des petits plaisirs.

Consternation de l'avocate, sourire de la juge.

– Vous avez des petits plaisirs chers.

– Une voiture ? Des vacances ? Une montre ? Un bijou pour ma compagne ? Oui, si vous voulez. Oui, si je pense à ce que j'avais quand j'étais petit. Mes parents étaient pauvres. Moi, j'ai la chance d'être riche et je n'en ai pas honte, j'en suis fier, je ne le cache pas comme d'autres, je le dis parce que justement avant, au départ, j'étais pauvre. Cet argent, c'est beaucoup pour celui qui gagne le SMIC mais, par rapport à ce que je gagne – et à ce que je gagnais déjà au début des sex-shops –, c'est peanuts.

– Mais en ce cas, dit la juge qui oscillait entre l'amusement et l'agacement, si c'est peanuts comme vous dites, pourquoi avoir touché cet argent alors que vous saviez que c'était illégal ?

– Justement parce que c'était marginal et parce que c'était de l'argent facile et pratique. J'aimais bien. Je le dépensais tranquillement. C'est comme quand je touchais sur la vente au noir des décodeurs de Canal+ que je fabriquais à seize ans.

Désespoir de l'avocate. Lutte contre l'hilarité de la juge.

– Au noir ?

– Euh… oui. J'avais seize ans.

– Ah ! C'est pour ça. Bon. Ça ne m'intéresse pas. Ça sort du cadre de mon enquête. Mais ça indique tout de même que vous vous êtes mis au noir très jeune.

Marc sentit l'ironie et répliqua du tac au tac :

– Je sais pas dans quel milieu vous êtes née, madame la juge, mais ce que je peux vous dire, c'est que, quand vous avez rien au départ, quand vous avez pas de famille qui vous le donne, votre argent de poche… (Il savait qu'il exagérait, qu'il brossait un faux portrait de ses parents – et ses parents en seraient malades s'ils l'entendaient –, mais il voulait convaincre et il avait compris depuis longtemps que, pour convaincre, il fallait forcer le trait.) Quand vous êtes pas né avec une petite cuillère en argent dans la bouche, eh bien… vous n'avez que votre débrouillardise, votre énergie, vous apprenez sur le tas. Vous foncez et vous apprenez. C'est ce que j'ai fait, moi. Alors, bien sûr, j'ai fait des conneries. Mais moi, je n'ai pas reçu tous les codes, toutes les clefs au départ. On ne m'a pas expliqué ce qui était permis ou interdit…

– Ah bon ?

– Je veux dire qu'il y a des gens qui font des choses soi-disant permises, par exemple, de la défiscalisation, par exemple, des montages financiers, par exemple, des jeux comptables, qui ne sont pas tellement plus honnêtes parce que c'est juste pour échapper au fisc et c'est sur des sommes beaucoup plus importantes. Je reconnais que d'avoir touché de l'argent comme ça, en liquide, c'était une erreur mais je ne me pensais vraiment pas malhonnête. Je vous l'ai dit, ce qui compte pour moi c'est mon groupe. C'est l'internet. On innove. Je crée des emplois. Et tout ça parfaitement honnête. Le fric des sex-shops, à côté, c'est…

– Peanuts, je sais.

Aude du Terrail mit soudain fin à l'interrogatoire après avoir regardé sa montre.

– On va en rester là pour aujourd'hui. Je vous reconvoquerai pour le deuxième volet de l'enquête.

– Le deuxième volet ?

– Le proxénétisme.

– On ne peut pas en parler tout de suite ? C'est très clair. Je n'ai rien à voir…

La juge se leva et en trois pas fut à la porte. Elle fit signe aux gardiens d'entrer tandis que Marc continuait de lui parler.

– Ça ne sera pas long ! Je vais vous expliquer. Je pensais qu'on verrait tout aujourd'hui.

– Je n'ai pas que vous, monsieur Talion. Je ne suis pas sûre que vous imaginiez le nombre de dossiers que j'ai devant moi.

– Mais moi aussi ! J'ai tout un groupe. Plus de quatre cents collaborateurs. On est sur le point de lancer un projet essentiel…

– Pour le moment, vous restez en prison et nous poursuivrons votre interrogatoire dans quelques jours.

Marc faillit répondre que c'était injuste et scandaleux mais en voyant la figure d'institutrice pincée de la juge, ses yeux sévères derrière ses lunettes vertes, il eut l'intelligence de se contenir. Comme la loi l'exigeait, il relut le procès-verbal de son audition et le signa.

Il retrouva sa cellule, l'œil blanc au plafond de sa cellule, sa banquette étroite et dure pour son grand et gros corps, les odeurs de linge humide, de murs humides, de métal rouillé, d'urine, de cantine, les plateaux en plastique avec les repas, les viandes molles marinant dans une sauce marron ou jaune, le yaourt aromatisé à la vanille, les rats qui trottaient le long des murs, les cris, la nuit, de peur, de colère, d'hystérie, les éclats de voix des télés sur fond de musique de film, les gémissements, les hurlements des actrices porno sur fond de musique de film... Il se souvenait toujours en souriant de sa première fois devant le porno de Canal+ avec Stéphane et Benjamin. Benjamin était mort dans un accident de voiture. Il revoyait des bouts de son enfance, son école à Villejuif, madame Rozier, l'institutrice, qui avait des renvois après le déjeuner, les bagarres dans le quartier à la sortie du collège, et puis Notre-Dame-des-Anges à Nation, les bonnes sœurs... et l'Indien gare du Nord qui lui achetait ses décodeurs... Qu'est-ce qu'il risquait ? Qu'est-ce qui allait lui arriver ? Est-ce que tout allait s'arrêter ? Est-ce qu'un truc aussi con pouvait le faire tomber ? Aberrant, impossible. Non, non et non ! Qui l'avait balancé ? « Tes amis, en ce moment ils se manifestent beaucoup ? » Robert Stéphanini voulut savoir comment s'était passé son entretien avec la juge. Comment avait-il su qu'il allait voir la juge ? Qui le lui avait dit ? Marc voulait le fuir, mais il marchait à côté de lui, derrière lui, contre lui, et sa grande bouille grimaçante et ses yeux injectés de sang lui sautaient au visage. Robert était là avec ses questions, avec ses réponses, avec son pessimisme ricanant, Robert était là, incarnation de l'échec, de l'humiliation, de la déchéance qui lui étaient peut-être promis à son tour. Il avait envie de le repousser, de l'attraper par le col et de le fracasser contre le mur, de l'écraser, de le réduire en bouillie. Mais ce serait s'avouer déjà vaincu. Condamnation certaine. Prison ferme. En sortir. En sortir.

Il supporta Robert, les bavardages de Robert. Il supporta les bruits et les odeurs. Il supporta les jours qui passaient, le temps si lent de la prison, l'incertitude de l'inconnu, ne plus rien pouvoir décider soi-même, être à la merci d'une petite juge jouissant de son petit pouvoir. Il supporta tout en se répétant qu'il s'en sortirait, en se souvenant du petit garçon qui se voyait super-héros, qui se relevait quand il tombait, les genoux en sang, et qui serrait les poings et qui sautait une fois encore du haut du mur trop haut pour lui en se disant : « Je peux, je peux. » Il avait pu. Il avait toujours pu. Il pourrait. Tout de même, par moments, il doutait. Ça le prenait par surprise, surtout la nuit, quand ses pensées vagabondaient. Mais alors, il secouait la tête et il serrait les poings. Je peux.

La juge le fit revenir quinze jours plus tard. Il y avait donc presque un mois qu'il était en prison. Les derniers jours avaient passé plus vite. Non parce qu'il s'habituait mais parce qu'il avait, avec l'aide de son avocate qui avait joué le rôle de courroie de transmission, obtenu et étudié dans les moindres détails tous les contrats, tous les bilans comptables de son groupe, les feuilles de paye de chaque salarié, bref, tout ce qu'il déléguait d'ordinaire à Paul, à Florian de Baecker et à son DRH. Cela lui donna des idées d'économies, d'ajustements, de révisions. Et surtout une idée majeure, née de l'intuition que ses plus proches n'hésiteraient pas à le laisser tomber s'il restait longtemps emprisonné : il devait renforcer son contrôle sur le groupe et cloisonner les responsabilités des autres de façon à ce qu'aucun, à part lui, n'ait de vision complète. Il devrait aussi, dès sa sortie, découvrir qui avait parié sur sa chute – et l'éliminer. Les éliminer.

Aude du Terrail le reçut exactement comme la première fois, avec la même greffière et maître Grisoni. Son avocate l'avait supplié de ne pas en dire trop, d'éviter les détails inutiles, de répondre le plus simplement possible aux questions. Marc était décidé à prouver son innocence. L'argent au black, Catherine le lui avait dit, ce serait a priori une peine avec sursis, car il n'avait encore jamais fait de la prison, et une amende. Une amende, c'était rien, c'était de l'argent. On parlerait d'une erreur de jeunesse. Mais être jugé pour proxénétisme, un procès pour proxénétisme – il imaginait déjà les médias –, c'était la mort, la fin.

– Saviez-vous qu'il y avait de la prostitution dans vos sex-shops ?

– Non. Je le jure. Quand je l'ai appris, j'étais fou de rage.

– Vous l'avez appris quand ?

– Quand un journal en a parlé.

– Lequel ?

– *Libération*. J'ai découvert que ça se passait dans un établissement dont j'étais copropriétaire avec Colin.

– Et ça vous a surpris ?

– Surpris, non. Je ne peux pas dire que je suis tombé des nues quand je l'ai su.

Grisoni se crispait sur sa chaise.

– Donc, vous ne le saviez pas, tout en le sachant un peu tout de même ?

– Non plus. Quand je l'ai appris, je me suis dit que compte tenu de ce que venaient chercher les clients, il était logique que des dérives puissent se produire si les filles voulaient se faire plus de fric mais je ne me suis pas douté un seul instant, ça ne m'est jamais venu à l'esprit, que ça pouvait se produire dans un de mes sex-shops parce que, comme je vous l'ai dit la dernière fois, ça n'était qu'un investissement anecdotique. Pour moi, ça ne m'intéressait pas, je n'en suivais pas l'activité, je me contentais de toucher mes dividendes. Quand je l'ai appris – par *Libé*, donc –, j'y ai mis le holà. J'ai fait fermer l'établissement pendant un moment, j'ai fait virer les filles qui s'adonnaient à ça – et le patron de la boutique. C'est d'ailleurs là que j'y suis venu pour la première et unique fois. Je n'y étais jamais allé. Je ne savais même pas qu'il y avait des glaces.

– Des glaces ?

– Pour voir les filles dans les peep-shows.

– Il y a une certaine hypocrisie dans ce que vous dites, vous ne trouvez pas ?

Marc supportait très mal qu'on se moque de lui. Le pli des lèvres ironique de cette juge le rendait fou mais il comprenait qu'il jouait une partie serrée et qu'il devait à tout prix la convaincre. Il lui répondit avec fougue :

– Ce n'est pas de l'hypocrisie. C'est de la sincérité. Je vous répète que je ne suivais pas du tout ces activités, c'était juste un placement lucratif. Mais je ne suis pas un enfant de chœur et j'ai donc compris, comme n'importe qui l'aurait fait, quand je l'ai su, qu'évidemment il y avait ce risque de prostitution. Ce qui est hypocrite, en France, c'est de faire comme si la prostitution pouvait ne pas exister. Le racolage sur la voie publique est interdit, les maisons sont interdites contrairement à ce qui se passe en Allemagne ou en Hollande, mais il y a autant de besoins, autant de clients. Ce qui est hypocrite, madame la juge, c'est de faire comme si les hommes n'étaient pas les hommes.

– Donc, vous reconnaissez…, dit la juge.

– Non ! Je ne savais pas. Mais quand j'ai su, bien sûr, j'ai su que c'était vrai. La prostitution, comme elle est interdite au lieu d'être organisée et contrôlée, va se nicher où elle peut comme un nid de guêpes.

– Vous êtes poète, en plus ?

Elle se foutait carrément de lui. Elle voulait l'humilier. Il avait envie de taper du pied par terre.

– Vous pouvez ne pas me croire, madame la juge, mais alors, si vous me faites condamner pour ça…

– Ce n'est pas moi qui vous jugerai, monsieur Talion. Moi, je me contente d'instruire.

– Mon client veut dire, je pense, que vous allez requérir, dit maître Grisoni.

« Qu'est-ce que ça veut dire, requérir ? » se demanda Marc.

– En tout cas, si on me jugeait pour ça, ce serait une erreur – une erreur judiciaire – mais en plus vous feriez échouer un des rares entrepreneurs modernes français, un des rares qui créent des centaines d'emplois en partant de zéro et qui est peut-être en passe de créer une Silicon Valley à la française.

– Ça va, les chevilles ?

Aude du Terrail le regardait, amusée et presque attendrie par son aplomb.

– Je sais ce que je fais et ce que je vaux et tant pis si ça vous paraît prétentieux parce que c'est vrai. Ça aussi, c'est vrai. Je suppose que vous me regardez de haut et que vous me trouvez vulgaire (Catherine posa la main sur son épaule pour tenter de le retenir, en vain) parce que je n'ai pas les bonnes manières, parce que j'ai démarré en gagnant de l'argent sur le marché du sexe – je parle du Minitel ! –, mais moi, j'ai tout appris tout seul, y compris, très jeune, que les hommes sont pour la plupart frustrés, malheureux, en manque terrible de sexe et d'affection. Est-ce que c'est un crime ? Les sites de rencontre, c'est de l'argent qui vient du mal-être des hommes, OK, je le sais, mais ils en ont besoin, est-ce que c'est un crime ? Être entré par cette petite porte sale sur le marché des réseaux numériques, est-ce que c'est un crime ? Mais en revanche, je peux vous jurer, madame la juge, que je n'ai jamais une seconde imaginé exploiter de pauvres filles. Jamais. Le proxénétisme, c'est un crime. C'est immonde. Ça, oui.

– Et qu'est-ce qui me prouve que vous me dites la vérité ?

– Ce qui vous le prouve, c'est que j'ai de moi-même cédé toutes mes activités de Minitel rose et de sex-shops depuis déjà trois ans, bien avant qu'un délateur, dont j'aimerais bien d'ailleurs connaître le nom, vous mette sur cette affaire qui relève donc du passé.

– Vous avez eu peur. À un moment vous avez eu peur.

– Je n'ai pas eu peur parce que je n'ai rien à me reprocher.

– À part l'argent au noir.

– Oui, à part ça. Je parlais du reste. Je n'ai vraiment jamais été intéressé par les activités du sexe. C'est le hasard qui m'a mis dessus au début. (La juge sourit encore sans qu'il comprenne pourquoi.) C'est ce qui marchait le mieux dans le Minitel au début et moi, je voulais réussir. Vous pouvez comprendre ça, madame la juge ? C'est un crime de vouloir être riche ? Quand on est pauvre ? Mais il n'y a pas que l'argent. Ma passion depuis toujours, je vous l'ai dit, c'est l'informatique, le digital, le monde de notre avenir. Dès que le web a été mis sur la toile, dans le domaine public, j'ai lancé des services Internet, un serveur, des systèmes de diffusion de l'image, du son, de la vidéo – tout – par Internet.

– Bien, dit la juge, je crois qu'on a fait le tour de la question.

– Vous me croyez ?

– C'est moi qui pose les questions. J'en ai une dernière. Quelque chose qui m'échappe un peu. Pourquoi un homme comme vous, quasi milliardaire, qui a constitué et introduit en Bourse un groupe en pleine expansion, continuait de toucher ce que vous avez appelé la dernière fois de l'argent de poche ?

Marc réfléchit avant de répondre :

– Eh bien… parce que cet argent… ne donnait pas la même sensation de gain que celui qui vient de façon… comment dire… de façon plus orthodoxe. Il y avait comme un petit risque, vous voyez. Comme un plaisir qui vient d'une petite transgression, d'un interdit. C'est idiot, je sais.

– Votre client, maître, est tout à fait singulier.

– Mon client, madame la juge, a une qualité très appréciable pour un avocat : il dit simplement la vérité, ce qui rend sa défense aisée.

Aude du Terrail se leva, contourna son bureau toujours couvert de montagnes de dossiers et vint près de Marc qui se leva à son tour. Lui qui parlait si peu d'ordinaire – au travail, il communiquait par mail en style télégraphique avec ses collaborateurs –, il avait plus parlé devant cette juge qu'il ne l'avait fait depuis… peu importe ! J'ai trop parlé. Et pour rien. Elle ne me croit pas. Elle va me laisser croupir en prison jusqu'à mon procès et je vais être accusé de proxénétisme. Il lui semblait tout à coup qu'il avait perdu la partie. La greffière avait fini de taper. Elle allait lui faire relire et signer le PV.

– Je vais vous mettre en examen. Vous serez jugé. Mais pas pour proxénétisme. Pour abus de bien social et fraude fiscale.

Marc et maître Grisoni ne s'attendaient visiblement pas à une aussi bonne surprise. La juge poursuivit :

– Vous avez demandé à être remis en liberté. J'y suis favorable.

Marc l'aurait serrée dans ses bras.

– Oh ! Merci ! Merci, madame…

– Vous me permettez un conseil ?

Marc hocha chaleureusement la tête.

– Ne franchissez plus la ligne jaune. À votre âge, vous n'avez plus besoin d'argent de poche. Investissez… dans l'honorabilité, dans la respectabilité, dans le bien-vu… dans l'hypocrisie… Vous me comprenez ? C'est la marche que vous avez à monter pour être là où vous voulez être.

Clara

Le ventre de la vieille femme est tendu comme celui d'une femme enceinte, poli comme un galet, strié de veinures bleues et violettes, mais il est piqué d'énormes seringues dignes des médecins de Molière, qui font penser à des pompes à vélo et qui servent à injecter le gaz pour la cœlioscopie, et il est fendu en son milieu autour du nombril comme un fruit. De la chair rouge palpite sous la lumière crue des lampes chirurgicales, dans l'air saturé d'iode, de sang, de gaz carbonique, d'odeurs de viande et de viscères macérés. L'équipe médicale est penchée là-dessus, calme et concentrée, tel un conseil de sorciers autour d'un feu. Les machines de contrôle sonnent et clignotent sur fond de Mozart. Clara Keller aime écouter Mozart pendant qu'elle opère. Sur les écrans s'affiche, en graphes et en données mathématiques, l'état de vie de l'opérée. Dans un plat, quarante centimètres d'intestin sanguinolent entouré de matières graisseuses et de vaisseaux sanguins bien visibles vont être envoyés au labo pour la biopsie.

– Bon. On suture.

Fatouma Diop a un peu froid. Il faut dire qu'à rester debout pendant deux heures à ne rien faire d'autre que regarder sans bouger dans les dix-huit degrés du bloc, il est normal d'avoir froid. C'est la troisième opération à laquelle elle assiste. Lors de la première, elle a tourné de l'œil. On lui a dit que c'était fréquent. N'empêche, elle s'en est voulu. Elle a la chance de faire ses études ici, à Paris, et elle s'est juré de devenir chirurgienne et de sauver des vies plus tard au Cameroun. Elle doit être exemplaire. Heureusement, elle a bien supporté la deuxième opération et elle est arrivée pour celle-ci sans appréhension. C'est la première à laquelle elle assiste faite par une femme. Et quelle femme ! Clara Keller. Elle rêve de devenir comme elle. Il n'y a que dix pour cent de femmes chirurgiennes dans le digestif en France en l'an 2000 ! Et en Afrique, combien ? Zéro. Elle doit se battre comme Clara Keller. Elle l'observe attentivement, note tout ce qu'elle fait, chacun de ses gestes, comment elle s'adresse à son équipe. Elle parle d'une voix douce mais impérative. Elle est toujours impeccable, elle se tient très droit. Il paraît qu'elle a horreur (c'est son expression) des blouses débraillées. Fatouma l'a suivie pendant une visite à ses patients. Elle a un mot gentil et rassurant pour chacun. Elle ne dit pas : « Alors, comment on se sent ce matin ? » mais « Comment vous sentez-vous, madame ou monsieur Untel ? ». Et d'après Naïma, l'infirmière, elle est capable de rester une heure auprès d'un patient en réa ou au stade terminal qu'elle a opéré sans avoir pu le sauver. Elle se montre aussi très humaine avec les familles, leur explique ce qu'a leur proche sans dramatiser mais sans mentir et leur parle, lorsque c'est devenu nécessaire, de façon simple, directe mais délicate, de l'imminence de la mort. Naïma l'admire beaucoup mais tous ceux qui travaillent avec elle semblent la respecter et l'apprécier. Fatouma a lu une interview du docteur Keller dans *Le Quotidien du médecin*. Elle a été très frappée par ses mots : « Le travail du chirurgien c'est un travail manuel, un corps à corps avec la maladie, une lutte le plus souvent directement contre la mort. Les mains du chirurgien font un geste très grave et très intime qui consiste à entrer et à fouiller dans le corps des gens. Ce n'est pas anodin. Donc, ça exige une grande conscience de la responsabilité et du respect qu'on doit à celui qui vous confie sa vie. Vous tenez véritablement sa vie entre vos doigts. Le malade n'est pas un corps mais un autre et il doit y avoir une confiance mutuelle entre lui et vous. Il vous fait confiance et vous devez lui faire confiance car il lutte pour vivre tandis que vous l'opérez. » Un jour, Fatouma sera, comme elle, au bloc tel le capitaine à la barre de son navire, à la tête de son équipe, avec l'anesthésiste et les infirmières. Le docteur Keller procède à la couture entre le côlon et l'intestin grêle. On vérifie et on ajuste les instruments introduits dans l'abdomen par les trocarts : pinces, ciseaux, fil… Une infirmière contrôle la perf', l'infirmière anesthésiste, le rythme cardiaque, le taux d'oxygène. Toute l'équipe s'affaire autour du ventre gonflé dont l'intérieur apparaît en gros plan sur l'écran grâce au laparoscope qui le filme. Combien coûte une vie ? Ici, en France, on ne paye pas pour être sauvé. On ne paye pas non plus pour être soigné même si on ne peut pas être sauvé.

Le docteur Keller se redresse, tourne sa tête bleu clair de droite à gauche pour se détendre la nuque et les cervicales. Ses yeux luisent fixement derrière ses lunettes. Ses paupières sont rougies. Elle a l'immobilité mystérieuse d'une statue. Elle contemple un instant son travail. Restent les points de suture et l'opérée sera roulée en salle de réveil.

Il est trois heures de l'après-midi. L'opération a pris plus longtemps que prévu. Tout le monde a faim et soif – les gants, les masques, les charlottes, les blouses sont jetés dans les poubelles à cet effet.

– Ça vous a intéressée ? demande Clara à Fatouma.

– Ça m'a passionnée, docteur.

– Un peu compliqué à cause des adhérences et des vaisseaux fragiles. C'est le problème avec les personnes âgées. Il y a le risque d'hémorragie. Il faut avancer lentement. Il va falloir bien surveiller aussi. Mais je crois que ça va. Par contre, je ne suis pas très optimiste pour le cancer. Ça n'a pas très bonne allure. On verra la biopsie. Bon, sur ce, il faut qu'on mange quelque chose.

Fatouma la regarde presque avec vénération. Clara lui a parlé tout en marchant vers son bureau au service des consultations de gastro-entérologie. L'une des secrétaires du service vient à sa rencontre d'un air un peu embarrassé.

– Docteur…

– Oui, Véronique.

– Votre mère a téléphoné.

– Ah bon ? fait-elle, visiblement surprise. Elle a laissé un message ?

– Oui… Votre père est mort ce matin.

Fatouma n'oubliera jamais le visage de Clara, impavide, silencieux, une question dans les yeux.

– Je lui ai dit que c'était délicat de vous prévenir pendant l'opération. Elle a compris.

– Vous avez bien fait.

Clara reste pensive un moment.

– Toutes mes condoléances, lui dit la secrétaire.

– Toutes mes condoléances aussi, dit Fatouma, la gorge serrée, en pensant au choc que doit éprouver le docteur Keller d'apprendre une pareille nouvelle à sa sortie du bloc.

– Elle a donné des précisions ?

– Non. Elle a demandé que vous la rappeliez quand vous pourrez.

Dans son bureau, Clara écouta sa messagerie. La voix de sa mère était nouée, émue, mais elle ne pleurait pas. Elle lui disait seulement qu'il était mort, qu'elle avait appelé le Samu qui avait constaté sa mort. Il y avait aussi un message de sa sœur. Le même mais avec un sanglot à la fin. Elle appela sa mère. Elle crut sentir un reproche. « Je t'ai prévenue à onze heures. » Elle l'avait trouvé par terre dans la salle de bain entre le lavabo et la baignoire. Il s'était enfermé à l'intérieur. Elle ne l'avait pas entendu tomber. Il avait sa radio allumée comme d'habitude. À dix heures, elle avait frappé à la porte pour savoir ce qu'il faisait, c'était long. Il n'avait pas répondu. Elle avait frappé des coups forts contre la porte, avait crié : « Alain, Alain ! » Elle s'était affolée, avait appelé le Samu. Ils l'avaient transporté à la morgue à la Pitié. Clara promit qu'elle irait en fin d'après-midi et viendrait ensuite voir sa mère.

Son père avait déjà fait un infarctus, avait eu un triple pontage mais il souffrait aussi d'hypertension artérielle. Il était très diminué les derniers temps, très vieilli. À soixante-six ans, il en paraissait dix de plus. Il était triste, mélancolique et silencieux, les derniers temps… Les derniers temps… Je savais, je voyais qu'il était triste. Et qu'il était malade. À déjeuner le dimanche, il ne prenait même plus un verre de bourgogne, lui qui adorait les bons vins. Et il ne s'échauffait plus tout à coup sur tel ou tel sujet d'actualité. Et je ne le contredisais plus. Il me disait : ça me fait plaisir quand tu viens. Je ne suis pas venue plus qu'avant. Les derniers temps. Je savais pourtant… Cette femme n'en a sans doute pas pour longtemps. Pas beau, son intestin. Métastases… Fortes chances…

Elle alla se chercher un sandwich à la cafet'. Elle traversa les cours grises remplies de voitures de l'hôpital Cochin. L'air frais et vif de l'automne lui fit du bien. Un vent d'ouest humide soufflait. Des feuilles mortes tournoyaient. Le ciel était d'un bleu très pur. C'était une belle journée. Des brancardiers déchargeaient quelqu'un d'une ambulance devant les urgences. Trois pigeons se dandinaient sur le trottoir. Le labo au premier étage. Une silhouette derrière la vitre. L'intestin dans un bocal. Le sang dans un tube. Les réactifs. La vie, la mort au microscope. Papa est mort. Papa est mort. Il y avait encore pour elle dans cette idée une irréalité, quelque chose de vague et d'indéfinissable. Il était malade, bien sûr. En quoi la vie sans lui serait différente ?

Des infirmiers discutaient avec animation à l'entrée de la cafétéria. Des blouses blanches sirotaient leur café ou leur thé. Un couple, assis face à face les coudes sur la table en formica, se parlait gravement à voix basse. Leurs fronts se touchaient presque.

Clara mangea son sandwich dehors sur un banc devant un

coin de pelouse pour pouvoir ensuite fumer. Elle avait besoin de fumer. Elle fuma en buvant un café. Le mauvais liquide, aigre (pourquoi le café est-il délicieux partout en Italie et infâme presque partout en France ?), lui tordit les boyaux. Elle fumait et buvait du café sans se soucier de sa santé, sans y penser. Elle avait besoin de stimulants pour tenir. Elle se sentait souvent fatiguée. Les derniers temps. Elle avait des règles irrégulières. Sa gynécologue lui avait fait faire des analyses et conclu que ça n'était pas grave mais qu'elle devrait lever le pied – elle était consciente que c'était difficile –, surtout si elle voulait avoir un enfant. Clara y pensait. Parfois. Mais pourrait-elle concilier un enfant et sa carrière ? Elle ne voulait pas ralentir. Pas maintenant. Elle voulait coûte que coûte être nommée professeur. Professeur en chirurgie digestive et oncologique. Une femme ! Elle faisait tout pour ça. Elle publiait, s'occupait d'étudiants, donnait des cours… Elle avait réussi des opérations pointues. Elle n'avait pas assez vu son père. Mais elle ne pouvait pas tout faire. Les journées n'avaient que vingt-quatre heures. Claudie Haigneré, qui a été médecin à Cochin, a dit : « Il faut avoir l'audace de pousser la porte de son rêve. » Claudie Haigneré a eu une petite fille, elle l'a emmenée avec elle à la Cité des Étoiles. Elle est allée dans l'espace, ses parents étaient fiers et elle a eu une fille. Je voulais que papa soit fier… Est-ce qu'il me reprochait quelque chose ? Si j'avais un enfant…

Manuel l'appela pour lui proposer de dîner au resto. Ils travaillaient tous les deux à Cochin, lui comme chirurgien orthopédiste, ils se croisaient rarement et communiquaient par téléphone. Ils entretenaient une relation suivie depuis neuf mois, passant des nuits chez l'un ou chez l'autre. Elle tenait à son indépendance alors qu'il aurait bien aimé s'installer avec elle. Il était divorcé. Elle lui apprit la mort de son père. Elle partait le voir à la morgue à la Pitié puis irait chez sa mère. Il voulut l'accompagner, elle refusa.

– Tu veux qu'on se retrouve plus tard ?

Elle répondit comme si c'était évident :

– Non.

Elle ajouta :

– Je n'aurai pas le temps.

– Je veux dire : juste un moment.

– Pour quoi faire ?

– Ben… pour être près de toi.

– Ça va, merci. C'est ma mère qui a besoin d'être entourée. Je vais dîner avec elle, je pense.

– Bien sûr. Quand a lieu l'enterrement ?

– Je ne sais pas.

– Tu me tiens au courant ?

– Oui.

– Si tu veux, demain soir…

– On verra. Salut.

– Je pense fort à toi. Je t'embrasse.

Son père était pâle comme tous les cadavres qu'elle avait vus à la morgue mais c'était son père. Elle lui trouva le visage apaisé, rajeuni. Elle comprenait à présent à quel point on peut se sentir bête et désemparé devant le corps d'un proche défunt. Lui parler n'a plus aucun sens. Si l'âme est éternelle, c'est certainement par la pensée qu'on peut communiquer. Elle s'efforça de penser : je t'aime, papa, sois heureux maintenant. Elle se disait en même temps que c'était un peu naïf… Son père n'avait pas été très heureux. Il se plaignait beaucoup, il critiquait beaucoup les autres, ce qui était sans doute le signe qu'il était insatisfait de n'avoir pas fait une brillante carrière – comme celle de son beau-frère, par exemple –, mais peut-être que c'était autre chose, peut-être que c'était d'une autre vie qu'il rêvait. Mais laquelle ? Elle s'apercevait qu'elle ne connaissait pas son père. Il était secret. Ou bien c'était elle qui n'avait pas cherché à savoir qui il était…

Sa mère pleura quand elle l'embrassa. Diane était venue à l'heure du déjeuner mais elle était prise l'après-midi et le soir par l'enregistrement d'une émission de télé et la pièce dans laquelle elle jouait au théâtre Daunou. Clara dîna avec sa mère. Dorothee prépara son plat de pâtes à l'allemande avec du jambon, des noix, beaucoup d'oignon, de crème et de persil. C'était la madeleine de Proust familiale mais hormis ce rappel de leurs bons moments tous les quatre à table, hormis quelques remarques (papa aimait ça… cette photo, c'était où, déjà ?… il y a un nombre de trucs dans son bureau, il gardait tout, il était tellement conservateur…), hormis la discussion assez longue sur l'organisation de l'enterrement, le faire-part, l'annonce dans *Le Figaro*, les conversations téléphoniques que Dorothee avait eues avec les pompes funèbres et le pasteur, il ne fut pas question de son père. En rentrant chez elle, Clara s'en fit la réflexion. C'était étonnant. Elles n'avaient pratiquement pas évoqué de souvenirs. Est-ce qu'elles auraient dû ? Était-ce ce que faisaient les autres familles ? Sa mère avait même semblé s'intéresser davantage que d'habitude à son travail et elles avaient plus parlé de ses grands-parents – les parents de sa mère, les seuls encore vivants – que de son père. Oma et Opa viendraient bien sûr à l'enterrement mais Opa baissait beaucoup, il perdait un peu la tête, c'était difficile pour Oma, etc. Plus facile de parler des vivants que des morts ? Ou peut-être faut-il du temps ? Donc, normal.

Pendant qu'elle dînait avec sa mère, Manuel l'avait appelée, elle n'avait pas répondu, il lui avait laissé un message, il lui disait qu'il pensait à elle, lui demandait comment était sa mère, elle pouvait le rappeler même tard si elle voulait.

Elle retrouva avec plaisir son petit appartement de la rue Rollin, si calme, qui donnait sur le jardin d'un couvent. Elle se déshabilla, se doucha longuement sous un jet d'eau très chaude – elle adorait se sentir rôtie comme une caille avant de se mettre au lit –, elle se coucha et caressa son chat venu se blottir contre elle. Elle s'endormit vite, dormit paisiblement et se réveilla à l'heure habituelle, à six heures et quart, quand son réveil sonna.

Elle fit exactement ce qu'elle faisait chaque jour. Elle n'opérait pas ce jour-là.

Le soir, Manuel lui reproposa de dîner. Elle accepta. Il l'invita dans un restaurant thaï chic, le *Blue Elephant*, rue de la Roquette. Ils dînèrent à la lueur douce d'une bougie dans les fumets de basilic, de coriandre et d'épices. Elle aimait son corps musclé, sa carrure, sa voix grave et rassurante. Ils couraient ensemble au jardin du Luxembourg le dimanche. Ils étaient de ces médecins qui consacrent du temps au sport pour se maintenir en forme. Ils s'entendaient bien sexuellement. Mais c'était tout. Ils n'avaient pas les mêmes goûts, les mêmes envies pour leurs loisirs ou leurs vacances : randos, treks, films ou séries pour Manuel, thalasso, expos, lecture pour Clara.

Il pensa que, compte tenu des circonstances, il se devait de lui parler de son père, lui poser des questions. Il ne l'avait pas connu. Clara n'avait pas voulu jusqu'ici officialiser leur relation. Il n'avait jamais vu ni son père ni sa mère ni sa sœur. Elle lui dit :

– Je regrette de ne pas l'avoir plus vu les derniers temps. Mais je suppose que c'est ce qu'on se dit toujours.

Il avait bu (l'essentiel de la bouteille). Il avait envie d'elle. Il dit spontanément :

– C'est vrai que tu aurais peut-être pu prendre plus de temps pour ton père. C'est vrai que ton travail, objectivement…

surtout ces derniers temps… Regarde, nous, on arrive à se voir combien de fois par semaine ?

Clara répliqua :

– C'est toi qui oses me dire ça ! Toi qui fais le même métier que moi ! Toi qui travailles autant que moi !

– Moi, il me semble que j'arrive mieux à m'organiser.

– Ah oui ? C'est juste qu'on n'a pas le même emploi du temps. Tu voudrais que je m'aligne sur le tien ? Pour que tu m'aies à toi quand tu en as envie ? Pour satisfaire tes petits désirs ? Mon père vient de mourir et tu oses me dire que je ne me suis pas assez occupée de lui, parce que je travaille trop ! Tout ça parce que tu voudrais m'avoir plus à toi, à ta disposition, comme une bonne petite femme ! Comme ta chose !

Elle s'était mise à crier et s'était levée en jetant sa serviette sur la table. Des clients les regardaient.

– Va te faire foutre !

Elle partit en claquant des talons. Il se leva, hésita à la rattraper et se rassit d'un air embarrassé. Il lui laissa des messages pour s'excuser le soir même et le lendemain.

Il était présent à l'enterrement, discrètement, au fond du temple. C'était le temple de la rue Madame, une salle blanche aux bancs de bois blond, simple et dépouillée, parfaitement protestante, presque scandinave. Du haut de sa chaire, le pasteur, d'origine arménienne, un grand homme un peu voûté, aux longues mèches blanches, dont la voix légèrement cassée faisait chanter les mots, prononçait sa prédication en levant lentement les bras, et les pans amples des manches de sa robe noire se déployaient comme des ailes de corbeau. Clara l'entendait sans l'écouter. Jésus… Amour… Vie éternelle… Au premier rang, devant l'autel, devant le cercueil au pied duquel se trouvaient deux bouquets de fleurs blanches et roses, sa mère et sa sœur pleuraient, reniflaient, s'essuyaient les joues. La fille de Diane,

Ophélie, six ans, tenait la main de sa mère et celle de son père, Benoît Dardelles, qui avait eu son heure de gloire huit ou neuf ans plus tôt dans un film d'action. Benoît gardait la tête baissée et se frottait régulièrement la joue sous la paupière de façon telle qu'on pouvait croire qu'il essuyait une larme. Oma et Opa étaient assis au deuxième rang juste derrière Dorothee, en bordure de l'allée centrale. Fabienne, la sœur d'Alain, et Jacques Bernstein, leur fille Sarah, son mari Jérôme Revard et leurs deux enfants étaient installés de l'autre côté de l'allée centrale. Le temple était presque plein. Clara s'étonnait que ses parents connussent autant de monde. Un homme lut un hommage d'une voix tremblante. Elle ne savait pas qui c'était. Elle reconnaissait des têtes de cousins, de parents qu'elle n'avait vus que quelques fois dans sa vie. Il y avait eu une fête de famille un ou deux ans auparavant mais naturellement, elle n'avait pu y être. Plus exactement, elle n'en avait pas eu envie. Elle trouvait cela barbant et artificiel. Sa mère le lui reprochait : « Tu n'es pas famille, tu n'as jamais été famille. » Clara estimait que c'était une fois de plus un reproche gratuit et stupide. Elle avait toujours aimé ses grands-parents, maternels et paternels, mais elle ne se sentait aucun lien ni affinité avec des cousins plus ou moins éloignés que seule réunissait la maison de famille – en Normandie, en Alsace ou en Basse-Saxe. Durant toute la cérémonie, sa mère et sa sœur pleurèrent presque sans arrêt. Elles pleurèrent encore, et Diane très abondamment, au moment du salut à la famille, quand, après s'être inclinée devant le cercueil, l'assistance défila pour les saluer ou les embrasser. Clara répondait aux paroles de consolation ou d'affection convenues par des hochements de tête et des « merci ». « Merci d'être venu. C'est gentil, merci. » Parfois, elle ne disait rien, elle se laissait étreindre, embrasser, presser la main, le bras. Elle voyait des figures inconnues, les yeux brouillés de larmes, les joues mouillées. Et toujours sa mère et sa sœur brisées par le chagrin. La foule bruissait autour d'elles comme de l'eau qui bout. Des mots à voix basse, toujours les mêmes. Des mots et des reniflements.

Son père avait souhaité être enterré aux côtés de ses parents dans le caveau familial au cimetière Saint-Gall à Strasbourg. Il avait d'ailleurs laissé un testament dans lequel il avait tout prévu. Il savait, se dit Clara. Elle se souvenait de la toute dernière fois où elle l'avait vu. Il s'était montré très gentil avec elle. Il ne s'était plaint de rien, ce qui n'était pas habituel. Il avait quelque chose de triste et de fatigué. Sa silhouette à la porte de l'appartement. Ses poches gonflées sous les yeux. Sa main couverte de taches brunes sur la porte. Elle s'était dit qu'il avait l'air vieux. Elle s'était retournée dans l'escalier. Il la regardait partir sans bouger. Comme un dernier adieu. Comme ceux qui restent longtemps sur le quai à regarder le train partir, à guetter un dernier coin de visage à la fenêtre du wagon. Soixante-six ans…

Le train mettait presque quatre heures pour atteindre Strasbourg. Seul le cercle le plus restreint de la famille faisait le déplacement : Clara, sa mère, sa sœur, Oma et Opa qui poursuivraient vers l'Allemagne après l'enterrement. La fille de Diane restait à Paris avec son père. Elle était trop petite. Dans le train, Opa bavarda avec Clara. Il perdait peut-être un peu la tête mais dès qu'il s'agissait de médecine, il semblait avoir conservé toutes ses facultés.

Ils retrouvèrent le corbillard dans l'allée centrale du cimetière. Les quatre porteurs déposèrent le cercueil dans le caveau familial. Avec de vieux cousins alsaciens, ils étaient une petite douzaine. Ils furent invités par le maître de cérémonie à jeter une poignée de pétales de rose en se recueillant sur la tombe un dernier instant. Clara murmura de façon imperceptible : « Au revoir, papa. » Les feuilles jaunes d'un bouleau faisaient une flamme dans le soleil couchant. Au-dessus du cimetière se dressait une grosse maison alsacienne rouge brique à colombages. Clara ne l'avait jamais remarquée. Elle était pourtant venue cinq ans plus tôt à l'enterrement de sa grand-mère.

Dorothee avait réservé dans une brasserie. Clara lui annonça qu'elle ne pouvait pas rester. Elle opérait à huit heures du matin le lendemain. Sa mère parut déçue et même blessée.

– Quand même, tu aurais pu faire un effort. J'ai tout organisé sur la journée, exprès pour toi.

– Je ne peux pas remettre l'opération d'un cancer prévue depuis un mois. Mon emploi du temps est surchargé pour les trois mois à venir.

– Ton père ne sera mort qu'une fois, lui sortit sa mère d'un ton aigre.

– J'étais présente, il me semble.

– Enfin, ça m'aurait fait plaisir…

– Je viendrai déjeuner dimanche.

– Oui… on verra.

Clara reprit le train. À minuit, elle était chez elle. Maman est égoïste au fond. Elle voulait son dîner avec ses filles. Ce n'est pas pour papa, c'est pour elle. Diane n'a rien dit. Elles n'ont pas pleuré au cimetière. Pourquoi je ne pleure pas, moi ? Pourquoi je ne peux pas pleurer ? Est-ce qu'il faut pleurer pour montrer qu'on a du chagrin ? J'ai horreur des gens qui se donnent en spectacle. Cet homme a une tumeur à l'œsophage. Il ne peut pas attendre. Il n'y a qu'Opa qui comprend.

À sept heures du matin, elle passe dire un mot à chacun des patients qu'elle va opérer. Dans le couloir baigné de lumière électrique, les chariots brimbalent les petits déjeuners, les médicaments, les bouteilles de Betadine et d'alcool, les instruments des infirmières. C'est l'heure du changement d'équipe. Dès qu'elle pénètre dans l'enceinte de l'hôpital, Clara oublie le monde extérieur, oublie ce qu'elle vient d'entendre à la radio dans sa voiture, oublie qu'elle a mal dormi cette nuit et qu'elle a oublié de nourrir son chat. Elle entre dans un autre monde, clos, bouillonnant, qui tout à la fois la rassure et lui procure une forme d'excitation joyeuse. Elle est impatiente d'être en tenue, d'être aux commandes, son équipe à ses ordres, une vie entre ses mains.

Elle avale un café et fume sa première cigarette. D'habitude, elle commence à fumer plus tard. Mais elle a besoin d'un stimulus supplémentaire aujourd'hui. Le petit matin frais lui picote les narines. Le jour se lève dans un ciel brumeux et grisâtre.

Elle descend au bloc. Toujours le même rituel. En se savonnant puis en se frictionnant de solution antiseptique jusqu'aux coudes, elle se répète sa phrase fétiche : « Tout va bien se passer. *Alles Gut.* » Elle met sa blouse bleue, sa charlotte, son masque et, après s'être une fois encore désinfecté les mains, enfile avec précaution ses deux paires de gants stériles.

Elle est soudain dérangée par la pensée de Manuel. Elle ne l'a pas revu depuis leur dispute. Elle ne l'a pas rappelé. Il est venu à l'enterrement. Il est devenu trop exigeant. Au début, c'était mieux, c'était plus simple. Je ne t'appartiens pas, pépère. Milieu de machos, presque tous. Quelle femme a écrit, je ne me souviens plus : briser les murs que les hommes ont bâti pour empêcher les femmes de partager avec eux le pouvoir ?

Quand elle entre dans la salle d'opération, le malade est déjà prêt, anesthésié, hérissé de câbles et de tuyaux, comme une machine, et toute l'équipe se tient autour : l'anesthésiste, l'infirmier anesthésiste, l'interne qui va l'assister, l'infirmière…

– Bonjour. Tout va bien ?

– On vient de l'endormir. Pour moi, tout est bon.

– Alors, on y va.

Elle s'installe devant l'écran qui affiche le dernier scanner de l'homme à opérer. La tumeur apparaît nettement. Prendre les mesures pour la cœlioscopie. Son visage est concentré, sérieux et tranquille. À cet instant, elle n'entend plus la soufflerie, le ronron de l'ordinateur, les bruits des appareils de contrôle. Il lui semble chaque fois qu'un silence religieux s'installe, comme si tout le monde se recueillait avant d'agir. Elle se sent bien. Elle ne pense plus qu'aux gestes qu'elle doit faire. Qu'elle va faire.

Diane

Diane acheta *Paris Match*, *Entrevue*, *Gala*, *Point de vue*, *Voici* – et fut déçue. *Match* n'en parlait pas, pas de photo. Ni dans *Entrevue*. Ni dans *Point de vue*. Seuls *Voici* et *Gala* publiaient une vignette sur laquelle on la voyait avec Benoît, en larmes derrière ses lunettes noires, à la sortie du temple rue Madame au moment du chargement du cercueil dans le corbillard. Ophélie qui lui tenait la main n'apparaissait pas. C'était un plan cadré aux épaules avec cette mention, la même dans les deux magazines : « Diane Keller bouleversée par la mort de son père. » Elle espérait plus de reprises. C'était à ces choses-là qu'on mesurait sa célébrité. Son agent le lui avait souvent dit. Il avait d'ailleurs pris soin de prévenir les agences photo. Il allait être déçu du résultat. Sa cote n'était pas haute. Putain de métier ! Elle avait peur. Elle avait tout le temps peur que ça s'arrête, qu'on ne lui propose plus rien. Pour les femmes, c'est tellement dur. L'âge ne pardonne pas. Et alors, qu'est-ce que je vais devenir ?

Ce jour-là, elle alla chercher elle-même sa fille à la sortie de l'école. (En général, c'était la baby-sitter.) Deux mamans lui présentèrent leurs condoléances. Elles avaient lu la nouvelle « dans la presse ». Diane prit un air de circonstance. Elles avaient dû le lire chez le coiffeur.

Elle acheta un pain au chocolat pour Ophélie puis elles rentrèrent à la maison. Benoît était absent pendant deux semaines. Il tournait dans une nouvelle série de France 2 sur un curé détective. Elle avait une heure devant elle avant de partir au théâtre. La pièce – un dîner entre amis qui tournait mal – avait beau chercher à faire rire avec de grosses blagues, elle marchotait.

Elle laissa Ophélie devant la télévision jusqu'à l'arrivée de la baby-sitter. Elle prit un bain. Elle somnola dans la vapeur. Elle était lasse et fatiguée. Une vignette minuscule… Tu n'es pas Sophie Marceau. Tu n'es pas Juliette Binoche. Elle contempla longuement son corps dans le miroir. Il lui semblait que ses seins, pourtant refaits, commençaient à tomber, enfin, plus précisément, à s'écarter sur les côtés. Et son ventre ! Une grossesse, forcément. Il faut que je retourne voir le professeur Didon. Et ce pli, là, sous la lèvre. Pli d'amertume, pouah ! Elle se sourit pour l'effacer. Elle se souriait pour se sentir plus belle et plus jeune. Elle étala de ses petits doigts fins sa crème teintée, se poudra le nez, rehaussa d'un trait de crayon son regard et redessina le contour de ses lèvres. Puis, elle pleura et dut tout recommencer.

II

Marc

Son grand corps remplissait jusqu'au toit l'habitacle de sa Porsche aux sièges de cuir blanc. Entre ses mains, le petit volant sport semblait celui d'une auto-tamponneuse. Au feu, au milieu des Champs-Élysées, le nez sous le pare-brise, il admirait la ville saturée de lumière qui se déroulait jusqu'à la pyramide du Louvre.

Il lui fallut vingt bonnes minutes pour atteindre la Concorde. C'était totalement embouteillé. Il se gara devant les Tuileries sur le parking réservé aux invités de marque (ils étaient tous de marque) de la soirée de vernissage de la nouvelle exposition à la Galerie du Jeu de Paume.

Il sortit de sa voiture en se dépliant lentement, appuyé à la portière. Il rajusta les pans de sa veste Armani noire qui gommait ses grosses fesses. Suivant les recommandations de sa conseillère en image, il s'habillait désormais toujours en noir ou bleu foncé avec, en hiver, un col roulé assorti à son costume (et en été une chemise blanche ouverte ou un tee-shirt). Plus jamais les cheveux gras ni de chaussures fatiguées ni de chaussettes de tennis. Il se faisait coiffer tous les quinze jours par François, rue Saint-Dominique, le coiffeur des grands patrons, des journalistes et des politiques en vue. Il y rencontrait toujours quelqu'un, en profitait pour échanger un potin, un tuyau, une méchanceté, un mensonge… Il ne négligeait aucun détail.

C'était une froide nuit d'hiver. Il parcourut d'un pas rapide, les mains dans les poches, la centaine de mètres jusqu'à l'entrée de la galerie. Il évita le vestiaire, les gens faisaient la queue pour déposer leur manteau et il n'avait pas l'intention de perdre son temps. La plupart des invités avaient leur chauffeur ou arrivaient en taxi. Marc s'y refusait. Il aimait être seul en voiture. Il aimait conduire et cela contribuait à l'image qu'il voulait imposer, celle d'un patron toujours jeune et décontracté, très Silicon Valley. Son modèle était Steve Jobs.

À l'arrière de la galerie, une espèce de boudin ou de préservatif rose fluo gonflé à l'hélium et retenu par des filins s'élevait dans le ciel jusqu'à la hauteur des toits de la rue de Rivoli. À l'entrée de la galerie, de part et d'autre du perron d'accueil, flottaient de la même manière deux autres boudins aussi spectaculaires. Malgré les filins, ils se tordaient sous la poussée du vent qui soufflait par bourrasques. C'était l'installation phare de l'exposition. L'artiste, le Français d'origine grecque Minos, dont les riches collectionneurs de la planète s'arrachaient les œuvres depuis quelques années, avait voulu que le Jeu de Paume lui-même devienne l'une de ses créations. L'installation s'intitulait mystérieusement : *Sphinx, les oreilles et la queue*, mais un grand panneau à l'entrée, que certaines vieilles dames chic et quelques petits messieurs sophistiqués prenaient le temps de lire, expliquait que l'apparence iconoclaste des trois ballons roses dressés face à l'obélisque de la Concorde suscitait d'abord dans l'esprit du visiteur une question : Qui suis-je ? – puis, s'il prenait le temps et le recul nécessaires, pouvait lui apparaître comme un long chien couché avec deux grandes oreilles et une queue roses. L'exposition avait été baptisée *Aspects du XXI*[e] *siècle*. L'artiste voulait « créer une réflexion sur les histoires, les cultures et les temps ». Il n'était selon lui pas plus hétéroclite de transformer le Jeu de Paume en chien à queue et oreilles roses que de faire trôner sur la place la plus emblématique de Paris un monument des bords du Nil du temps des pharaons.

À l'intérieur, les visiteurs déambulaient dans les hautes salles sous une constellation de spots braqués sur les œuvres. Ils se penchaient pour admirer des photos carrées minuscules en noir et blanc. Ils marquaient le pas quelques instants devant des écrans diffusant des vidéos d'hommes et de femmes nus dans des usines désaffectées que l'artiste avait regroupées sous le titre *La Fin du siècle*. Ils passaient assez vite devant des peintures abstraites – *Fragments*, Séries 1, 2 et 3 – pour atteindre l'autre installation phare de l'exposition : un sexe féminin géant qu'on pouvait à l'aide d'un joystick ouvrir et fermer. Cela s'appelait *L'Origine du monde nouveau*. Le ministre de la Culture, petit, mince, poivre et sel, prononça avec componction son discours d'inauguration entre d'énormes lèvres rouges.

Marc ne perdait jamais son temps. Ici comme partout, il avait ses objectifs et procédait méthodiquement. Il fit d'abord le tour de l'exposition en saluant ou en répondant aux saluts de ceux qu'il connaissait. Il forçait sa nature pour sourire un peu mais sa conseillère en image lui avait dit qu'étant donné sa position, il n'était pas mauvais non plus de paraître absorbé ou pressé. C'était une façon de marquer son importance. Et son pouvoir. Mais tout dépendait de l'interlocuteur. Avec ceux qui comptaient, naturellement, ne pas ménager son temps ni ses efforts.

Pour Marc, ce soir, le plus important, c'était le ministre de la Culture, parce qu'il était aussi celui de la Communication et que l'attribution du futur réseau de téléphonie mobile qu'il convoitait dépendait de lui. Or, le ministre lui fit ostensiblement sentir qu'il était pressé et Marc savait pourquoi : il lui préférait son principal concurrent, alors même que son projet était objectivement bien moins bon, pour l'unique raison qu'il avait l'appui du banquier ami de longue date du Premier ministre : Jacques Bernstein. Marc le savait et constatait ce soir encore que le travail de lobbying qu'il faisait depuis des mois pour séduire le ministre n'était pas suffisant. S'il voulait l'emporter, il devait se gagner la considération de ce faiseur de rois qu'était depuis tant d'années celui que tout le monde appelait respectueusement le président Bernstein. Seulement, il partait de loin, avec un énorme handicap : la marque au fer rouge de son passage en prison et de son procès qui lui avait valu deux ans avec sursis et une lourde amende – et le désengagement de la Banque générale qui avait revendu les trois pour cent qu'elle détenait dans Talion. L'establishment financier – Bernstein en tête – le méprisait. Qu'à cela ne tienne ! Il en fallait plus pour le décourager. C'étaient des imbéciles prétentieux qui vivaient entre eux dans leur petit cercle fermé sans rien comprendre au monde futur. Il les aurait. Il menait un patient travail d'acquisition de respectabilité. Il avait ainsi reçu tous les membres du Siècle à dîner dans son triplex de la place des Vosges ou à déjeuner chez Ledoyen dont il avait fait sa cantine. On ne l'avait pas pour autant admis dans ce club, le plus influent de la République. Il supportait cette humiliation, toutes les humiliations, restait poli, aimable, d'une politesse irréprochable, d'une amabilité réservée (il cultivait sa part de mystère), mais il ne se décourageait pas, il ne se décourageait jamais, c'était un combat, un combat comme tous ceux qu'il avait déjà livrés et remportés. Il le gagnerait, celui-là aussi ! Bernstein, ha, ha ! Il s'en ferait un ami si l'occasion se présentait mais avant tout il devait s'en faire respecter. Il avait compris qu'il y avait un terrain facile où il pouvait tout à la fois l'imiter et jouer à le concurrencer : l'acquisition d'œuvres d'art contemporain. Tous les très riches qui voulaient montrer qu'ils étaient mieux que riches se voyaient en mécènes d'une nouvelle Renaissance. Marc fit savoir qu'il achetait la totalité des trois séries des *Fragments* de Minos. Jacques Bernstein fit une contre-offre. Ils se rencontrèrent un peu à l'écart du buffet où s'agglutinaient les invités comme des mouches sur du miel. Bernstein était avec sa « directrice des relations institutionnelles », Sonia El Hatimi, une Arabe aux longs yeux noirs, avec un long nez droit, qui ressemblait à Cléopâtre, du moins à l'idée que Marc s'en faisait. Il savait – tout le monde le savait – qu'elle était plus qu'une proche collaboratrice pour le P-DG de la Banque générale. Elle était tout en cuir, veste et jupe, et dotée d'une poitrine avantageuse. Ses yeux brillaient incroyablement quand elle vous souriait. C'était vraiment une belle fille. Marc prit l'initiative d'aborder Jacques Bernstein. Le petit jeu d'enchères auquel ils se livraient lui en fournissait l'occasion. Bernstein l'accueillit avec une expression ambiguë, mi-fâchée, mi-blagueuse.

– Monsieur Talion, j'ignorais que vous vous intéressiez à ce point au talent de Minos.

– Ça prouve qu'il faut qu'on apprenne à mieux se connaître, vous et moi.

– Vous ne seriez pas celui que vous paraissez être ?

– On est rarement celui qu'on paraît être.

– C'est vrai. Ah ! Mais pardon, je ne vous ai pas présentés. Sonia El Hatimi, ma directrice des relations institutionnelles.

– Bien sûr, dit Marc en serrant la main fine aux ongles peints de la jeune femme. Je sais qui vous êtes.

– Ah ! Vous savez ? fit Bernstein, circonspect.

– Bien entendu.

– Enchantée, dit Sonia en même temps, en laissant sa main dans celle de Marc plus longtemps qu'il n'eût fallu.

Agacé par ce qu'il prenait pour un sous-entendu, Jacques Bernstein enchaîna d'un ton condescendant :

– Vous comptez toujours percer sur le marché de la téléphonie mobile ?

– Plus que jamais. Et à une autre échelle que ce qui est offert aujourd'hui aux Français. Avec Talion, la téléphonie sera totalement connectée à Internet et même, un jour, avec l'image et la vidéo.

– On en est loin.

– Au contraire. En Californie, ils y sont presque. Ça va aller très vite. Et puis, moi, je proposerai une offre d'abonnement révolutionnaire. Actuellement, les consommateurs se font plumer. On peut faire mieux et moins cher.

– Vous êtes bien ambitieux.

– Si on n'est pas ambitieux, ce n'est pas la peine de travailler dans ce domaine.

Leur conversation fut interrompue par l'arrivée de Stéphane, que Marc n'avait plus vu depuis quelque temps, accompagné de sa femme, Elysabeth, qui était directrice adjointe du cabinet du ministre du Budget (donc, utile, elle aussi), et d'une jeune femme à l'air vague et mélancolique.

– Ma fille, dit Bernstein, Sarah Revard-Bernstein. Stéphane Baron que vous connaissez, je crois, et son épouse, Elysabeth.

Il avisa quelqu'un derrière eux et s'écria aussitôt gaiement :

– Pascal !

Il fonça sur ce Pascal, un ex-ministre de l'Économie. Marc se dit que Bernstein avait saisi cette occasion pour se débarrasser de lui. Il ne m'aime pas, c'est évident. Il ne m'aime pas parce que j'ai réussi tout seul, en dehors du système. C'est ce qu'ils n'aiment pas, tous ces types.

Marc considérait à présent plus attentivement Sarah. Elle était mince, peut-être maigre, très élégante dans une robe verte, un petit diamant autour du cou et deux autres en boucles d'oreilles. La fille de Bernstein, sa fille unique. Vas-y. Intéresse-toi à elle. Ils parlèrent de Minos. Marc plaisanta.

– Je crois que votre père m'en veut.

– Ah bon ? Pourquoi ?

– Parce que j'ai fait une offre pour acheter toutes les peintures de cette exposition.

– Tous les *Fragments* ! Vous êtes rapide.

– Je crois que c'est pour ça qu'il m'en veut.

– Ça m'étonnerait. C'est le jeu. Il a fait une contre-offre ?

– Oui.

– Il adore ça. Ça fait monter l'artiste – et donc la valeur de toutes ses œuvres. Papa en a beaucoup de Minos. Il a été le premier à croire en lui. C'est d'ailleurs lui qui a suggéré au ministre cette exposition.

Elysabeth, qui avait grandi dans les ambassades, savait flatter qui il fallait quand il fallait :

– Minos doit beaucoup à votre père. Le Jeu de Paume pour un créateur, c'est une consécration.

Marc demanda à Sarah ce qu'elle faisait dans la vie. Elle était directrice artistique de la vieille maison de bijouterie de luxe Calverti, une institution de la place Vendôme qu'elle s'employait à moderniser.

– Donc, si l'on veut gâter une femme, il faut venir vous voir.

– C'est ça.

Il devinait qu'elle était malheureuse. Il le lisait dans son regard fatigué, il l'entendait dans sa voix qui avait tendance à laisser tomber la fin des phrases. Tandis que Stéphane et Sonia

El Hatimi parlaient d'une affaire concernant la Banque, il s'efforçait de s'intéresser à la fille de Bernstein et de lui plaire.

– Deux enfants, quelle chance ! Moi, je n'en ai pas. Jamais trouvé la femme avec qui les faire.

Sarah aperçut soudain quelqu'un qu'elle connaissait. Marc vit avec un certain déplaisir s'approcher une de ses ex, Diane. Ils s'étaient quittés fâchés. Il faut dire qu'il l'avait plaquée. Diane était devenue insupportable. Ah oui, et puis, c'est vrai, il avait rencontré Olga... Encore une belle salope, celle-là...

– Ma cousine, Diane Keller, que vous connaissez sûrement. Marc Talion.

– On se connaît, dit Diane.

Visiblement, Sarah ne savait pas qu'ils avaient été ensemble autrefois. Et Marc ignorait qu'elles étaient cousines. (À l'époque, sans doute, elles ne se voyaient pas.) Il hésita. Je lui serre la main ? Diane saisit son hésitation.

– Tu ne me fais pas la bise ?

– Si, si, bien sûr.

Sarah eut soudain l'air de comprendre.

– Vous savez que c'est Diane qui a présenté Minos à papa ?

– Ah bon ?

– On s'est connus au tout début, Minos et moi, on avait vingt ans, quand on travaillait – tu te souviens, Marc ? – pour se faire du fric comme animateurs d'une de tes messageries roses.

Marc sentit le coup de griffe de Diane. Elle avait dit ça d'un ton aigre et moqueur. Elle lui en voulait toujours.

– Messageries roses ? fit Sarah, surprise.

– Comment ? Tu savais pas ? dit Diane, faussement ingénue. Mais tout le monde sait, ton père sait, ce n'est pas un secret, que Marc est le patron français qui a démarré sa fortune avec le cul sur Minitel. On l'appelait le roi du porno. Hein, Marc ?

– J'ai développé toutes sortes de services sur Minitel, répondit Marc en se contenant, pas que des messageries roses. Des services aux entreprises, aux particuliers, un annuaire.

– Ah ! Oui. Qui s'appelait Annu, d'ailleurs, fallait oser ! s'esclaffa Diane avec un ricanement forcé.

– En quoi ça consistait, animatrice ?

– Je disais des cochonneries au téléphone à des pauvres types en manque qui s'astiquaient au son de ma voix.

Sarah n'était pas choquée mais gênée. Elle craignait que quelqu'un entendît. Sonia était toujours en conversation juste à côté avec Stéphane et Elysabeth souriait d'un air amusé.

– Alors, c'est comme ça que vous vous êtes connus ?

– Non, on s'est connus… dans les catacombes.

– Dans les catacombes !

– À une fête qu'organisait l'associé de Marc de l'époque. Un vieux gros dégueulasse, d'ailleurs. Hein, Marc ? Je crois qu'on peut le dire, maintenant. Vous vous êtes séparés depuis. Il t'a causé bien des emmerdes, celui-là. Au fait, c'est tout à fait fini, ton procès ?

Marc l'aurait giflée. Diane avait un petit air de satisfaction revancharde.

– Vous avez compris, Sarah, que Diane et moi, on a eu une petite aventure autrefois.

– Une petite aventure qui a duré cinq ans !

– Ça paraît si loin. Presque l'adolescence.

– C'est marrant de s'être rencontrés dans les catacombes, dit Sarah. Je n'y suis jamais allée.

– Je pourrai vous y emmener si vous voulez.

– Fais gaffe ! Il te drague.

– Vous y allez toujours ?

– J'y passe tout mon temps libre.

Marc vit que Stéphane s'apprêtait à partir. Il lui fit signe. Il voulait lui parler ce soir et cela lui permettait de mettre un terme à cet échange en présence de Diane. Il essayerait de revoir Sarah, il sentait qu'il lui plaisait, son visage s'était animé pendant leur conversation, mais la présence de Diane ne pouvait que lui nuire.

– Vous m'excusez, il faut que je dise un mot à mon vieil ami Stéphane. (Il lui tendit une carte de visite sur laquelle figurait son portable.) J'étais ravi de vous rencontrer.

Sarah glissa la carte dans son sac à main en le regardant s'éloigner avec Stéphane à travers la foule. Elle lui trouvait un air de Barbe bleue. Sans la barbe, pensa-t-elle en souriant.

Marc se dit qu'il l'appellerait cette semaine. La fille de Bernstein. Peut être utile. Toujours se battre. Marquer des points. Sans doute encore une mal-baisée. Mari pilote d'avion. Doit la tromper aux quatre coins du monde. Stéphane. Mon vieux copain. Depuis le lycée. M'a pas lâché quand j'étais en prison. En plus, très bon. Le débaucher. Le piquer au vieux Bernstein. « Ça te dirait de devenir directeur de la prospective de Talion ? Tu feras ce que tu sais faire, ce que tu aimes : étudier les attentes, les désirs des consommateurs. Tu seras totalement autonome. Avec ton équipe bien sûr. Ton prix sera le mien. Plus une participation, des stock-options… » Stéphane lui demanda un délai de réflexion mais il avait l'air tenté. Et touché. Ils évoquèrent Villejuif, leur adolescence. Ils étaient issus du même milieu. Cela créait un lien.

Au moment où il songeait à quitter l'exposition, Marc trouva Sonia face à lui, ses grands yeux fendus par un sourire.

– Vous n'avez rien bu ce soir. Vous voulez boire une coupe avec moi ?

Il était surpris.

– Comment savez-vous que je n'ai rien bu ?

– Je ne vous ai pas quitté des yeux.

– Dans toute cette foule ! Et pourquoi ?

– Parce que je vous trouve fascinant.

Sa poitrine le touchait presque. Elle le regardait avec assurance, la tête levée vers lui. Et toujours ce sourire qui suggérait tout ce qu'on voulait. Il pensa : toi, tu n'as pas froid aux yeux. Il pensa : je comprends comment elle est devenue la maîtresse de Bernstein. Il pensa : elle est belle. Il pensa : qu'est-ce qu'elle me veut ?

Un serveur passait avec un plateau de flûtes de champagne. Elle en prit deux, lui en offrit une, ils trinquèrent.

– À votre… triomphe.

– Quoi ?

– Je suis certaine que vous triompherez… (Elle promena un doigt autour d'elle pour désigner les autres massés dans la galerie)… que vous triompherez d'eux. D'eux tous. Vous savez, Marc – je peux vous appeler Marc ?

– Oui.

– Et moi Sonia. Je connais toute votre histoire et je vous observe. Je vous ai observé ce soir. Je comprends très bien ce que vous faites. Et je vous admire, je vous le dis très sincèrement. Ils se croient… Ils se croient tous tellement… importants. Pas un n'aurait été capable de faire ce que vous avez fait. Certains vous méprisent encore mais vous verrez, ils vont tous, tous, venir un jour vous lécher la main. Moi, vous savez, je suis née à Barbès, fille d'ouvrier marocain, fille d'Arabe, vous imaginez, une rebeu, ce qu'on dit, ce qu'on raconte ! Et fille d'une femme de ménage. D'ailleurs, vous avez dû la connaître, ma mère, sans la voir. Parce que, figurez-vous, en lisant un portrait de vous dans la presse, j'ai découvert qu'on était allés dans le même lycée, à Nation.

– À Notre-Dame-des-Anges !

– Oui ! Et ma mère était la femme de ménage du lycée. Une des femmes de ménage.

– Ça alors ! C'est extraordinaire ! Si ça se trouve, on se croisait.

– Il y a des chances.

Sonia se montra passionnée par l'internet, lui posa tout un tas de questions sur ses projets. Elle était non seulement belle mais intelligente. Et savait beaucoup de choses. Y compris qu'il avait travaillé pour la DST. Comment l'avait-elle appris ? Elle connaissait un autre programmeur qui y avait aussi travaillé, prétendit-elle. Son nom ? Secret. Peut-être était-ce monsieur Claude, quel que fût son véritable nom. Elle semblait connaître tout le monde. Et elle était manifestement curieuse de tout.

Ils reprirent deux flûtes. Ils rirent en évoquant les bonnes sœurs de Notre-Dame-des-Anges. Ils passèrent spontanément au tutoiement. Mère Marie-Catherine, tu te souviens ? Sonia était persuadée qu'il deviendrait le numéro un français du numérique. Les plateaux de petits-fours étaient vides mais les salles grouillaient toujours d'invités. Il semblait qu'il en était encore arrivé. Le ministère de la Culture avait vraiment convié le Tout-Paris. Les verres tintaient. Les voix se mêlaient. Les rires fusaient. Il fallait se parler tout près, presque à l'oreille, pour s'entendre. Marc sentait le corps de Sonia effleurer par moments le sien. Soudain, elle glissa sa petite main dans la sienne et lui chatouilla du bout des ongles le creux de la paume en même temps qu'elle lui lançait de ses yeux brillants une invite sans ambiguïté. Il n'en revenait pas. C'était si subit et inattendu. La maîtresse de Bernstein ! Est-ce qu'il y avait un piège là-dedans ? L'idée d'avoir ce qu'avait Bernstein, jusqu'à sa maîtresse, l'excitait. Un pied de nez, une revanche. Pour elle aussi peut-être. Elle lui avait dit qu'elle avait souffert des humiliations de ces gens-là.

Elle lui prit la main et l'entraîna à travers la foule lourde de parfums et d'alcool. Ils traversèrent deux salles. D'un air naturel et sans que personne y prêtât attention, Sonia entrouvrit rapidement une porte réservée aux évacuations d'urgence. Ils s'y engouffrèrent. Un escalier menait à un sous-sol mal éclairé où étaient entreposés des caisses, des cartons, des tableaux, des tables et des chaises. Ils surprirent un rat qui courait le long d'un mur. Ils s'installèrent dans un coin sombre contre une table. Ils s'embrassèrent. Elle avait la langue extraordinairement vive et ses fesses tendres sous le cuir de sa jupe qu'il agrippait fermement le faisaient bander fort. Elle lui ouvrit son pantalon et s'agenouilla.

Frédéric et Frédérique

Ici, comme ailleurs, Frédéric et Frédérique évoluent avec la grâce de danseurs sur la scène d'un opéra. Pas chassé, fouetté, flexion et un sourire permanent sur le visage. Ils saluent, serrent les mains, touchent les bras, les épaules, bisent, caressent et, surtout, prennent le temps de parler avec chacun sans jamais se montrer pressés. Ils glissent, légers, aériens, des uns aux autres, manifestent leur intérêt, leur enthousiasme à tout instant, donnant à leurs interlocuteurs le sentiment qu'ils sont pour eux les personnes les plus importantes au monde. Ils sont attentifs, amicaux, chaleureux. Ils ne se quittent jamais longtemps, jamais à plus de trois ou quatre mètres, et se retrouvent toujours comme par enchantement épaule contre épaule, main dans la main. Chorégraphie parfaite.

Il a toujours un costume bleu et une cravate sombre sur une chemise blanche. Il s'est coupé les cheveux court pour avoir l'air d'un banquier mais ça lui donne l'air encore plus gamin. Elle aime les couleurs vives. Elle porte une robe Saint Laurent bleu ciel et un collier Calverti or et diamant. « C'est tout simple, c'est pur », lui a dit Sarah Revard-Bernstein, qui est devenue son amie et qui les a conseillés, elle et Frédéric, quand ils sont venus à la boutique. Ils ont connu Sarah par son père. Jacques Bernstein les invite souvent à dîner ou à déjeuner le dimanche rue Barbet-de-Jouy, « en famille », comme il dit. Jacques a recruté Frédéric comme banquier d'affaires un an après sa sortie de l'ENA. Frédéric a démissionné de l'Inspection générale des finances pour rejoindre la Banque. Jacques ne jure plus que par ce garçon si brillant et si sympathique. « Le fils que je n'ai pas eu. » C'est l'économiste Jean-José Finati qui le lui a présenté. Finati est là, lui aussi, naturellement, ce soir, au Jeu de Paume, en grand conciliabule avec le président de Peugeot-Citroën. Il lui parle à l'oreille avec animation, il l'écoute en caressant sa barbe grise. Derrière ses lunettes rondes à la Trotski, ses yeux pétillent. Frédéric et Frédérique s'approchent, l'embrassent et serrent la main du P-DG. Frédéric s'intéresse aux perspectives d'évolution du marché automobile et demande au P-DG ce qu'il pense de l'hybride Toyota et du véhicule électrique.

– Bagatelles !

– Vraiment ?

– Mais oui. Bagatelles qui font rêver les écolos californiens. On ne va pas faire rouler la planète avec ça. L'avenir, si on est sérieux, c'est ce qu'on fait, nous : travailler à créer des moteurs moins gourmands, des carburants moins polluants, des filtres plus performants, mais il faut arrêter de fantasmer le petit monde merveilleux avec des voitures à piles, des éoliennes partout, des robots pour tout. C'est pas sérieux. Les Japonais communiquent beaucoup là-dessus mais c'est la vitrine. Ils vendent des voitures à essence.

Frédéric et Frédérique l'écoutent attentivement, hochent la

tête, acquiescent, sourient. Le P-DG ne saura pas ce qu'ils pensent. Frédéric n'a pas trente ans. Il suit les conseils de Frédérique et ça marche. En face d'un type qui se croit important ou qui parle de ce qui le concerne, ne jamais donner l'impression de savoir ni exprimer une opinion. « Plus tu parais séduit par son intelligence, plus tu parais d'accord avec lui, plus il te fera confiance, se livrera et te trouvera des qualités. »

– Il est bien, ce garçon, dit le P-DG tandis que les Frédéric s'éloignent pour parler à d'autres invités.

– Gros potentiel, il ira loin, c'est moi qui te le dis, affirme l'économiste. D'ailleurs, je viens de le faire entrer au Siècle.

– Ah oui ? Excellent. Il faut des jeunes. Et alors, elle, c'est sa femme ?

– Tu ne l'avais encore jamais vue ?

Elle sait ce qu'on dit d'elle. Ils savent ce qu'on dit de leur couple. Sa prof. C'était un détournement de mineur. Elle pourrait être sa mère. Tu crois que c'est un vrai couple ? Il est homo ? Elle fait jeune. Elle s'est sûrement fait refaire. Ils ont tout entendu. Les gens adorent vous rapporter gentiment les méchancetés des autres… Ils en ont l'habitude. Cela les a soudés encore davantage. Les plus choqués furent leurs parents. Quel scandale ! Quelle honte pour la bonne bourgeoisie rouennaise ! Ils ont tenu bon ou, plus exactement, pris par un sentiment contre lequel ils ne pouvaient rien (contre lequel on ne *voulait* rien, mon amour, rappelait parfois Frédéric. – Si tu veux, souriait Frédérique), ils ont vécu des jours brûlants, des jours divins, des jours heureux. Frédéric a eu dix-huit ans, il est monté à Paris, elle l'a suivi. Leur amour s'est imposé à leurs parents, aux enfants de Frédérique, à leurs amis, anciens, nouveaux, au monde entier. Ils ne seront jamais Gabrielle Russier et Christian Rossi et le président Chirac ne citera pas Éluard comme le fit Pompidou :

« *Comprenne qui voudra*
Moi mon remords ce fut
La malheureuse qui resta
Sur le pavé... »

Elle lui a raconté l'histoire de cet amour si semblable au leur qui s'acheva par le suicide de Gabrielle. Ils en ont parlé. Ils ont vu le film. Une autre époque. Mourir d'aimer ? Jamais de la vie ! Vivre d'aimer. Aimer et vivre.

Les regards, les chuchotis, les médisances : ils s'en moquent. Ceux qui les jugent sont des envieux. Ils leur envient l'amour qu'ils ne connaîtront jamais. L'amour, le vrai, l'inattendu, l'irrésistible, a toujours eu quelque chose de scandaleux aux yeux des bonnes âmes, des gardiens de la vertu, des frustrés et des amers.

Frédéric et Frédérique vont du même pas, si forts de se savoir ensemble. Ils ont salué le ministre que Jacques Bernstein leur a présenté. Petit à petit – ça va vite, ils sortent tous les jours –, ils connaîtront tout le monde, c'est-à-dire les deux cents, trois cents, quatre cents peut-être personnes qu'il faut connaître à Paris. Ils voient Minos en train de parler avec la comédienne Diane Keller et un homme pas très grand aux cheveux châtains, au visage rouge. Est-ce qu'il boit ? Non, il a de la couperose. Il a un regard très intense, un nez pointu, un sourire féminin, une veste un peu chiffonnée. Critique d'art ? Diane le présente. Thomas Fournier. Frédéric pense que ce nom lui dit quelque chose. Frédérique multiplie les superlatifs pour dire à Minos toute l'admiration qu'elle a pour son travail.

– Bref, conclut-elle, on adore !

Elle dit « on », elle inclut Frédéric (elle l'inclut toujours) qui opine et complète :

– C'est d'une modernité saisissante. Et transformer le Jeu de

Paume comme ça en chien, quelle idée géniale, à la fois drôle et pertinente !

– Drôle, dit Minos en dodelinant sa tête barbue, vous trouvez ça drôle ?

Aussitôt, Frédéric corrige :

– Drôle dans le sens de surprenant parce que vous questionnez la place même de l'œuvre, est-ce que j'ai mal compris ?

– Non, dit Minos prudemment. (Il ne voudrait pas fâcher un éventuel acheteur et influenceur.) C'est exactement ça.

Frédérique promet à Diane qu'ils viendront l'applaudir au théâtre dans *Le Parfum de la voisine*.

– On vous adore, vous savez. Et depuis longtemps. On adorait les deux sœurs flics. Comment s'appelait la série, déjà ?

– *Les Pinceaux*.

– Ah oui, *Les Pinceaux*. Pourquoi, déjà ?

– C'était leur nom.

– Ah ! Mais oui !

Pendant que Frédérique continue de bavarder avec Diane, Frédéric demande à Thomas Fournier ce qu'il fait dans la vie.

– Je suis prof d'histoire contemporaine à la Sorbonne. Et romancier.

Histoire contemporaine… Fournier… Le nom lui revient soudain.

– Vous êtes l'auteur de *C'était écrit* ?

Le visage de Thomas s'illumine.

– Oui.

Son essai sur les leçons de l'histoire du XXe siècle est un succès de librairie. Un succès inattendu qui lui vaut une célébrité soudaine et d'être invité à ce vernissage avec son éditeur. Il est en train de devenir l'un de ces « spécialistes » qu'on invite pour commenter l'actualité et les évolutions du monde. Il en est le premier surpris. En revanche, son roman, dont personne n'a entendu parler, *Le Fantôme de mes illusions*, ne s'est même pas vendu à mille exemplaires.

– J'ai aussi publié un roman.

– Vous êtes très prolifique, dit poliment Frédéric.

– Oh ! Non…

– Je rêve d'écrire un roman, figurez-vous.

– Vous devriez.

– Il faudrait que je prenne le temps. De quoi parle le vôtre ?

– C'est l'histoire d'un jeune homme qui monte à Paris à la mort de sa mère, bien décidé à faire son chemin et à devenir quelqu'un.

– Un thème classique.

– Il est journaliste. Mais il a du mal à vivre sa vie parce que le fantôme de sa mère est partout avec lui, dans son travail, dans sa vie amoureuse, et elle continue de le traiter comme s'il était toujours son petit garçon.

– C'est amusant.

– Oui. C'est la question du deuil par le biais d'une comédie. C'est mon deuxième roman.

– Ah. (Frédéric craint que Thomas ne se mette à lui raconter aussi son premier roman. Il le ramène à son essai.) En tout cas, j'ai adoré *C'était écrit*. Passionnant de bout en bout et, à mon avis, éclairant et parfaitement juste, en particulier votre description d'un monde avalé dans le tourbillon de changements incessants et de plus en plus rapides qui font oublier les leçons de l'histoire même la plus proche. Mais vous êtes assez pessimiste, non ?

– Inquiet, disons.

– En tout cas, c'est un livre qu'il faut lire et faire lire pour réfléchir. Bravo ! Je l'offre à tous mes amis.

– Merci.

– Vous enseignez où, déjà ?

– À la Sorbonne.

– Pas à Sciences-Po ?

– Non.

– Vous devriez. Compte tenu de votre approche de l'histoire contemporaine, votre place est à Sciences-Po. Moi, j'y donne un cours d'économie générale. Je m'entends très bien avec le directeur. Voudriez-vous que je lui en parle ?

– Mais… je ne sais pas… pourquoi pas ?

– En plus, ils payent très bien. Mieux qu'à l'université.

Frédéric prend Thomas par le bras et le fixe au fond des yeux.

– Je lui en parle dès demain et je vous tiens au courant.

Thomas est impressionné par l'air déterminé du jeune homme et son regard magnétique. Frédéric lui demande son numéro de portable et lui tend sa carte. Il prend congé en lui réitérant sa promesse. Il se noie dans la foule avec Frédérique. Il se demande s'il a bien salué tout le monde, s'ils n'ont oublié personne. Il a croisé Sonia El Hatimi, Stéphane Baron, tous ceux qu'il côtoie à la Banque générale. Il n'aime pas beaucoup Stéphane ou, plutôt, il croit deviner que Stéphane ne l'aime pas, ce qu'il ne s'explique pas car il se montre aussi aimable et chaleureux envers cet homme qu'envers les autres.

Au fil de la soirée, Frédérique et lui ont accepté plusieurs fois une coupe de champagne mais n'ont fait qu'y tremper les lèvres. Frédérique lui a appris à ne jamais se laisser piéger par l'alcool, de façon à garder toute sa lucidité et sa maîtrise. Ils ne boivent – un bon verre de vin – qu'en amoureux, chez eux, dans l'intimité de leur appartement au Village suisse près du Champ-de-Mars.

Frédérique lui glisse à l'oreille :

– Je crois que c'est bon, on peut y aller.

Ils sortent sur la terrasse des Tuileries. La nuit est froide et belle, de couleur prune, avec des couronnes jaunes et argentées, quelques étoiles et une demi-lune pensive à côté de la tour Eiffel.

– Regarde, Fred, lui dit-il.

– Magnifique, dit-elle.

– On rentre à pied ?

– Si tu veux.

Elle lui prend le bras et se serre contre lui.

– Merde, on n'a pas vu Talion.

– Le P-DG de Talion ?

– Oui.

– Il était là ?

– Oui, je l'ai aperçu mais j'étais avec Strauss.

– C'est pas grave. On le verra la prochaine fois.

Ils marchent le long de la Seine sous les arbres du quai aux branches nues et noires. Les chevaux dorés du pont Alexandre-III se cabrent glorieusement sur leurs colonnes de pierre.

– La première fois que je suis venu là, j'avais cinq ou six ans. C'était pour le 14 Juillet avec les parents. Je m'étais dit : « Waouh ! C'est beau ! C'est inouï ! »

– Tu t'étais dit « c'est inouï » à six ans ?

– Sans doute pas mais c'est ce que j'avais ressenti, je m'en souviens.

Les bateaux-mouches, aveuglants de lumière, vont et viennent. Leurs haut-parleurs déversent en six langues leur brève description de Paris.

– Tu crois qu'il faut qu'on écrive au ministre pour le remercier ?

– Pour le remercier ?

– Enfin, pour le féliciter pour l'organisation de l'expo. C'est peut-être trop ?

– Non, non, c'est bien. C'est jamais trop pour ces choses-là. Un petit mot tout simple.

Ils traversent le pont de l'Alma, descendent l'avenue Rapp. Soudain, Frédéric s'arrête, la prend dans ses bras. Elle est surprise par la gravité de son regard. Ses beaux yeux bleu nuit. Toi les yeux du jour, moi les yeux de la nuit… Elle lui sourit comme une jeune fille. Il lui dit :

– Ça fait dix ans. Tu réalises ? Ça fait dix ans. Veux-tu m'épouser ?

Thomas

Le vent qui secouait la fenêtre, la pluie qui grésillait contre les vitres le réveillèrent. Il était huit heures du matin. La clarté grise du jour se répandait au pied des rideaux. Il avait dormi quatre heures. Ils s'étaient couchés tard après un dîner stupide avec les comédiens de la tournée dans une vieille brasserie du centre de Bruxelles qui sentait l'huile de friture et la bière. Ils avaient fait l'amour deux fois. Elle aimait être sur lui, les jambes serrées sur les siennes. Il était tellement en manque qu'il jouissait vite.

Diane se tenait loin, à l'autre bout du grand lit, sur le dos, la tête tournée vers la table de nuit. Il se rapprocha d'elle pour l'observer. Elle était pâle. Ses fins cheveux blonds reposaient comme de la soie sur l'oreiller. Il souleva la couette. Ses seins ronds étaient fermes, parfaits. Elle poussa un petit grognement et se mit en position fœtale en lui tournant le dos. Il resta de longues minutes immobile à écouter le vent et la pluie. Il adorait être au lit, bien au chaud, bien à l'abri, bercé par le clapotement régulier et cristallin des gouttes sur le rebord de la fenêtre, sensation d'autant plus agréable qu'il avait près de lui le corps chaud d'une femme qu'il désirait. Il se blottit avec précaution contre elle et eut vite une érection. Elle soupira, remua, se retourna et, après quelques préliminaires, le chevaucha dans sa position favorite. Ils étaient en pleine action quand le portable de Thomas sonna dans la poche de sa veste posée sur une chaise. Il sut instantanément que c'était sa femme et, instantanément, réagit comme un amant pris en flagrant délit. Pour se rendre à Bruxelles avec Diane, il avait prétexté une rencontre avec un universitaire hollandais avec lequel il envisageait de travailler sur le traité de Versailles. Ils avaient, prétendit-il, « coupé la poire en deux » et décidé de se retrouver à Bruxelles. « Tu ne m'en avais pas parlé. – Ça s'est décidé au dernier moment, il avait un créneau. – Comment il s'appelle ? – Frans Blom. » Il avait bien vu qu'elle ne le croyait pas. Elle le connaissait trop bien et il ne savait pas mentir. Il avait dû rougir, elle avait dû l'entendre à sa voix. Peut-être avait-elle découvert – comment ? il n'en savait rien – qu'il n'avait pas rendez-vous à Bruxelles avec cet historien.

Il fit rouler Diane sur le côté. Elle lui demanda sèchement :

– Qu'est-ce que tu fais ?

Il se leva et trotta jusqu'à son téléphone. C'était bien sûr Anne-Sophie. Voix tendue, respiration courte.

– Je te réveille ?

– Non.

– Tu rentres à quelle heure ce soir ?

– En fin de journée. Je serai là pour le dîner.

– Laetitia doit partir à sept heures et j'ai un sujet à boucler au journal. Ça serait bien si tu étais là.

– Elle ne peut pas rester un peu plus tard ?

– Ton train arrive à quelle heure ?

– Dix-huit heures quarante-cinq, je crois.

– Bon. Les enfants seront seuls une demi-heure.

– Enfin, ça va. Cécile a treize ans. Elle peut s'occuper de son frère un peu. Ils n'ont plus vraiment besoin d'une baby-sitter maintenant.

– Je suis pressée, Thomas, on m'attend au journal. J'espère que c'est intéressant, tes échanges avec Blom.

– Oui.

– À ce soir.

Il resta le téléphone contre son oreille, le cœur battant. Elle savait. Non, impossible. Pourquoi ? Pourquoi elle le saurait ? L'intuition féminine. On ne baise plus.

Diane le considérait d'un air choqué.

– Excuse-moi. Un problème avec les enfants.

– Tu le savais en allant répondre ?

– Non, mais à cette heure-ci, je me suis dit que c'était quelque chose d'important.

– Ça, j'avoue, on me l'avait encore jamais fait.

– Excuse-moi.

Il se rallongea et voulut enlacer Diane. Elle le repoussa.

– Excuse-moi. Je suis désolé. Je suis vraiment désolé. Je ne le ferai plus.

Elle eut un ricanement bref et méprisant.

– Pardon, maman.

– Mais qu'est-ce que tu racontes ! Diane !… Je te dis juste que je me suis angoissé parce que je me doutais que c'était elle et je n'aurais pas dû répondre, voilà.

– Quand c'est pas des brutes, c'est des gosses, ou les deux en même temps.

– Quoi ? Mais non ! Diane ! Je te demande pardon, je te dis.

Elle appela la réception pour commander le petit déjeuner. Ils le prirent au lit. Peut-être eut-elle envie de refaire l'amour, de prendre du plaisir ? Elle revint sur lui. Elle n'exprimait rien, pas un son, pas d'abandon sur son visage pendant l'acte sexuel, mais elle secouait la tête et ses mèches balayaient le visage et le cou de Thomas. Elle se doucha et s'habilla juste après et lui dit qu'elle avait des tas de choses à faire et qu'ils se retrouveraient à la gare.

Déçu, inquiet, il erra toute la journée dans Bruxelles comme une âme en peine, son sac à dos sur l'épaule. Heureusement, il avait son parapluie et il ne plut que par intermittence. Il se disait qu'il aimait Diane. Sa froideur le torturait. Putain ! Pourquoi j'ai répondu ? Quel con ! Leur histoire avait trois semaines. Elle avait débuté le soir du vernissage de Minos. Diane lui avait presque sauté au cou, lui avait dit qu'elle avait lu son livre et que c'était génial. Elle était pompette, gaie et volubile, elle lui avait proposé d'aller dîner après. Il s'était félicité d'être venu sans Anne-Sophie. Il cherchait de plus en plus les occasions de sortir sans elle. Il ne l'avait encore jamais trompée. Avec Diane ce soir-là, ils s'étaient embrassés sous les arcades de la rue de Rivoli puis à peu près tous les cent mètres : place Vendôme, Opéra, Trinité, rue Blanche, rue Pigalle… jusqu'au pied de chez elle rue Lepic à Montmartre où ils se roulèrent des pelles comme deux ados pendant au moins une demi-heure. Impossible de faire l'amour ce soir-là. Diane ne voulait pas qu'il monte dans son appart' parce qu'il y avait ses filles gardées par la baby-sitter. Mais le lendemain, pendant qu'elles étaient à l'école, ils baisèrent comme des fous jusqu'à quatre heures de l'après-midi sans même déjeuner. Elle l'invita encore mais seulement deux fois jusqu'à ce séjour à Bruxelles. Il avait senti qu'elle était contrariée – non, pas contrariée, triste – parce qu'il était marié. Bien que leur affaire fût toute récente, il lui laissa entendre qu'il serait prêt à tout quitter pour elle. Cela sembla la déranger encore plus. « Tu ne me connais pas. » Il se sentait coupable à la fois vis-à-vis d'elle et vis-à-vis d'Anne-Sophie et, en même temps, il avait peur qu'elle mette fin à leur aventure. Maintenant qu'il avait plongé, sa testostérone bouillonnait et il ne pensait plus qu'à effacer des années de frustration sexuelle ou, plus exactement, il ne pensait plus, plus du tout. Un affamé ne pense à rien. Qu'à assouvir sa faim.

Il passa la journée à se poser des questions. Diane l'avait presque mis dehors. Hors de la chambre qu'il avait réservée et payée. (Elle avait tenu à ce qu'ils ne soient pas dans le même hôtel que la troupe.) Il avait peur de la perdre, de l'avoir perdue. Il appréhendait aussi le retour chez lui. Anne-Sophie. Est-ce qu'il aurait le courage de lui dire : « J'ai rencontré quelqu'un, je l'aime, alors, voilà, c'est fini » ?

Il arpenta le quartier des antiquaires, parcourut de long en large le Parc Royal boueux et déserté, déjeuna au Pain quotidien, fit un tour au musée en ruminant ses angoisses. Il arriva très en avance à la gare du Midi. Des ruisseaux de voyageurs bruissaient en français, en flamand, en anglais, en allemand… SMS à Diane : « Je suis à la gare devant Leonidas. » Il hésita à lui acheter une boîte de chocolats. Il y renonça. Elle pourrait le prendre mal. Une comédienne. Grossir…

Elle passa le voyage à bavarder avec les autres comédiens. Gare du Nord, il proposa de la raccompagner jusque chez elle en taxi. Elle refusa. « Je suis à trois stations de métro direct par la ligne 2. » Il prit la ligne 2 avec elle puis la 6 et la 4. Wagon bondé. Mauvaises odeurs. Paris pue ! Et ces gueules grises et fatiguées. Il ne donnait que cinq heures de cours par semaine à la Sorbonne. (Il en aurait bientôt trois de plus à Sciences-Po.) Il prenait rarement le métro aux heures d'affluence. Juste avant de rentrer chez lui, devant son immeuble rue Froidevaux, il eut envie d'écrire à Diane. « Bruxelles bruxellait et moi, je t'aime. » Il relut plusieurs fois son SMS en hésitant à l'envoyer. Non,

non, trop sentimental, rester léger. Il avait peur. Et si c'était fini, déjà fini ? Bon, juste : « Passe une bonne soirée, je t'embrasse, à bientôt. »

Il entra dans un appartement silencieux.

– Coucou, c'est moi.

– Papa !

Alexandre surgit de la cuisine et se précipita pour embrasser son père.

– Tu as pris le TGV ?

– Oui, le Thalys.

Thomas vit Cécile à l'entrée de la cuisine qui l'observait, une question dans ses grands yeux noisette aux paupières bleutées.

– Bonsoir, ma chérie.

– Salut.

Cécile se laissa embrasser à contrecœur.

– Laetitia est partie ?

Au même moment, Anne-Sophie apparut dans le salon tel un spectre. Il la trouvait pâle et amaigrie. Il n'était pourtant parti qu'hier. Elle ne pouvait pas avoir changé en vingt-quatre heures. Il songea que ces derniers temps elle ne mangeait presque rien et fumait comme un pompier. Quelque chose de très triste le submergea soudain. De la pitié.

– Tu es là ?

– Oui. Tu m'as dit que tu ne pouvais pas rentrer plus tôt. Alors, je me suis arrangée.

– Je t'ai dit que mon train arrivait à dix-huit heures quarante-cinq. Les enfants pouvaient être seuls une heure.

Elle s'alluma une cigarette. Sa main tremblait. Elle était extrêmement nerveuse. Alexandre demanda :

– Qu'est-ce que tu as fait à Bruxelles ? Tu as visité ?

– Non. J'ai pas eu le temps. J'ai eu des échanges avec un historien hollandais.

– Sur quoi ?

– Sur le traité de Versailles.

– Pourquoi ?

– Parce qu'on va peut-être travailler ensemble. Vous étiez en train de dîner ?

– Oui.

– Finissez. Je pense que maman et moi, on va dîner après. C'est ça, Anne-Sophie ?

Pas de réponse. Et Cécile le fixait toujours de ce même regard dérangeant. Il alla se laver les mains à la salle de bain, vérifia que son visage ne trahissait rien de particulier, et retourna auprès des enfants qui mangeaient en silence. Il chercha un sujet de conversation, leur demanda ce qu'ils avaient fait en classe. Il obtint des réponses laconiques. Il dit qu'il avait déjeuné dans un café sympa à Bruxelles. Tout en parlant, il posa la main sur l'épaule de sa fille qui mangeait lentement son yaourt. Elle se tortilla d'un air mécontent.

– Quoi ?

– Je mange.

– Oh ! Pardon.

Au salon, Anne-Sophie semblait absorbée par son travail sur son ordinateur. Thomas s'occupa un moment comme il put, rangea ses affaires dans sa chambre puis revint voir sa femme.

– On dîne ?

– Comme tu veux.

– Qu'est-ce qu'on mange ?

– Ce que tu veux.

– Je vais voir.

Le frigidaire était presque vide. Il réchauffa au micro-onde une moussaka surgelée. Anne-Sophie y toucha à peine. Il crut devoir lui raconter sa rencontre avec Blom. Elle semblait s'en foutre. Il n'eut pas à inventer trop longtemps. Elle lui répondit laconiquement, comme les enfants, quand il la questionna sur sa journée. Ils dirent bonne nuit aux enfants. Thomas regarda les infos. Anne-Sophie fuma sur le balcon. Ils firent ensuite leur toilette séparément, ce qu'ils avaient pris l'habitude de faire depuis… depuis combien de temps ? Il ne l'avait plus vue toute nue… Ils n'avaient plus fait l'amour depuis… Quand ils se retrouvèrent dans leur chambre, elle avala devant lui des comprimés. C'était la première fois qu'il la voyait en prendre.

– J'en prends depuis dix jours.

– Ah bon ? Qu'est-ce que c'est ?

– Je ne suis pas bien en ce moment, Thomas.

– Ah bon ?

Il avait conscience de son hypocrisie.

– Je vois un psychiatre.

– Ah bon ?

– Thomas, je pense qu'on devrait se parler. On ne peut plus vivre comme ça. Si tu ne m'aimes plus…

– Anne-Sophie…

– Si tu ne veux plus vivre avec moi…

– Qu'est-ce que tu dis ?

– Si tu me trompes…

– Mais enfin…

Elle lui sourit amèrement.

– Thomas…

Comme par un fait exprès, son portable vibra.

– Tu as reçu un message.

Thomas lut son SMS. « À toi aussi. Bisous. »

– C'est Blom.

– Bien sûr… Francesca Blom.

– Hein ! T'es conne. Il s'appelle Frans.

– Moi, je t'aime encore.

– Mais moi aussi.

Elle se tenait assise dans le lit, le dos dans deux oreillers. Sa chemise de nuit d'hiver en coton épais (elle était frileuse) lui montait jusqu'au cou. Il remarqua ses mains posées sur la couette. Elle se rongeait les ongles. Elle avait les yeux embués de larmes. Ils vivaient ensemble depuis quinze ans. Il était normal, avec le temps… Normal ? Il se sentait toujours désarmé face aux larmes. Depuis des mois, depuis… combien ?… Ils ne se disputaient plus. Tout était devenu entre eux d'un calme… mortel… comme s'il n'y avait plus d'enjeu. Il pensait : le feu s'est éteint. Mais y a-t-il jamais eu de feu ? Quand ils se sont rencontrés, il n'avait pratiquement aucune expérience amoureuse. Il lui semblait ce soir en la voyant dans sa chemise de nuit à fleurs roses qu'il ne l'avait jamais désirée comme il désirait Diane. Mais non. L'épreuve du temps. Ne pas tout gâcher. Tous les couples… peut-être…

– Je vais faire pipi. Je reviens.

Aux toilettes, il écrivit à Diane : « Dors bien. Fais de beaux rêves. » Il faillit ajouter : « Jtm » mais s'en abstint. Dans l'entrée, il croisa Cécile qui sortait de sa chambre pour aller à la salle de bain.

– Tu ne dors pas ? Tu as vu l'heure ? Tu as cours à quelle heure ?

– À neuf heures.

Elle lui parut fluette, toute petite et fragile. Il eut tout à coup le cœur serré, la prit dans ses bras et l'embrassa.

– Dors bien, ma chérie. Et fais de beaux rêves.

Cette fois, elle s'abandonna un instant dans ses bras. Il ne pouvait pas leur faire ça. Il ne pouvait pas leur faire tant de peine.

Anne-Sophie avait éteint la lumière. Il se coucha à côté d'elle. Chercha sa main, la prit dans la sienne. Elle reniflait. Il se souleva sur un coude et se pencha pour l'embrasser. Il lui baisa le front.

– Dors bien.

– Toi aussi.

Il s'installa sur le dos. Leurs épaules se touchaient. Il lui reprit la main. Avec son somnifère, elle s'endormit vite. Elle ronfla un moment puis se tourna sur le côté. Il voyait les minutes, les heures passer sur l'écran du réveil sur sa table de nuit.

Jeanne

« Nous venons d'atterrir à Paris-Charles-de-Gaulle et la température extérieure est de dix-sept degrés… » Dix-sept degrés ! Mi-février à dix-huit heures ! Jeanne avait prévu anorak et écharpe. Une semaine plus tôt quand elle était partie pour l'île Maurice, il faisait froid. Dans le tunnel transparent reliant l'avion au terminal, elle respira l'odeur forte du kérosène qu'elle aimait. Le tarmac luisait comme une eau noire et huileuse sous les phares des véhicules de piste. Les têtes des pilotes s'affairaient dans leur cockpit à peine éclairé. Elle serait repartie tout de suite si elle l'avait pu. Elle appela Séverine, sa fidèle nounou, pour lui dire qu'elle était bien arrivée et serait là pour dîner avec les enfants. Elle prit un taxi qui passa par la porte de la Chapelle parce que le périph' était bouché. En voyant les attroupements d'étrangers sous les ponts, sur les boulevards, les Arabes, les Africains en tunique ou djellaba, les magasins colorés, une grande boucherie halal et surtout les femmes voilées, certaines jusqu'aux yeux, elle pensa : on ne peut pas continuer comme ça, ils ne s'intégreront jamais, c'est une menace pour l'identité française, c'est évident. Non mais regarde-moi ça ! Les femmes sont des esclaves dans cette culture. Et ce gros barbu qui se pavane comme un coq avec sa poule la tête dans un sac à côté de lui !

À la grille d'entrée de la villa Montmorency, elle salua le gardien, Abdillah. Le taxi la déposa devant sa maison. Ça sentait la campagne mouillée. Les enfants l'attendaient. Ils l'accueillirent joyeusement en courant se blottir contre elle comme des petits oiseaux et en rivalisant d'ardeur pour l'embrasser. Ils passèrent tout de suite à table. Séverine avait tout préparé comme chaque soir. Elle était moins bonne cuisinière que Nana – rien à voir – mais elle était d'une fiabilité et d'un sérieux à toute épreuve. Les enfants parlaient à qui mieux mieux. Valérie était en sixième, Yannick en CM2. Ils étaient impatients de partir au ski avec leur mère la semaine prochaine.

Après les avoir couchés (chacun avait sa chambre) – rituel des baisers : frottement de nez façon esquimau puis gros *poutous* sonores sur les joues pour Yannick qui riait comme une baleine, bisous plus doux pour Valérie –, Jeanne alla caresser ses chats. La vieille bengale Pita, très vieille dame à présent, somnolait bien au chaud contre un radiateur. Patouche le siamois se laissa caresser quelques secondes derrière les oreilles avant de s'écarter d'un air snob. Il tenait à rappeler à toute occasion qu'il était un chat. Le petit dernier, un gouttière abandonné, noir et blanc, qu'elle avait recueilli à la SPA lors d'une visite avec son père et Brigitte Bardot, lui sauta sur les genoux et s'y installa en ronronnant quand elle se fut assise dans le canapé du salon. Elle l'appelait Cloclo parce qu'elle trouvait qu'il se dandinait un peu comme Claude François.

Elle se servit un whisky qu'elle sirota en fumant une cigarette. La fumée s'enroulait dans la lumière de l'abat-jour cabossé au coin du canapé.

Dès qu'elle était dans cette maison, Jeanne se sentait écrasée par une chape de plomb mélancolique. Elle vivait ici depuis l'âge de dix ans. Rien n'avait changé. Tout avait vieilli. Dans l'escalier, les photos de son père, qui résumaient vingt ans de sa vie politique, jaunissaient. Parfois, elle entendait ses parents rire, parler fort, chanter… Parfois, elle revoyait sa mère jeune et ravissante dans une longue robe d'été. Souvent, Nana, son bon sourire, sa peau sucrée. Elle avait essayé, elle essayait encore de temps à autre de prendre possession des lieux. Après tout, elle seule y vivait à présent avec ses enfants. Mais rien ne résistait au lourd passé accumulé entre ces murs gris, aux souvenirs sous la poussière, chaque geste découvrait une empreinte d'autrefois ; le grenier (elle repensa à son pigeon blessé) ne suffisait plus à contenir l'histoire de Georges Dolman. Il avait amassé tellement de papiers, de photos, d'archives, de cadeaux et d'achats de toutes sortes qu'il avait déversés là toute sa vie et oubliés ! Elle avait beau y avoir vécu avec Tony, puis avec Ludovic, y avoir reçu ses amis et, comme ses parents autrefois, donné de grands dîners, dansé, chanté, baisé, cette maison était pleine de morts, les morts-vivants hantaient chaque recoin, ils étaient avec elle, assis, debout, couchés, lui parlaient, l'entouraient, l'enveloppaient, peuplaient sa solitude. Comme je suis seule, comme je suis seule ! On pense que j'ai une chance folle, de l'argent, plein d'amis, mais ce ne sont pas les miens, toujours ceux de papa ou mes amis *parce que* papa… Pas tous mais presque. Elle aurait pu essayer de se débarrasser de toutes ces choses, choisir des meubles et des objets qui lui plairaient. Elle n'avait pas osé parce que tout était à son père et elle aussi lui appartenait. Elle lui devait tout, dépendait de lui. Elle était très bien payée et vivait une vie de riche, elle gâtait ses enfants et se gâtait elle-même en s'offrant tout ce dont elle rêvait mais elle ne pouvait pas toucher à cette maison parce qu'elle savait que son père voulait la conserver en l'état. Elle avait pour lui un caractère sacré. C'était là, entre ces murs, qu'il avait pensé et développé sa vie politique. C'était son refuge, même s'il n'y venait presque plus. C'était à lui, rien qu'à lui. Il la laissait y vivre comme il l'avait fait depuis qu'elle était enfant. Et elle lui devait son poste au Parti, son salaire. Il les lui avait donnés, il en avait décidé souverainement, seul. Et même le respect, l'amitié, l'amour qu'on lui témoignait ne tenaient qu'à la place qu'il lui avait accordée, ne tenaient qu'à lui. Sa sœur, qui avait été longtemps plus douce et conciliante qu'elle, avait fini par se fâcher avec leur père – ils étaient fâchés à mort. Il disait à présent en public qu'il n'avait qu'une seule fille – Marie-Astrid n'avait plus pu supporter son autorité, son intransigeance ni surtout son chantage à l'argent. « Je paye, tu me dois. Tu dois m'aimer, me le prouver et faire ce que je veux. » « Tu ne vois pas, dit-elle à Jeanne, que c'est un monstre ? Tu le disais, pourtant, avant. » Oui mais Marie-Astrid pouvait se payer le luxe de rompre avec son père parce qu'elle avait la chance, semblait-il, d'avoir enfin rencontré l'amour, le vrai. Hugues était un député du Parti – et en même temps un riche entrepreneur – qui avait osé contester la ligne politique suivie par leur père, crime impardonnable. Marie-Astrid avait naturellement choisi l'homme qu'elle aimait.

Elle, Jeanne, n'avait pas le choix. Elle avait deux enfants à élever. À élever seule. (Tony se prétendait tellement pauvre qu'il ne versait pas de pension.) Elle était seule. Seule.

Alors, elle devait vivre ici avec les morts-vivants de sa jeunesse, les ombres de ses parents qui riaient, parlaient fort, chantaient… vivaient comme ils avaient toujours vécu, sans se soucier d'elle… partaient, revenaient, repartaient… « Au revoir, les enfants ! – Coucou, mes chéries ! À bientôt !… »

Même les chats, son éternelle consolation, étaient plus nombreux morts ou morts-vivants que vivants. Elle les enterrait tous dans le jardin. C'était interdit, elle le faisait quand même. Elle leur mettait une petite stèle. Dodo, Fantaisie, Crochet, Tortue…

Pour supporter ses soirées solitaires, dans le canapé, devant la télé, elle se buvait deux, trois whiskies. Le liquide fort, boisé, l'apaisait toujours un peu. Souvent, elle s'endormait assise, Cloclo sur les genoux, une main dans sa fourrure, et se réveillait vers deux heures du matin. Elle avalait un Doliprane et montait se glisser dans son lit.

Ce soir-là, elle faisait un rêve érotique (le masseur de son hôtel-club, à l'île Maurice, un beau métisse indo-africain, la prenait par-derrière dans le lagon rempli de poissons multicolores) quand son père la réveilla en sursaut en s'écriant depuis l'entrée :

– Jeanne ! Tu es là ? C'est moi.

Elle ouvrit les yeux, le souffle court, le cœur battant, passant d'un seul coup du plaisir à la peur. Son père en chair et en os à l'entrée du salon ! Il s'avança d'un pas lourd et dit en s'asseyant dans un fauteuil avec la raideur et les précautions d'un homme âgé :

– Séverine m'a dit que tu rentrais ce soir. C'était bien, les cocotiers ?

Il n'était encore jamais venu la voir comme ça tard le soir. Il n'était jamais venu ici pour la voir. Elle l'avait croisé deux semaines plus tôt et s'étonna de le trouver subitement vieilli. Sa main tremblait en cherchant l'accoudoir du fauteuil et il lui souriait tendrement de façon inhabituelle, humble, touchante.

– C'était super.

– Tu t'es bien reposée ?

– Oui.

– Tu repars avec les enfants au ski ?

– Oui.

– Bon.

Qu'est-ce qu'il lui voulait ? Elle fouillait sa mémoire. C'était la première fois… oui, c'était la première fois qu'il venait pour elle…

– Qu'est-ce que t'as pris ? Un whisky ? Tu m'en sers un ?

Elle remplit un verre et se leva pour le donner à son père.

– Tu as minci, non ?

– Peut-être.

– Tu es belle.

– Merci.

Le verre tremblait un peu dans sa main. Il le porta à ses lèvres, puis s'essuya la bouche du revers de l'autre main.

– Tu te demandes ce que vient faire ton vieux père à l'heure tranquille où les lions vont boire ? Ne fais pas cette tête ! (Il rit.) C'est de Victor Hugo.

Elle se sentait toujours en situation d'infériorité intellectuelle vis-à-vis de son père, ce qu'elle vivait comme une humiliation injuste. Il avait toujours étalé sa culture, ses références et ses citations qu'il apprenait par cœur. Est-ce que cela faisait de lui quelqu'un de plus intelligent qu'elle ? Non.

Georges Dolman devinait que Jeanne était agacée. Il déplorait que ses filles n'aient jamais lu ce qu'il aimait lire, lui : les grands romans classiques, les biographies et, surtout, la poésie française. Il lui semblait qu'il les avait toujours encouragées à lire. De son point de vue, il avait été un bon père, ce qu'un père doit être : l'homme qui donne à ses enfants un bon cadre de vie, une bonne éducation, de bons conseils sages et avisés. Il pensait que Marie-Astrid s'était révoltée sous l'influence maléfique d'Hugues Léon. Les femmes deviennent stupides quand elles sont amoureuses. Tout ce que sa fille lui avait reproché n'avait ni queue ni tête. C'est la grande mode maintenant d'accabler ses parents et de leur faire porter la responsabilité de tous ses problèmes. Merci la psychanalyse ! Marie-Astrid s'est radicalisée sous l'influence de son imam. Hugues était barbu, Georges l'appelait l'imam ou l'ayatollah. Franchement, de quoi elle avait souffert dans la vie, cette pisseuse ? Elle avait tout eu. Lui, il savait ce que c'était que d'être pauvre. Pas elle. Il ne lui pardonnerait jamais. De toute façon, il ne la regrettait pas. « Moi, quand on ne m'aime plus, j'ai de la chance, j'arrête d'aimer », avait-il répondu à un journaliste qui l'avait interrogé sur sa rupture avec sa fille. Sa seule erreur, c'était d'avoir pensé que, parce qu'elle était l'aînée, elle était naturellement destinée à lui succéder… un jour… car le Parti national, c'était lui, c'était Dolman et seul un Dolman (une, hélas) pouvait prendre sa suite. La question le tourmentait sans cesse. Il faudrait forcément un successeur – une « successeuse »… Ah ! Non ! Féminiser les noms comme ça, jamais ! Saloperie de féminisme ! Tout homme sensé doit rédiger son testament, tout chef organiser sa succession. Mais attention ! Le jour de la réelle succession, de la transmission réelle de son pouvoir, devait être celui de sa mort. Pas question de finir comme le roi Lear ou le père Goriot ! Il venait de perdre Marie-Astrid. Rien ne prouvait que Jeanne l'aimait davantage. D'ailleurs, il se méfiait des femmes en général. Avec les femmes, on ne peut jamais être sûr de rien. Un jour, elles vous portent au pinacle, le lendemain…

– Je voudrais te parler de quelque chose d'important.

Elle l'écouta sans jamais l'interrompre. Il lui parla longtemps, très longtemps, plus d'une heure, de sa voix rauque, parfois cassée, émue, dans la grande pièce qu'il remplissait autrefois d'une tout autre voix, triomphante, tonitruante, devant ses invités subjugués. Il lui raconta son enfance, sa vie de petit garçon pendant la guerre, le choc de la mort de son père, la relation qu'il entretenait avec sa mère, son premier amour, son amour de la France, de ses paysages, de ses habitants, son amour de Jeanne d'Arc – d'où son prénom –, sa passion de la politique, ses combats, les trahisons de ses proches, de ceux qui lui devaient tout, mais elle fut sensible d'abord à ses regrets, à ses remords, qu'il lui confia avec une sincérité, une franchise qui la surprirent et la touchèrent au plus profond. Il lui dit qu'il regrettait de n'avoir pas passé assez de temps avec elle quand elle était petite et même depuis qu'elle était adulte. Il lui dit qu'il avait souffert de sa rupture avec leur mère et surtout qu'il s'en voulait que leur séparation violente et médiatisée ait pu lui faire du mal. Les enfants souffraient toujours d'un divorce. Mais le leur avait été le pire de tous. Il disait qu'avec le temps, il avait pardonné à son ex-femme. Il avait aimé Cathie, ils avaient vécu des moments merveilleux qu'il n'oubliait pas.

Jeanne en eut les larmes aux yeux. Elle découvrait un homme qu'elle ne soupçonnait pas, un homme, surtout, d'une humanité qu'elle ne soupçonnait pas. Il en fallait peu pour la faire fondre. Elle avait tant besoin d'un homme qui lui parle tendrement, tant besoin d'affection et de gentillesse.

– Il est tard. Je vais y aller, maintenant. Roselyne doit m'attendre.

Elle le raccompagna jusqu'à sa voiture où somnolait son chauffeur. Il lui tenait le bras en marchant.

– Prends le temps de réfléchir. Tu me donneras ta réponse plus tard. Demain, après-demain…

– Tout de suite, papa !

Ils étaient à la porte du jardin sous un arbre qui gouttait doucement sur leurs têtes. Georges la regarda, la prit par les épaules et la serra fort contre sa poitrine. Il portait toujours le même parfum musqué.

Stéphane

Il se lave très souvent et veille à ce que ses enfants fassent de même : bain, douche, une fois par jour au moins, mains à chaque fois qu'ils rentrent à la maison, avant les repas, après être allé aux toilettes – et attention ! Vingt-cinq secondes minimum en frottant bien entre les doigts et sous les ongles, là où les saletés se nichent ! L'hygiène l'obsède. Paris lui semble de plus en plus sale. Les gens ne respectent rien, vandalisent, jettent, pissent n'importe où n'importe comment. Les toilettes des cafés sont toujours répugnantes, les rues jonchées de déchets. Et les SDF et les mendiants dans le métro ! Même les taxis sont douteux et les chauffeurs puent. Les épidémies se répandent. Forcément, on laisse venir toute la terre, toute la misère chez nous. On ne se protège pas. C'est une folie, la libre circulation, la suppression de nos frontières. La vache folle, la tremblante du mouton, la grippe aviaire, tous les virus africains, asiatiques… Déjà, le SIDA est venu d'Afrique…

Dans son bureau chez Talion, il a de l'alcool à quatre-vingt-dix et un tas de mouchoirs. Il imbibe un mouchoir d'alcool et se frotte soigneusement les mains. Il en imbibe un autre et désinfecte son écran, son clavier d'ordinateur et le dessus de son bureau. Il n'a aucune confiance en la femme de ménage qui doit vaguement passer un vieux chiffon crasseux et répandre ainsi les microbes de bureau en bureau.

Après avoir pratiqué ce rituel de purification au moins deux fois par jour, le matin et l'après-midi, il se met au travail. Mais il a de plus en plus de mal à se concentrer. Depuis qu'il s'est laissé aller à consulter des sites porno, il est assailli d'images de corps galbés, d'abdominaux ciselés, de fesses, de membres resplendissants, qui l'entraînent loin de l'étude des attentes des consommateurs et des stratégies marketing à mettre en œuvre pour gagner de nouveaux clients à Talion. Il ne sait plus quand pour la première fois, honteux, troublé et excité comme un adolescent, il a ouvert une page de photos d'hommes… un soir tard… en tremblant d'être dérangé ou surpris par quelqu'un. Il laisse toujours des dossiers et des livres empilés sur son bureau autour de son gros écran de façon à être en grande partie caché derrière si la porte s'ouvre. Cela fait rire Marc. « On reconnaît bien l'intello, le rat de bibliothèque ! » Marc n'a jamais rien sur son bureau à part ses téléphones et ses deux ordis, fixe et portable.

Dans un premier temps, le sexe sur écran lui a suffi. Il se masturbait sous son bureau dans un de ses mouchoirs. Il lui a très vite fallu s'adonner à ce plaisir plusieurs fois par jour, mais c'est devenu insuffisant et son esprit s'est mis à imaginer comment il pourrait vivre des relations amicales érotiques, comme celles que Socrate et ses disciples entretenaient. Qu'y a-t-il de plus élevé, de plus beau, de plus pur, que l'amour socratique conjuguant l'épanouissement des sens et celui de l'esprit ? Cette pensée le rassure, l'encourage et, certains soirs, il n'est pas loin d'aller faire un tour dans un de ces cafés du Marais où il sait… Il sait aussi comment les gays qui s'assument appellent les hommes comme lui : les honteuses. Le mot le blesse, l'humilie, il lui trouve quelque chose de poisseux, de répugnant, à mille lieues du *Banquet* qui lui inspire des scènes folles, des scènes à plusieurs, qui lui font perdre la tête, des scènes entre hommes beaux, forts, intelligents – et purs. Oui, purs. D'une propreté et d'une pureté parfaites. Mais la réalité… Que se passerait-il en réalité ? La réalité, tu sais aussi : les backrooms, le SIDA. Sale. Parfois, il repense à Bernard. Bernard était beau, élégant, vertueux. C'était cela qui l'attirait, cela qui l'avait bouleversé. Stéphane, tu ne sais rien, tu n'as rien vécu parce que tu n'as jamais eu le courage… toi qui admires les hommes courageux, les grands hommes : de Gaulle, Jeanne d'Arc, Socrate… Tu veux vivre et mourir sans avoir vécu ? Comme tous ceux qui vivent sans jamais oser ? Comme tous ces moutons qui se ressemblent tous ? Comme tous ces cons que tu méprises ? Tous ces pantins… Une honteuse.

Il est midi. Il a son cours de boxe thaïe avec le beau Christian. Le siège de Talion se trouve dans le 15e, loin du centre sportif du boulevard de Sébastopol où se donne le cours, mais Stéphane s'y rend toujours au moins deux fois par semaine, en taxi (il n'a pas son permis), parce qu'il estime que c'est indispensable à sa forme physique et, bien sûr, parce qu'il y est en compagnie d'hommes, pour la plupart plus jeunes que lui, et parce qu'il entretient avec Christian une relation amicale.

Ce jour-là, un nouveau assiste au cours : Tarik, un brun costaud d'une vingtaine d'années, peau cuivrée, yeux noirs étoilés. Dès qu'il le voit, Stéphane ne peut pratiquement plus le quitter du regard. Il boit son visage. Tarik le surprend plusieurs fois et esquisse un sourire. Ils se saluent au vestiaire (tout le monde se salue) après s'être rhabillés. Il fait très chaud mais Stéphane remet sa veste qu'il tient par-dessus son pantalon. Il a peur qu'un renflement soit visible.

Le lendemain, le cours a lieu à dix-neuf heures. Tarik est là. Stéphane l'espérait. À un moment, Christian les met face à face pour un exercice consistant à parer des coups. Tarik est puissant mais manque d'équilibre. Il tombe. Il rit. Stéphane se force à rire aussi. Il voudrait ne penser à rien. Ne surtout pas laisser deviner son trouble. À la fin du cours, il doit rejoindre Elysabeth pour un dîner. Il a prévu une chemise propre et il prend une douche dans l'unique cabine de douche du vestiaire. Quand il en sort, il s'aperçoit qu'il est seul avec Tarik dans la pièce sans fenêtres. Tarik le regarde, torse nu, en jean. Stéphane, drapé dans sa serviette, se sent mal à l'aise et se demande comment il va pouvoir se rhabiller sans se montrer nu. Tarik s'approche tranquillement, plonge son regard dans le sien et l'embrasse sur la bouche. Vertige. Sa langue. Et si quelqu'un vient ? Sa peau est moite. Il sent la transpiration et le miel ou la cire. Il lui a pris le sexe et le caresse. Stéphane jouit en tremblant des pieds à la tête. Ils s'enferment dans la douche. L'eau gicle bruyamment. Tarik enfile un préservatif. La vapeur monte, les noie. Le mur carrelé vert pâle ruisselle. Vertige.

III

David

David Neuvic était trader. Tous les matins, sauf le week-end, son réveil sonnait à six heures. Il émergeait péniblement d'une nuit toujours trop courte. (Il se couchait ou, plus exactement, s'effondrait au mieux vers minuit, en général vers une heure.) Comme un somnambule, il se levait, allumait la radio branchée sur France Info, jetait sur son lit son haut de pyjama – il ne portait jamais de bas – et entrait sous la douche. Il faisait couler l'eau très chaude, se savonnait puis se rinçait à l'eau froide pour se donner un coup de fouet et se séchait énergiquement. Après quoi, il se rasait avec soin, se parfumait, se brossait les dents, enfilait une chemise repassée par sa femme de ménage qu'il boutonnait en même temps qu'il se préparait un café tout en prêtant une oreille distraite aux infos du matin. Au cours de ces premières minutes, son cerveau reprenait vie et les chiffres laissés la veille dans les brouillards de la fatigue et du sommeil se remettaient à clignoter : les indices boursiers, les titres, les warrants réalignaient leurs chiffres et leurs lettres comme les étoiles reprennent leur place la nuit dans le ciel de l'astrophysicien. Dès ce moment, David avait hâte de se retrouver derrière ses écrans, derrière ce que son superviseur appelait sa *gameboy*, son casque de téléphone sur la tête, sa souris à la main, en quête de nouveaux défis à relever, de nouveaux records à battre, sur le grand terrain de jeu de la finance mondiale.

Il avait toujours été premier en maths, y compris à Polytechnique, et la complexité des marchés financiers à l'ère d'Internet le passionnait. Il fallait maîtriser un très grand nombre de paramètres, analyser en profondeur les évolutions, les tendances, les risques, comprendre la psychologie humaine, individuelle et collective, intégrer le facteur émotionnel dans le calcul des probabilités de hausses ou de baisses, bref, c'était un exercice exaltant d'équations à plusieurs inconnues qu'il fallait résoudre, et aussi de stratégies complexes qu'il fallait développer et, frisson suprême, cet exercice exigeait des actions, des réactions ultrarapides, seconde après seconde, sans jamais perdre de vue le temps long, c'est-à-dire, pour le trader, la fin du mois et la fin de l'année ni surtout la vision d'ensemble du marché.

Ses parents étaient fiers de lui. De leurs trois enfants, il était sans conteste le plus brillant, le seul à avoir fait une grande école. Et quelle école ! Mais il évoluait dans un monde dont ils ignoraient tout, qui leur paraissait mystérieux et dangereux, plus encore depuis que David leur en parlait. Eux qui étaient grossistes en fruits et légumes et qui vivaient depuis toujours à Nantes, loin, si loin de la fourmilière de la Défense, ne comprenaient pas comment des produits dérivés – dérivés de quoi ? Ça n'était pas clair –, comment des produits de produits de produits, comment des paniers de valeurs tellement nombreuses et complexes que même David leur avouait ne pas toujours savoir ce qu'il y avait dedans, pouvaient dégager autant d'argent, des sommes tellement énormes, mon Dieu !... Enfin... David disait qu'il était heureux et, à moins de trente ans, il gagnait déjà beaucoup, beaucoup, près de cinquante mille euros, plus un bonus encore plus important. Eux, leurs affaires marchaient moins bien depuis deux ans. David avait proposé de les aider. Son père avait refusé. Cela s'était passé pendant les grandes vacances. David était venu passer quelques jours à Nantes. Sa mère n'avait rien dit devant son père mais, après, quand elle fut seule avec son fils, elle le serra fort dans ses bras et lui dit d'une voix enrouée de larmes : « Tu es un bon fils, tu es un bon fils. Tu me rappelles mon père. » Son père à elle était un juif d'origine russe dont les parents, fuyant les pogroms, avaient émigré en France avant la Première Guerre mondiale. Elle ne pouvait pas l'évoquer sans pleurer.

David arrivait chaque matin vers sept heures dans la salle des marchés de la Banque générale, un open space de plus de mille mètres carrés où les postes de travail étaient alignés comme des pupitres d'écolier par rangées de quinze à vingt mètres de longueur, tous coiffés de trois ou quatre écrans superposés, auxquels, comme si cela ne suffisait pas, s'ajoutaient entre les rangées, suspendues au plafond, de grandes télés diffusant les chaînes d'info américaines et LCI.

David commençait par étudier les derniers résultats des marchés asiatiques et ceux des marchés américains à la clôture à minuit (heure française). Il parcourait la presse économique et les publications d'analystes financiers sur Internet. Il entrait les paramètres de cotation et les critères de déclenchement des ordres d'achat automatiques dans le super-automate de la Banque baptisé Dragon.

À neuf heures, les marchés européens ouvraient. Il les suivait toute la journée, minute par minute. Parfois, une opération se jouait à quelques secondes. Il ne s'interrompait que pour aller se chercher à boire (il buvait des quantités de café), faire pipi, s'acheter un sandwich à midi, fumer au pied de la tour de verre brune de la Banque générale. Le tabac, le café et la montée d'adrénaline suscitée par l'excitation ne suffisaient pas toujours à repousser la fatigue et il lui arrivait comme à d'autres d'aller s'enfermer aux toilettes pour se sniffer une ligne de coke. Au début, il n'en prenait que le week-end pour éviter de roupiller toute la journée et profiter de ses loisirs, en particulier d'activités sexuelles. Mais ensuite, il s'était mis à en prendre au travail parce qu'il avait de temps en temps des moments d'épuisement, de décrochage brutal, et il redoutait comme un conducteur ou un pilote la seconde d'inattention qui vous fait commettre l'erreur fatale et vous envoie droit au cimetière. Son voisin de table, un diplômé de Dauphine en maths et finance, gémissait d'une voix funèbre quand il enregistrait une perte importante : « Ça sent le sapin. » David, lui, écrasait rageusement sa souris en jurant. La première fois qu'il avait misé gros, plus de cent mille euros, il avait tremblé en pensant que c'était plus du double de ce que ses parents gagnaient en une année en travaillant dix heures par jour. La première fois qu'il avait perdu – trente mille euros –, il avait cru sa jeune carrière de trader terminée mais son supérieur l'avait rassuré (il régnait un climat d'apparente camaraderie sur les desks des salles de marchés) : « C'est normal de perdre de temps en temps. Va boire un café et refais-toi un spiel. » Il se refaisait – tout le monde se refaisait – en spéculant. Ce qui comptait, c'était le résultat à la fin de l'année, positif, bien entendu, et au-dessus de l'objectif fixé par le supérieur. David n'avait cessé depuis trois ans de dépasser son objectif et son supérieur n'avait donc cessé de l'augmenter. Avec l'expérience, il avait gagné en confiance. Il ne pensait plus à la valeur des sommes qu'il misait en la rapportant à des réalités comme le revenu de ses parents. Hormis deux ou trois erreurs mineures, il ne se trompait jamais. Il était l'un de ceux qui rapportaient le plus à la Banque. Il ignorait les résultats des autres. Tout était soigneusement cloisonné et secret, seuls la hiérarchie, le directeur de la salle des marchés, le directeur de la banque de financement et d'investissement savaient quelles étaient les meilleures « gagneuses ». Il ignorait qui dans cette salle immense était en même temps que lui en train d'engranger des millions, peu importait, il voulait, lui, être le meilleur, le premier, l'unique ; il était de plus en plus persuadé qu'il calculait et anticipait mieux et plus vite que les autres. Alors, il jouait de plus en plus gros. Chaque trader se voit chaque année autorisé à investir jusqu'à un certain seuil qu'il ne doit en aucun cas dépasser. S'il le fait, une alarme informatique avertit sa hiérarchie. Dès la fin de sa première année, encouragé par son voisin plus expérimenté, il a dépassé son seuil pour empocher plus et, sans doute parce qu'il visait juste, personne ne lui a fait le moindre reproche. Depuis lors, il en a pris l'habitude, toujours avec succès.

Mais aujourd'hui, il a peur. Plus encore qu'à ses débuts. Quelque chose ne va pas, ne se passe pas comme prévu. Il a joué à la baisse avec un ordre de vente pour vingt millions d'euros quand son seuil maximum actuel autorisé est de deux millions, et, contrairement à ce qui devait arriver (il en était sûr), la valeur se maintient depuis deux jours. Hier soir, son chef, assis deux mètres derrière lui, lui a écrit un mail avant de s'en aller : « David, qu'est-ce que c'est que ça ? » en lui joignant en pièce jointe sa position pas encore débouclée, c'est-à-dire intégrée en profit ou perte dans les résultats de la Banque. « On en parle demain. »

David n'a pas dormi de la nuit et, exceptionnellement, est

arrivé en taxi à la Défense à six heures du mat', la bouche sèche, avec un mal de tête contre lequel un gramme d'aspirine n'a rien pu. Dans le pire des cas, combien il pourrait perdre ? Plus d'un million ? Cauchemar. Lui qui pensait finir la semaine sur un triomphe, voilà que ce vendredi matin il va devoir expliquer pourquoi il s'est permis de placer vingt millions et de perdre… Putain de bordel de merde !

À dix heures, la salle est remplie. Pas un trader ne manque à l'appel. Jean-José, son chef, est assis comme d'habitude derrière lui, plongé dans ses écrans, et David attend anxieusement son appel. Et soudain, miracle ! La valeur se met à chuter. La dégringolade s'accélère minute après minute. À midi, elle atteint le niveau qu'il avait escompté. Il déboucle et empoche d'un coup 1,5 million d'euros ! Il pousse un cri de joie. Ses collègues lèvent le nez et viennent voir. On le félicite, comme ça se fait dans ces cas-là. Il est euphorique, rassuré, puissant.

– Jean-José, tu voulais me voir ?

– Plus tard.

– OK.

Il remarque que son chef, contrairement à son habitude du *friday wear* – qu'il imite –, n'est pas en jean mais en pantalon noir, chemise blanche et cravate.

Il décide de s'offrir un petit break, une fois n'est pas coutume. C'est une belle journée ensoleillée et il est en week-end ce soir. Il s'installe en terrasse à la brasserie La Renaissance où se retrouvent les golden boys de la Défense et se commande un confit de canard. Il a une faim de loup. 1,5 million d'euros ! Il ira fêter ça ce soir. Depuis que sa copine l'a quitté, lassée de ne jamais le voir, il se lève des filles en boîte, des coups faciles d'un soir, qui lui coûtent quelques bouteilles de champ' et parfois quelques centaines d'euros de la main à la main, mais pour ce prix, il a de très belles filles de l'Est ou des étudiantes en manque d'argent. Il arrive même qu'elles passent le week-end avec lui, une nuit dans un château-hôtel, un dîner aux chandelles dans un resto étoilé au Michelin, une thalasso à Saint-Malo (il y en a que ça tente). La grande vie sans le quotidien. Il ne dit pas non à l'amour mais il ne sait tout simplement pas quel sentiment plus fort que celui qu'il éprouve chaque jour dans son travail pourrait lui apporter l'amour. Le sexe pour lui doit rester léger, ludique, festif. Il n'a aucune envie d'avoir des enfants. Pas pour l'instant. Il est trop jeune. Il a une famille, des parents, un frère, une sœur, qui l'aiment et qu'il aime, ça lui suffit. Il est heureux. 1,5 million d'euros. Il regarde les gens manger, tous ces cols blancs qui retourneront se percher dans leurs tours. Il pense à la Défense comme à une créature fantastique avec son ventre plein de couloirs et d'escaliers, de machines et de moteurs, de parkings et de camions de livraison et ses longues têtes de verre fumé grouillantes de connexions téléphoniques, de câblages informatiques, de processeurs, de disques durs, de logiciels tournant en permanence.

Il remonte aussitôt après son déjeuner, qu'il a expédié en trois quarts d'heure, pressé de se remettre « aux manettes ». Une atmosphère étrange règne dans la salle des marchés. Il a quitté l'habituelle ruche bourdonnante, il retrouve une espèce de salle de conférences où l'assistance parle à voix basse. Les traders passent toujours leurs ordres mais il lui semble qu'ils le font plus silencieusement que d'ordinaire. Il retourne à son box et remarque alors au fond de la salle un petit groupe de messieurs en costumes foncés qui se déplacent lentement d'une rangée à l'autre et s'arrêtent auprès de chaque trader pour échanger quelques mots. David reconnaît le directeur de la salle des marchés et tous ses adjoints dont Jean-José. Ils entourent avec toutes les marques possibles de la considération et du respect deux figures que David n'a vues qu'à la présentation des vœux et dans les médias : le numéro deux de la Banque générale, Édouard Martin, directeur du pôle banque de financement et d'investissement, et le président en personne, Jacques Bernstein. Cet homme pas très grand qui se tient très droit a un profil d'aigle et un regard perçant. Il salue David comme les autres d'une poignée de main ferme.

– Tout se passe bien ?

– Oui, monsieur.

– Content ?

– Oui, monsieur.

Jacques Bernstein s'apprête à passer au trader suivant quand le directeur de la salle des marchés lui glisse un mot à l'oreille. Il l'écoute en hochant la tête puis se retourne vers David et lui flatte l'épaule.

– Félicitations, cher ami. Vous savez prendre des risques, c'est bien. Il faut savoir prendre des risques pour être un winner. Des risques calculés, bien sûr. Continuez comme ça.

Marc

Marc ouvrit sa boîte mail, fronça ses gros sourcils et poussa un cri. C'est quoi, cette blague ? Il comprit tout de suite qu'il avait été hacké. Hacké, lui ! Aucun doute. Dans la nuit, des mails idiots avaient été adressés de sa part à ses principaux contacts avec des citations de *Babar*, de *Oui-Oui*, de *Tintin*, d'*Astérix*, du *Roi Lion*… « Dans la grande forêt, un petit éléphant est né… » « Un village peuplé d'irréductibles Gaulois résiste encore… » « Vas-y, Oui-oui, tu as mille amis au beau pays des jouets. » « Mille millions de mille milliards de mille sabords ! Bachi-bouzouk ! » « C'est l'histoire de la vie… »

Il devait à tout prix découvrir qui avait réussi à pénétrer au cœur du système informatique de Talion. Il mit deux de ses meilleurs fouineurs sur le coup et chercha lui-même. En vain. Naturellement, il changea de boîte mail, de code secret, renforça la sécurité de toutes les messageries du groupe par l'ajout d'un second code. Mais après quelques jours, rebelote ! Cette fois, ses mails envoyés contenaient des reproductions de publicités. En même temps, il recevait un mail signé « Guillaume » lui disant qu'il l'admirait et voulait le rencontrer. Seulement, il ne voulait pas venir au siège. Il lui fixait lui-même le lieu du rendez-vous, la date et l'heure !

Marc hésita. Il ne savait pas du tout à qui il avait affaire. Toutefois, cela ne pouvait être qu'un crack en informatique. Ou un groupe ? Peut-être un concurrent ? Un maître chanteur ? Non, il aurait parlé d'argent et n'aurait pas proposé de rendez-vous physique.

Pour tenter d'en savoir plus, Marc fit appel à monsieur Claude, son vieux contact à la DST, que, comme tous ceux qui pouvaient lui être utiles, il avait pris l'habitude d'inviter régulièrement à déjeuner. Il le bichonnait tout particulièrement. Ils avaient sympathisé. Monsieur Claude avait fini par lui dire qu'il s'appelait en réalité Charles Claude. Marc en doutait. Quel nom curieux ! Deux prénoms… C'était certainement encore un pseudo. Mais il devait s'en contenter. C'était la règle à la DST de garder l'anonymat.

Charles accepta d'aider Marc. Il lui obtint dans la journée des informations. Ce Guillaume habitait à l'adresse qu'il lui fixait comme lieu de rendez-vous ! Incroyable ! Un pirate qui ne se cache pas et qui opère sous son véritable nom ! Il s'appelait Guillaume Séjourné. Il était autiste Asperger et vivait avec sa mère. Il avait été victime de viol durant son enfance dans un pensionnat. Il avait déposé plainte plus tard, encouragé par son psychiatre auquel il s'était confié, et le violeur, à l'époque adolescent, avait pris deux ans. Deux ans seulement parce qu'il était lui-même mineur au moment des faits. Guillaume était actuellement étudiant à l'École française d'électronique et d'informatique.

Marc se rendit au rendez-vous accompagné de l'imposant garde du corps qu'il avait recruté après avoir reçu plusieurs lettres de menaces de mort.

À dix-huit heures, l'heure fixée, il sonna à l'interphone au nom de Séjourné et de sa mère Emma Conte, à l'entrée de l'immeuble boulevard Malesherbes.

– Oui ? fit une voix fluette.

– C'est Marc Talion.

– Cinquième gauche.

Marc poussa la porte gauche, traversa le hall de marbre et s'entassa (il était de plus en plus gros) avec son garde du corps dans l'ascenseur exigu qui s'éleva en grinçant. Il sonna à la porte de gauche, entendit des pas puis un long silence. Le garde du corps avait la main dans sa veste, sur son pistolet. La porte s'entrebâilla, retenue par la chaîne de sécurité.

– Qui c'est, lui ? dit Guillaume.

– Mon garde du corps.

– Vous avez peur de moi ?

– Non mais je reçois des menaces de mort. Bassem est toujours avec moi.

– Je veux vous voir seul.

– Vous n'avez rien à craindre.

– Je veux vous voir seul.

Marc réfléchissait. Bassem, du regard, lui conseillait de se méfier.

– Et moi ? Qu'est-ce qui me dit que vous n'êtes pas… un détraqué ?

Guillaume se tenait caché derrière la porte. Marc ne pouvait se le représenter qu'à partir de sa voix aiguë, presque enfantine.

– Un détraqué ! Qu'est-ce que c'est, pour vous, un détraqué ? Quelqu'un qui n'agit pas comme tout le monde ? Ou quelqu'un qui agit comme vous quand vous aviez dix-sept ans ?

Marc était surpris par l'aplomb et l'originalité du garçon.

– Vous avez dix-sept ans ?…

– J'ai vingt ans. Vous étiez plus jeune et vous faisiez bien pire que moi. Vous vendiez au noir des faux décodeurs Canal+ et vous hackiez les téléphones de voiture de Dassault et du président de la République.

Marc se sentait un peu embarrassé devant son garde du corps.

– Qui vous a raconté ça ?

– Je l'ai lu dans la presse au moment de votre procès.

– Et vous croyez tout ce que vous lisez dans les journaux ?

– Vous voulez qu'on se parle ou pas ?

– Je veux bien qu'on se parle mais alors, vous m'ouvrez cette porte. On ne va pas rester là comme des cons.

– Je veux vous parler en tête à tête.

– Non. Et d'abord, vous arrêtez de poser vos conditions.

– Vous n'avez pas confiance en moi.

– Et vous ? Vous avez confiance en moi ?

– Avec votre garde du corps, pas tellement. Si ça se trouve, vous venez pour m'arrêter.

À présent, Marc avait envie de rire.

– Si j'avais voulu vous arrêter, je vous aurais envoyé la police. Vous savez ce que vous risquez pour ce que vous avez fait ?

– Je risque quoi ?

– La prison.

– Bon. Entrez.

Guillaume ouvrit la porte. Marc découvrit un gamin aux grands yeux de biche, à la peau laiteuse, avec une touffe de cheveux vert pomme. Tintin avec une houppe verte. Il portait un tablier de cuisine sur lequel était écrit Supperman avec deux p.

– Tu dis que tu as vingt ans ? (Marc trouvait qu'il avait l'air d'un ado.)

– Oui.

Guillaume les examina brièvement l'un après l'autre d'un regard perçant puis il dit :

– Merci d'être venu.

Il était vraiment singulier. Il les invita à le suivre dans la cuisine où il était visiblement avant leur arrivée en train de préparer à dîner. Il y avait des petits légumes taillés en fines lamelles sur une planche à découper et un poulet rôtissait dans le four. La table était mise pour trois.

– Vous voulez boire quelque chose ?

– Non, merci.

Marc s'assit sur un tabouret canné.

– Bon, mon gars, maintenant, c'est moi qui pose les questions. Pourquoi tu as fait ça ?

– Pour que vous m'accordiez un entretien de recrutement.

– Pour que je t'accorde un entretien de recrutement… Et tu penses que c'était la meilleure façon de faire ?

– Oui, répondit le garçon tout à fait sérieusement. Si je vous avais écrit avec mon CV, vous n'auriez jamais lu ma lettre et je n'aurais peut-être même jamais obtenu de réponse de votre direction du personnel. Comme ça, je savais que vous alliez réagir et ça me permet de vous prouver que j'ai les compétences requises.

Bassem l'observait avec une pointe d'admiration. Marc sourit.

– Qu'est-ce qui me prouve que c'est bien toi et pas quelqu'un derrière toi, un groupe ?

– Vous voulez voir comment j'ai fait ?

– Oui.

– Suivez-moi.

Ils passèrent dans la chambre de Guillaume, un grand bazar où presque tout traînait par terre ou en équilibre instable sur des meubles : des BD, des CD, des DVD, des revues informatiques, des vieux jouets d'enfant, des paquets de biscuits et de bonbons, des canettes… Sur le lit près de l'oreiller, un vieux lapin en peluche. Guillaume avait caché sous sa couette son iBook Apple et le cahier à spirale grand format dans lequel il avait écrit son programme pour entrer dans l'intranet de Talion. Il dit à Marc de s'asseoir à côté de lui sur le matelas et lui montra étape par étape le chemin qu'il avait suivi pour arriver au cœur du système et prendre le contrôle des boîtes mail.

– Après, expliqua-t-il tranquillement, quand vous avez changé tous les codes et rajouté les nouveaux, moi, j'ai créé un cracker qui récupère toutes vos modifs, les compare au modèle d'avant et sort ensuite les nouvelles clefs. Vous voyez, ça marche encore, là.

Marc n'en revenait pas. Ce garçon était un génie.

– Tu as fait tout ça pour que je t'embauche ?

– Oui.

– Eh ben, je t'embauche, mon pote.

Guillaume a un sourire jusqu'aux oreilles.

– C'est vrai ? Waouh ! Je suis trop content !

– Je t'embauche pour que tu fasses exactement ce que tu viens de faire, que tu cherches toute la journée les failles dans le système, que tu rentres dedans et qu'après, tu me proposes des solutions pour renforcer la sécurité du groupe. Ça te va ?

– C'est dingue ! C'est dingue ! Je suis trop content. Vous restez dîner ?

– Dîner, je ne peux pas, je n'ai pas le temps.

– Mais j'ai tout préparé.

Marc se rappela que la table était mise pour trois.

– Tu as prévu qu'on resterait dîner ?

– Oui. Mais pas lui. (Guillaume indiqua le garde du corps.)

– Pourtant, tu as mis la table pour trois.

– Oui mais c'est pour maman, vous et moi. Mais si vous voulez, je peux rajouter une assiette. Seulement, je ne sais pas s'il y aura assez de poulet. J'ai demandé au boucher un poulet pour trois.

Ce diable a tout anticipé. Il ne peut juste pas me forcer à rester. Comment a-t-il pu s'imaginer… Autiste Asperger… C'est ça…

– Je suis désolé, Guillaume.

– S'il vous plaît ! Maman sera tellement contente quand je vais lui dire que j'ai un job !

– Je ne peux pas. Je t'attends demain matin, neuf heures, chez Talion. Tu me demandes à l'accueil, OK ?

– OK… Vraiment, vous ne pouvez pas ? Vous n'aimez pas le poulet ?

Guillaume paraissait tellement déçu. Marc crut qu'il allait se mettre à pleurer. Au même instant, Emma Conte entra dans l'appartement en s'écriant :

– Guillaume, c'est moi. Oh ! Ça sent bon !

Elle parut fortement troublée en découvrant son fils avec deux hommes. Elle était séduisante pour son âge (Marc lui donnait la cinquantaine), longue brune racée mais osseuse et tendue.

– Marc Talion, maman, le président de Talion.

Marc s'avança pour lui serrer la main.

– J'ai l'impression de vous connaître.

– Moi, je vous connais, lui dit-elle.

– Donc, je vous connais aussi.

– Je ne sais pas. J'étais mannequin.

– Ah. C'est pour ça. Je me disais…

Emma se tourna ensuite vers le garde du corps qui se présenta :

– Bassem Traboulsi.

– Enchantée.

– Mon officier de sécurité.

– Ah. Très bien.

– Monsieur Talion m'embauche, maman.

– Qu'est-ce que c'est que cette histoire ?

– C'est vrai. Votre fils est doué. Très doué. Je le recrute.

– Et vous êtes venu en personne le lui dire ?

Marc fit un clin d'œil à Guillaume.

– Je passais dans le quartier. Alors, je suis monté le lui annoncer, c'est plus sympa.

– C'est pas habituel, ça.

– Non, c'est pas habituel mais Guillaume n'est pas habituel non plus.

– Vous avez remarqué ?

Ils rirent.

– Je voulais qu'il reste dîner mais il ne peut pas.

– Oh ! C'est dommage.

– Oui, j'avais tout prévu. Il y a un poulet.

– Comment ça, tout prévu ? Tu avais prévu qu'il vienne ?

– Je l'avais deviné, dit Guillaume sans aucune malice, de son air sérieux.

– Je vous dis qu'il est génial, votre fils.

– Je ne comprends rien à toute cette histoire mais bon…

Marc, après avoir regardé Guillaume qui tenait ses mains croisées sur son tablier, dit soudain :

– On va vous expliquer. Bon, je reste dîner mais pas longtemps. J'ai encore du travail ce soir.

Au bout de quelques mois, au cours desquels l'intelligence et l'imagination de Guillaume firent merveille, Marc s'était attaché à ce garçon comme si c'était son propre fils. Il aimait ceux qui sortaient des normes. Guillaume était, en plus, honnête et transparent dans ses sentiments, reconnaissant comme un chien fidèle quand on lui exprimait de l'affection. Il ne mentait jamais, ce qui faisait du bien dans ce monde où tout le monde se mentait sans arrêt. Marc l'avait installé dans un petit bureau à côté du sien au huitième et dernier étage d'un vaste immeuble tout en verre qu'il avait acheté à Issy-les-Moulineaux pour y regrouper plusieurs filiales de son groupe et affirmer sa montée en puissance. Chaque jour, il passait le voir et découvrait sa tête verte penchée sur son écran comme celle d'un biologiste sur son microscope. Guillaume ne cessait de trouver de nouvelles failles et de nouvelles parades.

Un jour, Charles Claude invita Marc à déjeuner.

D'habitude, c'était l'inverse et Marc se doutait que Charles avait quelque chose à lui demander. En dépit de leur apparente amitié, ils savaient l'un et l'autre qu'ils entretenaient une relation d'intérêts réciproques. Marc ne fut pas surpris d'entendre Charles lui reparler de Guillaume.

– Tu es toujours content de ton petit génie ? Tu te souviens que je t'avais rendu service en te fournissant des infos à son sujet ?

– Bien sûr.

– J'ai besoin que tu me le prêtes un peu. Je te rassure : pas physiquement, pas en le faisant travailler dans les sous-sols de la rue Nélaton comme toi à l'époque. On pense qu'il sera aussi efficace et plus discret s'il opère directement depuis son bureau.

– Tu veux dire chez moi ?

– C'est ça.

– Et pour faire quoi, exactement ?

Ils étaient assis côte à côte à une table d'angle sur une banquette de velours rouge. À l'heure du déjeuner, la brasserie était pleine à craquer et très bruyante. Charles parlait à l'oreille de Marc.

– Pour s'infiltrer dans des réseaux terroristes et y diffuser de fausses informations. Je t'explique : depuis la guerre du Golfe en 1991, le terrorisme islamiste se développe. On est persuadés qu'ils sont en train de préparer des attaques. Des attaques de beaucoup plus grande ampleur que celles qu'on a connues dans les années 1990 et ils sont très malins. Eux, la nouvelle économie d'Internet, ils ont tout de suite compris. Ils font des affaires, ils font circuler, ils pratiquent la cybercriminalité, ils échangent des infos. Internet, c'est devenu leur première planque. On pense qu'ils sont maintenant en mesure de faire sauter une tour, de faire mille cinq cents morts d'un coup. Ils cherchent leurs cibles. Et, en plus, ils s'appuient sur une armée d'espions invisibles, des types qui sont là, chez nous, au coin de la rue, qui ont la foi des croisés, qui veulent la mort de l'Occident. C'est un phénomène assez nouveau sous cette forme radicale. Nous, ce qu'on cherche à faire, c'est, d'une part, les fixer pour les coincer physiquement. Ça, c'est la partie traditionnelle de notre boulot et ça passe par le vol d'infos sur les réseaux. Mais on veut aussi les embrouiller et les farcir de fausses infos pour qu'ils se plantent dans leur préparation d'attaques. Donc, tu comprends, un hacker comme Guillaume…

– Dans le cas présent, il ne pourra pas vous être très utile.

– Pourquoi ?

– Il ne parle pas l'arabe.

– Ah mais ça, je m'en doute. Il travaillera avec un spécialiste arabophone à ses côtés.

– Un type de chez vous ? Dans mes bureaux ?

– Un universitaire, spécialiste d'Al-Qaïda et des mouvements islamistes.

– Attends, que je comprenne bien. Tu veux que je l'embauche pour travailler ?…

– Non, non, on le paye, c'est nous. Juste que tu l'accueilles pour qu'il puisse travailler avec Guillaume, mettons… une journée… ou deux… par semaine. Bien sûr, il faudra qu'il ait une couverture pour venir travailler chez toi sans attirer l'attention, tu me diras si tu as une idée, je ne sais pas, chercheur… On pense que ça sera beaucoup plus discret si ça se fait directement chez toi depuis ton serveur.

– Tu te rends compte de ce que tu me demandes ?

– Oui, répondit Charles tranquillement en le fixant de ses petits yeux noirs perçants comme des aiguilles.

– Tu veux que je prenne un type sur une fausse mission et que je te prête Guillaume gracieusement… deux jours par semaine !… D'ailleurs, on ne sait pas s'il accepterait, on ne lui en a pas parlé.

– Tu dois pouvoir le convaincre. Et je suis sûr que ça va l'amuser.

– L'amuser… En gros, je prends le risque – imagine s'ils se font repérer – de faire de Talion une cible terroriste.

La face chauve de Charles esquissait le sourire mystérieux d'un mandarin.

– Je ferai en sorte qu'on sache… en haut lieu… que tu as fait passer l'intérêt de la France avant tout. Tu veux toujours obtenir ton réseau de téléphonie mobile ? Et tu as toujours les mêmes ennemis, je crois… aux Finances et à la présidence… Il y a toujours cette barrière invisible qui t'empêche d'entrer dans le cercle des patrons respectables…

– Tu peux quoi ?

– Oh !… Je ne peux pas tout. Mais je fais des notes, tu sais. Et des notes qui sont lues au plus haut niveau… Au Château. Je ne te dis pas que ça te garantit… mais en tout cas, je ferai savoir tout le service que tu auras rendu à l'État… de façon totalement désintéressée.

Clara

Pour une fois, c'est elle qui est allongée et son ventre qui est examiné mais elle n'est pas malade. Ce n'est pas une maladie.

– C'est parfait, dit sa collègue gynécologue. Je t'imprime les photos.

Elle lui tend des serviettes en papier pour qu'elle essuie le gel d'échographie sur son ventre. Clara est enceinte de deux mois et demi, cela se voit à peine. Elle peut seulement sentir en appuyant une dureté nouvelle entre son pubis et son nombril.

Elle n'a découvert qu'elle était enceinte qu'il y a quinze jours. Comme elle a assez souvent des règles irrégulières, elle ne s'est pas inquiétée de ne pas en avoir après plus d'un mois. Mais elle s'est mise à éprouver des nausées et à vomir. Elle a d'abord pensé à une gastro. Et puis, elle s'est demandé si par hasard elle ne serait pas cette femme sur deux cents qui tombe enceinte malgré son stérilet. Eh bien, si ! Le test de grossesse était positif.

Elle s'est d'abord dit que c'était une catastrophe. Elle ne s'était pas du tout préparée à l'idée d'avoir un enfant. Sa vie était bien assez remplie comme ça. Elle n'excluait pas totalement de devenir mère un jour mais un jour… plus tard… On verra bien. Elle voulait avant tout être nommée professeure jeune et faisait tout pour y arriver ; elle travaillait furieusement. Les opérations s'enchaînaient, qu'elle aimait toujours aussi passionnément. Elle donnait des cours et publiait dans des revues médicales. Elle venait enfin d'obtenir son HDR, son habilitation à diriger des recherches, étape indispensable pour accéder au professorat. Elle ne pouvait pas… Elle n'allait pas… Pas maintenant… Donc : avorter…

Elle y a pensé. Après avoir lu le résultat du test, elle y a pensé. Mais curieusement, dès le lendemain, la décision ne lui est plus apparue si facile à prendre. Elle s'est mise à se poser des questions, à hésiter. Elle hésite toujours un peu, par moments. Tellement inattendu. Finalement, est-ce qu'elle doit l'accepter ? Si ça vient maintenant, c'est peut-être le bon moment ? Après tout, je m'étais toujours dit qu'un jour j'en aurais un. À mon âge… Réfléchis. Plus on est âgée plus c'est difficile… Une descendance… OK mais c'est un choix qui t'engage. Un enfant, c'est vingt-cinq ans au moins, c'est une vie. Est-ce que ce n'est pas une folie ? Pour une chirurgienne… Un obstacle à ma carrière… pour être nommée professeure… Je devrais m'arrêter un mois… deux mois… Heureusement, il y a la crèche à l'hôpital. Mais seulement à partir de trois mois. Faudra trouver une nounou. Gérer. Pas la peine de compter sur maman. Elle ne pense plus qu'à ses voyages avec Jean-Luc. Elle ne sera pas restée longtemps veuve. Tant mieux pour elle. Chacun sa vie.

Question d'organisation. Voilà, c'est ça. C'est jouable si je suis très organisée.

Elle ne s'est pas rendu compte tout de suite qu'elle envisageait cet enfant sans penser à celui qui en était le père : Christophe. Ils se sont rencontrés à un congrès à Marrakech. Christophe est chirurgien comme elle en chirurgie digestive mais à l'hôpital Bicêtre. Il est divorcé avec deux grands enfants. Il est beaucoup plus agréable que Manuel, moins macho. Il a quinze ans de plus qu'elle et elle a l'impression qu'il est très amoureux bien qu'il n'ait encore jamais évoqué l'idée de vivre ensemble. Ils ont passé plusieurs bons week-ends et même une semaine dans le Luberon en septembre. C'est là qu'elle est tombée enceinte. Il est charmant, Christophe, assez attentionné, et elle se disait qu'un jour peut-être…

Bien sûr, elle aurait dû le prévenir, l'informer qu'elle avait fait un test de grossesse et qu'il était positif. Mais quelque chose l'en a retenue, la peur qu'il saute de joie, qu'il se réjouisse à la perspective d'avoir cet enfant avec elle et qu'elle se retrouve coincée, que sa décision soit encore plus difficile à prendre. Le désir de Christophe risquait de compliquer ou contrarier son propre désir. Elle ne lui a donc rien dit. Il ne sait encore rien. Elle ne va tout de même pas attendre que ça se voie. Ce serait choquant pour lui, blessant. Mets-toi à sa place. Tu ne sais pas comment il va réagir… Si. En fait, si. Elle le sait et c'est la raison pour laquelle elle a repoussé l'heure de lui parler. Maintenant, elle a vu cette petite vie en elle – elle s'est même surprise à regarder plusieurs fois dans la matinée les clichés d'échographie – et elle a pris sa décision.

Christophe est passé déjeuner avec elle à la cafétéria de l'hôpital Cochin. Il a de profonds yeux bleus derrière de grandes lunettes carrées, des cheveux poivre et sel coupés court, des bras costauds et poilus. Elle a toujours aimé la virilité à la fois animale et rassurante des bras d'hommes musclés, peut-être parce qu'ils correspondent dans son inconscient à une image du chirurgien. Il est brun, encore hâlé. Il a passé le week-end à la Trinité à faire du bateau avec l'un de ses fils.

Ils s'installent à une table près de la fenêtre de la grande salle vitrée et sonore de la cafétéria. Il lui demande ce qu'elle a fait ce matin. Elle ne le regarde pas en face en lui disant :

– J'ai fait une écho. Je suis enceinte.

– Quoi !

– Deux mois et demi.

– Deux mois et demi ! Tu t'en es aperçue quand ?

– Il y a quinze jours.

– Tu me l'as pas dit.

– Non…

Christophe reste un instant silencieux. Elle voit qu'il est stupéfait et troublé.

– C'est incroyable. Tu avais ton stérilet ?

– Oui.

– Le bébé à l'écho, tout est bien ?

– Oui.

Il ne sait tout d'un coup plus quoi dire. Ils mâchouillent tous les deux leurs lasagnes bolognaise. Puis Christophe demande :

– Tu es contente ?

– Et toi ?

– Moi, si toi, tu es contente… Je veux dire… si c'est une surprise… heureuse… c'est toi qui le portes, alors… Mais moi, si tu veux que je te dise ce que je ressens, je suis heureux… et ému… Je t'aime et je serais tout à fait fier… et heureux… d'avoir un enfant avec toi…

Clara regarde maintenant par la fenêtre. Une vieille dame squelettique emmitouflée dans une couverture est poussée dans une chaise roulante. Deux infirmières plaisantent. Des moineaux picorent sur un talus.

– Et toi ?

Décontenancé par son attitude, il la considère, mi-chèvre mi-chou.

– J'ai été surprise d'abord. Je ne m'y attendais pas, évidemment. J'ai réfléchi. Est-ce que je veux l'avoir ou pas ? C'était pas dans mes plans. Ni dans les tiens, je crois.

– C'est ce que je te disais : si tu veux pas le garder, je comprendrais très bien.

– En plus, toi, tu as déjà tes fils et, à ton âge, se retrouver avec un môme…

– Non, là, je te dis : si toi, tu le veux, alors moi, je suis ravi. Et on sera deux naturellement. D'ailleurs, avec ou sans bébé, je voulais te le dire déjà depuis quelque temps : j'aimerais vivre avec toi. Je t'aime. Je t'aime, Clara. Je crois qu'on commence à se connaître et qu'on s'entend bien.

– Non.

– Quoi ?

– Je ne veux pas vivre avec toi. Et… Alors, ce bébé… j'ai envie de l'avoir… mais je ne vivrai pas avec toi.

– Je ne comprends pas. Si tu veux un bébé de moi, c'est que tu m'aimes…

Une fois de plus, Clara se tait. Elle a beaucoup de mal à formuler ses sentiments.

– Je ne peux pas dire comme toi « je t'aime ». J'aime les moments qu'on a passés ensemble mais… Tu vas me trouver horrible de dire ça, tant pis. (Il hoche négativement la tête.) Si, si. Mais je suis sincère. Je veux être sincère avec toi. Pour moi, vivre avec un enfant et m'en occuper, ce sera déjà beaucoup.

– Mais moi, tu n'auras pas à t'occuper de moi, au contraire, je serai là pour t'aider.

– Je ne t'obligerai pas à reconnaître l'enfant…

– Mais qu'est-ce que tu racontes !

– Si tu le veux, tu pourras naturellement t'en occuper un week-end sur deux et pendant les vacances.

– C'est une blague ou quoi ? On n'est pas mariés, pas divorcés…

– Oui mais si tu reconnais l'enfant, tu auras le droit de l'avoir toi aussi, c'est normal.

– Tu m'annonces que tu es enceinte de moi et en même temps que tu ne veux pas avoir cet enfant avec moi.

– J'essaye… d'être claire… avec moi-même. Il vaut mieux essayer d'y voir clair à l'avance plutôt que s'engager coûte que coûte et aller dans le mur.

– C'est du délire !

– C'est comme ça, désolée. Tu vois que tu croyais me connaître – et que tu ne me connaissais pas.

Christophe est soudain tremblant de colère.

– T'es une vraie salope !

Clara réplique sèchement en se levant de table :

– Merci. J'ai juste compris que je ne t'aimais sans doute pas assez pour avoir envie de partager ma vie avec toi. C'est un crime d'être honnête ?

Cet après-midi-là, elle eut du mal à se concentrer. Elle reçut ses patients, fit ses visites du soir, la tête ailleurs. Est-ce que je suis une salope ? Une vraie salope ? Un être infréquentable ? Invivable ? Incapable d'aimer ? Qui je suis ? Qu'est-ce qu'aimer ? Est-ce que j'ai déjà été amoureuse ? Elle repensa à son premier amour, Gauthier, le pianiste, à vingt ans. J'ai cru être amoureuse, j'étais amoureuse. Et quel succès !

L'interne, Fatouma Diop, l'accompagnait dans ses visites en chambres. Elle l'avait déjà eue comme stagiaire et elle l'appréciait. Fatouma était toujours de bonne humeur, disponible. Et grande travailleuse. Elle avait une façon unique d'écouter les malades et de les rassurer. Il émanait d'elle une gaieté solaire, une chaleur humaine qui n'était jamais feinte. Elle remarqua que Clara n'était pas dans son assiette et lui proposa de l'inviter à dîner « dans un petit resto africain sympa dans le Marais ». Clara, surprise car aucun interne n'avait jusqu'ici osé prendre une telle initiative, se dit que ça lui changerait les idées et elle accepta.

Juste avant de quitter l'hôpital avec Fatouma, elle reçut un appel de sa sœur. Diane avait une voix d'outre-tombe.

– Allô… Clara… C'est moi. Je te dérange ?

– Qu'est-ce qu'il y a ?

Diane se mit à hoqueter :

– G… Gr… (Puis, hachant les mots dans des sanglots déchirants :) Gré-goire me-qui…tte. Il me pla-que avec… avec la petite… C'est… c'est… Co-co-mment je vais faire ? En plus, je… j'ai plus… de… bou…lot. C'est a-ffreux, je suis fou-tue.

– Mais non…

– Si. À mon â-ge… qu'est-ce que-je-vais-devenir ? Oh là là ! C'est-a-ffreux. Deux en-fants et…

Clara avait l'impression de l'avoir déjà entendue dix fois gémir ainsi. Ce soir, elle tombait mal. Elle n'était pas d'humeur, pas de force à la consoler.

– Il va peut-être revenir. Ne dramatise pas. Appelle maman.

– Je l'ai déjà appelée.

– Qu'est-ce qu'elle a dit ?

– Que je la rap-pelle de-main. Elle ar-rivait à l'Opé-ra…

Diane pleurait toujours et reniflait.

– Eh bien, couche-toi, calme-toi et tu la rappelles demain.

– Quoi ! (Soudain, elle ne sanglotait plus.) C'est tout ce que tu as à me dire ! Je t'apprends que Grégoire me quitte, me laisse avec Marianne et Ophélie sur les bras et que j'ai plus de boulot et toi…

– Écoute, Diane, tu ne tombes pas bien ce soir, voilà. Moi aussi, j'ai des problèmes et je ne suis pas en mesure de m'intéresser aux tiens pour le moment.

– Qu'est-ce qu'il t'arrive ?

– Il m'arrive que je vais avoir un enfant.

– Un enfant ! Et tu n'en veux pas ?

– Si, justement.

– Ben alors, quoi ?

– Écoute, on se rappelle. Là, je ne peux pas te parler, désolée.

La Villa Africa, tenue par une mama sénégalaise en boubou traditionnel bleu et jaune, sentait l'ail, le beurre de cacahuète, le piment et le ti-punch. La patronne mêlait recettes africaines et créoles. Clara prit un poulet yassa et Fatouma un thiéboudiène rouge. Le resto était fréquenté par la clientèle bobo du quartier mais il y avait toujours quelques tables d'Africains pour mettre de l'ambiance et surtout deux musiciens, un guitariste et un bassiste, qui jouaient et chantaient des classiques de Youssou N'Dour, Ismaël Lô, Salif Keïta, etc.

Clara refusa le ti-punch mais prit une bière. Tant pis. J'en ai besoin ce soir. L'alcool la délia. Elle se confia à Fatouma qui voulut la rassurer. Elles étaient passées au tutoiement.

– Tu ne l'aimes pas, c'est tout. Si tu l'aimais vraiment, tu n'hésiterais pas. Moi, je m'étais dit que tout de suite après mes études en France, je retournerais au Cameroun. Là-bas il n'y a presque pas de médecins et la médecine est à un niveau primaire. Je m'étais dit – et je me le dis toujours – que j'ai eu de la chance, que je suis une privilégiée : je suis née dans une famille riche, j'ai pu venir ici, à Paris. Il faut que je rende ce que j'ai reçu, il faut que j'aide mon pays – et quelquefois je me sens coupable, je m'en veux. Seulement voilà, j'ai rencontré Erwan, il est interne en médecine générale à Saint-Antoine, et je suis très amoureuse et lui aussi et pour le moment il veut s'installer en Bretagne – pour lui, Paris, c'est déjà la jungle. Alors, tu imagines l'Afrique ! (Elle rit.) Il n'est pas mûr. Mais un jour – avec lui, j'espère –, un jour, c'est sûr, je retournerai au Cameroun pour y développer une médecine moderne. Je raisonne, tu vois, je trouve des arguments pour justifier mon choix. Gagner de l'argent en France, gagner de l'expérience, créer une assoc' pour financer des hôpitaux en Afrique, obtenir des fonds pour ça... Je vais essayer de faire tout ça en Bretagne avec Erwan. On veut se marier.

– Félicitations.

– Mais toutes les justifications que je me trouve pour rester en France servent seulement à me sentir un peu moins coupable de trahir la promesse que je m'étais faite de revenir tout de suite après mes études. Si je reste en France c'est parce que j'aime Erwan, c'est tout. Et pour ça, j'ai pas pu résister, pas pu hésiter. Quand on aime vraiment, on fonce, quels que soient les obstacles.

– Tu es peut-être idéaliste.

– Peut-être. Chez nous, on dit que tout ce qui t'est donné et qui te rend heureux, il faut l'accepter avec reconnaissance parce que c'est un don de Dieu.

– Peut-être que moi, je suis incapable d'aimer.

– Certainement pas. Toi, tu es une grande chirurgienne – et tu le sais –, c'est le don que t'a fait Dieu. Pense à tout ce que tu donnes aux autres chaque jour en exerçant ton métier. C'est ce que tu dois faire aujourd'hui, c'est comme ça, et c'est ce que tu sens. Un jour, peut-être, plus tard – sûrement –, l'amour te tombera dessus soudainement et ce jour-là, ça sera tellement clair que tu ne te poseras pas de questions. Pour moi, c'est pareil. Un jour, je retournerai au Cameroun. Je ne sais pas encore quand, mais quand ce sera le bon jour, je le saurai. Il faut accepter ce qui s'impose à vous.

Elles finirent la soirée en dansant avec les derniers clients du restaurant. Clara rentra chez elle. Lourde de fatigue mais moins tourmentée. Elle dormit d'un sommeil paisible.

Sonia

« Le soir, dans ta maison, l'enfant est l'étoile qui s'allume. Remercie Dieu pour ce bienfait », disait sa grand-mère. Sonia la revoyait assise sur son banc sur le seuil de sa petite maison à la sortie d'Imzouren. Une vieille pomme cuite sous un foulard. Le soleil brûlait la pierre blanche. Le parfum des figues embaumait. Adolescente, elle n'aimait pas rentrer au bled l'été avec la famille. C'était pauvre et trop chaud et elle n'avait le droit de rien faire toute seule, à part lire, heureusement ! Les filles ados au Maroc, on les garde en cage jusqu'au mariage. Jamais un pas sans le père ou un frère, l'horreur ! Mais avec le temps, il lui revenait des souvenirs de sa petite enfance qui l'attendrissaient. Toute son histoire a commencé dans ce minuscule village au milieu des poules, des chèvres, des chats, des parterres de menthe que les vieux arrosaient à la tombée de la nuit. Regarde, grand-mère, regarde, papa, où j'en suis maintenant ! Le chemin parcouru ! Votre nom El Hatimi s'affiche à l'Assemblée nationale en France. Et tu vois, papa, j'ai un enfant. Tu avais peur que je n'aie pas d'enfants. (Elle savait qu'il avait surtout souffert qu'elle ne se fût pas mariée à seize ou dix-sept ans comme une bonne fille musulmane qui obéit à la volonté de son père aurait dû le faire.) Myriam est là. Elle est belle. Regarde cet ange qui dort dans son berceau. Regarde aussi, grand-mère ! (Grand-mère serait fière, Sonia voulait le croire.) Et Myriam, elle aura une belle vie comme moi, une grande vie, et elle aussi fera briller le nom El Hatimi et le perpétuera glorieusement avec la bénédiction de Dieu.

Il faisait nuit. Il pleuvait. Une pluie de novembre, drue, métallique, crépitait sur les vitres et sur les balustrades. La nounou de jour était partie, celle de nuit pas encore arrivée. Sonia avait choisi, au grand regret de sa mère (mais Sonia fait toujours si différemment des autres), de ne pas allaiter et la nounou de nuit donnait les biberons à sa place car elle avait besoin de dormir et de récupérer vite ; elle avait mis un point d'honneur à reprendre sa place sur les bancs de l'Assemblée nationale moins d'une semaine après son accouchement, qu'elle avait programmé par césarienne en tenant compte du calendrier de discussion de la future loi mobilité des handicapés dont elle était la rapporteuse en tant que membre du parti de la majorité présidentielle. Elle venait d'y passer l'après-midi, traquée par une horde de journalistes. Elle avait dû rentrer cachée sous une perruque blonde, un chapeau et des lunettes noires, dans la Clio de son assistante parlementaire, Aurélie, qui l'avait déposée dans la rue parallèle derrière chez elle à l'entrée d'un immeuble dont elle avait le code et dont les caves communiquaient avec celles de son propre immeuble. La perruque blonde, une idée d'Aurélie, l'avait bien amusée.

Elle contemplait Myriam qui faisait des petits bruits de succion et remuait les lèvres comme un poisson en dormant. Mon enfant, ma fille. Mon étoile.

Dehors, sous la pluie, sous des parapluies ou sous l'auvent de la boutique de cosmétiques sur le trottoir d'en face, des photographes faisaient le pied de grue. Les cons ! Ils peuvent attendre longtemps ! Elle alla se chercher à la cuisine un jus de tomate épicé et un bol d'olives que sa sœur lui avait rapportées du Maroc. Elle alluma la télé. Après les animateurs de talk-shows et les prétendus humoristes ricanant à leurs propres plaisanteries graveleuses, LCI avait repris les ragots de la presse people et voilà que même au journal de 20 heures, ils s'y mettaient en montrant son retour à l'Assemblée : « Une mère pressée. Qui est le père ? » Que n'avait-elle entendu, lu, dès que sa grossesse s'était vue ? Sans compter les ragots, les insinuations, les saloperies qui se disaient dans son dos parmi ses collègues et les journalistes, et que de bonnes âmes bien intentionnées se faisaient un plaisir de lui rapporter. Elle osait porter des vêtements sexy, une jupe en cuir et un tee-shirt moulant son gros ventre, quelle indécence ! Elle aurait couché avec huit hommes en même temps, d'où le mystère sur la paternité : quelle garce ! Quelle pute ! Dans un journal catho, ils ressortirent même la vieille expression de Marie-couche-toi-là. Un magazine à sensation osa : « La beurette aux mille amants ». Elle le poursuivait en justice pour insulte et diffamation. Mais le pire émanait de son milieu d'origine et de celui auquel elle avait tellement voulu accéder. Dans les quartiers maghrébins, y compris à Barbès, on disait qu'elle était une offense à l'islam, la honte de sa famille, et qu'on ne pleurerait pas s'il lui arrivait malheur, ce qui était probable, par le nom du Prophète, elle finirait mal, elle s'était perdue dans la débauche occidentale, honte et colère de Dieu sur elle ! Un mois avant son accouchement, sa mère lui avait raconté en pleurant tout ce qu'elle avait entendu. Sonia lui avait répondu qu'elle méprisait les imbéciles – « qui plus est, des hypocrites qui ne se privent pas d'aller aux putes et de boire en cachette » –, qu'elle avait le droit de vivre comme elle le voulait et qu'elle ne la verrait plus si elle venait encore lui répéter tout ça. Sa mère avait sangloté de plus belle en lui pressant les mains comme une désespérée.

– C'est seulement que je t'aime et que j'ai peur pour toi.

– Ne t'en fais pas, maman. Tout va très bien pour moi.

Elle aimait tendrement sa mère mais la pauvre femme n'avait connu que le destin ordinaire des Arabes fait de soumission, de mépris et d'humiliation. Et surtout, de peur. De peur des hommes, de peur des autres, de peur d'un dieu vengeur. Les calomnies, les menaces qu'elle entendait prononcer contre sa fille la terrifiaient. Sonia le comprenait mais *elle* n'aurait jamais peur, *elle* relèverait toujours la tête, *elle* leur cracherait au visage.

De même qu'elle répliquerait chaque fois qu'elle le pourrait à ces petits marquis de cette petite élite parisienne arrogante et répugnante, tout fiers et contents d'eux, qui croient qu'ils méritent leur pouvoir parce qu'ils ont fait de grandes écoles, alors qu'ils ont seulement la chance d'être nés dans les beaux quartiers, d'avoir reçu tous les cours des meilleurs profs de la terre et le carnet d'adresses doré de leurs parents. Ah oui ! Ceux-là, ceux-là, elle les détestait encore plus que les crétins barbus. Ceux-là qui réclamaient des lois contre le voile et qui parlaient des droits des femmes et des droits de l'homme, ceux-là qui étaient même parfois des femmes !… n'avaient rien à dire contre ces mecs, députés, ministres, hommes d'affaires ou autres qui trompaient leur femme avec tout ce qui bouge, qui se comportaient comme des porcs avec les femmes, qui se permettaient des réflexions salaces et des blagues douteuses et des cris de poule dans l'Hémicycle quand une ministre en robe courte montait à la tribune, et du harcèlement à tout bout de champ et des mains aux fesses… et qui la traitaient d'intrigante, de courtisane, de pute et de salope tout en rêvant de coucher avec elle !… Elle les détestait, elle les haïssait. Chaque fois qu'elle y pensait, elle voyait rouge et elle voulait cogner. À leur façon, c'étaient aussi des ayatollahs.

Mais elle voulait et devait garder la tête froide. Elle n'avait pas oublié le conseil de mère Marie-Catherine. Elle était passée la revoir à Notre-Dame-des-Anges après son bac mention très bien quand elle était en première année de droit à Assas. Mère Marie-Catherine lui avait dit : « Toutes les fois que tu sens que les émotions te submergent, ne fais surtout rien. Prends du recul, donne-toi le temps de te calmer. Mets-toi dans le silence, essaye de ne plus penser à rien, respire lentement et profondément, dors un peu. Après, confie-toi à Dieu, adresse-lui la prière de te venir en aide. Et alors, plus tard, le lendemain peut-être, tu y verras plus clair et tu prendras la bonne décision. »

Sonia éteignit la télévision. Elle dîna de poulet froid et d'une salade. Elle accueillit la nounou de nuit. Elle prit un bain où elle somnola longtemps. Elle se coucha avec un roman d'espionnage. Elle s'endormit en lisant. Elle se réveilla un peu après minuit en pensant à Jacques, à sa lâcheté. Il ne l'avait plus revue une seule fois depuis l'instant où elle lui avait dit qu'elle était enceinte, qu'il était le père de l'enfant et qu'elle ne comptait pas avorter. Elle n'avait jamais eu aucun plaisir avec lui au lit mais elle appréciait son comportement paternel, tendre et protecteur. Il l'appelait sa petite fille et il était fou d'elle. Elle avait obtenu de lui tout ce qu'elle avait voulu et lui devait en grande partie d'être aujourd'hui députée. Elle ne s'attendait pas à ce qu'il réagît aussi brutalement. Il lui avait toujours dit qu'il tenait à son mariage avec Fabienne, aux apparences. Elle l'avait accepté dès le départ, ne lui avait jamais causé d'ennuis et avait systématiquement nié les rumeurs qui couraient sur leur liaison. Il l'avait aidée, certes, mais, en échange, elle s'était montrée exemplaire et toujours disponible pour satisfaire ses désirs. Il était bien content de me sauter ! Elle avait été surprise et déçue par son ingratitude. Plus un rendez-vous, plus un appel, plus un mot. Il pétait de trouille de perdre sa précieuse respectabilité. Un enfant de sa maîtresse – de sa maîtresse arabe – à la soixantaine… Sur le moment, elle s'était sentie blessée mais n'avait pas cherché à le revoir. Après tout, ils étaient quittes, chacun avait rempli sa part du marché ; elle pouvait comprendre qu'à son âge il n'ait aucune envie de se retrouver avec un môme sur les bras, un divorce saignant et un scandale. Mais de là à lui claquer la porte au nez ! Toutefois, d'autres raisons l'avaient retenue de dévoiler leur liaison. Elle n'était pas absolument certaine qu'il fût le père. La conception pouvait avoir eu lieu le 25 ou le 26 février. Le 25, elle était avec Jacques mais le 26, elle avait dîné avec Johann. L'animateur vedette du *Jeu de l'amour et du hasard* sur TF1 était encore plus traqué qu'elle par les paparazzi et une photo de leur dîner en amoureux dans un restaurant de la place du Marché-Saint-Honoré avait précisément été publiée dans *Gala*. Enfin, Sonia ne voulait en aucun cas d'homme dans sa vie et cette dernière raison détermina son silence pendant sa grossesse. La presse avait fait ses choux gras des spéculations sur ses amants et personne ou presque ne pouvait ignorer qu'elle venait d'accoucher ni qu'elle était de retour aujourd'hui à l'Assemblée cinq jours après. Elle avait reçu des dizaines de messages de félicitations. Tout le monde lui avait écrit. Tout le monde sauf Jacques Bernstein.

Elle se rendormit vers une heure du matin en ruminant cette pensée. Elle se réveilla à six heures et demie, calme et les idées claires. Elle entrouvrit les rideaux et regarda par la fenêtre. Au-dessus de la boutique de cosmétiques, l'eau coulait du réverbère comme d'un pommeau de douche. Elle ne voyait plus de photographes mais peut-être qu'il en restait un planqué dans une voiture garée devant chez elle. Finalement, cette histoire lui serait profitable. Son nom, son visage étaient de plus en plus connus. La notoriété est la première condition du succès. Cela vous vaut des ennemis mais aussi des admirateurs. Les gens vont vers la lumière comme les papillons. Toute la question était de transformer cette récente célébrité en force positive, de retourner l'hostilité qui s'exprimait envers elle contre ceux qui l'attaquaient. Sur quoi portaient les attaques ? Sur son apparence physique, sur son sexe, sur ses choix de vie, sur ses origines. En gros, on lui reprochait d'être une femme arabe jolie, libre, indépendante et ambitieuse. Elle devait donc contre-attaquer en dénonçant le racisme, le machisme et l'hypocrisie. J'ai de bonnes chances, pensait-elle, de me gagner ainsi la sympathie des femmes (elle oubliait les jalouses de sa beauté et de sa liberté), des progressistes, des libéraux et, dans la communauté musulmane, d'une bonne partie de la jeunesse et de toutes celles et tous ceux qui rêvent d'ascension sociale. Je suis la preuve que c'est possible, et pas seulement dans le foot ou la chanson.

Elle se dit aussi que pour plaire aux Français, elle devait gommer l'image de la femme cynique et prête à tout pour réussir. Être une mangeuse d'hommes qui fait un bébé toute seule choquait surtout parmi les femmes les plus modestes qui étaient très loin de pouvoir en rêver. Elle aurait dû le comprendre tout de suite. Cela lui apparaissait à présent comme une évidence.

Elle envoya un SMS à Jacques Bernstein. Elle savait qu'il se levait tous les matins à six heures. « Rappelle-moi, c'est très important. S. »Elle lui écrivit un nouveau SMS une heure plus tard. « Si tu ne me rappelles pas, tant pis pour toi. Tu as vraiment envie que tout le monde soit au courant ? » Il la rappela cinq minutes plus tard. Elle brancha un mini-enregistreur qu'elle maintint devant son téléphone jusqu'au bout de la conversation.

– Allô !

– Ah, c'est toi.

– Qu'est-ce que c'est que ces menaces ?

– Tu pourrais peut-être d'abord me féliciter. Tu es le seul à ne pas avoir eu un mot. Pas un ! Toi ! Toi qui es le père de cet enfant !

– Tu me menaces ?

– Moi ? Tu m'as laissée tomber comme une vieille chaussette. Est-ce que tu m'as entendue dire quelque part que tu étais le père de Myriam ?

– Elle s'appelle Myriam ?

– Tu es le seul à ne pas le savoir. Tu m'as profondément peinée, Jacques. Je croyais qu'entre nous, c'était quelque chose de plus fort, fait d'amour et de respect.

– Tu savais très bien que je ne voulais pas d'enfant. J'ai été très clair dès le début.

– Parfois, le destin en décide autrement. Parfois, on tombe enceinte malgré tout. Sans doute que Dieu le veut.

– Depuis quand tu crois en Dieu ?

– Depuis toujours.

– C'est ça. Tu aurais pu avorter.

– C'était mon droit – surtout à mon âge – de vouloir garder cet enfant. Est-ce que ça justifiait que tu me rejettes comme ça, que tu m'abandonnes comme une pestiférée ?

– Écoute, je suis désolé, je n'aurais pas dû agir comme ça.

– Ah ! Tout de même. Un mot humain, merci.

– J'ai eu peur que ma femme l'apprenne.

– Quoi ? Que tu me baisais ? Elle le sait depuis longtemps.

– Pardon ?

– Enfin, Jacques, tu rigoles. Tu t'imagines vraiment que Fabienne ne sait rien ? Mais les femmes sentent ces choses, elles savent toujours. Et puis, à une époque, tu m'emmenais partout avec toi, il y a eu des rumeurs. Que je démentais, moi, toujours, en riant. Mais je suis sûre qu'elle l'a su.

– Elle ne m'en a jamais parlé.

– Parce que tu crois qu'elle t'en parlerait ?

– Pas la moindre allusion.

– Normal. Elle est intelligente. Elle tient à rester avec toi… enfin… avec ton compte en banque.

– Dispense-moi de tes réflexions.

– Tu as raison. D'ailleurs, je ne t'ai pas appelé pour ça mais parce que tu es le père de Myriam.

– Non.

– Ah, si.

– Non. Apparemment, il n'y avait pas que moi…

– Qu'est-ce que tu racontes ?

– Je le sais, c'est tout.

– Eh bien, moi, j'ai la preuve que c'est toi, le père.

– Ah oui ? Et comment ?

– Le jour de la conception, j'ai passé la soirée – et la nuit – avec toi, à Londres.

– Bien sûr ! Et c'est pour ça que tu n'en parles qu'aujourd'hui !

– Je ne voulais pas te causer d'ennuis. D'ailleurs, je ne le veux toujours pas. Mais Myriam est née, elle est née dans cette avalanche de papiers dégueulasses et je ne veux pas qu'un jour elle puisse se dire que son père est un salaud. Alors, voilà ce que je te propose : je ne te demande pas de la reconnaître officiellement mais de lui verser une pension.

– Quoi !

– On parlera du montant plus tard. Mais ça créera un lien. Elle saura un jour qu'elle a un père et que son père…

– Tu me prends pour un con. Tu veux du fric, c'est tout.

– J'estime que la moindre des choses que tu puisses faire,

c'est de payer, oui, puisque, apparemment, il n'y a rien d'autre que tu acceptes.

– Ah ! Mais ça non plus !

– Ah. Très bien. Alors, écoute-moi bien. Soit tu acceptes et, en échange, je fais courir le bruit que le père serait quelqu'un d'autre, soit tu n'acceptes pas et, dans ce cas, je dis que c'est toi, tu te débrouilleras avec la presse – tu verras, c'est très sympa quand tout le monde te tombe dessus – et on se retrouve au tribunal.

Elle entendait le souffle oppressé de Jacques dans le téléphone. Il lui répondit d'une voix blanche :

– Tout ce que j'ai fait pour toi…

– Tu réfléchis.

– C'est tout réfléchi. Jamais de ma vie je n'ai cédé au chantage.

– Comme tu voudras.

Elle raccrocha et coupa l'enregistreur. Elle inspira et expira profondément pour se calmer. Elle se fit un café à la cuisine et le but lentement en écoutant la radio. On ne parlait pas d'elle. Les derniers sondages. La cote de confiance du président au plus bas. Le réchauffement climatique. Certains scientifiques n'y croient pas. Le chômage est reparti à la hausse. Ces Parisiens qui partent vivre à la campagne. PSG-OM : 2-0.

La nounou de nuit vint lui dire que tout s'était bien passé et qu'elle partait. Myriam gazouillait dans son berceau. Sonia lui donna son biberon. Elle avait décidé de le faire chaque matin et chaque soir, sauf cas de force majeure. La petite tétait bien. Elle fit son rot. Elle sentait le lait caillé. Elle s'abandonnait, chaude et douce dans le creux de son bras. Elle remuait lentement ses petits doigts potelés. Sonia la changea et la baigna elle-même. Elle était heureuse de faire ces gestes. Elle serait une bonne mère. Oui, mon bébé joli. Elle la confia à la nounou de jour qui venait d'arriver.

Toujours bien réfléchir. Elle ne pourrait pas se servir de l'enregistrement car elle y parlait du marché qu'elle proposait. Ou alors, il faudrait le couper. Mais ça risquait de se remarquer. Et puis, Jacques n'admettait pas vraiment qu'il était le père. La seule façon de le prouver serait un test ADN qu'il n'était pas légalement tenu d'accepter. Et s'il l'acceptait et si ce test révélait qu'il n'était pas le père… Par conséquent, il fallait procéder plus finement. Jacques paierait, ça, c'était sûr. Il ne va pas s'en tirer à bon compte, ce salopard. Elle passa la matinée à creuser et recreuser le problème dans sa tête. On voulait l'abaisser avec cette affaire de paternité, d'amants multiples supposés, etc. Elle allait au contraire en sortir grandie. Deux choses à faire : premièrement, frapper Jacques et, au-delà, ce petit milieu d'hommes qui la méprisent ; deuxièmement, gagner le cœur des femmes et, si possible, celui de l'opinion publique. Elle envisagea différents scénarios jusqu'à ce qu'enfin… un sourire de chat se peignît sur son visage.

Elle appela Jeanne. Elles se ne voyaient pratiquement plus depuis qu'elles étaient entrées en politique, toutes les deux d'ailleurs au même moment, non parce qu'elles étaient dans des partis adversaires mais parce qu'elles n'avaient plus eu le temps ni l'occasion de se croiser. Jeanne labourait la France avec son père qui la poussait sous le feu des projecteurs et elle passait quelques journées au Parlement européen à Bruxelles et à Strasbourg tandis que Sonia siégeait à l'Assemblée nationale et arpentait sa circonscription du 17e arrondissement de Paris. Jeanne avait téléphoné à Sonia le jour de la naissance pour la féliciter et lui avait fait livrer un gros bouquet de fleurs.

L'appel de Sonia six jours plus tard la surprit. Elle devina que c'était à cause des ragots dans la presse. Lorsque les journaux avaient commencé à relayer les rumeurs sur le père putatif, elle avait un soir écrit à son amie : « Ignore-les. Je suis avec toi. Des chiens. Ils ne méritent que ton mépris. Et haut les cœurs ! Jeanne. »

– Tu as une petite voix.

– Ah bon. Non, non, ça va.

– Ne t'en fais pas, Sonia. Ils vont te lâcher. Ils vont passer à autre chose. Ils vont aller sucer un autre os.

– Merci mais ne t'inquiète pas pour moi, Jeanne, tout va bien. J'avais juste envie de te voir. Et que tu voies Myriam. Tu es à Paris ?

– Oui.

– Tu passerais aujourd'hui prendre un café ?

– Où ça ?

– Chez moi, par exemple.

En l'écoutant, Jeanne pensait : Sonia a toujours été là pour moi. À mes deux accouchements. Toujours. À chaque fois que j'ai eu besoin d'elle. Et Jeanne aimait se sentir utile et savait combien on a peu de vrais amis.

– Je pourrais passer à quinze heures.

– Génial. En revanche, comme il y a toujours des journalistes qui planquent devant l'immeuble, est-ce que tu peux entrer par la rue de derrière ? Je t'envoie l'adresse par texto et je t'explique comment tu fais. Il faut passer par les caves.

– Par les caves. (Jeanne rit.) Qu'est-ce qu'il ne faut pas faire pour aller voir sa vieille copine ! Il fallait vraiment qu'on fasse de la politique toutes les deux pour compliquer encore plus nos vies ! Tu ne voudrais pas rejoindre le Parti national, non, pour qu'on se simplifie un peu les choses ? Comme ça, je pourrais passer par la porte comme tout le monde.

Sonia rit :

– Personne ne passe par la porte en ce moment.

– Bon. D'accord. Quinze heures.

Jeanne passa par les caves avec son garde du corps frémissant comme un chien policier. Elle s'extasia sur le bébé. Elle avait apporté un cadeau : une salopette rose et une chemisette à fleurs.

Sonia avait calculé que Jeanne pouvait tirer un profit politique de son affaire et elle le lui dit sans détour.

– Tu pourrais y faire allusion dans une interview ou en off. Tu vois l'idée. Une femme défend une femme. Et pas n'importe quelles femmes. Toi et moi. Toi qui défends l'une des rares élues d'origine maghrébine. Tu fais d'une pierre deux coups. D'une part, tu défends les femmes. D'autre part, tu prives d'un argument ceux qui t'accusent de racisme.

– Je n'ai jamais été raciste, tu le sais bien.

– Toi, non. En plus, tu assois ta position par rapport aux musulmans. Tu défends les femmes musulmanes modernes, celles qui s'intègrent dans la société française.

– C'est un peu tiré par les cheveux et c'est un peu compliqué politiquement pour moi. Comprends-moi, Sonia, tu es mon amie et je voudrais bien t'aider mais la politique, c'est la politique et tu sais bien que l'électorat du Parti, c'est beaucoup de cathos tradi.

– Donc, tu ne veux rien faire ?

– Si, si. Je peux peut-être dire qu'en tant que femme, je suis choquée par cet acharnement médiatique contre une femme dans sa vie privée – ce qui n'arrive jamais à un homme – mais ce qui est difficile, tu vois, c'est que les gens sont encore terriblement conventionnels.

– Mais toi aussi tu élèves seule tes enfants. Tu vis seule.

– Oui mais ils ont un père. Un père reconnu.

– Mais c'est pareil. C'est Jacques Bernstein, le père.

– Mais il ne veut pas le reconnaître ?

– C'est ça.

– Alors, poursuis-le en justice.

– J'y pense. Mais tu imagines tout ce que ça va encore me coûter d'attaques dans la presse. Il a beaucoup de pouvoir. Il a le bras long. C'est un ami intime du Premier ministre, d'un homme qui a ses chances de devenir président.

– Si tu es sûre que c'est lui, le père – c'est bien lui, le père ?

– Enfin, Jeanne, puisque je te le dis ! Merci, c'est agréable !

– Pardon, ne le prends pas mal. Tu sais bien que c'est pas moi qui vais te reprocher de mener ta vie librement. Donc, si c'est lui le père, je crois qu'il faut quand même que tu l'attaques, que tu exiges un test ADN.

– OK, je comprends, fit Sonia d'un air déçu, tu diras ce que tu voudras bien dire pour prendre ma défense.

– Tu voulais que je dise carrément que je sais qui est le père ?

– Que tu dises que tout le monde sait qui est le père mais que personne n'ose le dire parce que c'est un homme puissant et un proche du Premier ministre. Ça t'aurait permis de prendre la défense d'une femme et, en même temps, de dénoncer les connivences de l'establishment que ton père et toi dénoncez d'habitude avec enthousiasme.

Jeanne regrettait d'être venue. Elle avait eu jusqu'ici la naïveté de croire que Sonia avait pour elle une amitié désintéressée.

– Écoute, Sonia, comme je te le disais en plaisantant au téléphone, si tu avais été au Parti, ç'aurait été plus simple. Je vais voir ce que je peux faire. Mais j'espère quand même que tu comprends – enfin, plutôt, que tu acceptes – que la politique et l'amitié, ce sont deux affaires distinctes. Je suis ton amie, je suis là pour toi mais quand je parle en tant que dirigeante du Parti national, c'est autre chose. J'espère que ça ne va pas gâcher notre amitié.

Sonia lui dit que non. À quoi bon insister ? Jeanne ne ferait rien pour elle.

– Encore bravo pour ton bébé ! Elle est vraiment craquante. Et courage ! On les aura ! Je suis avec toi ! On s'appelle. À très vite.

Elles s'embrassèrent. Jeanne disparut dans l'ascenseur.

C'était encore une leçon de vie. Ne pas demander plus aux autres qu'ils ne peuvent donner. Chacun calcule son intérêt.

Sonia contacta son « amie », Aline Algand, la présentatrice du 20 heures de TF1. Aline considérait que Sonia était « une bonne cliente » qui ferait de l'audience. Elle la reçut dans son journal. Sonia portait une robe noire échancrée sur sa poitrine et une paire de grandes boucles d'oreilles en argent.

– Bonsoir, Sonia El Hatimi.

– Bonsoir, Aline Algand.

Elle sourit mais brièvement. Elle était là en tant que femme blessée.

– On parle beaucoup de vous, en ce moment. D'abord, vous êtes le rapporteur – la rapporteuse ?

– La rapporteure, c'est bien.

– La rapporteure de la nouvelle loi sur la mobilité des handicapés, on va en parler, et vous venez aussi d'avoir… une petite fille, je crois. Votre retour sur les bancs de l'Assemblée à peine cinq jours après votre accouchement a suscité des commentaires.

– Et pas que mon retour…

– Oui. Il y a eu dans la presse des questions sur l'identité du père de votre enfant et, disons-le aussi, des insinuations et des attaques assez violentes contre vous.

Jacques Bernstein avait allumé la télé dans son bureau. Il se tenait debout devant l'écran, inquiet, nerveux.

– Et pas que dans la presse.

– Cela vous a blessée ?

C'était le lancement de l'interview. Aline et Sonia en avaient parlé ensemble. À partir de là, Sonia avait écrit et appris par cœur ce qu'elle allait dire.

– Vous savez ce qu'on dit : les coupures de presse ont du mal à cicatriser. Mais ça n'est pas l'important. L'important, c'est que je ne suis pas la seule à souffrir de ces cicatrices.

Thomas, Anne-Sophie et leur fille Cécile regardaient aussi le journal télévisé.

– Ça, c'est assez fort, dit Thomas.

– Elle est redoutable pour retourner les choses à son avantage, dit Anne-Sophie. C'est une super-manipulatrice.

– La solidarité féminine…

– Oh ! Je t'en prie, Thomas, pas sur ce ton !

– Oh ! Ça va, dit Cécile, vous allez pas encore vous disputer.

Sonia poursuivait :

– À travers moi, c'est toutes les femmes qu'on attaque. Et c'est aussi, soyons claires, les immigrées et spécialement les musulmanes françaises. Il y a du racisme, là-dedans, du machisme et de la jalousie. Qu'est-ce qu'on ne dit pas, qu'est-ce qu'on n'écrit pas sur moi ? On me reproche d'avoir continué à travailler presque jusqu'à l'accouchement et de revenir travailler peu après – et, summum de l'indécence, d'avoir osé en plus m'habiller de façon séduisante sans cacher mes formes. Est-ce qu'une femme enceinte en France doit filer à la maison faire du yoga prénatal et s'habiller avec un sac et rester allongée la moitié de la journée ? Est-ce que c'est une maladie d'attendre un enfant ? On me reproche – avant même sa naissance, d'ailleurs – d'élever seule ce bébé. Depuis quand est-il interdit d'être une mère célibataire ? Et qu'est-ce qui permet de supposer qu'un enfant élevé par sa mère serait moins équilibré et moins heureux ? Bien sûr que si un enfant a ses deux parents, père et mère, qui s'occupent de lui, c'est l'idéal. Et mon enfant a un père.

– Ah non ! souffla Jacques, les poings serrés.

– Qu'est-ce que vous répondez, demanda la journaliste, à ceux qui suggèrent que vous ignoreriez qui est le père car il y en aurait plusieurs possibles ?

– Je réponds que ma fille a un père et que son père sait qu'il est son père et j'ose espérer qu'il sera toute sa vie un bon père et qu'il contribuera à son éducation.

Jacques (sautant sur place comme un enfant contrarié) : Oh ! Non, non, non !

– Vous dites que vous « l'espérez ». Le père ne veut pas reconnaître l'enfant ?

– Il ne veut pas le reconnaître mais lui sera reconnu, il sera facilement reconnu. Il fait partie de ces hommes très courageux, vous savez, qui vous bercent de belles promesses, qui vous font croire que vous êtes la femme de leur vie et qui, en fait, ne vous voulaient que comme maîtresse.

– C'est un homme marié ?

– C'est un homme marié et qui pense que sa très haute position et ses proximités politiques au plus haut niveau vont m'impressionner, moi, le Petit Chose né à Barbès.

Jacques : Quelle salope !

Marc (qui regarde lui aussi la télévision) : Putain ! Elle va quand même pas dire que c'est moi, le père !

– Vous ne voulez pas dire son nom ?

– Certainement pas. S'il persiste à refuser de reconnaître sa paternité, j'irai en justice. Mais je tiens à ce que ça reste une affaire privée.

– Vous aurez du mal…

– Eh bien, c'est ça qui ne va pas. C'est ça qui m'indigne ! On a le droit de commenter, de critiquer mes prises de position publiques. Je suis une femme politique, c'est normal. Et j'accepte qu'on raconte que j'ai enfoncé les portes pour réussir ou que j'ai les dents qui rayent le parquet. Ou que je suis prête à tout pour trouver un job. Ça, je l'accepte, parce que je suis fière d'être arrivée là où je suis compte tenu de là d'où je viens. J'ai dû me battre plus que les autres, oui. En même temps, j'ai eu la chance d'être entourée de l'amour de mes parents, poussée par les sœurs de l'école catholique où ma mère était femme de ménage. J'ai eu mon bac, mention très bien. Après, j'ai eu la chance d'avoir de grands profs de droit qui m'ont appris la rigueur, j'ai eu la chance de devenir avocate. J'ai eu la chance de naître en France où les femmes, même issues de milieux pauvres, peuvent parfois s'élever, réussir, gagner. Je regrette seulement que, quand c'est une femme qui réussit, on la traite d'arriviste, de carriériste, d'intrigante ou pire. Mais bon, passons là-dessus. Ce qui est ignoble, c'est de s'attaquer à la vie privée d'une personne. Et vous remarquerez que ce sont presque toujours les femmes qui en sont victimes. Ça les emmerde, passez-moi l'expression, de ne pas savoir avec qui je vis, avec qui je couche. Alors, ils disent que je couche avec tout le monde. Et eux, ils couchent avec qui ?

Frédéric et Frédérique, dans leur canapé, l'écoutaient, impressionnés par sa hardiesse et son franc-parler.

Face caméra, Sonia voulait toucher tous les Français, droit dans les yeux. Sa voix vibrait d'émotion.

– Mais quand c'est un homme, c'est bien, tout est permis, on n'en parle pas et on s'en fout. Un homme n'a pas à s'excuser parce qu'il travaille trop. Un homme qui réussit est intelligent, travailleur, audacieux. Un homme public qui ne s'occupe pas de ses enfants, qui couche avec son assistante et lui fait un gosse qu'il ne reconnaît pas, ne fait pas la une des journaux. La vie privée, on devrait tous la respecter. Je revendique ce droit pour les femmes. Je revendique le droit pour les femmes de vivre librement leur vie, d'être des femmes libres, de faire des choix libres.

– Madame El Hatimi…

Aline Algand essayait de la couper mais Sonia, comme tous les Méridionaux quand ils sont lancés, semblait ne plus pouvoir s'arrêter.

– Je me suis battue toute ma vie pour ça. Est-ce qu'une femme a le droit d'avoir un enfant à quarante ans sans être en couple avec quelqu'un ? Est-ce qu'une femme a le droit de ne pas être traitée de pute parce qu'elle mène sa vie librement ? Est-ce qu'une femme…

La journaliste, furieusement pressée par le réalisateur en régie qui criait dans son oreillette, se penchait vers Sonia en agitant la main pour l'interrompre :

– Je crois qu'on a compris…

– … a le droit de coucher avec qui elle veut sans avoir à rendre des comptes ?

– Je crois qu'on a compris, madame El Hatimi. Nous arrivons maintenant au bout de cet entretien. En quelques mots, la loi sur la mobilité des handicapés…

Jeanne coupa la télé tout en caressant l'un de ses chats lovés sur ses genoux. Elle est gonflée quand même, Sonia ! Fallait oser y aller comme ça direct ! Il doit faire dans son froc, le vieux Bernstein. Elle a été maligne, pas prononcé son nom, tout en le disant presque.

Une semaine plus tard, un institut de sondages publiait la nouvelle liste des personnalités politiques préférées des Français. Sonia y faisait son entrée pour la première fois à la vingt-septième place, juste derrière Jeanne.

Thomas

Comme tous les matins, il se sentait fatigué en se réveillant. À part ça il n'éprouvait rien de spécial. Il a ouvert les rideaux de son studio. Le ciel bleu clair semblait annoncer une belle journée. Il a rempli la bouilloire, l'a branchée, est allé faire pipi. Son mal de dos au niveau de la nuque et de l'épaule droite ne passait pas en dépit des séances de kiné. Il a versé l'eau bouillante dans la tasse. Il a tourné lentement le sachet de thé dans l'eau en déglutissant, la bouche pâteuse. Le soleil griffait la vitre sale. Tiens, la tache d'humidité verdâtre sur la façade de l'immeuble d'en face a la forme d'un visage. Il ne l'avait jamais remarqué. Il a étalé le miel sur un pain grillé suédois qu'il a croqué sans grand appétit, puis il a ramassé les miettes tombées sur la table. Je déjeune avec Alex et Cécile comme tous les vendredis. Si Cécile vient. Souvent, elle ne vient plus. Il a bu son thé. Radio allumée. Clapotis de voix, pubs, jingles. Ordinateur allumé. Cinq messages non lus. Réunion du conseil académique. Soirée-rencontre avec John Cooper, professeur émérite à Oxford. Vous avez reçu un nouveau message : Lali274 a flashé sur vous. Photo ? Il a cliqué. Pas de photo. Bof, zut.

Il a fait sa toilette et il s'est habillé. En se brossant les dents, il a fait des allers-retours entre la salle de bain et son lit. Il a toujours marché en se brossant les dents. Le lit défait, la couette en tapon. Ses copies, ses livres, son manuscrit sur la table avec l'ordinateur, la tasse, les pains suédois, le miel, du poivre, une bouteille de vin presque vide, un verre vide avec du tanin au fond et une boîte de mouchoirs. Vie de jeune célibataire à quarante ans dans vingt-cinq mètres carrés. Agathe lisait ses cours sur le lit, toute nue, les jambes repliées contre son ventre. « Dsl,

Thomas, fini, ns 2. » Une étudiante de vingt ans m'a quitté par SMS. Jérôme m'a dit : « Le monde moderne, mon vieux. » Chaque fois qu'il y pense, le corps d'Agathe réveille en lui son douloureux désir.

Il a claqué la porte, fermé à double tour, croisé la gardienne, Lila, sans âge, toujours souriante. C'est quand même pas elle, Lali274 ! Un camion de livraison bouchait la rue. Klaxons furieux. La tronche des Parisiens, mon Dieu !

Il a levé la tête en passant sous les balcons de l'appartement où il vivait encore jusqu'au début de cette année avec Anne-Sophie, Cécile et Alex. Leur appart' acheté avec un crédit sur vingt ans. Les géraniums meurent. Elle ne les arrose pas. C'était moi qui m'en occupais. Des mois à coucher sur les coussins du canapé par terre dans le salon. Les enfants faisaient comme s'ils ne remarquaient rien. Elle ne veut pas divorcer. Moi dans mon studio d'écrivain – mon « bureau » –, parti sans être parti, à deux pas d'ici, et elle, la femme, la mère, fidèle, solide, qui tient la maison et supporte stoïquement la deuxième adolescence de son mari…

Il a croisé une voisine. Il a longé le collège des enfants d'où s'élevait un vacarme de colonie de mouettes. Des centaines de matins, une petite main dans la mienne sur le chemin de l'école. Papa, mon papa ! Cécile sérieuse, Alex excité, toujours plein de questions. Il a senti une corde se serrer dans sa gorge. Peut-être que c'est juste la crise de la quarantaine ? C'est normal. Après, à la cinquantaine, à la soixantaine, peut-être que tout s'apaise. Peut-être qu'il faut tenir…

Il a pris le métro, ligne 12. Il n'avait pas envie d'y aller. C'était loin, c'était cher. Il en avait marre de lui tendre les billets à la fin de la séance une fois par semaine depuis quinze mois. Quand je lui raconte un rêve, Gérard caresse sa barbe grise en souriant : « Très intéressant. Nous y reviendrons. » Et on n'y revient jamais ! Il prend des notes pourtant quand je parle. On a l'impression qu'il n'en fait rien, qu'il a tout oublié la fois d'après. Mais peut-être que ce que je raconte n'a aucun intérêt. Souvent je ne sais pas quoi dire. Ma vie est d'une banalité sans nom. Le pauvre mec empatouillé dans ses petits problèmes. Il empoche son fric et voilà. À la semaine prochaine ! Génial comme boulot !

Il a regardé le livre entre les mains de la femme assise en face de lui sur un strapontin. Elle lisait un roman court, un best-seller. Elle était absorbée par sa lecture. Il a pensé avec amertume que son troisième roman, qui avait tout pour être vendeur (une histoire d'amour sous l'Occupation à Paris entre une juive d'origine russe et un officier allemand), ne se vendait pas. Mais il n'y a pas de promo. Sans promo ça ne peut pas se vendre ! Mon éditeur me presse d'écrire un nouvel essai historique à cause du succès de *C'était écrit*. À Sciences-Po, je suis connu à cause de ça, mon cours est recherché. Mais mes romans, tout le monde s'en fout. Est-ce que je suis nul ?

Une jolie fille est montée à Saint-Lazare. Il a d'abord vu ses longues jambes moulées dans un jean déchiré au niveau du genou puis son visage, peut-être slave, d'une blancheur de porcelaine. Les autres hommes la zieutaient aussi. Il a imaginé ses seins sous son pull. Les têtes, les mains, les seins, les jambes tressautaient ensemble dans le compartiment. Une odeur fétide est entrée à Saint-Georges. Un SDF dans un pantalon raide de crasse s'est traîné jusqu'à une place libre sur une banquette. Les voyageurs se sont tous écartés, certains cachant, d'autres non, un air dégoûté, et les banquettes autour de lui se sont vidées. Thomas a changé de wagon à la station suivante. Il éprouvait une certaine pitié pour ce pauvre homme. Tout peut arriver dans la vie. Tout est fragile. Suffit d'un rien. La société est de plus en plus dure. C'est faux. Les trente-cinq heures. Les

Français sont plus riches qu'il y a dix ans, vingt ans. Oui mais trois millions de chômeurs, les écarts se creusent, les injustices… les conséquences de la mondialisation… les naufragés…

Le visage de porcelaine le regardait. La fille avait changé de wagon comme lui. Il lui a souri maladroitement. Elle a détourné la tête. À Paris, les gens prennent même un sourire pour une agression. Elle a cru que tu voulais la draguer. J'aurais bien voulu. Elle est descendue. Il s'est aperçu quand les portes se sont refermées qu'il aurait dû descendre aussi. Il venait de rater sa station. Il a repris le métro dans le sens contraire, craignant d'être en retard.

Il est sorti à Lamarck-Caulaincourt. Il a gravi les escaliers interminables de la station puant l'urine. Il était essoufflé. Est-ce que c'est normal d'être essoufflé à ce point à mon âge ? Faut peut-être que je voie un cardiologue ? Il est passé devant l'entrée du cimetière Saint-Vincent. Il a pensé qu'il n'était pas allé depuis longtemps fleurir la tombe de sa mère à Bordeaux.

Il a monté péniblement les volées de marches qui mènent à la rue de l'Abreuvoir. La journée sera vraiment belle. Avoir une maison nichée dans la verdure à Montmartre. La campagne à Paris. Ça doit coûter une fortune. Je ne risque pas d'être riche. Un chat l'observait sur le mur d'un jardin. Qui es-tu, toi ? Ses yeux prenaient le soleil comme des pierres précieuses.

Il a regardé sa montre. Il était à l'heure. Il a composé le code et il a monté encore les quatre étages sans ascenseur jusqu'à l'appartement de son psy. Il a sonné. Il a entendu le grincement familier du parquet. La porte s'est ouverte sur le couloir de l'appartement qui sent le vieux. Gérard l'a fait entrer dans son petit bureau surchargé de livres, de disques, de photos de ses petits-enfants et de bibelots d'inspiration plus ou moins ésotérique, puis il s'est assis dans son fauteuil vert, son carnet de notes et son Bic à la main. Thomas s'est allongé sur le sofa couvert d'un tissu en kilim. Il a calé sa tête dans un coussin. La peinture au plafond s'écaille. Le bruit, assourdi heureusement, de travaux dans un appartement voisin. La respiration profonde de Gérard.

Il a raconté sa semaine dans l'ordre chronologique comme d'habitude. Rien de nouveau. Rien de particulier. L'odeur poussiéreuse du kilim. Il a senti un picotement dans ses narines. Il a éternué. Il est resté un moment silencieux.

Puis il a dit, la voix nouée :

– Je ne sais plus où j'en suis.

Et il s'est mis à pleurer.

Elysabeth

Stéphane sortait de plus en plus souvent le soir et rentrait tard – deux, trois heures du matin. Il prétendait qu'il participait à des dîners ou des réunions qui s'éternisaient. Il voyageait également bien plus qu'avant, en province, à l'étranger, au point de découcher une ou deux fois par semaine. Elle ne se souvenait plus à quel moment elle avait commencé à avoir des doutes.

Depuis la naissance de François ils n'avaient plus de relations sexuelles mais cela ne l'avait pas alertée tout de suite. Elle s'était longtemps rassurée en se disant que c'était une évolution fréquente du couple avec le temps, surtout quand les deux travaillent beaucoup – elle partait tôt et rentrait tard elle aussi. En plus, faire l'amour ne lui manquait pas tellement, elle avait d'autres plaisirs : le sport, les bons vins, la bonne bouffe…

Elle avait tout de même fini par le soupçonner d'avoir une liaison. Un jour, elle avait découvert, en fouillant dans son cartable, un string en cuir. Elle en avait eu un choc épouvantable. Non seulement, comme elle le craignait, il la trompait, mais en plus, une telle vulgarité pouvait l'exciter. Elle le pensait plus raffiné, plus sophistiqué. L'homme qu'elle connaissait toujours soucieux de perfection, si pointilleux sur l'hygiène, sur l'éducation des enfants, aimant les arts et la musique classique… Elle avait été d'une bêtise et d'une naïveté !

Il avait joué l'étonné.

– Ça doit être un collègue qui m'a fait une blague. Marc peut-être ?

– Et pourquoi il aurait mis ça dans ton cartable ?

– Je ne sais pas.

Quelque temps plus tard, elle lut dans son portable un SMS étrange : « Au dépôt OK ? », émanant d'un Jean-Loup, noté ainsi sans nom de famille dans ses contacts. Stéphane lui avait répondu : « OK mon loup ». Ce qui l'avait intriguée, c'était le « mon loup », familiarité si contraire à la façon dont son mari s'adressait d'ordinaire à un ami. Elle lui avait menti, lui avait dit qu'un certain Jean-Loup (« Il n'a pas donné son nom ») l'avait demandé au téléphone. Stéphane avait paru troublé.

– Ici, à la maison ?

– Oui. Pourquoi ?

– Non, rien.

– C'est qui ?

– Hein ?

– Jean-Loup ?

– Ah, c'est… un collègue, Jean-Loup Tourcoing.

– Comme la ville ?

– C'est ça.

Le lendemain, Elysabeth appelait le standard de Talion et demandait à parler à Jean-Loup Tourcoing. Cette personne ne faisait pas partie du groupe Talion. Elle s'en doutait. Elle fit une recherche de nom sur Internet et ne trouva aucun Jean-Loup Tourcoing. Il lui vint alors l'idée de taper « le dépôt ». Google afficha en tête de ses suggestions une boîte homosexuelle rue aux Ours dans le Marais. Elysabeth sentit son cœur battre. Elle s'approchait d'une pensée qui l'avait déjà effleurée et qu'elle avait repoussée avec effroi. Elle se rendit au Dépôt en sortant du travail un soir vers vingt et une heures. Elle vit l'entrée de la boîte peinte en gris foncé, ornée d'un cupidon tirant à l'arc. Quelques homos bigarrés, en cuir et paillettes, très maquillés, s'agglutinaient en fumant devant l'entrée. Avec ses cheveux coupés au-dessus de la nuque et permanentés, son habituel tailleur classique et sa perle de Tahiti pendue à une chaînette autour de son cou, Elysabeth détonnait. Une banquière lesbienne peut-être ? On la regardait d'un air curieux. Le videur – une armoire à glace, un anneau dans l'oreille – lui dit :

– Vous savez où vous êtes, là ?

– Oui. Je… je cherche quelqu'un.

– Un ami ?

– Oui. Il m'a dit…

– Bon. Allez demander à Michel au bar.

Il la fit entrer. De la techno cognait dans une longue salle dégoulinante de lumières rouges, encore aux trois quarts vide. Des caricatures – pour Elysabeth – de travelos sirotaient des verres avec des barbus en cuir aux bras tatoués. Le barman, un grand chauve qui portait des boucles d'oreilles en forme de têtes de mort, se tenait derrière un bar de brique rouge. Jean-Loup Tourcoing ? Stéphane Baron ? Il ne connaissait pas et même s'il connaissait, il ne révélait pas l'identité de ses clients qui pour la plupart tenaient à leur anonymat en venant ici.

– Et si c'est mon mari ?

Le barman éclata de rire :

– Surtout si c'est votre mari !

Elysabeth quitta ce premier cercle de l'enfer. Elle avait lu à l'occasion, chez le coiffeur, dans *Match* ou des revues féminines, des articles sur les gays du Marais, généralement en relation avec le SIDA, mais c'était autre chose de les voir en vrai. Et si Stéphane avait le SIDA ? Et s'il le lui avait transmis ? Impossible. Ils ne couchaient plus ensemble depuis François. Ouf ! Et pendant sa grossesse, les analyses de sang l'auraient détecté.

Elle attendit pour lui parler. Elle remettait au lendemain, n'osait pas, c'était tellement délicat, gênant, honteux ; et qu'allait-il se passer ensuite ? Et avait-elle vraiment envie de savoir ? Mille questions dans sa tête. Tout ce qu'elle avait vécu avec lui depuis vingt ans, le grand amour de sa jeunesse, leur jolie famille, leurs trois enfants, tout ça n'était donc qu'une mascarade ? Est-ce qu'il s'était détourné d'elle ? Parce qu'elle n'avait pas été à la hauteur… au lit ? Elle n'était sans doute pas la femme la plus… Elle aimait bien ça, sans plus. Elle n'était sans doute pas la femme la plus imaginative… la plus libérée… Il y avait des trucs qui la dégoûtaient – rien que d'y penser… – et d'autres qu'elle n'imaginait pas ? Est-ce qu'il fréquentait vraiment des lieux comme le Dépôt ? Et qu'est-ce qu'il y faisait ? Mon Dieu !

Il sortait toujours seul une ou deux fois par semaine. Il sortait avec elle une ou deux autres fois. Pour ses parents, pour leurs amis, ils formaient un beau couple uni. Oui mais… En société, et plus encore à la maison avec elle et les enfants, elle remarquait qu'il changeait. À moins que ce ne fût son regard à elle sur lui qui changeait ? Non. Il était évident qu'il changeait, qu'il adoptait une attitude étrange. Depuis les attentats du World Trade Center (et ceux qui avaient suivi, à Madrid, à Londres…), il semblait persuadé qu'on était entré dans une guerre de civilisation. Cela ne suffisait pas, en soi, à le rendre singulier. Elysabeth, bien que, disait-elle, plus centriste que lui, considérait que le terrorisme islamique constituait la première menace actuelle et ne supportait pas les femmes voilées qu'elle croisait quelquefois. Mais chez Stéphane, le sujet tournait à l'obsession et prenait des proportions démesurées. Pas une conversation avec des amis ou avec elle sans qu'il y revînt. Il saoulait tout le monde.

– On prône la liberté, la tolérance et le multiculturalisme. Est-ce que l'islam veut la même chose ? Où sont les musulmans modérés ? Où écrivent-ils ? Où manifestent-ils ? Vous les entendez après les attentats ? Jamais ! En revanche, les imams, les prédicateurs wahhabites inondent l'internet et les mosquées de discours anti-occidentaux. Ils appellent à éliminer les mécréants en vertu de la charia, et les mécréants, c'est nous, les non-musulmans. Et ça donne quoi ? Les voitures brûlées, les émeutes des banlieues, les viols de femmes… Ouvrez les yeux !

– Ne tombe pas dans la paranoïa non plus.

Stéphane répliquait :

– C'est toi qui es aveugle. On a tous été trop longtemps aveugles. C'est la guerre, on est en guerre. Il y aura des attentats en France, vous verrez, des attentats terribles.

Elysabeth se demanda si, effectivement, il n'était pas en train de devenir parano. Car il ne se contentait pas de ces discours enflammés. Il disait qu'il ne fallait plus prendre le métro. Mais les enfants ne pouvaient pas s'en passer. Elle s'était disputée avec lui à ce sujet. Il avait finalement concédé qu'ils pouvaient le prendre aux heures creuses mais qu'aux heures de pointe, ils prendraient le bus ou un taxi. Il préférait leur payer un taxi. Dans la rue, il regardait régulièrement derrière lui, il évitait de passer à proximité des poubelles pleines, aucun sac abandonné ne lui échappait et quand il composait le code d'entrée de l'immeuble, il vérifiait que personne ne le surveillait. Il avait voulu renvoyer Majida, leur femme de ménage algérienne. Il prétendait qu'il la trouvait changée, fuyante. La pauvre femme était seulement mal à l'aise en sa présence depuis qu'il s'était mis à l'observer d'un air suspicieux. Elysabeth s'était fâchée. Majida était parfaite. Il devenait ridicule. Ce soir-là il était parti en claquant la porte et il était rentré à quatre heures du matin. Quelque chose ne tournait plus rond du tout. Elle hésitait à lui suggérer d'aller consulter… Il le prendrait sûrement très mal.

Une autre idée s'introduisit dans son esprit. Tel un contre-feu, son attitude lui servait à dissimuler la vérité qu'il redoutait qu'elle découvrît. Cette vérité… Elle se doutait bien, au fond – et ça la rongeait –, que c'était la vérité.

Des semaines passèrent au cours desquelles elle se sentit de plus en plus oppressée, tendue. Ils faisaient semblant, lui comme elle. Ils ne se parlaient que de ce qui se passait dans le monde, d'Al-Qaïda et de Ben Laden, de la scolarité des enfants et un peu de ce qu'ils faisaient l'un et l'autre au travail. Stéphane était stressé et répétait qu'il l'était. Il lui servait à présent une nouvelle trouvaille :

– J'ai besoin de me détendre. Je sors avec des copains.

– Qui ?

Tantôt c'était Marc et d'autres chez Talion. « Tu ne connais pas. » Tantôt c'était son prof de boxe thaïe, Christian. Tantôt…

– Jean-Loup ?

Oui, parfois. Et parfois elle devenait grinçante :

– N'oublie pas ton gilet pare-balles ! (Elle avait envie d'ajouter : « Et tes préservatifs ! »)

Il lui disait :

– Tu peux sortir aussi de ton côté de temps en temps si tu en as envie. Je le comprendrais très bien.

Et le non-dit et le mensonge grossissaient entre eux. Ils fuyaient le fantôme qui se dressait, menaçant et silencieux, dès qu'ils étaient ensemble, les suivait du salon à leur chambre et se couchait avec eux dans leur lit…

Jusqu'au jour où elle osa enfin lui dire, d'une petite voix un peu bredouillante, après avoir éteint la lumière :

– Stéphane… Je t'aime. Je veux te le dire. En ce moment… enfin, je pense… il y a quelque chose… entre nous… et je ne me sens pas bien en ce moment, moi, je… Je t'aime et je voudrais que tu saches que… Je t'aime et je ne voudrais pas que tu aies peur de me dire des choses, de me parler. Je… je suis ta femme. Et ton amie.

Il y eut un long silence. Elle retenait son souffle et elle eut l'impression que Stéphane aussi. Il finit par lui demander :

– Qu'est-ce que tu veux savoir ?

Elle savait sans le voir qu'il était étendu comme une bûche les bras le long du corps. Leurs corps ne se touchaient pas. Il restait toujours dans cette position un certain temps puis il se tournait sur le côté en chien de fusil. Parfois, il posait une main sur son flanc mais il ne le faisait plus depuis que…

– Eh bien… où tu vas le soir… qui tu vois. Je ne t'en voudrai pas si… Enfin, je ne dis pas que ça ne me fera rien mais le pire pour moi, c'est de ne pas savoir, c'est de ne pas comprendre. Je peux comprendre parce que je t'aime et je t'aimerai toujours… même si tu vois quelqu'un… même si… c'est un homme.

– Je comprends… (Il chercha sa main et y posa la sienne.) Moi aussi, je t'aime. Je t'ai toujours aimée. Tu veux que je te dise, c'est ça ? (Elle ne répondit rien. Il poursuivit.) Oui, j'aime les hommes, je suis attiré par les hommes. Je l'ai toujours été. Et c'était difficile… c'était impossible de le dire… parce que j'avais peur que tu ne l'acceptes pas et que tu ne puisses plus m'aimer.

Voilà, ça y est, il l'a dit. Il a avoué. Elle se mit à pleurer. Des larmes roulèrent sur ses tempes, sur ses oreilles, dans ses cheveux. Il se rapprocha d'elle, l'entoura de son bras.

– Merci, lui dit-il.

Lui, il était soulagé. Il savait qu'elle savait *maintenant*. Maintenant, quand il s'absentait, il venait l'embrasser, comme un ado qui part à une boum. Elle ne lui posait pas de questions. Pour lui c'est idéal, non ? Il doit se sentir plus à l'aise, *maintenant*, parmi ses amis homosexuels, qui, eux non plus, sans doute, ne lui posent pas de questions. Ils doivent seulement lui demander de ne pas les bassiner avec Ben Laden et la menace djihadiste !…

Il est plus tendre avec moi. Oui… À l'opéra, au théâtre, à la messe, à dîner chez des amis, il a des petits gestes et des sourires. Des sourires complices. Oui… Elle aussi, elle lui sourit. Elle aussi, devant les autres… et ses copines lui disent qu'elle a de la chance d'avoir un homme avec lequel elle s'entend si bien. La nuit, parfois, il la prend dans ses bras. Oui… Elle est malheureuse mais elle tient bon. Elle tient bon. Elle tient bon…

Troisième partie

I

Clara

Clara jeta sa tenue chirurgicale dans le grand bac à roulettes et sortit du vestiaire. Elle traversa le hall de verre de l'hôpital Saint-Louis qui grouillait de monde comme une gare. Elle marchait de son pas habituel, long et pressé. Elle avait faim, hâte d'avaler un plat avant ses consultations de l'après-midi. Son téléphone vibra dans la poche de sa blouse. Elle crut reconnaître le numéro de l'école maternelle. Elle eut un pincement d'appréhension.

– Madame Keller ?

– Oui.

– C'est monsieur Durant à l'école maternelle. On a un souci aujourd'hui avec Léo.

Clara entendait derrière la voix du directeur de l'école les pépiements stridents des enfants qui jouaient dans la cour.

– Qu'est-ce qu'il s'est passé ?

– Rassurez-vous, rien de trop grave. À la cantine, Léo a mordu et griffé un autre enfant. Laetitia l'a mis à l'écart. On sait gérer ses colères, on en a déjà parlé plusieurs fois. On l'isole un moment et, en général, il finit par se calmer. Mais aujourd'hui, il ne parvient pas à se calmer. Ça fait une heure qu'il pleure et qu'il crie, madame Chauveau reprend la classe à treize heures trente et cet après-midi, malheureusement, Laetitia ne peut pas être là. Et sans AVS, madame Chauveau ne se sent pas, vous comprenez, d'avoir trente enfants et Léo en plus dans cet état. Alors, il faudrait que vous ou quelqu'un vienne le chercher.

– C'est difficile, dit Clara d'une voix sèche et oppressée.

– Je comprends que ça ne vous arrange pas…

– Je suis chirurgienne, vous comprenez…

– Je sais bien.

– Et je n'ai pas de nounou avant quatre heures et demie.

– J'entends bien. Mais il ne s'agit que de trois heures, en somme – jusqu'à quatre heures et demie.

– Vous ne pouvez vraiment pas le garder ?

– Madame Keller, vous savez qu'on fait vraiment tout notre possible.

– Mais oui, je sais, monsieur le directeur.

– Mais, là, j'insiste, parce qu'on est vraiment en sous-effectif à l'école et, surtout, parce que je crois que c'est mieux pour votre fils. Il est vraiment très agité et… très mal aujourd'hui.

– Bon. Très bien. Je viens le chercher.

– Je vous remercie beaucoup de votre compréhension, madame Keller.

– Et l'autre enfant, comment il va ? Qu'est-ce qu'il a ?

– Ça va. C'est superficiel. Une griffure au visage et une morsure au bras.

– Il faut que je fasse quelque chose ? Je veux dire : vis-à-vis des parents ? Leur écrire ? Les dédommager ?

– Ne vous en faites pas, madame Keller. Pour ça, on s'en occupe. On dira qu'il y a eu une dispute.

– Il s'appelle comment, cet enfant ?

– Jonas. Jonas Imbot. Vous pensez être là dans combien de temps ?

– Je fais au mieux. Je prends ma voiture. J'arrive.

– On vous attend. À tout à l'heure. Merci. Je vais dire à Léo que vous venez.

Clara fila au parking. Dans sa voiture, il lui restait une bouteille d'eau. Elle but en conduisant. Le canal Saint-Martin bouchonnait. La place de la République était bondée. Les voitures noyées dans une nappe de chaleur métallique. Les piétons écrasés de soleil, certains joyeusement, d'autres péniblement. Mi-mai. Comment je vais faire ? Comment je vais faire ? Comment je vais faire ? Elle espérait qu'à Saint-Louis, où elle était depuis deux ans, elle serait enfin nommée professeur, à la place du professeur Durieux ; il aimait l'idée qu'une femme lui succède, il le lui avait dit ; c'était une chance rare dans ce milieu machiste. Comment je vais faire ? Corinne me lâche au bout de deux mois. La nounou précédente a tenu six mois. Est-ce que la nouvelle va tenir au moins jusqu'aux vacances d'août ? Cauchemar ! Et maman a trouvé le moyen d'aller s'installer à Menton avec Jean-Luc ! « Ça fait tellement de bien, tu sais, de se lever le matin et de voir la mer, c'est un enchantement ! Tu sais ce qu'a dit Matisse quand il est arrivé à Nice et qu'il a vu le ciel bleu ? Et c'est comme ça tous les jours ? Alors, je reste ! » Elle veut bien prendre Léo à Menton mais avec la nounou, pas toute seule, elle dit que toute seule, elle ne se sent pas, elle est trop vieille, il est trop dur. Et bien sûr, Christophe, cette année, prend ses vacances en même temps que moi. Il prendra Léo juste une semaine fin août ! Lui qui prétendait, lui qui me jurait qu'il était prêt à être père encore une fois et à s'occuper d'un enfant ! Tintin ! D'un enfant normal peut-être – et encore, même pas sûr –, mais d'un enfant souffrant de TED ! Trouble envahissant du développement : le grand fourre-tout ! Selon le professeur Broussard, Léo n'est pas autiste. Et le professeur Broussard est un grand spécialiste de l'autisme. « Il n'est pas dans le spectre autistique d'après notre évaluation suivant le WISC[1] américain. – Ah bon ? Alors, il est quoi ? Il a quoi ? – Chaque cas est singulier et ce qui importe, ce n'est pas tant de le caractériser mais de l'aider. – Et comment on fait pour l'aider si on ne sait pas ce qu'il a ? – Il souffre d'un retard de développement psychoaffectif, d'un certain nombre de troubles du comportement, d'un trouble ou d'un retard du langage, il est encore trop tôt pour le dire, et il a des difficultés cognitives et expressives, mais grâce au suivi thérapeutique qu'on a mis en place, il a déjà fait des progrès. » Deux séances d'orthophonie par semaine, une de psychomotricité à l'hôpital Necker, il faut le récupérer deux fois à l'école avant la fin de la classe pour l'emmener faire ses séances : une demi-heure chaque fois en métro. Comment je fais sans nounou ? Et ce n'est pas Christophe qui va m'aider à trouver une solution ! Il ne le prend même pas un week-end sur deux. « Je suis débordé, désolé. » Et moi, je ne suis pas débordée, moi ? On fait le même métier. C'est juste que t'occuper d'un enfant handicapé, hein ?... Le professeur Broussard m'a demandé : « S'est-il passé quelque chose de spécial à la naissance ? – Je ne sais pas. La péridurale n'a pas bien marché et elles ont eu recours aux forceps parce qu'elles ont eu peur qu'il manque d'oxygène. Il est resté en

1. Wechsler Intelligence Scale for Children, test de quotient intellectuel et d'évaluation psychologique.

observation une nuit et tout semblait aller bien. – Bon. Et comment ça s'est passé avec le père ? – Il était prévu d'emblée qu'on ne vivrait pas ensemble. On n'a jamais vécu ensemble.– Il n'y a pas eu de conflit entre vous au cours de la première année de la vie de Léo ? – Non. Mais Christophe n'est pas très dispo pour s'occuper de Léo parce qu'il est aussi chirurgien. – Bon. De toute façon, ça ne nous avancerait pas à grand-chose de creuser le passé. La question, c'est : qu'est-ce qu'on fait aujourd'hui pour Léo ? »

La question, c'est le mot : la question. Vivre avec un enfant anormal, c'est vivre avec une question en permanence. Avec mille questions. Pourquoi il est comme ça ? Pourquoi il avait l'air normal au début, jusqu'à ses dix-huit mois ? Et pourquoi tout à coup il s'est mis à régresser, à ne plus parler, à crier, à se taper la tête contre le mur en dormant ? Qu'est-ce qu'il s'est passé ? Pourquoi il fait des progrès – il arrive à parler, pas bien mais il progresse –, et pourquoi, en même temps, il régresse, il n'écoute rien, ne vous regarde jamais vraiment, pique des rages, refait pipi la nuit alors qu'il était devenu enfin propre ? Pourquoi ? Comment ça se fait ? Comment on fait ? Comment je vais faire ? Est-ce que je suis punie parce que j'ai voulu l'avoir seule ? Clara, tu déconnes !

Elle ne trouva pas de place et se gara à dix mètres de l'école. Léo s'était calmé. Le directeur l'avait installé devant un dessin animé dans le préau. Les autres enfants venaient de remonter dans les classes. Une femme de ménage passait la serpillière. Le préau servait aussi de cantine et sentait encore la cuisine de midi.

– C'est maman.

Léo ne lui répondit pas tout de suite. Il était captivé par un dinosaure vert. Il sautait sur son petit banc en bois en battant des mains comme un oiseau bat des ailes. Quand Clara fut près de lui, il sauta tout à coup du banc pour venir lui enlacer les jambes de toutes ses forces.

– Man-man !…

– Qu'est-ce qu'il s'est passé ? Tu t'es disputé avec un garçon ? Monsieur Durant m'a dit que tu as encore fait une colère ?

Léo se détourna aussitôt pour regarder la télé. Ou pour s'échapper ? Fuir cette réalité désagréable ?

– Léo, je te parle. Léo, comme tu n'as pas été sage, cet après-midi, tu vas venir avec moi à l'hôpital. Tu connais l'hôpital ? Là où tu allais à la crèche ? Tu te souviens de la crèche ? Élodie, Florence. Elles sont gentilles.

Clara espérait qu'avec un peu de chance, à titre exceptionnel, elle obtiendrait de la directrice de la crèche de Saint-Louis qu'elle lui garde Léo quelques heures. Sinon… sinon… Sinon, on verrait bien. Putain ! Comment je vais faire ?

– Ze veux voir le film.

– Non, maintenant, tu viens. Je suis pressée. Maman a des rendez-vous.

– Ze veux rester là.

– Tu viens tout de suite.

Elle l'attrapa par le bras. Il tenta de se libérer tout en gardant la tête obstinément tournée vers le téléviseur. Le directeur qui avait accompagné Clara dans le préau essaya de l'aider.

– Léo, maman est venue te chercher parce que cet après-midi Laetitia n'est pas là et ne peut pas s'occuper de toi, je t'ai expliqué.

Léo les ignorait.

– De toute façon, maintenant, j'éteins la télé, c'était pour attendre maman.

À peine le directeur avait-il éteint que Léo se jetait sur lui en hurlant d'une voix suraiguë de bébé :

– Non !... Ze veux ! Ze veux !

Clara ne pouvait pas supporter ces crises, ces trépignements, ces hurlements. Le pédopsychiatre lui disait que son fils était encore incapable de surmonter les frustrations, qu'il était dans la toute-puissance infantile, qu'il lui faudrait certainement longtemps pour évoluer. Et alors ? Ça change quoi ? Dans ces moments-là, Léo est comme fou et elle a envie de le secouer, de lui crier dessus aussi fort qu'il crie, de ne plus le voir, de ne plus l'avoir, d'en être débarrassée à tout jamais...

– Ça suffit, Léo ! Tu viens, maintenant ! Tu obéis !

Elle l'empoignait, le tirait, la colère la gagnait. Il ruait dans tous les sens comme un taureau furieux. Elle l'agrippa, le souleva. Il se débattait et lui donna un coup dans le menton. Elle réussit difficilement à l'immobiliser en le plaquant très fort contre elle, il hurlait et pleurait. Le directeur, désemparé, hésitait. Devait-il intervenir pour aider cette mère dépassée aux prises avec son petit monstre ? Clara pensait : c'est un monstre. C'est un monstre. J'ai fait un monstre.

– Il va se calmer dans la voiture. Je suis désolée.

– Ne vous en faites pas, madame. On a l'habitude, on connaît. Il va se calmer. Mais c'est pour ça. Sans AVS aujourd'hui...

Léo hurlait et se tortillait dans l'étau serré des bras de sa mère, il battait des jambes et les gens dans la rue s'arrêtaient pour les regarder, se retournaient, s'interrogeaient. Clara se sentait jaugée, accusée, jugée. Pourquoi cet enfant s'était-il mis dans un état aussi extrême, aussi désespéré ? Elle réalisa à cet instant seulement qu'elle était en blouse blanche de médecin, elle n'avait pas pensé à l'enlever. On emmenait ce petit garçon dans un asile de fous ? En plus, sa voiture était blanche !

Elle voulut installer Léo sur le rehausseur sur la banquette arrière. Alors qu'elle ouvrait tant bien que mal la portière, il faillit lui échapper. Il se serait enfui, aurait peut-être couru en plein milieu de la rue, se serait fait écraser. Fin du problème... NON ! NON ! ARRÊTE ! ARRÊTE ! ARRÊTE ! Elle réussit à l'attacher avec la ceinture de sécurité. Il se calmait un peu, pleurait, répétait à travers ses larmes :

– Ze veux... télé... film... Man...man...

Elle verrouilla les portières et démarra. Un PV flottait sous son essuie-glace. Elle avait les nerfs à vif, envie de fumer. Elle klaxonna furieusement la voiture devant elle qui ne redémarrait pas au quart de tour au moment où le feu passait au vert. Boulevard de l'Hôpital, Pitié-Salpêtrière, ses années d'études. La vie était plus simple. Boulevard, pont, quai, Bastille... Miracle, ça roule mieux au retour. Et ce calme soudain. Léo hoquetait comme un nouveau-né après un gros chagrin. Elle vit dans son rétroviseur qu'il s'était endormi. Son visage de lune pâle. Ses lourdes paupières rougies. Elle se sentait infiniment triste mais elle ne pleurait pas. Elle ne pleurait jamais. Elle ne pouvait pas. Je n'en peux plus. Vidée, pressée comme un citron. Normal, tu as faim. Acheter un sandwich.

À la crèche, elles acceptèrent de lui garder Léo. Il se réveillait à peine mais reconnut avec plaisir l'une des puéricultrices, Élodie, et sans faire d'histoires partit avec elle jouer dans la petite cour sous des parasols au milieu des autres enfants.

Clara aurait déjà dû avoir débuté ses consultations, elle était en retard. Sa secrétaire lui avait laissé un message. Elle fonça à la cafétéria. Il n'y avait plus de sandwiches. Elle s'acheta un cookie et un chausson aux pommes qu'elle avala en marchant jusqu'au service de gastro-entérologie. Dans la salle d'attente décorée d'un poster du mont Blanc, une quinzaine de personnes attendaient, des patients plutôt âgés, pour certains accompagnés, qui faisaient semblant de s'intéresser à de vieilles revues cornées ou plongeaient le nez dans leur téléphone. Il y eut un petit mouvement général à l'arrivée de Clara, suivi d'une déception. Elle s'engouffrait dans un bureau sans un regard pour eux. La secrétaire lui donna les dossiers des patients qu'elle devait recevoir.

– Le premier, c'est le monsieur que vous avez accepté de prendre en plus en urgence. Il est là depuis plus d'une heure. Vous deviez le voir à treize heures quarante-cinq.

Clara mit ses lunettes (elle ne pouvait plus lire sans) pour jeter un œil au dossier qui contenait deux pages d'informations.

– C'est son généraliste qui vous l'a envoyé. Vous l'avez eu au téléphone.

– Le généraliste ?

– Oui. Le docteur Lescaud. Il m'a transmis le dossier médical par mail. C'est ce que je vous ai imprimé.

– Ah oui. Bon, ben, j'attaque.

Elle retraversa la salle d'attente pour aller dans son bureau. Des têtes chargées d'espoir ou d'appréhension se levèrent à son passage. Une femme voulut dire quelque chose à voix basse à son mari sourd qui s'écria très fort :

– C'est con ?

La femme, gênée, lui répéta ce qu'elle venait de lui dire mais cette fois à voix haute en articulant lentement :

– C'est long !

– Ah oui, ça !… On est vraiment traités comme du bétail.

Clara referma la porte de son bureau et déposa ses dossiers sur une desserte sauf celui de son premier patient qu'elle parcourut rapidement tout en rêvant à la cigarette qu'elle n'avait pas eu le temps de fumer. Par le store à sa fenêtre, le soleil zébrait le sol. Tumeur côlon gauche, opération dans les trois semaines. Café. Elle retourna voir sa secrétaire.

– Valérie, est-ce que par hasard vous auriez du café ?

– Mais oui, servez-vous. Dans le thermos.

– Merci beaucoup. Je n'ai pas eu le temps de déjeuner. J'ai dû récupérer mon fils à l'école. Il a griffé et mordu un autre enfant.

– Oh là là ! Je connais ça. Le mien, il s'est pris un coup dans les testicules l'autre jour, il est tombé dans les pommes. Les gosses, aujourd'hui…

– Merci pour le café.

Sa tasse à la main, dans la salle d'attente, elle appela :

– Monsieur Fournier !

Thomas se leva aussitôt. Les autres le regardèrent avec envie ou jalousie. Clara vit s'avancer un homme mince d'une quarantaine d'années à la figure rose inquiète et aux cheveux châtains assez longs.

– Entrez, je vous en prie.

Ni l'un ni l'autre ne s'avisèrent qu'ils s'étaient déjà rencontrés une fois à un mariage. Sous le choc depuis que le gastro-entérologue polonais lui avait asséné tout à trac après sa coloscopie en passant lui donner le compte rendu dans sa chambre : « *Well, it's cancer. You better tell your family* », Thomas n'avait pas fait le rapprochement entre le nom du docteur Keller que lui recommandait son généraliste et le nom de Diane à laquelle il ne pensait plus depuis longtemps. Sa dernière aventure pendant son divorce avait été la traductrice allemande de *C'était écrit* qui l'avait largué après neuf mois d'allers-retours entre Düsseldorf et Paris, et avait même trouvé le moyen de le lui annoncer deux jours avant le jugement de divorce ! Thomas s'était lamenté, il souffrait, il l'aimait, il ne s'en remettrait jamais… Il s'en était remis. Et remis en quête de nouvelles aventures. Son nouvel essai, *Les Racines de notre avenir*, connaissait un succès presque aussi grand que le précédent et il s'était lancé avec ardeur dans son nouveau roman, une dystopie qui, cette fois, marcherait – c'est sûr. Sa notoriété d'historien lui valait de nombreuses invitations à des salons, des conférences, en France et à l'étranger. Des occasions de nouvelles rencontres. Mais c'était justement à une conférence à Varsovie… il y a quatre jours… que… vendredi 13 mai… Vendredi 13 ! On croirait une blague… et non ! Alors, c'est quoi ?

– Asseyez-vous, monsieur Fournier. Le docteur Lescaud m'a parlé ce matin. Vous avez apporté les résultats de votre coloscopie ?

– Oui. Voilà.

Thomas lui tendit une chemise plastifiée.

– C'est une colo qu'on vous a faite sur place à Moscou ?

– À Varsovie.

– Ah oui, Varsovie. (Clara lisait le compte rendu.) Qu'est-ce qu'il vous est arrivé ? Comment ça s'est passé ?

– J'étais à une conférence. À mon hôtel, vendredi matin, après le petit déjeuner, j'ai eu brusquement des crispations de ventre, j'ai cru que j'avais la diarrhée. Sauf que c'était du sang. Je me suis vidé d'un coup.

– Je vois. Rectorragie.

– Là-bas, à l'hôpital, ils m'ont fait un lavement puis une gastroscopie et une coloscopie. La coloscopie, ils n'ont pas pu la faire entièrement à cause de la tumeur, pour ne pas la faire resaigner.

– Ils ont eu parfaitement raison.

– Ils voulaient m'opérer tout de suite sur place. J'ai appelé mon médecin qui m'a conseillé de revenir en France. Il m'a dit que ça pouvait attendre un peu et qu'il valait mieux que je sois pris en charge en France. Le médecin polonais n'était pas content. Il m'a dit que c'était à mes risques et périls et je leur ai signé un long document qui m'interdisait de les attaquer s'il m'arrivait quelque chose. J'ai aussi appelé mon assurance qui a commencé par me dire qu'un cancer était une maladie de longue durée, par conséquent pas accidentelle, et que ça n'était pas couvert.

– Quoi !

– Oui, en gros, ils me suspectaient d'être parti en Pologne en sachant que j'étais malade.

– Et vous ne le saviez pas ?

– Bien sûr que non !

– Vous n'aviez pas de douleurs au ventre inhabituelles ?

– Non.

– Pas de problèmes en allant à la selle ?

– Non.

– Vous ne vous sentiez pas spécialement fatigué ?

– Non, je me sentais bien.

– Bon. Maintenant, ce qui compte, c'est que vous êtes là. On va vous opérer. Je vais vous expliquer. Tenez, mettez-vous sur la table d'examen, là. (Elle lui palpa le ventre.) Pas de douleur ?

– Non.

– Et là ?

– Ça va. Je ne risque pas de re-saigner si vous appuyez ?

– Non, non, ne vous en faites pas. (Elle retourna à son bureau et Thomas vint se rasseoir en face d'elle.) Bon. Je vais vous opérer sous cœlioscopie, vous savez ce que c'est ?

– Non.

– Vous avez déjà été opéré ?

– Jamais.

– Ça laisse moins de cicatrices. On fait quatre petits trous par lesquels on insuffle du gaz pour dilater le ventre et dégager les organes. Vous aurez juste une petite cicatrice autour du nombril.

Thomas se tordait les doigts. Ses lèvres tremblaient.

– Le médecin polonais a dit que c'est un cancer mais… c'est sûr ?

– Il faudra attendre la biopsie pour en être sûr mais ça y ressemble. Vous allez faire un scanner et une analyse de sang qui est de toute façon indispensable pour l'anesthésiste. Je vous prépare les ordonnances et je regarde une date pour l'opération.

Thomas courbé sur sa chaise devant le bureau avait le regard suppliant d'un chien abandonné.

– Est-ce que c'est grave, docteur ?

Cette question qu'ils posent tous. Enfin, presque tous : il y en a qui ne disent rien, qui ne veulent rien savoir mais c'est rare. Qu'est-ce que je peux lui répondre à ce stade ? Ça va dépendre des résultats de la prise de sang, du scanner, s'il y a des métastases ou pas, et des résultats de la biopsie après l'opération. Quarante-six ans, c'est jeune. Espérons.

– L'important, c'est de vous enlever ça. Je suis là pour ça.

– Comme on ne sait pas ce que c'est, ça pourrait être bénin ?

– Oui. Ça pourrait. Mais même si ça ne l'est pas, quand je vous l'aurai enlevé, vous ne l'aurez plus. C'est ça, l'urgence. Elle est grosse, votre tumeur, quand même. Bon. Vendredi 4 juin, ça vous va ?

– C'est pas trop tard ?

– Non. Il faut opérer dans le mois qui suit la découverte.

– Ça ne risque pas de s'aggraver ?

– Pas si vite. C'est quelque chose qui a poussé en, je dirais, neuf mois, un an. C'est un polype qui a viré.

– Viré ?

– Qui s'est transformé. Je lis dans votre dossier que m'a transmis le docteur Lescaud que votre mère est décédée des suites d'un cancer du sein.

– Oui. C'est pour ça que… j'ai peur, vous comprenez… Maman est morte jeune – très jeune –, à trente-six ans.

– Vous n'avez pas un cancer du sein.

– Non mais pour les hommes, le côlon…

– Le cancer colorectal touche à peu près autant les hommes que les femmes mais quand c'est pris à temps…

– Est-ce que vous pensez que là, c'est pris à temps ?…

– Il ne faut pas vous angoisser. Je vous répète que je vais vous enlever ça.

– Oui, dit Thomas d'une voix étranglée.

– Dans votre dossier, il est aussi noté que votre grand-père a eu un cancer du côlon.

– Quoi !

– À soixante-dix-sept ans.

– Mon grand-père ! Lequel ?

– Votre grand-père paternel.

– Quoi ? Mon père ne m'en a jamais parlé.

– Pourtant, c'est noté par le docteur Lescaud. Est-ce qu'il suit aussi votre père ?

– Oui. Enfin, c'était notre médecin de famille. Maintenant, mon père a déménagé à Arcachon.

– Alors, c'est sûrement votre père qui le lui avait dit. Il ne vous avait jamais conseillé de faire une coloscopie ?

– Non.

– Le docteur Lescaud non plus ?

– Non.

– Ils auraient dû. Normalement, on le recommande à partir de cinquante ans mais quand il y a des antécédents, on le prescrit plus tôt.

Thomas baissait la tête comme si on venait de lui annoncer sa condamnation à mort. Si ça se trouve, cette saloperie pousse en lui depuis longtemps, depuis beaucoup plus que neuf mois, elle s'est développée, elle s'est répandue…

– Monsieur Fournier, en sortant d'ici, vous allez prendre tout de suite rendez-vous pour le scanner à l'imagerie médicale, j'ai indiqué l'urgence sur l'ordonnance, et puis, vous irez faire la prise de sang. La secrétaire du service va vous donner tous les documents en vue de l'opération. Voilà.

Clara se leva. Elle avait sa pile de dossiers, tous ses patients à voir encore. D'autres cancers. D'autres côlons. D'autres ventres mal en point.

Thomas se leva à son tour, prit son sac à dos et son manteau posé sur le dossier de la chaise. Elle pensa qu'il avait six ans de plus qu'elle. Elle pensa : c'est jeune, quand même.

– Au revoir, monsieur.

Il avait toujours ce regard de chien perdu. Sa figure rose était devenue toute pâle. Les mots, toujours, les mots. Bien plus difficile de dire que de faire.

– Ne vous en faites pas. Tout va très bien se passer. À bientôt.

Elle referma derrière lui la porte de son bureau. Elle but son café froid en lisant le dossier suivant et en battant nerveusement du pied sur le carrelage. Puis, elle rouvrit la porte et appela :

– Madame…

Aude

Aude du Terrail disait souvent pour plaisanter qu'elle était passée du noir au blanc mais que la couleur lui manquait. Autrefois, tous les juges travaillaient dans les bureaux sombres et poussiéreux du palais de justice parmi les morts et les fantômes, dans le sang et les larmes de l'histoire de France. Aujourd'hui, rue des Italiens, au pôle financier du tribunal de grande instance, Aude a un vaste bureau blanc moderne et propre avec un store blanc devant une grande fenêtre et des lampes à abat-jour blancs. Quelque chose d'une clinique. Heureusement, elle retrouve ses fleurs le dimanche et pendant ses vacances dans sa petite maison de campagne où elle retourne comme à une source s'abreuver de couleurs, de lumières, de parfums qui lui redonnent la force de se réattaquer aux piles de dossiers qui ne cessent de remplir son bureau. Ils ne sont que vingt et un juges au pôle financier. Comment faire face en si petit nombre à l'océan intarissable de la corruption, des fraudes, des trafics et des abus en tout genre ? Elle travaille depuis plus de vingt ans sur les affaires d'argent et, bientôt, prendra sa retraite. Elle aura certes découvert de grands scandales et fait tomber quelques têtes mais, tel un médecin qui pour un malade guéri en voit cent autres arriver, elle aura vu empirer le mal qu'elle s'est efforcée de combattre. Duel inégal : tous les grands bandits (hommes d'affaires, politiques) ont au minimum deux avocats, souvent trois ou quatre, et les entreprises facilement une dizaine, quand les juges, eux, parviennent péniblement à se mettre à deux ou trois sur une même affaire.

Au regard de la complexité des réseaux de corruption et de leur dimension souvent internationale, des systèmes de blanchiment, des liens entre les mafias et les pouvoirs économiques et politiques, l'histoire de ce petit trader de la Banque générale lui paraît simple.

– Vous êtes prête, Nathalie ? On y va ?

Aude sourit à sa greffière, sa fidèle partenaire, qui se dépêche de finir son thé et de croquer un carré de chocolat.

– Non mais prenez votre temps, Nathalie, buvez tranquillement.

Elle regarde par la fenêtre. Dans la rue, un attroupement. Elle s'y attendait. Les journalistes ont faim. Ils espèrent se nourrir encore de ce scandale : le gamin à la gueule de James Dean qui a failli faire sauter la Banque générale et lui a fait perdre des milliards. Est-il coupable ? Est-il victime ? Simple pion d'un système impitoyable lâché par ses supérieurs, grands banquiers en costumes fumant des cigares et fricotant à voix feutrée ? L'image est trop belle. David contre Goliath. Les médias adorent les histoires de ce genre.

Nathalie est prête derrière son ordinateur. Aude va chercher David Neuvic qui attend dans le couloir en face de son bureau avec son avocat. À sa demande, elle a organisé une ultime confrontation avec un responsable de la Banque – cette fois, c'est le président, Jacques Bernstein en personne – mais pour elle, après six mois d'enquête, sauf surprise, sauf coup de théâtre de dernière minute, l'affaire, dans le cadre qui lui a été fixé, est bouclée.

– Bonjour, madame la juge.

– Bonjour, maître. Bonjour, monsieur.

David a les lèvres serrées. Il est pâle et fiévreux. Aude remarque qu'il ne cesse d'entortiller un élastique autour de ses doigts. Il y a trois mois, il a changé brusquement d'avocat. Elle pense qu'il est caractériel. Son nouvel avocat, maître Sylvain Goupil, est un jeune ambitieux flamboyant et frimeur, genre qu'elle supporte difficilement.

– Je vous ai fait venir un peu avant monsieur Bernstein pour faire un point avec vous. J'ai interrogé et je vous ai confronté à votre supérieur direct, votre N+2, N+3, N+4, N+5. Vous comme moi avons connaissance de leurs positions, de celle du directeur de la salle des marchés, de celle du directeur de la banque d'affaires. Aujourd'hui, j'ai donc convoqué le président de la Banque, même si, vous en conviendrez, il n'était sans doute pas le mieux informé de vos agissements.

– Agissements, relève l'avocat.

– De ce que faisait monsieur Neuvic, reprend la juge.

– Vous voulez dire que les informations ne remontaient pas facilement au sommet comme au ministère de la Justice ?

– Je vous laisse vos réflexions, maître Goupil.

– Mais vous semblez suggérer que le président ne peut pas être tenu pour responsable de quoi que ce soit.

– Absolument pas. Et c'est pour ça qu'il vient.

– Mais il risque encore moins que les autres, c'est ça ? Vous n'avez mis personne en examen jusqu'à présent, à part mon client.

– Votre client a reconnu lui-même dès le début qu'il a fait des faux en écriture, dissimulé des opérations, violé le code général de conduite du trader, tout ça pour causer à la Banque une perte de cinq milliards.

– Le chiffre, vous savez très bien que ça aurait pu être différent. Ils ont vendu toutes ses positions d'un coup à l'éclatement de la crise pour lui faire porter le chapeau et cacher des opérations bien plus catastrophiques. Mon client n'a pas provoqué la crise financière mondiale, que je sache, il en a été victime !

– C'est votre opinion, maître Goupil.

– Monsieur Neuvic était incité à faire ce qu'il a fait. Enfin, enfin, c'est évident ! Combien de fois il faudra le dire ? Et tout le monde savait ce qu'il faisait.

– Maître, je ne suis pas ici pour débattre avec vous. Vous aurez le procès pour ça. Moi, j'instruis.

– Vous instruisez à charge.

Aude du Terrail pâlit, serre les mâchoires. Ses petits yeux brillent durement derrière ses lunettes à monture dorée.

– Si j'instruisais à charge, je n'aurais pas perdu mon temps à accéder à toutes vos requêtes, à interroger tant de monde, à aller sur place voir comment se passe le travail d'un trader et comment fonctionne le système, à me faire aider de spécialistes des marchés financiers. Si j'instruisais à charge, je me serais contentée des aveux de monsieur Neuvic et j'aurais depuis longtemps renvoyé toute l'affaire.

David joue toujours avec son élastique et garde le silence. Avant, il était bavard, il se montrait enflammé. Pourquoi maintenant laisse-t-il son avocat se battre seul pour lui ? Est-ce qu'il n'y croit plus ? Est-ce qu'il appréhende le face-à-face avec le président de la Banque ?

Aude décroche le téléphone qui sonne sur son bureau.

– Très bien, je viens le chercher. (Elle raccroche.) Monsieur Bernstein est là.

Elle le trouve debout au fond du couloir, droit comme un i. Elle reconnaît le profil d'aigle couronné de cheveux argentés qu'elle a vu dans les journaux. Elle découvre des yeux bleus perçants très intelligents. Il est accompagné de deux des avocats qui défendent les intérêts de la Banque.

En entrant dans le bureau de la juge, Jacques Bernstein va serrer la main de maître Goupil et celle de la greffière mais ignore David.

– Vous avez traité mon client d'escroc. Vous pensez que l'escroquerie est contagieuse, monsieur le président, au point d'éviter de lui serrer la main ?

Jacques fusille l'avocat du regard et s'assoit sans rien dire, imité par ses deux avocats. Aude intervient.

– Je vous rappelle, maître, que c'est moi qui organise cette confrontation. Je vous prie d'avoir la politesse de me laisser au moins introduire la discussion. Bien. Monsieur Bernstein, pouvez-vous me dire quand et comment vous avez appris l'affaire ?

– Eh bien, le vendredi soir, à la clôture des marchés européens, mon directeur, monsieur Martin…

– Le directeur de la partie banque d'affaires ?

– C'est ça. Il me dit qu'ils ont découvert un faux dans les écritures de la Banque mais un faux d'une ampleur terrifiante, réalisé par un de nos traders. Je demande à Martin et à monsieur Dupuis, le directeur de la salle des marchés, de le convoquer immédiatement pour qu'il s'explique.

– Vous étiez présent quand il est venu s'expliquer ?

– Non.

– Mais on vous a tenu informé ?

– Évidemment. Neuvic a raconté qu'il aurait fait gagner un milliard et demi d'euros à la Banque. Dupuis a voulu savoir comment et là, il a avoué qu'il avait pris des positions cachées pour cinquante milliards d'euros, c'est-à-dire qu'il avait spéculé de façon tellement folle que c'était en mesure de provoquer la faillite de la Banque.

Jacques Bernstein parle d'une voix monocorde en fixant la juge franchement dans les yeux. Aude savait à l'avance ce qu'il allait dire. Ils ont tous dit la même chose. Ligne de défense ou, plus exactement, d'attaque (c'est la Banque qui a déposé plainte) parfaitement au point. Bernstein, comme ses collaborateurs, n'a rien vu et ne soupçonnait rien. Les spéculations cachées du trader ont été découvertes par hasard et, comble de malheur, il a fallu, pour sauver la Banque, déboucler, c'est-à-dire revendre, à toute vitesse, ces cinquante milliards, juste au moment où éclatait la crise financière, d'où les cinq milliards d'euros de pertes.

Aude s'étonne que la fraude ait été découverte si tardivement.

– On l'a découverte parce que justement on a des contrôleurs mais ce trader faisait des faux, faussait les paramètres à l'intérieur du système informatisé du trading, faisait des faux mails pour rendre compte de son activité. Comprenez, madame la juge : quand un type avec lequel vous travaillez vous enfume complètement, quand il cache ses forfaits dans des millions et des millions de colonnes de chiffres, quand il viole sciemment toutes les règles, il trahit toute confiance et la confiance, c'est la première règle dans nos métiers. Les banques se sont construites sur des échanges de confiance.

– Confiance trahie… Il y a quelque chose d'un peu angélique, non, d'un peu naïf, pour un patron de banque, de tout baser sur la confiance ? Je pense que vous connaissez les hommes, monsieur Bernstein. Est-ce donc qu'au fond vous n'aviez pas de véritable système de contrôle ?

– Pas du tout. Nous avons un système de contrôle à tous les échelons comme toutes les entreprises et nous avons un comité de déontologie qui rappelle aux traders et aux acteurs sur les marchés les règles à respecter. Je veux bien que notre système se soit révélé insuffisant mais ce qui serait naïf, madame la juge, serait de penser qu'il existerait des systèmes parfaits. Il y a et il y a toujours eu des voleurs capables de faire un casse, des escrocs de haut vol capables de passer, au moins pour un temps, entre les mailles du filet.

Aude se demande pourquoi David continue de rester à ce point silencieux. Il se mord pensivement les lèvres. Il a plus que jamais l'air d'un gosse préoccupé et coupable.

– Monsieur Neuvic, vous avez toujours dit que la Banque ne pouvait ignorer ce que vous faisiez, que vos supérieurs le savaient. Vous maintenez cette affirmation ?

– Oui.

– Mais vous n'en semblez plus si sûr.

– Si, j'en suis sûr !

David a redressé la tête. Aude voit soudain ses yeux brûler. Il se tourne vers Jacques Bernstein.

– On nous incitait tous sans arrêt à spéculer, à augmenter nos bénéfices. On nous incitait tous à dépasser les limites. La première année, j'ai fait cinq millions d'euros en dépassant toutes les limites théoriques fixées en misant jusqu'à vingt millions sur un seul coup, cent millions sur l'année, et on m'a félicité et on m'a dit de faire au moins cinq millions l'année suivante. L'année suivante, j'ai fait dix. On m'a dit de faire dix au moins l'année d'après. Et toujours comme ça. Être « une bonne gagneuse ». C'est comme ça qu'ils disent. C'est comme dans le sport. Quand tout le monde se dope, quand on vous fait sentir que c'est ça ou la porte, vous faites quoi ?

– Ça ne prouve pas que vos contrôleurs savaient ce que vous faisiez ?

– Mais si, ils savaient. Plusieurs fois, ils m'ont dit, comme à d'autres : c'est quoi, cette prise de position ? Tu as dépassé la limite. Mais comme je gagnais, on me félicitait. On me demandait même comment je faisais. J'étais le trader modèle.

Jacques Bernstein a un petit ricanement sec.

– Ah ! Je comprends mieux. Quand on est affecté d'une telle mégalomanie…

– Je ne suis pas mégalo. J'ai seulement voulu faire gagner de l'argent à la Banque et le jeu m'a grisé, ça oui, je l'ai reconnu. Mais vous-même, monsieur, vous m'avez félicité et encouragé.

– Moi ! s'écrie Bernstein, surpris.

– Oui. Vous êtes venu une fois visiter la salle de trading, vous êtes venu me serrer la main et vous m'avez dit : « Vous savez prendre des risques, c'est bien. »

– Je ne m'en souviens pas. Je vois beaucoup de monde, vous savez, je serre beaucoup de mains.

– Sauf aujourd'hui, glisse Sylvain Goupil.

– Oh ! Franchement !… s'agace Aude.

L'avocat enchaîne :

– Monsieur Bernstein, vos collaborateurs nous ont expliqué que les desks des traders – c'est-à-dire des petits groupes de cinq ou six traders – ont chacun un droit d'engagements à ne pas dépasser. Cent vingt-cinq millions par jour pour les cinq traders du desk de mon client. C'est bien ça ?

– Oui.

– Et s'ils excèdent ce montant, que se passe-t-il ?

– Ils ont un rappel à l'ordre puis un blâme s'ils recommencent et, éventuellement, ils peuvent être licenciés.

– Ah. Et est-ce que certains l'ont déjà été ?

– Non. Sauf votre client.

– Parce que c'est le seul à avoir dépassé la limite ?

– À ce point, oui.

– C'est faux, dit David. Et si c'est vrai, pourquoi je n'ai pas eu un rappel à l'ordre, un blâme ? Et pourquoi personne n'a remarqué dans Dragon, le super-système de la Banque, où tout figurait par écrit, que j'avais engagé cinquante milliards d'euros ? Cinquante milliards d'euros, et moi seul j'ai échappé à tous les contrôles !

– Vous avez caché vos opérations.

– Tout était dans le système.

– Vous avez fait des faux.

– Mais des faux avec des vrais chiffres. Il suffisait de chercher. Il suffisait de me contrôler. Tous les jours, les contrôleurs contrôlent mais ils laissent faire, voilà la vérité.

– Vous avez toujours accusé vos collègues, rejeté la faute sur la Banque, mais c'est vous qui avez fait des faux, pas eux, pas nous.

– Mais c'est faux, mais c'est faux ! Tout le monde fait des faux, tout le monde dissimule des positions pour les débloquer plus tard au bon moment. Ça s'appelle la spéculation. Faire du fric. C'est vous qui avez dit que votre plus grande gloire, c'était les résultats de la banque d'affaires.

Jacques Bernstein se tourne calmement vers Aude.

– Madame la juge, y a-t-il autre chose que vous souhaitiez savoir ?

David s'écrie d'une voix quasi désespérée :

– Ils mentent tous, madame la juge, ils mentent tous !

Aude considère l'un après l'autre les différents participants : maître Goupil qui la regarde et hésite à ré-intervenir, embarrassé par une situation qu'il sent défavorable, les avocats de la Banque qui estiment judicieux de se tenir à l'écart et dissimulent à peine un sourire de satisfaction, Jacques Bernstein qui se tient assis bien droit – il se tient toujours très droit, semble-t-il –, les mains à plat sur les accoudoirs de son fauteuil, Nathalie, qui tape vaillamment les minutes de la confrontation sans lever le nez de son ordinateur, et, enfin, David penché en avant, la tête de côté, comme un oiseau sur une branche, roulant des yeux inquiets.

– Je crois qu'on a fait le tour de la question. Je vous libère, monsieur Bernstein, dès que vous aurez relu et signé le procès-verbal de l'audition.

Un moment se passe ainsi dans le silence tandis que Jacques Bernstein relit les minutes tapées par la greffière. Aude échange quelques propos anodins avec les avocats (sur l'engorgement des tribunaux, le nouveau projet de réforme de la justice...). Ensuite, elle raccompagne le banquier et ses avocats dans le couloir jusqu'aux ascenseurs. Jacques Bernstein lui dit en hochant la tête d'un air entendu :

– On m'en avait beaucoup parlé mais je ne l'avais jamais rencontré.

– Vous auriez sans doute dû, monsieur Bernstein.

– Oui, sans doute. Ça m'aurait peut-être évité toutes ces nuits sans sommeil. Mais quand vous dirigez un groupe de cent cinquante mille personnes, c'est difficile de rencontrer tout le monde.

Aude regarde l'aigle argenté en costume gris disparaître dans l'ascenseur. Elle pense qu'elle n'arrive toujours pas à comprendre vraiment quel pouvoir a l'argent pour faire des hommes des bêtes enragées. Elle le constate, elle l'a constaté tout au long de sa carrière mais elle ne le comprend pas vraiment au fond d'elle-même. Son salaire de juge et celui de son mari, prof de droit, leur ont suffi pour être heureux, élever leurs enfants, s'acheter cette jolie maison dans le Perche pleine de fleurs que broute leur âne Trompette. Elle sourit toute seule. Elle n'a jamais aimé jouer au poker et déteste les casinos. Elle ne détient en banque qu'un plan d'épargne et une assurance vie. Pourquoi les hommes aiment tellement ça, jouer à la roulette, jouer aux courses, en Bourse ? Est-ce parce qu'ils n'ont pas joué assez longtemps quand ils étaient petits ? Ou au contraire parce qu'ils ont beaucoup joué et y ont pris tellement de plaisir qu'ils éprouvent le besoin, comme des drogués, de retrouver sans cesse ce même plaisir ? David Neuvic est un gamin qui aimait jouer. Et Jacques Bernstein ? Un vieux joueur de poker menteur ?

En rentrant dans son bureau, Aude voit maître Goupil qui va et vient devant David. Visiblement, il essayait de le calmer. Le jeune homme a les paupières rougies comme s'il s'était frotté les yeux. Aude se rassoit face à lui.

– Vous avez relu vous aussi le procès-verbal ?

– Non, dit l'avocat. On ne savait pas si l'audition pour nous était terminée.

– Si, elle l'est. À moins que vous ne souhaitiez ajouter quelque chose ?

Pendant que David relit, Sylvain Goupil tente de savoir ce qu'Aude a pensé de la confrontation.

– Vous avez vu que Bernstein comme les autres est incapable

d'expliquer pourquoi des milliards d'euros rentrés dans le système informatisé de la Banque ont pu échapper à tout contrôle.

– Parce que c'étaient selon lui des écritures fictives qui ne correspondaient pas à des ordres effectivement passés.

– Oui mais les sommes apparaissaient dans le système. Il suffisait de regarder. Seulement, bien sûr, si on ne veut pas voir l'éléphant dans la baignoire, on ne le voit pas. On ne voit pas parce qu'on laisse faire. On laisse faire parce que c'est l'habitude, parce que les traders jouent des sommes qui excèdent souvent leurs limites d'engagements mais on ne les sanctionne pas parce qu'on attend les bénéfices à la fin de l'année.

– On a bien compris votre point de vue, maître.

– Ce n'est pas un point de vue. C'est la réalité.

Aude ne répond rien. Elle attend que David ait relu et signé.

– Bien, dit-elle ensuite, c'est parfait. On a fini, je vous remercie.

L'avocat la questionne du regard.

– Pour moi, l'instruction est terminée. Je vais conclure et renvoyer devant le tribunal.

– Et vous allez conclure quoi ? demande soudain David.

– Je vais conclure a minima que je maintiens votre mise en examen pour faux, usage de faux, abus de confiance et introduction frauduleuse dans un système de données informatisées par usurpation d'identifiant.

– Et rien pour la Banque ?

– J'ai l'impression, dit maître Goupil d'un ton acerbe, que votre instruction a été depuis le début sponsorisée par la Banque générale.

Aude se contient une dernière fois.

– Maître, je vous rappelle à nouveau que j'ai accédé à presque toutes vos demandes. J'ai entendu tous les témoins, je suis allée sur place vérifier tout ce que vous m'avez affirmé.

– Et vous estimez que je vous ai menti et que je suis seul responsable ? dit David.

– Ce n'est pas à moi d'en juger, ce sera au tribunal. Et c'est pour ça que je pense qu'il est temps maintenant de clore l'instruction. Plus ça dure, plus vous gardez cette épée de Damoclès au-dessus de votre tête. Il vaut mieux pour vous pouvoir défendre au plus tôt votre position devant ceux qui seront là pour vous juger.

– Mais vous n'avez mis en examen personne d'autre.

– Faute de preuves. Je vous rappelle que vous, il y a les preuves de ce que vous avez fait et vous avez d'emblée avoué.

– Oui mais j'étais dans un système qui m'a poussé à ça. Vous avez bien constaté aussi que je ne me suis pas enrichi frauduleusement, que je n'ai pas, jamais, pris un centime pour moi.

– Oui.

– Et c'est moi seul qui paierais les erreurs d'un système ! Moi seul !

– Monsieur Neuvic, les autres cadres de la Banque, je ne peux pas les envoyer en correctionnelle.

– Pour quelle raison ?

– Pour la raison que l'incompétence, la négligence et la connivence généralisées ne sont pas des preuves suffisantes de délits en France. Personne ne vous a jamais écrit au sein de la Banque : « Vous avez explosé vos limites, vous avez violé les règles, bravo ! Continuez ! »

– Mais personne ne serait assez stupide pour ça. Ça ne s'écrivait pas.

– Mais vous, en revanche, vous avez écrit. Des faux.

Aude lui tend la main. David la lui serre, la tête penchée, sans la regarder en face, comme un petit garçon écrasé par le poids de son énorme bêtise.

Elle a fait ce qu'elle pouvait faire dans le cadre de la justice.

Diane

Le vent sifflait sous les fenêtres mal isolées. Une des rares journées froides de l'hiver. Paris s'était même couvert d'une pellicule de neige. Diane avait passé sa doudoune noire en duvet d'oie et à col de fourrure, et mis ses bottes en daim noir à talons épais. Elle vérifia qu'elle n'oubliait rien : son sac à main, ses clefs, son parfum de poche, son gel antibactérien… Ah ! Une bouteille d'eau ! Le carton d'invitation, je suis conne… Ses talons claquaient sur le parquet dans l'appartement vide. Les filles étaient ce week-end chez leurs pères respectifs. La porte grande ouverte de la chambre de Marianne. Ses animaux en peluche. Ophélie m'a piqué mon mascara. Moi au même âge, non ?

Elle jeta un œil par la fenêtre. Les trottoirs blanchis. La neige tient sur les capots. Mon taxi est là. Elle éteignit les lumières du salon. Elle tenait à la main le carton d'invitation à la projection privée du nouveau film de Yann Brossand, *Les Lueurs du jour*. Il faut y être, tout le monde y sera. Je vais serrer des mains, des mains, sourire, bisous… Ma chérie, que tu es belle ! On s'appelle… Un déj' un de ces jours ?

Elle s'arrêta devant le miroir de l'entrée et se regarda dans le halo jaune de la lampe posée sur le buffet. Les traits de son visage étaient durs et amers. Son visage trop poudré. Ses lèvres trop rouges. Et son cou !… Son cou dont la peau se plissait tragiquement sans qu'il fût possible en l'état actuel de la science d'intervenir efficacement… Tout à l'heure, elle était restée longtemps, comme toujours, devant le miroir de sa salle de bain à se maquiller, retouchant son travail de ses doigts experts de comédienne. Elle cherchait désespérément à retrouver l'image parfaite de la poupée de porcelaine qu'elle était autrefois avec ses pommettes roses, ses yeux bleus, ses paupières bleues, ses longs cils, ses cheveux blond clair. À la place, elle voyait des joues retendues, gélifiées, un front tout lisse rendu rigide par des injections et surtout la bouche… la bouche… elle avait beau faire… Trois semaines après l'opération, elle était revenue voir sa chirurgienne pour la visite de contrôle. Dans la salle d'attente bondée, elle avait tout à coup eu un choc, comme une révélation, en s'apercevant que les femmes se ressemblaient toutes : des visages en plastique brillant, les lèvres gonflées. Et, en plus, elles s'habillaient pareil, en jean moulant, baskets, poitrine moulée, bijoux dorés…

– Mais non, madame Keller, lui dit la chirurgienne, je vous assure que c'est très sensuel.

– C'est raté.

– C'est parce que vous n'êtes pas habituée.

– Je suis déçue.

– Vous y teniez beaucoup et c'était compatible avec votre visage.

– Oui mais… On me regarde. On me demande ce que j'ai fait.

– On ne vous a pas demandé ce que vous aviez fait les autres fois ?

– Non.

– C'était un peu enflé juste après l'opération. Je vous avais prévenue. C'est normal. Mais aujourd'hui, c'est très bien. Regardez-vous dans le miroir, regardez. Vous êtes belle. C'est ça que les gens remarquent. Surtout vous qui êtes connue. Vous êtes habituée au regard des autres.

– Justement…

– Vous êtes belle. Il faut seulement vous habituer à une différence d'expression, c'est normal.

Elle avait essayé de s'habituer. Elle faisait des mimiques et des grimaces de clown devant sa glace pour dédramatiser. Et elle avait changé de look. Faire encore jeune mais en même temps vraiment femme. Elle s'affichait maintenant en intello sexy avec des mèches sur le visage et de grandes lunettes, claires ou teintées suivant les jours, derrière lesquelles elle se sentait un peu protégée. Mais tout le monde avait remarqué… « Maman, qu'est-ce que tu as fait à tes lèvres ? » À ses filles, elle avait dit la vérité. Et elles lui avaient juré qu'elle était très bien. Les enfants n'aiment pas faire de peine à leurs parents. Seulement, les autres…

Depuis un an, Diane avait rejoint la bande des dix chroniqueurs humoristes d'un talk-show de l'après-midi sur Europe 1, *Mon quatre heures*, qui consistait à enchaîner les blagues le plus au-dessous de la ceinture possible et à se charrier les uns les autres en disant des vacheries et des horreurs, en poussant des cris hystériques, des gloussements et des ricanements. Elle était consciente que l'émission était vulgaire, elle en avait parfois un peu honte, mais ça faisait de l'audience et son agent lui assurait que c'était formidable pour sa popularité. Par ailleurs, c'était bien payé et c'était pratiquement de cela qu'elle vivait. Toute l'équipe de l'émission avait bien sûr noté sa transformation et ne se privait pas d'y faire de lourdes allusions et d'en rire.

– Dis donc, il y a un poisson qui a le même sourire, non ?

– Ah oui, lequel ?

– Le mérou !

– Oh ! Non !… Gérard !…

– Ben, quoi ?

– C'est gonflé quand même ce que vous dites.

– Gonflé ! C'est vous qui l'avez dit ! Hi ! Hi !

Diane sur le plateau feignait l'indifférence, le mépris ou la consternation et répliquait par des saillies sur le physique de petit gros d'un chroniqueur, sur la calvitie d'un autre et, surtout, en s'adressant aux auditrices, se lançait dès qu'elle le pouvait dans un grand discours féministe (le seul moment où elle était sincère) condamnant l'humour machiste ringard. Cela lui valut la sympathie des femmes, de nombreux courriers de soutien et une notoriété nouvelle. Chaque fois qu'elle prenait la parole, Patrice, l'animateur, s'écriait : « Attention ! La suffragette va mordre. » Et les autres faisaient une boutade du genre : « Ça a des dents, un canard ? » Mais le pire, ce qui lui faisait le plus mal, c'était le torrent d'attaques dont elle était l'objet sur les réseaux sociaux depuis qu'elle tenait ce rôle de la féministe de service. De fausses photos et vidéos porno circulaient sur Facebook et Twitter avec son visage en train de faire une fellation sous le hashtag #sextapeKeller. De faux comptes à son nom aussi et des copier-coller de son mail personnel qui débordaient de messages cochons, insultants, odieux. Elle avait changé de mail et porté plainte mais les images truquées continuaient de circuler, associées à des captures d'écran de deux scènes de téléfilms tournés à ses débuts quand elle avait vingt ans, où elle apparaissait seins nus et de dos. Il y avait aussi tous les commentaires sur sa chirurgie esthétique ratée – elle se serait tout fait refaire, même le vagin – et sur son âge. Elle pensait à ses filles. Marianne était encore petite mais Ophélie était ado, en cinquième, et elle était revenue dernièrement en pleurant parce que des camarades de classe en pouffant de rire lui avaient montré ce qui circulait sur Internet. À cet âge, ils voyaient déjà des porno !... Ophélie s'était même battue avec une fille. Diane l'avait consolée et avait essayé de la rassurer :

– Ne t'en fais pas. J'ai tout signalé à la CNIL.

– La CNIL ?

– La Commission informatique et libertés, un organisme qui protège les citoyens.

– Et ça donne quoi ?

– Ça donne… que ça va passer. Ça va s'arrêter.

Elle n'en était pas sûre. Elle craignait même le contraire. Et elle rêvait de disparaître, de ne plus jamais être confrontée à son image, vraie ou fausse. Son image choquait ses filles, elle le savait, quoi qu'elles lui disent, son image dérangeait sa mère qui n'avait pu s'empêcher de lui sortir que ses lèvres étaient ratées, et sa sœur, sa sœur qu'elle ne voyait jamais, devait avoir honte si elle savait ce qui circulait sur les réseaux sociaux…

Diane restait pétrifiée comme une statuette de cire devant le miroir de l'entrée, fixant son épouvantable reflet. Incapable de bouger, de faire un geste. Plus la moindre force.

Un SMS sur son smartphone : « Bonjour, votre taxi est arrivé à dix-neuf heures trente-deux au 2, rue Rameau à Paris 2. » Plus de force, plus de courage. Elle imaginait la foule mondaine et jacassante dans ce cinéma des Champs-Élysées et les regards ironiques qui se poseraient sur elle. Elle voyait sa tête peinte, lourde de crème, de fard, de mascara. Sa peau tendue comme un cuir…

Elle ouvrit son manteau, ouvrit sa veste sous son manteau, ouvrit son chemisier sous sa veste, fit tout tomber par terre et dégrafa son soutien-gorge.

Ses seins… fermes, ronds… parfaits…

Son téléphone sonna, elle hésita puis répondit.

– Votre taxi vous attend depuis quinze minutes. Est-ce que vous prenez la course ?

– Oui… Je vais descendre.

– Très bien. Je préviens le chauffeur.

Qui je suis ? Qui je suis ?

Elle était une image. Qu'elle n'aimait pas. Qu'elle détestait.

L'image d'elle-même qu'elle avait toujours voulu donner aux autres. Parfaite. Poupée.

Tu n'es personne. Tu es tout le monde. Tu es n'importe qui. Et bientôt, tu seras vieille. En dessous de tout ça, une vieille chair, de vieux os. Sa ménopause avait commencé, elle souffrait de bouffées de chaleur, ses règles étaient irrégulières.

Elle traîna un moment torse nu dans son appartement. Le taxi l'attendait en bas, elle voyait son fanal rouge sur son toit. Des flocons tourbillonnaient. Le vieux monsieur regardait sa télévision dans l'appartement d'en face.

Elle s'assit sur son lit. Son téléphone sonna. Le même numéro. Elle ne répondit pas.

Elle se leva, alla dans la salle de bain. Dans l'armoire à pharmacie, elle prit des boîtes. Elle retourna sur son lit et avala cinq Mogadon et sept Stilnox puis resta assise sans bouger. Il n'y aura personne ici avant demain soir.

Elle appela le Samu.

– Pour des raisons de sécurité, votre appel est enregistré… Assistant de régulation médicale, que puis-je pour vous ?

– J'ai pris des médicaments.

– Votre nom s'il vous plaît.

– Diane Keller.

– Votre adresse ?

– 2, rue Rameau.

– À Paris ?

– Oui.

– Qu'est-ce qu'il vous arrive ?

– J'ai pris des médicaments.

– Quels médicaments ?

– Des somnifères.

– Combien ?

– Douze.

– Douze comprimés ? Allô ! Madame…

Diane s'allongea, les bras écartés sur le lit, son smartphone dans la main gauche.

Jacques

Il s'était enfoncé dans la banquette en cuir de la voiture, bercé par le ronronnement feutré du moteur. Par moments, il fermait les yeux. Se reposer un peu avant de replonger dans le grand bain social. À un feu rouge, un SDF toqua à la fenêtre de son chauffeur. Des yeux pochés et implorants dans un visage cuit, mangé par une barbe hirsute. On en voit de plus en plus, non ? Surtout avec tous ces Roms qui ne cessent de débarquer. Quand la voiture redémarra, il referma les yeux. Bruit mouillé des roues sur la neige qui fond. Quand est-ce qu'il a neigé à Paris pour la dernière fois ? Ce type au feu… Comment s'est-il retrouvé là ? L'alcool ? Le malheur ? Pas de famille ? Pas de chance ? Les Roms aussi étaient pourchassés par les nazis. Il revit la photo de ses grands-parents, dans le cadre de métal argenté qui trônait sur le guéridon dans la chambre de sa mère. Morts à Mauthausen. La chambre de ses parents s'était remplie de morts. Son frère mort à trois ans puis son père à trente ans. Des photos dans leurs cadres. Les visites au cimetière. Déjà dix ans que maman est morte. De temps en temps, le souvenir lui revenait de la main de sa mère qu'il tenait dans la rue et chaque fois sa gorge se serrait. Maman avec moi était toujours pressée et sérieuse, elle marchait vite, ses souliers vernis noirs résonnaient sur le pavé et il y avait le froissement de son imperméable… J'ai eu la chance d'avoir une mère qui… Peut-être qu'une vie ne tient qu'à ça ? Maman disait que papa était devenu dentiste parce que ses parents pensaient que les juifs devaient avoir un métier manuel ou un commerce mais pas se risquer dans un métier intellectuel de fonctionnaire ou autre parce que c'étaient des métiers qu'on pouvait leur interdire, il valait mieux être prudent. Maman a voulu au contraire que je fasse les études le plus brillantes possible. Elle m'a poussé. Elle était toujours derrière moi. Elle avait beau ne pas avoir passé son bac, elle apprenait les cours avec moi. Son visage quand elle m'a vu en costume de polytechnicien, elle qui a été toute sa vie secrétaire dans un cabinet dentaire !

En vieillissant, Jacques s'attendrissait de plus en plus souvent sur sa propre histoire. Ces derniers temps, il se plaisait même à l'évoquer en public. Il y avait là de la vanité car c'était une façon, bien sûr, de vanter les qualités et les efforts qu'il lui avait fallu déployer dans l'ascension sociale qui l'avait mené, à moins de cinquante ans, à la présidence de la Banque générale. Depuis l'éclatement de la crise financière et jusqu'au procès de David Neuvic, lequel venait de s'achever par la condamnation du trader à de la prison ferme et une amende de cinq milliards, la presse n'avait pas été tendre envers lui. En tant que président, il incarnait le système et l'establishment. C'est pourquoi Robert, le grand patron de l'agence de com' qui le conseillait, lui avait recommandé de parler dès que l'occasion se présentait – et l'air de rien – de ses origines modestes et de la tragédie de sa famille pendant le nazisme. Mais quand il en parlait, sa sincérité n'était pas feinte. Son passé, son enfance occupaient ses pensées et ses rêves. Signe de l'âge, sans doute. Peut-être aussi une réaction aux critiques, aux attaques dont il était l'objet et, surtout, à tous ces petits changements qu'il devinait dans l'attitude des autres, de ses pairs comme de ses collaborateurs, envers lui. Jusqu'à la crise, il avait été l'un des hommes les plus respectés et craints sur la place de Paris. La Banque sous sa direction avait pris une dimension internationale, brillant à Londres, Wall Street et Singapour, et nul n'osait contester son pouvoir. Tandis qu'aujourd'hui… L'autre jour, Maxime, que j'ai pourtant fait entrer au conseil d'administration pour le soutenir au moment où il s'était fait écarter de la direction d'AGE, a fait semblant de ne pas me voir quand je suis entré et c'est moi qui ai dû aller vers lui et il m'a serré mollement la main en me regardant à peine et en poursuivant sa conversation avec Nicole. Il ne m'aurait jamais snobé comme ça avant.

Jacques avait peur. Une peur sourde et refoulée mais qui ne le quittait plus. On voulait profiter des difficultés de la Banque et de son image dégradée pour le pousser vers la sortie. On voulait sa place. Et ce qu'il ne supportait pas – et n'accepterait jamais –, c'était que ses plus proches, ses soi-disant amis, ceux qu'il avait aidés, prissent soudain si facilement leurs distances. Il lui semblait qu'on commençait à lui tourner le dos, il lui semblait qu'on voulait le renvoyer d'où il était venu, à son point de départ, quand il n'était qu'un petit juif de rien du tout sans fortune et sans relations. Alors lui, l'enfant qui serrait fort la main de sa mère en jurant qu'il serait le meilleur, lui qui avait dû gravir tous les échelons, il n'allait pas se laisser faire et il pensait en redressant crânement la tête : je suis encore là, vous ne m'aurez pas ! Il s'accrochait à son fauteuil, redoublait d'énergie, multipliait les rendez-vous, les déplacements, les rencontres, les dîners, se montrait partout, mais ce regain d'ardeur quasi juvénile avait quelque chose d'un chant du cygne et il sentait, comme du sable entre ses doigts, le contrôle lui échapper.

Il savait qu'en plus des déboires boursiers de la Banque s'ajoutait à son passif sa liaison avec Sonia. Son nom, parmi tous les amants qu'elle avait eus ou avait été soupçonnée d'avoir, avait été le premier cité par les médias. Elle l'avait menacé d'un recours en justice pour obtenir la reconnaissance de sa paternité s'il refusait de lui verser la pension mensuelle de cinq mille euros qu'elle lui réclamait. Il avait accepté, pour étouffer l'histoire, mais Fabienne ne le lui avait pas pardonné. Sa femme s'était sentie publiquement humiliée – Paris en avait fait des gorges chaudes – et selon elle, en plus, il n'était qu'un benêt, un naïf.

– Tu crois qu'elle va s'arrêter là ? Mais, mon pauvre, elle va d'abord empocher sa pension et ensuite, elle dira que cette pension est la preuve que tu as reconnu que tu étais le père et elle exigera que sa fille devienne ton héritière.

– On a établi un contrat qui lui interdit tout recours en justice tant que je lui verse la pension.

– Un contrat ! Un contrat ! Et tu crois qu'elle va le respecter ? Tu viens de déshériter ta fille !

– Qu'est-ce que tu racontes ?

– Sarah n'héritera que de la moitié. Et en plus, si ça se trouve, quand tu seras mort, cette pute va s'arranger pour faire vendre illico la maison pour récupérer le fric pour sa fille, et je vais me retrouver à la rue.

– Arrête, Fabienne, tu délires. C'est impossible. On a fait une donation au dernier vivant.

– Et alors ? Tout est possible en France avec la justice. Quand on voit que ton trader a été condamné à cinq milliards ! Comment il va faire pour rembourser, en prison et ensuite au chômage, parce que, jusqu'à la fin de ses jours, plus personne ne voudra l'embaucher ?

– Tu défends cet escroc, maintenant ! À cause de qui je risque de…

– Tais-toi, Jacques, tu me dégoûtes ! Putain ! À ton âge, aller se chauffer les couilles sur cette salope !

– Oh ! Je t'en prie ! Pas la peine d'être vulgaire !

Fabienne eut alors une idée.

– Je veux, lui dit-elle, moi aussi assurer mes arrières.

Elle lui demanda de lui offrir un théâtre. Justement, le théâtre des Folies Bergère était en vente. Murs et fonds de commerce. Elle avait toujours aimé les artistes et les célébrités. Elle avait envie à présent de se faire plaisir et passer enfin de l'ombre à la lumière. Et autrement que comme la femme cocue ! Jacques discuta un peu. Un théâtre coûtait cher, n'était pas rentable. Elle s'en foutait.

– Tu paieras et quand tu seras mort…

– Toujours ma mort, c'est agréable…

– Je pourrai toujours revendre. Surtout si j'ai les murs. Ça assurera un capital à Sarah. Bien sûr, tu vas faire l'opération de façon à ce que *l'autre* ne puisse prétendre à rien.

Pour conclure, elle lui asséna :

– C'est ça ou le divorce et je te garantis qu'il va te coûter très cher et pas qu'en fric.

Jacques n'avait pas besoin d'un scandale de plus. Mon Dieu ! Mais qu'est-ce qu'il se passe ? Pourquoi tout se ligue contre moi ? C'est un cauchemar…

Il accepta. Depuis un an, Fabienne était à la tête de son théâtre et elle était de toutes les fêtes, de toutes les mondanités. Il allait la retrouver ce soir à la projection du film et faire semblant sous les regards narquois. On lui avait rapporté qu'elle avait un amant, plus jeune qu'elle, un metteur en scène…

Ce soir, il allait aussi retrouver sa fille… Sarah avait soutenu sa mère contre son père à qui elle en avait terriblement voulu et n'avait plus parlé pendant des mois. Solidarité féminine. Sarah avait comme Fabienne souffert d'avoir été trompée mais elle avait divorcé. Elle n'acceptait de réapparaître en public aux côtés de son père que depuis qu'elle avait officialisé sa relation avec Marc Talion. Marc Talion, l'ex-roi du porno ! Ce qu'on doit dire dans notre dos ! L'austère banquier, strict, impeccable, quarante ans de mariage et pas un accroc, pas un impair, la rigueur, une réputation patiemment construite, et tout à coup, patatras ! Jacques trouvait Marc Talion vulgaire, m'as-tu-vu, bling-bling. Talion qui achetait les mêmes artistes que lui pour se faire passer pour un homme de goût alors que l'art, il s'en foutait, sans aucun doute ! Talion qui accumulait les hôtels particuliers dans Paris et les châteaux en province. Talion qui avait dragué sa fille en pensant s'acheter – c'est sûr, c'est sûr ! – la respectabilité et le carnet d'adresses de son père et des entrées supplémentaires au cœur du pouvoir...

La voiture s'arrêta devant le cinéma.

– Merci, Georges. Vous serez là dans une heure et demie ?

– Oui, monsieur.

D'autres grosses voitures stationnaient en double file. Des robes, des costumes, des talons, des sourires se hâtaient sous les flocons de neige. Tout-Paris, c'est trois cents personnes. Et encore ! À peine trois cents qui comptent vraiment. Il salua, serra des mains, tapota des bras et des épaules, pressa légèrement des biceps, bisa des joues crémées et d'autres râpeuses ou barbues ; il dit trois mots ici et là et là et là. La Banque générale soutenait le film via une Sofica. Il retrouva sa femme. Ils s'assirent côte à côte dans les fauteuils rouges mais elle parla avec son voisin, l'un des producteurs du film, et il consulta son smartphone d'un air concentré. Le réalisateur, le producteur principal et les deux têtes d'affiche prononcèrent quelques mots qu'il n'écouta pas, plus occupé à repérer celles et ceux qui arrivaient les derniers et qu'il irait saluer ou embrasser après la projection. Il se demanda tout au long du film comment on pouvait encore produire en France autant de navets. À la fin, la salle applaudit debout. Lui aussi.

Un cocktail était prêt dans le hall baroque à colonnades qui se remplit vite d'affamés et d'assoiffés. Les flûtes voltigèrent entre les doigts avides. Jacassements. Volière. Il fit consciencieusement son travail d'amabilités. Il y avait des patrons, des stars des médias, trois ministres, Catherine Deneuve, Minos, Wei Ming, le peintre chinois dont il venait d'acheter une série…

Il embrassa sa fille et Marc Talion qui se pavanait. Marc clamait que les résultats de son groupe avaient doublé et que la valeur de son titre avait été multipliée par dix depuis le passage à la 4G. Il eut l'impression que Sarah et Marc s'adressaient à lui avec une ironie vaguement condescendante.

– Tiens, papa ! Tu es là ?

– Évidemment. On a participé au financement du film.

– Nous aussi, dit Marc mais à l'intention de ses autres interlocuteurs, on le proposera sur notre service de VOD.

Jacques fit mine à son tour de ne pas leur accorder une grande importance. Il leur tourna le dos d'un mouvement désinvolte et passa à d'autres invités.

Avec Nicolas Hulot et le nouveau ministre de l'Économie, Frédéric Legrand, et, bien sûr, sa femme qui ne le quittait jamais, il parla d'un ton convaincu et presque aussi alarmiste que Hulot de la tragédie environnementale. Frédéric fit observer, l'œil blagueur, que le réchauffement climatique était particulièrement sensible aujourd'hui à Paris. Jacques se demanda si son ancien collaborateur (qu'il avait bien aidé dans sa carrière tout de même) se moquait de lui ou plaisantait simplement parce qu'il avait neigé. Il rit mais il était inquiet. Perpétuellement inquiet.

Et son pouls s'accéléra encore quand il aperçut Sonia, plus rayonnante que jamais, dans la houle des têtes. Elle le fixait intensément, semblait le défier de ses yeux noirs. Il la redoutait. Il ne put s'empêcher de regarder autour de lui pour voir qui l'observait et si sa femme avait remarqué la présence de Sonia. Fabienne était en grande conversation avec plusieurs comédiens du film. Mais une jeune journaliste dont il ne parvenait pas à retrouver le nom semblait curieuse de voir s'il allait essayer d'éviter son ancienne maîtresse. Il fit donc l'effort de l'aborder de l'air le plus naturel possible.

– Bonsoir, Sonia !

Sonia, très à l'aise, joua le jeu sans difficulté :

– Jacques !

Ils se firent la bise. Elle portait le parfum qu'il aimait, qui donnait à sa peau l'odeur qui l'excitait.

– Comment vas-tu ?

– Et toi ?

– Beaucoup de travail à l'Assemblée ?

– Ça n'arrête pas.

– Bon film, hein ?

– J'ai adoré !

– Moi aussi. À bientôt. Bonsoir.

– Bonsoir, Jacques.

Il s'éloigna, salua encore une ou deux personnes et sortit du cinéma à pas pressés.

Il retrouva la douceur et le silence de sa voiture. Il était angoissé. Ce sentiment que les choses lui échappaient de plus en plus.

Dans son hôtel particulier de la rue Barbet-de-Jouy, il était souvent seul. Fabienne rentrait tard la plupart du temps, bien après lui. Elle menait la vie noctambule d'une théâtreuse, profitant pleinement des joies et de la liberté qu'elle avait attendu la soixantaine pour s'accorder. Pour elle, en définitive, l'adultère de son mari aura été la chance de sa vie.

Jacques s'était installé un lit dans son bureau. Fabienne et lui faisaient chambre à part depuis des années, bien avant cette histoire. Il aimait les boiseries miel de son bureau, ses livres et ses souvenirs. Il se coucha et écouta la *Fantaisie pour piano, chœur et orchestre* de Beethoven qui esquisse l'Hymne à la joie de la *Neuvième Symphonie*. Sa mère écoutait souvent cette version.

Marc

Dans le jardin du Ranelagh, les réverbères font luire les plaques de neige qui subsistent encore. Un joggeur passe suivi par son fox-terrier qui court plus vite que lui mais s'arrête à chaque crotte. Les feux des voitures forment des cordons rouge et blanc entre les arbres noirs. Il a toujours plus aimé la nuit que le jour. Il remarque dans l'allée de son jardin deux pots de fleurs oubliés par le jardinier. Lui en faire l'observation. Il tire les épais rideaux vert amande et se retourne vers Sarah qui est sur leur lit dans sa robe de chambre en soie blanche. Elle vient de sortir de la douche. Elle lui adresse un sourire engageant. Il l'ignore. Il prend son smartphone, y jette un œil, le remet dans la poche de son pantalon. Il pense qu'à quarante-sept ans, Sarah est encore une belle femme, elle a du chien. C'est tout ce qu'il pense d'elle. Son esprit est ailleurs. Il ôte sa chemise blanche. Il a transpiré, comme toujours. Il s'essuie le torse, le ventre, les aisselles avec la grosse serviette éponge qui était posée sur le fauteuil vert amande assorti aux rideaux. D'ailleurs, tout est assorti et coordonné : meubles, murs, linge de lit… Il a laissé Sarah s'occuper de la déco. Il se remet du déodorant – pas le temps pour une douche – dans la salle de bain en marbre rose veiné de blanc qui rappelle la façade de son hôtel particulier. Le marbre, par contre, c'était son souhait personnel. Il revient dans la chambre en enfilant une chemise blanche propre. Sarah ne lui laisse pas le temps de la boutonner. Elle se pend à son cou et l'embrasse puis lui prend la main et se recule pour l'attirer vers le lit. Sa robe de chambre s'ouvre sur ses dessous de dentelle. Il résiste, elle insiste, elle se presse contre lui et lui caresse la poitrine.

– Sarah…

– Marc…

– Ils vont arriver. On n'a pas le temps.

– Mais si.

– Non.

– On n'a jamais le temps. Alors, on s'en fout, on le prend. Au pire, ils attendront un peu. Hortensia leur servira un apéritif.

– Un ministre…

– Et alors ? Tu es plus important que lui. Et moi aussi. Sa femme aime le luxe. Elle me bichonne. Et je peux te dire que ni l'un ni l'autre n'oublient jamais que je suis la fille de mon père.

– Tu sais très bien que je dois soigner les ministres. Le succès de Talion, c'est parce que j'ai obtenu la licence de téléphonie mais on n'est jamais à l'abri d'un revirement politique, d'un retournement, d'un coup bas. J'ai des ennemis très actifs…

– Ta, ta, ta ! Talion est un succès, une des grandes réussites françaises. C'est lui qui a besoin de toi.

– Il paraît qu'il caresse l'idée de se lancer dans la présidentielle.

– Qui t'a dit ça ?

– Benjamin Bellecour. Alors, tu vois, il faut lui faire comprendre que s'il y va, je suis là.

– N'en fais pas trop. (Il l'écoute. Il sait qu'elle est de bon conseil.) Ils doivent tous penser que s'ils y vont, tu es avec eux. Donc, tu dois lui faire croire que tu le soutiendras mais, jusqu'au deuxième tour, pas t'exposer publiquement.

Il hoche sagement la tête comme un écolier qui dit oui. Elle aime cet homme. Dès qu'elle l'a rencontré, elle lui a trouvé un charme troublant, quelque chose de mystérieux et d'un peu dangereux, qui l'excitait. Et puis, son physique de gros ours l'attendrissait. Après son mariage conventionnel et raté, elle avait rêvé d'une relation plus originale et Marc était original. La nuit où il l'a conduite pour la première fois dans les catacombes, elle a totalement craqué. Il lui a fait l'amour contre un vieux puits. Elle a joui en trois minutes.

– Bon. Changeons de sujet. On va parler politique toute la soirée. Viens. Baise-moi.

– Pas maintenant. Ce soir.

– Ce soir, on sera crevés.

– Pas moi.

– T'as pas envie ? Je te plais plus ?

– Mais si. T'es conne !

Elle fait glisser sa petite culotte à ses pieds.

– Regarde.

Elle est tout épilée. Il cède. Ils se caressent et s'embrassent. Elle le déshabille. Elle doit le branler longuement pour le mettre en érection. Elle pense que c'est de plus en plus long parce qu'il est trop gros et qu'il vieillit. Au moment où elle arrive enfin à un résultat lui permettant d'envisager la suite, ils entendent la cloche sonner en bas.

– Merde.

– On s'en fout !

– On n'a même pas commencé.

Il l'écarte, remonte son pantalon, boutonne sa chemise. Elle est vexée. Il lui dit avec un demi-sourire :

– Partie remise.

En un rien de temps, il est prêt. Il a enfilé sa veste, passé ses chaussures. Elle le regarde sans bouger.

– Tu viens ? Dépêche-toi.

– Marc… Est-ce que tu m'aimes ?

Il revient l'embrasser.

– Évidemment. Je t'adore. (Il lui claque gentiment la fesse.) Partie remise, je t'ai dit. Allez, viens !

– Est-ce que tu m'aimes vraiment ?

– Sarah…

Elle lit sur son visage bouffi de l'impatience, de l'agacement et de la dureté. Il lui a flatté la croupe comme à un cheval, négligemment et sans respect. Il bande difficilement. On ne baise presque plus. On ne parle que d'affaires…

– Tu ne serais pas avec moi seulement… par intérêt ?

– Quoi !

Elle se trouble, cligne des paupières.

– Mes conseils, ma réputation, mes relations, celles de mon père…

– Tu te fous de ma gueule !

Il a crié. Elle l'a mis en colère.

– Tu ne penses pas ça ?

– Non…

– Tout ça parce que je ne veux pas baiser maintenant !

– Pardon.

– Je pourrais me dire la même chose, moi. Que tu es avec moi parce que j'ai fait fortune. Je suis beaucoup plus riche que toi.

– Oui mais on n'est pas mariés et on n'a pas d'enfants ensemble. Tu ne risques rien.

– Comment ça ?

– Je ne pourrais rien te demander.

– C'est sympa ce que tu dis. C'est ton père qui t'a appris à penser comme ça ?

– C'est la vie. (Elle se met à pleurer.) Excuse-moi, excuse-moi. Je t'aime. Je t'aime profondément. Tu es la seule personne qui m'ait aimée vraiment. Alors, j'ai tellement peur que tu ne m'aimes plus et que tu me quittes.

– T'es vraiment super conne, tu sais.

Il la serre dans ses bras.

– Pardon. Allez, va vite les accueillir. Je vous rejoins tout de suite.

Les Fred, comme les appelaient entre eux leurs amis, patientaient dans le grand salon au plafond peint façon Versailles : nuages, angelots et divinités grasses. Ils avaient eu le temps depuis cinq minutes – six minutes ! releva aigrement Frédéric en regardant sa montre – d'admirer la décoration, le mobilier, le lustre de Murano, les peintures aux murs et au plafond – le cul des anges ! pensa Frédérique – et le jardin éclairé où brillait dans l'herbe blanchie le gros poing doré baptisé *Victory* de l'artiste italien Emiliano Ferruci, la nouvelle coqueluche de la sculpture moderne.

Frédéric échangeait avec Frédérique un regard entendu au moment où Marc entra en s'écriant :

– Désolé, les amis ! Désolé ! On arrive à l'instant. On n'a pas de gyrophare pour nous extraire des embouteillages, nous. Sarah se refait une rapide beauté. Vraiment désolé. Faire attendre un ministre ! Je ne serai jamais pardonné.

– Tu plaisantes ! Arrête !

Marc se souvint du conseil de sa femme : « N'en fais pas trop. » Merde, trop tard. Souvent, il voulait trop plaire.

Il embrassa Frédérique qui se tenait les mains croisées devant elle comme une geisha blonde. Puis, les deux hommes s'étreignirent et se palpèrent longuement en échangeant des banalités aimables.

Ils avaient improvisé ce petit dîner « à la bonne franquette » lorsqu'ils s'étaient croisés la veille à la projection des *Lueurs du jour*. Hortensia servit le champagne. (Les Fred n'avaient rien voulu prendre avant l'arrivée de leurs hôtes. Ils étaient bien élevés.)

Parce qu'il était avec un patron de l'internet et des nouvelles technologies, Frédéric raconta leur visite ministérielle au Japon. Ils en revenaient et ils avaient été très impressionnés par les progrès des robots et de l'intelligence artificielle. Marc dit qu'il venait d'investir dans une start-up française qui promettait dans ce domaine.

Sarah les rejoignit et, juste après les embrassades et les chatteries – « J'adore ta robe ! », « Bravo pour le Ferruci ! Sublime » –, elle les invita à passer à table dans la salle à manger décorée de motifs de feuillage imitant les jungles naïves du Douanier Rousseau. Un goût de chiotte, pensa Frédérique qui aimait le dépouillement et l'abstraction mais elle s'exclama :

– Comme c'est original ! On s'attend à voir surgir un tigre.

Sarah dit :

– Le tigre, c'est lui.

Frédérique se fendit d'un rire poli. Toujours être poli. Marc ne soupçonna aucune ironie dans son observation. La décoration était une réussite, tout le monde le leur disait, et il ne pouvait en être autrement. Le bon goût, le chic n'étaient qu'une question de prix. Sarah avait choisi un architecte et un designer qu'ils avaient payés très cher. Ils avaient pris les meilleurs pour être sûrs de ne pas se tromper.

Le dîner fut servi par Hortensia et le maître d'hôtel, Donatien. Menu d'hiver : entrée et plat chauds. Marc avalait, les autres picoraient.

– Excellent, vraiment !

– Le chef a travaillé au Royal Monceau.

– Ah oui ?

– Je l'ai débauché. Il gagne plus avec moi.

– Bien meilleur qu'à Bercy.

– Ah oui. À Bercy, c'est pas très bon, franchement.

– C'est vrai que je pensais qu'on bouffait mieux dans les ministères.

– À l'Élysée, c'est bon.

– Encore heureux !

Le mot était lâché : l'Élysée. Le seul sujet qui les intéressait tous.

– Dis, c'est vrai ce qu'on raconte ? Tu y vas ?

Frédéric eut un sourire faussement mystérieux qui découvrit sa mâchoire carnassière.

– J'allais vous en parler.

– C'est génial, dit Sarah.

– Attends ! Je serai vraiment un outsider.

– Tu montes dans les sondages, mon amour, lui dit Frédérique.

– Oui, enfin, je gagne en sympathie générale, mais aucun institut n'a encore envisagé que je me présente à la présidentielle.

– C'est justement un truc qu'il faut leur suggérer, tiens, dit Marc. Si tu veux, je fais passer le message à Pierre-Olivier. Suffit qu'un institut s'y mette et tous les autres vont suivre.

– C'est sympa, oui, merci beaucoup. Mais attention, faut que ça ait l'air… Il sait qu'on se connaît.

– Tu connais tout le monde. Ce qui compte, c'est de créer le mouvement autour de toi.

– Que l'idée fasse son chemin, compléta Sarah. Que l'image s'impose.

– Que tout le monde s'y mette, renchérit Marc. Franchement, on a besoin de renouveau, en France, de jeunesse. Un nouveau souffle. Tout ça, c'est sclérosé, rouillé. On est dans le mur. On a besoin d'un élan, d'une nouvelle génération. Toi, tu peux incarner tout ça, c'est sûr.

Il croisa le regard de Sarah. Est-ce qu'il en faisait trop, une fois encore ? La conversation mourut un instant dans un bruit de fourchettes et de mastications. Puis, Frédérique dit de sa voix rauque de fumeuse :

– Je me demandais… C'est peut-être un peu délicat, je ne sais pas… Comme tu viens de racheter *Le Nouvel Obs*…

– Je ne l'ai pas racheté tout seul.

– Tu es majoritaire, mon chéri, dit Sarah.

– Oui, à soixante pour cent. Mais j'ai signé une clause avec les autres actionnaires qui garantit l'indépendance de la rédaction. Je peux toujours faire une suggestion, naturellement, mais ça peut avoir l'effet inverse s'ils ont l'impression que j'exerce une pression directe, ils sont très sourcilleux.

– Et c'est tant mieux, dit Frédéric. La presse est libre en France et ça serait totalement contre-productif…

– Je ne pensais pas du tout à une quelconque pression, évidemment, dit Frédérique. Mais juste à, éventuellement, filer le scoop à la directrice de la rédaction, comment elle s'appelle déjà ?

– Françoise Coquelet.

– C'est ça. Lui glisser le scoop que Fred y va.

– J'ai peut-être une meilleure idée, dit Sarah. Il ne faut pas que ça vienne de Marc directement. On a une bonne copine, Danièle Legrain, vous la connaissez ?

– Non.

– Elle a une agence de com'. Jusqu'ici, elle s'est occupée surtout de people mais c'est une vraie pro. Elle a de super photographes, beaucoup d'idées et des relais très efficaces partout dans les médias. À mon avis, c'est la meilleure. Si ça vous dit, on peut organiser une rencontre.

– Ah oui. Avec plaisir.

– Elle, elle n'a pas son pareil pour vous décrocher la une d'un magazine. Et elle saura travailler ton image. (Sarah ajouta en souriant à Frédérique :) Votre image de couple. Faire en sorte que votre histoire – exceptionnelle, il faut le dire – devienne un de vos atouts.

– Tu veux dire que, pour l'instant, c'est un handicap ?

Sarah rit.

– Bien sûr que non !

– Après, dit Marc, il faut aussi que tu aies quelqu'un pour les réseaux sociaux. Tu es la génération Facebook. C'est là que tu peux faire la différence et créer le buzz.

– Oui, les réseaux, c'est important. Je tweete beaucoup.

– Oui, mais il faut que tu aies quelqu'un, le meilleur, ça ne s'improvise pas, il faut réagir à la seconde, bien cibler sans perdre de vue la stratégie globale. Tu dois augmenter sans arrêt le nombre de tes followers et aller toucher tout le monde.

– Tu penses à quelqu'un ?

– Oui, Nathan. Je vais te mettre en contact.

– On a déjà Lisa chez Publicis, dit Frédérique.

– Ah non, mais il faut beaucoup plus pointu, ils sont trop institutionnels chez Publicis. Nathan s'est formé chez Facebook en Californie.

Au dessert, après avoir évoqué la situation économique mondiale, la paralysie française, la libéralisation indispensable – mais sans donner l'impression de sacrifier le modèle social ! –, bref, la base du futur programme présidentiel de Frédéric, suffisamment général et vague pour n'effrayer personne, ils échangèrent des potins sur les uns et les autres, dirent du mal de certains, beaucoup de mal, avec un plaisir non dissimulé et en riant, et finirent en se parlant de leurs enfants, de leurs études, etc., comme l'auraient fait de véritables amis.

Ils se quittèrent sur le perron entre les colonnes de marbre blanc et les panneaux de marbre rose après des caresses, des bisous et des papouilles, les promesses réitérées de Marc et Sarah de faire ce qu'ils avaient dit, les compliments (sur leur maison, leur goût, leur cuisinier) et les remerciements appuyés des Fred.

Une fois blottis l'un contre l'autre sur la banquette en cuir de la berline ministérielle, Frédéric chuchota à l'oreille de sa femme :

– Ça s'est bien passé ?

– Je crois.

– On peut compter sur eux ?

– Ils ont tout intérêt à nous aider, il le sait très bien.

– On n'a pas été un peu direct pour *Le Nouvel Obs* ?

– Il faut toujours être direct pour ces choses-là plutôt que de tourner bêtement autour du pot.

– On aura la une ?

– J'espère.

À l'avant, les têtes du chauffeur et de l'officier de sécurité qui se savaient tenus au silence gardaient une immobilité parfaite. La voiture filait dans un Paris quasi désert.

De retour dans leur chambre, Marc interrogea Sarah :

– Alors ?

– Bien.

– J'en ai pas trop fait ?

– Non, non, ça va.

– Tu m'as regardé à un moment, j'ai cru…

– Non, non, c'était bien. C'est juste qu'il ne fallait pas aller plus loin. Ce qu'ils voulaient avant tout, ça n'était pas que tu leur répètes qu'il est génial mais savoir si on était prêts à les aider.

– Je crois que là, ils peuvent être rassurés, non ?

– Sans problème.

– Évidemment, on sait pas ce qu'ils peuvent encore nous demander après. Si c'est du fric…

– On avisera.

– Et puis, on sait pas si ce type aura la moindre reconnaissance. À mon avis, c'est tout pour sa pomme.

– Ils sont tous comme ça.

– T'as vu comme il est content de lui ?

– En tout cas, c'est bien de l'aider maintenant. Là, tu as raison. Tu as raison de l'inviter maintenant. Tu l'aides au moment où il en a besoin, où c'est lui qui a besoin de toi.

– Tu veux dire que j'ai plus de chance d'avoir un bon retour sur investissement en misant sur une affaire à son démarrage ? C'est évident. C'est ce que j'ai toujours fait.

– Je sais, mon chéri. Et c'est une des raisons de ton succès.

Marc se sentait de très bonne humeur et désireux de tenir sa promesse. Pour mettre toutes les chances de son côté, il prit un Viagra. Sarah lui parut satisfaite.

Jeanne

Avec le temps, elle était moins noctambule, bien qu'elle aimât toujours danser et faire la fête ; mais elle n'arrivait pas à se coucher tôt et devait vraiment faire un effort pour se sortir de son lit de bonne heure comme, par exemple, ce matin pour son interview dans la matinale de RTL. Elle n'était pas contente de sa prestation. Elle était arrivée la tête dans le sac, avait bêtement, avant d'entrer dans le studio, accepté un café, qui lui avait crispé le ventre, et n'avait pas eu le temps d'aller aux toilettes. Elle avait senti qu'elle s'énervait quand le journaliste lui avait brandi le chiffre des fonds que l'Europe versait aux agriculteurs français et lui avait demandé comment elle pouvait affirmer que Bruxelles prenait notre agriculture à la gorge. Il avait répété plusieurs fois le chiffre et elle, pour expliquer que la politique ultralibérale de la Commission faisait subir à la France le commerce déloyal des pays étrangers qui nous inondaient de productions à bas coûts, elle s'était emportée, elle avait haussé le ton, ce que le journaliste n'avait pas manqué d'exploiter :

– Madame Dolman, si vous en étiez si sûre, est-ce que vous crieriez si fort ?

– Je ne crie pas.

– Ah bon ? (Il avait ricané et le présentateur de la matinale avait gloussé.)

– Je ne crie pas mais je suis en colère parce qu'on ment aux Français.

– Vous contestez les chiffres de la Commission ?

– Les chiffres, on choisit ceux qu'on veut. Les chiffres n'ont rien à voir avec la réalité.

– Ah bon ? (Nouveau gloussement. Et c'était ce qui l'avait le plus atteinte. Ce mépris facile. Elle ne supportait pas qu'on se foute de sa gueule.)

– Les chiffres, c'est aussi tous les paysans qui gagnent à peine trois cents euros par mois. Les chiffres, c'est aussi tous les paysans désespérés qui se suicident !

Elle détestait ces journalistes de gauche, grimaciers et suffisants. Surtout les hommes. Elle sentait toujours de leur part une forme de condescendance et elle était certaine que cela tenait au fait qu'elle était une femme. Les mecs, les mecs… qui pour la plupart n'ont pas de couilles quand tu te les prends en face à face. Les mecs… plus forts que moi : jamais ! Me faire du mal : jamais ! Me laisser faire : jamais ! Même amoureuse. Souffrir, déçue, trahie : fini ! Plus jamais !

Elle était à présent, après cette interview, parfaitement réveillée, les membres parcourus d'invisibles frémissements, vibrante comme un taureau furieux. Elle avait salué d'une poignée de main virile tous les journalistes de la matinale, la directrice de la rédaction (une femme à un poste de ce niveau, c'est rare) et le président de la station venu poliment lui dire bonjour et la raccompagner jusque dans le hall d'entrée.

Dans sa voiture, elle repensa à ce qu'elle avait dit. Après tout, elle n'avait pas mal répondu. Elle venait de voir l'émission spéciale de la 6 sur le désespoir des agriculteurs. Ses mots avaient dû toucher. Les images parlent plus que les chiffres. Cependant, elle se sentait toujours contrariée et de mauvaise humeur. Elle aurait voulu rester maîtresse d'elle-même, paraître sûre et tranquille, que son ton de voix fût plus froid et cinglant et non emporté et agité. Papa, dans ces cas-là, répond avec une hauteur, une morgue… Ça l'agaçait terriblement de penser à son père. Elle n'avait pas à se comparer mais à être elle-même. Oui mais être elle-même sûre d'elle-même, pas sur la défensive, pas déstabilisée par ces cloportes. À tous les coups, papa va me dire que j'aurais dû faire ci ou ça, que je n'articule pas assez, que je ne respire pas assez entre les mots. M'imposer, m'imposer. Elle avait envie de cogner ce matin. Peu importe sur qui. Leur prouver à tous qui je suis et ce dont je suis capable. Mal au ventre. Ce café. Faire caca. Ils salent tellement les rues quand il neige. Qu'est-ce qu'il fait gris ! C'est d'une tristesse ! Elle rêva un instant à la grande plage ensoleillée bordée de pins parasols qu'elle aimait tellement, en Corse. Mer bleu cobalt.

Elle lut les réactions à son interview sur Twitter. Comme d'habitude, les sympathisants dithyrambiques, les imprécations contre l'*#eurocratie*, l'*#eurss*, le *#système* et, face à cela, l'élite, les intellectuels, les universitaires, les journalistes et les militants des partis traditionnels qui condamnaient sa *#démagogie*, son *#manichéisme*, son *#populisme*. Elle reçut aussi des SMS des membres du Parti, de ses proches, tous louangeurs. Enfin, l'appel de son père qu'elle attendait et redoutait.

Sur le fond, ça allait mais « Jeanne, tu t'es fait avoir par ce vieux renard de l'interview. Ça s'entendait qu'il t'avait déstabilisée. Jeanne, combien de fois il faudra que je te le répète. C'est comme dans un combat. Si l'adversaire sent que tu as peur, il t'attaque encore plus fort et il prend l'ascendant. La technique c'est : un, je me fous de ce qu'il dit ; deux, soit je continue à parler en ignorant sa question, soit je m'arrête brusquement, je le laisse insister et là, je lui dis – et je le mouche : “Bon, vous avez fini ? J'ai le droit de répondre ?” Tu le mets en tort. “Vous m'avez invitée pour que je puisse m'exprimer ou pas ?” Tu l'énerves, c'est lui qui s'énerve et alors, tu sors tes arguments. N'oublie jamais, ma puce (il m'appelle ma puce, c'est insupportable ! – Pourquoi tu ne le lui dis pas ?), ce n'est pas ce que tu dis qui compte le plus, c'est l'impression que tu donnes ».

Le coup de fil de son père la mit dans tous ses états parce qu'elle savait qu'il avait raison et elle croyait deviner qu'il prenait plaisir à le lui dire pour lui rappeler qu'elle était loin de l'égaler et qu'elle devait continuer de suivre ses conseils. Il était président d'honneur et se considérait encore comme le seul chef légitime du Parti : il était toujours dans ses pattes, rôdait, fourrait son nez partout, se promenait dans les couloirs, passait de bureau en bureau et continuait de donner des ordres exactement comme avant, comme si sa fille n'était que sa dauphine, en apprentissage. C'est moi la présidente du Parti national ! C'est moi. C'est moi !

Elle se sentait révoltée – révoltée avant tout contre elle-même, contre la faiblesse dont elle faisait preuve, venait à nouveau de faire preuve vis-à-vis de son père. Elle l'avait écouté en lui donnant l'impression qu'elle acquiesçait, en restant à ses yeux sa petite fille inexpérimentée. Elle aurait dû le couper, lui dire qu'elle en avait marre de l'entendre lui faire la leçon, lui asséner qu'il était lui-même loin d'avoir été toujours parfait en interview et qu'avec son ton provocateur et gueulard, il était toujours resté le trublion de la République, une espèce de bouffon mi-effrayant, mi-comique (les méchancetés se bousculaient dans sa tête), un mec incapable d'arriver véritablement au pouvoir. *Alors que moi !...* Elle y pensait, elle en rêvait. *Toi, papa... Mais moi...* Le pouvoir. Être élue. Longtemps, elle avait voulu faire autre chose, à tout prix autre chose que son père. Mais comment échapper à son destin ? Comment se faire une place ailleurs quand on s'appelle Dolman ? Alors, si on ne peut pas y échapper...

Assez vite, elle s'était aperçue qu'elle aimait la pratique de la politique pour le sentiment très fort de puissance qu'elle lui procurait. Elle éprouvait une véritable jouissance quand elle était sur scène face à une foule, parvenait à l'enthousiasmer par ses mots, ses gestes, son énergie et recueillait des applaudissements. Elle s'était découvert une aisance en public, un charisme – hérité de son père sans doute – qui la surprenait elle-même. Mais c'était dans l'exercice direct, brutal et viril du pouvoir qu'elle puisait les plus grandes satisfactions. Elle le vivait comme une revanche sur les hommes. Désormais, elle était dans la position d'un homme, elle avait les pouvoirs d'un homme, c'était elle qui dominait et cela lui convenait, cela la comblait. Elle n'avait plus peur de personne. De personne sauf de...

Après cet appel, elle avait besoin de se réaffirmer, de se défouler, de se libérer de la rage qui bouillait en elle. Elle commença par houspiller son chauffeur :

– Qu'est-ce que vous foutez ? On se traîne.

– C'est complètement bouché, vous voyez bien, je fais ce que je peux.

– Sur un autre ton, Lionel ! Mettez-moi France Info. Plus fort, j'entends rien. Non mais pas si fort non plus, je suis pas sourde, vous le faites exprès ?

Puis, elle se plaignit de l'absence de son garde du corps, alors qu'elle savait parfaitement qu'il était malade.

– À quoi ça sert d'avoir un garde du corps s'il n'est pas là quand on a besoin de lui !

– Vous savez bien qu'il a la grippe, madame.

– Je parie que cet abruti s'est pas fait vacciner.

France Info reprenait sa phrase : « Les chiffres, c'est tous les paysans désespérés qui se suicident. » Cela lui fit plaisir. Les reprises, c'est la preuve qu'une interview n'est pas passée inaperçue. Elle se calma jusqu'à l'arrivée au siège du Parti rue de la Convention dans le 15e. Mais elle trouva *la boutique*, comme elle l'appelait, bien trop calme à son goût. Il était neuf heures du matin. Le hall d'accueil était désert. Au mur, l'affiche de la dernière campagne électorale où elle sourit avec son père sur fond bleu. À l'hôtesse, qui se leva poliment derrière son comptoir pour lui dire bonjour, elle répondit d'un ton rogue :

– C'est fou ce que ça bosse ici !

– Votre rendez-vous est arrivé, madame la présidente. Nadine l'a fait monter dans le salon d'attente au troisième.

– De quel droit ?

– Pardon ?

– Non, rien.

Elle s'engouffra dans l'ascenseur en grognant. À l'ouverture des portes au troisième, elle découvrit, assis les jambes croisées dans le canapé en cuir noir du salon d'accueil, son rendez-vous, Stéphane Baron, qui s'anima en la voyant. Elle avait accepté de le recevoir sur les conseils de son amie démographe Micheline Branca. Il avait, paraît-il, des idées intéressantes. Que devait-il se dire en attendant à l'étage de la direction totalement vide et silencieux ? Quelle désastreuse impression cela devait lui donner ! Elle l'ignora, alors qu'il s'était levé en la voyant arriver, et elle fila d'une tête déterminée dans son bureau en claquant la porte derrière elle. Elle n'aimait pas ce bureau, plus petit et moins ensoleillé que celui de son père, mais, en tant que président d'honneur, Dolman avait considéré tout naturel de ne pas déménager et elle n'avait pas osé le lui demander. Elle savait pourtant le poids des symboles. Lâcheté, Jeanne, lâcheté… Elle jeta sur un fauteuil son sac à main et son manteau et passa dans son cabinet de toilette personnel. Elle en ressortit quelques minutes plus tard un peu soulagée mais, en voyant sa secrétaire qui l'attendait debout son carnet à la main, elle râla aussitôt :

– Qui vous a dit de le faire monter ?

– Monsieur Baron ? C'est votre rendez-vous de neuf heures.

– Il fallait le faire attendre en bas le temps que j'arrive. Vous lui avez offert un café, au moins ? Non ? C'est quoi, ce bordel ?

– J'y vais tout de suite. Je le fais entrer ?

– Certainement pas. Où est Sébastien ?

– Ben, en week-end.

– En week-end, un lundi !

– En week-end de trois jours à Prague avec sa fiancée.

Jeanne soupira en triturant la presse du matin sur son bureau.

– Ah oui, c'est vrai. Comme il était pas avec moi à l'interview, j'ai cru qu'il avait la grippe lui aussi. On n'est pas aidé, putain !

– Vous l'avez autorisé.

– Je sais. Je suis trop bonne. Après, je fais tout toute seule. Et les autres, ils sont où ? Putain, neuf heures du matin et quand on arrive ici, y a pas un rat, ça a l'air d'un village abandonné. Franck est là ?

– Vous voulez le voir ?

– À votre avis ? Pourquoi je vous demande ?

– Je l'appelle.

La secrétaire sortit par une porte qui communiquait avec son propre bureau. Jeanne la suivit.

– Il répond pas ? Il est pas là ?

– Attendez. Allô, Franck ? Tu peux monter voir Jeanne ?

Franck arriva vite mais Jeanne l'accueillit en s'écriant :

– Tu as mis le temps ! Tu as mon discours pour Roubaix ?

– Je suis dessus. Tu me l'as demandé pour aujourd'hui.

– Aujourd'hui, c'est ce matin. Il faut que j'aie le temps de le revoir, quand même.

– J'avais compris que tu le voulais dans la journée.

– C'est ça !... Alors, grouille-toi, bouge-toi le cul !

Elle le raccompagna jusqu'à l'ascenseur pour lui faire des reproches devant Stéphane. Grande scène théâtrale. Elle aimait ça. Elle convoqua d'autres collaborateurs, pestant contre ceux qui n'étaient pas (encore) là et accablant ceux qui l'étaient. Ils défilèrent l'un après l'autre. Elle s'arrangea pour que Stéphane l'entendît gueuler, soit en laissant sa porte ouverte, soit en les reconduisant, eux aussi, jusqu'à l'ascenseur avec des grands gestes des bras et des exhortations furieuses. Ils savaient tous qu'elle était dans un de ses mauvais jours. Ils faisaient le gros dos, laissaient passer l'orage. Stéphane, lui, ne connaissait d'elle pour le moment que son image publique et se demandait ce qui avait pu provoquer sa colère matinale.

Après s'en être prise à tous ceux qu'elle avait sous la main, elle se sentit plutôt satisfaite. C'est bien de leur rappeler de temps en temps que c'est moi le chef. Elle but au goulot d'une petite bouteille d'eau minérale, se recoiffa en passant la main dans ses mèches blondes et alla chercher Stéphane elle-même.

– Monsieur Baron ?

Elle le gratifia d'un sourire.

– Désolée de vous avoir fait attendre. C'est un peu chargé ce matin. Mon assistante vous a offert un café ?

– Oui mais j'en voulais pas.

– Vous préférez un thé ?

– Rien du tout, merci.

– Asseyez-vous.

Il nota le désordre du bureau, les photos des chats et des enfants et l'absence de photos des parents.

– Alors, vous connaissez bien Micheline Branca ?

– Oui.

– C'est une femme formidable. Dans un milieu de gauchistes, c'est une des rares qui osent dire la vérité sur l'immigration. Vous êtes aussi démographe ?

– Non, pas du tout. Je suis le directeur des études marketing de Talion.

– Ah oui ? fit Jeanne, surprise, avant d'ajouter d'un ton ironique : Vous ne venez pas me proposer un abonnement, j'espère. Je suis déjà chez SFR.

Stéphane sourit. Jeanne s'interrogeait en l'observant. Costume près du corps, mains fines, ongles soignés, chaussures vernies imitation bois, lunettes rouge orangé, crâne lisse, pas un poil. Homo ?

– J'étudie depuis longtemps les attentes, les désirs des consommateurs, donc des Français, et leurs comportements sur les réseaux sociaux. J'intègre bien sûr les études des sociologues, des démographes, des économistes. J'ai beaucoup d'admiration pour vous.

– Merci.

– Et je voudrais mettre mes compétences à votre service.

– Vous avez déjà fait de la politique ?

– Non mais je connais les Français et j'ai réfléchi à ce qu'il faut faire.

– Vous voudriez adhérer au Parti ?

– Non. Je veux vous aider – bénévolement, bien sûr, et officieusement –, vous aider à changer la France. C'est-à-dire dans un premier temps à accéder au pouvoir.

– C'est gentil mais que pensez-vous que je fais toute la journée ? J'y travaille, cher monsieur !

– Oui mais vous n'avez aucune chance d'y arriver de cette façon.

Quel culot ! Il surgissait de nulle part et venait lui asséner qu'elle était nulle ! Elle s'empourpra mais quelque chose la retint de lui répliquer vertement. Il la regardait d'un air amical et sincère. Elle se mit à rire.

– Ah bon ? Et pourquoi, selon vous ?

– Parce que vous êtes le parti le plus détesté de France.

Cette fois, elle rétorqua :

– Vous êtes venu pour me dire ça ? Je vous ferai observer que de plus en plus de Français nous soutiennent.

– Je ne dis pas le contraire. Comprenez-moi bien. Je partage moi aussi votre diagnostic et vos priorités. Mais c'est une question de forme, et aussi de ciblage des électeurs. Actuellement, vous pouvez encore monter un peu dans les urnes mais vous n'irez jamais au-delà de dix-huit ou vingt pour cent. Vingt-deux grand maximum. Pourquoi ? Parce que vous faites peur, vous êtes perçus comme un parti extrémiste et raciste. Le parti du rejet. Vous êtes diabolisés. Votre père était l'incarnation même de tout ça et, manifestement, il s'en délectait, il n'aspirait pas à davantage. Mais vous, vous pouvez être, j'en suis sûr, beaucoup plus fédératrice que lui. Vous avez une image plus chaleureuse, plus sincère, plus humaine. Seulement, vous n'arrivez pas depuis que vous êtes présidente à vous dépêtrer de l'image de votre père. (Jeanne l'écoutait maintenant avec intérêt.) Vous êtes le visage du non, de la peur, de la haine et de la xénophobie. Il faut que vous deveniez le visage du oui, de la confiance, de l'adhésion, de la vérité.

– Et vous, vous prétendez savoir comment il faut faire ?

– Je sais comment il faut faire. D'abord, il faut réécrire le programme.

– Ah oui ?

– Oui. Pas sur le fond mais sur la forme. Tout est une question de vocabulaire, de langage, d'image et, comme je vous le disais, de diffusion ciblée des messages aux électeurs, essentiellement via les réseaux sociaux. L'islam est la menace qui pèse sur la France et sur l'Europe. Ça, c'est la réalité, nous sommes d'accord. Mais pour en convaincre les Français jusque dans les urnes, il faut jouer les cartes de la raison, de l'amour de la patrie, de l'attachement à la culture, il faut développer des éléments de langage positifs et le plus précis, le plus ciblés possible en fonction des différents types de population. Par contre, il faut proscrire les provocations, les caricatures faciles, les réductions grossières et les anathèmes.

– Je vous entends, dit Jeanne. Mais pour le moment, ça me paraît un peu théorique. Vous pourriez être plus précis ?

– Ah ! Mais certainement. Je vous ferai passer, si vous le voulez, une première base de travail, une méthode avec des priorités.

– Oui, enfin, il me faudrait du concret. Les grandes idées, tout le monde en a. Vous me donneriez quel conseil, par exemple, là, tout de suite ? Qu'est-ce que je devrais faire, à votre avis, en tout premier ?

– En tout premier ?

– Oui.

– Rompre une fois pour toutes avec l'image de votre père.

II

Frédérique

Ils y sont !

Et elle l'attend. Bientôt minuit. Il est redescendu après le dîner revoir une dernière fois avec Gendroz, son secrétaire général, la composition de son gouvernement. Il est là, en dessous, quelque part, et elle l'attend dans les appartements privés, la seule partie de ce palais où ils ont théoriquement droit à leur intimité – et où ils vont dormir pour la première fois cette nuit quand il viendra enfin se coucher. Elle a renvoyé le personnel. Leur maître d'hôtel, cette femme avec sa chemise blanche qui sent fort la lessive, et leur femme de chambre qui voulait à tout prix leur préparer leur lit. C'est bon, pas la peine, merci. Toute la journée, presque jusqu'à minuit, vivre sous surveillance. Pire qu'à Bercy, rien à voir. Dès son arrivée dans la cour d'honneur, elle s'est sentie épiée, détaillée, disséquée. Elle a vu tout autour, aux fenêtres des bureaux, ces paires d'yeux de corbeau curieux.

Toute la journée, elle a donné le change, fait comme toujours, souri, charmé, un mot aimable à chacun, se gagner leur sympathie, mais elle sait qu'on la regarde comme la vieille femme du jeune président. Elle le sait, elle y est habituée mais ici, c'est encore plus dur, ici et maintenant, on l'observe, on la scrute, on la juge en permanence, on commente, on ricane, avec bien sûr cette éternelle supputation mesquine : il est homo ? Ils n'ont cessé d'afficher leur amour dans les médias, ils se sont prêtés au jeu des photos et des petites confessions et anecdotes sur leur intimité. Tout a été parfaitement orchestré par Danièle Legrain (Sarah et Marc ont bien fait de la leur recommander) mais elle a peut-être trop bien géré leur com', leur histoire est trop belle, on ne croit pas aux contes de fées entre un prince charmant et une vieille reine de vingt-cinq ans de plus que lui… Alors, elle garde toujours la tête haute mais si elle pouvait, si elle avait pu aujourd'hui, elle serait restée cachée dans son trou comme une petite souris. Mais non, impossible. La petite souris blonde juchée sur de hauts talons qui lui faisaient mal aux pieds devait marcher, trotter, sourire aux côtés du nouveau maître des lieux et braver les regards de corbeau, ignorer les grimaces de chat, les chuchotis de moustique. Frédérique, c'est un bestiaire ! Tu as trop lu La Fontaine. Mais c'est vrai, souvent, c'est à des animaux qu'elle pense, ça dédramatise et ça l'amuse. Pierre-Louis Gendroz que Frédéric s'est choisi comme bras droit (ils étaient ensemble à l'ENA) : un lézard, un varan, une grande bouche et des yeux ronds et froids. Philippine Choquart, la Première ministre, une libellule aux grands yeux bleus dont les longues mains battent comme des ailes quand elle parle… Elle les voit tous défiler depuis l'élection. Ils ont fait le siège, ils se sont bousculés, marchés dessus en espérant être les premiers choisis, récompensés pour leurs fidèles services pendant la campagne, tous plus prétentieux les uns que les autres et plus prompts à rabaisser les mérites de leurs camarades rivaux. Des chiens qui se bousculent pour lécher la main de leur maître comme ce matin pour négocier les meilleurs bureaux, ceux du premier étage près de Gendroz et de Frédéric, wouah, wouah, wouah ! Mais ils sont rusés, malins, ils s'y entendent pour flatter. Est-ce que Fred saura y résister ?

Qu'est-ce qu'il fait ? C'est long. Il m'a dit qu'il en avait pour un quart d'heure. La liste des ministres était arrêtée. Un problème de dernière minute ?

Elle aurait voulu être tout le temps avec lui, elle en mourait d'envie, elle ne l'aurait pas quitté une seconde si elle l'avait pu. Elle savait depuis le début à quel point il rêvait du pouvoir et elle s'était dit, dès qu'il s'était lancé, qu'elle devait être à ses côtés jour et nuit. À Bercy, elle avait exigé un bureau près du sien, elle était de toutes les réunions et il disait qu'il le souhaitait, qu'il avait besoin d'elle, qu'il aimait tout faire avec elle. Mais ici, à l'Élysée, qu'allait-il se passer ? Elle a senti tout de suite en arrivant quelque chose de dangereux, de menaçant. Ici, Frédéric peut m'échapper. Ici, je peux le perdre. Ici, derrière ces lourdes portes, dans cette forteresse dorée, cette prison peuplée d'espions, de courtisans, des séducteurs et des séductrices les plus redoutables… Je ne suis que sa femme. Horrible endroit. – Mais non, pas horrible, tu vas t'y faire. – Non. Jamais. – Si. Tu dois. Tu vas apprendre à l'aimer, à t'y sentir chez toi.

Elle va et vient dans les pièces de l'appartement privé dont les fenêtres donnent sur le parc. Le halo lumineux des Champs-Élysées couronne les grands arbres. Elle est soudain frappée par le silence. Un silence oppressant. Elle écoute. À peine audible, le murmure de la ville. Elle ouvre une fenêtre. Sur le gravier, le grésillement de la bruine qui tombe depuis le matin. Elle essaye de respirer régulièrement pour se calmer. Elle entend son cœur, au fond de ses tympans la houle lointaine de son sang comme on croit entendre la mer au fond d'un coquillage. Sur une cheminée, le tic-tac d'un cartel du XVIIIe siècle. Elle va dans la salle de bain en marbre et se regarde dans le miroir. À quoi ressemblera-t-elle dans cinq ans ? On vieillit par à-coups. La France vient de se donner son plus jeune président et elle… Elle a déjà des petits-enfants, elle est déjà… Elle repousse cette pensée. Chasser toutes ces pensées qui se bousculent ces derniers jours. Le contrecoup, la fatigue, c'est tout. Elle se sent angoissée. Attention ! Ne jamais le lui montrer, ne rien laisser deviner. Tu dois être à ses côtés rassurante et gaie. Compenser ton âge par ton enthousiasme. Danièle a réussi à faire écrire à un journaliste : « Pour beaucoup de choses, ses goûts, son optimisme, sa spontanéité, elle est plus jeune que lui. » Il aime que je le fasse rire, que je rie – et que je sois toujours à cent pour cent à son écoute. Attention, ne te relâche pas ! Il n'aimerait pas une femme triste. Triste, il te trouverait vieille. Arrête, arrête !

Elle écoute. Ça craque au-dessus. Elle revoit les pièces qu'ils ont visitées ce matin au pas de charge. Frédéric a voulu – pour prendre possession des lieux, pour s'imposer au personnel – tout visiter de fond en comble et serrer le plus de mains possible et faire oublier au plus vite son prédécesseur. Ils ont parcouru les salons, les bureaux, les combles, les ailes est et ouest, les sous-sols immenses, une ville souterraine, avec le PC Jupiter, les cuisines, les salles de sport et de cinéma, le garage, les passages secrets… et la cohorte empressée des connaisseurs du Palais qui les accompagnait les saturait d'informations, de souvenirs, d'histoires. Elle a retenu tout ce qu'elle a pu. Ce chiffre entre autres, curieux : l'Élysée compte trois cent soixante-cinq pièces. Pourquoi précisément trois cent soixante-cinq ? Mais c'est surtout le nombre d'histoires d'amours malheureuses, de couples désunis, d'adultères, de suicides, de maladies et de morts tragiques entre ces murs qui l'a impressionnée. Elle en connaissait déjà certaines :

l'assassinat du duc de Berry et sa veuve enceinte rentrant avec sa robe ensanglantée... Mais non, tu exagères comme toujours avec ton esprit romanesque, tu exagères ! Il y eut aussi de belles histoires, ne serait-ce que l'amour de Pompidou avec sa femme... Oui mais un amour crépusculaire. Il est entré ici pour y mourir. Il a caché sa maladie ici, dans cet appartement... Et Mitterrand... Elle est superstitieuse. Elle s'en défend mais elle l'est. Elle s'est toujours accrochée aux signes. On lui a proposé pour son bureau le salon d'argent. Elle a accepté. C'est juste en dessous du bureau que Frédéric s'est choisi et ça donne sur le jardin. C'est là que Napoléon a abdiqué en 1815 après Waterloo. Bon, c'est là aussi que Félix Faure n'a pas survécu à sa fellation d'après déjeuner. Elle sourit en y pensant. C'est simple : pas de fellations dans mon bureau !

Qu'est-ce qu'il fout ? Si j'allais le chercher... Il a été aussi gentil que d'habitude pendant le dîner. Le seul moment qu'ils ont pu passer en tête à tête. Ils ont pris le temps de trinquer. À toi ! lui a-t-elle dit. À nous ! lui a-t-il répondu. Mais est-ce qu'il est bien le même ? Jusqu'ici, quand ils étaient ensemble, il était simple et spontané et ne dissimulait pas ses émotions. Cette fois, est-ce qu'il n'avait pas avec elle aussi son sourire de façade ? Il lui a semblé... Non... Mais non... Juste la pression, trop de pression, tout est nouveau, cette liste de ministres à boucler et tous ces dossiers qui l'attendent... et comme il veut toujours tout réussir à toute vitesse... et comme il n'a pas encore eu le temps de tout ingérer, de tout maîtriser... Il va lui falloir quelques semaines mais après...

Elle n'a aucune raison d'avoir peur et pourtant... Il a ce qu'il voulait. Son rêve est exaucé. Leur rêve. Aucune raison... Ils y sont. Ensemble. Étourdis et sonnés comme au sortir d'une nuit d'ivresse. Voilà. C'est ça. Ils sortent de nuits et de jours qui se sont enchaînés à une vitesse folle pour ne former qu'une seule immense journée ensoleillée et étoilée sous le feu incessant des félicitations, des bravos, des déclarations d'amour et d'allégeance. Les résultats et le visage de Frédéric à vingt heures sur toutes les chaînes, les hurlements de joie comme à l'entrée en scène d'une rock star, le pétillement du champagne, les embrassades, les milliers de SMS... Ils ont été l'un et l'autre emportés par le tourbillon assourdissant de la victoire, étreints par une foule débordant d'enthousiasme et d'admiration... et en proie aux assauts des nouveaux courtisans. « Notre victoire, mon amour. Sans toi, je n'y serais jamais arrivé. » Il a essayé de l'associer à chaque instant, comme il l'a toujours fait, il lui prend la main, en public, en privé. Mais c'est lui, pas moi, que les Français viennent d'élire. Elle ne peut pas douter de ses sentiments, bien sûr que non, il a bravé sa famille et le regard de la société pour l'aimer et l'épouser, il l'a aimée, il l'aime depuis le début avec une telle constance, ce que personne au monde ne peut comprendre, ce qu'elle-même n'explique pas, de même qu'elle ne peut expliquer pourquoi elle l'aime tellement, infiniment. Mais là, maintenant, pour la première fois, c'est peut-être différent. Il va être soumis à tant de forces. Et de tentations. Elle les sent déjà autour de lui. Une puissance qui les dépasse. Il a ce qu'il a toujours voulu avoir, c'est-à-dire ce que les autres, eux, n'ont pas, ne peuvent avoir. Le plus jeune président de la Ve République ! Il est animé d'un inépuisable appétit de conquête. Que voudra-t-il à présent ? De quoi va-t-il rêver ? Elle le connaît mieux que personne et c'est pour ça qu'elle a peur. Parfois, une pensée la traverse et la glace : la passion qu'il a éprouvée pour elle au départ s'est nourrie de la difficulté que représentait sa conquête. Il aime les défis, les horizons lointains, séduire et gagner, et plus l'objet de sa passion est rare et difficile à atteindre, plus il est excité. Tu es conne. Elle tente de se rassurer mais elle a souvent tremblé d'être un jour abandonnée. Personne au fond ne croit qu'il puisse m'aimer vraiment. À part moi. Mais tu te fous de ce que pensent les autres ! Il n'a cessé de t'exprimer son amour. Oui mais… Oui mais… Il est sorti de la voiture sur le perron de l'Élysée souple comme un félin et à cet instant elle a vu sur son visage un masque nouveau, indéchiffrable. Il était un autre. Oui, à cet instant, un autre, même pour elle. Elle entre ici avec un mystère.

Quand il revient enfin à une heure du matin, elle l'accueille tendrement et lui demande si tout s'est bien passé. Elle est douce et attentive comme elle l'est toujours.

– Oui, c'est bon, lui répond-il.

– Super. On va se coucher.

– Il faut encore que je relise mon discours de demain à Annonay. Mon premier déplacement en province. Six cents emplois en jeu, la France qui souffre et j'ai l'impression qu'il y a un truc à revoir. Tu comprends, c'est important. Je dois lancer la machine. C'est tout de suite que ça se joue. Redonner confiance. Redonner espoir. On m'attend au tournant. Les journalistes… C'est l'épreuve du feu et je ne veux pas me rater.

– Bien sûr, mon amour.

– Je vais travailler là sur la table de la salle à manger et je viens te rejoindre après.

Il s'assied. Elle se penche pour l'embrasser, lui caresse la nuque puis va discrètement dans leur chambre, fait sa toilette et se met au lit avec un livre. Il la rejoint une demi-heure plus tard. Ils se serrent l'un contre l'autre, s'embrassent, se disent les petits mots d'amour qu'ils se disent chaque soir depuis plus de vingt ans. Elle voudrait s'endormir après lui ce soir, alors que d'ordinaire elle s'endort la première. Elle voudrait être sûre qu'il parvient à dormir et reprend des forces. Alors, elle l'écoute, guette sa respiration. Leur première nuit ici. Elle a fait changer le lit.

C'est la seule chose qu'elle a tenu à faire changer dès leur arrivée. Pour rien au monde elle n'aurait dormi dans le même lit que leurs prédécesseurs. L'idée lui déplaisait. Ce n'était pas comme un lit d'hôtel. Dans cet hôtel, on connaît les clients précédents.

Il se lève pour ouvrir la fenêtre. Une odeur de feuilles mouillées pénètre dans leur chambre.

– Tu as trop chaud ? Tu n'arrives pas à t'endormir ? Ça fait un peu bizarre, c'est vrai, de dormir ici. Il va falloir s'habituer.

– J'ai eu de la chance, lui dit-il en se recouchant. J'ai eu de la chance toute ma vie. Je n'ai eu que de la chance.

– Tu as aussi beaucoup fait pour ça. Tu t'es battu.

– Oui mais j'ai eu une chance de dingue. Regarde : tous les obstacles se sont miraculeusement écartés au fur et à mesure qu'on avançait. Au départ, j'étais vraiment l'outsider.

– Tu as cru en toi et surtout tu as fait en sorte que les autres y croient aussi.

– Frédérique… Il n'y a qu'à toi que je peux dire ça. J'ai peur… j'ai peur que la chance me lâche. Ça n'existe pas une vie sans… sans vrais échecs. Sans vrais cracs.

Elle le reprend dans ses bras. Elle est rassurée. Il a toujours autant besoin d'elle. Je n'avais vraiment aucune raison de m'angoisser…

– Tout existe, lui dit-elle. Contente-toi de faire ce que tu dois faire comme tu le fais depuis le début. Ce qui compte, c'est de se méfier des flatteurs, ça…

– Oh ! Ça, ça va…

– Oui mais c'est important. À part ça… à part ça, moi, j'ai confiance en toi. Je sais que tu vas être un président génial. Et on est ensemble.

– Oui. Je t'aime.

– Je t'aime.

Jacques

Il claqua du talon sur le parquet. Le monde tournait sans lui. Sans lui. Sans lui. Les chaînes d'info retransmettaient en direct l'inauguration de l'immense halle industrielle que Marc avait restaurée à grands frais pour y installer son école de codage informatique et son incubateur de start-up, à l'américaine, qu'il proclamait déjà le plus grand au monde. Des milliers de jeunes en jean, baskets et tee-shirt piétinaient et pépiaient en attendant l'arrivée du président de la République. Et bien sûr, il faisait beau. Une belle journée d'été. Le soleil jouait avec les angles de la verrière et la charpente de fer de la halle de style Eiffel transformée en temple de l'innovation par un architecte de renom. La jeunesse, l'avenir de la France, était là, dans cet espace transparent et ouvert, symbole de la planète connectée. Le bonheur digital, 2.0, s'affichait insolemment, l'enthousiasmant XXIe siècle !... Et lui, Jacques, avait juste encore le droit de le regarder sur sa télé, seul chez lui, en buvant son café. Il était déjà oublié tel un objet obsolète abandonné à la poussière et aux toiles d'araignée au fond d'une vieille cave. Il fulminait. Marc et Sarah ne l'avaient même pas invité à l'inauguration. Il fulminait et s'angoissait. Comment revenir dans le coup à soixante-neuf ans ? Le conseil d'administration de la Banque l'avait viré. Non, pas viré. Ils n'avaient pas renouvelé son mandat. Ça revenait au même. Tous ces gens, pour moitié de son âge ou plus âgés, qu'il avait lui-même fait venir au conseil d'administration, n'avaient eu aucun égard pour lui. On lui avait fait comprendre qu'il avait fait son temps, qu'il devait passer la main. En réalité, c'était la crise qu'il payait, on lui faisait porter la responsabilité des pertes. Et on le remplaçait par un jeune, par un petit con arrogant qui avait le même âge que lui quand il était arrivé à la direction de la Banque. La roue tourne. Bye bye, dinosaure ! Chemise blanche, cheveux longs : la nouvelle image du banquier. Du banquier connecté ! Et en plus, c'était un ami de Marc. Marc était partout. Marc réussissait tout. Marc avait tout. Marc triomphait. « Le milliardaire français qui a tout compris », titrait *L'Express*. Regarde sa tronche, là, au milieu des jeunes, prêt à accueillir le président : un gros parrain satisfait qui mâche sa joie comme un chewing-gum dans ses grosses joues ! Et ma petite Sarah qui le contemple avec ses yeux de toutou ! L'ingratitude des enfants ! Marc m'a tout pris. Je suis sûr qu'il a œuvré exprès pour pousser à ma place ce jeune con. Je suis sûr qu'il m'a toujours détesté. Mais pourquoi ?

Jacques se sentait victime. Victime de Marc, des autres, d'une conjuration. C'était profondément injuste.

Soudain, il eut un choc. Sur l'écran s'affichaient côte à côte, l'une en tailleur-pantalon gris, l'autre en tailleur-pantalon blanc, Fabienne et Sonia, son ex-femme et son ex-maîtresse. Son ex-femme invitée et pas lui ! Et elles papotent et rient toutes les deux comme deux vieilles copines ! Sonia voit un micro, s'approche, trop heureuse, son visage exulte. Dieu, qu'elle est belle !

Un journaliste : Madame la ministre, c'est important pour vous ce qui se passe ici aujourd'hui ?

Sonia : Très important. Regardez tous ces jeunes. Des étudiants, de jeunes entrepreneurs, et de toutes origines, c'est essentiel et c'est pourquoi le président vient ce matin. Marc Talion a tenu à ce qu'un quart au moins des élèves de son école soient issus de quartiers de banlieues défavorisées. Les talents sont partout, surtout en informatique, il y a des génies cachés. (Elle sourit une seconde et poursuit.) Les études dans cette école sont gratuites pour que des jeunes de familles pauvres puissent y venir. Marc n'a pas oublié qu'il a grandi lui-même dans un quartier populaire.

Le journaliste : Vous aussi.

Sonia : Oui. Et j'en suis fière. J'ai eu de la chance. J'ai eu une mère extraordinaire, une famille, des gens qui m'ont soutenue mais je me suis battue aussi et c'est ce que je dis aux jeunes que je rencontre ici et ailleurs. Battez-vous. Vous pouvez. C'est possible. L'avenir vous appartient.

Salope ! Tu me coûtes cinq mille euros par mois pour une morveuse qui ne saura jamais que je suis son père et tu ne me donnes rien en échange alors qu'avant, tu ne me coûtais rien et tu me donnais tout. Il rêva un instant au corps nu et parfumé de Sonia et, comme chaque fois qu'il y pensait, un ressort nostalgique se tendit dans sa poitrine. Je bande encore. Je fais toujours mes longueurs à la piscine. Je suis en pleine forme !

Les caméras filmaient les jeunes, filles et garçons, tous enthousiastes, passionnés et déterminés, qui rêvaient d'être le nouveau Mark Zuckerberg – ou le nouveau Marc Talion –, tous incapables de s'exprimer correctement en français mais parlant couramment le numérique. Des petits smileys sur pattes ! Comme des papillons, les smartphones au bout de leurs perches voltigeaient par-dessus les têtes. Ils faisaient tous des selfies. Ils passent leur temps à se mettre en scène sur les réseaux sociaux, ils se bombardent d'images et de mots raccourcis dans leur jargon de geeks. (Jacques connaissait certains mots et se croyait à la page.) Ils ne vivent que par et pour leurs écrans. Pathétique !

La foule s'agita, trépigna et s'ouvrit pour laisser passer le président de la République, sa femme et la petite troupe qui les suivait. Sonia, bien entendu, se trouvait pile à l'entrée au bon moment pour accueillir et embrasser les Fred en gros plan devant les caméras. En voilà un avec lequel elle ne ferait aucune histoire si d'aventure il voulait... Même avec sa femme, je parie, elle coucherait.

Jacques voyait Frédéric s'offrir aux mains, aux bras, aux joues qui se tendaient vers lui. Il le voyait jouir de ces « Président », « monsieur le Président » que les jeunes bien élevés et respectueux lui criaient. Il le voyait électrique et grisé. Quand je pense que c'est moi qui lui ai mis le pied à l'étrier ! C'était un petit énarque brillant mais que personne ne connaissait, qui n'était rien encore. C'est moi qui l'ai repéré. Il a tout appris à toute vitesse. J'ai vu tout de suite qu'il irait loin, très loin. Tu parles comme il en aurait la moindre reconnaissance !...

Frédéric monta, bondit plutôt sur l'estrade placée au centre de la halle comme un ring de boxe et, les manches de sa chemise retroussées, décontracté et souriant, à la manière de Barack Obama, il fit son discours en se déplaçant en permanence d'un côté à l'autre pour s'adresser au public attentif qu'il n'eut pas grande peine à séduire à coups de :

« Si vous êtes ici aujourd'hui, c'est que vous ne voulez pas qu'on écrive votre vie à votre place. Vous voulez vous emparer de votre destin et de l'avenir de votre pays et changer le monde. C'est ça, être un jeune entreprenant aujourd'hui, un jeune innovant, un jeune du XXIe siècle ! »

« Vous êtes le futur de la France, de l'Europe, du monde. Un nouveau monde. Et je tiens à saluer et féliciter Marc Talion (Gros plan sur la bouille ravi du "milliardaire français". Applaudissements), qui a compris parmi les premiers que ce nouveau monde se ferait d'abord, non pas avec la toute petite élite d'une poignée de grandes écoles (Il ose ! il ose, lui !), mais avec des jeunes venus d'horizons différents, des jeunes qui sortent des sentiers battus, qui ont d'abord leur volonté, leur audace et leur imagination. (Encore un peu, il va nous annoncer qu'il va supprimer l'ENA et que les jeux vidéo sont la meilleure des formations !) Vous tous ici, venus de Paris, de la banlieue, de province, de nombreux pays étrangers, vous êtes ce nouveau monde. C'est vous qui allez faire ce monde. Qui allez le changer. Qui allez innover et trouver des solutions pour que l'humanité vive encore longtemps sur cette terre. Alors, bravo et longue vie à vous tous et à ce merveilleux espace d'apprentissage, d'innovation et d'enrichissement ! »

Bla-bla-bla, bla-bla-bla, bla-bla-bla...

À la fin du discours, le journaliste qui couvrait l'événement cria comme s'il commentait un match de foot : « Et voilà ! Premier discours à Paris de Frédéric Legrand depuis son élection et, vous l'entendez, une belle ambiance, un public de jeunes apparemment conquis. »

Mais c'est ça ! Mais bien sûr ! Ça commence toujours comme ça ! L'état de grâce, une presse lèche-cul... jusqu'aux premières manifs et aux baisses des sondages.

Le journaliste fendit la foule pour aller interviewer Marc que Sarah ne quittait pas. C'en était trop. Jacques éteignit la télé en marmonnant :

– Tout ça n'est qu'une farce.

Thomas

– Docteur, après cette chimio, vous pensez que... ça sera bon ?

Le docteur Lopez, un jeune médecin mince et sec au visage hâlé, répondit tout en tapotant quelque chose sur son ordinateur :

– Vous m'avez déjà posé cette question la dernière fois.

Il leva la tête vers lui et lui dit de la même façon qu'on s'adresse à un enfant pour le raisonner :

– Monsieur Fournier, je vous le répète : oui, je pense que oui. Si vous suivez bien le traitement…

– Je le suis bien.

– Oui mais la dernière fois quand vous avez eu la diarrhée, vous vous êtes affolé.

– C'est-à-dire que ça ne s'arrêtait pas.

– Oui mais je vous ai expliqué, ça arrive, ça n'est pas grave…

– Oui, enfin, quand même.

– Ça s'est arrêté.

– Oui. Mais j'ai perdu trois kilos et mon taux de globules…

– Tout ça reste acceptable, ne vous en faites pas.

– Et les sensations de picotement et de froid dans les doigts ?…

– Les neuropathies. Vous les supportez ?

– Oui. Ça va…

– Bon. Pour les diarrhées, on va essayer que ça ne se reproduise plus. Pas autant. On va ajuster le dosage. Mais il faut continuer jusqu'au bout, il vous reste cinq séances. C'est important.

– Je suis d'accord. Je suis d'accord. Si vous pensez qu'après, je serai guéri.

– Alors, guéri, c'est un mot qu'on ne peut pas employer.

Thomas se décomposa.

– Ah bon ?

– Attendez, ne vous affolez pas. Vous êtes très anxieux, vous.

Thomas faillit lui rétorquer : « Vous en connaissez beaucoup des pas anxieux avec un cancer ? »

– Guéri, ça voudrait dire qu'on est sûrs à cent pour cent. Si on était sûrs à cent pour cent, on ne vous ferait pas de chimio.

Ce dont on est sûrs, c'est qu'on vous a enlevé cette tumeur et qu'il y avait cinq ganglions infectés mais, ce qui est plutôt bon signe, ils étaient situés autour de la tumeur, on peut donc penser que le cancer n'a pas eu le temps de se disperser ; mais pour mettre toutes les chances de notre côté, on vous fait faire cette chimio qui doit bien tout nettoyer et éliminer d'éventuelles cellules cancéreuses indétectables au scanner.

– Ça, je sais, vous me l'avez déjà expliqué.

– Vous me reposez la question.

– Ce que je voudrais savoir, c'est si, après la chimio, donc…

– Monsieur Fournier, faites-moi confiance.

– Je vous fais confiance.

– Alors, c'est très bien. Tout va très bien se passer et vous pourrez continuer votre vie comme avant. La confiance et le moral, c'est fondamental, vous savez.

– Oui, je sais.

– Et éviter le stress. Vous faire du bien. Bien manger. Faire du sport. Vous faites du sport ? Je ne dis pas en ce moment si vous êtes fatigué mais en temps normal…

– Je marche.

– C'est bien. Vous pourriez faire aussi un sport doux comme le yoga.

– Vous faites du sport, vous ?

Le docteur Lopez parut étonné qu'un patient se permît de lui poser une question personnelle. Il répondit tout de même :

– Oui, beaucoup. Du vélo, du jogging, de la natation.

– Vous êtes très sportif.

– Bon, vous êtes prêt pour votre séance ?

– Oui.

D'autres patients attendaient derrière la porte. Le docteur Lopez se leva pour conduire Thomas en salle de chimio.

– Alors, donc, ce que vous me dites, docteur, c'est que vous pensez que dans mon cas, après le traitement, je devrais être tiré d'affaire ?

Le docteur, pressé de faire sortir Thomas de son bureau, le prit par le bras et lui dit avec un petit soupir agacé :

– Monsieur Fournier, détendez-vous. Vous faites partie des patients pour lesquels on peut être optimistes et il n'y a rien qui nous fasse plus plaisir, je vous assure, que des patients qu'on peut traiter et, normalement, mener à une rémission complète.

– Une rémission complète, c'est la même chose qu'une guérison ?

– Oui, presque. (Lopez n'en pouvait plus de ce patient insistant.) Je suis désolé mais vous n'êtes pas seul. Il y a beaucoup de monde aujourd'hui.

Thomas le regardait d'un air implorant. Le médecin fit un dernier effort.

– Si je vous dis que vous avez quatre-vingts pour cent de chances d'être guéri…

– Quatre-vingts pour cent, fit Thomas, déçu.

– Je dirais même quatre-vingt-cinq pour cent. Mais vous savez bien qu'il faut cinq ans pour considérer qu'il s'agit d'une rémission complète. Mais ce ne sont que des statistiques. Chaque cas est différent. Il y a toujours des imprévus. C'est pour ça qu'on reste prudents. Mais mon pronostic, monsieur Fournier, est optimiste. Vraiment. Bon, allons-y, je vous accompagne en salle. Vous me suivez ?

Le docteur Lopez était sans doute très compétent mais il n'avait jamais dû – tant mieux pour lui – être atteint par une maladie grave, il respirait la bonne santé, il avait la tête d'un jeune marié. Il ne se rendait pas compte que les « normalement », les « statistiquement », les « on peut être optimistes » résonnaient aux oreilles du patient comme l'expression très angoissante de l'incertitude. « Mesdames, messieurs, bienvenue à bord. Ici votre commandant. Selon nos dernières statistiques, nous avons quatre-vingts pour cent de chances, allez, quatre-vingt-cinq pour cent, de ne pas nous écraser au cours de ce vol. Mais je suis optimiste. Normalement, tout devrait bien se passer. » En entendant une annonce pareille, quel passager se détendrait au fond de son siège ?

– Vous me suivez ?

En salle de chimio, les patients étaient installés sur des fauteuils inclinables espacés de deux mètres environ les uns des autres. Certains avaient leur conjoint ou un parent à côté d'eux pour leur tenir compagnie. Les infirmières changeaient les poches contenant les produits qu'on leur injectait, prenaient leur tension, leur offraient à boire ou à manger et, surtout, leur parlaient gentiment et leur souriaient.

Thomas se trouva ce jour-là à côté d'un homme chauve au teint cireux qui, après avoir rempli avec application sa grille de mots croisés, se mit à l'observer puis à lui parler. C'était la première fois qu'un autre malade s'adressait à lui. Les patients ne parlaient en général qu'avec leurs proches ou les infirmières.

– Vous êtes jeune.

– Pas si jeune que ça, j'ai quarante-huit ans.

– J'ai soixante-six ans. Vous pourriez être mon fils.

– Vous m'auriez eu jeune.

– J'ai eu mon fils à vingt ans. (Il précisa, comme si c'était important :) Il vit à Bordeaux. Il voulait venir. Je n'ai pas voulu.

– Je comprends. Moi non plus, je n'ai pas voulu que mes enfants viennent, dit Thomas.

En quelques minutes, ils se racontèrent l'essentiel de leurs vies. En face d'un inconnu, il peut être plus facile de résumer sa vie et surtout de formuler simplement ce que vous avez sur le cœur. Thomas parla le premier parce que l'homme était curieux et lui posait des questions. Il dit qu'il était divorcé, père de deux enfants de seize et dix-huit ans, historien et romancier, et maintenant vieux célibataire dont toutes les histoires tournaient court. Il était arrivé au milieu de sa vie avec l'impression de n'avoir pas réussi grand-chose et même plutôt raté et tout à coup, patatras, le milieu de sa vie en était peut-être déjà la fin et il découvrait qu'en fait, cette vie qu'il pensait assez insignifiante et dérisoire, il y tenait comme un fou, il l'aimait et il avait une peur bleue de… Il l'avoua en baissant la voix.

L'homme s'appelait Charles Delamare, commissaire de police, près de quarante-cinq ans de carrière et il travaillait encore, à la Direction centrale, sur le terrorisme. Il avait toujours adoré son métier. Il y a dix ans sa femme était morte d'un cancer. Pendant sa maladie, il avait voulu se mettre en disponibilité pour s'occuper d'elle. Elle avait refusé. Tant qu'elle l'avait pu, elle avait continué elle aussi de travailler. Elle était expert-comptable. Elle ne se plaignait jamais. Le soir, elle lui demandait de lui raconter ce qu'il avait fait dans la journée. Quand elle était morte, il s'était senti coupable. À présent, il comprenait qu'elle avait raison. Ni le malade ni ses proches ne doivent s'arrêter de vivre à cause de cette saleté de maladie. Il faut lui tenir tête, la repousser, la chasser, la vaincre. Et ne renoncer à rien avant d'avoir usé ses dernières forces. C'était ce qu'il pensait. On n'a qu'une vie.

Charles finit sa séance avant Thomas. En partant, il lui dit :

– On se bat, hein ? On ne lâche rien !

Et il leva un poing victorieux.

Jeanne

Il faisait chaud pour un début octobre. Elle était enfoncée, le dos rond, dans un transat, devant sa maison de brique aux volets vert clair que léchaient des rosiers. Elle gardait son verre de whisky incliné vers sa bouche sans avaler le liquide ambré qui lui brûlait les lèvres et Stéphane, sensible aux détails, se disait que ce geste amorcé mais inachevé exprimait malgré elle tout le malaise qu'elle ressentait. Elle fixait pensivement le coin de ciel par-dessus le toit de tuiles rouges où s'enfonçait entre deux grands immeubles un soleil brouillé presque gris. Quelque part derrière les maisons et leurs petits jardins, derrière les barres d'immeubles qui les encerclaient, Paris ronflait. Des pigeons claquaient des ailes sur une gouttière. La villa Santos-Dumont rappelait à Stéphane les petites rues du Villejuif de son enfance, en plus chic.

Jeanne but finalement une gorgée.

– Vous ne buvez jamais, vous ?

– Si, parfois.

Elle s'alluma une cigarette. Stéphane pour elle était un intellectuel et elle ne comprenait pas les intellectuels. Son savoir, son intelligence l'impressionnaient mais elle n'était pas à l'aise avec lui. Il lui semblait toujours sur la réserve, il ne se laissait jamais aller, il ne plaisantait pas, ne riait pas, ne participait pas aux fêtes. Après les bons résultats aux Européennes, il avait à peine bu une coupette et il s'était éclipsé. Elle qui avait tant fréquenté les boîtes, y compris homosexuelles, elle avait du mal à l'imaginer dans les nuits gay enflammées. On lui disait pourtant qu'il en était. Son garde du corps lui avait dit qu'il fréquentait un club de sport très prisé des homos près de République. Elle ne s'était pas demandé comment son garde du corps l'avait appris. Elle trouvait seulement que Stéphane avait quelque chose d'ambigu mais ils n'étaient pas assez proches pour qu'elle osât lui poser la question et, dans le fond, elle s'en foutait. Ce qui comptait, c'était que, depuis qu'il lui avait offert ses services, elle avait en suivant ses conseils gagné des électeurs et des points dans les sondages et renforcé son autorité à l'intérieur du Parti. Mais est-ce qu'il n'était pas en train de prendre trop d'ascendant sur elle ? Est-ce qu'elle avait eu raison cette fois de l'écouter et d'agir si brutalement ?

– Barillon et Toutefeux ont démissionné aujourd'hui.

Stéphane lui répondit tranquillement :

– Tant mieux. C'étaient de vieux fachos.

– Ils ont démissionné en solidarité avec mon père. Je l'ai appris par un tweet AFP.

– Vous direz que le Parti national, qui est un parti de rassemblement des Français du XXIe siècle, n'a que faire de vieux nostalgiques de Pétain et que tous ceux qui tiendraient encore des propos à connotation antisémite ou négationniste seraient systématiquement exclus – sous-entendu, bien sûr, comme votre père.

– Je me demande si on a bien fait sur la forme. Par médias interposés. Lui envoyer cette lettre d'exclusion et la donner en même temps à la presse et faire cette déclaration lapidaire.

– Vous ne vouliez pas le lui dire en face. Ni organiser une grande réunion du Parti parce qu'il aurait crié au procès stalinien. D'ailleurs, l'important, quand on prend une décision difficile, c'est d'aller vite et de frapper un bon coup. Et le but, ne l'oublions pas, c'est de marquer l'esprit des Français, qu'ils se disent qu'ils ont avec vous un nouveau Parti national, un parti débarrassé de son passé sulfureux, un parti respectable pour lequel ils peuvent voter.

– Oui, je sais, je sais, Stéphane ! On dirait que vous voulez me convaincre. Je suis convaincue. Mais c'est mon père quand même.

– Ça, je comprends. Moi, mon père… (Elle leva les yeux vers lui. Pour la première fois, il allait lui dire quelque chose de personnel.) Il était alcoolique, il faisait des scènes horribles et j'avais souvent honte de lui mais il y a eu aussi des bons moments et quand il est mort sous un pont à Aubervilliers, j'ai eu du chagrin.

Jeanne le regardait avec reconnaissance. Ils se comprenaient tout à coup et c'était ce dont elle avait le plus besoin.

– Mon père a quatre-vingt-trois ans.

– Je sais. Il est solide. Il est en bonne santé.

– Ma mère me reproche de ne pas le lui avoir annoncé directement.

– Votre mère… Son ex-femme ? Je croyais qu'ils étaient en très mauvais termes.

– Ils se sont rabibochés, maintenant, ils sont amis.

– Ah bon. C'est forcément compliqué compte tenu de votre histoire familiale mais il y avait un choix stratégique, n'est-ce pas ?

– Je sais.

– On a essayé de le garder, on a espéré qu'il ne ferait plus de sortie provocatrice.

– Je sais.

Jeanne s'était levée et fumait en marchant d'un bord à l'autre de son petit jardin. Aux fenêtres des maisons, les lumières s'allumaient.

– J'ai peur qu'il y ait d'autres démissions.

– Vous venez de marquer un grand point. Et surtout vis-à-vis de l'opinion. Votre père était une personnalité clivante.

– Mais… est-ce que ça suffira ?

– Vous voulez dire : pour être élue ? Bien sûr que non. Mais c'était un préalable indispensable, je vous l'avais dit dès qu'on s'est rencontrés. Maintenant, vous avez les mains libres. Ça va être à vous de convaincre les Français et je vais vous y aider en continuant d'affiner le discours et en ciblant de mieux en mieux les différents types d'électeurs, surtout les mécontents et les indécis qui pour l'instant n'oseraient pas encore voter pour vous. Il faut que le nouveau Parti national s'impose comme le parti de la protection des Français, celui qui va rendre aux Français le contrôle de leur destin.

Le portable de Jeanne réservé à ses appels personnels sonna. C'était sa fille Valérie qui lui annonçait qu'elle avait une soirée et rentrerait tard.

– Une soirée un jeudi soir ?

– À la fac, il y a souvent des soirées le jeudi.

– Pas de mon temps.

– Au Moyen Âge non plus.

– Très drôle. Je te rappelle que tu n'as que dix-huit ans. Tu comptes rentrer comment ?

– Comme d'hab'. En taxi.

– Tu as ta clef ?

– Enfin, maman !…

– Bon, pas trop tard, alors.

– T'en fais pas, maman. Au fait, maman, tu sais, mes potes… enfin, Gabriel, surtout, il me l'a dit (mais les autres pensent pareil, je crois), il trouve ça très bien que t'aies viré grand-père. Il a dit qu'il l'avait bien cherché à force de faire de la provoc', qu'en fait, grand-père ne supportait pas que tu diriges le Parti et que tu réussisses mieux que lui, et que pour toi, c'était un boulet.

– Et toi, tu en penses quoi ?

– Je pense aussi que tu as eu raison. Je te l'ai dit, maman. Je te l'ai dit ce matin.

– Ah oui, c'est vrai.

– Il a quand même quatre-vingt-trois ans.

– Bon. Bonne soirée.

– Bonne soirée, maman. Bisous.

Elle raccrocha, écrasa sa clope dans un cendrier qui débordait de mégots et dit à Stéphane qui attendait patiemment qu'elle ait fini sa conversation :

– Les copains de ma fille trouvent que c'était la bonne décision.

Stéphane eut un geste des bras qui signifiait : « Vous voyez. » Mais il sentait que Jeanne en doutait encore, qu'elle culpabilisait. Il avait obtenu d'elle un pas décisif. Il fallait lui laisser le temps de le digérer avant de la pousser plus loin. Un pas après l'autre.

– Si vous n'avez plus besoin de moi, Jeanne, je vais vous laisser.

– On se voit demain ?

– Neuf heures.

– Vous m'accompagnez à Toulon ?

– Je vous l'ai promis.

Elle resta seule dans son jardin, fuma encore une cigarette en parcourant ses mails sur son smartphone professionnel mais son esprit était ailleurs. Séverine, sa fidèle employée, vint la trouver avec une figure contrariée.

– J'ai pas voulu en parler quand vous êtes rentrée avec monsieur Baron…

Jeanne eut le pressentiment de ce qu'elle allait lui annoncer.

– Je ne sais pas ce qui s'est passé, madame. D'habitude, Cloclo et Jaguar restent dans les jardins ou dans l'impasse. Ils connaissent les voitures. Mais là, Jaguar est allé au bout de la rue et s'est fait écraser. C'est madame Dos Santos qui l'a trouvé.

Jeanne s'était décomposée. Jaguar, le cadeau de son père ! Jaguar : le premier chat auquel elle a donné un prénom en J comme le sien !

– Où il est ?

– Je l'ai mis dans un carton devant la cuisine.

Jeanne s'y précipita, suivie par Séverine.

– Les enfants sont au courant ?

– Seulement Yannick. Je n'ai pas vu Valérie.

La petite bête gisait au fond du carton. Papa me l'a offert quand j'ai quitté la villa Montmorency pour m'installer ici. Il y a trois ans… Trois ans !

– Et Cloclo ?

– Il dort dans votre chambre.

– Il l'a vu ?

– Non.

Jeanne se mit à pleurer. Puis, elle se moucha, respira profondément, s'essuya les yeux. Séverine restait près d'elle.

– C'est vraiment triste. (Après un temps, elle demanda :) Qu'est-ce que vous voulez que je fasse, madame ? J'appelle le vétérinaire ?

– Non. On va l'enterrer là. J'ai toujours enterré mes chats à côté de la maison.

– Vous voulez qu'on l'enterre maintenant ?

– Oui.

Elle partit tout à coup comme une somnambule chercher dans la cave une pelle et une pioche et elle se mit à creuser au pied d'un bouleau derrière la cuisine. La terre était dure mais elle s'acharnait, raclait, grattait, creusait furieusement. La mort de son chat la frappait comme un mauvais présage. Elle avait l'impression qu'elle était punie, tout en repoussant cette idée et en se répétant qu'il ne fallait pas être superstitieuse. Punie par qui ? Pour quoi ? Complètement con ! Jeanne !

Ses téléphones sonnèrent plusieurs fois. Elle les avait laissés sur la table du jardin devant la maison. Elle n'alla pas répondre. Au bout d'une demi-heure, elle était en nage mais elle avait creusé un trou assez profond pour y déposer Jaguar. La nuit était tombée, les ombres s'allongeaient sous les buissons. On entendait des bruits de couverts, des voix. « Si, Julien, tu débarrasses, tu rends service, tu mets les assiettes dans le lave-vaisselle. Tu m'entends, Julien ? – Bon... d'accord... – Et tout de suite, maintenant ! – Ça va, cool, détends-toi ! »

Jeanne était en train de jeter des pelletées de terre quand quelqu'un sonna à la porte du jardin. Séverine alla voir qui c'était. Derrière la porte de fer se tenait la silhouette voûtée de Georges Dolman. Séverine, embarrassée, bredouilla :

– Bonsoir, monsieur. Attendez, je... je vais prévenir madame.

Sans attendre, Georges entra dans le jardin et monta la volée de marches qui conduisait à la maison. Il avait du mal à se déplacer et soufflait beaucoup. Pendant ce temps, Séverine prévenait Jeanne.

– Pourquoi vous lui avez dit que j'étais là ?

– J'étais surprise, alors... Je suis désolée.

– Fallait lui dire que je n'étais pas...

À cet instant, depuis la porte de la cuisine, Georges s'écria :

– Tu as peur de me voir ? Tu as peur de m'affronter en face ? Ah ! Le courage ! Le courage, ça a toujours été ton fort, hein ?

Jeanne s'était immobilisée, sa pelle à la main. Elle fixait son père sans pouvoir dire un mot. Elle était en panique.

– Qu'est-ce que tu fous ? Tu jardines ?

– J'enterre mon chat.

– T'en as plus qu'un ?

– J'en avais deux.

– Ça va, alors. Il t'en reste un. Moi, j'avais deux filles. Il ne m'en reste plus aucune.

– C'est tout ce que tu as à me dire ?

– Il est mort comment, ton chat ?

– Il s'est fait écraser. C'est celui que tu m'avais offert.

– Ah oui ? Il s'est suicidé ? Par solidarité ?

– Va-t'en. J'ai pas envie de te parler.

– Ah mais moi, j'ai envie de te parler. Pourquoi tu crois que je suis venu ?

– Tu es chez moi, je te signale. Alors, tu t'en vas.

Georges ricane.

– Une fille qui a vécu plus de quarante ans chez son père et qui s'est acheté sa baraque grâce à l'argent de son père ! Mais t'es comme ta sœur. J'aurais dû m'en douter. T'es qu'une sale ingrate. Deux gosses gâtées qui n'ont jamais su ce que c'est que de se battre vraiment et qui, en plus, se prennent pour quelqu'un !

– Tu n'as jamais supporté que je réussisse mieux que toi. C'est pour ça que tu as passé ton temps à essayer de me rabaisser et de me déstabiliser et à faire tes sorties nauséabondes dans la presse. Pour me nuire.

– Pas du tout. Parce que tu crois peut-être que ce que je dis, je ne le pense pas ? Mais tout ce que je dis, je le pense. J'ai toujours été un homme politique sincère, moi.

Jeanne s'aperçoit qu'ils se parlent dehors et que les voisins peuvent les entendre. Elle rentre dans la maison et va dans le salon. Son père la suit sans interrompre sa logorrhée.

– Je dis des vérités qui dérangent, c'est tout. Toi, t'es qu'une bobo de gauche, dans le fond, gavée de Saint-Germain-des-Prés et de vacances en Corse. T'es pour le mariage homo et t'es pas loin de penser que les Noirs et les Arabes, à part quelques exceptions fanatiques, sont de bons Français comme nous.

– En vieillissant, tu deviens de plus en plus caricatural ou alors, tu ne sais plus ce que tu dis.

– Je sais très bien ce que je dis.

– Alors, c'est pour ça qu'on t'exclut. Tu n'as plus ta place dans le Parti.

– C'est mon parti ! Tu m'exclus de mon parti, que j'ai inventé, que j'ai construit pendant cinquante ans ! C'est moi qui t'ai mise là, qui t'ai choisie, qui t'ai tout appris, et tu me vires ! De quel droit ? Tu te prends pour qui ? Un petit dictateur ? Tu n'as même pas demandé un vote des militants. Parce que tu sais très bien que c'est mon parti et que les gens m'aiment, que c'est moi le chef, le vrai, le vieux chef, qu'ils aiment.

– Calme-toi, papa. Tu as quatre-vingt-trois ans. C'est normal que tu partes.

– Mais tu me vires !

– Tu n'avais qu'à pas te comporter comme ça.

– Je suis ton père. Tu n'as pas à me parler comme si j'étais ton enfant et que tu pouvais me gronder. Les enfants n'ont pas le droit, tu inverses les rôles.

– C'est un choix politique. On peut arriver au pouvoir. Mais on ne peut pas avec un homme qui fait des saillies racistes tous les quatre matins.

Jeanne lui avait répliqué avec assurance et s'en étonnait elle-même. Elle voyait devant elle un vieil homme qui bavait en parlant. Elle en avait presque pitié. Elle n'avait plus peur de lui. Enfin.

Son père tremblait de rage. Il s'appuyait à un meuble. Il rugit encore :

– Tu fais semblant de croire que tu vas y arriver. Tu n'y arriveras jamais. Tu n'as pas le caractère pour ça. Tu es influençable et beaucoup trop émotive et soupe au lait. Tu n'as pas confiance en toi. Moi, je le sais. Et tu es très mal entourée. Tu es tombée sous l'emprise de cette tapette et après, tu te laisseras séduire et mener par le bout du nez par un autre qui saura te flatter et te séduire. J'étais le seul qui osait te parler franchement, te dire la vérité. C'est pour ça que tu me vires. J'aurais jamais dû te choisir. Tu n'étais pas mon premier choix, d'ailleurs, c'était ta sœur mais, elle, elle voulait filer le Parti à son mec, à ce grand bellâtre braillard de Hugues ! J'aurais dû laisser le Parti mourir avec moi plutôt que de le voir se diluer comme une mauvaise soupe. Tu ne seras jamais élue, Jeanne, jamais ! Tu pètes beaucoup plus haut que ton cul !

Il était essoufflé, fatigué, le visage ulcéré. Ses yeux bleu pâle flageolaient derrière ses grosses lunettes.

– Tu as fini ?

– Je ne t'aime pas, Jeanne. Je ne t'aime plus. L'amour, ça se mérite. Pourquoi je t'aimerais ? C'est toi qui aurais dû m'être reconnaissante et me prouver ton amour. Tu ne m'aimes plus. Moi non plus. Moi, quand on ne m'aime plus, j'arrête d'aimer.

Elle faillit lui répondre qu'il était tellement égoïste qu'il ne pouvait même pas imaginer ce que c'était qu'aimer vraiment quelqu'un. Mais elle ne voulait pas le relancer.

– Bon. C'est bon, cette fois ? Tu as tout dit ?

– Je te pardonnerai jamais.

Il la regarda d'un air plus désemparé que furieux. Il ne savait plus quoi dire. Il lui tourna le dos et passa dans l'entrée. Sur le seuil, avant de s'en aller, il lui jeta d'une voix funèbre :

– Salut.

Elle vint à la porte le regarder partir. Il descendait difficilement les marches en se tenant à la rampe. Ses chaussures vernies luisaient. Elle se rappela qu'il avait des petits pieds pour un corps si imposant et qu'il était venu aussi à l'improviste quelques années plus tôt lui proposer de prendre sa succession…

Il sortit lentement du jardin et entreprit avec peine de s'installer dans sa voiture dont son vieux chauffeur lui tenait la portière ouverte.

C'est alors que Jeanne murmura, sachant qu'il ne pouvait l'entendre :

– J'essaierai de me souvenir de toi comme de mon père, l'homme que j'ai pu aimer et admirer quand j'étais petite.

Charles

Dans le salon d'attente de l'Élysée baigné de lumière tamisée, le majordome du président de la République débarrassait de leurs manteaux, tour à tour, François Bayard, le directeur général de la police nationale, Lucas Prieur, le nouveau directeur de la DGSI, Alexandre Alphand, celui de la DGSE, et enfin Charles Delamare.

– Vous gardez votre chapeau ?

– Ah, pardon, dit Charles en découvrant son crâne chauve et en tendant son feutre vert.

En vérité, il avait froid. Il avait tout le temps froid, à présent. Pourtant, il faisait bon dans le salon et dehors, la nuit d'automne était douce. Il enfouit les mains dans les poches de son pantalon pour se les réchauffer. Le matin, devant sa glace, il étalait soigneusement une crème teintée sur son visage, son cou et son crâne pour masquer la pâleur jaunâtre de sa peau. Tout au long de sa vie, il avait cultivé l'art du secret et de la dissimulation. Jamais il n'avait autant tremblé d'être découvert.

Jusqu'ici, tout semblait bien se passer. Il n'avait pas remarqué de regard particulier. Il était libre de son emploi du temps et n'avait pas de peine à cacher ses séances de chimio. Pour son opération, il avait invoqué un mauvais rhume. Il s'était absenté cinq jours, week-end compris. Il savait que si quelqu'un à la DGSI venait à apprendre qu'il avait un cancer, il serait aussitôt mis à la retraite.

Il finissait sa carrière directeur adjoint. Il redoutait le jour où il devrait partir. Partir… Ne plus voir, ne plus entendre, ne plus savoir, ne plus être au cœur de la vie du monde… Partir… Le plus tard possible, mon Dieu !

Lucas Prieur lui avait demandé de l'accompagner car il venait d'être nommé et ne maîtrisait pas encore tous les dossiers. Charles était le plus ancien dans la maison. Il avait besoin de lui. Il n'était pas un homme de l'art mais un jeune préfet de quarante-deux ans, camarade de promotion du président de la République à l'ENA. Une brillante mécanique intellectuelle, selon le portrait qui venait de paraître dans *L'Express*, passionné par les questions de sécurité, mais pas un spécialiste du renseignement.

Frédéric Legrand les reçut autour d'une grande table de réunion ovale en marbre blanc, en compagnie de son conseiller sécurité, du ministre de l'Intérieur et du ministre de la Défense. L'objet de la réunion était dans son intitulé, choisi par le conseiller : l'état de la menace. Le président faisait diffuser des huiles essentielles dans son bureau, un mélange de menthe et de lavande, et Charles, qui observait les gestes vifs de ce jeune homme, se dit que cela allait bien avec son teint frais et l'éclat de ses yeux. Le président était charmant. Il était heureux. Les deux ministres lurent leurs notes qui insistaient sur les formes nouvelles du terrorisme islamiste à travers le monde, l'augmentation du trafic d'armes favorisée par la multiplication des conflits et, enfin, les cyber-menaces. Les patrons des services secrets apportèrent des précisions chiffrées. La DGSE s'inquiétait du durcissement de la guerre économique entre la Chine, les États-Unis et l'Europe, qui se traduisait en particulier par une intensification de l'espionnage des Chinois et des Américains sur le territoire français. Selon Alexandre Alphand, la lutte pour la suprématie économique, en raison de l'accélération vertigineuse des changements technologiques, n'avait jamais été aussi violente, au point – ce qui constituait une rupture majeure depuis la fin de la Seconde Guerre mondiale – qu'il ne fallait plus considérer l'Amérique comme notre alliée mais comme une rivale prête par tous les moyens à conserver sa place de leader mondial que la Chine risquait de lui prendre. Alphand estimait que tous les espoirs d'un apaisement suscités par la fin du communisme soviétique et par la libéralisation de l'économie chinoise avaient volé en éclats. Les foyers de tensions et de violences se multipliaient sur la planète et l'internet était devenu un terrain de guerre. Reprenant la conversation préparatoire qu'il avait eue avec Charles, Lucas Prieur parla des hackers russes qui prouvaient qu'ils étaient capables de pirater et de paralyser une usine ou une chaîne de télévision. C'étaient les nouveaux soldats du pouvoir russe qui avait pris dans ce domaine une avance importante. Prieur souhaitait des moyens pour recruter et former des spécialistes. Le président dit qu'il était conscient des enjeux et demanda aux deux ministres de lui soumettre rapidement des propositions budgétaires concrètes. La défense et la sécurité étaient des priorités nationales. Il avait moins peur des Russes que des Chinois. « Les Russes bombent le torse et font du bruit, à la russe, mais les Chinois sont beaucoup plus dangereux. Ils nous mangent avec le sourire. »

Charles sentait que le président jouissait du sentiment

d'être celui qui tranchait, pouvait dire oui ou non. « Ce qui me préoccupe le plus, c'est les effets psychologiques tragiques que pourraient avoir de prochaines attaques terroristes. Je pense au tourisme et aux investissements dans le pays mais aussi aux conséquences politiques. Une série d'attaques, c'est ce qu'attend Jeanne Dolman. Donc, la lutte contre l'islamisme, c'est la priorité absolue. »

Charles saisit cette remarque pour intervenir.

– Si vous me permettez, monsieur le Président…

– Je vous en prie. D'ailleurs, vous êtes ici parmi nous celui qui en sait le plus, je crois, ajouta très aimablement le président. Lucas m'a dit que vous êtes la mémoire vive du contre-espionnage français.

– Absolument, dit Lucas Prieur. Quarante-cinq ans de services.

Charles pensa : oui, vous n'étiez même pas nés quand j'y travaillais déjà.

– Nous vous écoutons.

– Je voulais juste rebondir sur ce que vous avez dit, monsieur le Président. Vous redoutez à raison les conséquences électorales d'actes terroristes. La menace a beaucoup changé depuis le 11 Septembre, depuis que le terrorisme a remplacé dans l'imaginaire des pays démocratiques la peur du communisme. Le terrorisme est perçu comme un danger mondial, l'équivalent symbolique d'une menace totalitaire, la menace des menaces, et, à chaque fois qu'au nom de l'islam un crime est commis, ça supplante tout autre événement dans les médias. C'est la grande peur, le mal absolu, et aucun homme politique ne pourrait se permettre d'en relativiser la portée. Pour les islamistes, c'est un encouragement extraordinaire à poursuivre les actions terroristes. Le retentissement d'une seule action compense largement la faiblesse de leurs moyens.

Autour de la table, tout le monde le regardait avec surprise. François Bayard n'en croyait pas ses oreilles.

– Qu'êtes-vous en train de nous dire, Delamare ? Qu'on exagère la menace ?

– Non. La menace terroriste est là. On peut même dire sans grand risque de se tromper qu'il y aura de nouveaux attentats. Il y en aura inéluctablement, compte tenu de ce qui se passe. Mais il y a autre chose, c'est qu'en donnant au terrorisme une telle résonance médiatique, ce que tous les pays ont fait depuis le World Trade Center, ce que la politique américaine a fait au premier chef en parlant de guerre de civilisation, on a favorisé les divisions entre communautés, la radicalisation des communautés au sein des démocraties, et ça dépasse le simple problème du terrorisme islamiste. Ce qu'on constate aujourd'hui en France, et c'est là-dessus que je voudrais vous alerter, monsieur le Président, c'est qu'il y a un réel danger de fractionnement, d'explosion même de la société française, et d'affrontements violents entre différents groupes, en particulier entre les musulmans et les nationalistes qui se considèrent comme des Blancs de souche et qui veulent réaffirmer leurs origines chrétiennes. Et ces risques sont identifiés et exploités à l'extérieur par nos ennemis, via Internet, en particulier par le régime de Vladimir Poutine qui cherche à exploiter les failles des démocraties européennes pour les affaiblir et les diviser, ce qui est une façon pour lui de renforcer son propre pouvoir. Aujourd'hui, les trolls russes poussent sur les réseaux sociaux toutes les formes de messages qui incitent à la haine et à la violence entre les différentes communautés. Donc, monsieur le Président, en résumé, la première menace selon moi, c'est celle-là : l'exacerbation des tensions entre les Français, nourrie par des actions violentes islamistes et nationalistes. Si ce ne sont plus seulement des extrémistes qui s'affrontent mais, au-delà d'eux, les communautés qu'ils prétendent représenter, alors, la France s'embraserait et ça mettrait en péril la paix civile et nos institutions.

– Vous forcez un peu le trait, non ? dit le ministre de l'Intérieur.

– Non, monsieur le ministre, répondit Charles.

Le président tapa un petit coup de sa main gauche sur le marbre blanc.

– Quelles preuves avez-vous de ce que vous avancez ?

– On a un faisceau d'indicateurs. Les posts, les tweets sur les réseaux. Un certain nombre d'actions violentes de l'extrême droite. Rappelez-vous la tentative d'assassinat de Jacques Chirac et, plus récemment, vous-même, monsieur le Président, étiez visé. Il y a aussi les dégradations dans les cimetières juifs et musulmans.

– Et chrétiens ! intervint François Bayard.

– Et chrétiens. Les heurts entre communautés se multiplient. Nous avons jusqu'ici heureusement réussi à déjouer la plupart du temps les projets les plus violents.

Charles vit que le président ne le prenait pas vraiment au sérieux.

Lucas Prieur dit :

– On ne peut quand même pas comparer le danger de la mouvance djihadiste avec celui des petits groupuscules d'extrême droite.

– Ce qui m'inquiète, c'est le choc des deux. La logique qui est à l'œuvre.

– C'est votre impression, monsieur, dit le ministre de l'Intérieur, mais ça n'est pas une réalité. J'ai l'impression que vous êtes sorti un peu de votre champ de compétence.

– Je comprends que vous ayez votre point de vue, dit le président, et je l'entends.

– Je fais une analyse à partir des données du renseignement, monsieur le Président.

– Oui mais je ne partage pas votre analyse qui me paraît exagérément pessimiste. Les services de renseignement ne sont pas – Dieu merci, d'ailleurs ! – le seul poumon de la société. Nous disposons des études d'opinion, des travaux des sociologues, des remontées de terrain des syndicats, des associations, du travail des journalistes, etc. Et même des élections. On prédisait une grande vague populiste et j'ai été élu. Il y a un mouvement fort et c'est dangereux et j'en suis conscient mais c'est moi qui ai été élu et largement sur des idées positives, des valeurs de confiance, d'ouverture, sur une aspiration profonde des Français à la concorde, à la paix sociale, bref, sur un projet optimiste et rassembleur. Il faut répondre au besoin de sécurité des Français, il faut lutter contre l'islamisme et tous les extrémismes pour faire barrage au Parti national mais franchement, il ne faut pas paniquer. On est très loin de la guerre civile. Je comprends votre inquiétude. Avec le prisme qui est le vôtre. Vous ne voyez que les menaces. Mais il ne faut pas prendre ce qu'on étudie au microscope pour la totalité de la surface terrestre, si vous voyez l'image.

Les autres rirent. Le ministre de la Défense reprit la parole puis le directeur dc la police puis le conseiller du président et la conversation roula encore une demi-heure sans que Charles intervînt à nouveau.

À la fin de la réunion, il repartit seul. Son patron dînait avec le ministre de l'Intérieur et François Bayard. Lui n'avait pas été convié. Il comprit en leur serrant la main qu'ils lui reprochaient tous d'avoir tenu un discours aussi alarmiste au président. Finalement, ce ne serait pas sa maladie qui lui vaudrait de partir à la retraite…

Il entra dans une brasserie et commanda une salade César.

La sauce de la salade le dégoûtait. Il n'avait pas faim. Plus rien n'avait bon goût avec cette chimio. Il rentra à pied jusque chez lui avenue de Villiers. Il alluma la télévision et regarda les infos. Il songea qu'il n'avait pas parlé avec son fils depuis deux semaines. Il l'appela en essayant de se le représenter à l'autre bout du fil dans son appartement à Bordeaux. Il n'y était allé qu'une fois un week-end depuis la mort de sa femme. Une fois en dix ans. Il ne savait pas quoi dire à son fils. Moins on se voit, moins on se parle et moins on a de choses à se dire. Il lui demanda s'il allait bien. Deux, trois questions sur les enfants – ses petits-enfants… – qu'il ne connaissait pour ainsi dire pas, puis les questions sur le travail. Son fils était directeur des services de la mairie de Bordeaux.

– Et toi, papa ? C'est surtout toi. Comment ça va ?

– Ça va.

– Ton traitement ?

– Ça va.

Il sentait que son fils aussi se forçait, peut-être avec une pointe de culpabilité parce que lui non plus n'avait pas appelé depuis quinze jours.

– Je pense à toi, tu sais, papa. Je voulais te téléphoner mais le temps file tellement vite.

– Je sais, ne t'en fais pas.

– Je te promets que c'est moi qui t'appelle la prochaine fois. Je te rappelle ce week-end tranquillement.

– D'accord, mon vieux.

En raccrochant, Charles se dit qu'il ne pouvait s'en prendre qu'à lui-même s'il n'avait pas de vraies relations avec son fils.

Il traversa son appartement que les réverbères de l'avenue éclairaient suffisamment pour ne pas avoir besoin d'allumer. Le parquet grinçait. Il y avait cette vieille latte cassée depuis des années près de la table de la salle à manger qu'il n'avait jamais fait réparer. Sa vie entière n'avait été qu'une vie de flic. Le président avait raison : il n'avait vécu et n'avait vu la vie qu'à travers l'œil de son microscope.

Clara

Elle se détendait, assise en tailleur sur son canapé. Léo dormait. Les voisins du dessus recevaient du monde. Elle entendait tambouriner des pieds au plafond, par moments des éclats de voix et de gros rires. Elle avait enfilé son jogging noir après sa douche. Elle sentait bon. Les boucles de ses cheveux roux mouillés lui caressaient la nuque. Elle aurait volontiers fait l'amour. Elle suivait vaguement les infos sur BFM en avalant une soupe de légumes en boîte. Le journaliste annonça : « Il s'est passé quelque chose… Une fusillade dans le 10e arrondissement… » et en même temps, un bandeau s'affichait sur l'écran : « Fusillade dans le 10e arrondissement. » Le journaliste répéta : « Fusillade en cours… un attentat… Je… je prononce attentat sans savoir si c'est un attentat… » À l'antenne, depuis son téléphone, un autre journaliste dont la voix est couverte par des sirènes d'ambulances : « La fusillade est en cours. On a vu des flaques de sang par terre. La scène est horrible. La fusillade a lieu près d'un café… à l'intérieur d'un café… » En même temps, sur l'écran, une image fixe Google Earth de l'est de Paris. Nouvel appel à l'antenne : un témoin parle d'une autre fusillade dans une autre rue, un autre café, un restaurant… Nouveau bandeau : « fusillades » (au pluriel). Et soudain une image de policiers et de pompiers devant le Bataclan. « Une autre fusillade aux abords du Bataclan. » « On apprend à l'instant que plusieurs explosions ont retenti aux abords du Stade de France. » Clara, debout devant sa télé, n'a qu'une idée en tête : foncer à l'hôpital. Elle appelle, on lui répond : « Oui, viens, il y a des blessés par balle. » Elle raccroche. Que faire de Léo ? Ce soir, Audrey, la jeune fille au pair anglaise qu'elle a depuis la rentrée scolaire et loge chez elle, est sortie avec des amis. Elle l'appelle, tombe sur sa messagerie, s'agace, lui envoie un SMS : « Call me and come back please very urgent » puis elle enfile ses baskets, son manteau, prend son sac à main, ses clefs, dévale l'escalier de l'immeuble quatre à quatre et sonne et tambourine à la porte de la gardienne qui comprend dès qu'elle la voit.

– Ne vous en faites pas, madame Keller, je reste chez vous jusqu'à ce qu'Audrey revienne. Elle n'était pas là-bas, au moins ?

– Je ne sais pas.

Elle fonce à son parking dans la rue voisine. L'air est assez doux, la nuit prune au-dessus des toits. Audrey la rappelle.

– Ça va ? You are fine ?

– Yes.

– Where are you ?

– Saint-Germain.

– You heard about the attacks ?

– Yes.

– I have to go to the hospital.

– Of course, I understand.

– You come back ?

– Yes.

– Mrs Billard is at home for Leo. She waits until you come back.

– Don't worry, madam, I'm on my way.

– Merci, Audrey.

Elle allume la radio dans sa voiture. « Attentats terroristes en ce moment à Paris et au Stade de France… On vient d'entendre des tirs, des explosions… Les hommes de la BRI seraient sur place. Très difficile de savoir exactement. Ils ont bouclé le quartier. Allô, Fabien ? Vous m'entendez ? Qu'est-ce que vous entendez ? Une déflagration. Des déflagrations. C'est très difficile de vous dire ce qu'il se passe. On est repoussés de plus en plus loin par la police… »

Elle conduit en entendant les voix excitées des journalistes, des témoins paniqués. En même temps, la Rive gauche lui paraît curieusement calme. Quelques voitures, des taxis, un bus, mais presque aucun piéton, sauf en bas du boulevard Saint-Michel et sur la place devant la fontaine. En revanche, de l'autre côté de la Seine, place du Châtelet, les véhicules s'agglutinent, des gyrophares tournent, des sirènes retentissent. Clara prend la file des bus. Des policiers l'arrêtent. Elle dit qu'elle est chirurgienne à Saint-Louis et qu'elle doit y arriver le plus vite possible. Un policier à moto offre de lui ouvrir la voie. À peine cinq minutes plus tard, en passant par la gare de l'Est, ils sont arrivés. Elle n'a jamais mis si peu de temps. Elle abandonne sa voiture dans l'allée centrale près du hall d'accueil. Pendant qu'elle conduisait, son smartphone a vibré plusieurs fois dans son sac. Elle a reçu des SMS de sa mère, de sa sœur, d'une amie qui lui demandent où elle est, si elle va bien. En marchant, elle répond : « Ça va. Je suis à l'hôpital. » Ses pas résonnent sur le dallage blanc de la grande nef centrale qui est aussi vide et tranquille que par une nuit ordinaire, ce qui la surprend encore plus que le calme de la Rive gauche, mais le plus saisissant est ce silence d'église quand elle arrive aux urgences. Elle s'attendait à des cris, des pleurs, du sang. Il n'y a que le sang. Des corps ensanglantés sur des brancards. Une jeune femme au visage et au chemisier blanc couverts de sang. Et le personnel, nombreux, plus nombreux que d'ordinaire. Des têtes qu'elle ne connaît pas toutes, qui s'affairent autour des blessés. Premier examen rapide puis on les conduit aux ascenseurs, vers la salle de triage et de réveil au deuxième étage. La clientèle habituelle des urgences attend sagement sur les fauteuils et regarde avec des yeux médusés les victimes qui passent, les civières alignées, les traces de sang sur le sol. Une seule personne s'affole, un homme debout devant le comptoir de l'infirmière régulatrice. Elle lui intime l'ordre de retourner s'asseoir.

Clara file au vestiaire, passe une blouse, prend une charlotte, un masque, des chaussons. Elle exécute ces gestes sans précipitation comme elle le fait chaque jour mais un frisson électrique la parcourt. Elle sait qu'elle va faire cette nuit des opérations qu'elle n'a encore jamais faites. Inattendu. Urgence. Faire face. Être à la hauteur.

En salle de réveil, une vingtaine de médecins, infirmiers, aides-soignants examinent, pansent, perfusent, préparent les blessés et posent quelques questions à ceux qui peuvent parler. Clara voit un jeune homme dont la moitié du visage a été arrachée. L'œil dans la moitié intacte de son visage la fixe sans exprimer rien, tel l'œil d'une statue. Un autre jeune homme dont l'abdomen, les jambes et un bras sont criblés de balles dit à une infirmière :

– Ça doit être dur pour vous aujourd'hui.

Près de lui, une jeune femme (ils sont presque tous jeunes) consulte son smartphone comme si de rien n'était alors que son flanc droit est transpercé. Tous sont d'un calme stupéfiant, tous semblent ailleurs, indifférents, inconscients de ce qui leur est arrivé. Ils ne disent pas qu'ils souffrent alors que leurs plaies sont terribles. État de choc. Un homme un peu plus âgé que la moyenne est pris de forts tremblements.

– J'ai froid.

Mathieu, l'anesthésiste qui supervise la salle, dit à une infirmière :

– Augmentez les doses, vite. Il faut l'opérer tout de suite. C'est un choc hypovolémique.

L'homme a une plaie qui saigne abondamment au niveau du nombril. Il est aussi blessé à l'épaule et à l'oreille.

– Tu peux t'en occuper ? demande Mathieu à Clara.

Elle passe au bloc avec deux infirmières et un anesthésiste. Éventration, stopper l'hémorragie, urgence vitale. Sous la lampe, elle incise, repère les blessures, dégage progressivement les organes. Le secouriste qui est intervenu sur le lieu de l'attentat a placé dans le ventre une compresse grossièrement faite avec une serviette de table en tissu pour tenter de créer un point de compression sur l'artère qui a été touchée par une balle. L'intestin aussi est perforé. Clara, secondée par les infirmières, ne perd pas une seconde. Il faut désinfecter, nettoyer, retirer la balle, cautériser, suturer tout en hydratant et transfusant le patient qui a perdu beaucoup de sang. Pouls très faible. Sa vie ne tient qu'à un fil. Les mots brefs habituels : compresse, Betadine, pince, bistouri. Un regard à l'anesthésiste. Comme d'habitude encore mais jamais elle n'a senti une telle concentration, une telle fusion au sein d'une équipe. Littéralement une communion. Elle éprouve pour ces deux femmes et cet homme qui l'entourent un sentiment de reconnaissance et même d'amour. Un chirurgien plasticien la rejoint pour les blessures à l'oreille et à l'épaule, heureusement plus superficielles. Ouf ! Une première victime sauvée !

Toute la nuit et jusqu'à la fin de la matinée, elle opéra ainsi dans sa bulle de lumière et de silence, sans avoir sommeil, sans voir le jour se lever, sans manger, buvant seulement quelques verres d'eau entre deux opérations. Toute la nuit ses mains de robot dans les chairs déchiquetées fouillèrent, méticuleuses et patientes. Six corps, six vies entre ses mains et pour finir, et pour finir… six vies sauvées et, surtout, aucune vie perdue !

Elle sortit du bloc fourbue, la tête vide. Elle remercia son équipe. En salle de réveil, elle vit trois patients qu'elle avait opérés. Une femme pleurait parce qu'elle avait réclamé son mari et qu'il avait fallu lui dire qu'il était mort. En bas, aux urgences, certains étaient venus à la recherche de leurs proches. Étaient-ils ici ? Savait-on où peut-être ?… dans quel hôpital… ils pourraient les trouver ? Essayez la Pitié, Saint-Antoine, Pompidou ? Appelez ce numéro. C'est le numéro national… Regards graves et suppliants.

Dans les couloirs, dans le grand hall central au toit de verre régnait l'activité normale d'un samedi matin. Les soignants, les malades, les visiteurs se croisaient comme des voyageurs dans une gare. Des gens faisaient la queue devant les guichets. La machine à café vrombissait. Les magazines colorés s'étalaient en devanture du kiosque à journaux. Mais tout à coup, elle vit les unes des quotidiens en lettres géantes, Guerre – Massacre – Carnage…, et elle s'arrêta pour acheter un journal. Que s'est-il passé ? Elle n'avait pas eu le temps de mettre du sens sur les mots qu'elle avait entendu prononcer cette nuit. Plus de cent morts au Bataclan. Attaque en série. Au moins six endroits attaqués. Des centaines de blessés. Ces mots, même à présent, restaient pour elle vagues et comme irréels, c'est-à-dire sans rapport sensible avec ce qu'elle venait de vivre ici. Les blessés dans la salle de réveil, ceux qu'elle avait opérés, elle les voyait, c'était une réalité : leur calme, leur sidération, leurs blessures… et la conscience qu'elle avait en les opérant, plus vive que jamais, de la fragilité de la vie humaine… et l'émotion qu'elle refoulait à la pensée que ces personnes auraient pu être ses proches… (D'ailleurs, est-ce qu'ils vont tous bien ?) Mais les mots énormes et terrifiants en une des journaux lui semblaient parler d'autre chose qu'elle ne pouvait se représenter. Que s'est-il vraiment passé ?

Elle appela Audrey.

– Tout va bien.

– Je vais bientôt rentrer.

– Ça va, madame. *Don't worry.* On joue à Playmobil, *right ?*

– Super.

– *Yes. And we're gone watch* Cendrillon. Il a demandé.

– Super. Alors, je rentre. À tout à l'heure.

Elle marchait vers sa voiture. Le soleil jouait sur les baies vitrées du hall. Elle sortit sur le parvis. Sa voiture était garée dans l'allée centrale près du vieux puits. Elle s'arrêta soudain comme désemparée, déboussolée. Tout était allé si vite. Si vite. Elle respira l'air frais, tourna la tête vers le soleil qui brillait doucement sous un voile de brume et caressait les feuilles jaunes et rousses des arbres de l'hôpital.

Quelqu'un l'appela.

– Docteur ?

Elle reconnut le visage d'un de ses patients. Il s'approcha en souriant et lui tendit la main.

– Thomas Fournier. Vous m'avez opéré au printemps.

– Ah oui. Bonjour.

Elle se demandait ce qu'il lui voulait. Il était assez pâle et maigre. Chimio. Il a un sourire charmant.

– Vous avez opéré cette nuit ?

– Oui.

– Vous devez être fatiguée.

– Ça va.

– Ça a dû être très éprouvant.

– Assez. Vous êtes hospitalisé ?

– Non. Je suis venu pour mon cycle de chimio. Le dernier. J'ai fini. Je suis content.

Il a une expression si chaleureuse. Il est touchant.

– Vous avez sauvé des vies…

– J'ai juste fait mon travail.

– Je savais que vous alliez dire ça. Mais c'est tout de même très différent, votre travail, de celui de la plupart des gens. Vous, vous vous levez le matin pour aller sauver la vie des autres. D'ailleurs, je vous avais écrit une lettre pour vous dire ça, je ne sais pas si vous l'avez eue ?

Il parle vite et avec enthousiasme.

– Ah si, pardon. Je voulais vous remercier, dit Clara.

– Oh ! Non. Ce n'était pas la peine. Je sais que la vie d'un chirurgien est tellement occupée. Je n'attendais pas de réponse.

Il la regarde intensément comme si elle l'émerveillait.

– D'ailleurs, je vous prie de m'excuser, je vous fais perdre votre temps, vous êtes certainement pressée. J'imagine qu'après cette nuit… Je voulais seulement, comme je vous ai vue, vous dire merci de vive voix. Vous m'avez sauvé la vie, à moi aussi. C'est quand même curieux, le hasard. Je vous rencontre aujourd'hui et je vous dis ça aujourd'hui. Je sais que ma situation bien sûr n'a rien à voir… je veux dire, avec ce que vous avez dû faire cette nuit. Mais je vous laisse, pardon, je suis bavard. Encore merci, docteur !

Il lui reprend la main et la serre dans les siennes et tout à coup, elle qui ne pleure jamais, tout à coup… elle se sent gagnée par l'émotion et ses yeux se brouillent. Allons ! Sa voiture est à dix mètres. Elle s'éloigne… et se retourne. Thomas n'a pas bougé et la regarde toujours. Elle se surprend elle-même en s'entendant lui dire :

– Vous avez un taxi pour rentrer chez vous ?

– Euh… non. Mais je vais en appeler un.

– Vous habitez où ?

– Pas très loin. Dans le 9e.

– Je peux vous déposer si vous voulez.

Stéphane

Il entre et referme doucement la porte. Des coups de feu, des bruits de verre brisé. Quelqu'un regarde la télévision dans le salon. Une odeur de poulet rôti. Un bouquet de dahlias multicolores sous le halo jaune de leur lampe en porcelaine chinoise achetée en Bretagne, il y a longtemps, pendant les vacances avec les enfants. Il dépose sa sacoche et son manteau sur une chaise. Vingt-deux heures douze. Il est content de rentrer tôt. Il a seulement pris un verre avec Guillaume. J'espère qu'il reste du poulet. Il est étonnant, Guillaume. Il ne comprend pas une plaisanterie toute simple mais il comprend au quart de tour quel algorithme on peut construire à partir des données personnelles des utilisateurs de Facebook. Avec cet algorithme, on va marquer des points aux élections… Bernard serait fier de moi. En même temps, c'est beaucoup plus simple aujourd'hui, parce qu'on dispose de bases de données gigantesques sur les individus grâce aux réseaux et aux moteurs de recherche. Le tout, c'est d'y avoir accès, de les réunir. Mais tout de même, encore faut-il savoir les exploiter et les interpréter avec le bon algorithme. Je suis sûr que Guillaume saura faire ça. Tu vas inventer un lecteur de pensées et de sentiments, c'est excitant, non ? Si, il était très excité, Guillaume, très excité.

Les enfants doivent être dans leurs chambres. En train de faire leurs devoirs. Il faut toujours qu'ils se mettent à travailler tard, qu'ils se couchent à pas d'heure. Aussi, c'est parce qu'ils sont incapables de décrocher de leurs smartphones. Qui est dans le salon ?

Il va faire pipi. Le petit savon à la lavande embaume sur le lavabo. Il se lave les mains. Les robinets, la porcelaine scintillent. Sophia est la meilleure femme de ménage qu'ils aient jamais eue. Il se regarde dans le miroir ovale. Tout le monde lui dit que sa barbe lui va bien. Il trouve qu'il ressemble à un philosophe grec. Est-ce qu'Elysabeth est rentrée ? Elle n'a pas répondu à son SMS : « Tu es à la maison ? Réunion terminée. J'arrive. Jtm. Bisous. » Elle aussi maintenant rentre rarement avant dix heures depuis qu'elle est à l'Élysée. Ils travaillent maintenant pour des partis opposés mais elle ne le sait pas. Elle, elle s'est engagée, elle travaille aux côtés du président à l'Élysée, elle y est officiellement, tandis que lui… Il se dit qu'un jour, avant les prochaines présidentielles probablement, il faudra qu'il saute le pas, qu'il démissionne de chez Talion et qu'il rejoigne les rangs du Parti national à un poste officiel (et se faire élire peut-être ; il en caresse l'idée parfois) mais, pour le moment, il goûte assez sa position de conseiller occulte. Il profite de ses contacts dans tous les cercles. Il n'aurait sans doute pas pu sympathiser avec Guillaume et l'amener à collaborer avec lui s'il ne travaillait plus chez Talion. Et les gens ne lui parleraient plus aussi spontanément. Marc couperait les ponts. Non par convictions politiques mais parce qu'il est profondément opportuniste et qu'il s'est naturellement rangé du côté du pouvoir. Il n'apprécierait pas de le savoir aux côtés de Jeanne Dolman. Même Elysabeth risquerait de mal le prendre. La conseillère économique du président de la République, épouse du conseiller de la présidente du Parti national ! L'info plairait aux journalistes. Et ne plairait sans doute ni au président ni à Jeanne.

Stéphane s'est longtemps senti déchiré et, comme beaucoup de gens sans doute, prisonnier de son éducation et des valeurs morales inculquées par sa mère. Il lui arrive encore quelquefois d'éprouver de la honte et de la culpabilité et de rêver d'être un autre mais il se souvient de ce que Bernard lui répétait : ne va pas contre toi-même, sois qui tu es, même si celui que tu es te paraît trop différent des autres.

Aujourd'hui, il lui semble qu'il parvient enfin à s'accepter tel qu'il est, en totalité, avec tous ses désirs, toutes ses aspirations, qu'il croyait contradictoires mais non, mais pas du tout ! Il est un être complexe, pas contradictoire. C'est parce qu'on veut souvent trop simplifier qu'on croit voir des contradictions. Stéphane estime à présent avoir atteint l'équilibre qu'il cherchait. À cinquante ans. Dans le miroir, il trouve à son visage une noblesse et une maturité de bon aloi. Réussir sa vie, se dit-il, en pensant à nouveau à son cher Bernard et à ses travaux d'étudiant à Dauphine, c'est trouver le point d'équilibre d'une équation différentielle. Il aime cette idée d'avoir su tenir ensemble toutes ses différences sans rien sacrifier, d'avoir trouvé ce point si difficile, celui des grands équilibres, celui des grands systèmes complexes, celui du système solaire, celui de l'univers. Il aime cet appartement bien rangé – la douceur de la vie familiale –, les objets, les meubles, les livres qu'ils se sont achetés, les dîners en ville avec sa femme, la considération et le respect dont il jouit grâce à l'argent qu'il gagne et à son poste de directeur chez Talion. Il aime penser que sa réussite a comblé sa mère et qu'il a donc été un bon fils. Il aime aussi son autre vie, secrète, amoureuse, politique, celle où le sage et discret Stéphane se métamorphose en une espèce de super-héros, l'autre lui-même, exultant, combattant, changeant le monde. À cinquante ans, j'ai le corps d'un homme de trente ans. Pas de ventre… presque pas. Et mes rides… mes rides me donnent une expression sereine et rassurante. Ça va, Stéphane, tu es beau ! Va dire bonsoir aux enfants.

Il sort des toilettes. Il n'entend plus la télévision. Il n'entend rien dans l'appartement. Les enfants vivent leur casque sur la tête. Elysabeth n'est pas encore là ? Dans le couloir, des filets de lumière sous les portes des chambres. Il frappe à la première et, sans réponse, il ouvre.

– Bonsoir, François.

Affalé sur son lit, son ordinateur sur le ventre, l'ado lève un bras.

– Salut, papa.

– Tu vas bien ?

François daigne soulever son casque de ses oreilles :

– Quoi ?

– Tu vas bien ?

– Impec. Et toi ?

– Ça va.

Stéphane n'insiste pas davantage. Dans la chambre suivante, l'aîné, Pierre-Alain, est assis à son bureau et lui tourne le dos. Ils ont un échange aussi nourri et passionnant que le précédent. Enfin, Stéphane passe une tête dans la chambre de sa fille. Marie est au téléphone.

– Coucou !

– Attends, dit Marie à son correspondant, et elle lève le nez vers son père. Qu'est-ce qu'il y a ?

– Je suis rentré. Je venais te voir.

– Non, rien, c'est mon père. Je suis au téléphone, là, papa !

– Pas de souci. À plus.

Il pense que sa fille a pris du poids. Les jeunes se nourrissent n'importe comment. Il faut qu'il en parle avec Elysabeth. La porte de leur chambre est entrouverte et une lampe est allumée à l'intérieur. Il sent le parfum de sa femme, voit ses chaussures et ses vêtements abandonnés sur le fauteuil crapaud. La salle de bain est fermée. Il entend l'eau couler dans le lavabo.

– Elysabeth, je suis là !

Il n'obtient pas de réponse. Il tape trois coups à la porte.

– Elysabeth !… C'est moi. Je suis rentré. Tu m'entends, Elysabeth ?

– Oui.

– Je suis rentré.

– Oui.

– Ça va ?

– Je suis occupée. Attends.

Il s'assoit dans un fauteuil de velours mauve devant la fenêtre dont les rideaux sont tirés et il enlève ses chaussures. Ils ont chacun leur pile de livres sur leur table de nuit, leur verre d'eau, leur mouchoir. Elle a sa boîte de boules Quies et, dans le tiroir de sa table, ses boîtes de comprimés. Elle prend des somnifères et aussi, il le sait, des anxiolytiques. Elle s'endort en général pendant qu'il lit un livre. Leur lit fait un mètre quatre-vingts, ils ne se dérangent pas. Il lui donne souvent un petit baiser sur le front, parfois au coin des lèvres. Il trouve qu'ils ont un bon modus vivendi. Depuis le temps qu'ils se connaissent, ils savent tout l'un de l'autre, de leurs habitudes, de leurs besoins. Ils se respectent. Ils ne se disputent pratiquement jamais. Il faut dire qu'ils se voient peu. Mais ils sont d'accord sur l'essentiel : l'éducation des enfants… Quoi d'autre ? Les valeurs chrétiennes. C'est important. Ils sont croyants tous les deux. La famille…

Elle sort de la salle de bain en pyjama et robe de chambre. Elle vient de fumer. Il sent l'odeur du tabac. Il s'étonne qu'elle ait fumé dans la salle de bain.

– Ça va ? Tu as eu une bonne journée ?

Elle ne lui répond pas. Elle prend un de ses médicaments.

– Tu as déjà dîné ?

Elle va fermer la porte de leur chambre, se retourne vers lui, enfouit les mains dans les poches de sa robe de chambre et lui dit d'une voix sèche :

– Je veux divorcer.

Il est surpris. Il a craint les premiers temps, après lui avoir avoué son attirance pour les hommes, qu'elle ne veuille plus vivre avec lui mais il lui a juré qu'il l'aimait et s'est montré tendre et affectueux envers elle. Il l'est toujours. Avec le temps, il a pensé qu'elle l'acceptait tel qu'il était et que tout continuait comme avant. C'était ce qu'il voulait. Tout allait bien. Pourquoi ?

– Pourquoi ?

– Parce que je ne supporte plus cette vie avec toi, ça me fait trop mal. Et puis, ça ne rime à rien. Pourquoi je supporte tout ça, moi, depuis des années ? Je me disais que c'était par amour, que je t'aimais, que c'était pour les enfants. Mais c'est n'importe quoi ! Pour toi, c'est parfait, tu as tout ton petit confort, ta petite vie, ta petite famille, les apparences, ta maman qui croit qu'elle a son gentil petit garçon parfait père de famille et bon catholique, et puis de l'autre côté, tu as ta vie secrète et tu t'éclates ! Et même ceux qui savent – il y en a qui savent – se disent qu'il faut te comprendre, que ça a dû être très dur pour toi de t'avouer homo, de le dire à ta femme, que tu aimes tes enfants et que tu as de la tendresse pour moi et que tu ne veux faire souffrir personne et que tu as du courage ! Tu mènes ta vie, tu pars, tu découches et maintenant, je sais où tu vas et ce que tu fais, et c'est pour *toi* qu'on a de la compassion et c'est *toi* qu'il faudrait plaindre ! Tu vas te taper des mecs et c'est toi qu'il faudrait plaindre !

– C'est pas la peine d'être vulgaire et agressive comme ça. Pourquoi tu me parles si méchamment ?

– Oh ! Ça va, Stéphane, t'es pas un enfant. Qu'est-ce qui te choque ? La vérité ? Tu te tapes des mecs, pas un, des mecs, je le sais. Et je devrais accepter ça et souffrir dans mon coin parce que tu as eu *l'honnêteté* de me dire que tu es homo. Mais si tu étais hétéro – imagine la différence – un mec qui dit à sa femme, voilà, j'aime les femmes, pas toi, les femmes, j'aime sauter des femmes, plein de femmes, pas toi, on se dirait que ce mec est un obsédé, un pervers, un gros salopard !

Stéphane s'est levé, s'est approché de sa femme et lui dit à voix basse :

– Arrête, Elysabeth. Tu cries. Les enfants vont nous entendre.

– Ha, ha ! Ça te fait peur, ça, hein ? Ça te fait peur ! Tu n'es qu'un hypocrite et un menteur professionnel. Tu m'as avoué du bout des lèvres, contraint et forcé… mais tout ce que tu veux, c'est garder les apparences, faire semblant, faire illusion. Tu pars en week-end. Au revoir, les enfants. Un séminaire. Un déplacement professionnel. Un congrès. Et tu me donnes un petit baiser devant les enfants et tu joues au mari tendre devant les amis, mes parents. Mais toute ta vie, tu n'aimes que ça, le mensonge et les faux-semblants. Même ta vie professionnelle, c'est une double vie. C'est une maladie chez toi.

– Comment ça ?

– Hypocrite ! Tu crois qu'à l'Élysée, ils ne le savent pas ? Tu crois que les services de renseignement ne le savent pas ? Et même sans ça. Les choses finissent toujours par se savoir, mon pauvre. C'est pour ça aussi que moi, je ne veux plus faire semblant. Ça suffit.

– Tu n'es pas dans ton état normal, Elysabeth.

– Si, au contraire. Là, maintenant, je suis enfin normale et je dis ce que ressent une femme normale. Tu es tellement menteur, menteur, que même à moi tu n'as pas dit que tu travaillais pour Jeanne Dolman.

– Ah, c'est ça.

– Et en plus, t'es vraiment pas malin. Tu l'accompagnes en déplacement et tu ne te dis même pas que tu risques de te retrouver sur une photo avec elle.

– Ah, c'est ça. Et quelqu'un est venu te montrer la photo ?

– Stéphane Baron au service du Parti national ! Au service d'un parti homophobe !

– Jeanne n'est pas homophobe, pas du tout. Et tu sais très bien depuis des années ce que je pense de l'immigration et de l'islam et de la menace qui pèse sur notre civilisation. J'ai le droit de défendre mes idées, non ? On a le droit de ne pas avoir les mêmes idées, non ?

– Si. Mais alors, pourquoi tu les défends en cachette, tes idées ? Pourquoi tu m'en as pas parlé ?

Stéphane ose :

– C'était par discrétion et par délicatesse, pour ne pas te gêner dans ta carrière.

– Et tu crois que ça peut faire du bien à ma carrière qu'on découvre à l'Élysée que mon mari est le conseiller de Jeanne Dolman ?

– Alors, c'est pour ça que tu veux divorcer ? Parce que tu penses à ta carrière ? Parce que tu penses à toi avant tout ? Ta famille, l'équilibre familial, tu t'en fous !

Elysabeth fulmine. Elle tape rageusement du pied.

– Tu oses me dire ça, toi ? Mais ça prouve à quel point tu n'as aucune considération pour moi, aucun sentiment, aucun respect ! Toi qui n'as jamais pensé qu'à toi. Qu'à toi d'abord ! (Elle va et vient hors d'elle, submergée par ses émotions.) Ce que je pense, c'est que tu m'as trompée dès le début, dès le début ! Tiens, avec ce prof à Dauphine, comment il s'appelait ? Ce que je pense, c'est que tu voulais une bonne situation sociale et que tu m'as épousée parce que c'était parfait, c'était utile, en plus, la fille d'un ambassadeur. Tu n'as toujours été qu'un calculateur cynique, qu'un petit ambitieux, dès le début.

– C'est faux, Elysabeth. C'est absolument faux. Et je ne t'ai jamais obligée à rien, c'est toi qui as proposé la première qu'on se marie, et tu n'as jamais renoncé à rien pour moi.

– Ce que tu as osé exiger de moi, ce que tu as osé exiger de moi !… Est-ce que tu te rends compte… de l'humiliation que ça représente ?

Elle est au bord des larmes. Il veut la prendre dans ses bras.

– Elysabeth…

Elle le repousse violemment.

– Laisse-moi ! Tu ne penses qu'à toi. Tu te fous des autres. Ta mère – même ta mère –, tu l'as mise dans cette maison de retraite et tu ne vas jamais la voir.

– C'est faux.

– Qu'est-ce qui t'excite à l'extrême droite ? Les grands blonds musclés ?

– Oh ! Ça va maintenant, merde ! Mais qu'est-ce qui te prend ?

Elysabeth lui paraît défigurée par la rage. Une inconnue.

– La vérité c'est que tu n'aimes que toi-même. Et quand on n'aime que soi, on ne peut faire que du mal aux autres. Tu crois peut-être que tes enfants sont heureux, qu'ils ne sentent rien ? Tu ne vois rien. On en a marre, les enfants et moi, on n'en peut plus du mal que tu nous fais.

– Les enfants ne pensent pas ça. Tu dis n'importe quoi. Tu es complètement folle. Je n'ai jamais fait de mal aux enfants.

Ils n'ont pas vu la porte de leur chambre s'ouvrir. Sur le seuil, Marie les regarde.

– Ça suffit, tous les deux. Arrêtez. Arrêtez de vous disputer.

– Tu sais pourquoi on se dispute ? Il te l'a dit, ton père, qu'il était pédé ? Il te l'a dit ?

– Quoi ?

Marie est devenue blême. Sa lèvre inférieure tremble.

– Vous êtes horribles… Vous êtes horribles…

III

Stéphane

Il arriva en retard dans le restaurant saturé de têtes, de voix et d'odeurs de cuisine. Il arrivait de plus en plus en retard à ses rendez-vous parce qu'il remplissait ses journées à ras bord au point qu'elles débordaient, ce qui l'empêchait d'avoir cinq minutes inoccupées au cours desquelles il risquait de sentir son esprit s'égarer. Il vivait à cent à l'heure du matin jusque tard dans la nuit. Il n'avait jamais vécu si vite. Il prenait ce qu'il fallait pour cela. Il avait hésité quand on lui en avait proposé la première fois mais comme il se sentait épuisé et voulait être à la hauteur avec ses partenaires, il avait fini par se laisser tenter. Ne plus pouvoir ? Jamais ! Cela aurait signé ce qu'il percevait comme une déchéance. Que diable ! Je ne suis pas vieux ! Il fallait se stimuler un peu et hop ! On allait allègrement jusqu'au milieu de la nuit. Le matin, en revanche, c'était dur. Mais avoir un agenda rempli de rendez-vous l'aidait, l'obligeait à se secouer, à se remettre en marche. Douche chaude, café, vélo d'appartement… et hop !

Le journaliste l'attendait à la table qu'il avait fait réserver au fond de la salle, un peu plus tranquille que les autres. C'était un garçon brun d'environ vingt-cinq ans qui avait la barbe de trois jours travaillée des jeunes de son âge. Il sentait fort Habit rouge de Guerlain. Ongles roses. Belle chemise ajustée. On se calme. Tu es là pour lui parler en off, c'est tout.

Ils se saluèrent, échangèrent trois mots de courtoisie, passèrent commande puis entrèrent dans le vif du sujet.

– Vous êtes vraiment devenu le grand manitou de Jeanne Dolman.

Stéphane appréciait d'être présenté – de plus en plus – comme le deus ex machina du Parti national mais il dit :

– Non… On est huit au comité exécutif. Et surtout, ce sont nos adhérents et militants qui font remonter leurs priorités, leurs idées.

– Monsieur Baron… pas de langue de bois. On se parle librement. Tout ce que vous me dites aujourd'hui, c'est off.

– Oui, oui… Vous avez quel âge ?

Le journaliste rougit. Il était vexé d'être pris pour un jeunot. Il se racla la gorge.

– Je ne vois pas ce que mon âge… (Il eut soudain l'idée d'une repartie.) J'avais cru comprendre que vous aimiez les jeunes.

Stéphane rougit à son tour.

– Pourquoi dites-vous ça ?

– Parce que vous faites tout pour attirer les jeunes au Parti national et que vous les mettez de plus en plus en avant pour donner l'image d'un parti jeune. Monsieur Baron, je suis effectivement un jeune journaliste et je comprends que vous vous méfiiez de moi. J'espère que…

Il le gratifia d'un grand sourire qui lui donna l'air encore plus juvénile. Stéphane le coupa :

– Monsieur Léger, je ne me méfie pas de vous et je ne voulais pas vous blesser en vous demandant votre âge, pardonnez-moi. Je voulais seulement dire qu'à mon âge et avec l'expérience, je sais ce que, je pense, vous savez déjà : que le off n'existe pas.

– Vous avez eu à vous plaindre de certains confrères ?

– Pourquoi seriez-vous différent ?

– Parce que je n'ai aucun intérêt à vous décevoir. Si je veux que vous acceptiez de me parler à nouveau – et qu'éventuellement, vous me disiez des choses –, il faut que vous puissiez avoir confiance en moi.

Le serveur apporta leurs plats. Stéphane observait le journaliste, qu'il trouvait non seulement beau mais intelligent. Des yeux vifs. Il devait être à peine plus âgé que Pierre-Alain. La pensée de son fils aîné l'assombrit un instant. Il ne voyait plus ses enfants depuis le divorce et, quand il leur téléphonait, ils n'avaient rien à se dire. Leur mère avait dû dresser un tel portrait de lui, en faire un monstre…

– Vous n'acceptez pas le terme de grand manitou, dit le journaliste en avalant une bouchée, mais c'est tout de même vous qui avez tout fait pour que Jeanne Dolman rompe avec son père et l'exclue du Parti. Dans son entourage, beaucoup étaient contre.

– Il paraît, dit Stéphane d'un air satisfait. Mais c'est d'abord Jeanne elle-même qui s'est décidée.

– On voit que le Parti a profondément changé depuis que vous êtes là. Et d'abord, aux yeux des Français. De plus en plus de Français, on le voit dans les sondages, à droite mais même à gauche, semblent à présent prêts à voter pour le Parti national.

– Ce qui a changé aujourd'hui, monsieur Léger, c'est que le clivage droite-gauche est complètement dépassé. Le clivage, c'est entre ceux qui défendent le peuple et ceux qui l'ignorent, entre ceux qui aiment la France et ceux qui la mettent en danger. Entre ceux qui veulent résister à l'invasion et à la disparition de notre culture et ceux qui s'y résignent en pensant que la mondialisation est un phénomène irrésistible et définitif.

Une fois lancé, Stéphane devenait intarissable. Il déroula son discours : souveraineté politique, économique, écologique, digitale… Retrouver la maîtrise de notre destin national… Il voulait convaincre. Il voulait même éblouir le jeune journaliste.

Fabien Léger l'écoutait, prenait quelques notes mais ce qui l'intéressait était ailleurs. Il attendit la fin du déjeuner pour en parler.

– Est-ce qu'il est difficile pour vous d'être le numéro deux d'un parti dont beaucoup de membres et de militants sont homophobes ?

Stéphane s'apprêtait à porter à sa bouche une cuillerée de mille-feuille. Il adorait les desserts.

– Je suis surpris par votre question.

– Pourquoi ? Vous êtes gay.

– Je ne parle jamais de ma vie privée.

– C'est une question, juste entre nous.

– Off, bien sûr, dit Stéphane, sarcastique.

– Je vous rassure, je suis gay moi aussi.

– Très bien mais ça relève de votre vie privée, pas de votre vie publique.

– Moi, ça ne me gêne pas. Je le dis ouvertement. Ça n'est pas une honte. Mais vous, je me dis que si vous n'en avez pas parlé, c'est parce que c'est trop difficile, trop dangereux dans un parti homophobe.

– Alors, deux choses. Premièrement, les seuls éléments de ma vie privée qui sont connus sont que je suis divorcé et père de trois enfants et je ne vois pas en quoi ma sexualité, quelle qu'elle soit, devrait être exposée sur la place publique. Ensuite, vous avez tort de vous imaginer que le Parti national est un parti homophobe. Ceux qui sont une menace pour les homosexuels comme pour les femmes, ceux qui les méprisent, abaissent et maltraitent les femmes et les homosexuels et qui estiment qu'ils en ont le droit, que c'est naturel, ce sont les musulmans.

– Pas tous les musulmans.

– Toute la culture arabo-musulmane condamne l'homosexualité et considère que la femme est inférieure à l'homme. Or, en France, il y a de plus en plus de musulmans. Les statistiques officielles parlent de six millions mais on sait ce qu'elles valent, les statistiques, c'est au moins le double. Et plus ils sont nombreux, plus ils essayent d'imposer leur culture. Moi, je suis au Parti national pour lutter contre cette menace, contre ce péril. C'est un péril, monsieur Léger, j'en suis convaincu, et de plus en plus de Français le comprennent comme moi.

– Donc, si le Parti national n'est pas homophobe, pourquoi avez-vous peur qu'on dise que vous êtes gay ?

– Je n'ai peur de rien.

– Mais vous comprenez que certains dans la communauté LGBT puissent trouver hypocrite que vous vous réfugiiez derrière le fait que vous avez été marié et que vous êtes père de famille ? On peut se dire que vous avez honte – ou peur.

– Je me fous de ce qu'on peut se dire.

– Donc, on pourrait le dire ou l'écrire, vous vous en foutez ?

– Ah, c'est ça ! J'estimerais que ce serait dégueulasse. De quel droit ? Vous êtes gay, vous le dites, c'est votre affaire. Et vous, par ailleurs, vous n'avez pas une vie publique.

– Au journal, on sait que je suis gay et ça ne me pose aucun problème et je suis fier d'être ce que je suis, c'est tout.

– Mais on a le droit aussi de trouver que ça relève de sa vie privée et de ne pas avoir envie d'être considéré en premier comme homo ou hétéro. Ce n'est pas ça qui va faire que mes idées politiques seront bonnes ou mauvaises.

– Non. Mais si, comme vous le dites, vous vous êtes engagé au Parti national pour lutter contre ceux qui sont hostiles et menacent les gays et les femmes, alors, ce serait politiquement utile et moralement honnête de le dire.

Stéphane ne touchait plus à son mille-feuille. Il fit signe au serveur de lui apporter l'addition et dit froidement au journaliste :

– On partage ?

Après avoir payé, il se leva. Le journaliste le suivit. Sur le trottoir, devant le restaurant, au moment de le quitter, Stéphane lui dit :

– Je vous préviens, monsieur Léger, si ça sort, non seulement je ne vous reverrai jamais de ma vie, mais en plus, je vous attaquerai.

– Monsieur Baron, je vous ai dit que c'est off et que vous pouviez me faire confiance. Mais tout le monde sait que vous êtes gay.

– Ah oui ? Personne ne me l'a encore dit, ça.

– Mais tout le monde le sait. Vous ne pensiez quand même pas que ça ne se savait pas ? Vous fréquentez assez les lieux pour que…

– Quels lieux ?

– Les bars, les boîtes, les saunas, les lieux de rencontre de la communauté.

– On ne s'est jamais rencontrés, pourtant.

– Dans le milieu politico-médiatique aussi, ça n'est pas un secret.

– Bon, ça va. Vous m'excuserez mais j'ai d'autres rendez-vous qui m'attendent.

– Si ça sortait, monsieur Baron, je vous jure que ça ne serait pas moi.

– Je ne vous croirais pas.

– Vous auriez tort. Mais il faut que vous soyez conscient que ça risque d'arriver.

Stéphane lui tourna le dos et remonta à grandes enjambées la rue écrasée de soleil. Il n'avait pas voulu commander un taxi devant le restaurant et devoir l'attendre avec le journaliste. Il en trouverait un plus loin. Cette conversation l'avait mis hors de lui et le soleil cuisait son front dégarni.

Jeanne

Derrière les fenêtres de la vaste salle de réunion, le ciel était orange, la nuit venait. Une table et des sièges étaient disposés de façon à recréer au mieux le cadre de l'émission politique dont Jeanne serait l'invitée le lendemain soir, la dernière invitée de la saison. Arthur, un ancien journaliste qui avait monté sa boîte de com', jouait le rôle de l'intervieweur et s'efforçait de la titiller. Stéphane l'avait choisi. Stéphane choisissait tout, ce qui devenait agaçant à la longue. Heureusement, elle avait son beau-frère, Hugues, qu'elle avait nommé vice-président du Parti, au même rang que Stéphane. Elle avait tenu à ce qu'il fût là pendant la répétition. Elle voulait aussi avoir sa sœur mais Marie-Astrid souffrait de violentes migraines et malheureusement, ce soir, avait dû rester couchée.

– Madame Dolman, comment ferez-vous pour renvoyer « chez eux », comme vous dites, des gens qui vivent en France depuis des années et qui pour la plupart sont français ?

– Mais vous caricaturez tout, comme toujours. Vous caricaturez un sujet sérieux, une question vitale pour l'avenir de la France. Nous n'avons jamais dit que nous allions renvoyer des gens qui ont la nationalité française, sauf s'ils ont commis des actes ouvertement hostiles à la France, criminels ou terroristes…

Jeanne s'interrompit soudain.

– Bon. J'ai l'impression qu'on tourne en rond, là. J'ai déjà dit ça.

– Oui, dit Stéphane, mais tu sais bien que les journalistes posent les mêmes questions sous des formes différentes parce qu'ils cherchent la petite phrase et qu'ils essayent de te pousser à l'erreur.

– OK. Mais je me débrouillerai. Je maîtrise. Là, j'en ai marre, je fatigue. C'est pas la peine que je joue tout le match à l'avance. Sinon, je serai moins bonne demain.

– Plus on répète, meilleur on est.

– Ça fait une heure, plus d'une heure qu'on répète.

– Jeanne a raison. À un moment, ça devient contre-productif.

Elle sourit à son beau-frère et plaisanta :

– Il y en a au moins un qui se met à ma place.

– Bon, dit Stéphane. Alors, faisons le débrief avec les images.

Deux caméras avaient filmé la séance, ce qui permettait de revoir la gestuelle, les expressions du visage, le débit et la respiration et, bien sûr, la forme et le fond des propos.

– On fera ça demain, dit Jeanne.

– On avait prévu ce soir…

– Eh bien, ce sera demain matin.

– Pas de souci. (Stéphane hocha la tête en semblant ravaler sa langue comme un serpent.) De toute façon, c'est pour revoir des détails. Sur le fond, tu es parfaite.

– Je te remercie, dit Jeanne d'un air volontairement condescendant.

– Je crois qu'on le pense tous. N'est-ce pas ? Arthur ?

– Je suis moins à même de me prononcer sur le fond mais oui.

– Hugues ?

– J'ai trouvé Jeanne excellente.

– Jeoffrey ? (C'était un assistant de Stéphane que Jeanne soupçonnait d'être aussi son petit ami.)

– Pareil.

– Bon. Alors, on revoit ça demain.

Elle ouvrit la porte-fenêtre de la salle qui donnait sur un balcon et alla y fumer une clope. L'air chaud et humide de la nuit la saisit au visage. Elle ne se souvenait pas de pareilles chaleurs à cette époque de l'année quand elle était jeune. Dans la salle, Arthur aidé d'un technicien rangeait le matériel. Les autres étaient sortis. En bas dans la rue, des jeunes criaient joyeusement, une fille riait, poursuivie par deux garçons surexcités.

Jeanne tirait sur sa cigarette et soufflait la fumée en plissant les yeux pensivement. Je dois être bonne demain. Pas m'énerver, pas m'agiter. Je crois que j'ai encore trop bougé les mains. Je sais que papa va me regarder et qu'il va me trouver nulle, je m'en fous. (Elle ne s'en foutait pas.) Maman va me regarder. Les enfants. Valérie veut venir dans le public sur le plateau. Elle s'enfonçait dans ses pensées. Je ne me suis pas assez occupée d'eux. Elle se demandait pourquoi elle avait toujours été seule, pourquoi ce sentiment ne la quittait jamais, pourquoi aucune de ses histoires d'amour n'avait duré. Les hommes n'aiment pas les femmes de pouvoir. Elles leur font peur. Mais suis-je une femme de pouvoir ? Si je rencontrais le véritable amour, est-ce que je le sacrifierais pour le pouvoir ? Elle avait cru, elle avait espéré que le pouvoir lui donnerait de l'amour. Toutes ces lettres d'amour que son père avait reçues, qu'elle avait découvertes un jour au grenier dans une vieille malle... Mais elle, à part les acclamations des militants en meeting et des embrassades sur les marchés, franchement... Une mélancolie familière s'écoulait dans son cœur. Les jeunes se poursuivaient sur le trottoir en s'arrosant avec des bouteilles d'eau. On riait bien avec Sonia, pensa-t-elle soudain. Elle jeta son mégot, rentra et referma la fenêtre.

En retournant à son bureau chercher son sac à main, elle croisa Hugues qui s'apprêtait lui aussi à partir.

– Tu files ? Tu es pressé ?

– Non, non, ça va. J'ai prévu la soirée. (Il ajouta :) Marie-Astrid dort.

– C'est ce qu'il y a de mieux.

– En général, après que ses médicaments ont agi, elle s'endort et elle dort longtemps.

– Oui. Je sais. Tu n'as pas dîné ?

– Non.

– Ça te dirait une planche de cochonnerie au Cochon qui rit ?

Hugues releva l'humour de sa belle-sœur.

– Une planche de cochonnerie... Ouais. Je réserve une table ?

– Vas-y. Je vais prendre mes affaires. J'arrive.

Elle fila dans son bureau, passa faire un tour dans sa salle de bain, observa son visage dans le miroir, redessina ses lèvres, se recoiffa, remarqua une racine blanche (coiffeur demain) et se remit quelques gouttes de Chanel N° 5.

Le restaurant était à cinq cents mètres du siège du Parti. Elle voulut y aller à pied pour se détendre. Son garde du corps les accompagna. Il attendrait ensuite comme toujours à la porte de l'établissement ou avec le chauffeur dans la voiture garée juste devant. Elle surprit les regards étonnés ou curieux de passants puis de clients du restaurant qui la reconnaissaient. Elle en avait l'habitude, leur souriait souvent et même, parfois, quand elle croyait lire de la sympathie sur leurs visages, prenait le temps de leur serrer la main. Le patron du Cochon qui rit la connaissait bien et ne se privait pas de lui dire qu'il votait pour elle. Il lui avait libéré la meilleure table entre une paire de rideaux de velours rouge.

Elle trouvait que Hugues était beau. Il était costaud, un peu rond, comme elle aimait, avec une figure franche, chaleureuse et simple. Sa présence à ses côtés à la direction du Parti la rassurait. Il était avec sa sœur l'un des rares en qui elle pouvait avoir vraiment confiance. On a beau dire, la famille, malgré tout… Si seulement son père…

Elle adorait le pata negra. Ils en prirent deux planches chacun et une assiette de fromages d'Auvergne, arrosés de Crozes-Hermitage. Par moments, elle sentait les jambes de Hugues sous la table. Il avait les lèvres rouges et luisantes. Boire et manger du pata negra, et se parler et rire sans plus penser à rien, quoi de mieux dans la vie ? Si, bien sûr, *ça* aussi… La salle qui se vidait petit à petit était comme une île où ils étaient seuls, intimes, face à face et heureux. Derrière le bar en zinc, les alcools flamboyaient. Putain, j'ai la tête qui tourne.

Ils furent les derniers à partir. Jeanne avait les joues en feu, les yeux brûlants et elle titubait un peu.

– Tu veux que je te ramène ? lui demanda Hugues.

– Oui, je veux bien.

– Je suis au parking, au siège.

Jeanne renvoya son chauffeur et son garde du corps. Elle marcha pendue au bras de son beau-frère. Beaucoup de gens se promenaient encore, profitant de la douceur nocturne qui rendait la ville enfin un peu respirable. Un chat noir et blanc courut se cacher sous une voiture garée. Jeanne s'agenouilla pour le regarder et vit sa petite silhouette inquiète entre les roues. Hugues l'aida à se relever. Ils se trouvèrent, un instant, poitrine contre poitrine.

– C'est peut-être un chat perdu.

– Tu ne vas pas le prendre ?

– Non. Il a un collier. Il habite peut-être un rez-de-chaussée.

Ils pénétrèrent dans l'immeuble du Parti avec leur passe, saluèrent le gardien de nuit et descendirent au parking. Hugues avait un gros SUV noir aux vitres fumées. Vraiment fumées. Personne n'aurait pu les voir à l'intérieur. Quelle folie ! (La faute à ce Crozes-Hermitage…) Mais quel pied !…

Diane

Il leur faudrait la clim'. Ces vieux appartements ne sont pas adaptés à la canicule. Elle avait beau fermer les volets toute la journée, prendre des douches et ne porter qu'un léger caraco, elle mourait de chaud. Elle avait préparé une salade niçoise avec du thon, des anchois, des pommes de terre. Il était important qu'Ophélie fît un bon déjeuner pour être en forme cet après-midi à son épreuve du bac.

– Ophélie, tu viens ?

– J'arrive.

Elle arriva mais comme toujours dix bonnes minutes plus tard et bien sûr le nez dans son smartphone, souriant ou fronçant les sourcils en découvrant les messages qu'elle ne cessait de recevoir et auxquels elle répondait aussitôt de ses deux doigts aussi rapides que des baguettes de percussionniste. (Alors que, quand c'est moi qui l'appelle, elle n'est jamais joignable et met deux heures à me répondre la plupart du temps… Ah ! Les jeunes !…)

Ophélie ne semblait pas souffrir de la chaleur. Elle avait les joues roses, ses boucles de cheveux blonds caressaient son visage tendre. Comme elle est belle, ma fille ! Pas étonnant que son portable sonne tout le temps ! J'étais comme elle. Diane se revoyait au même âge dans ce corps gracile, ces yeux pleins de rêves, avec un frisson de nostalgie… et une pointe de jalousie. La beauté insouciante de sa fille sur laquelle les hommes se retournaient dans la rue (sa sœur ne sera pas aussi jolie) venait lui rappeler le passé perdu, ce temps où elle devait repousser sans cesse les avances. Elle avait l'embarras du choix à l'époque. Elle s'étonnait, d'ailleurs, qu'Ophélie fût en couple depuis un an avec un garçon. Un garçon de vingt ans qui avait son studio et qui l'invitait au restaurant. Ils vivaient déjà une petite vie de couple. Aujourd'hui, à cinquante-trois ans, cette petite vie-là, qu'est-ce qu'elle donnerait, elle, pour l'avoir ! Elle s'était inscrite sur un site de rencontres dernièrement et elle avait un rendez-vous tout à l'heure. Qui sait ? Peut-être… Un compagnon doux avec qui elle irait dîner chez des amis, avec qui elle aurait une maison au bord de la mer, comme sa mère, une jolie maison où les enfants viendraient… et les petits-enfants… Pourquoi maman et pas moi ? Pourquoi Clara et pas moi ? Clara qui n'a rien fait pour rencontrer un homme, Clara avec qui aucun homme ne voudrait vivre… avec son fils, en plus… Qui voudrait vivre avec un autiste ? Clara a trop de chance. Le plus comique, c'est que c'est Thomas ! Quand j'y pense… Diane ne regrettait pas Thomas avec qui elle avait eu cette si brève aventure. Mais pourquoi les autres, sa mère, sa sœur, sa fille, sa copine Corinne heureuse avec Paulo depuis vingt-cinq ans… Pourquoi les autres et pas elle ?…

Elle regardait Ophélie et l'enviait. Elle l'enviait d'avoir la vie devant elle, ce visage d'ange, ce corps sans fatigue, sans blessure.

– Laisse ce téléphone, Ophélie, et mange. Sinon, tu n'auras pas le temps, tu devras y aller. C'est à quelle heure ?

– À quatorze heures.

– Alors dépêche-toi.

– C'est trop bon.

– Merci. T'es au point ?

– Je sais pas. On verra bien.

– Ça va bien se passer.

– Heureusement, c'est la dernière épreuve. Après… vacances !

– Je t'ai acheté un éclair au chocolat pour le dessert.

– Oh ! Merci, maman.

– Un café ?

– Je veux bien.

Au moment de partir, Ophélie vint embrasser sa mère.

– J'ai vraiment de la chance que tu sois là, à mes côtés.

– Mais c'est normal, ma chérie.

– Oui mais c'est super.

– Tu dis ça parce que je te paye ta semaine chez Juliette en Auvergne.

– Mais non !

– C'est ça ! Allez ! File ! Je pense à toi.

Ophélie disparut dans l'escalier. Diane alla se préparer. Elle avait rendez-vous dans trois quarts d'heure rue Barbet-de-Jouy. Le bac, dix-sept ans, presque dix-huit, et Marianne treize ! Elle n'avait pas vu grandir ses filles. Bien sûr, elle gardait des souvenirs, il y avait ces instants de leur vie sur les photos dans son ordinateur, mais il lui semblait que tout était passé en un éclair. Elle en parlait souvent avec sa psy. Elle se sentait mieux depuis qu'elle la voyait. Elle croyait avoir compris… des choses. En particulier, qu'elle avait toujours eu du mal à s'accepter telle qu'elle était en partie à cause de ce viol qui était resté associé au plaisir en même temps qu'à la violence et à la dépossession d'elle-même et lui avait rendu difficile sa relation aux hommes ; en partie aussi à cause de ses parents qui avaient fait d'elle une petite princesse de porcelaine, une ravissante idiote ; ils n'avaient cessé de vanter sa beauté mais ne lui avaient pas donné confiance en ses capacités intellectuelles. Elle en voulait encore parfois à ses parents, tout en ayant conscience qu'elle devrait avoir déjà dépassé ce stade. Tout de même, ça allait mieux – sa psy était très bien –, de mieux en mieux, surtout depuis qu'elle était devenue chasseuse d'appartements.

J'aurai mis si longtemps, songeait-elle avec émotion. Elle voulait à présent être plus présente pour ses filles, être une bonne mère, enfin. Ce qu'on a manqué, peut-on le rattraper ? Elle s'accrochait au rêve d'une vie enfin sereine, d'un amour enfin partagé avec un homme de son âge… ou à peine plus jeune… comme Thierry qu'elle devait rencontrer cet après-midi. Cinq ans de moins, bon. C'est bien, parfois, un homme plus jeune. Elle voulait croire que la vie était faite de surprises. Après tout, sa sœur… Après tout, son amie Christelle qui semblait très épanouie avec sa famille recomposée… Elle pensait que peut-être une famille recomposée… un foyer formé par deux adultes qui ont vécu, qui ont de l'expérience… Sa maison au bord de la mer où les enfants viendraient…

Elle sortit sous un soleil de plomb. Le volant de sa Mini lui brûla les mains. Elle mit la clim' à fond. Elle ne voulait pas arriver en nage. Elle était contente. Les affaires marchaient bien. Ce nouveau métier marquait peut-être – allez : sûrement ! – le début de la nouvelle vie à laquelle elle aspirait. Merci, Minos ! C'était lui, quand elle allait mal, qui lui avait demandé si elle accepterait de l'aider à trouver un bel appart'. Il voyageait sans arrêt – expos dans le monde entier –, il n'avait pas le temps, il la rémunérerait bien sûr. Elle s'était prise au jeu : visiter, comparer, dénicher. Tout avait commencé simplement et s'était enchaîné. Un appart' pour l'agent américain de Minos puis pour un réalisateur, une top model, Madonna, un émir… Diane s'était assez vite acquis une réputation et on faisait de plus en plus appel à ses services, y compris parmi ses proches et ses relations personnelles. Sa cousine Sarah et Marc collectionnaient les hôtels particuliers. Elle leur en avait trouvé deux. Et aujourd'hui, elle devait vendre celui de son oncle Jacques. Sept pour cent de commission sur des biens de cette valeur, c'était pas mal d'argent et gagné de façon très agréable, bien plus agréable à ses yeux que d'aller glousser et faire des blagues nulles comme autrefois dans un talk-show débile.

Elle s'attendait à rencontrer un prince qatari – l'acheteur intéressé par l'hôtel particulier de la rue Barbet-de-Jouy – et pour cette raison s'était habillée d'une robe flottante qui la couvrait jusqu'aux pieds et s'était drapé les épaules d'un châle vaporeux très fin. Elle se retrouva en fait en présence du chargé d'affaires du prince, avec lequel elle avait correspondu par téléphone et par mail, un Méridional à la voix chantante qui exhibait son poitrail bouclé, sa gourmette en or et sa Rolex. Il lui offrit ses dents blanches dans un grand sourire en lui prenant la main. Le prince n'avait pas pu se rendre disponible et lui avait demandé de faire une première visite sans lui. Le gardien vint leur ouvrir. Jacques et Fabienne avaient laissé meublées les pièces d'apparat et leur chambre à l'étage et vidé le reste.

Comme toujours lorsqu'un homme lui plaisait, c'était plus

fort qu'elle, Diane déployait ses charmes, roulait des hanches, prenait des poses mais le Méridional, très concentré sur la visite, ne la regardait pas, ce qui la vexait. Par-dessus le marché, il passait son temps à l'appeler madame ou chère madame avec la déférence qu'on peut manifester envers une dame âgée, alors qu'elle-même l'avait d'emblée appelé par son prénom, Pascal.

Elle n'en fit pas moins parfaitement son travail. Elle lui apporta toutes les précisions qu'il souhaitait. La plus belle pièce était bien sûr le salon donnant par trois portes-fenêtres sur le jardin et le parc de Victor-Duruy, son lycée. Pendant qu'il prenait des photos, elle se souvenait. Les cigarettes à l'eucalyptus et les vraies. On fume serrés, les filles et les garçons, sur la terrasse devant la salle des profs. La soirée de Sarah. La sangria sur les buffets dans ce salon. Les lumières noires. Je danse. Je sors avec un garçon. Comment il s'appelait ? Non, c'était pas Thomas. Je fume mon premier joint là-bas avec lui derrière le buisson. Il me caresse les seins.

– C'est bon, j'ai fini.

– Vous avez tout ce qu'il vous faut ?

– C'est parfait.

– N'hésitez pas si vous avez d'autres questions et, bien sûr, si le prince veut visiter.

– Je pense que ça devrait pouvoir se faire la semaine prochaine.

– Vous pensez que ça pourrait convenir au prince ?

– Oui… Oui… C'est un bien exceptionnel, c'est sûr.

– Un bien très, très rare sur Paris.

– Le seul problème – mais c'est lui qui verra –, c'est le bruit du lycée derrière le jardin. Les sonneries, les enfants.

– Oh ! C'est pas très dérangeant.

– Le prince est très sensible au bruit.

– Le soir, la nuit, c'est extrêmement calme.

– Il n'y a pas de hibou, au moins ?

– De hibou ? Non, je ne crois pas.

– Parce qu'à Londres, il a acheté une maison sur un parc et il était dérangé par un hibou.

Diane avait envie de rire mais devant le visage sérieux de Pascal parvint à se contenir. Un Méridional dénué de sens de l'humour. Et un gros plouc qui la regardait comme si elle avait quatre-vingts ans… Il a quel âge, lui ? Pas loin de cinquante.

Elle remit la clim' à fond dans sa voiture. Elle se gara au parking du Bon Marché sous le square Boucicaut. Elle avait plus d'une heure avant son rendez-vous avec titi27 – Thierry – au bar du Lutetia. Elle flâna dans les rayons du grand magasin en essayant d'imaginer à quoi pouvait ressembler cet homme en chair et en os. Sur la photo, il ne faisait pas ses cinquante ans et elle craignait qu'il la trouve trop vieille. Elle avait hésité avant de s'inscrire mais Christelle l'avait encouragée, elle avait rencontré son Philou de cette façon. Diane avait beaucoup chatté avec Thierry avant d'accepter le rendez-vous. Elle ne voulait pas d'un type qui ne cherchait qu'un coup d'un soir. Thierry ne lui avait parlé que de ses centres d'intérêt, semblables aux siens apparemment : l'art, les spectacles, les échanges intellectuels. Il était assureur. Il aimait les voyages, la nature, la mer, les plaisirs simples. Il était lui aussi divorcé, avec trois enfants, et il avait un chien, un cocker, « adorable, affectueux ». Bon, un cocker, pourquoi pas ? Diane ne lui avait pas dit qu'elle avait été comédienne. Elle ne voulait pas à ce stade qu'il pût la retrouver sur Google, mater toutes ses photos et connaître son âge réel, cela fausserait tout. Ils n'avaient échangé que leurs prénoms, elle ne lui avait parlé que de son métier « dans l'immobilier de luxe » et elle se présentait sur le site comme une femme de quarante-cinq ans, avec une photo prise par Minos une dizaine d'années plus tôt, une photo très travaillée, sur laquelle elle ressemblait peu aux portraits d'elle qu'on trouvait sur la Toile.

Thierry lui paraissait intéressant. Sur sa photo, il avait du charme. Mais elle était bien placée pour savoir qu'il ne fallait pas s'y fier. Il avait peut-être triché sur son âge lui aussi… Les hommes ont moins besoin de tricher, non ? Surtout ceux qui sont intéressés par des femmes de leur âge… Ce qui lui avait plu, c'était qu'il s'exprimait bien, à l'écrit comme à l'oral. Il avait une voix grave au téléphone. Il parlait un peu trop vite, peut-être parce qu'il était timide et stressé. Il disait qu'il avait dû se forcer lui aussi pour s'inscrire, que ça n'avait pas été une démarche facile, que des amis l'y avaient incité. Ils avaient visiblement beaucoup de points communs. Il citait des poètes : Éluard, Aragon.

Elle arriva au Lutetia avec volontairement dix minutes de retard en espérant que Thierry était déjà là. Il lui avait dit qu'il porterait une veste bleue sur une chemise blanche et un pantalon blanc et qu'il aurait à la main le catalogue de l'exposition Rembrandt qu'il avait beaucoup aimée et qu'il aimerait revoir avec elle. À condition, bien sûr, que…

Au dernier moment, Diane avait peur. Qui allait-elle vraiment rencontrer ? Il lui revenait brusquement le souvenir de son job sur la messagerie rose de Marc. Les hommes étaient des désespérés sexuels.

Elle garda ses lunettes de soleil en entrant. La salle au plafond orné de fresques Art déco était pleine de touristes friqués. Diane jetait des regards de droite et de gauche. Il était au fond sur une banquette couleur chameau avec l'air de l'homme qui guette quelqu'un. Dès qu'il la vit, il la fixa mais sans lui faire signe. Il ne devait pas être sûr que ce fût elle avec ses lunettes de soleil et elle n'avait pas voulu lui dire quelle tenue elle porterait. Lui, par contre, pas de doute, c'était lui. Veste bleue, pantalon blanc, le gros catalogue de l'expo posé devant lui sur la table noire. Quelle horreur ! Mais il avait au moins soixante-cinq ans, peut-être soixante-dix, peut-être plus !... Et rien à voir avec la photo : il avait les joues tombantes et les yeux pochés. Elle fit mine de balayer le fond de la salle d'un regard pressé et agacé, comme si son rendez-vous n'était pas là, et elle tourna les talons.

Clara

Elle ouvre la porte et les entend rire. Ils sont à la cuisine. Elle pose son sac à main. Elle est heureuse de rentrer. Avant, jamais. Au contraire, elle appréhendait l'heure du retour. Quel problème encore avec Léo, quelle colère, quelle crise, la baby-sitter qui se plaindrait que vraiment c'était difficile, la peur de devoir en chercher une autre in extremis... et surtout ce sentiment qui lui faisait honte, ce sentiment minable : elle n'avait pas envie de s'occuper de son fils, se retrouver seule avec lui l'épuisait à l'avance. Il n'écoutait pas quand on lui parlait, il faisait des histoires pour manger, il la serrait beaucoup trop fort quand il l'embrassait, il n'obéissait pas. Et ce regard, cette tête lunaire... Elle avait voulu cet enfant mais elle avait hésité. Elle avait voulu cet enfant mais pas avec son père. Christophe l'avait très mal pris. Peut-être avait-elle été en quelque sorte punie ? Peut-être lui faisait-on payer quelque chose, une faute ? Clara se le disait parfois tout en détestant et repoussant de toutes ses forces cette idée. Les superstitieux étaient des imbéciles. Un médecin ne devrait jamais se laisser gagner par une appréhension superstitieuse. Mais elle ne supportait pas ce qui était vite devenu une certitude : Léo serait toujours différent et sa maladie (elle ne pouvait s'empêcher d'y penser comme à une maladie) n'était pas opérable ni traitable, en l'état actuel de la science, elle était *incurable*. En face de Léo, elle était donc en échec, elle, médecin, elle qui, depuis qu'elle était toute petite, avait toujours eu horreur de perdre, elle le vivait comme une défaite personnelle : le cas qu'elle aurait le plus voulu guérir et celui, justement, devant lequel elle devait s'avouer impuissante.

Quand elle avait rencontré Thomas, Léo était à chaque instant dans un coin de sa tête, obsédant comme une mouche. Il n'y avait qu'au bloc qu'elle parvenait à l'oublier, et encore, pas toujours, pas tout le temps. Parfois, il surgissait tel un petit fantôme triste.

Et maintenant… Maintenant, il rit dans la cuisine avec Thomas. Quand quelqu'un rit avec lui, il ne s'arrête plus, ne veut plus s'arrêter, elle ne sait pas s'il se force ou s'il a vraiment un fou rire. Il ne veut jamais s'arrêter lorsqu'il fait quelque chose qui lui plaît. Elle entend son rire de petit enfant alors qu'il a déjà huit ans. Thomas essaye de le calmer. « Bon, maintenant, Léo, tu bats les œufs. » Bruit du batteur. Il ne riait jamais avant.

– Coucou !

– Ah, bonsoir, mon amour, on ne t'avait pas entendue.

– Bonsoir, mon amour ! crie Léo.

Depuis quelque temps, il répète tout comme un perroquet – ce que les autres enfants font à trois ou quatre ans –, c'est un progrès.

Thomas embrasse Clara sur les lèvres. Léo abandonne ses blancs en neige et se précipite à son tour pour embrasser sa mère. Il se pend à son cou et veut l'embrasser lui aussi sur la bouche.

– Non, ça, c'est le baiser des amoureux.

– On est des amoureux.

– Non, c'est Thomas, mon amoureux. Toi, tu es mon fils et je suis ta maman, alors on s'embrasse comme ça, sur les joues.

Il insiste et réussit à lui appliquer au coin des lèvres un bisou baveux. Elle se redresse.

– Plus tard, quand tu auras une amoureuse, tu pourras l'embrasser sur la bouche.

– T'es mon amoureuse.

– Non, je suis ta maman. Je t'aime, on s'aime, mais c'est différent.

– Alors, c'est Thomas mon amoureuse.

Clara et Thomas rient et aussitôt Léo se met à rire à tue-tête en répétant : « C'est Thomas mon amoureuse. T'es mon amoureuse. » Il est enchanté comme s'il avait trouvé un mot magique, un mot qui lui ouvre une porte sur ce monde des autres qu'il ne comprend pas.

Pendant qu'ils finissent de préparer leur tiramisu, elle va prendre une douche. Il fait tellement chaud. Elle s'observe un instant dans le miroir. Thomas lui dit tout le temps qu'elle est belle et elle répond tout le temps « menteur, flatteur » en étant très contente. Elle n'en revient toujours pas de ce qui lui est arrivé. Si on lui avait dit qu'un jour, un de ses patients deviendrait son amant et, surtout, le premier homme avec lequel elle aurait envie de vivre ! Et que cet homme viendrait tout naturellement s'installer chez elle et s'occuperait de son fils, irait le chercher à la sortie de l'école tous les jeudis, à la place de la jeune fille au pair qui a cours ce jour-là, et l'emmènerait chez l'orthophoniste, puis au Jardin des Plantes, et jouerait avec lui et le ferait rire… Et, en plus, n'enseignant que cinq heures par semaine depuis son cancer, pour pouvoir se consacrer davantage à l'écriture, Thomas est là la plupart du temps, à la maison, il est là pour Léo – la présence qui lui manquait, le père qui lui manquait (Christophe ne le prend même pas un week-end sur deux). Il est là et il la délivre, elle, de l'angoisse de ne plus pouvoir travailler autant qu'elle le veut, de devoir sacrifier sa passion, sa carrière... Clara, tu te rends compte de ce que tu penses ! Mais c'est vrai ! Peut-être que j'aurais dû, que je n'aurais pas eu le choix. Je n'ai rien demandé, rien prévu, rien imaginé. Thomas m'a été donné comme Léo m'a été donné et je ne sais pas pourquoi et c'est merveilleux. Je vis avec un homme que j'aime et qui m'aime et dont la seule présence a tout simplifié et tout transformé.

Ils dînent tous les trois. Léo avale ses knacks et ses galettes de pomme de terre noyés dans le ketchup. Thomas l'appelle l'aspirateur. Léo répond, ravi : « Je suis l'aspirateur ! » Il ne raconte pratiquement rien de ce qu'il fait en classe. Ils lui posent des questions et obtiennent avec peine quelques mots. Il dit qu'il n'a pas d'amis, ce qui est, hélas, cruellement vrai, et, depuis quelque temps, déclare qu'il a le droit de ne rien faire à l'école car il est handicapé. Le pédopsy considère qu'il s'agit d'un signe d'évolution intelligente. « Cela signifie qu'il a conscience de sa différence et qu'il tente de s'en servir à son profit. » Léo a pris l'habitude aussi de lever le doigt, comme on le lui a appris en classe, en disant : « J'ai une question. » En général, ce n'est pas une question mais un désir : obtenir quelque chose de plus à manger ou un plaisir, un jouet, un film. Tous les petits enfants convoitent et tentent d'obtenir tout de suite ce qu'ils désirent mais lui a un mal fou à accepter une frustration. Il a toujours, à huit ans, l'illusion de sa toute-puissance et le besoin permanent, obsessionnel, d'avoir toujours plus, comme s'il lui fallait coûte que coûte remplir la forteresse dans laquelle il tente de se protéger du monde extérieur.

Ils le couchent. Léo aime les chatouilles. Encore. Encore. Il rit encore. Baisers. Non, Léo, je t'ai dit, pas sur la bouche. Il dort dans un monceau de peluches et, sous son oreiller, sous sa couette, derrière son lit, il cache des piles de livres, des jouets, des milliers de bouts de papier découpés représentant pour lui des billets de banque, et des tickets de métro, et des pièces de monnaie trouvées dans la rue (il a un regard d'aigle)… Que deviendra-t-il plus tard ? Pourra-t-il être un jour un adulte autonome ? Et comment Thomas peut-il aimer vivre avec l'astreinte d'un tel enfant qui n'est même pas le sien ?

Ils vont à leur tour dans leur chambre. La porte refermée, ils sont deux amants. Puis, l'un contre l'autre, enlacés, ils se laissent bercer par la musique classique. Et parlent, quelquefois. Ce soir, elle lui dit :

– Tu sais, Thomas, si tu me quittes…

– Pourquoi je te quitterais ?

– En tout cas, si tu me quittes, je te serai toujours reconnaissante de ce que tu as fait pour moi.

– Je n'ai rien fait pour toi.

– Si. Tu es là. Et tu t'occupes de Léo.

– Ce n'est pas de Léo que je suis tombé amoureux. Et je n'aurais jamais imaginé qu'un jour, je m'occuperais d'un enfant comme lui. Je n'ai aucune vocation dans ce domaine. Ça s'est fait comme ça, voilà. Léo est ton fils. Mais il se trouve que maintenant lui aussi je l'aime. Il faut dire qu'il est très attachant.

– Attachiant.

– Attachiant. Si toi, tu me quittes un jour, je n'oublierai jamais que tu m'as sauvé la vie.

– Je t'ai déjà dit que je n'ai fait qu'une opération pas très compliquée, que je fais toutes les semaines. Par ailleurs, ton opération n'est pour rien, mais vraiment pour rien, dans le fait que je t'aime. Je peux te jurer qu'en t'ouvrant le ventre et en te coupant ton bout d'intestin, je ne suis pas tombée amoureuse de toi !

Jeanne

– Tu n'es pas obligée, Jeanne, bien entendu, c'est toi qui décides.

– Je sais.

Elle ne regarde pas Stéphane assis à côté d'elle sur la banquette arrière de la voiture.

– Pourquoi tu hésites tout à coup ? On a rendez-vous dans dix minutes.

– Parce que je me demande si c'est un bon calcul.

– David Neuvic est devenu un symbole : la victime du système ultralibéral, de la connivence des élites, de leur hypocrisie et de leur corruption. La plupart des gens ont le sentiment qu'ils sont comme lui des pions, des petits, broyés par le système. Pour dix euros de débit sur ton compte, la banque te facture immédiatement des agios alors que cette même banque met toutes ses pertes sur le dos d'un exécutant et obtient de l'État de se faire renflouer et des milliards de réduction fiscale.

– Oui, bon, ne me fais pas un discours à chaque fois que tu me parles, Stéphane, je sais ça aussi bien que toi. Moi, je me dis une chose : David Neuvic a été condamné par la justice pour des fautes qu'il a reconnues et sa condamnation a été réduite en appel et il est sorti de prison avec un bracelet électronique.

– Et alors ?

– Alors, il n'est pas sûr qu'il soit comme tu dis le symbole de l'injustice du système. Et donc, il n'est pas sûr que ça soit très bon pour mon image de m'afficher avec lui et de prendre sa défense.

– Pour l'instant, tu le vois. Tu le rencontres dans le bureau de son avocat en toute discrétion. Ça ne t'engage à rien.

– Tu n'as rien dealé avec son avocat ?

– Moi ? Bien sûr que non. Je t'en aurais parlé.

– Tu es sûr ?

– Enfin, Jeanne, tu n'as plus confiance en moi ou quoi ? J'ai seulement obtenu que tu le rencontres, rien d'autre. Il est probable évidemment qu'il espère que tu prennes sa défense parce que tu es le leader de l'opposition et je pense que cet avocat, comme tous les avocats un tant soit peu médiatiques, cherche les coups de projecteur, pas tellement pour son client mais pour lui-même. Mais je ne lui ai rien promis. Rien du tout.

Jeanne tourne la tête vers Stéphane et voit ses grands yeux grossis par ses lunettes, ronds comme des yeux de poisson, et ses oreilles rouges. Qu'il est laid ! Il ment. Elle se méfie. Pas seulement de lui mais de tous ceux qui l'entourent. Ils sont tous rivaux. Ils se détestent tous, et de plus en plus, à mesure que le Parti et elle séduisent les Français et se rapprochent du pouvoir. Ils lui mentent tous. Ils cherchent tous à pousser leurs idées, leurs plans, leurs calculs, ils cherchent tous à l'instrumentaliser, à prendre auprès d'elle la première place en rêvant sans doute de la remplacer. (Pour Hugues, c'est sûr. Pour Stéphane aussi mais lui, il n'a aucun charisme.) Son père lui répétait – elle le trouvait parano – qu'il y avait bien plus à craindre de ses amis que de ses ennemis. Elle se dit aujourd'hui qu'il avait raison. Donc, toujours rester sur ses gardes. Il l'agace, Stéphane, avec son air de tout savoir mieux que tout le monde.

Maître Damien Courtiaux a ses bureaux avenue Marceau. Le chauffeur prend la contre-allée et les dépose devant une porte cochère vert foncé. Le cabinet est au premier étage. Un de ces cabinets ostentatoires où, dans l'entrée, une secrétaire en tailleur mauve trône à côté d'une orchidée sous un lustre à boules d'acier chromé.

Maître Courtiaux vient immédiatement les accueillir en personne.

– Madame Dolman, monsieur Baron, bonjour !

– Bonjour, maître.

– Je vous en prie, entrez. Il est là.

David Neuvic attend debout, comme perdu au milieu du vaste bureau en rotonde de son avocat. Jeanne le trouve plus maigre que sur les photos, les yeux enfoncés dans les orbites, les os des poignets saillants au bout desquels pendent de longues mains très blanches. Ils se saluent. Il a la main froide alors qu'il fait chaud. Ils s'assoient tous les quatre dans les canapés de cuir noir qui se font face.

– Café, thé, boisson fraîche ? demande Courtiaux de sa voix mondaine faussement chaleureuse.

– Café.

– Un verre d'eau, merci.

– Café.

L'avocat passe la commande à sa secrétaire. Jeanne observe David. Elle le trouve beau. Christique avec sa figure pâle. Elle engage la conversation car elle est censée être celle qui a sollicité la rencontre et elle veut, comme chaque fois, faire sentir qu'elle est le chef.

– J'ai voulu vous voir, monsieur Neuvic, parce que je veux toujours me faire mon idée par moi-même. On a pu lire tant de choses sur vous, en pour, en contre. Vous êtes peut-être surpris qu'un responsable politique fasse cette démarche. Je veux d'abord vous rassurer : je ne connais pas vos idées politiques, si vous en avez, ajoute-t-elle en souriant, mais tout le monde en a. (Elle sourit encore.) Vous n'êtes pas obligé de partager les miennes et, par ailleurs, je ne cherche pas du tout à exploiter votre affaire dans un sens ou dans un autre. Je suis vraiment, ce matin, dans une démarche ouverte, monsieur Neuvic. Essayer de comprendre. De comprendre si vous êtes, comme vous n'avez cessé de le dire, la victime qui a payé pour la Banque et pour un système qui vous a poussé cyniquement puis accablé pour ne pas avoir à se remettre lui-même en question.

– Vous avez tout dit, madame. Bien sûr que j'ai payé pour tout le système.

Il parle d'une voix fatiguée et son regard est plein de tristesse.

– J'ai payé parce que j'ai enfreint les règles officielles de la Banque que tous les traders, avec la bénédiction de la Banque, enfreignaient – et avec les félicitations de la direction tant qu'ils gagnaient. C'était facile et c'était normal de me condamner puisque j'étais objectivement coupable mais c'était injuste – et ça dit tout le système – de me condamner comme un super-vilain rendu fou par l'argent qui aurait fait ce que personne ne faisait. Tout le monde le faisait. Vous savez ce que m'a dit la juge d'instruction un soir ? « Vous, on sait pourquoi on va vous condamner, il y a des preuves : vos placements en dehors du cadre légal et vos pertes. Les autres, que voulez-vous ? Ils vous ont peut-être encouragé, ils ont peut-être été légers mais il n'y a pas de preuves et en France, que voulez-vous, l'incompétence n'est pas un délit. » Vous avez là, madame, toute l'hypocrisie du système. Et ce système, mon affaire n'y a pas mis fin. Bien au contraire. Ça continue, et de plus belle. On a rajouté des règles que les traders et leurs directions sont supposés respecter mais qui les respecte ? Le système, c'est toujours plus. Toujours plus de fric. Rien d'autre.

Il poursuivit longuement sa justification qu'il avait cent fois répétée. (Son avocat par moments le complétait, donnait une précision.) Jeanne s'imprégnait de sa voix, de son visage, de son regard. Puis elle lui demanda ce qu'il comptait faire à présent et de quoi il vivait. Il lui parla de son séjour en prison, des hurlements des prisonniers, des injures et des menaces, de son désespoir et de sa tentative de suicide.

– Au dernier moment, la Vierge m'est apparue et m'a ouvert les bras, là, dans ma cellule de neuf mètres carrés, oui, la Vierge, c'était la Vierge, je sais, ça paraît difficile à croire mais je vous jure que c'est vrai. Elle était là et elle m'a dit : pense à tes parents, à ton frère, à ta sœur, à ceux que tu aimes.

Il dit que depuis ce jour-là, il est habité par la foi, qu'il prie, qu'il sait qu'il retrouvera son honneur un jour et qu'il y a dans l'humanité des êtres d'amour, des êtres qui vous tendent la main.

– J'ai retrouvé l'espérance.

– Mais comment vous vivez, concrètement ?

– Je loge chez ma sœur. Un petit patron qui a été choqué par mon affaire me fait faire de la gestion informatique à mi-temps. À part ça, il y a mes parents à Nantes. Je suis ruiné, je dépends de ma famille. Mes condisciples polytechniciens m'ont tourné le dos et je ne vous parle pas de mes « amis » de la Banque. Mais je rencontre quelques personnes comme ce patron… (Il marque une pause et dit sans regarder Jeanne :) Comme vous peut-être… qui me tendent la main. Et, bien sûr, Damien. Il ne se fait pas payer, vous savez, pour me défendre.

Jeanne le quitta sous le charme. Elle lui serra la main, qui s'était réchauffée. Elle le prit par l'épaule et lui dit avec le grand sourire chaleureux dont elle était capable quand elle aimait quelqu'un :

– Je suis contente de vous avoir rencontré. Je crois que c'est profondément injuste et même scandaleux ce qui vous est arrivé. Mais vous savez qui je suis et les idées que je défends et je ne voudrais pas politiser malgré vous votre affaire.

– Mon affaire est politique, madame. Faites ce que vous croyez bien. Merci, en tout cas, d'avoir fait cette démarche.

Jeanne hésita un instant et l'embrassa sur les deux joues. Elle sortit du cabinet quasi triomphale, fière de sa bonne action, sous l'œil très satisfait de l'avocat.

À peine installée dans la voiture, elle dit à Stéphane qu'elle avait ignoré durant tout l'entretien et qui était resté tout le temps silencieux :

– J'ai aucun doute. Il faut le défendre, sortir au plus vite une tribune avec des mots très forts contre le système qui broie les innocents, contre ce pouvoir qui couvre les agissements d'une banque qui joue scandaleusement au casino avec l'épargne des Français. Tu avais raison, Stéphane, Neuvic, c'est le symbole, c'est un visage. C'est ça ! Et quel visage ! Il y a des vérités qu'on voit sur un visage, hein ? Oui, je crois que cette histoire, ça peut être notre affaire Dreyfus. Il faut que tu m'écrives un « J'accuse », Stéphane.

– Je ne sais pas, Jeanne.

– Mais si, tu sais. Tu écris très bien.

– Je ne sais pas si c'est une bonne idée.

– Quoi ! Mais c'était ton idée !

– Oui, mais je crois que ce garçon est un manipulateur mégalo.

– Carrément ! Non mais tu déconnes ! Il n'est pas manipulateur ni mégalo. Tu l'as vu ? Tu te trompes. Pour les idées, tu es très bon, OK – et tu vois, une fois encore, je t'ai écouté –, mais pour les gens, je suis beaucoup plus intuitive que toi, j'ai le flair, je les sens et je me trompe rarement. Et là, tu vois, je suis sûre – sûre – que ce garçon est sincère et qu'on peut le croire.

Stéphane n'ajouta rien. Elle lui jeta un regard de côté et poussa un soupir exaspéré.

Frédéric

L'orage avait crevé vingt minutes avant, trempant les soldats alignés pour le défilé du 14 Juillet. Quelques gouttes tombaient encore. Mais à l'ouest, vers la Défense et le bois de Boulogne, le ciel se rouvrait et la lumière revenait comme un projecteur à travers l'Arc de triomphe. Le fleuve de bitume des Champs-Élysées luisait, noir et gras et doucement ondulé jusqu'à la Concorde entre les berges vertes des platanes et des marronniers. À chaque fois qu'il montait dans le command-car pour le passage en revue des troupes, Frédéric se souvenait du jour où il était venu, enfant, avec son frère et ses parents, assister au défilé. Il se souvenait de l'endroit précis où ils étaient, devant le Petit Palais près de la statue de Clemenceau. Il se souvenait de la silhouette de Mitterrand, debout, très droit, un profil à la Jules César. Frédéric soignait lui aussi sa posture. Il fallait dans ces circonstances avoir quelque chose de très digne et même d'impérial. Tu incarnes la France. Il pensait à la phrase de Mauriac sur de Gaulle : « Un fou a dit : moi, la France. Et personne n'a ri parce que c'était vrai. » Il a été servi par les circonstances, quand même, de Gaulle. Comme le disait un de ses profs à Sciences-Po, « la grande chance de De Gaulle, aussi, ç'a été de s'appeler comme ça ». Legrand, pas mal non plus. Frédéric Legrand. Mais je ne suis pas spécialement grand. Il avait tout pour lui, franchement, de Gaulle ! Donc, compenser, comme Mitterrand. Posture. La menace terroriste : plutôt bon. Redonne une gravité. La grandeur et l'union nationale, ça demande du dramatique. La Nation en danger ? Président : père de la Nation.

Son chef d'état-major lui avait présenté le dispositif de sécurité renforcée autour des Champs-Élysées pour éviter toute intrusion dans la foule d'islamistes ou d'extrémistes de gauche ou de droite. Les « services » n'avaient pas oublié la tentative d'assassinat de Jacques Chirac. « On a tout blindé partout », résuma le chef d'état-major.

On craignait aussi que des employés en colère, comme ceux de l'usine de dentifrice Frazyl qui était en train de fermer, se mêlent aux spectateurs. Et, bien sûr, aux abords des Champs-Élysées, des vols, des dégradations, des échauffourées de bandes de voyous venues de banlieue restaient possibles mais, compte tenu du nombre de policiers et du maillage serré de barrages filtrants, tout devrait bien se passer.

Après avoir fait le tour de l'Arc de triomphe, le command-car s'engagea dans l'avenue et, aussitôt, des sifflets, des huées, des quolibets retentirent au passage du président, mêlés, certes, à quelques applaudissements, mais Frédéric entendit surtout les cris hostiles et les insultes. « Hou ! Hou ! » « Legrand démission ! » « On aura ta peau ! » « Frédéric des riches ! » « Garde ta poule, rends-nous la France ! » « Frédéric, rends le fric ! » « Freddy, t'es mort ! » « Hou ! Hou ! » Les mâchoires serrées, agrippé au garde-corps du véhicule, il saluait de la tête les militaires et, par instants, d'un geste du bras, la foule massée derrière les barrières de sécurité. Il vit surgir une banderole sur laquelle figurait sa tête au bout d'une pique et une autre reproduisant une caricature de *Charlie Hebdo* où Frédérique et lui étaient tout nus, poursuivis par le peuple armé de lances, d'arcs et de flèches. Des agitateurs s'étaient donc infiltrés. Ils étaient nuls, ces flics ! Tout devrait bien se passer, tu parles ! Le monde entier va voir ça.

Frédéric avait hâte d'atteindre la Concorde. Si seulement on pouvait rouler plus vite ! Mais non ! De quoi ça aurait l'air ? Allons. Digne. Imperturbable. Ces connards lui gâchaient son plaisir. Il n'eut même pas la petite pensée qu'il avait eue les autres fois en passant à la hauteur de la statue de Clemenceau.

Quand, enfin arrivé au bout de l'avenue, il descendit du command-car, il avait les jambes raides. Il salua moins chaleureusement que d'ordinaire les ministres et les invités dans la tribune officielle puis s'assit à la place présidentielle en plein centre, au côté de sa femme qui lui glissa à l'oreille :

– Qu'est-ce qu'il y a ?

– T'as pas entendu ?

– Non, quoi ?

– Des sifflets, des huées, des…

Elle lui prit la main et lui caressa le creux de la paume. Ils échangèrent un regard complice.

Le soir, seuls, dans un petit salon de leur appartement privé, ils regardèrent les images de la journée sur les chaînes d'info. Jusqu'ici Frédéric n'avait pas voulu accorder trop d'importance aux différentes manifestations de Français en colère (ouvriers, employés, salariés, fonctionnaires, retraités, nuits de violences en banlieue) qui se multipliaient un peu partout. Les réformes qu'il avait lancées dès le lendemain de son élection, parce qu'il fallait toujours faire passer les mesures les plus difficiles au début, avaient provoqué des réactions prévisibles. En France, on savait – tous les dirigeants en font l'expérience – qu'il est très difficile de réformer, de moderniser, beaucoup plus difficile qu'ailleurs. Les Français défendent tous leur petit pré carré, leurs avantages acquis. « Comment voulez-vous gouverner un pays où il existe deux cent cinquante-huit variétés de fromages ? » Tout le monde le sait. Et Frédéric était prêt à assumer sa baisse de popularité et à tenir bon. Avec lui la France – son leitmotiv – entrerait enfin dans le XXIe siècle. Il était normal, inévitable, que, lors d'une phase de transition et d'adaptation, des mécontentements s'expriment.

Seulement… ce qui s'était passé aujourd'hui l'impressionnait plus qu'il n'osait le dire. Les visages pleins de haine, ces slogans tagués sur les murs et les vitrines des rues adjacentes aux Champs-Élysées. Et surtout ces banderoles… Relativise. OK. N'empêche qu'ils lui en veulent, à lui, à lui personnellement, à lui et Frédérique, et si l'on ajoute les sondages, sa cote en chute libre… Les sondages, faut relativiser, hein ? Il faut tout relativiser. Oui mais cette haine maintenant, cette haine que j'ai vue, que j'ai sentie.

Frédérique, comme toujours, essaya de le rassurer :

– Ce qui t'angoisse, mon amour, c'est de ne pas savoir comment réagir et, d'abord, si tu dois réagir ou pas. Pour le savoir, il n'y a pas trente-six solutions. Il faut faire remonter toutes les informations le plus possible du terrain et puis poser le bon diagnostic. Consulte, écoute.

– J'ai l'impression que je ne fais que ça. On m'inonde de notes, de rapports, je passe mon temps à rencontrer des gens qui savent. Mais qu'est-ce qu'ils savent ? Que les Français sont divisés ? Que les Français sont pessimistes ? Que les Français sont mécontents ? Est-ce qu'il y a eu une époque, une seule, où ils étaient contents, où ils ne râlaient pas ? Ceux qui protestent en ce moment, ils ne voient du bon que dans leur passé, ils sont découragés, aigris, ils ont peur de l'avenir et ils s'accrochent, comme des noyés à un bout de bois, à ce qu'ils avaient avant comme si c'était forcément mieux, moins pire, que ce qu'ils pourraient avoir demain. Il y a, d'un côté, Jeanne Dolman et le Parti national qui leur expliquent qu'en gros c'est simple : il suffit de reconstruire des murs, des lignes Maginot, des frontières, foutre l'Europe en l'air et surtout se débarrasser du plus possible d'immigrés en commençant par les Arabes et les musulmans et, alors, miracle, tous les Français, les vrais, de souche, seront enfin comblés, tous satisfaits, tous plus riches. Et, de l'autre, il y a le discours de la vérité et les vraies décisions, celles qu'on peut prendre, celles qu'on prend, et personne, personne ne sait plus quoi faire parce que, quoi qu'on fasse, on fait des mécontents, des furax qui veulent nous empaler au bout d'une pique, à part si on se mettait à exploser le budget et à distribuer des cadeaux à tout le monde et encore, il y aurait encore des mécontents qui voudraient plus, toujours plus, et ça nous mènerait où ?

Frédérique l'écouta sans chercher à l'interrompre, assise sagement, les jambes croisées, dans le canapé. Il avait besoin de se défouler, de dire à la seule personne au monde devant qui il pouvait tout dire ce qu'il ressentait et ce qu'il pensait vraiment.

– Qu'est-ce qu'il disait déjà, de Gaulle ? Des veaux ? Des veaux ! Nourris à la mamelle ! Des assistés ! Qu'ils aillent vivre ailleurs, pour voir, pour comparer, s'ils sont si malheureux ! Dans la bonne ville de Voronej, par exemple, en Russie ! Ou en Turquie. Ou en Chine. Là-bas, en plus, les gens ne se plaignent pas.

– Ils ne peuvent pas.

– Ils ne peuvent pas. C'est ça. C'est ça, le problème. Ici, ils peuvent, ils peuvent…

Il laissa quelques secondes sa pensée suivre ce chemin. La démocratie, bien sûr, c'est plus difficile, c'est plus ambitieux…

Frédérique attendit encore puis, voyant qu'il se taisait et restait perdu dans ses réflexions, lui dit tendrement :

– Tu me prends dans tes bras ?

Elle posa la tête sur sa poitrine. Il soupira et commença à se calmer. Il se mit à suivre du regard un papillon venu par la fenêtre ouverte et qui voletait dans les moulures du plafond. Quand elle était comme ça contre lui, il reprenait confiance.

– C'est vrai, mon chéri, que tu connais par cœur la situation. Tu vois les syndicats, les maires, les associations, les études d'opinion, les rapports des services secrets. Et c'est certain qu'il n'y aura jamais de solution parfaite, c'est impossible, mais il y a peut-être une façon de faire retomber la fièvre. Il y a toujours une porte ouverte quelque part, il y a toujours un chemin. Peut-être qu'on n'a pas encore assez bien cherché, c'est tout.

– Ce que je sens, tu vois, ce que j'ai senti ce matin – j'en ai eu l'intuition –, c'est que ça risque d'empirer. Des manifs qui dégénèrent, des violences qui se traduisent par des morts et puis, ceux qui voudront venger les morts par des morts. Un engrenage. Comme à Saint-Denis quand un policier a écrasé un jeune et que tout le quartier s'est embrasé. Ça pourrait se produire entre deux communautés. Je me souviens de ce que m'avait dit un vieux de la DGSI il y a trois-quatre ans : il redoutait des affrontements entre des musulmans et des types d'extrême droite.

– Bon, bon, le pire n'est jamais sûr, tu sais bien.

– Non mais… Bon. Je vais faire ce que tu m'as conseillé. On ne consulte jamais trop, hein ? Je vais consulter. Largement.

Il convia donc à l'Élysée, durant la deuxième quinzaine de juillet, les leaders syndicaux, des maires de toute la France, de petites et grandes communes, des directeurs d'associations, d'administrations, d'écoles, de prisons, d'hôpitaux, de maisons de retraite, tous ceux qui pouvaient lui donner une représentation des Français sur leur lieu de vie ou de travail. « Je veux savoir, leur dit-il, ce qu'ils vous disent, ce dont ils souffrent et quelles sont, selon vous, aujourd'hui, les priorités. » Tous rivalisèrent d'inquiétude et même de pessimisme et n'avaient à proposer, naturellement, que des dépenses, des dépenses, des dépenses ! Et en plus, Frédéric avait l'impression infernale et désespérante que plus ça allait, plus la France devenait ingouvernable, parce que chacun considérait sa préoccupation personnelle comme l'enjeu fondamental. Pour les syndicalistes, par exemple : à force de vouloir réduire le pouvoir des syndicats, on a des mouvements de colère anarchique incontrôlables qui se multiplient partout. À la SNCF, d'avoir voulu tout changer (les statuts, les retraites, les modes de travail), on a rompu le pacte social, des cheminots se suicident et maintenant, ce n'est plus un conflit qui est à redouter, ce sont des actions violentes, des actes de sabotage. Pour les maires de communes rurales : les gens chez nous se sentent incompris, abandonnés et méprisés par les élites parisiennes. Et de citer des problèmes qui laissaient chaque fois Frédéric affligé : les désherbants, monsieur le Président, rendez-vous compte ! Vous voulez les interdire au nom de l'écologie mais nous, comment on fait pour entretenir nos ronds-points et nos espaces floraux si on n'a pas de quoi payer le jardinier pour arracher les mauvaises herbes ? Alors, je vous le dis, si on continue comme ça, ça va péter !

Ensuite, les Fred reçurent à dîner dans leurs appartements privés des universitaires et des intellectuels qui tous tentèrent de faire valoir que leur point de vue était le plus pertinent.

Un géographe, Aurélien Baradel, fit une analyse néomarxiste : la révolution des échanges et des communications et le triomphe du monde ultralibéral laissent dans l'ornière le peuple des petites gens qui vit encore dans la France d'avant. « Rappelez-vous *Paris et le désert français*. Eh bien, aujourd'hui, le désert est rempli de ces petites gens qui crient dans le désert. » (Très drôle, pensa Frédéric, il faut toujours qu'ils essayent de faire de l'esprit.)

L'historien Thomas Fournier rappela l'importance dans l'inconscient collectif de la Révolution française et de la monarchie. Les Français rêvent toujours d'un roi mais, en même temps, ils rêvent de lui couper la tête. « Vous personnifiez, monsieur le Président, aux yeux des mécontents, tout à la fois leur problème et sa solution. » (Qu'est-ce que je disais ! pensa Frédéric. Ils se croient malins…)

Le philosophe Vincent Lhommet dit en rejetant en arrière

les longues mèches romantiques de sa chevelure : « On parle de crise économique, de crise sociale, de crise politique. En réalité, on vit une crise du sens, on vit le sacrifice du sens de l'homme à la gloire du dieu de la croissance éternelle. Les hommes se révoltent parce qu'ils veulent redonner un sens à leur vie, sentir qu'il leur reste encore l'essence de leur être : leur liberté. » (Frédéric vit que Frédérique était sensible au charme des mots de l'aimable philosophe. Tendresse de l'ancienne prof de français, sans doute.)

Puis, l'inséparable couple de sociologues, Jean Ragorie – barbe grise où tremblotait une miette de pain – et Muriel Ragorie-Tronchard – casque de cheveux bouclés –, déclarèrent que la violence, toute violence, était toujours moralement condamnée par celui ou ceux qui la subissaient, ce qui évitait trop souvent de se poser la bonne question : pourquoi ? « Et pourquoi ? » demanda Frédéric. Les Ragorie énumérèrent alors une suite interminable de raisons, en renvoyant, autant qu'ils le pouvaient, à leur dernier ouvrage consacré aux fractures sociales et culturelles françaises.

Au dessert, la psychanalyste Joelle Monnier, très distinguée septuagénaire qui parlait d'une voix douce, compara la relation entre le peuple et le président à la relation conjugale. « Il faut sortir des reproches et des invectives mais comment ? Comment se parler ? Eh bien, en commençant par essayer de se rappeler ce qui au départ nous a menés l'un vers l'autre, ce qui nous a plu dans l'autre. Ensuite, en essayant de se le dire avec des mots simples. Ce qui m'a plu en toi, c'était… Enfin, bien sûr, en faisant l'effort de s'écouter, d'écouter vraiment le point de vue de l'autre. J'ai constaté que les couples qui traversent les épreuves suivent toujours à peu près ce mode de fonctionnement. Se dire ce qui ne va pas. Il y a toujours des choses qui ne vont pas. Mais le faire sans mots blessants. Sans oublier l'amour.

Que ce soit celui d'hier ou celui qu'on éprouve encore. J'ai envie de vous dire, monsieur le Président : allez vers les Français, faites le premier pas et montrez-leur que vous êtes désireux de les écouter. »

La psychanalyste fut immédiatement contredite par le politique Paul Martin-Pers : selon lui, les enquêtes d'opinion indiquaient que, pour une majorité de Français, le président occupait trop le devant de la scène et communiquait trop. Il fut à son tour aussitôt contredit et les avis divergents fusèrent jusqu'à la fin du dîner dans une conversation plus libre qu'au début. Oui, non, peut-être, ça dépend…

Une fois leurs invités partis, Frédéric dit à Frédérique :

– Alors ?

Ses yeux brillaient d'un éclat qu'elle connaissait bien. Celui du conquérant qui a trouvé sa future conquête et qui est prêt à tout pour l'obtenir.

– Tu veux faire ce que Joelle Monnier t'a conseillé, c'est ça ?

– C'est ça. Qu'est-ce que tu en penses ?

– Je pense qu'on ne dit jamais assez aux gens qu'on les aime.

Sonia

Dans la loge qui sentait la poudre, la laque et le café, Sonia entrouvrait des yeux de chatte pour surveiller le travail de la maquilleuse sur son visage et sur son cou. Une grande serviette blanche couvrait sa poitrine et ses épaules mais pour ne prendre aucun risque, elle avait retiré sa veste noire. La productrice de l'émission politique à laquelle elle participait passa une tête dans la loge.

– Tout va bien, madame la ministre ?

– Ça va, je vous remercie.

– Votre face-à-face est prévu vers vingt-deux heures mais comme c'est un direct et qu'il y a d'autres intervenants avant vous, ça risque de bouger un peu.

– Madame Dolman sait que je suis l'invité-surprise ?

– Oui, bien sûr, c'est la règle.

– C'est vrai. On me l'avait dit.

– C'est normal. Il faut que l'invité d'honneur puisse se préparer.

Sonia s'agrippait machinalement les cuisses à travers la toile fine de son pantalon et sentait le pincement de ses ongles longs comme des griffes. Elle était plus tendue qu'elle n'aurait voulu. Elle était en général assez à l'aise devant les caméras mais cette fois était particulière, l'enjeu plus grave et personnel. Elle se tenait très droite sur le gros fauteuil de cuir. Elle essayait de se remémorer ce que Jeanne avait pu dire ou faire de déplaisant depuis qu'elles se connaissaient. Il ne lui revenait rien de bien précis sauf cette fois où Jeanne avait refusé de s'exprimer publiquement pour condamner les attaques sexistes qui la visaient au moment de la naissance de sa fille. Jeanne a toujours été une égocentrique. Elle n'est généreuse que pour vous acheter. C'est une gosse de riche habituée à être servie depuis qu'elle est née et qui ne supporte pas que le monde entier ne soit pas à ses pieds. Sonia se cherchait toutes les raisons d'en vouloir à son ancienne amie mais ne pouvait oublier qu'elles avaient partagé de bons moments. Jeanne ne l'avait jamais laissée tomber, Jeanne avait toujours pris régulièrement de ses nouvelles, Jeanne l'invitait de temps en temps à déjeuner ou à dîner. Elles se parlaient de leurs histoires de mecs et elles riaient bien. Elle lui disait que la politique ne les séparerait jamais. Elle essayait d'en relativiser l'importance. « On ne va pas gâcher notre amitié à cause de ça. » Elle en plaisantait parfois. « Comment voulais-tu que j'y échappe, moi, avec mon nom ? C'est comme quand tu t'appelles Kennedy aux États-Unis. Toi par contre, tu aurais pu faire autre chose. Tu as succombé au virus. » Ah ! Voilà ! Elle me voit comme une assoiffée de pouvoir. Elle ne pense pas que j'ai pu m'engager en politique par conviction. C'est parce qu'elle n'en a pas, elle, de convictions, je pense qu'elle n'en a pas vraiment, je pense qu'elle a seulement grandi dans un milieu raciste avec ce père qui torturait des Arabes en Algérie… Elle a rompu avec son père. Oui, c'est vrai.

Sonia et Jeanne s'étaient promis de ne jamais s'affronter directement à l'Assemblée ni dans les médias – l'amitié, d'abord – et Sonia avait hésité avant d'accepter l'invitation de France 2. Elle savait que Jeanne en serait surprise, choquée, déçue. Mais après ce qui venait de se passer, elle ne pouvait plus dissocier Jeanne des idées qu'elle portait à la tête de son parti. Elle ne le devait plus. Même si Jeanne… Même si elle s'est toujours comportée en amie fidèle… et affectueuse… Même si… C'est pour ça que sans doute elle ne m'aime pas vraiment. C'est impossible. Elle ne peut pas dire ce qu'elle dit et ne pas en penser un mot, elle n'est pas débile, il y a un problème. Elle tient un discours qui pousse à la violence contre les Arabes et les musulmans, elle dit « l'immigration arabo-musulmane ». On est tous dedans, tous une menace pour la France. Résultat : des tarés d'extrême droite sont venus incendier ma maison de Ramatuelle et maman et Myriam ont failli brûler à l'intérieur.

Une fois maquillée, Sonia voulut rester seule dans sa loge. La production traitait bien les invités. En tout cas, les ministres. Il y avait un bouquet de roses, une grande coupe de fruits, des boissons fraîches et, délicate attention, une théière de thé à la menthe parce qu'on savait qu'elle adorait ça. Elle but le thé à petites gorgées sans réfléchir à ce qu'elle allait dire sur le plateau, sans relire l'argumentaire que lui avait préparé sa directrice de cabinet. Elle ne pensait qu'à sa mère et à sa fille terrorisées dans la maison en pleine nuit. Myriam l'avait appelée en larmes, elle criait : « Maman, maman ! Il y a des hommes. Ils tapent sur la porte. Ils ont du feu. » Elle a eu tellement peur, à dix ans. Et ma mère, à soixante-dix ans ! Si les pompiers, si la police n'étaient pas arrivés à temps… Jeanne a été la première à m'appeler dès que la presse en a parlé, elle avait l'air sincèrement émue et elle m'a juré que, non seulement elle condamnerait avec force (et elle l'a fait) cet acte odieux mais qu'en plus, si ceux qui avaient fait ça étaient des militants du Parti national, elle prendrait contre eux les sanctions les plus sévères et les exclurait du parti. C'était des skinheads qui n'étaient pas au Parti national mais peu importe, je m'en fous, de tes mots de consolation, Jeanne, et de tes condamnations ! On ne peut pas tout à la fois encourager et condamner les violences et ça, ma vieille, je vais te le dire en face parce que je ne peux pas te pardonner que Myriam, que ma petite fille qui est aussi française que toi ait tout le temps peur maintenant. Ma petite fille doit aller à l'école avec un garde du corps, maintenant. Et maman me supplie d'arrêter la politique. Et mes frères veulent nous venger. C'est pour eux que je suis là. Moi, Jeanne, tu vois, à cause de ce que tu dis, moi, la rebeu – je suis une rebeu pour toi, pas une Française –, moi je vais montrer aux Français – et à ma famille – que je n'ai peur de rien ni de personne et surtout pas de toi et n'essaye plus de te dire mon amie !…

Sonia s'échauffa ainsi jusqu'à ce que le régisseur vienne la chercher pour la conduire sur le plateau où Jeanne, depuis une heure déjà, défendait ses idées et son programme. Un public d'une soixantaine de personnes était installé en toile de fond sur des bancs. La garde rapprochée de Jeanne et des jeunes militants. Sonia entra sur un jingle guerrier en prenant garde à ne pas se tordre les pieds sur ses escarpins. La forte luminosité réfléchie par le sol blanc l'éblouit. Elle vit Jeanne et le couple de journalistes qui animait l'émission, Zoé Loriot et Bruno Barthez, juchés sur les tabourets autour de la grande table en plexiglas. Elle tendit la main aux journalistes. Jeanne lui dit bonjour avec un sourire crispé. Sonia ne fit pas le tour de la table pour lui serrer la main. Les deux femmes ne s'étaient plus parlé depuis l'incendie de la maison. Elles s'observèrent l'une l'autre tandis que Zoé Loriot lançait le face-à-face. Une grande ride interrogative creusait le front de Jeanne au-dessus des sourcils. Les coudes sur la table, le buste penché en avant, elle inclinait la tête de côté. Elle avait quelque chose d'hésitant, d'indécis, comme si elle se refusait encore à croire que sa vieille amie était venue pour l'attaquer. Sonia sentait son cœur cogner. Ses nerfs étaient tendus comme des câbles d'acier. Calme. Respire. Elle posa ses mains à plat sur la table et déglutit.

– Vous venez de rappeler mon parcours, madame Loriot, et les violences dont j'ai été la cible. Vous l'avez dit : ma mère et ma fille étaient dans notre petite maison familiale à Ramatuelle, elles ont frôlé la mort à cause de crétins décérébrés et racistes. Vous me demandez…

Bruno Barthez lui coupa la parole.

– Vous avez peur aujourd'hui pour vos proches et pour vous ?

– Pour mes proches, oui, j'ai eu peur. Vous vous rendez compte que ma fille et ma mère auraient pu brûler vives !

– C'est abominable, dit aussitôt Jeanne, et madame El Hatimi le sait, je l'ai appelée immédiatement quand j'ai su ça pour lui exprimer tout mon soutien et mon indignation et, comme vous le savez, j'ai condamné de la façon la plus ferme ces violences intolérables commises – je reprends vos mots – par des crétins décérébrés.

– Et racistes, releva Zoé Loriot.

– Oui, racistes, sans doute, concéda Jeanne.

– Ça ne fait guère de doute, dit Bruno Barthez.

Sonia dit alors sur un ton grave, en fixant Jeanne droit dans les yeux :

– Le problème, madame Dolman, c'est que ceux qui ont fait ça l'ont fait parce que vous les y encouragez.

– C'est faux ! Je n'ai jamais… Au contraire !…

– Laissez-moi m'exprimer, s'il vous plaît, vous répondrez après. J'ai dit que ces jeunes étaient décérébrés. J'aurais dû dire plutôt endoctrinés.

– Qu'est-ce que vous essayez…

– Endoctrinés. Remplis de vos idées contre les musulmans. C'est ces idées qui les ont poussés à commettre un tel acte.

– Mais c'est n'importe quoi ! Je ne peux pas vous laisser… Ces jeunes étaient dans la mouvance skinhead et pas un n'était membre du Parti national.

– Mais influencés par vos discours et encouragés par le climat islamophobe qui se développe en France.

– Vous dites vraiment n'importe quoi, là.

– Je dis la vérité.

– La vérité, c'est que dans notre pays, il y a un désespoir et que ce désespoir se traduit par des violences, des actes de vandalisme, des incivilités et les élus deviennent de plus en plus des cibles – et c'est grave et je le condamne – mais tous les élus, de tous bords, madame El Hatimi. Nous aussi, un de nos élus, Maxime Mertens, a vu sa voiture incendiée. La vérité, c'est aussi que les attentats terroristes sont commis sur notre sol par les islamistes et que, pour autant, les Français ne se sont jamais montrés, dans leur immense majorité, hostiles envers les musulmans mais…

Zoé Loriot essaya de l'interrompre :

– Attendez, madame Dolman, s'il vous plaît.

– Mais ça n'empêche pas qu'il y a…

– Madame Dolman, madame Dolman, s'il vous plaît, ça ne sert à rien de faire un face-à-face si vous ne laissez pas l'autre parler.

– Oui mais moi aussi, alors, j'ai le droit de répondre.

– C'est ce que vous faites, non ?

Sonia voyait que Jeanne se laissait gagner par l'émotion et s'agitait.

– Alors, laissez-moi répondre !

– Laissez-moi d'abord reposer ma question. J'ai lancé ce débat en demandant à madame El Hatimi, et je vous demanderai aussi d'y répondre, madame Dolman, si vous estimez que vous représentez deux France opposées. Je voudrais que vous répondiez à cette question, madame El Hatimi.

Sonia avait appris qu'il fallait savoir prendre son temps, ralentir son débit et même commencer par un silence pour capter l'attention et donner de la force à son discours. Elle redressa la nuque, abaissa ses épaules et fixa l'œil noir de la caméra.

– Il n'y a pas deux France pour moi et il n'y en aura jamais. Il y a la France ouverte et tolérante, la France des droits de l'homme et du respect des gens et de la liberté de penser et de croire. Pas la France du rejet de l'autre, de la haine de l'autre. Moi, madame Loriot, je suis née en France et je suis française, de parents marocains, arabes et musulmans, qui sont venus en France, soit dit en passant, faire des métiers que les Français ne voulaient pas faire. Ma mère était femme de ménage et mon père mineur puis éboueur. Eh bien, j'en suis fière. Je suis fière du pays qui nous a accueillis avec nos différences. Les différences, c'est d'abord un enrichissement. (Jeanne secouait la tête avec un sourire consterné et moulinait l'air de sa main gauche pour suggérer qu'elle entendait le baratin habituel.) Si, madame Dolman ! L'immigration, ça n'est pas qu'une charge, c'est aussi un enrichissement, économique, culturel.

– Je peux répondre ?

– Vous allez répondre. Laissez-moi finir. La douleur de mon père, madame Dolman, quand il entendait dans la bouche du vôtre « les immigrés dehors ». Dehors pourquoi ? Dehors où ?

– Tu sais… (Jeanne se reprit aussitôt.) Vous savez très bien que je n'ai jamais dit ça. On s'en est parlé, vous et moi, au Parlement. On se connaît depuis longtemps, depuis nos études, et vous savez très bien…

Sonia voulait ignorer l'allusion personnelle qui pouvait brouiller son propos.

– Pourquoi ne dites-vous pas que l'immigration, ça peut aussi être une chance pour la France ? Pourquoi ne dites-vous pas que l'immigration, ça donne aussi Marie Curie, Zidane, Aznavour, Joséphine Baker, Romain Gary, Joseph Kessel qui a écrit *Le Chant des partisans* ou encore, par exemple, Leïla Slimani ? Des hommes et des femmes qui aiment la France et qui la défendent autant que vous, madame Dolman !

Jeanne se força à rire.

– Oh ! Mais arrêtez, c'est ridicule, cette succession de poncifs qu'on nous sert depuis des décennies. Vous me citez des gens que tout le monde admire naturellement et qui ont fait l'effort de s'intégrer à la société française en respectant ses valeurs et qui ont été reconnaissants à la société française de ce qu'elle leur a donné.

– Je suis la première à être reconnaissante.

– Et vous êtes aussi un modèle d'intégration réussie mais arrêtons l'hypocrisie, les bons sentiments et la langue de bois. Il n'y aurait en France que des gens comme vous, madame El Hatimi, tout irait très bien et il n'y aurait rien à dire sur l'immigration. Aujourd'hui, il y a deux problèmes majeurs qui menacent l'avenir de notre pays et ce sont de vrais problèmes que tout le monde voit, et ce n'est pas la peine d'accuser de racisme ceux qui ont le courage de regarder ces problèmes en face. Le premier, c'est qu'il y a trop d'étrangers qui viennent en France et en Europe. L'Europe est une passoire et cet afflux exponentiel nous expose au danger de voir les Français remplacés à brève échéance par des étrangers. Et ça, moi, je n'en veux pas. La France aux autres, moi, je n'en veux pas ! Surtout que ces autres – et c'est le deuxième danger – sont massivement musulmans et on voit se développer le communautarisme, le fondamentalisme islamique, la radicalité militante de gens qui veulent imposer leur loi religieuse, la charia. Si, madame El Hatimi ! Et dans les banlieues aujourd'hui, les jeunes filles qui voudraient s'intégrer comme vous ne le peuvent plus parce que les barbus veulent leur imposer le voile, parce qu'elles sont des prisonnières, parce qu'elles sont menacées et cloîtrées dans des territoires occupés par des trafiquants de drogue et des prédicateurs musulmans.

Sonia secouait la tête avec le même rictus consterné qu'avait Jeanne quelques minutes auparavant.

– Vous voyez, madame Dolman, c'est pour ça qu'il y a des gens qui viennent brûler ma maison. Parce que vous tenez des propos aussi caricaturaux et haineux. Les jeunes filles dont vous parlez, comme les garçons, comme leurs parents, elles se sentent souvent méprisées ou suspectes parce qu'elles sont musulmanes, parce qu'elles ont des prénoms et des noms musulmans. Elles sont nées en France mais elles se sentent souvent des exilées dans leur pays natal. Alors, du coup, elles sont des proies pour les prédicateurs qui leur disent de porter le voile. Ça prouve que vous ne voulez pas qu'elles s'intègrent. Vous les excluez, vous les poussez dans les bras des extrémistes qui vont leur enseigner non l'amour mais la haine de la France et de ses valeurs. Vous faites le jeu des islamistes.

– Au contraire. Moi, je défends les règles laïques de notre République. Je ne compose pas avec les islamistes, je ne tombe pas dans leur piège.

– Il ne faut pas fermer la porte aux filles qui se voilent. Il faut les aider, leur parler, leur tendre la main, qu'elles rencontrent des femmes comme moi qui n'ont jamais porté le voile et qui leur donneront envie de s'intégrer dans une société qui offre aux femmes la possibilité de réussir à l'égal des hommes.

– Vous êtes d'une naïveté pathétique. La gauche n'a pas arrêté de prêcher la tolérance et l'ouverture. Mais à force de flirter avec le diable, on a quoi ? On a des islamistes qui marquent des points depuis vingt ans. On a une musulmane sur trois qui se voile alors qu'avant c'était une sur cinq. On a des barbus qui… – ça ne vous plaît pas mais c'est ça ! – qui refusent que leurs femmes ou leurs filles soient vues par des médecins hommes et qui veulent des piscines pour les femmes, etc. Vous voulez quoi ? La France de la charia ? Moi pas.

– Bien, dit Bruno Barthez, ce sera le mot de la fin.

– Je crois qu'on a vu qui vous êtes, madame Dolman.

– Et vous aussi, madame El Hatimi.

– S'il vous plaît, c'est fini. Il reste dix minutes pour découvrir le verdict des Français sur la prestation de madame Dolman et pour conclure cette émission. Madame la ministre, merci.

Jeanne ironisa :

– Madame la ministre.

– Oui, je suis ministre et je me doute que ça vous déplaît. Vous n'êtes que la fille de votre père. Vous souriez mais vous défendez les mêmes idées.

– Mais oui, bien sûr !

– Bien. Donc, nous allons découvrir ce qu'ont pensé les Français interrogés…

Un jingle retentit tandis qu'un graphique s'affichait sur un grand écran derrière les journalistes. Sonia se leva et quitta le plateau. Elle passa au démaquillage puis aux toilettes. Elle avala rapidement une tasse de thé à la menthe froid et mangea une clémentine. Son attachée de presse, qui avait suivi l'émission depuis les coulisses, lui dit qu'elle avait été formidable mais elle lui disait toujours qu'elle était formidable ou quelque chose d'approchant. Sonia elle-même n'en savait rien. Elle n'était pas en mesure de s'apprécier. Elle éprouvait seulement une grande fatigue. Elle tortillait du bout des doigts le serpentin de peau de sa clémentine.

Quand elle sortit de sa loge, elle vit Jeanne au bout du couloir entourée de ses conseillers, de la productrice de l'émission et du président de la chaîne. Elle souriait à peine, hochait la tête avec lassitude. Elle serra une main ou deux en passant.

Sonia ne pouvait éviter de la croiser. Elles échangèrent un dernier regard et ne se saluèrent pas.

Marc

Par les fenêtres de l'ascenseur, Paris s'élargissait comme une tache d'eau sur du papier : le pont d'Iéna, le Trocadéro, l'Arc de triomphe, le bois de Boulogne, la Défense et les collines à l'horizon et puis l'océan sombre et menaçant du ciel que des rayons de soleil transperçaient par endroits. Miroitement des poutrelles métalliques. Grincement des poulies et des câbles de la cabine d'ascenseur. Deuxième étage de la tour Eiffel. À l'arrivée, Marc fut accueilli comme un vieil ami par le maître d'hôtel du Jules Verne qui l'appelait par son prénom, à sa demande. Il cultivait son style à l'américaine, simple et décontracté, et se faisait appeler par son prénom par ses collaborateurs et tous ceux qu'il fréquentait régulièrement. Il avait fait du Jules Verne sa cantine. Il y avait sa table, la plus intime.

– Bonjour, Marc.

– Bonjour, Richard.

– Comment allez-vous ?

– Bien, merci. Et toi ?

Il prenait plaisir à tutoyer tout le monde, aussi bien « les grands » – présidents, ministres… – que « les petits ». C'était une façon pour lui d'exprimer son pouvoir.

– Un peu fraîchement avec ce temps.

– Ah oui ? Moi, j'adore ce temps. C'est tonique.

– Votre invité n'est pas encore arrivé.

Marc n'aimait pas arriver le premier. Il pensa : c'est lui qui a voulu me voir et il n'est pas foutu d'être à l'heure. Il avait accepté, il l'avait même invité à déjeuner au Jules Verne parce qu'il lui avait semblé que cela pouvait s'avérer judicieux dans la période actuelle.

– Je vais l'attendre dehors.

– Dehors !

– Je t'ai dit que j'aime ce temps.

– Je peux vous proposer un jus de légumes ?

– Non, merci. Pas maintenant.

Il se campa face à l'ouest sur la passerelle comme un marin à la barre d'un navire et huma le vent qui soufflait assez fort et qui avait un goût salé. Il aimait ça. Il avait découvert la voile et la mer l'excitait autant que les catacombes. La semaine prochaine, je pars trois jours. Il possédait déjà deux grands voiliers, *Balthazar*, un Bénéteau ultramoderne avec skipper, et *L'Étoile du berger*, un vieux gréement avec son équipage, tous les deux toujours prêts pour lui ou pour ses relations à qui il les prêtait ou les louait selon les circonstances. Parfois, il partait seul sur

Balthazar. Il aimait le frisson de l'inconnu, du danger, se retrouver seul aux prises avec ce qu'il devait apprendre à maîtriser et, surtout, ce sentiment d'échapper soudain au temps, à la vie ordinaire. Si un jour, songeait-il, si un jour… et il avait l'image assez indéfinie de lui-même quittant Paris en laissant tout en plan derrière lui, l'image d'un nomade, d'un aventurier, sur son bateau jusqu'à une île, une île verte et solitaire… une maison en bois acajou sur pilotis… Depuis qu'il naviguait, il s'était laissé pousser une barbe et il était assez satisfait qu'elle fût poivre et sel. L'air d'un vieux baroudeur sympa…

– Salut, Marc !

– Stéphane… T'as eu du mal à trouver ?

– Cinq minutes de retard, désolé. Taxi coincé. On ne circule plus dans Paris. Je pensais être en avance. Tu es beau avec ta barbe.

Stéphane portait un anorak noir long avec une capuche sur la tête pour protéger du froid son crâne soigneusement rasé. Il avait toujours ses lunettes rouge orangé et il arborait désormais un bouc.

Marc le prit par le bras et l'entraîna côté sud de la passerelle.

– Regarde, lui dit-il, qu'est-ce que tu vois ?

– Qu'est-ce que je suis censé voir ?

– Notre enfance, notre adolescence.

– Tu vois Villejuif ? Où ça ?

– Là-bas. Le plateau. L'hôpital Gustave-Roussy.

– Ah oui.

– Je ne sais pas pourquoi j'y pensais en venant. Quelques kilomètres parcourus et aujourd'hui, on est là. Si tu raccourcis le temps comme l'espace, ça paraît dingue, non ? Parfois, j'ai l'impression que c'était hier – on ne se voit pas vieillir – et parfois que ça fait un siècle. J'y suis plus retourné depuis que mes parents sont morts. J'ai laissé la maison à ma sœur, j'ai rien pris, sauf le vieil ordi que papa m'avait offert. Sentimental. Toi, ta mère ?

– Elle est morte.

– Ah. Je ne savais pas. Je suis désolé. Tu habites où, toi, maintenant ? Je veux dire : depuis ton divorce ?

– Dans le 5e. Rue Saint-Jacques.

Marc pensait qu'il avait toujours eu un doute sur la sexualité de Stéphane. Ce type a toujours été tellement secret. C'est enfin clair. Mais à cinquante-deux ans… Homo nationaliste. Il y en a de plus en plus.

– Viens. Allons déjeuner.

En arrivant à sa table, Marc dit malicieusement :

– Tiens, assieds-toi. Tu auras vue sur ton futur bureau.

Stéphane saisit tout de suite l'allusion à l'Élysée et rit.

– Tu ne crois pas si bien dire !

– Vous vous y voyez déjà ? Attends, commandons d'abord, on parlera après.

Le chef du restaurant, rond et bonhomme, vint leur conseiller la canette rôtie aux cèpes et au foie gras-pommes truffées ou le turbot aux herbes fraîches légèrement vanillé-salade de fenouil aux grains torréfiés.

– Tu sais quoi, Stéphane ? C'est tellement bon ici que je me demande si je ne vais pas racheter le resto.

– Alors, dit le chef en riant, faut que vous rachetiez la tour Eiffel. C'est un tout.

– Je sais. Tout s'achète. C'est juste une question de prix.

Le chef puis le maître d'hôtel après avoir pris la commande se retirèrent. Marc voulait comme à son habitude se montrer en patron tout-puissant qui va droit au but. Stéphane était son obligé, son ex-employé. Il lui devait une partie de sa carrière. Il lui devait *beaucoup*. Bien le lui faire sentir. D'autant qu'il l'avait quitté du jour au lendemain pour rejoindre Jeanne Dolman pour laquelle il travaillait officieusement depuis déjà trois ans sans avoir eu l'honnêteté de le lui dire. Sur le moment, Marc l'avait mal pris. Et il ne l'avait pas oublié. (Il n'oubliait jamais.) D'ailleurs, ils se revoyaient pour la première fois aujourd'hui.

– Bon, dit Marc, moi, je ne suis pas comme toi. Je suis cash, je dis les choses pour que ça soit clair. Tu me refais signe après m'avoir planté. Heureusement que moi, je suis fidèle en amitié et pas rancunier ! Tu vois, j'ai tout de suite accepté. Mais je suppose que toi, c'est pas juste pour renouer notre amitié que tu veux me voir.

Stéphane, connaissant Marc, s'attendait à être abordé de cette façon directe. Il eut un léger sourire et dit :

– Tu m'en as tellement voulu ?

– Bien sûr que je t'en ai voulu.

– Pourquoi ? Tu pensais que je t'appartenais, en gros ?

– Non, mais tu en connais beaucoup des patrons qui sont ravis quand un de leurs plus proches collaborateurs se tire sans prévenir ?

– Je t'ai prévenu.

– Oui, la veille pour le lendemain. Tu ne m'avais jamais dit que tu bossais pour Jeanne Dolman.

– Tu ne m'as jamais dit que tu soutenais Frédéric Legrand.

Marc ne s'y attendait pas. Stéphane avait pris beaucoup d'assurance.

– Moi, je n'ai jamais soutenu personne.

– Officiellement.

Le maître d'hôtel leur servit deux verres de vin. Ils s'interrompirent un instant. Ils étaient installés côte à côte à une table ronde. Stéphane se rapprocha de Marc.

– Toi non plus, ce n'est pas juste pour renouer les fils de notre amitié que tu as accepté de me revoir.

Marc était agacé. Stéphane essayait d'établir un rapport d'égal à égal.

– Je suis sûr que tu as plus ou moins deviné pourquoi je voulais te voir.

– Alors, non, pas du tout.

– Alors, voilà. L'action de Talion a beaucoup baissé depuis un an et demi. De 240, elle est descendue à 80, presque au niveau de son introduction en Bourse il y a dix ans, et tes affaires à l'international ne se développent pas trop, j'ai l'impression.

Marc secouait son pied sous la table. Il savait mieux que personne que ses affaires n'étaient pas très florissantes en ce moment et qu'il traversait une période difficile. Le groupe restait certes solide mais ça marchait moins bien depuis deux ans et, lui personnellement, Marc avait été rétrogradé dans le classement Forbes de la sixième à la dixième place des plus grosses fortunes françaises. Il faisait tout pour rebondir mais ses concurrents des télécoms s'acharnaient contre lui. Il était certain qu'il était victime d'une espèce de conjuration d'intérêts et, dans son for intérieur, il pensait que le milieu, les élites, en dépit de tous ses efforts pour en faire partie, le considéraient toujours comme un trublion assez voyou qui n'était pas des leurs et qui ne le serait jamais. Sa liberté de pensée, son école pour les jeunes défavorisés, sa fierté d'autodidacte : tout ça insupportait les grands patrons issus des grandes écoles et les hauts fonctionnaires et… Mais qu'est-ce qu'il lui prend, à Stéphane, de me parler comme ça ? Qu'est-ce qu'il se croit ? Il veut obtenir quelque chose de moi. Quand on veut obtenir quelque chose de quelqu'un, est-ce qu'on commence par le mettre mal à l'aise en lui disant qu'on a remarqué à quel point ses affaires vont mal ?

– L'action a baissé mais t'as vu le marché, en général, il n'y a pas que nous. Et comme tu sais, le groupe est solide, ses structures sont saines, l'image est toujours forte et bonne. Enfin, à l'international, c'est surtout en Europe que c'est difficile, en Italie, mais je pourrais revendre et à profit. En Afrique, c'est du long terme mais il y a un super potentiel de croissance. C'est l'avenir. J'en suis sûr. Donc, tout va bien, merci, ne t'inquiète pas trop pour moi.

– Je suis attaché à la réussite de ton groupe, Marc. D'abord, j'ai encore quelques actions. Et puis, surtout, par fidélité et par amitié. Je me permets de te rappeler – parce que parfois on oublie un peu les choses – qu'à l'époque où tu as eu de vraies difficultés, je veux dire quand tu as fait de la prison, j'étais là, j'étais à tes côtés.

C'était exact et Marc regretta soudain de l'avoir oublié. Oui, Stéphane ne l'avait pas lâché au moment où sa réputation était le plus atteinte. Preuve d'amitié. Merde. J'ai eu tort.

– Je ne l'ai pas oublié, Stéphane.

– Ah bon ?

– C'est pour ça que j'étais surpris que tu ne m'aies pas dit que tu bossais pour Jeanne Dolman. Je pensais que, comme on était amis…

– Je pensais que, comme tu soutenais Frédéric Legrand, tu le prendrais mal.

– Je ne le soutenais pas. Oui, enfin, bon… n'importe. (Marc sourit.) On trinque ?

Il leva son verre. Stéphane l'imita. Ils burent une gorgée en se regardant. Deux serveurs leur apportèrent leurs entrées. Marc mangeait comme un ogre. Il avala son tartare de Saint-Jacques en trois coups de fourchette.

– Tu sais, lui dit Stéphane en se rapprochant encore un peu plus de lui, que je suis un assez bon analyste des évolutions de l'opinion, n'est-ce pas ?

– Tu es un très bon analyste.

– Jeanne va être la prochaine présidente de la République, Marc.

– Peut-être.

– Oui, peut-être. Depuis un an, tout le monde reconnaît que c'est devenu possible. Moi, je te dis que c'est plus que possible. J'en suis persuadé.

– Normal. Tu bosses pour elle. Et tu seras quoi, toi, dans cette configuration ? Premier ministre ?

– Personne ne peut prédire l'avenir mais… Si elle est élue… tu as tout intérêt à faire partie de ceux qui seront de notre côté.

– Stéphane, je ne fais pas de politique.

– Je ne te demande pas d'en faire plus que tu n'en as fait pour Legrand.

– Qu'est-ce que tu voudrais de moi ?

– Un investissement bienveillant – et très discret, bien sûr – juste entre nous.

– Tu veux de l'argent !

– Je veux ce que tu peux pour, dans ton intérêt et dans le mien, faire comprendre à Jeanne et aux autres responsables du Parti que tu fais partie de ceux qu'on peut compter parmi nos amis, pas nos ennemis.

Marc réfléchit un moment.

– En gros, tu me fais du chantage. Soit je vous soutiens, soit je le paierai si vous êtes élus.

– J'essaye seulement de t'associer. Tu vois la colère de l'opinion, tu vois les manifs, tu vois l'augmentation des violences liées au ras-le-bol ou au désespoir. Il y a objectivement de fortes chances qu'on passe aux élections. Tu as besoin d'être du côté du pouvoir, n'est-ce pas ? C'est pour ça que tu as soutenu Legrand la dernière fois, parce que tu pensais qu'il allait passer. Je te propose la même chose.

– Et si Legrand se représente et me demande de le soutenir ?

Stéphane sourit.

– C'est à toi de voir…

– OK.

– Tu acceptes ?

– Je dis pas ça. Concrètement, tu veux quoi ?

Stéphane mangeait lentement, mâchait, gardait longtemps les aliments dans sa bouche et Marc voyait ses joues se gonfler l'une après l'autre, ce qu'il avait du mal à supporter.

– Je pense qu'on pourrait organiser une rencontre informelle, quelque chose de spontané et, comme je te le disais, en toute discrétion, naturellement. Tu serais d'accord ?

– Je suis toujours d'accord pour rencontrer quelqu'un que je ne connais pas, surtout si c'est par le biais d'un ami.

– Bon.

Stéphane attendit que leurs plats fussent servis pour continuer sur le sujet.

– Je sais que tu es attaché à l'indépendance de la presse et que tu n'interviens pas auprès des rédactions des médias dont tu es actionnaire.

– Jamais.

– Je sais. Le contenu, les opinions, les points de vue doivent être libres et ton engagement de neutralité en tant que financier est très apprécié. Jeanne l'apprécie autant que moi. En revanche, le marketing, la pub, tout ce qui contribue à la rentabilité de tes journaux, de tes médias numériques et de tes serveurs, tout ça dépend de toi. Et, en particulier, je sais, pour avoir travaillé avec toi pendant toutes ces années, l'importance de bien gérer la visibilité de certaines actus ou de certaines pubs, notamment sur les pages d'accueil des réseaux sociaux et des grands médias. Ce qui serait bien, moyennant bien sûr de notre part des achats d'espaces – tout ce qu'on fera devra être parfaitement clean, cela va de soi –, ce qui serait bien, ce serait que tu nous aides à favoriser la visibilité des sujets qui nous concernent et le ciblage des électeurs via les données dont Talion dispose.

– Carrément !

– C'est ce que tu as fait pour Legrand la dernière fois. Pourquoi pas pour nous ? Pense que ça peut avoir un bon retour sur investissement. Si on arrive au pouvoir…

– Et tu en es convaincu…

– Oui. Mais toi aussi. Tu vois aussi bien que moi le basculement de l'opinion. Donc, si on arrive au pouvoir, les marchés, les licences qui assurent l'existence de ton groupe dépendront de nous et on sera mieux disposés envers nos alliés. C'est normal, c'est humain, ça a toujours été comme ça.

Les conversations en diverses langues se mélangeaient derrière eux dans un bain de musique douce. On entendait le vent siffler contre la baie vitrée. Le maître d'hôtel vit que Marc avait vidé son verre et s'approcha pour lui en proposer un autre. Marc refusa d'un geste de la main.

– Tu as encore autre chose à me demander ?

– Comprends-moi bien, Marc, je n'exige absolument rien. Mais il me semble, en tant que ton ami et en tant que vice-président du Parti national, que c'est notre intérêt commun de nous rapprocher.

– OK. Mais il y a autre chose que tu voudrais ?

– On a évidemment besoin de financement pour la campagne. Ça coûte cher.

– Ça impliquerait – la loi est claire – que je m'engage officiellement en faveur du Parti et tu sais que je ne le veux pas. Je ne me suis pas non plus engagé pour Legrand. Je tiens à rester à l'écart de la politique, publiquement j'entends.

– On ne te demandera jamais de nous soutenir publiquement, Marc. Mais il y a des moyens – tu sais bien – de donner un peu sans apparaître – et sans risque : la cryptomonnaie…

Marc considérait Stéphane qui découpait avec soin un petit bout de canette qu'il piquait ensuite dans un quartier de cèpe. Était-ce le même qui autrefois suçait lentement un Treets à côté de lui dans le canapé devant le film porno de Canal+ en rougissant jusqu'aux oreilles ? Le garçon timide qui lui parlait de sa fiancée qu'il emmenait à un concert de musique classique ? Comme on change, putain !…

Ils ne prirent pas de dessert, burent un café sans s'attarder. Marc régla l'addition. C'était presque toujours lui qui invitait. Sous prétexte qu'il était riche – et ce, depuis ses vingt ans –, il avait remarqué que les gens ne se posaient même pas la question et attendaient qu'il paye. Lui avait toujours aimé se montrer généreux. Payer au restaurant, c'était afficher sa réussite et ça ne lui coûtait pas grand-chose. Mais qu'est-ce que les autres pouvaient être radins ! Les politiques en particulier… Legrand ne lui avait jamais rien offert. Même pas une boîte de chocolats en venant dîner.

Marc et Stéphane se séparèrent à la sortie de l'ascenseur au pied de la tour.

– J'y réfléchis et je te dis, dit Marc en faisant la bise à son vieil ami.

Elysabeth

Elle travaillait de plus en plus. C'était une drogue. L'Assemblée votait la deuxième partie du projet de loi de finances et elle suivait de près les débats depuis l'Élysée. Le président veut tout contrôler, il ne laisse rien au hasard. Elle passait un temps fou au téléphone et par mail avec les ministres, les parlementaires, les conseillers techniques. Pas une seconde pour penser à sa vie personnelle mais tant mieux, tant mieux, et puis les enfants sont grands. Elle se faisait seulement du souci quand ils sortaient tard à cause de toutes ces violences. Le PR pense que ça va se calmer, que le mouvement social s'essouffle depuis qu'il a annoncé ses cadeaux fiscaux. On a surtout explosé le déficit. Ils l'ont mauvaise à Bruxelles. C'est vrai qu'il y a moins de manifs et moins de blocages des routes. Mais maintenant, il reste les plus radicaux, les casseurs.

Quand elle trouvait une place, elle se garait devant chez elle rue Raynouard, ce qui lui évitait d'aller jusqu'au parking. Ce soir, elle espérait que ce serait le cas. Il était vingt-trois heures quinze, elle était fatiguée et il pleuvait. Elle traversa dans un sifflement d'eau la place du Trocadéro quasi déserte. La tour Eiffel se perdait dans les nuages. Rue Franklin, elle eut la pensée qu'elle avait souvent en passant devant l'appartement de Clemenceau : papa l'admirait. Son père était mort huit mois plus tôt d'un cancer de la prostate.

À dix mètres de l'entrée de son immeuble – chouette ! –, il y a une place. Elle se prépare à faire son créneau mais deux scooters s'arrêtent pile derrière elle et la bloquent. Elle a pourtant mis son clignotant. Elle klaxonne un petit coup pour leur faire comprendre qu'elle veut reculer. Dans son rétroviseur, elle voit deux passagers à l'arrière des scooters descendre et s'approcher d'elle. Ils portent, comme les conducteurs, un casque intégral. L'un des deux lui fait signe qu'il veut lui dire quelque chose. Bêtement, en le regrettant presque aussitôt, elle baisse sa vitre. Elle a le temps de remarquer qu'un scooter vient se placer devant sa voiture. En une fraction de seconde, elle est agrippée, étranglée par une main gantée de cuir tandis que sa portière s'ouvre.

– Si tu cries, je te tue.

L'homme dégrafe sa ceinture de sécurité, la tire hors de la voiture sans qu'elle résiste tant elle est terrorisée, puis, dès qu'elle est sortie, lui ordonne de se mettre sur la banquette arrière où le deuxième homme se trouve déjà.

– Là. Vite. Là.

Il la pousse à l'intérieur si brutalement que son crâne heurte le rebord de la carrosserie. Le deuxième homme la bâillonne avec du scotch brun de carton de déménagement et lui bande les yeux de la même façon. Le scotch très collant qu'il enroule et serre fort lui fait très mal, lui écrase les paupières, lui tire les cheveux.

– Penche-toi. Les mains dans le dos.

Avec une ficelle il lui ligote les poignets et les chevilles. Il sent l'alcool.

– Couche-toi. Par terre. Sur le plancher.

Il la recouvre d'une couverture et pose les pieds sur ses épaules.

– Si tu bouges, je t'écrase la tête.

La voiture démarre. Un téléphone vibre.

– Allô ? fait une voix à l'avant. C'est bon, c'est bon, on roule.

Quelques instants plus tard, la même voix dit :

– Alors, madame Elysabeth Baron… des Aulnayes… on a peur ? Faut pas se faire tirer le portrait dans *Le Point* si on veut pas d'emmerdes. Les dix qui gèrent la France ! À l'Élysée où tout se décide ! Les conseillers du président ! Les petits énarques du dictateur ! La joyeuse bande de l'enculé !

– Le petit Frédo, dit la voix de l'homme qui a les pieds sur Elysabeth, on peut pas le choper. Pas encore. Il a trop de flics et l'armée et les services secrets. Mais ceux qui bossent avec lui, eh ben, on peut, tu vois, on les chope. On nous prend tous pour des cons mais là, ils vont voir que les cons, à un moment, ça se venge du mal qu'on leur fait.

Elysabeth essaye de calmer sa respiration. Elle a dans le nez des odeurs de poussière, de laine et de plastique. Elle éternue.

– Bouge pas, je t'ai dit.

Les pieds l'écrasent. Qu'est-ce qu'ils vont me faire ? Pourquoi ? Demander une rançon ? Elle entend boire l'homme sur elle. Whisky. Voix de celui qui conduit :

– Ça va, Max, t'as assez bu.

– Oh ! ça va… T'en veux ?

– Je conduis.

La voiture s'arrête, repart, de feu en feu sans doute. Où on va ? Elle note le bruit d'un scooter. Ils roulent ensemble. Mon smartphone est dans mon sac à main. Est-ce que les enfants vont s'inquiéter ? Parfois, je rentre après minuit. Giclement d'eau sous le plancher, frottement des essuie-glaces à vitesse moyenne. La voiture vibre sur des pavés puis on va plus vite. Sifflement de voitures, moteurs. Boulevard ? Périphérique ? Virage. Arrêt. Maintenant, on avance lentement. Odeur de feuilles mouillées, de terre. Forêt ? Le bois de Boulogne ? De Saint-Cloud ? De Meudon ?…

– Regarde-moi ce barbu qui va aux putes. Enculé de musulman !

Boulogne…

On s'arrête. Moteur coupé. Les scooters s'arrêtent aussi. Pluie qui crépite. De grosses gouttes tombent des arbres sur la carrosserie. La portière du conducteur s'ouvre. Et la portière arrière droite près de sa tête. Le froid s'engouffre. Des mains l'agrippent, la relèvent. Elysabeth s'assoit docilement sur la banquette. Des mains dénouent la ficelle autour de ses chevilles. Des mains la tirent vers l'extérieur.

– Sors de la voiture.

Des mains autour de ses bras. Elle marche dans les feuilles mortes et la boue et les flaques. La pluie dégouline dans ses cheveux, dans son cou. Elle n'a que son tailleur (son manteau était posé à côté d'elle avec son sac à main sur le siège passager) et elle a froid. Un oiseau de nuit crie. Elle entend le ronflement régulier de la circulation quelque part, pas très loin, et, plus proche, une voiture toute seule qui passe dans un bruit d'eau. Sur la route où ils se sont garés ? La peur remonte, la submerge à nouveau, l'empêche de penser. Ils vont me tuer. Je vais mourir.

– C'est bien, là ?

– Plus loin.

– Il y a personne.

– Là-bas.

Trois voix…

– Il y a l'autre route, là-bas.

– Ouais, c'est ça.

Quatre voix. Ils s'arrêtent. Quelqu'un boit. Une canette de bière est décapsulée. Une autre.

– Alors, mémère, on fouette ? On fait dans son froc ? Tu sais pourquoi t'es là ? T'es là parce que c'est là que sont les putes et toi, t'es une des putes de la petite pute, du petit banquier avec sa petite gueule arrogante qui se prend pour Louis XIV, qui en a que pour les riches et pour les étrangers et qui nous baise, nous, les autres, les petits Blancs, les vrais Français qu'il méprise, les ploucs, les pauvres cons qui ont que le droit de bosser toute leur vie et de payer leurs impôts pendant que les musulmans avec leurs six femmes et leurs quinze enfants viennent vivre à l'œil chez nous sans rien foutre. Et c'est toujours nous qui devons nous serrer la ceinture et c'est toujours nous qui devons nous sacrifier, faire des efforts et nous adapter au monde moderne, super moderne de la finance et d'Internet et de votre mondialisation de merde. On a manifesté. On a bloqué des routes. On a brûlé des trucs. Vous nous avez donné des cacahuètes. Vous nous écoutez pas. Legrand vient nous faire la leçon à la télé et dans des réunions bricolées à l'avance pour nous expliquer qu'il sait tout et qu'on comprend rien. Alors, nous, les pauvres cons, les rien-du-tout, on en a marre de se faire baiser et on va vous montrer qu'on peut aussi vous baiser jusqu'à ce que c'est que vous changez, que vous rendez le pouvoir au peuple, que vous arrêtez de nous piquer notre fric et qu'on puisse enfin décider comment on veut vivre et faire chez nous. On va te baiser, toi, et tu vas aller lui dire, à ton banquier, que s'il démissionne pas, s'il nous rend pas le pouvoir, alors, on en baisera d'autres comme toi jusqu'à temps qu'il comprenne.

– Allez, les mecs, on la déshabille.

Elysabeth se débat, veut s'enfuir. Les mains l'agrippent. Elle reçoit une baffe.

– Si tu ne veux pas qu'on te fasse du mal, tu te laisses faire, OK ?

Les mains lui ouvrent sa veste, lui arrachent les boutons de son chemisier, lui dégrafent son soutien-gorge, lui baissent son pantalon, son slip, lui enlèvent ses chaussures… Elle est nue. Sa veste et son chemisier, retenus par les liens à ses poignets dans son dos, pendent sur ses fesses, son soutien-gorge sous son nombril. Elle sent son urine chaude lui couler sur les cuisses. Et soudain la pointe humide d'un feutre sur sa poitrine et dans son dos.

– Tu sais ce qu'on a écrit ? « Legrand, dégage. Le peuple aura ta peau. » Sur ta peau ! Voilà. Et maintenant, si tu veux qu'on te baise, tu restes ici. Sinon, tu te tires vite fait, tu rentres chez toi, tu vas bien rencontrer quelqu'un sur le chemin. Alors ? Tu préfères qu'on te baise ? Qu'est-ce que t'attends ? Allez, file, casse-toi, file !

Elle marche, les pieds dans ses mi-bas sur le sol trempé, aveugle, paniquée, le cœur cognant fort, elle avance les mains nouées dans le dos. Feuilles, boue, buissons, la pluie sur sa peau. Elle se cogne à un tronc, douleur au sein, se griffe, trébuche, tombe, se relève. Vêtements sur les fesses, sur les cuisses, sur les hanches.

– Plus vite !

La voix tout près derrière elle. Des rires. Elle court. Tombe, se relève et court encore. Rires. Ses pieds dans la boue, dans la terre, dans les feuilles. Les mi-bas se déchirent. Pan dans un arbre ! Douleur vive à l'oreille. Cours ! Cours ! Elle entend une voiture. Vite. Plus vite. La route doit être proche. Rires. Moteur. Cours ! Pieds. Mal. Mains nouées. Scotch. Noir.

Pneus de la voiture sur les gravillons de la route mouillée. Voix derrière elle :

– Putain !…

Bitume sous ses pieds. Et puis le choc et puis…

Frédéric

– Quand vous voulez, monsieur le Président.

Il est assis, raide, pâle et grave, le drapeau français et le drapeau européen derrière lui. Le prompteur affiche les premiers mots de son allocution. Tout est en place : caméra, projecteurs, consoles. Les câbles électriques sur le parquet sont mêlés comme un nœud de vipères. Frédérique est au fond de la pièce à côté de Pierre-Louis Gendroz, le secrétaire général, de

Danièle Legrain, qui gère l'image présidentielle, et de Romain qui a écrit le premier jet de l'allocution. Le régisseur son, le cameraman et les techniciens de la cellule audiovisuelle de l'Élysée sont concentrés sur leurs appareils.

Frédéric ajuste ses pieds sur le tapis et place ses mains bien à plat sur la marqueterie du bureau puis il prend une inspiration, redresse le menton et se lance.

– Françaises, Français, mes chers compatriotes… (Mais il s'interrompt.) Ça ne va pas, cette lumière ! Je suis ébloui. En plus, je voudrais des ombres, quelque chose qui donne une atmosphère dramatique.

– On va essayer de réduire un peu, dit aussitôt Danièle Legrain.

– Oui, dit le régisseur lumière, mais on n'a pas beaucoup de marge avec ce cadrage.

Frédéric réplique d'un ton tranchant :

– C'est pas mon problème, ça, c'est votre boulot. Démerdez-vous !

Après avoir modifié les réglages, le régisseur demande :

– Voilà, monsieur le Président, est-ce que c'est mieux ?

– Je vois pas bien la différence, grommelle Frédéric.

– Si je baisse encore, on ne verra plus bien votre visage.

Frédérique intervient :

– Ah, il faut qu'on voie ton visage, ce que tu exprimes.

– Bon. Très bien. Alors si tout le monde trouve ça très bien, je vais me débrouiller.

Ils l'énervent, tous. C'est pas eux qu'on va juger, ce soir. Ils sont incapables de créer une ambiance un peu subtile. C'est toujours lisse et moche comme un chromo. J'ai pas le temps de tout faire, moi… Il ne la sent pas, cette intervention. Il a eu beau la corriger. Il aurait voulu trouver des mots plus forts. Comment toucher le cœur des Français ? Plus rien ne lui réussit. Envie de mordre. Si ça se trouve, on va dire que j'en fais trop en me mettant en noir. Frédérique m'a dit qu'il fallait. Merde, fais chier, bordel !

– Françaises, Français, mes chers compatriotes, la nuit dernière, Elysabeth Baron des Aulnayes, ma conseillère chargée du budget ici à l'Élysée, une fonctionnaire de l'État français, a été enlevée alors qu'elle rentrait chez elle. Ses ravisseurs l'ont ligotée, bâillonnée, lui ont bandé les yeux avec du scotch, l'ont dénudée, humiliée et violentée et, pour finir, l'ont poussée sous les roues d'une voiture au bois de Boulogne. Sur son corps, ils avaient écrit un appel à ma démission et à ma mort. Elysabeth était une mère de trois enfants et une femme exceptionnelle, brillante, travailleuse, exigeante, bienveillante. Rien, rien ne peut justifier ce que ces barbares ont fait. Aucune cause. Elle avait fait l'ENA, elle était haut fonctionnaire, elle travaillait auprès du président de la République élu démocratiquement par les Français. Elle travaillait au service de la France. Les monstres qui l'ont torturée et qui l'ont tuée seront retrouvés, la justice les jugera, ils seront condamnés. Ils ont franchi un pas supplémentaire dans l'escalade des violences qu'on a vues ces derniers mois. Cet acte les place aux côtés des terroristes islamistes qui ont frappé notre pays. Aux côtés des pires criminels qui s'attaquent à notre démocratie. Leur crime – il faut le dire et il faut le combattre –, leur crime s'est produit parce que certains, parce que des hommes et des femmes politiques, à l'extrême droite et à l'extrême gauche et parfois même, hélas, au sein de partis autrefois modérés, se laissent aller à des discours de haine, profitent et exploitent les colères et les souffrances et poussent par leurs mots, par leurs idées, aux pires violences. Ceux-là divisent les Français, les dressent les uns contre les autres. Ceux-là mettent en péril notre démocratie. Mes chers compatriotes, j'en appelle à un sursaut national pour dire non à la violence et à la haine et pour retrouver enfin le chemin du dialogue. Vive la République ! Vive la France !

Après l'enregistrement, il n'est pas de meilleure humeur. Gendroz lui dit :

– C'était parfait, monsieur le Président.

Et Danièle Legrain :

– Tu as donné l'émotion, la solennité, ce qu'il fallait de colère. Pas la peine de le refaire, à mon avis. C'est impec'.

Et Frédérique acquiesce et lui sourit. C'est bon, mon chéri, c'est bon. Mais lui se sent glacé à la pensée qu'il a perdu la main. Il est allé à la rencontre des Français. Des dizaines d'heures dans toute la France. Il n'a pas ménagé son temps ni sa peine et pourtant, sa cote de confiance a continué de chuter, et cette violence…

Ce soir-là, il donnait un dîner officiel en l'honneur du président de la Côte d'Ivoire. Au cours du dîner, bien sûr, la mort d'Elysabeth fut évoquée. Mots attristés, indignation, condamnation. Puis, on parla géopolitique, lutte contre l'islamisme, écologie, littérature (le président de la Côte d'Ivoire aimait la poésie). Il y avait beaucoup d'hommes d'affaires, africains et français, on parla donc surtout affaires. Le dîner se termina à vingt-trois heures trente.

Frédéric et Frédérique allèrent marcher dans le parc. Frédéric aimait en faire le tour la nuit avec leur chien Perdican, le labrador offert par le Premier ministre canadien. C'était devenu un rituel qui l'aidait un peu à se détendre.

– Tu as bien eu au téléphone aujourd'hui les enfants d'Elysabeth ? lui demanda Frédérique.

– J'ai eu l'aîné.

– J'espère que la police va trouver.

– Moi aussi. Pour le moment, ils n'ont pas grand-chose. Ils

espèrent de l'ADN et ils épluchent la vidéosurveillance entre le domicile d'Elysabeth et le bois.

– Pauvre femme, mon Dieu…

– Oui, dit Frédéric.

Il pensait qu'elle était morte parce qu'on voulait le tuer, lui, et il ne comprenait pas pourquoi. C'est-à-dire, il pouvait le comprendre et l'analyser intellectuellement, bien sûr, mais il ne pouvait pas l'admettre car il était intimement persuadé qu'il était quelqu'un de bon, qui voulait faire le bien, et qu'on devait l'aimer.

Ils rentrèrent et regardèrent les infos de la soirée. Tous les leaders et les ténors des partis politiques avaient réagi à la mort d'Elysabeth et à l'allocution présidentielle. Ils condamnaient unanimement l'acte odieux mais, à l'exception des élus de la majorité, jugeaient déplacé, voire choquant et même scandaleux, que Frédéric ait osé les mettre en cause et considérer qu'ils pouvaient être à l'origine de cette tragédie en raison des discours qu'ils tenaient. Jeanne Dolman apparaissait presque comme la plus mesurée en rappelant qu'en France la parole était libre, que l'on avait le droit d'exprimer des opinions divergentes et que la liberté d'expression était un principe sacré en démocratie. « Il est surprenant, dit-elle, que le président dénonce une menace sur la démocratie en proposant pour y répondre de pratiquer la censure. » Elle ajouta, au diapason de l'extrême gauche : « Rien n'excuse un tel acte mais ce n'est pas en ignorant les causes des malheurs des Français et en refusant d'y répondre qu'on évitera que ça se reproduise, bien au contraire. »

Certains commentateurs relevèrent que le président était particulièrement mal éclairé et que cela donnait à son intervention une tonalité lugubre, crépusculaire. Un journaliste osa : « comme l'illustration de cette fin de règne troublée et tragique ».

– Salopard…, murmura Frédéric.

– Ne t'en fais pas, mon amour. Il faut toujours qu'ils cherchent la petite bête. C'est des punaises. Tu étais très bien et je suis sûre qu'une majorité de Français vont partager ton point de vue. On pourrait peut-être réfléchir à une grande marche contre les violences et pour la démocratie, comme après les attentats de *Charlie Hebdo*.

Frédérique zappa de chaîne en chaîne et s'arrêta sur un documentaire animalier. Se changer les idées. Des lions, des éléphants, des crocodiles. Comment les animaux sauvages souffrent du réchauffement climatique. Merde, il faut toujours que ça soit anxiogène. Viens, mon chéri, allons dormir.

Il se blottit en position fœtale, la tête enfouie dans son oreiller. Ça ira mieux demain. Il sentit le corps tiède de Frédérique contre lui.

Il se réveilla en sursaut au moment où l'un des nombreux crocodiles qui le poursuivaient dans son cauchemar allait le dévorer. Il tremblait et il était en nage.

– Qu'est-ce qu'il y a ?

– Rien. J'ai fait un cauchemar.

– Viens.

– Je serai pas réélu. On va perdre.

– Mais non…

Jeanne

On lui dit : troisième étage, chambre 313. Dans l'ascenseur, elle vit qu'une infirmière noire la reconnaissait. Elle lui adressa un petit sourire auquel l'infirmière répondit par un sourire intimidé en même temps qu'elle jetait un regard curieux à Loïc, le garde du corps qui avait tellement l'air d'un garde du corps avec ses jambes écartées et son look de cow-boy prêt à dégainer. Jeanne pensa qu'elle aurait dû le laisser à l'accueil. Avec lui, elle passait encore moins inaperçue. En sortant de l'ascenseur, elle lui demanda de l'attendre là. Le couloir de service où était hospitalisé son père était désert et silencieux. Sur un chariot rangé contre le mur, des assiettes sales du repas de midi répandaient une odeur de cantine qui s'ajoutait à l'odeur piquante des désinfectants. Elle passa sans s'arrêter devant le poste de contrôle des infirmières. Les deux femmes derrière un comptoir gris clair, occupées, l'une sur son smartphone, l'autre sur son ordinateur, ne lui prêtèrent aucune attention. Une aide-soignante en blouse bleue qui sortait d'une chambre la reconnut mais ne lui dit rien et fila dans une autre chambre.

Devant la porte 313, Jeanne s'arrêta, la main sur la poignée. Elle n'avait pas revu son père depuis ce soir où il avait débarqué fou furieux chez elle et l'avait maudite. Dès qu'elle avait su qu'il était à l'hôpital et risquait de mourir, elle n'avait pas hésité, elle avait tout laissé en plan pour foncer le voir, avec une seule idée en tête : je ne veux pas qu'il meure sans m'avoir revue et sans qu'on ait pu faire la paix. Elle avait reproché à sa belle-mère d'avoir attendu quarante-huit heures pour les avertir, sa sœur, sa mère et elle.

– Estime-toi encore heureuse que je t'aie prévenue, avait grogné sa belle-mère. Après ce que tu lui as fait !

Elle entra. Il dormait à demi redressé et calé dans un oreiller, la bouche ouverte, un petit tuyau d'oxygène accroché au nez, une perfusion au bras. Ses joues parcheminées étaient parcourues de nervures brunes et bleues comme des feuilles mortes et ses yeux enfoncés dans leurs orbites sous ses paupières jaunes, presque vertes. Son papa si viril, si costaud, qui riait fort, l'image qu'elle avait voulu garder en dépit de tout, n'était plus que ce vieillard fragile.

Elle s'approcha lentement. Il serrait le drap de dessous entre ses doigts noueux comme s'il cherchait ainsi à se raccrocher à la vie.

Elle resta debout sur le côté du lit. Il respirait en ronflant un peu. La bouche ouverte, il avait vraiment l'air pathétique.

Elle posa une main sur la sienne et elle pria pour qu'il lui pardonne. Elle s'efforçait de se souvenir des bons moments. Images furtives. Dans le canapé contre lui avec sa sœur. Sur la plage. À Noël.

Il s'étrangla et ouvrit l'œil. Est-ce qu'il la voyait ?

– Papa…

Il la fixait. Ses petits yeux bleus au fond de ses orbites. Sans lunettes, il voit flou.

– Papa, c'est moi, Jeanne.

– Ah, c'est toi, vilaine.

– Papa !…

Il n'exprimait rien. Il avait parlé d'une voix enrouée, desséchée par l'oxygène, dans laquelle il n'y avait aucune intonation hostile ni affectueuse.

– Ça va ?

– Bien sûr que ça ne va pas ! Pourquoi je serais là, sinon ?

Elle s'aperçut qu'elle avait toujours la main sur la sienne et qu'il n'avait rien fait pour la retirer.

– Tu es bien soigné ?

– Le personnel est très gentil. Assez cosmopolite évidemment. Des Noirs et des Arabes et des Asiatiques en majorité. Mais je dois reconnaître, très gentil, très prévenant.

– Tant mieux. J'ai hâte que ça aille mieux.

– Oh ! Tu sais, à mon âge, on rame contre le courant qui vous entraîne mais on sait bien qu'à un moment…

– Ne dis pas ça. Toi, tu es un combattant.

Il resta silencieux et elle ne sut pas quoi dire.

– Papa, je veux que tu saches… je veux que tu saches que pour moi la politique n'a jamais été plus importante que mon amour pour toi.

– C'est dommage.

– Quoi ? Pourquoi ?

– Parce que je le savais. Je l'ai toujours su, ça. Et c'est pour ça que je t'en ai voulu de t'être laissé monter la tête par ce pédé prétentieux qui t'a poussée à m'écarter. Si au moins tu avais ça dans le sang comme moi, la politique, si au moins c'était la passion de ta vie, j'aurais pu comprendre et te pardonner. Il faut tuer le père pour monter sur le trône parfois.

– Alors, tu ne me pardonnes pas ?

Il ne répondit pas. Il referma les yeux. Son père allait mourir sans lui pardonner ! Elle ne le supportait pas.

– Ce que je voulais dire, papa, c'est que je t'aime par-dessus tout, et que rien ne pourra jamais changer ça. Mais bien sûr que j'aime aussi la politique et, d'ailleurs, tu vois bien les progrès qu'on a faits. J'ai de bonnes chances d'être élue.

Son père rouvrit soudain les yeux et dit en ricanant :

– Toi ? Mais toi, Jeanne, tu ne seras jamais élue !

Il rit, rit et s'étrangla et devint tout rouge. Jeanne, affolée, courut chercher de l'aide. Elle cria dans le couloir :

– Vite ! Vite ! Mon père s'étouffe ! Ici ! Vite, vite !

Une infirmière se précipita. Jeanne rentra avec elle dans la chambre et découvrit son père inerte, les yeux clos.

– Papa !

L'infirmière constata qu'il respirait.

– Ça va, monsieur Dolman ?

C'était une jolie brune plantureuse, peut-être kabyle. Jeanne vit son père ouvrir les yeux et regarder d'un air émoustillé dans le corsage de la jeune femme qui se tenait penchée au-dessus de lui.

Stéphane

Il s'était installé dans un faux fauteuil club en similicuir taché de café tout au fond d'un Starbucks Coffee, alors qu'il détestait ces chaînes américaines, mais il lui avait semblé en passant devant que c'était l'endroit le plus impersonnel du monde où il serait le plus anonyme au milieu des employés de bureau, des vendeuses, des étudiants et des touristes qui trempaient le nez dans leurs gobelets en plastique, mastiquaient leurs cookies et leurs doughnuts et parlaient fort pour s'entendre par-dessus la musique d'ambiance. Même si son visage n'était pas encore très connu, il avait gardé sa casquette de laine sur la tête. Il n'avait pas touché à son cappuccino qui s'était refroidi. Il promenait un regard vague à travers la salle. Le brouhaha l'abrutissait, le bruit de succion de son voisin lui irritait les nerfs. Il se sentait vidé et terriblement malheureux. Il ne répondait plus au téléphone. Ni aux SMS. Les gens s'inquiétaient. Les gens… quels gens ? Des amis ? Tu parles ! Il ne dormait plus et passait ses journées à revoir sa vie et à se demander ce qu'il en avait fait.

Assis, debout, assis, debout devant le cercueil d'Elysabeth dans l'église humide, pleine à craquer. Frédéric Legrand est venu avec sa femme. Le personnel de l'Élysée. Leurs relations. Celles du club. Celles des parents d'Elysabeth. Des élus, des ministres, des agents de sécurité, la police, même des tireurs d'élite sur les toits de la rue de l'Annonciation. Et bien sûr les journalistes, les photographes. Il a mis des lunettes noires pour entrer dans l'église. Ils l'ont mitraillé. Le bras droit de Jeanne Dolman, père des enfants d'Elysabeth, divorcé on sait pourquoi…

Devant l'autel, l'évêque du diocèse en grande tenue. Le curé dit son sermon, parle de la maladie de la haine qui se répand dans le cœur des hommes qui ont oublié l'amour de Dieu, parle du Jugement dernier et prie pour la réconciliation entre les hommes. Les enfants pleurent, la mère d'Elysabeth pleure. Il est au deuxième rang, derrière eux. Ils n'ont pas voulu qu'il soit assis au premier rang. Quand ils se sont vus avant le début de la messe, Marie n'a même pas accepté qu'il l'embrasse.

Stéphane pleurait au milieu des clients indifférents ou peut-être un peu gênés, pour ceux qui le remarquaient, comme cette jeune fille brune à lunettes. Pourquoi un homme pleure-t-il dans un café en fin d'après-midi ? Un chagrin d'amour ? Il a perdu son travail ? La mort d'un proche ? Marie, comme ses frères, avait pris le parti de sa mère au moment du divorce. Elle fut la plus choquée d'apprendre qu'il s'était engagé au Parti national. Elle était écologiste et elle avait voté Legrand au deuxième tour. Première fois qu'elle votait. Voté comme sa mère. Mais le pire pour elle avait été de lire dans la presse ce qu'elle savait déjà : que son père était gay. Gay, homo, pédé. Une folle, une fiotte ! Elle ne l'avait pas supporté. Elle ne lui avait pas pardonné. Putain, mais pardonner quoi ? Saloperies de journalistes qui ont sorti ça. Coming out. Il a assumé. On est au XXIe siècle. Oui, je suis… Mais pourquoi ma fille… Pourquoi elle me fuit ? Ma fille ! Une jeune d'aujourd'hui !… Et maintenant, en plus, les enfants pensent que leur mère est morte à cause de moi !

Stéphane aurait voulu ne plus penser. Ne plus penser à rien. S'endormir et se réveiller dans longtemps, loin, ailleurs, se réveiller un autre dans un nouveau monde où les enfants seraient près de lui, tendres, affectueux, où un ami, homme ou femme, vivrait près de lui. Il n'avait pas d'amis. Beaucoup de monde autour de lui, comme ici, mais seul, tellement seul…

Est-ce que je suis un monstre ?

Il revoyait sa mère dans la maison de retraite. En moins d'un an elle était morte. Elle avait fondu et s'était éteinte aussi vite qu'une bougie. Une pauvre vieille sous son châle de laine, minuscule dans le fauteuil en skaï gris dans sa chambre impersonnelle. Sa main tremblante renversait le thé sur son petit guéridon, le seul objet qu'elle avait emporté de son appartement. Il venait la voir le week-end, le dimanche… pas tous les dimanches…

Est-ce que je suis un monstre ?

Il pensait à ses enfants, encore et toujours. Si je ne m'étais pas marié, si j'avais eu le courage d'être moi-même… Il pensait à Elysabeth. À cause de lui…

Est-ce que je suis un monstre ?

Le programme présidentiel du Parti qu'il avait en grande partie rédigé… Les attaques contre les élites, les ultra-riches, les nantis antiracistes et mondialistes bien-pensants qui sacrifient la France à la diversité et méprisent les Français de souche qui subissent de plein fouet la dérégulation, la paupérisation, le racisme anti-Blanc… Le président des riches… Stéphane revoyait les fake news dont les sympathisants du Parti et des trolls professionnels avaient inondé les réseaux sociaux pour gagner de nouvelles voix et tous ces posts d'insultes envers la France et les Français fabriqués de toutes pièces et publiés sous des pseudos à consonance arabe. Les mêmes faux comptes disaient que les Arabes devaient voter Legrand. Ça marchait fort, ça enflammait la Toile. Tous les partis font ça…

Est-ce que je suis un monstre ?

Morte. La jeune fille qui lui a tout donné sans rien compter ni calculer et qui l'a accueilli dans sa famille ; dans sa famille qui l'a aidé, lui, qui lui a ouvert des portes… Morte. À ses côtés, toujours patiente et maternelle, elle m'a aimé, elle m'a tant aimé… Morte.

Il sortit dans la nuit scintillante et froide. Des guirlandes de Noël se balançaient accrochées aux balcons. Les passants chargés de paquets s'attardaient devant les vitrines. Avec maman j'allais voir les animations des grands magasins.

Un SDF faisait la manche devant l'église Saint-Louis-d'Antin. Il tendait la main : « S'il vous plaît, monsieur. » Stéphane l'ignora, poussa la porte de l'église. Pénombre douce et rassurante, beaucoup de cierges allumés et une bonne odeur d'encens. Trois ou quatre personnes priaient dans la nef. Un couple de touristes – chinois apparemment – admirait la crèche. Deux femmes plutôt jeunes et un petit homme emmitouflé dans un loden noir et une grosse écharpe attendaient pour se confesser. Stéphane prit son tour. Il entra dans le premier confessionnal disponible et s'agenouilla devant le grillage du parloir. Le prêtre ouvrit le petit rideau rouge pour lui signifier qu'il était prêt à recueillir sa confession. À genoux sur le prie-Dieu, Stéphane éprouvait un vertige, ses oreilles bourdonnaient. Il entendait la respiration caverneuse du prêtre. À travers le grillage, il devinait sa tête sous la clarté d'une ampoule. Il se souvenait des confessions qu'il devait faire enfant, adolescent (il n'avait pas le choix, sa mère y tenait). Il dit, comme autrefois :

– Bénissez-moi, mon père, parce que j'ai péché.

Puis il resta silencieux, le cœur battant, la bouche sèche, le souffle court. Au bout d'une minute ou deux, le curé lui dit :

– Je vous écoute, mon fils. Que vouliez-vous me dire ?

– Mon père… j'ai tué ma femme.

Thomas

– Bon, dit Thomas, vous vous occupez bien de Léo ?

– Mais oui, papa, t'inquiète, lui répondit Cécile.

– Je suis pas un bébé, dit Léo. J'ai onze ans.

Cécile et Alex, les enfants de Thomas, et la nouvelle petite amie d'Alex paressaient au soleil sur la terrasse en sirotant leur café et en fumant des clopes. Léo jouait avec ses Playmobil sous un pin parasol. Il jouait comme joue un enfant de cinq ans, poussait des cris de guerre, imitait des bruits de pistolet, de fusil ou d'avion.

La maison surplombait la Méditerranée et les toits roses de la vieille ville de Menton qui prenaient sous le soleil d'hiver des teintes d'aquarelle. Ils aimaient passer le nouvel an ici. Dorothee, la mère de Clara, et son mari, Jean-Luc, leur prêtaient la maison pendant qu'ils allaient réveillonner chez des amis en Suisse. Cette année, pour la première fois, Alex et Cécile étaient venus, ce qui permettait à Clara et Thomas de profiter de leur présence pour leur laisser Léo et s'échapper un après-midi tous les deux en amoureux. Ils en avaient rarement l'occasion.

– On y va ?

– On y va !

Ils dévalèrent gaiement le petit jardin jusqu'à la rue. Leur voiture était garée devant. Clara prit le volant. La route descendait en lacets serrés jusqu'au bord de mer. Maisons suspendues. Beaucoup de volets fermés. Les promeneurs du nouvel an sur la plage. Un baigneur ! Deux ! Vingt et un degrés le premier janvier et cette lumière, cette lumière… Thomas souriait tout seul en pensant : il y a des jours comme ça… Il avait envie de sourire à tout instant et à tout le monde, au ciel, aux chiens qui s'ébattaient sur la plage, aux mouettes qui tournoyaient dans le soleil, à cette petite vieille appuyée sur sa canne, cassée en deux comme si elle portait une malle sur son dos. Et surtout, Clara le faisait sourire. Clara qui conduisait de son air si sérieux et concentré. Elle fait tout sérieusement.

– À quoi tu penses ? lui dit-elle.

– Je pense que je t'aime.

– Non, c'est pas à ça que tu pensais. Tu avais un sourire amusé.

– Je pensais que je t'aime et que tu as l'air tellement sérieuse quand tu conduis.

– Ah, c'est ça. Mais moi, au moins, je regarde la route quand je conduis. Je ne rêve pas comme toi.

– C'est pour ça que tu conduis, ma chérie. Et que moi, je n'aurais jamais pu être chirurgien.

– Ah, ça, c'est sûr !

Elle rit. Au bout de la baie de Menton, la route remonte et entre en Italie. Quelques minutes plus tard, ils arrivent au jardin Hanbury. C'est devenu pour eux comme un pèlerinage.

Clara se gare le long d'un vieux mur depuis lequel un chat curieux les observe de ses grands yeux verts.

Ils achètent leurs billets à une Italienne sans âge. *Buon Natale ! Grazie. Buon Natale !* Ils sont les seuls à la caisse et le jardin est presque désert. Lendemain de réveillon sans doute. Ou les gens ont pensé que c'était fermé. Ils vont lentement dans les petits chemins. Ils s'arrêtent sans arrêt pour contempler la vue, photographier la mer, les plantes, les fleurs, se chauffer au soleil et s'embrasser. Ils se parlent un peu, de temps en temps, passant d'un sujet à l'autre.

– J'ai tellement peur que Léo ne puisse jamais se débrouiller seul, sans nous. C'est une pensée qui ne me quitte pas.

– J'ai trouvé un titre pour mon roman : *Le Moyen Âge*. C'est pas mal, non, pour un roman qui raconte notre jeunesse ? J'y ai pensé quand on parlait avec les enfants tout à l'heure. Pour eux, les années quatre-vingt, c'est le Moyen Âge. C'est marrant, tout à coup, avec eux, tu t'aperçois que tu es vieux. Tu nous vois ici comme les Hanbury au XIXe siècle ?

– Non. Pas du tout. Pour toi, ça aurait peut-être été bien. Tu aurais pu écrire face à la mer. Mais moi, en tant que femme, je n'avais aucune chance d'être chirurgienne.

– Je t'aurais acheté un hôpital à Nice. Tu aurais été la première femme chirurgienne.

– Ça me fait plaisir que les enfants soient là.

– Tu ne trouves pas qu'on sent que Cécile est triste ?

– C'est normal. Elle a vécu cinq ans avec Victor. Elle va s'en remettre, faut un peu de temps.

– Par contre, Alex, je l'ai jamais vu amoureux comme ça.

– Tu lui ressemblais pas mal à vingt ans ?

– J'étais aussi timide que lui.

Ils se prennent en photo, font un selfie ensemble, volent des oranges et des citrons dans le vieux verger et une branche de mimosa en fleur qui embaume. Ils se trempent les pieds dans l'eau de la petite crique à la pointe du jardin d'où l'on voit, à gauche, Vintimille et la côte ligure, à droite, Menton, Roquebrune, la France. Ils font le tour du vieux palais ocre où lord et lady Hanbury donnaient des fêtes somptueuses et recevaient les célébrités de l'époque.

– Il paraît qu'on peut croiser le fantôme de lady Hanbury dans sa roseraie, là, sous le palais, au coucher du soleil.

– Ah bon ? Et qu'est-ce qu'elle cherche ? Son mari ?

Ils passent devant le mausolée de style mauresque que les Hanbury se sont fait construire pour s'y faire enterrer.

– Non, son mari, il est là avec elle. Le grand chic, d'ailleurs : tous les deux seuls au milieu de leur jardin, entourés par la mer pour l'éternité.

– Oui mais si elle sort de sa tombe, alors, toute seule, sans son mari, qu'est-ce qu'elle cherche ? Son amant ?

– Je ne sais pas. On lui demandera.

Ils croisent une famille d'Italiens plus vraie que nature avec les bambins qui se disputent et la mama qui crie. Ils croisent un couple homo qui se tient par la main. Ils croisent un vieux monsieur perdu dans ses pensées.

Il est quatre heures de l'après-midi. Des ombres viennent dans le jardin. Ils s'assoient sur un banc de bois encore au soleil. La mer a ce bleu de saphir que seule la Méditerranée peut prendre dans le miroir du ciel. Thomas regarde Clara dont les yeux se perdent dans la lumière. Elle est assise bien droite avec la dignité d'une reine. Même quand elle contemple l'horizon, elle a l'air sérieuse. Elle a vieilli. Il l'aime. Vieillir avec elle. Vivre longtemps. Il pense qu'il n'y a pas de mot pour le bonheur et qu'il ne doit pas y en avoir. Il pense : tais-toi, tais-toi. Il a peur. Il est tellement heureux qu'il a peur que tout s'arrête brutalement.

Ces fleurs bleues, roses, jaunes et blanches et ces fruits jaunes, orange, rouges, verts. L'hiver ici est un printemps et un été. Et pourtant l'automne et l'hiver sont là. Les feuilles mortes jonchent le sol… La vieille maison fermée… et la mort sous le mausolée au milieu du jardin. On ne voit pas le temps passer mais, parfois, si. Parfois, on tient le temps tout entier dans un seul instant.

Elle lui prend la main.

– Tu as froid ? On rentre ?

– Attends. Encore un peu…

DU MÊME AUTEUR

Aux Éditions Albin Michel

LE DÉMON DE HANNAH, 2009.

JE VEUX QUE TU M'AIMES, 2010.

L'INTRUS, 2011.

LA VIE DONT TU RÊVAIS, 2014.

LE SYSTÈME, 2015.

UN NOUVEAU DÉPART, 2016.

LA DANSE DES VIVANTS, 2016.

LA TRAVERSÉE DU PARADIS, 2018.

LA VIE RÊVÉE D'HELEN COX, 2018.

TERMINUS, 2018.

Aux Éditions de l'Avant-Scène

LE CAÏMAN, 2005.

LE DIABLE ROUGE, 2008.

LA VIE SINON RIEN, Collection des « Quatre-vents », 2008.

Composition : IGS-CP
Impression : CPI Bussière en juin 2020
Éditions Albin Michel
22, rue Huyghens, 75014 Paris
www.albin-michel.fr
ISBN : 978-2-226-45409-6
N° d'édition : 24138/01 – N° d'impression : 2050171
Dépôt légal : août 2020
Imprimé en France